En 2018, Harlequin fête ses 40 ans !

Chère lectrice,

Comme vous le savez peut-être, 2018 est une année très importante pour les éditions Harlequin qui célèbrent leur quarantième anniversaire. Quarante années placées sous le signe de l'amour, de l'évasion et du rêve… Mais surtout quarante années extraordinaires passées à vos côtés ! Azur, Blanche, Passions, Black Rose, Les Historiques, Victoria mais aussi HQN, &H et bien d'autres encore : autant de collections que vous avez vues naître, grandir et évoluer, avec un seul objectif pour toutes – vous offrir chaque mois le meilleur de la romance. Alors merci à vous, chère lectrice, pour votre fidélité. Merci de vivre cette formidable aventure avec nous. Les plus belles histoires d'amour sont éternelles, et la nôtre ne fait que commencer…

Capitulation royale

*

Un désir incontrôlable

*

Le pouvoir de la passion

À PROPOS DE L'AUTEUR

Depuis qu'elle a commencé à écrire dans les années 1990, Kristi Gold a constamment recherché à étoffer ses histoires et ses personnages. Aujourd'hui, elle est l'auteur à succès de romances riches en émotions et en rebondissements, régulièrement récompensées par des prix tels que le *National Readers Choice Award* et le *Romantic Times Award.*

KRISTI GOLD

Capitulation royale

INTÉGRALE
POUVOIR ET SENTIMENTS

Traduction française de
ROSA BACHIR

SAGAS

HARLEQUIN

Collection : SAGAS

Titre original :
PERSUADING THE PLAYBOY KING

Ce roman a déjà été publié en 2012

HARPERCOLLINS FRANCE
83-85, boulevard Vincent-Auriol, 75646 PARIS CEDEX 13
Service Lectrices — Tél. : 01 45 82 47 47

www.harlequin.fr

ISBN 978-2-2803-8464-3 — ISSN 2426-993X

Prologue

Le prince Marc Frederic DeLoria adorait conduire des bolides. Le sentiment de liberté qu'il éprouvait à prendre des virages serrés sur des routes sinueuses lui procurait beaucoup de plaisir. Cependant, son plus grand plaisir se trouvait dans des courbes plus dangereuses, celles que l'on pouvait trouver chez une femme. Il appréciait tout du sexe opposé — l'allure, le parfum, l'intelligence innée. Et séduire était un défi qu'il aimait relever.

Mais, autant il appréciait les femmes, autant il détestait les adieux. Voilà pourquoi il évitait toujours de s'attacher. Pourtant, ce soir, une séparation inévitable, qui n'avait rien à voir avec la gent féminine, était suspendue au-dessus de sa tête. Il s'apprêtait à quitter deux amis connus voilà quatre ans, au moment où il avait commencé ses études à Harvard. Le cheik Dharr Halim, futur roi de son pays, et Mitchell Edward Warner III, lui aussi fils d'un homme de pouvoir puisque son père était un sénateur américain. Tous trois liés par leur statut social, par tout ce que leur héritage impliquait, et unis à jamais par une amitié qui avait grandi avec le temps.

Ensemble, ils avaient décidé de ne pas assister à la soirée donnée par l'association des élèves de l'université et s'étaient enfermés chez eux, un lieu où ils avaient formé une confrérie, passant les quatre dernières années à parler de culture, des événements mondiaux et de leurs dernières péripéties pour éviter les paparazzi, qui les épiaient en permanence à cause de leur notoriété. Leur sujet favori restait cependant les femmes.

Mais ce soir, un silence inhabituel régnait dans leur salon, comme si les discussions étaient sans importance en comparaison de ce qui les attendait — leur avenir qu'aucun des trois ne pouvait prévoir.

Marc était adossé sur sa confortable chaise noire, les talons posés sur la table basse. Dharr, lui, était majestueusement installé dans le fauteuil de cuir tanné qui faisait face à Marc, et avait retiré son traditionnel keffieh. Mais même sans sa coiffe, il avait une allure souveraine.

Mitch avait opté pour sa place habituelle : à même le sol, adossé au mur, vêtu d'un jean et d'une paire de bottes de cow-boy. Il attrapa une bouteille de champagne français, un cadeau du frère de Marc.

— Nous avons déjà bu à notre succès. A présent, je suggère que nous trinquions à un long célibat.

Il emplit son verre, puis celui de Dharr et de Marc.

Dharr leva sa flûte.

— Tout à fait d'accord.

Le champagne à la main, Marc réfléchissait à un toast approprié.

— Je propose plutôt un pari.

Dharr et Mitch se regardèrent puis levèrent les yeux vers Marc.

— Quel genre de pari, DeLoria ? demanda Mitch.

— Eh bien, puisque nous sommes tous les trois d'accord sur le fait que nous ne sommes pas prêts pour le mariage, ni aujourd'hui ni peut-être jamais, je vous suggère de faire le pari que nous serons tous célibataires dans dix ans.

— Et si ce n'est pas le cas ? questionna Dharr.

— Euh, voyons voir… Ah, j'ai trouvé ! Nous serons obligés de céder notre bien le plus précieux.

— Abandonner mon cheval ? grimaça Mitch. Cela me paraît rude.

Dharr semblait encore moins enthousiaste en observant le tableau d'une femme sur le mur.

— Moi, dit-il, je devrais me séparer de mon Modigliani. Je dois dire que cela me causerait beaucoup de peine.

— Mais c'est le but, jeunes gens ! dit Marc. Le pari ne rimerait à rien si les biens mis en jeu n'avaient pas d'importance à nos yeux.

Mitch toisa Marc d'un air méfiant.

— D'accord, DeLoria. Mais toi, qu'est-ce que tu donneras ?

Marc réfléchit un court instant avant de répondre :

— Ma voiture, la Corvette.

— Tu abandonnerais ton piège à filles ? répliqua Mitch, incrédule.

— Non, bien sûr. Parce que je sais que je gagnerai le pari.

— Moi aussi, déclara Dharr. Dix ans, cela suffira avant que je sois contraint de faire un mariage de raison pour concevoir un héritier.

— Encore moins de problème pour moi qui n'aurai pas ce genre de protocole à respecter, ajouta Mitch.

De nouveau, Dharr leva son verre.

— Alors, nous sommes tous d'accord ?

Mitch fit tinter sa flûte contre celle de Dharr et de Marc.

— D'accord.

— Que le pari commence ! déclara Marc.

Il ne s'inquiétait pas le moins du monde pour sa voiture *vintage.* Il lui serait facile de résister à une femme encline à l'épouser. Il n'avait aucune raison de se marier. Et le devoir ne l'y obligerait pas non plus. Car il y avait une perspective aussi peu attrayante pour Marc que le mariage : diriger son pays. Mais grâce à son rang de fils cadet, le prince Marc Frederic DeLoria n'aurait jamais à succéder à son père.

1

Neuf ans plus tard

Son Altesse Marc Frederic DeLoria l'attendait.

Incroyable ! Kate Milner se serait pincée, si elle avait osé, pour être sûre qu'elle ne rêvait pas. La jeune femme avait connu le nouveau souverain de la principauté de Doriana sous le nom de Marc, tout simplement. A l'époque, c'était un jeune homme charmant qui étudiait la biologie, matière dans laquelle, de son propre aveu, il était médiocre. C'était d'ailleurs la raison pour laquelle Kate lui avait servi de tutrice pendant leur première année à Harvard.

Et presque dix ans plus tard, elle se retrouvait en Europe, ici, dans un palais digne d'un conte de fées à des milliers de kilomètres de chez elle.

Lorsque Marc apparut dans le vestibule richement décoré, accompagné d'un homme d'une quarantaine d'années, à l'allure stricte et raffinée, Kate eut un mouvement de surprise. Les miroirs reflétant les éclats de lumière des lustres de cristal semblaient rétrécir à mesure qu'il avançait. Même à distance, son assurance était presque palpable. Ses cheveux avaient conservé leur couleur blond doré, mais les mèches dégradées qui encadraient son visage étaient plus longues, remarqua Kate. Il n'avait pas changé de taille, environ un mètre quatre-vingts, mais il semblait plus imposant aujourd'hui que par le passé. Son torse et ses épaules s'étaient développés. Son polo bleu marine mettait en valeur la courbe saillante de ses biceps. Quant à son jean délavé, il soulignait sa taille étroite et ses cuisses musclées. Kate fut surprise de constater qu'il portait le même style de vêtements qu'à l'université. Pourtant, il était roi maintenant.

Kate sourit intérieurement. Qu'avait-elle imaginé ? Qu'il allait arriver coiffé d'une couronne incrustée de pierres précieuses et vêtu d'une robe de velours rouge ? Qu'il tiendrait un sceptre dans sa main, au lieu d'une paire de lunettes de soleil ? Bien sûr que non, mais elle s'était attendue qu'il porte, au moins, un costume trois-pièces de coupe classique, et pas les vêtements décontractés que portent les beaux garçons musclés dans les magazines féminins.

Lorsqu'il s'arrêta près d'elle, Kate fut saisie par son charisme. Son pouls s'accéléra. Elle tentait de garder une contenance quand elle croisa ses yeux d'un bleu cobalt. Des yeux qui ne reflétaient plus la joie qu'elle avait souvent lue pendant cette année-là, à Harvard. Ce qu'elle lut à cet instant l'étonna : une certaine gravité, dont il n'était pas coutumier autrefois.

Ce dont Kate était sûre, c'est que Marc ne montrait aucun signe indiquant qu'il l'avait reconnue. Et comment l'aurait-il pu ? Elle aussi avait changé — en mieux, espérait-elle.

Le serviteur s'avança brusquement et fit une révérence.

— Docteur Milner, je suis Bernard Nicholas, premier assistant de Sa Majesté.

Kate se demanda si elle devait effectuer une révérence à son tour, mais opta pour un sourire.

— Enchantée de faire votre connaissance.

M. Nicholas se tourna vers le roi, qui demeurait silencieux.

— Votre Majesté, puis-je vous présenter Kate Milner, la dernière candidate pour le poste de médecin hospitalier.

Marc fit un pas en avant et tendit la main, que Kate serra après un court instant d'hésitation.

— Bienvenue à Doriana, docteur Milner, et excusez-moi pour ma tenue. Je n'ai pas été prévenu de votre arrivée.

La voix de Marc était comme dans son souvenir, songea Kate : toujours le même accent sophistiqué et la même séduction. Elle était seulement plus grave. Marc n'avait pas l'air heureux de la voir, et n'avait même pas esquissé un sourire. En fait, sa courtoisie semblait forcée. En tenant compte de l'heure matinale et du fait qu'il n'était pas rasé, elle ne put s'empêcher de se demander s'il ne venait pas de quitter le lit d'une femme.

Ses activités nocturnes ne la concernaient pas. Cependant la sensation de sa main masculine et puissante fermée sur la sienne fit battre son cœur plus vite, car elle se retrouvait face à un homme dont elle avait été amoureuse. Trop amoureuse.

De toute évidence, Marc n'avait aucun souvenir d'elle.

Kate décida de lui rafraîchir la mémoire.

— Je suis très heureuse de vous revoir, Votre Majesté.

Il relâcha sa main et fronça les sourcils, et des ridules apparurent au coin de ses yeux, sans pour autant nuire à la beauté de son visage.

— Nous sommes-nous déjà rencontrés ?

— Pour tout vous dire, la dernière fois que nous nous sommes vus, nous disséquions une grenouille.

La confusion troubla son expression placide et, l'espace d'un instant, Kate crut revoir le jeune homme charmeur qu'elle avait connu.

— Katie ? La tutrice ?

Le regard de Kate vacilla, et elle revit la jeune fille mal assurée qu'elle était autrefois. Elle chassa de son esprit ce souvenir et se força à le regarder droit dans les yeux.

— Oui, c'est bien moi. Mais je préfère que l'on m'appelle Kate à présent. Ou bien docteur Milner, si cela est plus convenable compte tenu de votre situation.

— Ma situation ?

Fallait-il donc la lui rappeler aussi ?

— Oui, vous êtes roi.

— Ah, cette situation-là !

Il la fixa longuement, comme s'il n'en croyait pas ses yeux de la voir devant lui. Kate non plus n'en revenait pas.

Ce fut elle qui brisa le silence pesant qui s'était instauré.

— Cela fait longtemps, n'est-ce pas ?

— Oui, bien longtemps.

Il ne souriait toujours pas, mais au moins, lorsqu'il désigna une porte entrouverte d'un geste de la main, il eut l'air moins perplexe.

— Si nous passions dans la bibliothèque, docteur ?

Apparemment, il n'avait aucune intention de se pencher sur leurs souvenirs.

— Bien sûr, répondit Kate.

Quand Marc fit un pas de côté pour la laisser passer, Kate passa devant lui et huma une bouffée de son eau de toilette — une fragrance onéreuse, et délicieuse. Cet homme lui coupait toujours le souffle, bien malgré elle.

Rassemblant ses esprits, Kate se tourna lentement et observa les étagères en acajou qui bordaient les murs.

— Vous avez là une collection de livres impressionnante.

— Ce sont les préférés de ma mère.

Il fit un signe vers un petit canapé près de la fenêtre.

— Je vous en prie, asseyez-vous.

Kate s'installa sur le canapé de brocart vert tandis que Marc prenait place face à elle, sur un fauteuil à oreilles de couleur bordeaux.

Lorsque M. Nicholas se posta près de la porte fermée, Marc lui déclara :

— Ce sera tout, merci.

L'assistant resta immobile telle une sentinelle, épaules droites, pieds légèrement écartés, mains derrière le dos.

— Sauf votre respect, je crois que je ferais mieux de rester, puisque votre invitée est une femme.

— Nous ne sommes plus au dix-huitième siècle, monsieur Nicholas. Vous pouvez disposer.

— La Reine Mère…

— … comprendrait tout à fait que nous ayons besoin d'être seuls.

— Mais…

— Je vous assure que la vertu du Dr Milner n'est pas en danger.

Marc s'adressa à Kate :

— Préférez-vous ne pas vous retrouver seule avec moi ?

Kate haussa les épaules.

— Non, je n'y vois pas d'inconvénient. Ce ne serait d'ailleurs pas la première fois.

Et elle espérait secrètement que ce ne serait pas la dernière.

Marc lança de nouveau un regard dur à son serviteur.

— Dites à Mme Toureau d'apporter une tasse de thé au Dr Milner.

— Comme il vous plaira, Votre Révérence, répondit l'assistant avant de prendre congé.

Kate regarda Marc, qui n'avait pas l'air réjoui.

— Votre *Révérence* ?

— Je vous en prie, ne prêtez pas attention à M. Nicholas. Il est dans la famille depuis longtemps et a une tendance à inventer des titres. Mais vous pouvez être flattée. D'habitude, il n'agit pas comme cela devant des étrangers, sauf s'il pense qu'ils peuvent apprécier son sens de l'humour typiquement britannique…

— Ah, je comprends. C'est une sorte de jeu entre vous.

— Un jeu dont je me passerais volontiers.

Kate imaginait très bien le genre de jeux que Marc préférait — des jeux sensuels — et elle ne demandait qu'à jouer avec lui.

Le travail, Kate.

Elle était là pour obtenir le poste, pas pour se divertir.

Marc croisa les jambes et reposa les coudes sur les bras de son siège en joignant les mains.

— Dites-moi, docteur Milner, comment avez-vous appris que nous cherchions des médecins à Doriana ?

Kate joua avec son ourlet, ce qui attira, elle le remarqua du coin de l'œil, l'attention de Marc. Elle était dans un état pitoyable ! Son tailleur lavande était froissé, conséquence de plusieurs heures de voyage. Ses cheveux s'étaient aplatis et pendaient maintenant comme des baguettes sur ses épaules. Et quand Marc posa les yeux sur sa bouche, elle en conclut que son rouge à lèvres avait dû déborder sur ses dents.

Elle résista à la tentation de passer un doigt le long de ses incisives.

— J'ai lu une interview de vous dans *le Journal des Anciens Elèves*, juste après votre couronnement. Vous disiez que l'une de vos priorités était de recruter des médecins, alors j'ai appelé l'hôpital, et me voilà. A propos, j'ai été très peinée d'apprendre l'accident de votre frère.

Elle vit un éclair de tristesse traverser le regard de Marc.

— Avez-vous fait vos études de médecine à Harvard ? demanda-t-il.

Compte tenu de la vitesse à laquelle il avait changé de sujet, Kate en conclut qu'il valait mieux ne plus faire allusion à la mort de son frère.

— En fait, je suis retournée chez moi, dans le Tennessee, et je suis allée à l'université de Vanderbilt. J'avais besoin d'être près de ma famille.

— Un de vos proches était malade ? demanda-t-il avec un réel intérêt.

— Non, pas vraiment.

Ses parents étaient seulement pauvres et très protecteurs. C'était une des raisons pour lesquelles Kate avait décidé de postuler ici. Elle en avait assez de jouer la fille parfaite, sur laquelle ses parents se reposaient en permanence. Elle les aimait profondément, mais parfois, elle regrettait de n'avoir ni frères ni sœurs pour alléger son fardeau. L'autre raison de sa venue à Doriana se trouvait devant elle.

Marc croisa les bras, l'air impérieux.

— Vous dites que vous aviez besoin d'être près de votre famille, pourtant vous avez parcouru des milliers de kilomètres pour postuler dans notre hôpital ?

— Je veux changer de rythme.

Changer de décor. Changer de vie, ajouta-t-elle en son for intérieur.

— Quelle est votre spécialité ? demanda-t-il sur un ton professionnel, confirmant ainsi à Kate que seul l'entretien d'embauche l'intéressait.

— La médecine générale. J'aime surtout m'occuper d'enfants. J'ai toujours adoré les enfants.

— Ils sont l'avenir. Nous avons progressé en pédiatrie, mais il reste encore beaucoup à faire.

— Je serais ravie de relever le défi, Marc, je veux dire, Votre Majesté.

Première entorse au protocole, songea Kate, et probablement pas la dernière.

— Ne vous excusez pas, docteur Milner.

— Je préférerais que vous m'appeliez Kate. Je suis une personne toute simple.

— Mais vous êtes aussi médecin, protesta-t-il. Peu de gens peuvent en dire autant.

Kate sentit ses joues s'empourprer. Elle n'était pas du genre à accepter les compliments facilement, peut-être parce qu'elle n'avait pas été habituée à en recevoir.

— Puis-je vous demander quand vous pensez prendre votre décision ?

— Quand nous aurons trouvé le candidat idéal. Pouvez-vous me parler de votre expérience ?

— De quelle expérience parlez-vous ?

Comment avait-elle pu poser une question aussi stupide ? C'était comme si le pouvoir de séduction de cet homme annihilait toute pensée lucide en elle.

Elle remarqua une lueur d'amusement dans ses yeux et il esquissa un sourire, ce qui ne suffit pas à dévoiler ses fossettes.

— Votre expérience professionnelle, bien sûr. A moins que vous vouliez me parler d'une autre expérience susceptible de m'intéresser ?

Si seulement…

— Médicalement parlant, je viens de terminer mon internat à l'hôpital. Je n'ai jamais pratiqué dans le privé.

— Je présume que vous avez été bien formée ?

Kate releva le menton et essaya d'oublier le regard perçant de Marc qui lui donnait l'impression d'être mise à nu.

— J'ai suivi un des meilleurs cursus du pays.

— Dans ce cas, vous devriez très bien vous débrouiller chez nous.

— Oui, je le pense. Et pour ce qui est du salaire ? s'enquit-elle.

Marc se pencha en avant, et son parfum chatouilla les narines de Kate.

— Si nous parvenons à un accord, je serai prêt à m'aligner sur le salaire que vous perceviez aux Etats-Unis, quel qu'il soit.

— Pour être tout à fait franche, j'espérerais mieux. Vous savez, mon traitement me permet à peine de vivre ! Beaucoup d'heures pour un maigre revenu. Je n'ai même pas fini de rembourser le prêt bancaire que j'avais contracté pour financer mes études.

— Eh bien, je pourrais doubler votre salaire, voire plus, si nécessaire.

— Pourquoi feriez-vous cela ?

— Parce que nous avons besoin de bons médecins. Et après tout, nous sommes de vieux amis.

— Des camarades d'études, corrigea Kate. Je n'ai jamais considéré que nous étions amis.

Il se pencha en arrière, tout en continuant de la regarder.

— Pourquoi donc, Kate ?

— Ça me paraît évident : vous êtes un roi et je suis simplement… moi.

— Mais quand nous nous sommes connus, je n'étais pas roi.

— Non, vous étiez prince. A cause de cela, je ne me suis jamais sentie complètement à l'aise avec vous.

— Est-ce que je vous mets toujours mal à l'aise ? dit-il d'une voix grave et charmeuse.

— Pas vraiment.

— Avez-vous cherché un autre poste que celui-ci ?

— J'ai déjà passé quelques entretiens. Mais je considère votre opportunité comme un défi.

— Dois-je comprendre que vous êtes en quête d'aventure ?

— En quête d'un travail surtout.

— Nous avons déjà le travail. Quel genre d'aventure recherchez-vous, en dehors de votre métier ?

La question flotta dans l'air jusqu'à ce que Kate se sente obligée de fournir à Marc une réponse :

— Je ne sais pas. Vous avez des suggestions ?

Le regard intense qu'il lui lança voulait dire qu'il en avait certainement beaucoup, mais il se contenta de lui donner des informations pratiques :

— Malheureusement, Doriana est plutôt calme en juillet. Mais si vous êtes là durant l'hiver, vous pourrez profiter de nos stations de ski. Nous disposons de pistes intéressantes si le danger ne vous effraie pas.

Pourquoi cela sonnait-il comme une invitation au péché ?

— Je n'ai jamais fait de ski, mais cela me paraît tentant.

— Je pourrais vous apprendre à skier, en remerciement de tout ce que vous m'avez appris à Harvard. Sans vous, je n'aurais jamais réussi mes examens de biologie.

Elle n'allait pas refuser son aide, pour quoi que ce soit.

— Vous êtes bon ? demanda-t-elle.

Kate se sentit rougir, comprenant que sa question pouvait être comprise d'une autre manière plus… intime.

Elle ajouta en bafouillant :

— En ski, je veux dire.

Le regard de Marc parut s'obscurcir, ce qui eut pour effet de faire perdre tout contrôle à Kate.

— Oui, répondit-il.

— J'imagine que vous êtes doué dans tout ce que vous entreprenez.

— Je dirais la même chose de vous, Kate, si je m'en réfère à la façon dont vous m'avez pris en main cette année-là, répondit-il avec douceur.

Pour se donner une contenance, Kate passa une main tremblante dans ses cheveux.

— C'est drôle, je ne l'ai pas vécu comme cela.

Marc dirigea son regard vers les genoux de la jeune femme, sur lesquels ses mains jouaient nerveusement avec la bandoulière de son sac.

— De toute façon, si vous m'aviez pris en main *littéralement*, je peux vous assurer que nous nous en souviendrions..., badina-t-il d'un ton plein de sous-entendus.

S'il savait le nombre de fois où elle avait imaginé le « prendre en main », dans ses rêves les plus fous ! Le nombre de fois où elle s'était représenté le moment de leurs retrouvailles. Et s'il savait à quel point il la troublait !

Après un instant de silence tendu, Kate finit par se reprendre. Il ne fallait pas qu'elle se laisse piéger. Pas cette fois. Dix ans auparavant, elle était tombée follement amoureuse de lui, en sachant que Marc ne ressentirait jamais la même chose pour elle. C'était une erreur qu'elle ne voulait pas répéter. Elle avait passé l'âge des amourettes adolescentes pour des hommes inaccessibles.

Bon, elle avait un penchant pour Marc DeLoria. Enfin, pour être tout à fait honnête, le terme « penchant » était un peu faible : elle était prête à lui tomber dans les bras !

Mais elle ne le ferait pas.

Et pas seulement parce qu'il était devenu roi. Mais à en croire les potins des journaux à scandales, c'était aussi un coureur de jupons — un des play-boys les plus célèbres de la planète. Elle ne devait pas l'oublier, même s'il l'attirait toujours autant.

Elle s'efforça de prendre un air dégagé, alors que son corps embrasé était loin d'être indifférent à l'attention soutenue que lui portait Marc.

— Y a-t-il autre chose que vous désiriez savoir ? dit-elle.

— Il y a quelque chose que j'aimerais faire avec vous, si vous n'êtes pas trop fatiguée par votre voyage.

Le cœur de Kate bondit dans sa poitrine.

— Quoi donc ?

— Je voudrais vous faire visiter l'hôpital, dès que j'aurai passé des vêtements plus convenables.

Pendant une seconde, Kate avait cru qu'il lui proposait quelque chose de plus excitant…

Elle se gourmanda et dit d'un ton qu'elle voulait sérieux et professionnel :

— C'est une excellente idée, cela me donnera un aperçu des équipements médicaux que votre principauté possède.

— Et ensuite, reprit Marc, je ne vois aucune raison de ne pas vous engager, si tel est votre souhait.

Elle fronça les sourcils.

— Après un simple entretien ?

Il se frotta la mâchoire.

— Pour être honnête, vous avez été chaudement recommandée par le directeur de l'hôpital.

— Je vais réfléchir à votre offre, dit-elle. Toutefois, avant de me décider, j'aimerais aller là-bas et m'assurer que le poste me convient.

— Est-ce que vous avez un endroit où séjourner ?

— J'ai retenu une chambre à l'Hôtel Sainte-Simone.

— Pourquoi ne pas rester au palais ? Vous seriez plus à l'aise.

Certainement pas !

Elle ne pourrait pas être à l'aise sachant qu'il vivait dans le même château, même s'il comptait des dizaines de chambres, comme elle le supposait.

— J'apprécie votre hospitalité, mais je préfère rester à l'hôtel.

— Si vous changez d'avis, faites-le-moi savoir.

Sa voix était charmeuse, et douce comme du miel. Sa voix à elle, en revanche, était trop hésitante et trop aiguë à son goût.

— Comptez sur moi.

Après avoir frappé à la porte, une dame corpulente aux cheveux gris entra avec un plateau. Elle garda les yeux baissés en servant Kate en premier.

Marc refusa le thé, mais, après le départ de la domestique, il prit un biscuit et le porta aux lèvres de Kate.

— Je vous conseille les *rollitos*. Ce sont des gâteaux espagnols, un de mes deux péchés mignons.

— Ah bon, et quel est le deuxième ? demanda-t-elle.

Marc sourit lentement et une fossette apparut de chaque côté de sa bouche.

Kate en fut troublée.

— Tout le monde a ses secrets, Kate, même les rois…

Kate mordit dans le biscuit mais ne savoura pas sa délicatesse. A en juger par la sensualité débordante de Marc, elle le soupçonnait d'avoir beaucoup de secrets. Elle soupçonnait aussi que son autre péché mignon n'avait rien à voir avec la nourriture, et tout à voir avec ses désirs d'homme. Un homme bien trop attirant.

Ces neuf derniers mois, depuis qu'il était monté sur le trône, Marc DeLoria avait découvert la sensation désagréable d'être observé en permanence, comme si on l'avait placé sous un microscope ultra-puissant. Et il se faisait la réflexion qu'il était en train de faire exactement la même chose avec Kate qui était assise en face de lui, sur la banquette arrière de la Rolls-Royce. Mais il faut dire qu'il avait des excuses : il y a neuf ans, Kate était une étudiante réservée mais brillante, qui se cachait derrière des vêtements amples et des lunettes trop grandes. Rien à voir avec la jeune femme raffinée et sûre d'elle qu'elle était devenue. Il admirait son assurance autant que sa métamorphose physique. D'ailleurs, il devrait arrêter de la contempler, avant qu'elle ne le remarque et en prenne ombrage.

Pendant qu'ils traversaient le village de Sainte-Simone pour se rendre à l'hôpital, Marc reporta son attention sur les boutiques pittoresques et colorées qui longeaient les rues pavées. Des rues presque vides de voitures, mais pleines de touristes et d'habitants qui s'étaient arrêtés pour voir passer la voiture royale. Il doutait de se faire jamais à cette attention de tous les instants dont il était la cible…

Parfois, il rêvait de marcher dans la foule comme un homme ordinaire, et de s'arrêter à la boulangerie pour acheter des éclairs au café fondants comme il les aimait. Parfois, il mourait d'envie de revêtir son vieux sweat-shirt datant de l'université et un jean pour jouer au rugby avec l'équipe locale.

Parfois, il regrettait d'être né dans une famille royale.

— Cette ville est merveilleuse, Votre Majesté.

La voix cristalline de Kate le ramena à la réalité. A elle aussi, à leurs souvenirs en commun. Il se souvint avoir été sensible à son charme discret, qui tenait, entre autres, à son accent du Sud. Mais il ne l'avait jamais vue autrement que comme une amie. Et comme son sauveur : sans elle, il ne serait jamais parvenu au bout de cette première année à Harvard.

Kate regardait par la vitre.

— C'est une basilique ? demanda-t-elle en montrant du doigt un édifice religieux.

— C'est la cathédrale Sainte-Simone. C'est là que mes parents se sont mariés.

Elle plongea ses extraordinaires yeux verts dans les siens.

— Ces vitraux sont magnifiques.

— C'est vrai, mais j'ai tendance à ne plus prêter attention aux charmes du village.

— C'est compréhensible. La beauté est facile à oublier quand on la voit tous les jours.

Lorsqu'elle se tourna de nouveau vers la vitre, Marc se fit la réflexion que Kate était très belle aussi. Beaucoup de gens auraient pu la considérer comme simplement jolie, avec son nez retroussé, parsemé de taches de rousseur. Mais ses grands yeux — du même vert que celui des sapins recouvrant les Pyrénées — et ses cheveux châtains tombant sur ses épaules rehaussaient son visage rond, que d'aucuns auraient trouvé ordinaire, car la mode était aux traits plus anguleux.

Marc ne put s'empêcher de la contempler une nouvelle fois. Le tailleur qu'elle portait lui allait à la perfection, et dévoilait des jambes fines. Elle était plutôt petite — des petites mains, de petits pieds et, autant qu'il pouvait en juger, de petits seins. Mais il avait toujours pensé que les meilleures choses dans la vie ne sont pas les plus imposantes !

Même s'il ne le devait pas, il la voyait comme une femme séduisante, qu'il aurait aimé connaître bien davantage. Peut-être même entre des draps de satin… Mais c'était impossible.

Car si l'homme en lui désirait Kate, le roi qu'il était devenu l'empêchait de suivre ce désir. Il lui fallait rester stoïque, car il ne devait pas faillir à sa tâche.

Pourtant, il lui serait si facile d'appuyer sur le bouton qui commandait la vitre de séparation, pour les isoler du chauffeur, de Nicholas, et des regards indiscrets.

Un fantasme prit cours dans son esprit. Il se vit soudain en train de faire glisser sa bouche le long de la gorge délicate de Kate, pour arriver à ses lèvres et entamer une danse de leurs langues unies. Dans ce rêve, Kate répondait à ses assauts, et l'encourageait pendant qu'il passait la main sous sa jupe, et la montait plus haut, jusqu'à la toucher, d'abord à travers la soie, puis au-delà de cette limite où il pouvait découvrir la chaleur de son intimité. Il la tentait alors avec ses doigts, sa bouche, la faisant gémir et lui donnant envie de l'accueillir en elle. Il accédait à son désir avec joie. En oubliant qui il était et où il était, et en se moquant des conséquences. Il lui faisait alors l'amour jusqu'à ce qu'ils soient rassasiés, avant de recommencer pour de nouvelles expériences.

Le véhicule s'arrêta brusquement, faisant voler en éclats le rêve de Marc, mais pas le résultat de sa rêverie érotique. Son sexe palpitait, tendu, sous son pantalon. Il espéra que sa veste cacherait son état quand ils sortiraient de la voiture, et que Kate ne remarquerait rien avant qu'il puisse se reprendre.

Marc redressa les épaules tout en continuant de lutter contre le désir insensé qu'il éprouvait pour Kate. Ses pensées, songea-t-il, étaient sûrement dues à une trop longue abstinence. Qui remontait à la mort tragique de son frère, lorsque sa vie avait basculé et qu'il avait été brusquement plongé dans le rôle de souverain malgré lui.

Il remit sa cravate en place, ajusta son col et adressa un sourire poli à Kate.

— Je crois que nous sommes arrivés.

Il était grand temps. Un instant de plus, et il oubliait sa condition, et sa vie de roi : une vie où il n'y avait pas de place pour les jeux de séduction, les baisers volés, et les rêves érotiques.

Sans paraître remarquer l'embarras de Marc, Kate jeta un regard au modeste bâtiment à deux étages.

— C'est un très bel hôpital, dit-elle.

Marc perçut une pointe de déception dans sa voix, ce qui l'aida à reprendre le contrôle de son corps.

— Il est très petit, je dois l'admettre, et certains équipements font défaut. Mais je compte remédier à cette situation très vite.

La santé publique était en effet une priorité, non seulement pour Marc, mais aussi pour son peuple. Doriana avait besoin de matériel et de docteurs. Si l'hôpital avait été plus moderne, son frère Philippe serait peut-être encore en vie, et Marc serait encore en train d'assouvir sa passion des voyages, au lieu d'avoir à faire ses preuves en tant que roi.

Kate lui adressa un sourire plein de compréhension.

— Tout cela demande du temps.

Marc ne pouvait qu'en convenir, mais, justement, c'était comme si le temps lui manquait.

Lorsque Nicholas ouvrit la portière de la Rolls Royce, Marc prit la main de Kate pour l'aider à descendre. Ses doigts fins lovés dans sa paume le plongèrent dans un autre rêve impromptu, empli de caresses agréables. Comment allait-il faire pour rester près d'elle sans perdre le contrôle ?

Grâce à sa seule volonté.

Mais au moment où Kate descendit de la berline, il posa la main au bas de son dos, et au contact de la courbe délicate sous la soie, sa volonté fondit comme neige au soleil, laissant le champ libre à ses émotions. Mais il devait passer outre son trouble.

Il se concentra donc sur la foule compacte qui s'était formée, vite encadrée par une armada de gardes du corps. Comme toujours, Marc s'obligea à jouer son rôle de souverain et afficha un sourire de rigueur. Kate attendit à son côté pendant qu'il distribuait quelques poignées de mains. Les spectateurs exprimèrent leur satisfaction par des applaudissements, tandis que quelques femmes pointèrent un doigt dans leur direction. Ce n'était pas Marc qu'elles désignaient, mais Kate.

Marc ne comprit que trop tard qu'elles la prenaient pour sa nouvelle conquête. Rien d'étonnant à cela, puisqu'il avait toujours la main posée sur son dos.

Il s'écarta alors de Kate qui resta en arrière au moment ils furent rejoints par le Dr Jonathan Renault, chef de service de l'hôpital, un homme que Marc ne supportait pas.

— Bonjour, Majesté, dit Renault sur un ton qui dénotait le sarcasme.

Marc ne faisait aucune confiance à cet homme, encore moins lorsque celui-ci détailla ostensiblement Kate de la tête aux pieds.

— Bonjour, docteur Renault, répondit-il avec une politesse forcée.

Quand Marc voulut s'éloigner et rejoindre Kate qui l'attendait, Renault l'arrêta en demandant en français :

— Je voudrais faire la connaissance de votre petite amie.

Non seulement Renault affirmait que Kate était sa maîtresse, mais il avait le culot de demander à lui être présenté ! C'était là une nouvelle preuve de son manque total de correction.

En d'autres lieux et d'autres circonstances, Marc aurait été ravi d'envoyer son poing dans la figure du médecin.

— Pour votre information, docteur Renault, répondit Marc sur un ton volontairement acide, voici le docteur Kate Milner. C'est un médecin très qualifié, qui pourrait diriger votre service à elle toute seule.

Kate était confuse, tandis que Renault ne semblait pas le

moins du monde affecté par cette pique. Il sourit à Kate et lui serra la main.

— Enchanté, docteur Milner. Je serais heureux de vous compter dans mon équipe.

Kate retira prestement sa main, à la grande satisfaction de Marc. Manifestement, elle avait repéré le coureur de jupons sous le masque de médecin.

— Enchantée, docteur, répondit-elle sans grand enthousiasme.

— J'espère vous revoir très bientôt, dit-il en lui adressant un clin d'œil.

Puis il s'en alla, le menton relevé et la démarche arrogante.

Kate chuchota à l'oreille de Marc :

— Que vous a-t-il dit tout à l'heure ?

Il la prit par le bras et l'emmena vers l'entrée de l'hôpital.

— Continuez de marcher, dit-il.

Une fois arrivé aux marches de l'hôpital, Marc dit à voix basse :

— Il a insinué que nous étions amants. Une affirmation totalement absurde, mais Renault est un homme qui manque cruellement de retenue et de courtoisie.

Toutefois, Marc se demandait si quelque chose dans son comportement, dans sa façon de regarder Kate, et de la toucher si naturellement, n'avait pas provoqué cette idée, non seulement chez Renault, mais aussi dans l'esprit de ses sujets.

Si tel était le cas, il lui faudrait se montrer plus vigilant à l'avenir. Il ne pouvait permettre à quiconque de croire que Kate était sa maîtresse, même s'il aurait aimé que ce soit le cas.

2

« Une affirmation totalement absurde… »

Jusqu'à ces mots de Marc, Kate s'était permis d'imaginer qu'elle était une vraie princesse, saluant ses sujets en compagnie de son prince, qui n'avait cessé de la toucher comme pour montrer à tous qu'ils formaient un couple.

Non, pas un prince, se souvint-elle, mais un roi. Un homme qui, de toute évidence, était convoité par les femmes de toutes classes sociales. Un homme qui pouvait choisir une compagne parmi n'importe quelle demoiselle du village, et probablement n'importe quelle femme du monde. Elle ne serait jamais l'une des heureuses élues. Elle n'était pas une héroïne de conte de fées, et Marc n'était pas intéressé par la femme ordinaire qu'elle était.

Le Dr Renault, en revanche, semblait lui porter un grand intérêt. Cette seule idée lui hérissa le poil.

Mais tout cela importait peu. Elle était ici pour sa carrière, pas pour se tourmenter au sujet d'un docteur libidineux. Ni pour fantasmer sur un roi qui jugeait qu'être son amant était une perspective absurde.

En s'efforçant de ne songer qu'au travail, Kate suivit Marc dans l'entrée de l'hôpital, devant laquelle deux gardes du corps restèrent postés. Lorsqu'ils pénétrèrent dans le bâtiment, Kate fut agréablement surprise par la décoration moderne des lieux. La salle d'attente, presque vide, était beaucoup plus spacieuse qu'elle ne l'aurait cru. Elle était meublée de chaises et de tables de style contemporain, et un téléviseur était fixé sur l'un des murs. Un tableau, en français et en espagnol, situé près de l'ascenseur, indiquait l'emplacement des différents services.

Kate connaissait un peu de latin, quelques mots d'espagnol, et assez de français pour demander la direction d'un restaurant ou d'un hôtel. Elle avait apporté des livres et des cassettes pour étudier la langue de Doriana. Mais pour soigner des patients, communiquer était essentiel.

Peut-être commettrait-elle une erreur en acceptant le poste ? Il lui fallait bien réfléchir avant de se décider.

Elle suivit Marc jusqu'à la réception, où celui-ci salua une dame assise derrière un ordinateur.

Quelques instants plus tard, un homme distingué aux tempes grisonnantes poussa la double porte située à droite de la salle d'attente. Il vint à leur rencontre avec un large sourire.

— Ah ! Docteur Milner, je suppose ? Je suis le Dr Louis Martin, nous nous sommes parlé au téléphone.

Kate tendit la main.

— Je suis ravie de faire enfin votre connaissance, docteur Martin.

Celui-ci hocha la tête et l'observa d'un air interrogateur.

— Vous avez un accent tout à fait particulier.

— C'est un accent du Sud des Etats-Unis.

Le Dr Martin sourit et dit en français :

— Un accent charmant pour une femme charmante.

— Je suis désolée, je crains de ne pas avoir compris, dit Kate.

Marc lui traduisit les propos du Dr Martin et la gratifia d'un regard admiratif qui la fit frissonner.

De nouveau, elle se sentit rougir et essaya de maîtriser son émotion. Des lentilles de contact, une nouvelle garde-robe et une nouvelle coiffure avaient peut-être changé son apparence, mais cela ne suffisait pas à cacher qu'au fond, elle était restée une jeune fille simple et réservée. Il lui arrivait encore de se trouver trop petite, trop maigre, trop gauche. Et trop peu douée pour la vie en société. Alors, que faisait-elle ici, dans ce milieu aristocratique ?

Elle se reprit. Ridicule ! Elle était médecin à présent, et avait travaillé bien trop dur pour laisser quelques doutes rogner son assurance chèrement gagnée.

Marc désigna la double porte.

— Si nous commencions la visite ?

Kate suivit Marc et le Dr Martin dans un dédale de couloirs jusqu'à un endroit ressemblant à un service de médecine externe. Ici, la salle d'attente était remplie de parents et d'enfants. Lorsqu'elle respira l'odeur familière des produits désinfectants, Kate se sentit dans son élément et se détendit.

Ils passèrent une autre porte. Une jolie infirmière aux grands yeux bleus et à la poitrine généreuse observa Marc avec envie. Celui-ci ignora ses regards furtifs et guida Kate vers une petite pièce.

— Voilà ce qui sera votre bureau, si vous acceptez cet emploi.

Kate passa rapidement en revue la pièce et vit qu'une des tables était recouverte de feuilles médicales et de tasses de café.

— A qui appartient-il pour l'instant ?

— A Jonathan Renault, notre médecin généraliste actuel, que vous avez rencontré tout à l'heure, répondit le Dr Martin. Je crains que vous ne deviez partager cette pièce avec lui jusqu'à ce que l'on vous trouve un autre bureau.

Cette perspective n'enchantait guère Kate qui ne put s'empêcher de froncer les sourcils.

Marc remarqua sa mimique.

— Et je présume que vous allez vous mettre en quête d'un bureau pour le Dr Milner immédiatement, n'est-ce pas, Louis ? déclara Marc sur un ton ferme.

— Bien sûr, Votre Majesté, répondit celui-ci. Cela ne devrait prendre qu'un ou deux jours, si le Dr Milner décide de rejoindre notre équipe.

Cela restait à voir, se dit Kate. Elle venait de rencontrer

deux obstacles non négligeables : la barrière de la langue et l'horrible Dr Renault. Trois obstacles, si elle ajoutait son attirance pour Marc.

Le Dr Martin tripota le stéthoscope qui pendait à son cou.

— Le Dr Renault est un bon médecin, dit-il, mais je crains qu'il ne soit pas aussi intéressé par son métier et ses patients que nous le souhaiterions.

Marc fronça les sourcils.

— C'est le moins que l'on puisse dire, Louis.

Il se tourna vers Kate, l'air cynique.

— Renault s'intéresse beaucoup plus au personnel féminin. Je l'ai prévenu que si je reçois une autre plainte à son sujet, il devra retourner à Paris.

— Ah ! dit Kate. Quels sont ses horaires de service ?

Avec un peu de chance, elle pourrait l'éviter — si toutefois elle décidait de rester.

— Comme le service n'est ouvert que la journée, vous devrez travailler ensemble, répondit le Dr Martin qui avait compris son cheminement de pensée.

Dommage.

— S'il devient insupportable, faites-le-moi savoir, ajouta Marc en se tournant vers Kate. Je m'occuperai de son cas.

— Je suis sûre que je m'en sortirai toute seule, insista Kate, un peu vexée d'être considérée comme une faible femme.

Elle avait beau être petite, elle savait très bien donner un coup de pied dans un endroit stratégique pour calmer les plus entreprenants spécimens de la gent masculine !

On frappa à la porte, et l'infirmière, que Kate avait surprise avec un regard gourmand sur Marc, entra. Elle échangea quelques mots avec le Dr Martin, qui se tourna ensuite vers Marc.

— Un appel du palais, Votre Majesté. Sur la ligne numéro 1.

Marc repoussa les documents sur le bureau et saisit le téléphone. Il parla en français. Kate ne comprit pas ses paroles, mais son désarroi se lisait sur son visage. Après avoir raccroché, il s'adressa à elle :

— Nous devons retourner au palais sur-le-champ, il y a un problème.

— Je suis sûre que le Dr Martin pourra continuer la visite sans vous, proposa Kate.

— Je préférerais que vous veniez avec moi. Il se peut que j'aie besoin de vos compétences médicales.

La curiosité de Kate s'accrut.

— Quelqu'un est blessé ?

— Pas vraiment. Mais il s'agit d'un enfant.

Marc parcourut le couloir du palais à grandes enjambées, suivi de Kate. Il trouva sa mère assise sur le canapé de la bibliothèque, tenant dans ses bras un enfant endormi.

— J'espère sincèrement que tu as une explication à me donner, Marc, déclara-t-elle, la mine grave et les traits tendus.

— A quel sujet, mère ?

Elle se leva avec grâce et posa l'enfant dans les bras de Marc, à la grande consternation de celui-ci.

— Il semblerait que cet enfant soit ta fille.

Marc entendit Kate retenir son souffle, tout comme lui.

Il finit par recouvrer la voix.

— C'est impossible ! dit-il.

Le nourrisson choisit ce moment pour lever la tête, virer au rouge et hurler à pleins poumons. Marc n'aurait jamais cru qu'un si petit être puisse être capable d'une telle fureur. Il ne sut que faire lorsqu'il commença à se tortiller, et le tint fermement de peur qu'il ne tombe. Mais plus il le tenait, plus le bébé s'agitait, en se cambrant pour échapper à son emprise.

— Laissez-moi le porter, dit Kate.

Elle prit l'enfant contre son épaule et lui tapota doucement le dos, ce qui le calma instantanément.

Kate savait s'y prendre avec les tout-petits, elle n'avait pas menti lorsqu'elle lui avait confié qu'elle les aimait, constata Marc en son for intérieur.

— Mère, je ne sais quelle raison vous pousse à croire que cet enfant est le mien.

— Quelqu'un a abandonné ce bébé devant les grilles, dans un landau, avec un sac rempli de vêtements et de biberons. Il y avait une lettre à l'intérieur.

La reine mère s'adressa à la domestique qui attendait dans un coin de la pièce.

— Béatrice, apportez-moi la lettre.

La jeune femme s'empressa de tendre une feuille de papier à la reine, qui la passa à son fils.

Marc la lut en silence. Elle était brève mais directe :

« Elle s'appelle Cécile. C'est une DeLoria. »

Il mit le papier dans sa poche et déclara :

— Cela ne prouve rien. C'est une histoire montée de toutes pièces, sans aucun doute.

— Regarde-la, Marc.

Marc observa le bébé que Kate avait calé sur sa hanche et qui jouait avec le bouton de sa veste. Effectivement, l'enfant avait la même couleur de cheveux et les mêmes yeux bleus que lui, mais cela ne signifiait pas qu'il était son père. Il avait toujours été extrêmement prudent. Il n'avait pas eu la moindre aventure depuis Elsa Sidleberg, un célèbre top model, toujours en activité. C'était il y a plus d'un an. Toute cette histoire ne rimait à rien.

— Encore une fois, mère, cela ne prouve rien.

— Et cela n'infirme rien non plus, rétorqua sa mère.

Kate s'avança.

— Je peux peut-être vous aider, dit-elle.

Marc prit conscience à cet instant qu'il n'avait pas encore fait les présentations. Son manquement aux bonnes manières était toutefois compréhensible, songea-t-il, vu les circonstances.

— Kate, je vous présente la reine mère, Mary Elizabeth Darcy DeLoria. Mère, voici le Dr Kate Milner.

Kate sourit et tendit sa main libre.

— Je suis très heureuse de vous rencontrer. Pardonnez mon ignorance, mais comment dois-je vous appeler ?

— Je préfère que vous m'appeliez Mary, dit la reine en lui serrant brièvement la main.

Elle lança un regard sardonique à Marc avant d'ajouter :

— Maintenant vous connaissez nos secrets de famille, alors il me semble que nous pouvons laisser de côté le protocole.

Marc inspira profondément et regarda sa mère droit dans les yeux.

— Je n'ai aucun secret, mère. Et cet enfant n'est pas le mien.

Pendant cet échange, Mary caressait les cheveux du bébé.

— Alors pourquoi diable quelqu'un affirmerait que cette adorable enfant est une DeLoria ? Si elle n'est pas ta fille, qui est son père ?

Marc songea immédiatement à une réponse, et il savait qu'il allait prendre un grand risque en la donnant à sa mère. Mais il n'avait pas le choix.

— C'est peut-être la fille de Philippe.

Sa mère darda sur lui un regard furibond, comme s'il venait de blasphémer.

— C'est impossible ! Philippe nous a quittés depuis presque un an.

Marc questionna Kate :

— Quel âge lui donnez-vous ?

Kate observa l'enfant pendant un instant.

— Au moins six mois, peut-être un peu plus si elle est petite pour son âge.

— Il est donc certain qu'elle a été conçue quand il était encore en vie…

— Philippe était fiancé à la comtesse Jacqueline Trudeau depuis deux ans, objecta la reine.

— C'est peut-être elle la mère…

— Ridicule, voyons. Elle s'est mariée peu après la mort de ton frère.

« Ah, l'amour qui dure toujours ! » songea Marc, cynique.

— Dans ce cas, il est possible qu'il ait eu un enfant avec quelqu'un d'autre, non ?

— Philippe n'aurait jamais renié son enfant, protesta Mary.

Marc sentit la colère monter en lui.

— Alors que moi j'en serais capable ? dit-il.

— Etant sa mère, s'il m'avait caché quelque chose, je l'aurais deviné. Il n'était pas doué pour le mensonge.

La femme que Marc avait toujours considérée comme sa plus fidèle supportrice venait pratiquement de le traiter de menteur invétéré devant Kate, la femme dont il tenait beaucoup à gagner l'estime.

— Insinueriez-vous que je suis un menteur ?

— Je dis simplement que tu as toujours été plus difficile à cerner.

— Bien sûr. Et Philippe était un saint.

Marc n'avait pu contenir son amertume et son agressivité, même si lui aussi avait admiré son frère. Mais il avait vécu dans son ombre, et il continuait d'y vivre.

Mary adoucit le ton de sa voix.

— Mon cher Marc, nous ne t'avons presque pas vu ces dix dernières années, ni su avec qui tu as eu des aventures, en dehors de ce qui paraissait dans les journaux à scandales.

— Et vous saviez tout de la vie de Philippe ? Puis-je vous rappeler que personne ne sait où il s'était rendu la nuit de sa mort ?

— Cela me blesse profondément que tu sous-entendes que ton frère fréquentait une femme en secret. Pire, qu'il a eu un enfant sans que je le sache.

Kate assistait à cette joute verbale, la petite fille sur sa hanche. Elle se sentait à la fois extrêmement gênée et exclue. La tension devenait insoutenable, et même si elle n'avait rien à voir dans cette histoire, il fallait qu'elle intervienne.

— Il existe des moyens de prouver une paternité, dit-elle.

Marc et sa mère se tournèrent vers Kate.

— Une tache de naissance, peut-être ? s'enquit Mary avec espoir. Marc en a une à un endroit très inhabituel…

— Mère, je crois que le Dr Milner pense à un moyen plus scientifique.

Effectivement, mais Kate sentit la curiosité la piquer : où diable se trouvait la tache de naissance de Marc ?

— En effet, je pensais à un test ADN, mais les analyses peuvent-elles être réalisées ici ?

Sans compter qu'il lui faudrait un échantillon de l'ADN de Philippe, ce qu'elle n'osa pas mentionner.

Marc se frotta la nuque.

— Nous ne sommes pas équipés pour cela. Il faudrait faire les tests à Paris.

— Non, c'est impossible, déclara la reine, l'air affolé. Nous devons garder le secret jusqu'à ce que nous prenions une décision sur ce problème épineux. Les médias tailleraient Marc en pièces s'ils suspectaient qu'il a conçu un enfant hors mariage. Notre peuple perdrait son respect pour son souverain.

Kate comprit tout à fait la situation.

— Je pourrais faire une prise de sang, mais si je ne connais pas le groupe sanguin de la mère, il se peut que cela ne serve à rien.

— Mon groupe sanguin est rare, dit Marc. Cela fait-il une différence ?

— Oui, si l'enfant a le même. Cela prouverait qu'il est un DeLoria, mais ne nous indiquerait pas forcément qui est le père.

A contrecœur, Kate demanda :

— Et le groupe sanguin de Philippe ?

— C'est le même que celui de Marc, dit Mary. La nuit de son accident…

La voix de la reine s'éteignit, et son regard se voila.

— Ma mère allait dire que la nuit de sa mort, poursuivit Marc dans un soupir, j'étais en Allemagne, pour une mission diplomatique. Philippe souffrait de plusieurs lésions internes suite à son accident de voiture. Il a perdu beaucoup de sang, et je ne suis pas arrivé à temps pour lui donner le mien.

Kate se sentit pleine de compassion pour Marc. Elle ne

sut que dire pour adoucir son sentiment de culpabilité, aussi resta-t-elle silencieuse.

— Le Dr Martin peut vous fournir tous nos dossiers médicaux, puisqu'il est notre médecin de famille, dit Mary. Nous pouvons compter sur sa discrétion.

Elle fit une pause avant d'ajouter :

— Et je présume que nous pouvons compter sur la vôtre, docteur Milner ?

Marc s'approcha de Kate, comme pour prendre sa défense.

— Mère, Kate est médecin. Elle est garante du secret médical.

Mary leva un sourcil dubitatif.

— *Kate ?* Vous vous connaissez donc ?

Oh, mon Dieu ! Si Kate ne s'expliquait pas très vite, la reine pourrait croire qu'elle était la maîtresse de Marc. Pire, elle pourrait penser qu'elle était la mère de l'enfant, puisqu'elles surgissaient en même temps.

— En réalité…

— Kate, veuillez excuser ma mère. Elle descend peut-être de la haute aristocratie britannique, mais elle a son franc-parler.

La reine tapota la joue de son fils, une marque d'affection qui surprit Kate, après leur discussion houleuse.

— Tout comme toi, mon fiston.

— Au cas où vous ne l'auriez pas remarqué, Mère, je ne suis plus un petit garçon.

— C'est vrai. Tu es devenu un homme responsable de ses actes.

— Kate et moi nous sommes connus à l'université, enchaîna Marc, refusant de s'attarder sur l'attaque à peine voilée de sa mère, au grand soulagement de Kate. Je peux vous assurer que nous ne nous sommes pas revus depuis des années.

— Nous étions camarades d'études, intervint Kate. Nous sommes seulement amis.

Enfin, Marc afficha un sourire.

— Et elle est venue à Doriana pour travailler dans notre hôpital.

Le bébé s'agita et émit quelques cris de protestation.

— Je pense que nous devrions attendre jusqu'à demain matin pour effectuer les prises de sang, proposa-t-elle.

La reine passa une main sur ses cheveux comme pour lisser une mèche rebelle bien que son chignon soigné n'en ait nul besoin. Elle redressa les épaules et esquissa un sourire en direction de Kate.

— Bienvenue, ma chère. Nous sommes très contents de vous accueillir à Doriana.

Kate pensa un instant objecter qu'elle n'avait pas encore pris la décision de rester, mais les regards pleins d'espoir de la reine et de son fils ne semblaient pas lui laisser le choix.

Elle accepterait cet emploi — du moins, pour le moment. Si le bébé était bien celui de Marc, cela voudrait dire qu'il avait abandonné une femme après l'avoir mise enceinte. Et si tel était le cas, elle reconsidérerait sa décision. Elle ne pouvait pas avoir de respect pour un homme capable d'un tel acte, même si elle était très attirée par lui.

— Merci. Je suis moi aussi ravie d'être ici.

Pour le moment.

Marc passa le reste de l'après-midi à interroger les employés, mais personne ne put lui apprendre qui avait laissé le bébé aux portes du palais. Il appela le Dr Louis Martin et lui exposa la situation. Ils convinrent d'un rendez-vous le lendemain matin à l'hôpital, pour que Kate puisse effectuer les prises de sang. Le médecin avait promis de redoubler de prudence pour réunir les documents médicaux nécessaires et aider Kate dans sa tâche. Marc lui accordait toute sa confiance, mais il ne pouvait pas en dire autant du reste du personnel. En particulier de Renault. Il leur faudrait donc être très discrets.

Marc se mit à la recherche de sa mère et de Kate qui avait proposé de rester au château, afin de prendre soin du bébé. Sur les indications de Béatrice, il se retrouva devant une pièce en haut de l'escalier, qui avait été autrefois la nursery, mais qui aujourd'hui servait de chambre d'amis. En entrant, Marc trouva Kate installée sur une chaise à bascule, tenant l'enfant endormie contre son épaule. Elle posa un doigt sur ses lèvres avant de se lever et de poser délicatement la petite fille dans son berceau. Celle-ci poussa un soupir dans son sommeil, aussi Kate demeura-t-elle un instant auprès d'elle. Puis elle fit signe à Marc de la rejoindre dans le couloir.

Elle referma la porte derrière eux et laissa échapper un soupir.

— Je crois qu'elle va faire sa nuit. Ça n'a pas été facile. Apparemment, elle est habituée à être bercée pour s'endormir.

Marc passa une main sur sa nuque, une vaine tentative pour évacuer la tension qui s'y était accumulée.

— Apparemment, Cécile a été bien soignée, ajouta Kate. Elle semble en pleine santé. Je procéderai tout de même à un examen complet demain, pour m'en assurer.

Marc jeta un œil vers la porte close.

— Je suis surpris de voir à quelle vitesse vous avez transformé la pièce en chambre d'enfant.

— Oh, je me suis contentée de jouer avec Cécile pendant que les domestiques apportaient le mobilier.

— Je me demande où ils ont trouvé ce berceau.

— C'était le vôtre.

— J'ignorais que ma mère l'avait gardé.

— Manifestement, elle vous aime beaucoup, dit Kate d'une voix douce.

Oui, se dit Marc. Sa mère l'avait toujours aimé, mais après les événements de la journée, il se demandait si elle le respectait.

— Au fait, où est-elle ? s'enquit-il.

— Elle avait un horrible mal de tête, alors j'ai insisté pour qu'elle aille se coucher. C'est sûrement le stress.

« A cause de moi », songea Marc.

— J'espère bien tirer cette affaire au clair très bientôt. Ma mère a beaucoup souffert l'an passé, après la mort de Philippe.

Il lut une sincère compassion dans les yeux émeraude de Kate.

— Oui, elle a vécu des moments terribles, dit-elle. Et vous aussi.

Comme c'était généreux à elle de prendre en compte ses sentiments, pensa Marc. Il n'était pas habitué à cette attitude de la part de son entourage.

— Je m'en suis remis.

Il avait bien fallu. Il n'avait pas eu le temps de penser à autre chose qu'à ses obligations. Il n'avait même pas eu le temps de faire le deuil de Philippe.

— En êtes-vous sûr ?

Non. Mais tant qu'il n'aurait pas fait ses preuves en tant que roi, il continuerait d'ignorer son chagrin.

— Oui, tout à fait.

Kate bâilla derrière sa main.

— Excusez-moi.

Marc se sentit tout à coup terriblement égoïste.

— Ne vous excusez pas. C'est à moi de le faire pour vous avoir retenue ainsi. Vous devez être épuisée par votre voyage.

— C'est vrai, je suis fatiguée. Béatrice, la gouvernante, est d'accord pour dormir dans la chambre à côté de celle de Cécile, au cas où elle se réveillerait cette nuit. Pensez-vous que M. Nicholas pourrait me conduire à mon hôtel ?

Marc n'était pas prêt à la laisser partir. Il voulait passer davantage de temps en sa compagnie, même s'il savait que c'était peu raisonnable.

— Etes-vous sûre de ne pas vouloir rester au château ? Il est déjà tard.

— Mes vêtements sont à l'hôtel et j'ai vraiment besoin de prendre un bain.

De manière impulsive, Marc l'imagina dans sa baignoire. Il se représenta la courbe de ses hanches, la toison entre ses cuisses, la rondeur de sa poitrine où il arrêta ses yeux.

Kate se méprenant sur son regard expliqua :

— La tache sombre, c'est de la purée de légumes. Cécile

a bon appétit mais elle aime aussi jouer avec la nourriture. Et elle vise plutôt bien.

Marc saisit une mèche de cheveux de Kate.

— Ça, c'est sûr ! J'aperçois quelques traces ici.

Tout en enroulant les cheveux sur son index, il plongea son regard dans le sien.

Il avait besoin d'elle. Mais ce qu'il désirait, il ne pouvait le lui demander. Laissant retomber sa main, il recula d'un pas.

— Je vais vous conduire moi-même à votre hôtel.

Elle le fixa d'un air étonné.

— Vraiment ? Vous semblez si fatigué.

— Je promets de rester éveillé assez longtemps pour vous emmener jusqu'à votre chambre.

Et, en son for intérieur, il se fit la promesse de la quitter sur le pas de la porte.

3

Une brise légère balayait le visage de Kate tandis qu'ils traversaient les rues sombres et silencieuses de Sainte-Simone, à bord de la décapotable de Marc. Une voiture de séducteur. Mais Kate n'était pas impressionnée par ce genre de véhicules. D'ailleurs, elle préférait les berlines spacieuses et les chaussures confortables, ce qui lui rappela que ses escarpins la serraient comme un étau. Elle les retirerait volontiers, mais elle s'abstint, de crainte que Marc ne se fasse des idées.

Comme si elle pouvait tenter de le séduire dans son état ! Son tailleur était froissé, ses cheveux n'avaient plus aucune forme, et son soutien-gorge la mettait au supplice.

Marc, en revanche, avec ses vêtements chic et ses cheveux flottant au vent, avait l'allure d'un acteur de cinéma. Kate se voyait tout à fait jouer les James Bond girls d'un soir.

Marc gara la voiture devant l'hôtel. Ils furent immédiatement encadrés par deux voitures noires.

Marc murmura :

— Pour une fois, j'aimerais qu'ils me laissent seul, bon sang !

— Ils sont là pour vous protéger, temporisa Kate.

— Je doute fort que des terroristes m'attendent à l'hôtel au beau milieu de la nuit. Ils ont l'air d'oublier que, durant la plus grande partie de ma vie d'adulte, j'ai veillé seul à ma sécurité.

— Mais c'était avant que vous ne deveniez roi.

— C'est vrai, et il me semble que cela fait des siècles.

Il se tourna sur son siège pour lui faire face.

— Je tenais à vous remercier, Kate.

Elle repoussa ses cheveux en arrière et le regarda.

— Il n'y a pas de quoi, je n'ai pas fait grand-chose.

— Ne sous-estimez pas l'aide que vous m'avez apportée.

Kate perçut une grande fatigue dans sa voix comme dans son regard.

— Que va-t-il se passer maintenant ? Je veux dire, pour le bébé ? demanda-t-elle.

— Nous aviserons demain. Pour l'instant, je suis trop épuisé pour m'en soucier.

Se penchant vers elle, il écarta une mèche rebelle sur le visage de Kate.

— Vous devez être épuisée vous aussi, cela n'empêche pas que vous soyez très belle.

Kate écarquilla les yeux.

— Vous plaisantez, n'est-ce pas ?

— Non, je suis très sérieux.

Il savait parler aux femmes, songea Kate. Elle ferait bien de garder à l'esprit que Marc était un maître dans l'art de la séduction. Il devait être en manque de sexe pour la trouver belle malgré ses cheveux aplatis et ses vêtements tachés.

En manque ? Mais non ! Son carnet d'adresses était probablement aussi épais qu'un dictionnaire médical. Peut-être même que cet hôtel avait abrité ses liaisons clandestines.

— Je ne suis jamais entré dans cet hôtel, dit-il, comme s'il lisait dans ses pensées.

Kate observa la façade de briques rouges et les balconnières sur les rebords des fenêtres, afin d'échapper au regard intense de Marc.

— Il ne manque pas de charme, Votre Majesté.

Elle aurait pu en dire autant de Marc.

— Kate, lorsque nous sommes tous les deux seuls, vous pouvez m'appeler Marc.

— Et si je me trompe en public ?

— Dans ce cas, vous êtes bonne pour le cachot, plaisanta-t-il.

— Alors il vaut mieux que je m'en tienne à Votre Majesté.

Soudain, Marc prit un air sérieux.

— Non, sincèrement, j'apprécierais si vous m'appeliez Marc. J'ai besoin d'une amie.

— D'accord, Marc.

— Merci.

Il semblait sincèrement heureux, et cela le rendit diablement attirant, au point que Kate eut le désir insensé de l'embrasser.

Il était grand temps qu'elle prenne congé !

Elle voulait se prélasser dans un bain, et s'écrouler dans son lit, avant de commettre une folie. Avant de croire qu'il la trouvait effectivement belle et séduisante, et qu'elle pouvait être pour lui plus qu'une amie.

— Merci pour la balade. Je peux me débrouiller seule maintenant.

— Vous voulez rire ?

Il descendit du véhicule avec souplesse.

Elle le regarda ouvrir sa portière, n'osant dire un mot.

— Alors, dit-il, qu'attendez-vous ?

Le pouls de Kate revint à la normale.

— Je peux entrer seule dans l'hôtel, je vous assure.

— Vous désobéiriez au roi ? dit-il en souriant.

— Présenté comme ça, j'imagine que je dois obtempérer ou risquer la potence.

Elle était folle de s'être laissé convaincre par Marc. Mais, bon, elle lui dirait au revoir, puis monterait seule jusqu'à sa chambre.

Marc la suivit dans le hall orné d'un tapis rouge. L'endroit était désert, hormis le réceptionniste, qui semblait tout à fait indifférent à l'arrivée soudaine du roi et de ses gardes du corps. Marc avait-il dit la vérité ? On son apparition dans cet hôtel était-elle chose courante ?

Elle était trop fatiguée pour réfléchir à cette question. Elle avait besoin de sommeil. Lorsqu'elle voulut prendre congé de Marc, celui-ci demanda :

— Avez-vous votre clé ?

Elle fouilla dans son sac, sortit sa clé et la lui montra.

— La voilà. Je vous verrai demain matin.

Il lui prit la clé des mains.

— Je vous accompagne jusqu'à votre chambre.

— Je suis assez grande pour retrouver mon chemin, tenta-t-elle de protester.

Elle essaya de reprendre sa clé, mais il l'enfouit dans la poche de son pantalon. Elle n'osa pas aller la chercher à cet endroit. Fouiller la poche d'un roi était sûrement le manquement suprême à l'étiquette !

En la prenant par le coude, Marc escorta Kate dans l'escalier. Lorsqu'ils furent devant la chambre, il lui fit face.

— Avez-vous peur de moi, Kate ?

— Non, évidemment, pourquoi ? dit-elle en haussant les épaules.

C'était d'elle-même qu'elle avait peur, et de son attirance pour lui.

— Vous n'avez rien à craindre de moi, dit-il, levant les mains en l'air. Je vous jure que mes intentions sont honorables.

— Dommage…

Mon Dieu ! Elle se sentit rougir. Etait-ce elle qui avait prononcé ces mots ? Elle qui d'habitude coupait court à toute tentative de séduction par une réplique cinglante !

Marc n'avait pas essayé de la séduire. Mais inconsciemment, elle devait espérer qu'il le fasse. C'était la seule explication à cette réponse provocatrice.

— Dommage, dans quel sens ? dit-il en approchant son visage du sien.

— Je plaisantais, c'est tout, murmura-t-elle en détournant le regard.

— C'est tout ? demanda-t-il d'une voix suave.

Non, ce n'était pas tout, se dit Kate tandis qu'il approchait encore. Ses lèvres n'étaient plus qu'à quelques centimètres de son visage.

Elle désirait Marc. Elle voulait que ses lèvres se posent sur les siennes. Elle voulait savoir si, effectivement, il la voyait autrement que comme un médecin et une amie. Et savoir que devenir sa maîtresse ne serait finalement pas une idée aussi absurde.

Mais, au lieu de l'embrasser, Marc prit son visage entre ses mains et appuya son front contre le sien.

— Nous ne pouvons pas faire cela, Kate.

Elle regarda à droite et constata qu'un garde du corps campait devant l'escalier.

— Je comprends. Nous ne sommes pas seuls.

— Ce n'est pas l'unique raison.

Kate sentit son cœur se briser et elle baissa les yeux.

— Je sais. Je ne suis pas assez bien pour vous.

— Vous vous trompez.

Il lui releva le menton, l'obligeant à le regarder.

— Vous êtes un être remarquable, Kate. Et vous êtes très belle. Il serait si facile de vous embrasser, de vous entraîner dans votre chambre et de vous faire l'amour toute la nuit. Mais à cause de mon titre, je ne peux pas me le permettre. J'ai encore tant à prouver…

— Quoi, par exemple ?

— Par exemple, que ma réputation de play-boy est extrêmement exagérée… et que par conséquent, je n'ai pas couché avec toutes les femmes vivant en Europe.

— Ce n'est pas le cas ?

Il eut un sourire cynique.

— Non. J'ai eu quelques aventures par le passé. Je ne suis jamais resté seul très longtemps, mais je n'ai pas autant de maîtresses à mon actif que ce que l'on veut bien croire.

Kate voulut lui demander depuis combien de temps il n'avait pas eu de relation amoureuse. Mais cela ne la regardait pas. De toute façon, il ne serait jamais à elle.

— Donc, vous êtes en train de dire que vous ne pouvez pas avoir d'aventure ?

— Pas pour le moment. Pas avant de m'affirmer comme un souverain crédible. Et pas avant d'être prêt pour le mariage. Je crois que cela demandera du temps.

Kate recula et replia ses bras pour masquer le frisson qui la parcourait.

— Eh bien, merci de m'avoir prévenue.

Elle s'en voulut d'avoir l'air déçu, car elle avait apprécié qu'il lui dise qu'il la trouvait désirable. Et il avait eu les mêmes pensées qu'elle toute la journée. Malgré tout, leur relation devait rester platonique. Autant accepter ce fait dès maintenant, même si cela lui coûtait.

— Kate, reprit Marc en lui caressant le visage, cela vaut mieux pour vous autant que pour moi. Les habitants de Doriana sont de braves gens, mais ils peuvent aussi se révéler intolérants lorsqu'il s'agit de leurs dirigeants. Je veux vous éviter de souffrir.

Pourtant, Kate souffrait déjà à l'idée que Marc ne serait jamais à elle. Et cela, même si elle n'avait jamais vraiment cru que ce serait possible.

Après avoir jeté un coup d'œil à sa montre, Kate s'efforça de sourire.

— Il est très tard. Je vous souhaite une bonne nuit, et je vous dis à demain.

Marc porta la main de Kate à ses lèvres et y déposa un baiser tendre.

— Dormez bien, Kate.

Puis il l'embrassa sur la joue et s'en alla, laissant Kate songeuse.

Une part d'elle-même était toujours amoureuse de l'homme sous le costume de roi — du garçon insouciant qu'il était avant que son couronnement ne le prive de sa liberté.

Même si elle ne pouvait être qu'une amie pour Marc, rien ne l'empêcherait d'essayer d'alléger son fardeau. D'apporter un peu de légèreté dans sa vie qui semblait tant en manquer depuis qu'il était devenu le roi de Doriana.

Après tout, c'était à cela que servent les amis, non ?

La sonnerie du téléphone fit sursauter Kate dans son sommeil. Désorientée, elle crut être dans la salle de repos de l'hôpital où elle avait fait son internat. Elle saisit le téléphone et répondit par l'habituel « Dr Milner ».

— Désolé de vous déranger à cette heure-ci, Kate, mais j'ai un problème avec Cécile.

Cécile ? Elle n'était pas à l'hôpital. Elle était dans un pays étranger. L'homme à l'autre bout de la ligne n'était pas un de ses collègues, il était roi. Un roi qui semblait désemparé.

Kate s'assit sur le lit et jeta un coup d'œil au réveil sur la table de chevet. Il était presque minuit.

— Qu'y a-t-il ?

— Je n'en sais trop rien. Béatrice et moi avons tenté de la calmer de peur qu'elle ne réveille ma mère, mais je crains que nous ayons échoué. Avez-vous des conseils ?

— Elle a pris un biberon ?

— Plusieurs. Le dernier a atterri sur ma tête.

Kate réprima une envie de rire en imaginant la scène.

— Sa couche est sèche ?

— Oui. Béatrice l'a changée plusieurs fois. Avec tous les biberons qu'elle a bus…

— La bercer…

— … n'a servi à rien. Elle est bien décidée à protester, et très fort, en plus.

— Bon, je vais venir et voir ce que je peux faire.

— Je suis désolé de vous ennuyer, mais…

— Vous ne m'ennuyez pas, le coupa Kate.

— Merci. Je vous envoie Nicholas tout de suite.

— Je serai prête.

— Kate, j'apprécie vraiment ce que vous faites.

Aucun problème. Elle était habituée aux courtes nuits de

sommeil depuis son internat. Elle avait appris à s'habiller en moins d'une minute, ce qu'elle fit en enfilant jean, T-shirt et baskets. Si elle devait passer la nuit à s'occuper d'un bébé, le confort prévalait sur l'élégance.

Après avoir attrapé sa sacoche noire, elle se précipita à l'entrée de l'hôtel. M. Nicholas l'attendait déjà dehors, devant la voiture. Il la salua avec un sourire poli.

— Bonsoir, docteur Milner. C'est une belle nuit pour une virée en voiture. Le roi va être très content de vous voir, dit-il en ouvrant la portière.

La main posée sur le toit du véhicule, Kate demanda :

— Il a du fil à retordre, hein ?

— Je crois que Sa Brillance a été vaincue par un nourrisson.

Kate rit en grimpant dans la Rolls.

Ils firent le trajet en silence. Nicholas dirigeait la voiture le long des routes sinueuses menant au palais, éclairées par la lune.

Kate avait espéré ne plus revoir Marc avant le lendemain. Mais elle avait rêvé de lui. C'était un rêve étrange et surréaliste, dans lequel il volait à son secours, entièrement nu, sur un grand destrier blanc… Quel dommage que le téléphone l'ait réveillée à ce moment-là !

Quand elle arriva, Béatrice l'accueillit, l'air hagard et les cheveux en bataille. Elle l'accompagna jusqu'à la chambre du bébé. Kate entra dans la nursery et trouva Marc, vêtu d'une chemise blanche déboutonnée jusqu'à la taille et d'un pantalon de pyjama bleu marine, affalé sur le sol, au milieu de biberons et de jouets éparpillés. Il avait les yeux clos et la tête appuyée contre le berceau. Cécile était assise sur ses genoux et mâchouillait un canard en plastique, l'air satisfait.

On aurait dit un père et sa fille. Cette idée figea Kate sur place.

Mais elle ne pouvait pas s'attarder sur la question pour l'instant. Elle était là pour voir si le bébé allait bien.

— Alors, mon lapin, dit Kate à voix basse, comment se fait-il que tu ne dormes pas encore ?

— Elle a décidé de me torturer, dit Marc sans ouvrir les yeux.

Sa voix était rauque. La frustration et la fatigue, sans doute.

Lorsqu'elle aperçut Kate, Cécile lui fit un grand sourire édenté et poussa des cris de joie. Totalement sous le charme, Kate posa sa sacoche et prit la petite fille dans ses bras.

Débarrassé de son fardeau, Marc se leva, offrant ainsi à Kate une vue imprenable sur son torse découvert. Un torse magnifique. Certes, elle avait déjà vu des hommes nus. Mais aucun n'était aussi bien bâti que Marc DeLoria.

« Tu es là pour t'occuper du bébé », se réprimanda Kate.

Elle porta son attention sur Cécile, dont les yeux étaient brillants et alertes. Pas de signes de maladie. En fait, l'enfant paraissait en meilleure forme que tout à l'heure.

Kate regarda Marc par-dessus la tête du bébé.

— Peut-être que la petite Cécile souffre de l'angoisse de séparation.

— Elle n'est pas la seule à souffrir, rétorqua Marc en posant doucement la main sur le front de l'enfant, contredisant par ce geste la contrariété de sa voix. Etes-vous sûre qu'elle n'a pas de fièvre ?

L'intérêt paternel dont il faisait preuve surprit Kate.

— Je présume que vous n'avez pas vérifié ? dit-elle.

Marc eut un air horrifié.

— Je ne me risquerais pas à une manœuvre aussi délicate.

Kate apposa sa joue contre celle de Cécile, et constata qu'elle était fraîche.

— Sa température me semble normale. Peut-être fait-elle ses dents ?

Marc montra son index.

— Je n'en doute pas. Elle vient de passer une heure à mâchouiller mes doigts. Jusqu'à ce que je mette la main sur le canard.

Kate sourit.

— Je vais quand même vérifier sa température. Voulez-vous regarder dans ma sacoche et me donner le thermomètre ?

Marc s'exécuta, fixant l'instrument avec un air de dégoût.

— N'est-ce pas un peu large pour un bébé si petit ?

— C'est un thermomètre pour enfants.

— Je vais vous laisser.

— Pourquoi ? Cela ne fait pas mal.

Marc s'agita, l'air mal à l'aise.

— Ça, c'est ce que disent ceux qui n'ont jamais eu à en passer par là.

Kate comprit alors que Marc n'avait jamais vu de thermomètre auriculaire. En souriant, elle le glissa dans l'oreille de Cécile. Quand il émit un bip, elle lut le résultat sur l'écran.

— Tout est normal, annonça-t-elle.

Le soulagement se lut sur le visage de Marc.

— Pourquoi diable n'a-t-on pas inventé cela quand j'étais enfant, et que ma mère demandait une prise de température au moindre reniflement ?

— Ce sont les merveilles de la médecine moderne !

Kate aperçut un sac posé sur la table à langer.

— Ce sont ses affaires ? demanda-t-elle.

— Oui.

Kate se mit à marcher en berçant doucement Cécile, dans l'espoir que cela l'aide à s'endormir.

— Regardez si vous pouvez y trouver un doudou ou un jouet. C'est peut-être cela qui lui manque pour s'endormir.

Marc fouilla dans le sac et sortit un petit paquet transparent.

— C'est tout ce que j'ai trouvé en dehors de ses vêtements.

Kate s'approcha pour examiner l'objet. Une tétine, qui devait sans doute être la solution au problème de sommeil de Cécile.

— Rincez-la à l'eau chaude et rapportez-la-moi.

Sans un mot, Marc alla dans la salle de bains adjacente et revint quelques minutes plus tard, tenant la tétine et sa chaînette de plastique rose.

Lorsque Cécile l'aperçut, elle poussa un gémissement et ouvrit ses petits poings comme pour dire : « Donne-moi ça tout de suite ! » Marc la lui mit dans la main et Cécile la porta aussitôt à sa bouche. Puis elle appuya la tête contre la poitrine de Kate.

Celle-ci marcha encore quelques instants. Les paupières du bébé se firent lourdes puis se fermèrent. Kate la posa doucement dans son berceau, la couvrit et éteignit la lampe. La pièce ne fut plus éclairée que par la veilleuse située près de la porte.

Se retournant, Kate vit que Marc avait disparu.

Elle sortit et l'aperçut dans le couloir, appuyé au mur.

— Vous êtes un génie, Kate, dit-il avec un sourire sexy.

— J'ai souvent fait du baby-sitting, alors je m'y connais en rituels d'endormissement, et en tétines.

— Cela explique pourquoi Cécile est si à l'aise avec vous. Votre savoir-faire avec les enfants saute aux yeux. Vous devez être un médecin remarquable.

— Vous aussi, vous vous en êtes bien sorti. Combien d'hommes auraient veillé sur un bébé qui n'est pas le leur ?

Cette allusion à la possible paternité de Marc était involontaire.

— Ce n'est pas ma fille, Kate, dit-il sur un ton sans réplique.

Puis il s'adoucit et poursuivit :

— Mais elle peut être adorable quand elle le veut bien. Elle m'a même fait plusieurs sourires.

La vérité éclaterait bientôt, espéra-t-elle. Par des moyens médicaux, ou par une enquête classique. Comment une mère pouvait-elle abandonner une enfant si magnifique ? Peut-être ne pouvait-elle pas subvenir à ses besoins ?

— J'espère qu'elle va dormir quelques heures, dit Marc. Mais, bizarrement, je n'ai plus sommeil.

Kate non plus. Comment songer à dormir quand Marc la couvait de son regard plein de désir ?

Dans sa tentative pour se concentrer sur autre chose que sur ses yeux charmeurs, Kate laissa dériver son regard sur son torse musclé, au hâle doré. Elle aperçut son nombril. Mais pas de tache de naissance… Où pouvait-elle bien être cachée ? Et où donc avait-elle la tête pour détailler ainsi l'anatomie intime de Marc ?

Elle s'obligea à lever les yeux.

— Béni soit celui qui a inventé la tétine en silicone ! dit-elle.

Marc eut un large sourire, qui fit apparaître ses séduisantes fossettes.

— En tant qu'homme, je préfère celles qui sont naturelles.

— Vous êtes une canaille, DeLoria, dit Kate en agitant un index réprobateur.

— C'est à cause de vous.

— De moi ?

— Oui, c'est vous qui soulignez ce côté de ma personnalité.

Il avança plus près de Kate, et son parfum viril l'enveloppa.

— J'espère que vous ne me refuserez pas votre amitié, malgré tout.

Sa voix était chaude et ensorcelante.

Kate fit mine de reconsidérer la question, mais elle essayait en réalité de ne pas se perdre dans le bleu de ses yeux.

— Bon, je vous laisse une autre chance, dit-elle. Je suis toujours d'accord pour être votre amie.

— Bien. Alors je sais comment nous pourrions passer le reste de la nuit puisque nous n'avons sommeil ni l'un ni l'autre.

Il se pencha vers elle, et toutes les bonnes résolutions de Kate s'évanouirent lorsqu'il murmura :

— Si, bien sûr, vous êtes partante pour une petite aventure nocturne…

4

Une visite dans les cuisines du palais. Voilà ce que Marc DeLoria appelait une petite aventure nocturne !

Quelle déception ! se dit Kate. Elle avait espéré un bain de minuit dans les douves du château, bien qu'en y songeant, elle n'avait pas vu de douves. Ou au moins, une promenade dans les jardins royaux. Elle les avait tout de suite remarqués à son arrivée : les rosiers, les buissons soigneusement taillés et la fontaine posée au centre d'un bassin d'eau étaient magnifiques.

Mais au lieu de se promener au clair de lune en compagnie du roi, elle se tenait au milieu d'une cuisine sombre pendant que Marc fouillait dans un placard à la recherche de Dieu savait quoi. Toutefois, il était penché à cet instant et offrait ainsi à Kate une jolie perspective sur son postérieur. La fine étoffe de son pyjama mettait en valeur le galbe royal de ses fesses. Etait-ce à cet endroit que se trouvait sa marque de naissance ? Il suffirait d'avancer de quelques pas et de tirer rapidement sur le vêtement pour le savoir…

Très mauvaise idée.

Elle pouvait contempler Marc à loisir, mais elle ne pouvait pas le toucher. Il avait été très clair sur ce point, tout à l'heure devant sa chambre d'hôtel. Aucune caresse. Aucun baiser. Aucun rendez-vous clandestin dans un recoin du palais, ni même ailleurs. Mais il n'était pas interdit de fantasmer, ni de se remémorer les mots qu'il avait prononcés de cette voix grave qui lui donnait le vertige.

... il serait si facile de vous embrasser, de vous entraîner dans votre chambre et de vous faire l'amour toute la nuit.

Kate sentit son corps se consumer de désir.

— Je l'ai, annonça-t-il en brandissant une poêle, un sourire ravageur aux lèvres.

Allait-il lui préparer un petit déjeuner américain ? se demanda Kate. Son estomac se noua en signe de protestation. Les repas copieux au milieu de la nuit, très peu pour elle.

— Je ne suis pas très portée sur les œufs, vous savez.

— Moi non plus. En revanche, j'adore les crêpes.

Kate s'appuya contre le plan de travail impeccable situé au milieu de la cuisine.

— Vous savez faire les crêpes ?

Marc posa la poêle sur le feu et se tourna vers Kate.

— Quelqu'un m'a appris.

Kate supposa que ce « quelqu'un » était une femme.

— Elle a dû s'amuser en apprenant la cuisine à un roi.

— C'est vrai. Et elle m'a enseigné beaucoup d'autres choses.

Kate l'aurait parié.

— Ah oui ? Quoi par exemple ?

— Elle m'a notamment appris à faire mes lacets, à lire. Elle s'appelait Mme Perrine. Ma première nounou.

— Votre nounou ?

— Vous avez cru que je parlais d'une jeune et jolie jeune femme. Je peux vous assurer que Mme Perrine n'était ni jeune ni jolie. Elle était sévère, mais elle avait le coup de main avec les crêpes.

— Il me tarde de goûter aux vôtres.

Il lui décocha un nouveau sourire ravageur.

— A mes crêpes ?

Son regard d'un bleu intense et son ton provocant troublèrent Kate. Une petite voix lui rappela : il ne pouvait y avoir entre eux que de l'amitié.

— Oui, Votre Altesse. Ou devrais-je dire, Votre Hauteur, puisque M. Nicholas n'est pas là.

— Marc, c'est très bien, dit-il.

Il se dirigea vers l'immense réfrigérateur et se mit en quête d'autres ingrédients. Il sortit deux saladiers fermés par un couvercle et une motte de beurre qu'il posa sur le comptoir à côté de Kate. Il ouvrit les récipients et Kate vit que l'un contenait des fraises, et l'autre, ce qui ressemblait à des grands pancakes.

— En fait, la cuisinière a déjà préparé les crêpes. Je n'ai plus qu'à faire la garniture.

— Y a-t-il quelque chose que je puisse faire ?

Marc la détailla de la tête aux pieds, s'attardant au passage sur sa poitrine.

— Tout ce que vous avez à faire, c'est de rester là et d'être belle, vous êtes très douée pour cela.

Belle ? Elle n'était même pas maquillée, et ses yeux devaient être bouffis de sommeil !

— Vous n'êtes qu'un flatteur, Marc DeLoria.

Il prit tout à coup un air grave.

— Je ne vous ai jamais menti, Kate. Je n'ai aucune raison de le faire.

Kate sentit de nouveau son corps se consumer, mais de remords cette fois. Pourquoi diable ne pouvait-elle s'empêcher de mettre en doute ses paroles ?

— Je suis navrée. C'est simplement que je n'ai pas l'habitude d'entendre ce genre de compliments.

Marc saisit un couteau et se mit à couper les fraises en tranches fines, avec des gestes lents et précis.

— Kate, beaucoup d'hommes vous trouvent belle, croyez-moi. Même s'ils ne vous le disent pas en face. Peut-être parce que vous envoyez des signaux indiquant que vous ne recherchez pas ce genre d'attention.

Kate fronça les sourcils.

— Vraiment ? Je veux dire… Vous pensez que j'envoie ce genre de message ?

— Oui, dit-il, sans cesser de la regarder.

Kate n'avait jamais réfléchi à cela, mais Marc avait peut-être raison. Peut-être évitait-elle de se montrer accessible, de peur d'être rejetée.

— Alors, vous sous-entendez que je suis hautaine ?

— Non. Vous êtes sympathique, cependant vous gardez une certaine distance. Certains hommes trouvent cela très intimidant.

Kate se rappela son aventure avec Trevor Allen, à l'université. Il lui avait souvent reproché de réserver ses démonstrations d'affection à ses parents et à ses patients.

— Et vous, est-ce que cela vous intimide ?

— Au contraire, je trouve cela très attirant.

Un frisson parcourut Kate tandis que Marc continuait de la fixer de son regard intense et pénétrant. Combien de femmes avaient succombé à son charme irrésistible ? Beaucoup, probablement. Vouloir être la prochaine sur la liste n'était pas raisonnable, pourtant, c'était bien ce qu'elle souhaitait.

Assez rêvé.

Kate appuya les coudes sur le comptoir et posa le menton entre ses mains.

— Vous êtes sûr que je ne peux pas vous aider ? Je me sens si inutile, à me tenir là, en me contentant d'être *belle*.

Marc sourit enfin.

— Vous pouvez faire fondre du beurre ?

C'était elle qui se sentait fondre dès que Marc révélait ses fossettes.

— Oui, ça, je peux le faire. En quelle quantité ?

Il saisit une grosse cuillère de bois dans un pot de céramique avec laquelle il tailla un morceau dans la motte, avant de la tendre à Kate.

— Faites-le chauffer et veillez à ce qu'il ne brûle pas.

Kate se mit aux fourneaux, et jeta le beurre dans la poêle déjà chaude. Elle se sentit frémir elle aussi, lorsque Marc vint derrière elle et l'entoura de ses bras puissants pour verser les fraises et le sucre roux sur le beurre.

— Pouvez-vous mélanger cela ? dit-il.

— Mélanger cela, répéta-t-elle, comme si la demande était complexe.

Ridicule ! pensa Kate. Elle avait étudié la médecine, non ? Alors elle pouvait bien faire cuire quelques fraises.

Marc s'éloigna, et Kate lui jeta des regards furtifs tandis qu'il mixait de la crème fouettée dans un bol. Il revint avec une louche pleine d'un liquide clair. De la liqueur, supposa Kate étant donné l'arôme puissant qu'il dégageait. De nouveau, Marc se tint derrière elle pour faire chauffer le liquide au-dessus d'un autre brûleur, avant de le faire flamber à l'aide d'un briquet doré. Des flammes s'élevèrent puis se répandirent sur le mélange de fraises lorsque Marc déversa la liqueur dans la poêle. Les flammes bleues moururent doucement, mais le feu qui avait envahi Kate au moment où Marc avait posé la main sur sa taille continua de l'embraser.

— Et maintenant ? demanda-t-elle, surprise d'avoir recouvré sa voix.

— Il faut attendre que l'alcool imprègne les fraises.

La voix de Marc et la chaleur de son corps si proche du sien enivrèrent Kate. Elle s'appuya contre lui pour ne pas tomber, et il l'entoura de ses bras virils et accueillants avant de la faire pivoter lentement vers lui.

Une fois de plus, Kate lut l'indécision dans ses yeux, mais aussi le désir… qui cette fois prit le dessus : il saisit son visage entre ses mains et posa les lèvres sur les siennes. Cependant, son baiser fut doux et timide. Marc était-il indécis ou attendait-il qu'elle prenne l'initiative ?

Kate ne réfléchit pas longtemps. Elle amena le visage de Marc plus près du sien par une pression sur sa nuque et colla ses lèvres aux siennes, pour enfin obtenir ce qu'elle désirait.

Bien qu'elle ait déjà imaginé les baisers de Marc, Kate se rendit vite compte qu'elle était très loin de la vérité. Jamais personne ne l'avait embrassée d'une façon si tendre et si parfaite. Il usait de sa langue comme d'une plume, prenant possession de sa bouche par de douces caresses sans jamais être intrusif. Kate sentit le désir gagner son corps tout entier.

Il l'attira vers lui et glissa une main le long de son dos et de ses hanches. Elle ressentit l'effet de leur baiser impromptu sur Marc quand il se pressa contre elle.

Brusquement, il interrompit leur étreinte. Reculant d'un pas, il se frotta sa mâchoire en laissant échapper un long soupir.

— Toutes mes excuses, Kate. J'ai perdu la tête.

Kate ne sut si elle devait se sentir flattée ou insultée. Elle était en tout cas haletante et excitée.

Marc prit un air sérieux.

— Je dois garder à l'esprit que rien n'a changé depuis notre discussion à l'hôtel. Nous ne pouvons pas faire cela.

— C'est pourtant arrivé.

— Je sais. Et il ne faut pas que cela se reproduise.

Lorsque Kate comprit qu'en disant ces mots il essayait de se convaincre lui-même, elle ne put réprimer un sourire.

— Alors, nous devrions éviter les cuisines…

Il sourit sans conviction.

— Vous avez raison. Bon, les fraises doivent être cuites à présent.

Marc déposa les crêpes sur des assiettes pendant que Kate l'observait, encore émue par leur baiser. Elle devait reconnaître que Marc avait une volonté de fer. Ou alors, il avait agi par courtoisie envers elle. Mais ce n'était pas de la courtoisie qu'elle avait vue dans ses yeux lorsqu'elle était dans ses bras. C'était du désir. D'ailleurs, ses pensées à elle étaient à mille lieues de la courtoisie à cet instant.

Ils transportèrent leur dessert dans une pièce confortable, où se trouvaient un canapé en tweed et une cheminée. Marc posa son assiette sur la table basse et s'installa à côté de Kate.

Elle attendit qu'il commence à manger mais, au lieu de cela, il découpa un morceau de sa crêpe et le porta aux lèvres de Kate.

Elle goûta la saveur des fraises, de la crème fouettée et du sucre. La pâte délicate fondit dans sa bouche.

— C'est si délicieux que c'en est presque un péché, dit-elle.

— Tout dépend de votre définition du mot péché.

— A cause des calories, précisa-t-elle après avoir avalé un autre morceau, particulièrement quand elles viennent se loger sur vos cuisses.

Marc regarda les jambes de Kate puis remonta lentement vers son visage.

— Je doute que vous ayez ce genre de problème.

— Si seulement mon métabolisme pouvait vous entendre !

— Oubliez votre ligne et savourez ce dessert sans arrière-pensée.

Kate écouta Marc et avala jusqu'à la dernière bouchée. Elle se demandait si le commentaire de Marc à propos de la notion de péché s'appliquait à d'autres formes de gourmandise…

Lorsqu'ils eurent fini, Marc prit la télécommande sur la table et alluma le téléviseur situé en face d'eux. Il fit défiler les chaînes et s'arrêta sur un programme portant sur les mœurs de la mangouste. Il changea rapidement de chaîne et tomba sur un film en français, dans lequel deux personnages semblaient se quereller.

Après avoir lancé la télécommande sur la table, il s'adossa contre le canapé.

— Il n'y a pas beaucoup de choix à cette heure-ci, alors je crois qu'il faudra nous contenter de ce film. A moins que vous ne préfériez aller vous coucher ?

Kate supposa qu'il voulait dire « seule », une perspective qui, pour l'instant, ne lui disait rien.

— C'est drôle, je ne me sens pas du tout fatiguée, pourtant je le devrais.

— Dans ce cas, ce film vous aidera peut-être à trouver le sommeil.

— C'est fort probable, puisque je n'ai pas la moindre idée de ce qu'ils se disent.

Marc étala son bras sur le canapé. Il n'était plus qu'à quelques centimètres de Kate.

— L'homme s'appelle Jean-Michel, et il vient de dire à

la jeune femme, Geneviève, qu'il doit la quitter, car il est engagé avec une autre femme.

— Le goujat ! Qu'a-t-elle répondu ?

Marc répéta les paroles en français puis les traduisit à Kate :

— Elle lui dit : « Tu me veux. Je te défie de me dire que je me suis trompée. »

Entendre parler Marc en français, d'une voix basse et rauque, fit frissonner Kate. Elle leva les yeux vers lui, et constata qu'il s'était encore rapproché, ravivant ainsi le désir qui avait brûlé en elle toute la soirée.

— Est-ce qu'il nie ?

Le regard de Marc se posa sur ses lèvres.

— C'est impossible pour lui de nier qu'il la désire.

La détermination dans sa voix et l'intensité de son regard nourrirent l'espoir de Kate : Marc parlait de son propre désir pour elle. Ou peut-être le souhaitait-elle tellement qu'elle s'imaginait ce qui n'était pas ?

Reportant son attention sur le film, elle put constater les conséquences du désir de Jean-Michel pour Geneviève : ils étaient à présent enlacés. Leurs actions ne nécessitaient aucune traduction, ils parlaient le langage universel de l'amour. Kate trembla lorsqu'il y eut un gros plan sur leur étreinte. Elle s'agita lorsque les deux amants ôtèrent leurs vêtements pour se retrouver entièrement nus.

— Ce doit être une chaîne pour adultes, murmura-t-elle.

— En fait, non. Dans mon royaume, la nudité est considérée comme naturelle et belle. Tout comme l'acte sexuel.

Le cœur de Kate cogna dans sa poitrine quand Marc posa le bras sur son épaule et se mit à tracer des cercles sur son bras, comme s'il écrivait son nom. Comme s'il marquait son territoire. Kate s'inquiéta de l'effet que le film et la caresse de Marc produisaient sur elle.

— Peut-être devrions-nous regarder un autre programme, dit-elle.

Marc enfouit soudain son visage dans ses cheveux, la prenant par surprise et provoquant le chaos de ses sens.

— Le film vous met mal à l'aise ?

Kate se mordit la lèvre inférieure avant de répondre :

— Un peu.

— Dans quel sens ?

— Je n'en sais rien.

Si, elle le savait, et Marc aussi, probablement. La scène d'amour sur l'écran et le fait que Marc soit si près d'elle l'excitaient au plus haut point. Elle était prête à lui demander de l'embrasser de nouveau.

Mais elle n'eut pas à le demander. Cette fois, le baiser de Marc ne fut ni réticent ni hésitant. Sa barbe naissante lui éraflait le menton et il frôlait sa poitrine en descendant et remontant ses mains le long de ses côtes.

Le temps semblait s'être arrêté. Kate aurait pu se laisser embrasser ainsi éternellement. Mais un tel baiser ne pouvait durer sans avoir de conséquences sur d'autres parties de son corps. Ses tétons se dressèrent contre le torse de Marc. Un feu se répandit dans son ventre et s'installa entre ses cuisses dans un battement sourd.

Soudain audacieuse, Kate souleva la jambe pour la poser sur les cuisses de Marc. Il gémit tout en l'embrassant et la fit s'allonger sur le canapé, avant de s'étendre à son tour sur elle, en calant une cuisse entre ses jambes. Il interrompit momentanément leur baiser pour ouvrir son peignoir et soulever le T-shirt de Kate, avant de reprendre possession de sa bouche. Mais il ne se servit pas de sa main pour la caresser. Il se servit de son torse, se frottant doucement contre ses seins nus, puis s'écartant avant de les effleurer de nouveau, avec des mouvements circulaires qui attisèrent encore son désir.

Enhardie par les baisers fougueux de Marc, Kate pressa ses hanches contre lui pour mieux le sentir, comme si cela pouvait atténuer le feu qui embrasait son intimité. Elle ressentit la force de son érection à travers le fin tissu de son pyjama.

Marc glissa la main sur son ventre. Il tira sur le jean de Kate, qui n'en fut que plus excitée.

Puis soudain, plus rien. Plus de baisers. Plus de caresses.

Kate ouvrit les yeux pour découvrir que Marc se tenait debout à plusieurs mètres de distance. Il lui tournait le dos et avait les mains croisées derrière sa nuque. Puis vint l'humiliation finale, durant les quelques instants de silence qui suivirent et qui lui semblèrent durer des heures.

— Je suis désolé, Kate.

Le voilà encore qui s'excusait ! Kate était embarrassée comme elle ne l'avait jamais été. Elle abaissa son T-shirt et alla se blottir à une extrémité du sofa.

— Je n'ose pas imaginer ce que vous pensez de moi à cet instant, dit-elle.

Il s'assit près d'elle et lui prit la main, l'air plein de remords.

— Voulez-vous que je vous dise ce que je pense de vous à cet instant ? Je trouve que vous êtes la femme la plus incroyable, et la plus sensuelle que j'aie jamais rencontrée. Si je ne m'étais pas souvenu que nous ne pouvons pas faire cela, je serais en train de vous faire l'amour, et ce ne serait pas une bonne idée.

Les paroles de Marc éveillèrent chez Kate une audace qu'elle ne se connaissait pas.

— Pourquoi, Marc ? Nous sommes tous deux adultes. Et nous sommes seuls, cela restera entre nous.

Marc poussa un grand soupir.

— Parce que je ne peux vous offrir qu'une liaison clandestine et sans lendemain. Parce que vous êtes quelqu'un de bien, Kate. Vous méritez mieux qu'une aventure secrète.

Kate avait toujours été la fille parfaite. Celle sur qui l'on pouvait compter. Elle était fatiguée de porter cette étiquette, fatiguée de jouer ce rôle. Elle était une femme, avec ses désirs et ses envies. Et l'homme qui était assis à côté d'elle avait les moyens de combler ses désirs. Malheureusement, il n'était pas disposé à le faire.

Elle retira brusquement sa main et croisa les bras sur sa poitrine, en espérant que cela atténuerait le soudain frisson qui la parcourait. En vain.

— Je crois que vous avez raison, Marc. Mettons mon

manque de retenue sur le compte du décalage horaire. Je ferais mieux de rentrer à l'hôtel maintenant.

Quand elle se leva, Marc la retint par le poignet.

— Restez au palais ce soir, Kate, avec moi. Vous avez besoin de repos. Nous pouvons dormir sur le canapé.

— Je doute que ce soit une bonne idée, dit-elle.

Elle aurait pourtant été ravie de se réveiller dans les bras de Marc, même s'il venait de la repousser.

Après avoir pris une couverture sur un bras du canapé, Marc noua son peignoir, s'étendit à côté de Kate et la prit dans ses bras.

— Allongez-vous et posez la tête sur mon torse. Je promets de bien me tenir.

— Dommage !

Il étala la couverture sur eux.

— Ne me rendez pas la tâche plus difficile qu'elle ne l'est déjà, belle dame, ou je crains de devoir vous enfermer dans le donjon.

— Est-ce si difficile ?

Marc eut un sourire malicieux.

— Vous ne pouvez pas imaginer à quel point.

Nul besoin de l'imaginer, elle avait eu un aperçu de la force de son désir quelques instants auparavant. Elle n'oublierait sans doute jamais la sensation de leurs corps enlacés. Mais pour le moment, il fallait dormir. Le matin arriverait bien trop vite, et le temps passé seule avec Marc prendrait fin. Après cette soirée, il l'éviterait sûrement. Car après tout, il était roi, elle était une simple roturière, et il devait prouver qu'il pouvait lui résister. Cette idée la fit sourire tandis qu'elle fermait les yeux.

Le roi l'avait trouvée irrésistible. N'était-ce pas fabuleux ?

— Marc, réveille-toi.

Marc ouvrit les yeux avec difficulté, et découvrit sa mère debout près du canapé, portant Cécile qui agitait ses petits bras comme un chef d'orchestre. Mais que faisait donc sa mère à cette heure de la nuit, et pourquoi était-elle vêtue comme pour tenir un conseil ? A moins que ce ne soit déjà le matin ? Non, impossible. Il ne devait pas s'être écoulé plus d'une heure depuis le moment où il s'était enfin endormi, en tout cas c'était son impression.

Son corps tout entier était endolori. A un moment de la nuit, Kate avait posé la main sur son entrejambe. Et pour il ne savait quelle raison, il ne l'avait pas repoussée. Heureusement, la couverture et son peignoir dissimulaient la proéminence sous son pyjama.

Lorsque Cécile poussa des cris aigus, Kate se réveilla en sursaut, rejeta la couverture ce qui dénuda ses seins et écarta les cheveux qui lui barraient le visage.

— Quelle heure est-il ? demanda-t-elle, affolée.

Marc remit la couverture en place sur la poitrine de Kate aussi naturellement que possible.

— Il est très tôt, répondit-il, d'une voix rendue rauque à cause du manque de sommeil et de son désir inassouvi.

Mary s'assit sur un fauteuil en face du canapé, et posa sur ses genoux Cécile, qui était gaie comme un pinson.

— Ce n'est pas encore l'aube. Quand Cécile s'est réveillée, j'ai pris le relais de Béatrice pour qu'elle puisse dormir, puisqu'il semblerait que cette petite fille confonde le jour et la nuit.

Marc ne put s'empêcher de sourire à Cécile, qui mâchouillait le collier de perles favori de la reine. Seul un enfant innocent pouvait se permettre une telle liberté.

Mary observa Kate.

— Je ne m'étais pas rendu compte que Kate n'était pas retournée à l'hôtel, dit-elle d'un ton neutre.

Kate détourna les yeux et tira sur son T-shirt froissé.

— En fait, j'y étais. Mais Marc m'a appelée pour que je vienne examiner Cécile. Comme elle refusait de dormir, il l'a crue malade.

— Elle m'a pourtant l'air en pleine forme, dit Mary en

embrassant la joue de l'enfant. J'espère que tu n'as pas abusé de la gentillesse de Kate, Marc.

Celui-ci jeta un coup d'œil vers Kate, qui était rouge d'embarras.

— Non, mère, je peux vous l'assurer. Si vous insinuez par-là que quelque chose d'intime s'est produit entre nous, vous vous trompez.

Non pas qu'il n'y ait pas songé…

— Nous étions tous les deux épuisés et nous nous sommes endormis devant la télévision, ajouta-t-il.

— Bien sûr que je n'insinue rien de tel, mon fils.

— Je n'ai rien fait qui puisse compromettre la réputation de Kate ou la mienne, ajouta Marc, sèchement.

Pourtant, ce n'était pas faute d'en avoir eu envie ! Et en voyant Kate recroquevillée sur le canapé, avec ses vêtements fripés et ses cheveux en bataille, il constata qu'il la désirait toujours autant.

Mary soupira.

— En tout cas, tu as laissé un sacré désordre cette nuit ! La cuisinière est déjà en train de rouspéter.

— C'est ma faute, intervint Kate. Comme Marc avait fait la cuisine, je voulais me charger de tout nettoyer. Mais je me suis endormie.

Mary gratifia Kate d'un regard bienveillant.

— Mais non, ma chère ! Vous êtes notre invitée. Marc aurait très bien pu ranger la cuisine lui-même, bien que je doute qu'il sache comment tenir une maison.

Manifestement, sa mère était décidée à lui gâcher la journée, se dit Marc.

— Ne trouvez-vous pas que j'ai assez de responsabilités comme ça, mère ?

— Si, mon cher, c'est vrai, dit-elle en regardant Cécile.

Kate se leva et s'avança vers la reine.

— Puis-je prendre Cécile dans mes bras ?

— Bien sûr.

Mary posa Cécile dans les bras de Kate.

Celle-ci serra le bébé contre elle et l'embrassa sur la joue.

— J'espère que tu as bien dormi, ma puce, car nous avons beaucoup à faire ce matin à l'hôpital.

A ces mots, Marc renversa la tête contre le canapé, comme s'il venait de se vider de son énergie.

— Merde ! J'avais complètement oublié ce fichu test !

— Surveille ton langage, Marc, le réprimanda Mary. Tu es en présence de deux demoiselles et d'une grand-mère qui ne tolère pas ce genre d'écart.

Sa mère considérait déjà Cécile comme sa petite-fille avant même d'en avoir la preuve ! se dit Marc.

— Mes excuses, marmonna-t-il, ravalant la série d'injures qui menaçaient de jaillir de sa bouche.

— Et votre mal de tête, Mary ? s'enquit Kate, qui semblait embarrassée par le tour que prenait la discussion entre la reine et son fils.

Mary posa la main sur le bras de Kate.

— Il a complètement disparu, grâce à vous. Le massage du cou que vous m'avez prodigué a fait des merveilles.

— Ce n'est pas grand-chose. J'ai appris les techniques, les différents points de pression, pour soulager les tensions à l'université, ajouta-t-elle en se tournant vers Marc.

Dire que c'était sa mère qui avait eu droit à un massage et que lui n'avait récolté qu'un torticolis et une douloureuse envie !

Kate confia Cécile à Mary et annonça :

— Je vais retourner à l'hôtel pour me rafraîchir et me changer avant d'aller à l'hôpital.

— Restez donc avec nous pour le petit déjeuner, proposa Mary. La cuisinière est en train de le préparer.

— Il vaut mieux que je parte maintenant. Nous devons avoir fini les prélèvements avant l'ouverture du service.

Kate se tourna vers Marc comme pour chercher un encouragement à rester.

Mais celui-ci déclara :

— Je vais dire à M. Nicholas de vous reconduire à l'hôtel immédiatement.

— Très bien, dit Kate, une pointe de déception dans la voix.

Une heure plus tard, Kate, Marc et le bébé entrèrent par une porte de service dans l'hôpital. Dans une petite salle au fond du couloir, Kate fit un examen complet de Cécile, occupée à jouer avec l'ourlet de sa petite robe à fleurs bleue posée sur la table, tandis que Marc la regardait faire. L'enfant semblait en parfaite santé, quoique légèrement en dessous de la taille et du poids moyens d'un enfant de sept mois. Si, toutefois, c'était bien son âge. Kate ne pouvait faire qu'une estimation, à moins que la mère ne réapparaisse. Au moins, aujourd'hui, ils pourraient en apprendre plus au sujet du père, et déterminer s'il pouvait s'agir de Marc ou de Philippe.

A cette fin, Kate prit une seringue pour prélever un peu du sang de Cécile. Elle détestait cela : piquer un enfant innocent sans prévenir. Elle demanda à Marc :

— Pouvez-vous la tenir un instant ? Cela m'aiderait beaucoup.

Marc fronça les sourcils.

— Est-ce que cela fait très mal ?

Kate sourit de le voir si inquiet.

— Non, c'est une toute petite piqûre sur le doigt. Mais elle ne va pas apprécier. Voilà pourquoi je veux m'assurer qu'elle ne bouge pas trop.

Marc s'exécuta, parlant à Cécile sur un ton rassurant pendant que Kate introduisait l'aiguille. Cécile sembla d'abord surprise, puis sa lèvre inférieure trembla et elle se mit à pleurer.

— C'est fini, ma chérie, dit Kate quand elle eut un échantillon suffisant. J'espère que tu ne vas pas me détester après ça.

Cécile appuya la tête contre le torse de Marc et renifla avant de se tourner vers Kate et de lui tendre les bras.

— Apparemment, elle est loin de vous détester, commenta Marc pendant que Kate reprenait Cécile.

Marc la détestait-il, lui, après l'épisode de la veille ? se demanda Kate. « Détester » était peut-être un terme trop fort, cependant il n'avait sûrement pas apprécié sa conduite.

Elle caressa les cheveux blonds et soyeux de Cécile et l'embrassa sur le front.

— C'est une petite fille courageuse, dit-elle. Je vais la rhabiller et vous pourrez la ramener au palais pendant que j'effectue les tests. Avec un peu de chance, elle va faire une petite sieste.

— J'en ferais volontiers autant, dit Marc en souriant. Vous aussi, non ? Nous pourrions nous allonger sur le canapé et voir ce qu'il y a à la télévision…

Peut-être s'était-elle trompée, finalement, pensa Kate. Peut-être ne lui en voulait-il pas à propos d'hier soir. Mais ce serait mieux pour tout le monde s'ils évitaient ce genre de situation à l'avenir.

— Je ne pense pas que nous devrions regarder la télévision ensemble.

Marc sembla déçu.

— Vous avez sûrement raison. Pendant que vous habillez Cécile, je vais voir si le Dr Martin est arrivé.

— D'accord, à tout de suite.

Marc se pencha pour embrasser Cécile, et Kate crut l'espace d'une seconde qu'il allait l'embrasser aussi. Mais il tourna les talons et quitta rapidement la pièce.

Kate chercha une couche dans le sac de Cécile, qui ne se montrait pas très coopérative. Plusieurs fois, Kate craignit que la petite fille né s'échappe de la table avant qu'elle puisse attacher correctement la couche. Elle parvint tout de même à la changer et commença à l'habiller.

— J'aimerais avoir ton énergie, ma puce, dit-elle quand Cécile retira la chaussette qu'elle venait de lui enfiler.

Avec difficulté, elle acheva de boutonner sa robe.

— Je ne peux pas t'en vouloir, poursuivit-elle. Moi aussi, j'aimerais bien me débarrasser de mon pantalon et de mes chaussures et prendre un très long bain.

— Est-ce que je peux vous apporter mon aide ?

Kate se hérissa quand elle reconnut la voix. Elle regarda par-dessus son épaule et eut la confirmation de ses craintes : le Dr Renault se tenait appuyé contre la porte, l'air fier et impudent. Il passa une main dans ses cheveux blonds et clairsemés, et scruta le bébé de ses petits yeux perçants.

Impossible de filer, à présent, songea Kate.

Elle prit Cécile dans ses bras et se tourna vers l'insupportable médecin, essayant de paraître détendue alors que son esprit fonctionnait à toute vitesse pour trouver une explication.

— Bonjour, docteur Renault. Vous êtes bien matinal.

— Vous aussi, dit-il en entrant et en continuant d'observer Cécile. Je vous croyais en repos jusqu'à demain.

— Exact.

— Pourtant vous examinez cet enfant.

— Oui.

— Il n'y a personne dans la salle d'attente. A qui est cet enfant ?

Vite, une réponse, Kate.

— A moi.

Le médecin l'observait, les sourcils arqués.

— Eh bien, ça alors ! Le Dr Martin ne m'avait pas dit que vous aviez un enfant.

— Pourtant, c'est le cas. Elle s'appelle Cécile.

— Cécile ? C'est un prénom français. Votre mari est français ?

— Je ne suis pas mariée.

Voilà qui au moins n'était pas un mensonge.

— Le père du bébé, alors ?

— Il ne fait pas partie du décor.

C'était le moins que l'on pouvait dire.

Le Dr Renault détailla la silhouette de Kate avec un regard soupçonneux.

— Je dois dire que vous semblez en pleine forme, étant donné l'âge de votre enfant. Je suis admiratif. En fait, j'admire tout chez vous.

Kate se retint de lui dire ce qu'il pouvait faire de son admiration.

— Merci.

Mieux valait partir avant qu'il ne pose trop de questions.

— Je dois la ramener à la maison pour qu'elle fasse sa sieste. Mais d'abord, je dois faire quelques tests.

— Est-elle malade ?

— Non, ce sont juste des tests de contrôle.

— Je serais ravi de pouvoir vous aider.

— Je crois que le Dr Milner est tout à fait capable de se débrouiller seule.

Kate se retourna et vit Marc. Ses yeux lançaient des éclairs. Le Dr Renault ne parut pas le moins du monde embarrassé par la présence de Marc ni par son ton tranchant.

— Je n'en doute pas, Votre Majesté. Le Dr Milner est capable de réussir tout ce qu'elle entreprend. J'essayais simplement de me montrer aimable.

Marc serra les poings.

— Elle n'a pas besoin de votre aide, croyez-moi.

Renault se tourna vers Kate, fit une petite révérence et embrassa la main de Cécile.

— Tu es une petite fille adorable.

Kate réprima un cri de joie quand Cécile retira sa main et se blottit contre elle. Soit Cécile avait la phobie des étrangers, soit elle avait un instinct sûr. C'était sûrement la deuxième solution, à en juger par la façon dont Cécile s'était attachée à elle, à Marc et à Mary sans la moindre hésitation.

Avant que le médecin ne parte, Marc l'avertit :

— Ne manquez pas de respect au Dr Milner ou vous devrez en répondre devant moi. Est-ce clair ?

Jonathan Renault regarda Kate avec envie puis s'adressa au roi :

— C'est très clair, Votre Majesté. Je n'ai pas l'intention d'empiéter sur le territoire d'un autre homme.

Sur ces mots, il quitta la pièce.

Marc se tourna vers Kate, le regard noir de colère.

— S'est-il mal comporté ? s'enquit-il.

Kate pensa lui rapporter sa conversation avec Renault mais décida d'attendre qu'ils soient seuls.

— Dites-le-moi s'il dépasse les limites, insista Marc.

Cela sonnait plus comme un ordre que comme une requête.

— Je promets de vous le dire si je suis amenée à le frapper.

Elle confia Cécile à Marc en souriant.

— Allez, dit-elle, reste avec ton… roi, Cécile.

Elle déposa un dernier baiser sur sa joue et se retint de faire de même avec Marc.

— Sois sage, ma chérie. Je reviens dès que je le peux.

— Je suis sûr qu'elle attendra votre retour avec impatience. Et moi aussi, lui chuchota-t-il à l'oreille.

Puis ils s'en allèrent, laissant Kate désarçonnée. Marc la désirait, Kate le constatait chaque fois qu'ils se retrouvaient ensemble. Pourtant, il affirmait qu'il ne pouvait pas écouter son désir. Mais si la résistance de Marc venait à s'évanouir, irait-elle jusqu'au bout, sachant que l'aventure resterait sans lendemain ? Aurait-elle assez d'audace pour faire l'amour avec lui ?

Oui. Ce qu'elle voulait, c'était une nuit où elle pourrait laisser libre cours à son désir. Elle voulait connaître la vraie liberté dans ses bras, et ne penser qu'à son plaisir — ainsi qu'à celui de Marc.

Elle frissonna en pensant à lui, et à toutes les façons dont il pourrait la satisfaire.

Faire l'amour avec un roi… ne serait-ce pas merveilleux ? Encore fallait-il que le roi soit d'accord.

5

Lorsque Kate eut terminé les tests sanguins, le Dr Martin lui demanda si elle pouvait voir quelques patients. Des cas bénins, principalement des rhumes et des examens de contrôle. Elle accepta et fut assistée par Caroline, une infirmière australienne très souriante, qui l'aida à déterminer l'état de santé des personnes ne parlant que le français ou le catalan — et elles étaient nombreuses.

La barrière de la langue la tourmentait toujours. Il lui faudrait étudier ses livres et écouter ses cassettes dès qu'elle aurait un moment. Il faudrait penser à appeler ses parents aussi. Elle ne les avait pas encore contactés depuis son arrivée à Doriana, et ne leur avait donc pas dit qu'elle avait accepté le poste à l'hôpital. De toute façon, il était grand temps pour ses parents d'apprendre à vivre sans elle.

Par chance, le Dr Renault s'était fait rare pendant la journée. Non pas qu'elle ait regretté son absence ou qu'elle ait vu un inconvénient à s'occuper de ses patients. Elle était heureuse de se replonger dans le travail, et d'éviter ainsi la confrontation avec Marc. Surtout maintenant qu'elle connaissait les résultats des tests sanguins.

A son retour au palais, elle attendit dans le bureau de Marc, pendant que Nicholas allait chercher le roi. Le serviteur l'avait prévenue que cela pouvait prendre du temps, car Marc était parti faire une virée en voiture. Kate supposa que c'était sa façon de se détendre — ou de fuir. Lorsqu'il découvrirait que Cécile avait le même groupe sanguin que lui, il se pourrait bien qu'il grimpe de nouveau dans sa décapotable et roule sans s'arrêter.

Kate marcha dans le bureau, déplaçant quelques livres des étagères, plus par nervosité que par réel intérêt. La plupart traitaient de commerce, du moins elle le supposait, car ils étaient tous en français. Un seul livre, très usé, était en anglais : c'était un exemplaire d'Hamlet.

Quand le téléphone sonna, Kate sursauta. Elle attendit que quelqu'un vienne répondre. Devait-elle décrocher elle-même ? Et si c'était Marc, et qu'il appelait pour lui dire qu'il était retenu ?

Mais que dire ? « Résidence DeLoria » ? « Bureau du roi » ?

A la quatrième sonnerie, Kate se pencha par-dessus le bureau, saisit le combiné et dit simplement :

— Allô !

Un long silence s'ensuivit, jusqu'à ce qu'une voix féminine demande :

— Etes-vous la secrétaire de Marc ?

Kate se sentit soudain jalouse.

— Non, ce n'est pas sa secrétaire.

La jeune femme au bout du fil eut un rire sarcastique.

— Alors, vous devez être ma remplaçante. J'espère que vous profitez pleinement des talents de Marc. C'est un amant formidable, n'est-ce pas ? Est-ce qu'il vous a déjà emmenée au petit chalet ?

— Puis-je savoir qui est à l'appareil ?

— Enfin, ma chérie, c'est Elsa, ronronna la jeune femme.

Comme si Kate était censée la connaître !

— Eh bien, Elsa, que puis-je faire pour vous ?

Chérie ?

— Je téléphonais pour savoir si Marc avait bien reçu le cadeau que j'ai fait livrer au palais.

Le cadeau ? Kate déglutit avec peine, osant à peine imaginer ce que la femme entendait par cadeau…

— Celui avec des yeux bleus et des cheveux blonds ?

— Mais oui, évidemment. Un petit souvenir. Dites à Marc que je lui souhaite bien du plaisir.

La jeune femme avait raccroché, et Kate observa le combiné un moment avant de le reposer violemment.

Manifestement, elle avait eu tort de croire Marc quand il avait nié être père. Manifestement, cette Elsa était la mère de Cécile, si on pouvait appeler « mère » une femme capable d'abandonner son bébé devant un portail ? Une femme cruelle et dépourvue de toute fibre maternelle.

Kate eut l'impression que son cœur pesait du plomb. Marc avait donc conçu un enfant avec une femme frivole, qui n'avait rien d'une mère. Qu'il ne s'avise pas de nier que Cécile était sa fille, à présent !

Marc était plus qu'impatient de voir Kate. Il gagna le palais au pas de course, et entra par une porte dérobée, suivi de Nicholas.

— Où est le Dr Milner ?

— Elle vous attend dans votre bureau, Votre Impatience.

Marc marmonna un juron.

— Ce n'est pas le moment de plaisanter, Nicholas. Est-ce qu'elle avait l'air préoccupée ?

— Eh bien, elle m'a semblé un peu tendue.

Tout en marchant, Marc tendit ses lunettes de soleil et ses clés de voiture à Nicholas.

— Faites garer la voiture et veillez à ce qu'on ne nous dérange pas jusqu'à nouvel ordre. Est-ce clair ?

Nicholas s'arrêta devant la porte du bureau et fit une révérence.

— Je ne vis que pour vous servir.

Après avoir décoché à son serviteur un regard furieux — auquel Nicholas sembla ne pas prêter attention — Marc ouvrit la porte et trouva Kate appuyée contre le bureau, l'air contrarié. Soit Renault avait essayé de la séduire, soit le groupe sanguin de Cécile correspondait au sien, et elle le prenait pour un menteur.

Il referma la porte, la verrouilla, et décida de commencer par le chef de service.

— Est-ce que le Dr Renault vous a causé des ennuis ?

— Non, je ne l'ai pas revu après votre départ. Je me suis occupée de ses patients après avoir réalisé les tests sanguins.

— Alors, vous connaissez les résultats ?

— Oui, et j'ai également un message pour vous.

Sa voix était hachée, son ton froid et distant.

— Un message ?

— D'Elsa. Elle vient de téléphoner. J'ai pris l'appel pensant que c'était vous.

Pourquoi diable Elsa l'appelait-elle ? se demanda Marc. Il lui avait pourtant bien dit qu'il ne voulait plus entendre parler d'elle. Mais elle semblait ne pas vouloir comprendre.

Kate fit quelques pas dans la pièce avant d'ajouter :

— Elle voulait savoir si vous aviez bien reçu son cadeau, celui avec les yeux bleus et les cheveux blonds. Donc, je crois que le mystère autour de la mère de Cécile est levé.

Marc parut d'abord perplexe, puis il comprit à quoi Elsa avait fait allusion. Il ne put s'empêcher de rire, malgré le regard acide que Kate lui lança.

Il traversa la pièce et sortit un cadre placé dans une armoire. C'était un portrait en pied d'Elsa, qu'il montra à Kate.

— Voilà le cadeau d'Elsa. Vous remarquerez qu'elle est blonde aux yeux bleus.

Et qu'elle ne portait rien hormis un minuscule maillot de bain.

Kate prit la photographie et l'étudia un moment.

— C'est ce qu'elle appelle un cadeau ?

— Elsa pense qu'elle est un cadeau pour l'humanité.

Il reprit le portrait et le replaça dans l'armoire, puis fit quelques pas vers Kate, tout en maintenant une certaine distance, alors qu'il aurait tellement aimé l'embrasser pour faire disparaître ses derniers doutes.

— Elle a cru que je serais content d'avoir un souvenir de notre passé ensemble. Elle avait tort. Je comptais dire à Nicholas de me débarrasser de son portrait, mais je n'en ai pas eu le temps, avec les événements des derniers jours.

— Mais vous admettez avoir été son amant ?

— Oui, en effet.

Tout comme il admit en son for intérieur que la pointe de jalousie dans la voix de Kate lui faisait plaisir.

Elle plissa les yeux.

— Et il n'y a pas de possibilité qu'elle soit la mère de Cécile ?

— Il y a autant de chances qu'Elsa soit mère qu'il y a de chances que ses seins soient vrais.

Kate esquissa un sourire.

— Comment pouvez-vous en être sûr ?

— Il se trouve que je sais faire la distinction entre des appas naturels et des appas artificiels, dit-il en souriant, espérant détendre l'atmosphère.

— Je parlais de Cécile.

Raté, se dit Marc.

— Si Elsa avait été enceinte, elle n'aurait pas abandonné le bébé. J'en suis persuadé.

— Ah ? Elle a donc un cœur ?

— Elsa est une personne très égocentrique, qui ne risquerait pas sa carrière de mannequin en tombant enceinte accidentellement. Elle a toujours dit qu'elle ne voulait pas d'enfant. Si, pour je ne sais quelle raison elle avait choisi d'en avoir un, elle aurait tourné cela à son avantage, et en aurait fait la publicité. Surtout si cet enfant était le mien.

Kate demeura silencieuse un instant, semblant digérer toutes ces informations.

— D'accord. J'imagine que je vous crois.

Cette réponse lui fit l'effet d'une gifle.

— Vous *imaginez* ? Quelles preuves vous faut-il encore ?

— Vous m'avez convaincue qu'Elsa n'est pas la mère de

Cécile. Mais j'ai la preuve que Cécile est soit votre fille soit celle de Philippe.

— Donc, cela veut dire qu'elle possède le même groupe sanguin que nous ?

— Oui. J'ai fait vérifier les résultats par le Dr Martin.

Marc lut de la méfiance dans les yeux de Kate. Il n'aima pas cela.

— Vous devez me croire quand je vous dis qu'Elsa a été ma dernière conquête depuis plus d'un an, et je me suis montré extrêmement prudent. Ce bébé n'est pas le mien.

— Ce que je crois n'a pas d'importance.

— Ça en a pour moi.

— Pourquoi ?

C'était là une question difficile, que Marc avait évité de se poser jusque-là.

— Parce que vous êtes quelqu'un de spécial, Kate. J'ai besoin de votre confiance. Et je sais combien vous estimez la vérité.

Le regard de Kate vacilla.

— Mais il m'arrive de mentir, Marc. En fait, j'ai menti aujourd'hui. J'ai même dit un très gros mensonge.

— Est-ce à moi que vous avez menti ?

— Non, au Dr Renault. Quand il est arrivé dans la salle d'examen ce matin, il a commencé à me questionner. Alors je lui ai dit que Cécile était ma fille. Je suis désolée, mais c'est la seule chose qui m'est venue à l'esprit.

— Mais c'est parfait, Kate !

— Vraiment ?

— Oui ! Ainsi, cela empêchera les rumeurs autour de Cécile d'enfler, jusqu'à ce que quelqu'un puisse nous apprendre la vérité.

— Si ce quelqu'un se manifeste un jour.

Marc n'avait pas envisagé qu'une tierce personne leur révèle la vérité, du moins pas pour le moment. Il sentait que c'était à lui de laver son honneur.

— Je doute que quelqu'un nous donne le fin mot de

l'histoire. Mais il nous faut tout de même découvrir qui est la mère. Apparemment, mon frère n'était pas aussi parfait qu'il n'en avait l'air.

Kate lui lança un regard réprobateur.

— Est-ce que vous faites cela pour Cécile ou pour vous-même ? Vous voulez démontrer que Philippe n'était pas innocent ? Est-ce que vous avez pensé aux conséquences que cela aurait pour votre mère ?

La franchise de Kate laissa Marc confus. Il n'avait jamais pris en compte le fait que sa mère puisse souffrir si Philippe se révélait être le père de Cécile.

— Je dois régler ce problème pour le bien de tous. Comment je gérerai les conséquences reste à voir. Avant tout, je dois découvrir l'identité de la mère.

— Ah oui, et comment ?

Grâce à Kate. Elle était son dernier espoir, même si elle ne lui devait rien.

— Avec votre aide.

— Mon aide ?

— Tout ce que je vous demande, c'est d'être à l'écoute du moindre ragot. Et de rechercher dans les archives de l'hôpital les femmes qui ont accouché il y a six à huit mois de cela. Par ailleurs, les employés du palais seront peut-être enclins à vous parler de mon frère puisque vous êtes…

— Une roturière ?

— Oui, c'est cela.

— Donc, vous me demandez de mener l'enquête durant mon temps libre ?

— Seulement si cela ne vous pose pas de problème.

— Tant que l'hypothèse de votre maîtresse est écartée…

— Ex-maîtresse, corrigea-t-il. Tout est fini entre elle et moi, Kate.

Elle fit glisser son doigt sur le bord du bureau, ce qui eut pour effet d'éveiller le désir de Marc.

— Apparemment, dit-elle, vous avez quelque chose qu'elle veut.

— Ce qu'elle recherche, c'est de l'attention, et pas nécessairement la mienne.

Kate appuya les mains sur le bureau et se pencha en arrière, ce qui fit ressortir ses seins.

Marc crut perdre la maîtrise de lui-même.

— En êtes-vous sûr ? Elle a été très loquace à propos de vos talents en tant qu'amant. Alors, l'êtes-vous, Marc ?

— Quoi donc ?

— Un amant hors pair ?

Marc n'était sûr que d'une chose : il ne pouvait plus faire mine d'ignorer l'invitation de Kate, prononcée d'une voix sensuelle qui le rendait fou. Il ne pouvait plus nier vouloir lui retirer son jean et sa chemise blanche.

— Je n'ai pas pour habitude de me vanter, dit-il, se raccrochant au peu de contrôle qui lui restait.

— Alors, je devrais peut-être me faire ma propre opinion ?

— Vous ne savez pas à quoi vous vous exposez, Kate.

Marc savait que Kate avait conscience de son pouvoir sur lui à cet instant, et il lui devenait extrêmement difficile de lui résister.

Elle rejeta ses cheveux en arrière.

— Vous vous trompez, Marc. Je sais très bien à quoi je m'expose, et vous aussi.

Kate était en train de lui faire perdre la tête. S'il ne partait pas tout de suite, il l'embrasserait sans retenue. Il la caresserait sans hésitation, et sans penser aux conséquences. Son attirance pour elle n'était pas raisonnable. Son titre l'empêchait de pouvoir lui offrir plus qu'une aventure charnelle. Mais il la désirait.

Et qu'il assouvisse ce désir ou qu'il s'y refuse, il le regretterait.

Poussé par sa faiblesse, Marc rejoignit Kate, appuya les mains sur le bureau, encerclant la jeune femme. Il prit sa bouche avec passion, comme si sa vie en dépendait. Elle l'accueillit fougueusement et mêla sa langue à la sienne, ce qui excita Marc au plus haut point. Il aurait voulu la pénétrer sur-le-champ. Mais non. Il lui faudrait se contenter de l'embrasser, de goûter la saveur de ses lèvres et de la caresser. Il fallait qu'il s'en contente !

Il nicha sa tête dans le cou de Kate et respira son parfum délicat.

— Marc, je croyais que nous ne pouvions pas…

— Devions pas, rectifia-t-il.

Faisant glisser sa langue le long du sillon entre ses seins, il s'arrêta à la limite de sa chemise. Il savait qu'il ne devrait pas s'aventurer plus bas. Mais cela ne l'empêchait pas d'en avoir terriblement envie.

Kate passa les mains dans ses cheveux blonds.

— Si nous allions dans un endroit plus discret ? proposa-t-elle.

Marc se redressa et déboutonna la chemise de Kate sans écouter la petite voix qui lui intimait d'arrêter.

— J'ai fermé la porte à clé, dit-il.

En défaisant deux autres boutons, il la regarda, cherchant un signe de protestation dans ses yeux. Mais il n'y vit que du désir.

— Et j'ai donné l'ordre que l'on ne nous dérange pas, ajouta-t-il.

— Très malin, commenta Kate avec un sourire tremblant qui dénotait sa nervosité mais aucune hésitation.

Enfin, Marc ouvrit sa chemise et dégrafa son soutien-gorge d'un geste rapide et précis, avant de le lui retirer en le poussant des deux mains. Il contempla ses seins ronds, qui prirent la même teinte rosée que son visage lorsqu'il la souleva et l'assit sur le bord du bureau.

Kate l'observa quand il traça des cercles autour d'un de ses tétons.

— *Tu es parfaite*, murmura-t-il en français.

Puis il posa les lèvres sur son sein et se délecta de cette sensation. Soudain, il voulut plus. Il rêva de lui retirer ses vêtements, d'explorer de sa main son intimité, et de défaire sa braguette pour entrer enfin en elle.

Quand Kate émit un doux râle de plaisir, Marc revint brusquement à la réalité et recula.

— Arrêtons là, Kate.

— Pourquoi ?

Les raisons de Marc étaient nombreuses, mais il commença par la plus importante.

— Je n'ai pas de préservatif pour vous protéger d'une grossesse, et Dieu sait que je n'ai pas besoin d'une autre complication.

Kate eut l'air accablée.

— Une complication ? C'est ce que je suis pour vous ?

— Non, ce n'est pas…

Que pouvait-il répondre ?

Oui, elle était une complication.

Le désir immense qu'il éprouvait à son égard lui compliquait la vie, tout comme ses sentiments pour elle, qu'il n'osait pas étudier de près.

— Ecoutez, Kate, j'ai fait ce que je m'étais interdit de faire. Je viens de prouver à quel point je suis faible.

— Faible avec moi, ou avec les femmes en général ?

Sa question provoqua la colère de Marc, mais il afficha un calme de façade.

— Je viens de passer un an seul, et pourtant je n'ai pas manqué de propositions. J'ai rencontré beaucoup de femmes dans beaucoup d'endroits, et aucune ne m'a attiré comme vous l'avez fait. Il n'y a que vous, Kate, et vous seule.

— Et que proposez-vous maintenant ? D'ignorer notre attirance mutuelle ? demanda-t-elle en le regardant fixement. Ou essayez-vous encore de vous prouver quelque chose ?

— Si c'était le cas, j'aurais fini ce que j'ai commencé. Je ne peux pas vous faire l'amour, Kate. Si je le faisais, je pourrais vous faire souffrir.

— Non, Marc. Je ne me fais pas d'illusions. Je sais qu'il s'agit seulement de désir sexuel, et pas d'amour.

— Mais vous n'imaginez pas ce qu'est ma vie. Si l'on venait à suspecter que nous avons une aventure, vous en pâtiriez.

— Je ne suis pas une fleur fragile, Marc. Comme je vous l'ai déjà dit, je suis en quête d'aventure. Mais je ne vais certainement pas vous forcer à faire ce que vous ne voulez pas faire.

Pourtant, Marc aurait volontiers accepté de la coucher sur le sol pour finir ce qu'ils avaient commencé — ou plutôt ce que lui avait commencé.

Au lieu de cela, il tourna les talons et se dirigea vers la porte.

Il ne fallait pas oublier qui il était : un roi, qui voulait par-dessus tout être reconnu en tant que tel. Mais son attirance pour Kate était en passe d'éclipser tout le reste.

Non, il ne fallait pas que cela arrive. Cela pourrait détruire la réputation qu'il avait mis tant d'efforts à construire. Mais surtout, cela pourrait détruire Kate.

Sans se retourner, il déclara :

— Je vais dire à Nicholas de vous reconduire à l'hôtel.

Ce soir, il resterait seul, et passerait sans doute la nuit à se maudire d'avoir fait preuve d'une telle faiblesse.

Marc était parti depuis plusieurs minutes, pourtant Kate sentait encore ses lèvres sur elle et ses mains sur ses seins. Elle l'entendait encore lui dire qu'il ne pouvait pas lui faire l'amour, et qu'elle était une complication. Or, elle refusait d'être une complication.

Finalement, c'était peut-être mieux que Marc se soit interrompu, décida-t-elle en se rhabillant. Elle était folle d'avoir cru qu'elle ne le désirait pas de tout son être. De savoir que lui aussi la désirait lui procura un certain réconfort. Malheureusement, elle s'était également leurrée en croyant ne vouloir de lui qu'une nuit de plaisir. En réalité, elle aspirait à être bien davantage que son amie et sa maîtresse. Mais Marc était le genre d'homme qui ne recherchait que des relations de passage — et sans complications.

Ses sentiments pour lui étaient complexes, songea-t-elle. Pour l'instant, elle devait se reprendre et aller voir Cécile. En ouvrant la porte, elle tomba nez à nez avec la reine mère.

— Bonjour, Mary, dit-elle d'une voix un peu trop enjouée.

— Bonjour, ma chère, répondit la reine en l'observant de bas en haut. Avez-vous vu mon fils ?

Kate se sentit rougir et espéra que la reine n'avait pas remarqué son trouble.

— Il a quitté le bureau il y a quelques minutes. Comment va Cécile ?

— Elle fait sa sieste.

Cherchant à s'enfuir rapidement, Kate fit un geste en direction de l'escalier qui menait à la chambre de Cécile.

— Je vais aller voir si elle dort toujours.

— Je préférerais que vous veniez vous promener avec moi dans les jardins. C'est une journée magnifique, et ce sera l'occasion pour nous de discuter un peu.

Kate présuma que la culpabilité se lisait sur son visage, et que c'était la raison pour laquelle la reine voulait lui parler. Mary devait se douter que quelque chose se tramait entre elle et Marc. Comment refuser cette promenade sans éveiller davantage ses soupçons ?

Elle accepta donc la proposition de Mary et, à sa grande surprise, celle-ci lui prit le bras et la guida le long du couloir de marbre et d'or. Puis elles sortirent par une double porte donnant directement sur les jardins.

Elles demeurèrent silencieuses en parcourant l'allée bordée de rosiers et de haies fraîchement taillées. Quand elles arrivèrent à hauteur d'un banc de pierre, Mary s'assit et fit signe à Kate de la rejoindre.

Kate prit place à son côté en suivant des yeux un rouge-gorge qui voletait de branche en branche. Elle aurait voulu avoir comme lui des ailes pour s'enfuir.

Mary poussa un soupir qui fut emporté par la douce brise d'après-midi.

— Je suppose, dit-elle, que vous connaissez les résultats des tests de Cécile, à présent.

Etait-ce le lieu pour délivrer une vérité qui allait sûrement lui causer un choc ? songea Kate. D'un autre côté, elle ne se voyait pas mentir à cette femme qui n'avait cessé de lui témoigner de la gentillesse depuis son arrivée à Doriana.

— Oui, en effet.

— Alors ?

Kate se tourna vers la reine et prit ses mains dans les siennes.

— Cécile a le même groupe sanguin que Marc et Philippe.

Mary inspira profondément.

— C'est donc ma petite-fille, dit-elle d'une voix émue.

— A moins que quelqu'un d'autre dans votre famille puisse être le parent ?

Mary secoua la tête.

— Impossible. Notre lignée s'achève avec Marc. Son père n'avait qu'une nièce, la fille de sa sœur décédée. Elle vit au Canada, elle est mariée et a deux enfants. Je n'ai personne d'autre.

Kate ressentit un sentiment de solitude dans la voix de Mary et chercha à adoucir sa peine.

— Maintenant, vous avez Cécile. Et Marc.

La reine serra leurs mains jointes.

— Marc était un étranger pour moi ces dernières années. Il était toujours en quête de quelque chose, Dieu seul sait ce que cela peut être.

— Le respect, dit Kate avec conviction.

— J'imagine que vous avez raison.

Elle leva les yeux et demanda :

— Croyez-vous que Cécile soit sa fille ?

— Il affirme le contraire.

— Mais, vous, le croyez-vous ?

— Comme je l'ai dit à Marc tout à l'heure, ce que je crois importe peu. Ce qui compte, c'est le bien-être de Cécile. Elle a besoin de votre amour.

— Elle l'aura, affirma la reine. C'est pour mon fils que je m'inquiète. En tant que roi, il a une lourde charge à porter.

— C'est vrai, mais il a les épaules solides.

— Lui aussi a besoin d'amour.

Kate sursauta.

— Je suis sûre, dit-elle, qu'il y a une princesse quelque part toute prête à lui offrir son affection.

Mary tapota la main de Kate.

— Vous savez, les princesses se font rares de nos jours. Marc a besoin d'une femme qui le comprenne. Quelqu'un qui puisse lui apporter la stabilité. Une femme instruite et douce serait parfaite.

Le regard plein d'espérance que posa Mary sur elle déconcerta Kate.

— Encore une fois, dit-elle, je suis sûre qu'une femme saura le charmer.

— C'est déjà fait. Cette femme, c'est vous.

Kate retint son souffle.

— Mary, je pense que…

— Ne pensez pas, Kate. Soyez simplement là pour lui. Le reste se fera tout seul. A moins que vous ne soyez pas attirée par Marc ?

Kate regarda au loin, de nouveau assaillie par un sentiment de culpabilité.

— J'ai beaucoup d'affection pour Marc. Et cela depuis notre rencontre, il y a neuf ans.

— Mais pouvez-vous l'aimer ?

Kate l'aimait déjà, de bien des façons.

— Pour l'instant, Marc a surtout besoin d'une amie, et c'est ce que je veux être pour lui.

— L'amitié est un bon début. Le père de Marc était mon ami, mon confident, et mon amant. Ça a été le grand amour de ma vie, même si notre union n'était pas due au hasard.

— Vous voulez dire que votre mariage était arrangé ?

— Je sais que cela peut sembler archaïque aux yeux d'une femme moderne telle que vous. Mais j'ai tendance à penser que le destin a joué un rôle dans notre union. Si seulement ce même destin n'avait pas été si cruel en me l'enlevant trop tôt, dit-elle, la voix pleine de tristesse.

En voyant les yeux de la reine s'embuer, Kate eut la gorge serrée.

— Vous êtes encore jeune, Mary. Vous pouvez de nouveau tomber amoureuse.

— Non. Je n'ai aimé qu'un seul homme dans ma vie. Un homme merveilleux, que personne ne pourra jamais égaler.

A ces mots, elle prit Kate dans ses bras.

— Je souhaite, reprit-elle, que vous connaissiez un amour aussi rare et aussi précieux que le mien, chère Kate.

Avec Marc ? Il fallait pour cela qu'il accepte de l'aimer en retour.

— Merci, dit Kate. Votre histoire me donne à espérer.

— Et votre présence ici est très appréciable. Aussi, j'aimerais vous demander un service.

— Tout ce que vous voudrez.

— J'aimerais que vous emménagiez au palais. Ou plutôt, à côté du palais. Là-bas, dit-elle en désignant un bâtiment derrière les haies. Philippe avait l'habitude d'y séjourner. J'ai fait retirer ses affaires, mais il y a encore tout ce qu'il faut. Cela vous permettrait d'avoir votre intimité.

La perspective de se retrouver si près de Marc enchantait Kate autant qu'elle l'effrayait. S'il décidait d'arrêter là leur aventure naissante, cela pourrait être très pénible de le voir tous les jours.

— Je vais y penser, promit-elle à Mary.

Sans doute y penserait-elle même toute la nuit.

— Il est sûr, reprit-elle, que je serais heureuse de séjourner ici quelques jours pour m'occuper de Cécile.

— Ce n'est pas nécessaire. Béatrice sera sa nounou. Et puis, vous allez avoir beaucoup à faire quand vous commencerez votre travail demain.

— Ça ne me dérange pas de manquer quelques heures de sommeil quand il s'agit de Cécile, insista Kate. Elle est si adorable.

Mary se leva et regarda Kate comme si elle pouvait lire dans ses pensées.

— Cécile vous aime beaucoup, Kate. Et qu'il l'admette ou non, mon fils aussi.

6

Marc ne voulait pas s'avouer que ce qu'il ressentait pour Kate allait au-delà du simple désir physique. Car s'il ne pouvait pas nier qu'il pensait surtout à lui faire l'amour, il admirait aussi son sens des valeurs, sa force de caractère, et son intelligence. Elle était en train d'ouvrir une brèche dans l'armure qu'il s'était forgée pour contenir ses émotions. Quand il était avec elle, il ne se sentait plus seul.

Seul, il l'était à cet instant. Installé dans son bureau, il essayait de se concentrer sur son travail, mais son esprit revenait toujours à Kate, et à ce qui s'était passé entre eux ici même. Pourtant, ce n'était pas le moment de laisser son esprit vagabonder. Pas alors qu'il devait répondre aux attentes de son peuple. Dans moins de six semaines, il comparaîtrait devant le conseil des ministres pour défendre sa politique. Doriana devait aller de l'avant. Doter le pays d'un système de sécurité sociale digne de ce nom était de la plus haute importance. Il devait prouver qu'il agissait au mieux des intérêts de son peuple, pour qu'on lui accorde les fonds nécessaires à la réalisation de ses projets.

Il était près de minuit. Il repoussa les brouillons de discours sur lesquels il venait de travailler et décida d'aller se coucher. Alors qu'il gagnait sa chambre, il s'arrêta devant celle de Cécile. Il voulait voir si elle allait bien, et espérait aussi trouver Kate, pour s'excuser de ne pas s'être joint à elle au dîner. Mais il ne vit que Cécile, qui dormait à poings fermés.

A pas feutrés, il s'approcha du berceau et contempla l'enfant qui dormait sur le côté, les genoux repliés et la tête de profil. Marc la regarda longtemps, cherchant une ressemblance avec Philippe. Si on s'en tenait à son apparence, elle pouvait aussi bien être la fille de son frère que la sienne. Mais il était sûr de ne pas être le père. Cependant, il se sentait responsable d'elle. Car après tout, Philippe était décédé, et Cécile était tout ce qui restait de lui. Si toutefois elle était vraiment sa fille. Au fond de lui, il savait que c'était le cas. Mais comment le prouver ?

Lorsque Cécile poussa un petit cri, Marc craignit de l'avoir réveillée par sa seule présence. Il lui caressa doucement le dos comme il avait vu Kate le faire, en priant pour qu'elle se rendorme sans réveiller Béatrice. Mais elle se mit à pleurer, aussi s'empressa-t-il de la prendre dans ses bras. Il se mit à marcher dans la chambre en lui parlant à voix basse.

— Nous risquons d'avoir de gros ennuis si tu te mets à geindre, dit-il tout en attrapant sa tétine et en la lui plaçant dans la bouche. Maintenant, sois un gentil bébé et rendors-toi, tu veux bien ?

Cécile se frotta les yeux, mit la tête en arrière et porta ses petits doigts à la bouche de Marc comme pour dire : « Mon pauvre roi, je n'ai aucune intention de dormir. »

Comment résister à une enfant aussi merveilleuse ? C'était impossible.

Il lui embrassa le sommet du crâne sur ses cheveux aussi doux que de la soie.

— Ta mère a dû te porter souvent. Si seulement on pouvait savoir qui elle est…

Cécile se mit à bâiller, puis frotta sa main contre la mâchoire de Marc, comme fascinée par sa barbe naissante. Puis, tout d'un coup, elle reposa la tête contre son épaule.

Marc en éprouva une vive émotion, et fut envahi par l'envie de la protéger, tandis qu'il tenait son petit corps chaud contre son cœur. Elle était si innocente. Elle méritait le meilleur de la vie. Peut-être que son lien avec les DeLoria ne serait jamais certifié, mais Marc se promit de toujours veiller à ce que Cécile soit en sécurité et aimée de sa famille. Elle, au moins, n'aurait jamais à souffrir de ne pas se sentir acceptée.

Lorsqu'il estima qu'elle était profondément assoupie, Marc reposa Cécile dans son berceau et retint son souffle. Elle ouvrit les yeux un court instant, leva la tête et le regarda. Puis elle referma les paupières et sa respiration se fit plus lente, plus profonde.

Marc se sentit très fier d'avoir réussi à la calmer si facilement. Il souhaita avoir lui aussi quelqu'un pour le réconforter et le rassurer. Si seulement il pouvait parler à Kate.

Mais elle était sûrement retournée à l'hôtel. Il devrait donc affronter la nuit seul.

Après avoir regagné sa chambre, Marc se doucha rapidement puis se glissa entre ses draps sans prendre la peine de revêtir un pyjama. Il donna quelques coups de poing dans son oreiller, mais cela ne suffit pas à le détendre.

S'allongeant sur le dos, il fixa le plafond et pensa faire un tour en voiture. Mais cela ne lui disait rien. Ce qu'il voulait, ce dont il avait besoin, c'était de la présence de Kate.

Etrange ! Il avait passé des années à n'avoir besoin de rien ni personne, et en l'espace de deux jours, il s'était attaché à elle plus qu'à quiconque excepté son frère et son père.

Mais il ne pouvait pas se permettre d'avoir une aventure avec elle. C'était tout ou rien. Quant à envisager une relation durable… Il n'en avait jamais vécu. Les histoires sérieuses demandaient du temps, et il en manquait. Même s'il était appelé à se marier un jour — comme Philippe avant lui — il n'était pas sûr d'être prêt.

Il se souvint du pari qu'il avait fait, des années auparavant, avec ses amis Dharr et Mitch. Ils devaient se retrouver l'an prochain pour marquer la fin de ce pari, qui avait constitué autrefois une raison d'éviter le mariage. Mais aujourd'hui, il le considérait comme une fantaisie de jeunesse plutôt risible.

A présent, les raisons pour lesquelles il ne tenait pas à se marier étaient bien plus complexes. Et il n'allait pas laisser Kate l'influencer, pour leur bien à tous les deux.

Mais comment oublier son attirance pour celle qui avait été sa tutrice neuf ans plus tôt ? Le souvenir de leurs baisers, de ses seins roses, de la saveur de ses lèvres, mirent ses sens en éveil. Il passa la main le long de son ventre, et imagina que Kate le caressait à cet endroit, et plus bas. Son sexe se tendit à l'idée de l'avoir dans son lit, de se glisser en elle, et de la serrer contre lui. Mais s'il la désirait physiquement, il désirait surtout gagner son respect et sa confiance.

C'était peut-être là sa tâche la plus difficile.

Ce matin-là, Kate se rendit à l'hôpital, prête à débuter sa première journée de travail. Du moins, aussi prête que possible, dans la mesure où elle avait très peu dormi ces trois derniers jours. La nuit dernière ne faisait pas exception, grâce à Cécile — et à Marc. Mais comment leur en vouloir ? Surtout après avoir vu Marc à l'œuvre quelques heures plus tôt.

Elle était restée cachée derrière la porte de la chambre adjacente à celle de Cécile lorsque Marc était entré. Elle l'avait observé, captivée, quand il avait cajolé Cécile jusqu'à ce qu'elle se rendorme. Il avait quitté la pièce sans se douter qu'elle avait été témoin de son affection pour cette enfant.

Aux yeux de Kate, Marc était apparu comme un père en train de réconforter sa fille. Même s'il s'avérait qu'il n'était pas son vrai père, elle était sûre qu'il endosserait ce rôle sans difficulté, si nécessaire.

Mais pour l'instant, elle devait songer à ses patients.

Après s'être annoncée auprès de la réceptionniste, Kate suivit Isabella, l'infirmière qui avait fait du charme à Marc lors de leur première rencontre. Elles entrèrent dans une petite pièce.

— Vous pouvez déposer vos affaires dans ce casier, indiqua l'infirmière avant de partir précipitamment, comme si elle ne pouvait pas supporter de se trouver dans le même endroit que Kate.

Peut-être la voyait-elle comme une rivale ?

Ridicule, se dit Kate. Elle n'avait jamais été la rivale de personne.

Elle commença ses consultations sans trop de difficultés. Elle s'était habituée aux lieux la veille. Aujourd'hui encore, la journée s'avéra chargée. Kate enchaîna les consultations avec l'aide de Caroline, et n'eut même pas le temps de déjeuner.

A la fin de l'après-midi, elle devait avoir vu une bonne vingtaine de patients, mais heureusement, elle n'avait pas rencontré le Dr Renault.

En entrant dans son bureau, elle retira ses chaussures et s'affala sur sa chaise, une tasse de café à la main. Elle sentit poindre une migraine. Elle posait les pieds sur le bureau au moment où Jonathan Renault arriva.

Il reluqua ses jambes ainsi exposées, et Kate eut l'impression qu'il la déshabillait.

— Puis-je vous aider, docteur ? dit-elle, regrettant aussitôt ses paroles.

Il afficha un sourire obséquieux.

— Vous avez dû avoir une rude journée. C'est plutôt moi qui pourrais vous aider.

Oui, en quittant la pièce.

— Non, ça ira.

Kate reposa les pieds sur le sol et remit ses chaussures, mais elle se sentait toujours nue sous le regard malsain du médecin.

— J'allais rentrer chez moi, dit-elle.

— Où vivez-vous, docteur Milner ?

Que répondre ? Parler d'hôtel devant cet homme qui se prenait pour un tombeur ne lui sembla pas une bonne solution. Déclarer qu'elle vivait au palais non plus, mais au moins, il en déduirait qu'elle avait des gardes du corps à sa disposition. Bien sûr, elle pouvait aussi l'envoyer paître. Mais elle choisit de rester polie et de dire en partie la vérité.

— Je séjourne au palais pour l'instant, jusqu'à ce que je trouve un appartement.

— Je crois qu'il y en a un de libre à côté du mien. Ce n'est pas loin de l'hôpital.

— Merci pour l'information, répondit-elle d'un ton neutre.

— J'ai aussi une chambre d'amis, si cela vous tente.

Jamais de la vie.

— Je ne crois pas que ce soit une bonne idée, dit-elle.

— Mais si, au contraire. Ce serait l'occasion pour nous de nous connaître mieux.

— Je préfère que nos relations restent strictement professionnelles.

— Je vous assure que mes intentions sont honorables.

Comme si ce gredin savait ce qu'était l'honneur !

— Encore une fois, j'apprécie votre offre, mais j'ai besoin de place pour ma fille et pour moi.

Elle prit son sac et s'apprêtait à partir, quand Jonathan Renault s'approcha d'elle et demanda :

— Comment va votre fille ? Ses tests n'ont rien révélé d'inquiétant ?

— Non. Elle est en parfaite santé. Bon, eh bien, à demain.

— Je trouve cela étrange qu'elle ressemble autant à la famille DeLoria. Y aurait-il un lien de parenté ?

— Bien sûr que non ! s'exclama Kate. Qu'est-ce qui vous fait penser une chose pareille ?

— Disons que j'ai remarqué la façon dont le roi vous regarde. Etes-vous amants ?

— Non. Et ensuite, cela ne vous regarde pas. Il se trouve que nous avons étudié dans la même université aux Etats-Unis. Nous sommes simplement amis.

— Et c'est tout ?

— Mais oui. Je dois m'en aller.

Il s'approcha encore.

— Avant que vous ne partiez, je voulais vous dire que je suis heureux que vous travailliez avec moi. Diriger un service peut être difficile. Parfois, je regrette de ne pas être devenu chirurgien.

— Vous auriez fait un bon chirurgien.

— Je suis flatté, mais comment pouvez-vous dire cela alors que vous ne m'avez pas encore vu à l'œuvre ?

— Vous avez les mains pour ça. Elles sont petites, et peuvent atteindre des endroits difficiles d'accès. Vous savez sûrement ce qu'on dit à propos des hommes qui ont des petites mains et des petits pieds ? J'imagine que c'est pour cela que vous essayez de compenser dans d'autres domaines.

Le choc et la contrariété sur le visage de Renault firent sourire Kate tandis qu'elle quittait le bureau.

Elle sortit par la porte de service, et fut surprise de ne pas trouver M. Nicholas. Elle l'avait appelé quelques instants plus tôt pour lui demander de venir la chercher. Elle décida d'aller vérifier à l'entrée principale, au cas où ils se seraient mal compris.

Elle traversa le hall de l'hôpital et poussa les portes qui donnaient sur l'extérieur. Soudain, une horde de journalistes l'encercla, menée par un reporter dégarni et grassouillet.

— Mademoiselle Milner, dit celui-ci, j'ai quelques questions à vous poser.

— Docteur Milner, corrigea-t-elle, en regardant de tous côtés dans l'espoir d'apercevoir la Rolls.

Les flashes des appareils photo crépitèrent, et une caméra se mit à tourner quand le reporter demanda :

— Quelle est la nature de votre relation avec le roi ?

Oh non ! se dit Kate. Elle ignorait comment faire face à la situation. Elle décida de jouer la carte de l'honnêteté. Après tout, elle n'avait rien à cacher — sauf ses sentiments pour le roi. Elle espéra qu'ils ne se peindraient pas sur son visage.

— Nous sommes d'anciens camarades d'université.

— Etes-vous amants ? demanda un autre journaliste.

D'abord le Dr Renault, maintenant eux.

— Nous sommes amis et rien de plus.

— Alors, vous démentez la rumeur selon laquelle votre

enfant serait celui du roi ? cria une femme depuis le milieu de la foule.

D'où tenaient-ils ça ? Sûrement de ce cher Dr Renault.

— Oui, je démens formellement, s'écria-t-elle. En dehors de ces trois derniers jours, dit-elle plus calmement, je n'avais pas revu le roi depuis près de dix ans.

— Mais vous vivez au palais avec lui ? dit l'homme au crâne dégarni en collant pratiquement son micro sous le nez de Kate.

— Non, je séjourne à l'hôtel.

Elle poussa un soupir de soulagement en apercevant la Rolls.

— Je dois m'en aller, dit-elle.

Elle tenta de se frayer un chemin dans la foule devenue compacte, car les passants s'étaient arrêtés pour assister à la scène. Les gens semblaient se rapprocher d'elle à chacun de ses pas, l'empêchant de respirer tandis qu'elle s'efforçait d'atteindre le bas de l'escalier. Puis elle sentit une main lui saisir le poignet et la tirer en avant, pendant qu'une armée de gardes du corps s'employaient à écarter la foule.

Marc.

Jamais elle n'avait été si heureuse de voir quelqu'un. Mais avant qu'ils puissent rejoindre la voiture, un homme surgit pour filmer le roi et heurta violemment le front de Kate avec sa caméra. La douleur provoqua chez elle une montée de larmes et brouilla sa vision, mais elle put tout de même voir Marc envoyer un crochet du droit dans la mâchoire du cameraman, qui bascula dans les bras de deux gardes du corps.

Marc prit ensuite Kate par les épaules et l'emmena vers la voiture devant laquelle Nicholas attendait, tenant la portière.

— Belle droite, Votre Virilité, dit le serviteur avec un sourire ravi.

Marc aida Kate à monter dans le véhicule.

A peine trois jours dans cet étrange pays, songea-t-elle, et elle avait déjà déclenché une émeute ! Elle qui rêvait d'aventure, elle était servie !

Une fois installé dans la voiture, Marc se pencha en

avant et dit à Nicholas de changer de trajet pour rejoindre le palais. Puis il appuya sur le bouton qui commandait la vitre de séparation teintée. Lorsqu'il se tourna vers Kate, celle-ci constata que ses yeux brillaient de colère et d'inquiétude.

— Etes-vous blessée ?

Kate porta la main à son front, au-dessus de son œil gauche.

— Je vais bien. J'aurai juste un hématome pendant quelques jours.

— Je vais dire à Louis de venir vous examiner.

— Je suis médecin, Marc. Je n'ai pas de fracture, pas de plaie. C'est juste une bosse. J'ai la tête dure, vous savez.

— Oui, je sais. Mais je dirai au Dr Martin de vous examiner quand même, par précaution.

Kate était trop fatiguée et trop énervée pour protester.

— Comme vous voudrez, concéda-t-elle.

Marc s'agita sur son siège et la fixa d'un air sévère.

— Pourquoi n'attendiez-vous pas à l'entrée de service ?

Le ton réprobateur de Marc la hérissa.

— Mais j'y étais, figurez-vous ! Quand je n'ai pas vu M. Nicholas, j'ai voulu vérifier qu'il n'était pas devant l'entrée principale. J'ignorais que j'allais être bombardée de questions.

Marc soupira.

— Les journalistes sont mon lot quotidien, Kate. Notre amitié vous expose aussi. Que vous ont-ils demandé ?

Kate ne voulut pas l'irriter davantage, mais il méritait de connaître la vérité, en tout cas au sujet de la conférence de presse improvisée. Elle lui parlerait des spéculations de Renault plus tard.

— Ils m'ont demandé si nous étions amants. Puis ils ont insinué que Cécile était notre enfant à tous les deux. N'est-ce pas insensé ?

Marc prit une serviette à côté de lui et en sortit un journal, qu'il tendit à Kate.

— Voilà ce qui les a amenés à cette théorie.

Kate ne comprit pas le texte, mais la photo floue de Marc

et d'elle entrant dans l'hôpital avec Cécile ne nécessitait aucune traduction.

Elle jeta le journal sur le siège.

— Cela ne prouve rien, dit-elle.

Marc regarda par la vitre.

— Cela a suffi à éveiller les soupçons. Maudit soit le charognard qui a pris cette photo.

Kate remarqua la main enflée de Marc. Elle lui prit le poignet et lui fit plier les doigts, tout en l'observant pour détecter le moindre signe de douleur. Il regardait droit devant lui, en serrant les dents.

— Ce sera enflé pendant quelques jours, dit-elle. Mais je ne pense pas que ce soit très grave. Je n'en dirais pas autant de la mâchoire du cameraman ni de votre réputation.

Elle lui adressa un sourire nerveux et dit :

— Je vois d'ici les gros titres : « LE ROI SAUVE UNE DEMOISELLE EN DÉTRESSE. »

— J'espère que je ne serai pas poursuivi pour violences.

— Ils peuvent vous faire un procès ?

— Je dirai à mes avocats de régler ça.

Kate s'accorda quelques instants avant de déclarer :

— Je suis désolée, Marc. J'aurais dû me montrer plus prudente.

Il retira sa main blessée qu'elle avait continué de tenir, comme s'il ne pouvait pas supporter d'être en contact avec elle.

— Ce n'est pas votre faute. C'est la mienne. J'aurais dû vous préparer à tout cela.

— Ah oui, et comment ? En m'apprenant à esquiver les caméras ?

Elle crut qu'il allait sourire. Mais il se passa les mains sur le visage puis regarda l'hématome sur son front.

— Vous êtes sûre que vous allez bien ?

— Mais oui, je vous le promets.

A la surprise de Kate, il se rapprocha d'elle.

— Je ne me le serais pas pardonné, Kate, s'il vous était arrivé quelque chose de grave.

— Et moi, j'ai été stupide de croire que si l'on suspectait que nous étions plus que des amis, cela n'aurait pas de conséquences.

Il prit sa main dans la sienne.

— C'est moi qui suis stupide, Kate.

— Pourquoi ?

— Parce que je vous ai entraînée dans ce scandale.

Son regard soutenu fit battre le cœur de Kate.

— Et parce que, dit-il, je sais que je ne devrais pas faire ça, mais je ne peux pas m'en empêcher.

Il pencha la tête, captura la lèvre inférieure de Kate et l'embrassa langoureusement. Pendant un instant, Kate se dit que ce baiser était la conséquence de sa frustration et de sa colère. C'était un moyen pour lui d'évacuer les tensions, voilà pourquoi il y mettait tant d'ardeur. Mais lorsqu'il se mit à lui caresser le dos, elle cessa d'analyser les événements et se laissa submerger par un désir sans limites.

Elle ne résista pas quand il lui caressa le genou. Peu importait qu'ils soient dans une voiture, elle le laissa passer la main sous sa jupe, et ouvrit les jambes pour l'inviter à aller plus loin.

Quand Marc laissa ses doigts en suspens entre ses cuisses, elle sut très bien où il voulait en venir. Lorsqu'il la caressa à travers ses collants, son excitation fut telle qu'elle cessa totalement de réfléchir. Marc se fit de plus en plus pressant, sur sa bouche comme sur son sexe. Soudain entreprenante, Kate remonta la main le long de la jambe de Marc pour atteindre son aine, où ses doigts effleurèrent la proéminence sous son pantalon. Elle le caressa de la même manière qu'il la caressait. Leurs vêtements constituaient un obstacle frustrant, mais cela ne les empêchait pas de continuer leur exploration érotique. Rien, d'ailleurs, ne semblait pouvoir les en empêcher.

— Nous sommes arrivés, Votre Altesse.

La voix de Nicholas dans l'Interphone marqua leur brusque retour à la réalité. Marc retira sa main, alla à l'autre extrémité de la banquette et appuya la tête contre son siège, en respirant de façon irrégulière. Kate aussi peina à reprendre son souffle. Déjà, les caresses de Marc lui manquaient. Elle regrettait la chaleur de son corps et la saveur de son baiser, qui avaient mis tous ses sens en émoi.

Lorsqu'ils franchirent les grilles du palais, Marc brisa le silence :

— Ma mère m'a dit qu'elle vous avait invitée à séjourner dans la maison d'hôte. Je ferai porter vos affaires ici.

Cette fois au moins, remarqua Kate, il ne s'excusait pas pour son manque de contrôle.

— Ça ne va pas compliquer la situation, si je demeure au château ?

— Les journalistes doivent sûrement savoir que vous vivez à l'hôtel. Vous serez plus en sécurité ici.

Oui, les médias savaient où elle séjournait, c'était elle qui le leur avait dit ! Une autre grossière erreur.

— Si vous pensez que c'est mieux ainsi, alors ça ne me pose pas de problème, dit-elle.

Marc se tourna vers elle.

— Il y a un problème, pourtant.

— Lequel ?

— Je suis incapable de vous résister.

Cet aveu la fit sourire.

— J'essaierai de bien me tenir, dit-elle.

— Ce n'est pas votre conduite qui me préoccupe, c'est la mienne.

Kate, elle, était préoccupée par les sentiments grandissants qu'elle éprouvait pour lui.

— Ecoutez, vous venez de mettre votre poing dans la figure d'un cameraman. Vous pourrez vous occuper de mon cas.

Marc eut un sourire qui aurait pu faire fondre la neige des Pyrénées.

— C'est là le problème, Kate. J'ai envie de m'occuper de vous d'une façon très intime, comme vous l'aurez deviné. Si nous n'étions pas arrivés au château, je peux vous dire que je serais allé beaucoup plus loin, même si nous étions dans une voiture avec chauffeur.

Et je vous aurais laissé faire.

Il se pencha pour l'embrasser sur la joue juste avant que Nicholas n'ouvre la portière.

— Je ne sais pas si j'arriverai à régler mon problème.

Kate espérait sincèrement que non.

Au milieu de la nuit, quand ils eurent couché Cécile, Marc escorta Kate jusqu'à son hôtel pour aller chercher ses affaires. Un groupe de gardes du corps leur servaient de chaperons. Dans la voiture, Marc avait réussi à se contrôler mais, une fois dans la maison d'hôte, il se demanda s'il pourrait tenir ses bonnes résolutions.

Il pensait laisser Kate seule, mais n'avait pas du tout envie de la quitter. De plus, le Dr Martin lui avait dit que même si la blessure de Kate semblait sans gravité, il serait mieux que quelqu'un reste avec elle, au cas où elle montrerait des signes de commotion.

Pour l'instant, il contemplait les jambes fines de Kate tandis qu'elle arpentait le salon et observait le contenu des étagères. Ces fichus collants l'avaient empêchée de commettre une folie, tout à l'heure, juste avant que Nicholas ne les interrompe.

— Encore une belle collection de livres, dit-elle. J'aimerais pouvoir lire en français. D'ailleurs, je suis en train d'étudier dans ce but.

Marc, lui, étudiait la courbe de ses fesses et la cambrure de son dos.

— Je pourrais vous enseigner quelques mots.

Ceux qui lui venaient à l'esprit ne lui serviraient sans doute pas dans la vie de tous les jours, mais au lit…

Elle lui sourit par-dessus son épaule.

— Je progresse à l'hôpital. J'apprends quelques phrases. Rien de tel que la pratique.

Assis sur le canapé fleuri, Marc tenta de se détendre et de

contrôler une érection naissante. A chaque mouvement de Kate, cela devenait plus ardu. Quand elle se retourna vers lui et sortit sa chemise de sa jupe, son sexe durcit à la limite du supportable.

— Je crois que je vais aller prendre une douche, dit-elle.

Marc envisagea de s'en aller avant qu'elle ne remarque à quel point elle lui faisait de l'effet.

— Vous vous sentez assez remise ?

— Oui, je me sens bien.

— Je devrais peut-être attendre près de la salle de bains, au cas où la tête vous tournerait.

Elle vint jusqu'à lui.

— Pourquoi ne pas venir avec moi ?

Il poussa un grognement.

— Je croyais que vous deviez bien vous tenir.

— Et moi je croyais que vous deviez retourner au palais.

— Mais j'y vais.

— Qu'attendez-vous ?

Il attendait que son esprit prenne le dessus sur sa libido. Que Kate le mette à la porte. Ou que la raison vienne calmer son immense envie de la toucher.

Comme rien de tout cela ne se produisit, il saisit Kate par la taille et l'attira vers lui.

Enfouissant les mains sous sa chemise, il savoura le plaisir de sentir ses courbes sous ses paumes. Il voulut alors beaucoup plus que ce simple contact, et vite.

Au diable ses devoirs de roi ! Au diable sa réputation ! S'il ne pouvait pas lui faire l'amour comme il le voulait, au moins, il pouvait lui donner ce dont elle avait besoin. Il pourrait trouver de la satisfaction à lui donner du plaisir — si c'était ce qu'elle voulait. Il supposa que c'était le cas, car ses yeux reflétaient le désir.

Il glissa alors les mains sous sa jupe et caressa ses cuisses.

— Je crois que j'ai quelque chose à finir, dit-il.

Elle écarta quelques mèches de cheveux sur le front de Marc.

— Quoi donc ?

— Ce que j'ai commencé dans la voiture.

Elle sourit.

— Vraiment ? Vous disiez que…

— Je sais ce que j'ai dit. Mais je suis fatigué de lutter.

— Alors, ne luttons plus.

A ces mots, Marc fit allonger Kate sur le canapé. Il l'embrassa aussi intensément que tout à l'heure dans la Rolls. Elle émit un son qui exprimait sans doute possible son excitation, ce qui encouragea Marc à continuer son exploration. Il lui fit écarter les jambes et posa la main entre ses cuisses. La barrière des collants l'empêchait d'atteindre son but. Mais cela ne le fit pas renoncer. Les obstacles étaient faits pour être franchis, aussi s'empressa-t-il de déchirer les collants en tirant sur la couture. Il découvrit que Kate ne portait rien en dessous. Elle pressa ses hanches contre son ventre, puis écarta encore les jambes pour s'ouvrir complètement à lui. Pourtant, quand il cessa de l'embrasser afin de la regarder, il songea de nouveau à s'arrêter là. Mais c'était inconcevable, maintenant. Il fallait qu'il lui donne la jouissance qu'elle méritait, même si lui ne connaîtrait pas la même libération.

Il découvrit son clitoris gonflé de désir, et le caressa doucement.

— Tu aimes ?

Elle ferma les yeux avant de répondre :

— J'adore.

Une foule de pensées assaillirent la conscience de Marc. Il choisit de les ignorer pour se concentrer sur Kate et sur le plaisir qu'il allait lui procurer.

Il prit de nouveau possession de sa bouche, tout en entamant entre ses cuisses un mouvement de va-et-vient avec ses doigts. Il brûlait de l'emporter jusqu'à l'extase. Il s'imaginait ce moment quand elle atteignit le sommet du plaisir et fut secouée de spasmes. C'était bien plus tôt qu'il n'aurait cru. Mais il n'était pas surpris outre mesure. Ils avaient eu tant de préliminaires, ces derniers jours, qu'ils étaient tous deux au bord de l'explosion.

Si Marc ne s'était pas résolu à l'avance à s'en tenir là, il aurait pu retirer ses vêtements en un rien de temps pour se glisser dans sa douce intimité. Il continua de la caresser, et accompagna ses derniers soubresauts. Il pensa lui offrir un nouvel orgasme, cette fois avec ses lèvres et sa langue, mais elle murmura :

— J'ai envie de toi, Marc. Maintenant.

Son esprit lui disait encore de ne pas céder, mais sa volonté de résister s'évanouit quand Kate se mit à défaire sa ceinture, ouvrit sa braguette et fit descendre son jean sur ses cuisses. Elle l'embrassa tout en caressant son membre dressé, l'amenant au bord de la jouissance.

Marc songea qu'il devait lui dire d'arrêter. Il devait mettre un terme à cette folie avant qu'il ne soit trop tard. Avant qu'ils ne puissent plus faire machine arrière.

Mais il était déjà trop tard, alors au moins, il fallait qu'il protège Kate.

Il la prit par la taille et retira sa main toujours posée sur sa verge, interrompant temporairement son délicieux supplice.

Elle plissa les yeux de frustration.

— J'ai envie de toi, Marc, et toi aussi tu as envie de moi.

— Allons dans la chambre.

— Je ne peux plus attendre.

Elle s'arracha à son emprise et s'empressa de déboutonner sa chemise, puis l'ôta ainsi que son soutien-gorge. Quand elle se défit de sa jupe et de ses collants déchirés, Marc ne fut plus sûr de pouvoir aller jusqu'à la chambre.

Après s'être déshabillé à son tour, il retira de la poche de son jean le préservatif qu'il avait apporté, car il s'était douté qu'ils en arriveraient là. Il l'avait même espéré.

Kate s'allongea et tendit les bras à Marc. Il la rejoignit avec joie, et entra enfin en elle, aussitôt envahi par un sentiment de libération, qu'il n'avait pas connu depuis longtemps. Cela non seulement parce qu'il n'avait pas eu de relations sexuelles ces derniers mois, mais surtout parce que Kate avait plus d'emprise sur lui qu'aucune autre femme. Il s'abandonna tout entier à son désir.

D'abord, il ondula lentement en elle. Mais très vite, l'alchimie entre leurs deux corps explosa dans un rythme sauvage. Il parcourut le corps de Kate de ses mains avides, comme si la sensation d'être en elle ne lui suffisait pas.

Quand ses mouvements de va-et-vient se firent plus intenses, Kate caressa son dos puis retint les fesses de Marc contre son bassin. Lorsqu'il sentit que Kate était à la limite de l'orgasme, il saisit un de ses tétons dans sa bouche. Elle fut submergée par une vague de plaisir, et il la rejoignit dans un sursaut et un frisson incontrôlables.

Il regretta que sa délivrance soit arrivée si vite. Trop vite. Mais pour l'instant, il se sentait bien trop heureux pour laisser quelques regrets gâcher ce moment.

Ils demeurèrent enlacés longtemps, tous deux trempés de sueur et à bout de souffle.

Marc enfouit sa tête dans la chevelure de Kate, qui lui caressait toujours le dos. Il aurait pu rester ainsi éternellement, et envoyer au diable ses responsabilités et ses soucis.

La sonnerie du téléphone retentit et Marc sursauta comme s'il venait d'être pris en flagrant délit.

Kate se pencha au-dessus de lui pour atteindre le téléphone, effleurant au passage son torse avec ses seins nus, ce qui le fit gémir de plaisir. Elle attrapa le combiné, répondit par un haletant « allô ! » puis jeta un regard affolé à Marc.

— Bonjour, Mary. Non, vous ne me dérangez pas. J'allais prendre une douche.

Marc murmura :

— Ne lui dis pas que je suis là.

Trop tard.

— Oui, il est là. Je m'habille et je prends une douche… je veux dire, je me déshabille et je prends une douche, ensuite je viendrai voir si je peux faire dormir Cécile.

Après s'être rhabillé, il découvrit que Kate ne portait que sa chemise.

— Rien de tel qu'un bébé agité pour vous interrompre, dit-elle.

Marc passa une main sur sa nuque.

— Cette interruption est arrivée à point nommé, dit-il. Sinon, nous aurions pu finir dans ton lit, ce qui n'aurait pas été raisonnable puisque je n'avais qu'un seul préservatif.

Kate s'approcha de lui et enroula les bras autour de sa taille. Prisonnier des bras de Kate, Marc caressa son dos et ses fesses nues. De nouveau, ils échangèrent un baiser passionné, jusqu'à ce que la conscience de Marc soit rattrapée par la réalité et les regrets.

— Je ne peux rien t'offrir de plus que du sexe, Kate, dit-il en s'écartant.

Elle releva le menton.

— Cesse de me répéter cela sans arrêt ou je vais finir par hurler. Je n'attends rien de toi, Marc. Et je pense que tu voulais ce qui est arrivé.

C'était vrai. Il l'avait même voulu plus qu'il n'aurait dû.

— Je ne voulais pas être roi, pourtant on m'a forcé à le devenir.

Elle parut déçue, et Marc aurait aimé pouvoir ravaler ses paroles irréfléchies.

— Es-tu en train de dire que je t'ai forcé à faire l'amour ?

— Non, bien sûr. Je regrette seulement que ma vie soit un tel chaos. Tu ne mérites pas ça.

Kate se renfrogna.

— Pourquoi ne me laisses-tu pas décider de ce que je fais et de ce que je mérite ? Et toi, en tant que roi, pourquoi ne te concentrerais-tu pas sur le bien que tu fais ?

— Parfois, je me demande si je fais quoi que ce soit de bien.

Elle toucha son visage, l'air grave.

— Je sais ce que c'est que d'avoir des gens qui comptent sur vous, dit-elle. Mes parents dépendaient de moi, et je ne le supportais plus. Voilà pourquoi je suis venue ici. Je me suis enfuie pour mener enfin ma propre vie.

Il prit sa main et l'embrassa avant de la relâcher.

— Mais moi, je ne peux pas m'enfuir.

— Non, mais tu peux voir les côtés positifs de ta position. Tu as de grandes capacités.

Elle lui fit un clin d'œil et sourit.

— Je viens d'en tester quelques-unes, dit-elle.

— Kate, tu ne mesures pas l'effet que ce genre de remarques a sur moi.

Elle posa le bout de son index sur la braguette de son pantalon.

— Si, je le mesure.

Se dirigeant vers le canapé, elle ramassa ses collants, en fit une boule et la lui lança.

— Un petit souvenir de notre nuit d'amour, pour que tu ne l'oublies pas.

Avec un sourire coquin, Kate partit dans la salle de bains. Marc essaya de recouvrer ses esprits. Il savait que cette nuit d'amour ne serait pas la dernière. Il avait connu un tel bien-être tout à l'heure, quand il était en elle.

Mais au-delà du plaisir charnel, c'était le fait que Kate comprenne l'homme qu'il était qui le touchait le plus.

En tant que roi, il avait peur de décevoir son peuple. Et en tant qu'homme, il craignait de décevoir Kate. Pas sur le plan sexuel — leurs deux corps s'accordaient parfaitement. Mais pourrait-il être l'homme qu'il lui fallait, l'homme avec qui elle voudrait partager sa vie ? Pourrait-il s'ouvrir complètement à elle, lui donner aussi cette part de lui qu'il cachait au monde, et à lui-même ?

Elle méritait un homme qui lui accorde toute son attention et toute sa considération.

Hier encore, il aurait rejeté cette idée, mais aujourd'hui, il commençait à envisager la possibilité de partager la vie de Kate Milner.

7

L'impensable s'était produit.

Elle venait de retomber amoureuse de Marc DeLoria !

Certes, elle avait bien essayé de se persuader qu'elle recherchait uniquement une liaison charnelle. Dans ce but, elle avait joué les séductrices. Mais au fond, elle voulait que Marc lui offre son cœur tout autant que son corps. Trois nuits plus tôt, il lui avait démontré qu'il était un amant parfait, mais aussi un homme sans la moindre intention de s'engager dans une relation sérieuse.

Combien de femmes étaient tombées éperdument amoureuses de lui, avant d'avoir été abandonnées ? Pourtant, elle continuait d'espérer. Un jour, une femme gagnerait le cœur de Marc. Alors, pourquoi pas elle ?

Parce que Marc ne s'intéressait qu'à son métier de roi. Elle n'était qu'un divertissement pour lui, un moyen de se changer les idées l'espace de quelques instants volés. D'accord, il disait la respecter, et la trouver unique. Et même belle. Mais il n'avait pas fait mention de sentiments à son égard. Elle était folle d'attendre davantage de lui, d'autant plus qu'elle l'avait à peine vu ces derniers jours. Une fois de plus, il était redevenu ce roi absent et reclus.

Il lui fallait accepter l'idée que leur nuit ensemble serait peut-être la dernière. Et qu'elle rejoindrait la liste des nombreuses femmes qui avaient tenté de conquérir Marc et avaient échoué.

Au moins, sa journée de travail s'était bien déroulée. Les patients avaient été beaucoup moins nombreux, ce qui, malheureusement, lui avait laissé du temps pour penser à Marc et se demander avec inquiétude si leur aventure les mènerait quelque part. S'il persistait à l'éviter de la sorte, c'était peu probable. Ces derniers jours, la compagnie de Cécile et de Mary lui avait été d'un grand réconfort. Mais ce n'était pas comparable à la présence de Marc.

Elle était trop épuisée à présent pour ruminer ses pensées. Il était près de 18 heures. Son dernier patient était parti depuis une heure, et elle était à son bureau pour s'acquitter de tâches administratives. Elle attendait maintenant Nicholas, qu'elle venait d'appeler pour lui demander de venir la chercher.

En tout cas, elle ne se risquerait plus jamais à emprunter l'entrée principale, même si Marc avait fait poster des gardes du corps à chaque issue. Elle se sentait d'ailleurs un peu coupable d'être à l'origine de cette mesure.

Elle remplit ses derniers formulaires dans le petit bureau que le Dr Martin lui avait attribué ce matin. Désormais, elle ne partageait plus le même espace de travail que le Dr Renault.

Des éclats de voix la firent sursauter : elle pensait être seule dans le service. Elle reconnut la voix de la reine et de Marc.

Se levant de sa chaise, elle alla ouvrir la porte et les trouva tous deux dans le couloir. Ils semblaient soucieux.

Kate sentit l'angoisse l'envahir.

— Quelque chose est arrivé à Cécile ?

Mary s'efforça de sourire.

— Non, ma chère, dit-elle. Cécile va bien, elle est avec Béatrice.

— Alors, que se passe-t-il ?

— Regardez cela, dit Marc en lui tendant un journal. Non seulement ils parlent de l'incident avec le cameraman, mais ils citent aussi une source anonyme, qui prétend détenir la preuve que Cécile est votre fille et la mienne.

Kate ferma les yeux.

— Je redoutais que cela arrive.

— Ce n'est pas votre faute, Kate, dit Mary. Les médias sont capables de tout quand il s'agit de notre famille. Certaines personnes prennent un malin plaisir à colporter les plus folles rumeurs afin de nous discréditer.

Kate leva les yeux et vit la colère briller dans les yeux de Marc. Elle regretta de ne pas lui avoir fait part des insinuations de Jonathan Renault.

— Cela vient sans doute du Dr Renault. Il a avancé cette hypothèse il y a trois jours.

Marc plissa les yeux.

— Pourquoi ne pas me l'avoir dit plus tôt ? tonna-t-il.

— Parce que je ne voulais pas vous causer de soucis supplémentaires.

— Maintenant, j'en ai, des soucis !

— Marc, calme-toi, le réprimanda Mary. Kate ne mérite pas ta colère. Elle a seulement fait ce qu'elle pensait être le mieux pour toi.

Kate se tourna vers Mary, car il lui était trop pénible de regarder Marc.

— Y a-t-il quelque chose que je puisse faire ? Donner une interview pour exprimer un démenti, par exemple ?

— Non, dit la reine. Nous devrons laisser courir la rumeur jusqu'à ce que nous puissions fournir notre propre version des faits.

— Ou une preuve que Cécile est la fille de Philippe, intervint Marc.

— Et à quoi cela servirait-il ? rétorqua la reine d'un ton irrité.

— A innocenter Kate. Et moi par la même occasion.

Kate eut l'impression d'être prise dans une situation qui la dépassait.

— Ne vous inquiétez pas pour moi, dit-elle. Je peux gérer la situation.

Marc lui décocha un regard sévère.

— Vraiment ?

Mary passa un bras protecteur autour des épaules de la jeune femme.

— Bien sûr que oui, Marc. Kate est forte. Je ne doute pas une seconde qu'elle puisse se sortir de cette épreuve avec grâce.

Kate souhaita en être aussi sûre.

— Je ferai ce que vous me direz, assura-t-elle. Je promets de ne parler à personne sans vous consulter d'abord.

— Vous avez toute notre confiance, Kate, dit Mary. Nous voulions simplement vous prévenir, et vous ramener au palais sous bonne escorte. Marc va vous reconduire.

Mary laissa retomber le bras qu'elle avait laissé sur Kate et regarda son fils.

— Marc, sois courtois avec le Dr Milner. De mon côté, je vais retourner au palais et voir comment va Cécile. Je suis sûre que Béatrice sera ravie d'être déchargée.

Kate vit là une chance de fuir. Elle ne tenait pas à se retrouver seule avec Marc avant qu'il se soit calmé.

— Donnez-moi une minute et je viens avec vous, dit-elle en s'adressant à Mary. Je pourrais vous aider.

— J'ai à vous parler avant, intervint Marc. En privé.

Kate se raidit, car elle avait ressenti toute la force du courroux de Marc sous son calme apparent. Non pas qu'elle ait peur de lui. En revanche, elle avait peur de ne pas trouver les mots pour le raisonner.

— Très bien, dit-elle.

— Prenez votre temps, dit Mary en s'éloignant. Je vais dire aux gardes du corps de vous attendre et je vous enverrai Nicholas une fois qu'il m'aura conduite au palais.

Lorsque Mary fut hors de vue, Kate désigna son bureau.

— Entrons, nous serons plus tranquilles.

Marc alla s'appuyer contre le bureau et croisa les bras, tandis que Kate refermait la porte et s'y adossait.

— Tu aurais dû me parler des insinuations du Dr Renault, Kate. J'aurais pu empêcher la rumeur de se répandre. Ou du moins, j'aurais pu me préparer à l'affronter.

— Le mal était déjà fait lorsque la presse est arrivée jusqu'à moi. Et, encore une fois, je ne t'en ai pas parlé parce que je savais que tu étais déjà hors de toi.

— C'était il y a trois jours. Depuis, tu aurais pu m'en informer !

Kate sentit la rage monter en elle.

— Ah oui ? Et quand ? Difficile de parler à quelqu'un qui vous évite…

— J'étais préoccupé.

— Moi aussi, Marc.

— Je sais. Et c'est ma faute, dit-il d'une voix où perçaient tout à la fois la colère et la résignation. Je ferais mieux de prétendre que Cécile est ma fille, et de laisser le conseil décider de mon sort.

Ce fut seulement à cet instant que Kate comprit à quel point un tel scandale, faux ou réel, pouvait faire du tort à sa crédibilité de roi.

— Ils ne peuvent pas te forcer à démissionner, n'est-ce pas ? dit-elle.

— Non, mais ils peuvent me compliquer la tâche, et m'empêcher de réaliser mes projets. Mon pouvoir repose sur leur entière confiance. Sans elle, je ne suis qu'un roi de pacotille.

— Alors, bats-toi.

— Pourquoi ?

Kate le fixa, incrédule.

— Pourquoi ? Mais parce que tu es un bon roi ! Tu veux faire de ton pays un monde meilleur. Tu agis dans l'intérêt de ton peuple, tout le monde le sait.

— Je crois que tu t'avances beaucoup.

— Je ne suis pas stupide, Marc. Je lis les journaux. J'ai suivi ton parcours. Et je sais combien tu as été admiré pour tes choix politiques. Tu as la réputation d'être un dirigeant fort.

— Tu oublies ma réputation de play-boy. Il semble qu'elle prime sur tout le reste.

— C'était le cas jusqu'à la mort de Philippe. Depuis, tu as su gagner le respect des chefs d'Etat du monde entier.

— Je n'ai rien accompli de concret, Kate. En tout cas, pas aux yeux de mon peuple. Ils ne me pardonneront pas un tel scandale.

Kate laissa échapper un soupir de frustration.

— D'accord, Marc. Baisse donc les bras, si c'est vraiment ce que tu veux. Ce n'est pas moi qui vais t'arrêter. Mais n'attends pas de moi que je reste là à te regarder te détruire.

C'était la chose la plus difficile qu'elle ait jamais faite : elle lui tourna le dos. A quoi bon essayer de le convaincre ? Puisqu'il voulait rester seul, tant pis pour lui.

Kate venait d'atteindre la porte quand Marc y apposa la main pour l'empêcher de sortir.

— Comprends-moi, Kate.

Elle se retourna et vit la souffrance sur le visage de Marc, ce qui lui coupa le souffle.

— Mais je te comprends, Marc, bien plus que tu ne le penses. C'est simplement que je ne supporte pas l'idée que tu jettes l'éponge. Tu ne peux pas renoncer maintenant, alors que tu as tout à perdre.

— J'aimerais fuir tout cela. Mais tu as raison. Je me dois de lutter pour mon pays. Et à la mémoire de Philippe.

— Tu dois lutter pour toi aussi. Les difficultés que tu traverses ne sont que temporaires. Nous nous en sortirons ensemble. Nous formons une bonne équipe, non ?

Marc lui caressa tendrement le visage.

— J'ignore ce que j'ai fait de bien pour mériter une telle confiance de ta part. Surtout après m'être si mal comporté avec toi ces derniers jours. Et j'en suis vraiment désolé.

— Je sais. Et je sais aussi que tu es un homme bien, qui a un lourd fardeau à porter. Tu seras un bon père pour Cécile. Elle a besoin de toi, même si elle n'est pas ta fille.

— Et moi, c'est toi dont j'ai besoin. Plus que tu ne l'imagines.

Kate s'attendit à éprouver une sensation d'étouffement,

comme toujours quand quelqu'un disait avoir besoin d'elle. Mais cette fois rien de tel ne se produisit.

— Je serai là pour toi, Marc. Mais il faut que tu acceptes de baisser ta garde et que tu me laisses t'aider.

Il appuya son front contre le sien.

— Tu es le seul élément stable dans ma vie. Mais parfois, je ressens un tel désir pour toi que cela me fait souffrir. Voilà pourquoi je t'ai évitée, car je sais que dès que je pose les yeux sur toi, dès que je te touche…

Soudain, il l'embrassa. Un baiser fougueux empli de tant désespoir et de détresse que Kate chancela.

Sans cesser de l'embrasser, il la guida jusqu'au bureau et la fit s'y appuyer. Il se pressa contre elle, et Kate put constater à quel point il la désirait.

Le cœur battant et les sens en alerte, elle s'abandonna à leur étreinte. Il parcourut son corps de ses mains viriles, et la caressa à travers l'étoffe de sa chemise beige.

Puis il lui retira ses collants et effleura son intimité à travers son slip. Kate frissonna sous ses caresses et sous l'assaut de sensations qu'il faisait naître en elle. Mais surtout, elle tremblait à cause de tout cet amour qu'elle gardait secret, et qu'elle ne lui dévoilerait sans doute jamais.

Avant qu'elle n'atteigne l'extase, Marc retira sa main tout en gardant les lèvres collées aux siennes. Elle l'entendit défaire sa ceinture puis sa braguette.

Non ! s'affola Kate. Pas ici. Pas maintenant. Pas sans…

Mais déjà, Marc avait fait descendre ses collants et son slip sur ses cuisses. Il la pénétra d'un mouvement brusque. Une vague de plaisir la submergea alors, qui lui fit perdre l'équilibre. Son esprit à présent ne fonctionnait plus de manière cohérente. Marc adopta un rythme plus effréné, serrant fermement ses fesses dans ses mains, ondulant en elle de plus en plus fort.

Il libéra enfin ses lèvres et lui murmura à l'oreille des paroles en français. Des mots qu'il prononça d'une voix basse et rauque, qui ajoutèrent au trouble de Kate. Marc respira soudain plus fort, et son cœur cogna dans sa poitrine. Dans un dernier coup de reins, il se raidit de tout son corps et trembla sous la force de sa jouissance finale.

Kate embrassa son visage, caressa ses cheveux et le serra contre elle jusqu'à ce qu'ils reprennent leur souffle.

Mais la réalité de ce qu'ils venaient de faire — et de ce qu'ils avaient omis de faire — secoua Kate avec la force d'un tremblement de terre. Elle avait voulu apaiser la douleur de Marc, oublier leurs problèmes et se constituer de nouveaux souvenirs. Elle sut quand Marc revint aussi à la réalité : il marmonna des jurons en français, qu'elle n'eut pas grand mal à comprendre. Appuyant les mains sur le bureau, il demanda, les yeux baissés :

— Nous n'avons pas utilisé de…

— Je sais.

— Est-il possible que tu…

— Que je tombe enceinte ? finit-elle pour lui. Oui.

— Bon sang !

Bêtement, Kate avait cru que Marc lui murmurerait des mots d'amour, après les instants de tendresse qu'ils avaient partagés juste avant leur acte incontrôlé. Comme elle avait été inconsciente !

Quand il se retira d'elle et lui tourna le dos, elle comprit qu'il regrettait son acte.

— Je comprendrai tout à fait que tu ne me pardonnes pas ma conduite imprudente, dit-il en remettant son pantalon.

Kate, elle, ne comprit pas la soudaine distance que Marc venait d'instaurer entre eux. Elle se rhabilla, les mains tremblantes.

— Eh bien, dit-elle avec une gaieté forcée, maintenant nous pouvons ajouter les bureaux à la liste des endroits à éviter. En plus des canapés, des cuisines… Si nous dormons ensemble dans un lit, peut-être que nous réussirons à nous contrôler !

A l'expression butée de Marc, Kate comprit que sa tentative pour détendre l'atmosphère était tombée à plat.

— Peu importe l'endroit où nous nous trouvons, Kate.

La seule manière de garder le contrôle, c'est de ne plus nous voir. En tout cas, je peux t'assurer que jamais je ne me suis comporté de façon aussi irresponsable. Jamais. De toute évidence, tout ce que je sais faire en ce moment, c'est générer les problèmes les uns après les autres.

Kate aurait dû se sentir flattée : elle seule lui avait fait perdre la tête. Mais elle pensait aux conséquences à long terme. Malheureusement, il voyait leur relation comme un problème, alors qu'elle la considérait comme une bénédiction.

— Ecoute, si jamais je tombe enceinte, je ne te demanderai rien. Mais sois sûr que j'aimerai mon enfant, que tu choisisses de faire partie de sa vie ou non.

Marc lui lança un regard sombre.

— Tu m'estimes capable de refuser ma paternité ? Si c'est le cas, alors je comprends mieux pourquoi tu ne me crois pas quand je dis que Cécile n'est pas ma fille.

— Je te crois, Marc. Si tu penses que nous devons nous éviter, alors tu n'as qu'à me le dire. Je ne te créerai plus d'ennuis.

— Kate, je veux…

Il hésita, puis tourna les talons et se dirigea vers la porte.

— Nicholas doit nous attendre, dit-il. Je vais rentrer avec un des gardes du corps. Nous discuterons de tout cela plus tard.

Kate réprima une soudaine montée de larmes en le suivant dans le couloir.

— Marc, c'est tout de suite que nous devons en parler. Tu ne peux pas partir comme ça.

— Le roi et sa dame de cœur seraient-ils en train de se quereller ?

Kate et Marc se retournèrent en même temps vers le couloir, et aperçurent Jonathan Renault. Kate en éprouva un sentiment d'humiliation. Comment pourraient-ils nier les allégations de l'arrogant chef de service maintenant ?

Marc décida de ne pas aller contre la fureur qui s'empara de lui. Il était même ravi de pouvoir diriger sa colère vers une autre cible que lui-même. Il toisa le médecin chef, les poings serrés et le regard noir.

— Vous vous aventurez en terrain dangereux, Renault. Vous n'auriez pas dû faire part de vos affirmations fallacieuses à la presse.

Renault détailla Kate de bas en haut avant de s'arrêter sur son visage rouge et ses lèvres enflées.

— Apparemment, ces affirmations étaient exactes. Mais je vous jure que je n'ai rien dit aux médias.

Marc s'avança d'un pas menaçant.

— Vous mentez !

— Moi ? Pardonnez-moi, Votre Altesse, mais je pourrais en dire autant de vous. Vous avez menti sur votre relation avec le Dr Milner. Bien entendu, je comprends vos raisons : les habitants de Doriana n'accepteraient pas que leur souverain ait pour compagne une traînée.

— Maudit chien !

Marc s'élança, ivre de rage, pour asséner un coup de poing à Renault, mais Kate arrêta son bras.

— Non, Marc ! Cela ne ferait qu'envenimer les choses.

— Suivez le conseil de votre maîtresse, Majesté, dit Renault en reculant dans un coin du couloir. Si vous levez la main sur moi, je porte plainte, souverain ou non.

Marc retira une certaine satisfaction à lire la terreur dans les yeux de Renault.

— Vous avez raison. Je ne suis pas au-dessus des lois. Mais je suis en droit de vous renvoyer de votre poste. Je veux que vous ayez quitté les lieux avant ce soir. Et si jamais je vous recroise, je ne me montrerai pas aussi bienveillant.

— Des menaces, Votre Majesté ?

— Je dis simplement que je ne tolérerai pas plus longtemps votre insolence, Renault.

— Et moi, je vous promets que vous regretterez votre décision.

Le chef de service s'éloigna dans le couloir. Marc s'adossa contre un mur et joignit ses mains derrière la nuque. Il se sentait épuisé et stupide. Jusqu'à présent, il avait toujours fait montre d'une grande prudence, dans ses relations avec les gens de l'espèce de Renault, et dans sa vie sexuelle. Ce soir, il s'était montré imprudent dans tous les domaines.

Il sentit une douce caresse sur ses cheveux.

— Rentrons à la maison, Marc.

A la maison ?

Marc avait l'impression de ne pas avoir de foyer. En tout cas, il ne se sentait le bienvenu nulle part. Sauf dans les bras de Kate.

Deux jours s'étaient écoulés depuis l'incident à l'hôpital. Kate n'avait pas revu Marc. Elle avait occupé ses journées à travailler et à éplucher les archives de l'hôpital, comme Marc le lui avait demandé, pour tenter de retrouver une patiente qui aurait accouché six à huit mois auparavant. Mais rien ne menait sur la piste de la mère de Cécile. Tous les enfants nés à l'hôpital avaient ensuite été suivis par le service de pédiatrie, hormis un, et c'était un garçon. Soit la famille du bébé avait déménagé, soit Cécile n'était pas née à Sainte-Simone. Dans le deuxième cas de figure, l'enquête devenait très compliquée.

Kate avait décidé de questionner les employés du palais aussitôt qu'elle le pourrait, si toutefois elle arrivait à se concentrer sur un autre sujet que l'absence de Marc. Pour l'heure, elle essayait de faire manger une Cécile peu coopérative.

— Je suis inquiète pour mon fils.

Kate leva les yeux vers Mary qui venait d'entrer dans la nursery.

— Marc aussi est inquiet.

Elle imita le bruit d'un avion à réaction tout en essayant de ficher une cuillerée de purée de carottes dans la bouche souriante de Cécile.

Celle-ci répondit par un autre bruit amusant, et envoya du même coup la mixture orange sur le T-shirt de Kate.

Mary ne put réprimer un sourire.

— Il a beaucoup de soucis, dit-elle, mais avec vous à son côté, il s'en sortira.

— Il n'a pas besoin de moi, c'est un homme fort.

Mary eut un sourire maternel.

— C'est un homme qui essaie de ne pas tomber amoureux.

— Mary, j'espère que vous ne vous méprenez pas sur la nature de ma relation avec Marc. Nous sommes juste bons amis, affirma Kate avec un ton qu'elle espéra persuasif.

— Je ne prétends pas tout savoir, dit la reine. Cependant, chaque fois qu'il pose les yeux sur vous, son regard brille. Vous ne l'aviez pas remarqué ?

— C'est parce qu'il est furieux contre moi. Cela n'a rien à voir avec de l'amour.

— Il en veut à la terre entière, Kate. Mais vous, il vous aime.

Cherchant une échappatoire, Kate se leva de table et essuya le visage et les mains de Cécile, avant de la libérer de sa chaise haute.

— Je vais lui donner son bain, déclara-t-elle, et ensuite je la mettrai au lit.

— Béatrice peut s'en charger. Vous semblez morte de fatigue.

Exact. Chaque muscle de son corps protestait au moindre effort. Mais c'était surtout dû au fait d'avoir fait l'amour dans une position peu confortable. Même si cela remontait à deux jours.

En se remémorant ces instants, Kate sentit une douce chaleur la parcourir.

— Je vais la mettre au lit, insista Kate. Cela permettra à Béatrice de souffler un peu. Et moi, cela me détendra après une longue journée de travail.

Mary afficha un sourire étonnamment malicieux.

— Il y a d'autres moyens de se détendre, dit-elle.

Kate fronça les sourcils.

— Je ne vois pas de quoi vous voulez parler.

— Oh, mais si ! Tout comme mon fils.

Kate écarquilla les yeux.

— Vous plaisantez, n'est-ce pas ?

Mary se leva avec grâce et alla tapoter la joue de Kate puis celle de Cécile.

— Jamais je ne plaisanterais sur une question aussi sérieuse.

Elle s'éloigna d'un pas nonchalant, son caftan de soie dansant dans son dos, et sourit à Kate par-dessus son épaule avant de quitter la pièce.

Mary ne s'était pas trompée sur leur relation. Pour Kate, elle allait bien au-delà d'une simple aventure. Mais Marc, contrairement à ce que croyait sa mère, n'était pas du tout intéressé par une relation stable. Pas avant de s'être affirmé en tant que roi.

Une fois de plus, Marc était enfermé dans sa suite, en train de ressasser ses idées noires. Ces jours derniers, il avait rencontré ses conseillers et son attaché de presse pour élaborer une stratégie afin de contrer les rumeurs. Mais celles concernant Kate et Cécile s'étaient déjà répandues dans toute l'Europe. Rien de tel qu'un bon scandale royal pour amuser le monde.

Il s'était appliqué à fuir Kate, ce en quoi il avait réussi. Mais il ne pouvait s'empêcher de s'en vouloir, même en sachant que c'était la meilleure solution pour eux deux. Il avait lutté contre son envie d'aller la rejoindre pour lui faire l'amour, se perdre en elle et retrouver un peu de forces. Cependant, il ne pouvait continuer à compter sur elle pour régler ses problèmes.

Toutefois, il trouvait un certain réconfort auprès de Cécile, durant quelques instants passés à la réconforter dans la nuit. Maintenant, il pouvait pratiquement régler sa montre sur l'heure à laquelle elle se réveillait habituellement : minuit et demi. Plusieurs fois, il avait eu envie de rire en entendant Béatrice dire à sa mère que Cécile faisait à présent ses nuits.

Jetant un coup d'œil à l'horloge de son chevet, Marc constata qu'il était temps d'aller voir Cécile. Peut-être n'avait-il pas les capacités pour devenir un grand souverain. Peut-être ne pouvait-il pas offrir à Kate l'amour qu'elle méritait. Mais au moins, il pouvait apporter son aide à cette enfant. Une enfant qui n'attendait de lui que sa présence, et qui le regardait avec admiration, sans le juger, lorsqu'il ramassait sa tétine sur le sol.

Après avoir revêtu son peignoir, il marcha doucement dans le couloir qui menait à la nursery et ouvrit la porte. Au lieu de trouver comme d'habitude Cécile dans son berceau, il la découvrit blottie dans les bras de Kate. Installées sur la chaise à bascule, toutes deux dormaient profondément.

Marc s'appuya contre le chambranle de la porte et les observa. Son âme et son cœur s'emplirent d'une douce chaleur. Kate avait un air paisible, ce qui la rendait encore plus belle. Il eut l'envie soudaine de mettre Cécile au lit et de porter Kate dans sa suite. Mais il se contenta de les regarder encore, avant de refermer la porte.

D'un pas déterminé, il regagna sa suite pour réfléchir. D'une façon ou d'une autre, il essaierait de se racheter auprès de Kate. Il lui montrerait à quel point elle comptait pour lui. Si, toutefois, elle voulait toujours de lui.

Kate était à deux doigts d'exploser.

Si quelqu'un lui demandait encore si elle était la compagne de Marc, elle hurlerait à faire trembler les murs. Sa mère avait été la dernière à lui poser la question.

Elle avait besoin de décompresser. Il lui fallait oublier tous ces ragots et ces regards en coin qui marquaient ses journées. En ce samedi, elle se préparait à aller enquêter auprès des domestiques du palais. Si elle parvenait à glaner une information, cela lui fournirait un prétexte pour aller voir Marc. Sans cela, elle se refusait à s'immiscer dans sa vie tant qu'il montrerait sa volonté de l'éviter.

Après un léger déjeuner, elle se rendit au palais d'un pas alerte. Elle entra par la porte des cuisines et tomba sur Béatrice, occupée à préparer des biberons pour Cécile. La petite fille était un sujet parfait pour commencer son investigation. Après tout, grâce à l'enfant, elle et la nounou avaient rapidement sympathisé.

— Bonjour, Béa, dit Kate.

La domestique sourit en entendant le diminutif affectueux que Kate lui avait attribué.

Elle s'essuya le front de son bras pour écarter quelques mèches de cheveux échappées de son chignon.

— Bonjour, docteur. Si vous cherchez Cécile, elle est en train de faire sa sieste. La reine mère aussi.

Kate prit un tabouret et s'installa près du plan de travail, se remémorant le premier baiser que Marc lui avait donné devant les fourneaux.

Chassant ces pensées de son esprit, elle répondit :

— En réalité, c'est vous que je voulais voir, Béa. Est-ce que vous avez connu Philippe ?

Béatrice ne leva pas les yeux du biberon qu'elle était en train de fermer.

— Oui.

— Donc, vous travailliez ici avant sa disparition ?

— Oui.

— Vous le connaissiez bien ?

Béatrice lui jeta un regard affolé.

— Je ne le connaissais pas *de cette façon*, mademoiselle.

— Je ne sous-entends pas que vous et Philippe étiez proches dans ce sens-là. Je me demandais simplement s'il fréquentait quelqu'un. Une femme dont sa famille n'aurait pas entendu parler.

Béatrice faillit renverser le contenu du biberon qu'elle tenait.

— Il était fiancé à la comtesse Trudeau, dit-elle.

Kate soupçonna que la nervosité de Béatrice cachait quelque chose. Elle appuya un coude sur le plan de travail et posa le menton dans sa main.

— Comment était la comtesse ?

— Je ne l'ai jamais rencontrée.

— Alors, elle ne venait pas souvent ici ?

— Non.

Béatrice alla mettre les biberons au réfrigérateur et revint vers Kate.

— Je dois aller voir Cécile, déclara-t-elle.

Kate posa la main sur le bras de Béatrice.

— Je comprends que vous ne souhaitiez pas me répondre, Béa. Mais c'est très important.

— Je ne vois pas où vous voulez en venir.

— Je pense que vous connaissiez la vie amoureuse de Philippe DeLoria. Est-ce qu'il avait une liaison secrète ?

La nounou froissa le tablier blanc qu'elle portait par-dessus sa modeste robe grise.

— Je ne saurais dire... Je ne devrais pas...

— Il faut que je sache, Béa. Cela pourrait nous aider à retrouver la mère de Cécile.

La domestique jeta des regards furtifs autour d'elle.

— Si je vous fais une confidence, vous me promettez de ne pas révéler à la reine mère que l'information vient de moi ? Je suis tenue au secret en ce qui concerne la famille royale.

— Je vous le promets.

Béatrice vérifia de nouveau qu'elles étaient seules puis s'approcha de Kate et chuchota :

— Une rumeur courait selon laquelle le roi Philippe avait une maîtresse dans un village en montagne. C'était une roturière. Je crois même l'avoir aperçue, un soir, dans la maison d'hôte. J'étais en train de... Je me promenais avec un ami dans les jardins.

Kate était curieuse de savoir qui était cet ami, mais là n'était pas la question.

— Pourriez-vous me décrire cette jeune femme ?

— Je ne l'ai pas bien vue, vous savez.

— Connaissez-vous son nom ? Ou même son prénom ?

— Non. J'ai entendu le roi l'appeler « mon amour », mais c'est tout.

C'était déjà un grand pas.

— Merci, Béa. Vous m'avez bien aidée.

— Et vous, docteur, vous répandez la joie dans cette demeure.

Si seulement Marc partageait cette opinion, pensa Kate.

— Avez-vous vu le roi ? demanda-t-elle.

— Bernard…, commença Béatrice avant de rougir jusqu'aux oreilles. Je veux dire, M. Nicholas a dit que le roi serait absent pour la journée.

Bernard et Béatrice… Le mystère de la relation qu'entretenait la nounou était résolu.

— M. Nicholas pourrait-il dire au roi que je dois le voir ? Je l'attendrai dans la maison d'hôte.

— Comme il vous plaira, docteur.

— Appelez-moi simplement Kate. Nous sommes amies.

Le visage de la nounou s'illumina.

— Ça me ferait très plaisir, du moins, quand nous serons seules. Sinon, ce serait un manque de respect.

Kate haussa les épaules.

— Ça me convient. Je vous verrai tout à l'heure. Et encore merci pour tout.

Avec une énergie retrouvée, Kate traversa les jardins d'un pas souple, s'arrêtant au passage pour respirer le parfum des roses. Elle sautilla comme une écolière sur les derniers mètres qui la séparaient de la maison.

En ouvrant la porte, elle s'arrêta net : Marc était assis dans l'élégant fauteuil à oreilles face à la cheminée. Il arborait un air sombre et impérial. Elle le trouva terriblement séduisant dans son jean délavé et son polo noir.

— Où étais-tu passée ? dit-il sur un ton cassant.

Kate s'arrêta net, surprise par son ton.

— Qu'est-ce que ça peut te faire ? Tu ne t'es pas vraiment préoccupé de mes allées et venues jusqu'à présent.

— J'avais trop de choses en tête.

— Oui, moi aussi. Pourquoi es-tu venu ?

— Je t'emmène faire un tour en voiture.

— Juste comme ça ? dit-elle en accompagnant ces mots d'un claquement de doigts.

— Oui.

— Alors, je suis supposée tout laisser en plan ?

— C'est dans ton intérêt.

Quelle arrogance !

— Et si je refuse ? demanda-t-elle d'un ton déterminé.

Quand Marc se leva lentement en l'enveloppant de son regard intense, la détermination de Kate vacilla.

Il s'approcha tout près d'elle.

— Veux-tu vraiment que je te montre ce qui t'attend si tu refuses ?

Kate le défia du regard sans répondre.

Avant qu'elle n'ait pu réagir, Marc l'avait soulevée du sol. Il la porta par-dessus son épaule et l'emmena jusqu'à son 4x4. Puis il l'installa sur le siège avant. Il lui caressa la lèvre inférieure du bout du pouce et, à l'aide d'un morceau de tissu blanc, lui banda les yeux.

Dire qu'elle avait cru pouvoir lui résister !

8

— Est-ce encore loin ?

— Nous sommes presque arrivés.

Marc jeta un coup d'œil vers Kate, qui paraissait extrêmement calme pour quelqu'un dont les yeux étaient bandés. Elle était en train de manquer le panorama sur les Pyrénées que la route offrait, mais Marc voulait ménager son effet.

Une fois parvenue à destination, elle pourrait contempler quatre cents mètres carrés d'une forêt entourée de magnifiques montagnes, loin de toute population. Du moins, durant l'été.

Marc comptait employer le reste du week-end à prendre soin de Kate. Ils pourraient enfin faire l'amour dans un lit, au coin du feu, sans être dérangés. Et il pourrait lui avouer ce qu'il ressentait pour elle.

S'engageant dans l'allée, il coupa le moteur de son véhicule et ouvrit sa portière.

— Nous y sommes.

— Où donc ? dit Kate en posant la main sur le bandeau.

— Non, ne l'enlève pas encore.

Elle fronça son petit nez constellé de taches de rousseur.

— Pourquoi ?

Se penchant vers elle, Marc chuchota :

— Parce que je veux le retirer moi-même.

Comme il prévoyait de lui ôter d'autres vêtements d'ici ce soir.

Après être sorti, il contourna la voiture et aida Kate à descendre. Le soleil de fin de journée rehaussa les reflets châtains de sa chevelure, et illumina, quand il ôta le bandeau, ses yeux d'un vert profond. Des yeux qui exprimèrent de la surprise mais aussi ce qui ressemblait fort à de la contrariété.

Sans dire un mot, Kate observa les sapins qui encerclaient les lieux puis monta les marches du perron, qui s'étalaient sur toute la longueur du bâtiment. Elle fixa Marc, mains derrière le dos.

— Voilà sans doute le fameux chalet, dit-elle.

Fameux ? Manifestement, un des employés n'avait pas su tenir sa langue, conclut Marc.

Il passa devant elle et introduisit la clé dans la serrure, déçu par le manque d'enthousiasme de Kate.

— Quelqu'un a gâché ma surprise. Est-ce Nicholas ?

— Non. En fait, c'est Elsa.

La main de Marc s'immobilisa sur la poignée de la porte.

— Elsa ?

— Durant notre conversation téléphonique, elle m'a demandé si tu m'avais déjà emmenée au petit chalet.

Maudite Elsa !

Ouvrant la porte, il s'écarta pour laisser passer Kate et décida de jouer la carte de l'honnêteté en ce qui concernait son passé.

— Je suis venu ici avec Elsa une seule fois. Ma mère commençait à lui taper sur les nerfs, alors j'ai pensé que cet endroit serait un bon endroit pour s'échapper. Au bout d'une heure, elle a exigé de retourner au palais. Elle n'a pas cessé de se plaindre sur la route du retour du manque de confort des lieux.

Kate passa la main sur le canapé en daim brun, ce qui titilla la libido de Marc.

— C'est-à-dire ?

— En fait, elle trouvait qu'il n'y avait pas assez de prises électriques dans la salle de bains pour ses accessoires. Notamment ses sèche-cheveux et ses fers à friser. Elsa a pour habitude de passer des heures à se préparer, et cela dès le saut du lit.

— Elsa est une vraie reine de beauté, hein ? dit Kate sur un ton narquois.

— Elle a pour but essentiel dans la vie d'être…

Non, ne dis pas belle, Marc.

— … d'être présentable, reprit-il.

— Ah ! Je vois. Mais je ne comprends pas comment ta mère peut agacer qui que ce soit. Elle est merveilleuse.

— Mère n'appréciait pas particulièrement Elsa. Leur relation n'avait rien à voir avec les rapports que tu as avec elle. Je crois que ma mère t'adore.

— Moi aussi je l'aime beaucoup. Et elle t'aime.

Marc en doutait parfois, mais il n'avait pas envie d'aborder ce sujet pour le moment.

— Veux-tu que je te fasse visiter ? Pour voir si l'endroit est assez confortable pour toi ?

Kate haussa les épaules.

— Je n'ai amené avec moi aucun accessoire. Alors je me fiche du nombre de prises de courant. Et je n'ai pas non plus de vêtements de rechange.

— Tu n'auras besoin d'aucun vêtement pour la nuit que j'ai l'intention de passer avec toi…

Kate écarta quelques mèches de cheveux et releva le menton dans un air de défi.

— Vous êtes bien sûr de vous, Votre Majesté.

— Je suis seulement déterminé.

— A quoi ?

— Eh bien, à passer d'agréables moments en ta compagnie. Et je veux me racheter pour ma conduite de ces derniers jours. Tu m'as manqué, tu sais.

Kate se dirigea vers une grande fenêtre qui donnait sur la forêt.

— Toi aussi tu m'as manqué. Mais ça ne veut pas dire que je suis disposée à te pardonner pour m'avoir ignorée cette semaine.

Marc la rejoignit et lui encercla la taille.

— Je vais m'efforcer de mériter ton pardon et d'apaiser ta colère ce soir.

Quand elle voulut se retourner, il ordonna :

— Non.

— Pourquoi ?

— J'ai quelque chose pour toi, dit-il en sortant un collier de sa poche. Relève tes cheveux.

Kate obéit, et il embrassa sa nuque avant d'attacher le bijou autour de son cou. Puis il la fit pivoter vers lui et admira l'effet de son cadeau. C'était une émeraude rehaussée de diamants. Il suivit le tracé du collier avec son index.

— Comme je le prévoyais, elle s'accorde parfaitement à la couleur de tes yeux.

Kate souleva la gemme et la contempla avec ravissement.

— Oh, Marc ! Elle est magnifique.

— Tout comme toi.

La gratitude et le plaisir pur illuminèrent le regard de Kate.

— Pourquoi m'offres-tu un tel présent ?

— Disons que c'est un témoignage de ma reconnaissance. Et un gage de paix. Je sais que ce n'est pas la meilleure façon de…

Elle posa un doigt sur les lèvres de Marc.

— C'est superbe. Personne ne m'a jamais fait un cadeau aussi incroyable.

— Tu mérites ce qu'il y a de mieux, Kate. Je regrette de t'avoir entraînée dans mes problèmes.

— Pourquoi ne pas laisser tout cela de côté ce soir ? Profitons du plaisir d'être ensemble et ne pensons à rien d'autre.

— Très bonne idée. Ça veut dire que tu me pardonnes ?

Kate tripota son collier.

— Disons que j'y songe.

— Dans ce cas, j'ai quelque chose d'autre à te montrer.

Il prit Kate par la main et l'emmena dans une grande salle. Une vaste table de bois massif était dressée. Elle était recouverte de mets variés, de fromages, de fruits et de différents desserts.

Kate arpenta la pièce et effleura les blasons qui ornaient les murs lambrissés, de part et d'autre d'une large cheminée de pierre.

— Cette pièce est immense, s'exclama-t-elle. Tu y reçois des dignitaires ?

Marc se dirigea vers la table et y prit appui.

— En fait, je n'ai accueilli que très peu d'invités ici. A l'origine, c'était un refuge pour skieurs. Quand les propriétaires ont pris leur retraite, j'ai racheté les lieux et j'en ai fait mon havre de paix.

Kate contempla le buffet.

— Ah ! dit-elle. Je croyais que nous allions recevoir tout un régiment, étant donné la quantité de nourriture.

Marc s'était donné beaucoup de mal pour faire livrer le buffet par le personnel du château. Un peu excessif, mais un régal pour l'œil.

— Tout est pour nous, dit-il.

Kate alla jusqu'à la table et prit un canapé dans lequel elle mordit. Puis elle plongea un doigt dans la mousse au chocolat avant de le lécher, ce qui stimula l'imagination de Marc.

Enfin, elle prit place sur une chaise, qui était la plus éloignée du buffet.

— Très bien, dit-elle. Si nous mangions ?

— Kate, il n'y a personne pour nous servir.

Elle posa les mains sur la table.

— Toi, tu es là. Si tu veux obtenir mon pardon, il faudra que tu travailles pour ça.

Marc n'y voyait aucun inconvénient. Il prévoyait de se faire pardonner en lui faisant l'amour d'une manière qu'elle n'oublierait jamais. Et lui non plus.

Saisissant une assiette, il la remplit d'un assortiment de nourriture.

Après s'être également servi une assiette, il leur versa du

vin à tous les deux et s'assit à côté d'elle. Il s'attendit à ce qu'elle commence à manger. Mais elle le regarda sans bouger.

— Tu n'aimes pas ce que je t'ai choisi ? demanda-t-il.

— J'aimerais que ce soit toi qui me fasses manger.

Il remarqua une lueur de défi dans ses yeux et de désir aussi.

Il commença par les huîtres, et tendit une fourchette vers les lèvres de Kate. Il s'attendit à ce qu'elle proteste, mais elle ouvrit la bouche sans aucun signe de dégoût.

— C'est délicieux, déclara-t-elle. J'adore.

— Moi aussi, j'adore.

Et il adora en cet instant l'apparence de ses lèvres, humides et gonflées de plaisir.

— Que veux-tu goûter maintenant ? demanda-t-il.

Elle désigna le plateau de fruits d'un signe de tête.

— Du raisin. J'ai toujours rêvé que l'on me fasse manger du raisin.

Il se plia à son désir, et lui glissa un grain dans la bouche. Elle mâcha lentement. Quand elle passa la langue sur sa lèvre inférieure, Marc sentit son jean devenir soudain trop serré.

Il prit un verre de vin et le tendit vers Kate.

— Veux-tu boire ?

Elle acquiesça. Il porta le verre à ses lèvres mais, dans sa hâte, manqua sa cible. Le liquide coula sur le menton de Kate et sur son T-shirt blanc. Lorsqu'il marmonna des excuses et s'apprêta à l'essuyer à l'aide d'une serviette, elle l'arrêta.

— Non, pas avec ça.

Il la regarda et reposa la serviette.

— Que voudrais-tu que j'utilise ?

— Ton imagination, et si cela ne suffit pas, ta bouche fera parfaitement l'affaire.

Marc sentit son sexe durcir encore quand Kate retira son T-shirt, et se retrouva le buste moulé dans son seul soutien-gorge de dentelle.

Il se leva, se pencha au-dessus de la table puis se mit à lécher doucement le liquide pourpre le long de son menton, sur sa gorge et dans le sillon entre ses seins, où il souligna de son index le contour de son collier.

Lorsqu'il eut terminé, il se rassit et attendit que Kate suggère d'écourter le repas pour aller dans la chambre. Au lieu de cela, elle se leva, se mit dos à la table et se pencha en arrière, jusqu'à être allongée sur la nappe. Puis elle roula sur le côté et regarda Marc, un coude replié pour soutenir sa joue.

Elle fit un signe de tête vers les plateaux.

— La crème fouettée me semble délicieuse…

Marc doutait d'avoir la force d'abandonner Kate pour aller chercher ce qu'elle demandait, vu le tableau qu'elle lui offrait, et son état d'excitation. Mais il se força à aller au bout de la table pour y remplir un petit bol de crème.

Il revint vers Kate, attendant ses ordres.

— Ce n'est pas pour moi, mais pour toi.

Elle se redressa, ôta son soutien-gorge puis plongea un doigt dans la crème avant de dessiner un trait entre ses seins.

Décidément, cette femme le surprenait de plus en plus. Quand elle s'étendit, il lécha la trace de crème puis embrassa ses tétons, qui se dressèrent sous la lente caresse de ses lèvres. Puis il s'attarda sur son ventre.

— Personnellement, dit-il, je préfère la mousse au chocolat.

— Je suis d'accord, parvint-elle à articuler. Elle est exquise.

Il alla chercher le saladier de mousse. Une fois de retour, il fit tournoyer son index dans le récipient et le porta aux lèvres de Kate. Elle le lécha lentement, puis le libéra en terminant par un petit coup de langue sur l'extrémité de son doigt.

Marc dut user de toutes ses capacités de résistance pour ne pas jeter le saladier au loin et honorer Kate sur-le-champ. Il recula et se mit à peindre l'intérieur de ses jambes avec la mixture chocolatée. Il reposa le récipient et entreprit de savourer son œuvre.

Il commença par sa cheville, en remontant doucement jusqu'au pli de son genou. Puis il fit de même avec l'autre jambe, jusqu'à ce que toute la mousse ait disparu.

En se redressant, il vit que Kate haletait et que son regard brûlait d'envie.

— Que veux-tu que j'essaie maintenant ? dit-il.

— Tout ce que tu voudras.

Il lui prit les mains et fit avancer ses hanches jusqu'au rebord de la table.

— Tout ce que je veux ?

— Oui, répondit-elle dans un soupir.

— Tu en es sûre ?

— Tout à fait.

Alors, il goûta ses lèvres, et enfouit sa langue dans sa bouche pour se délecter de sa saveur, mêlée à celle du vin. Puis il passa à ses seins, l'un après l'autre, pendant qu'elle gardait les mains dans ses cheveux blonds, accompagnant chacun de ses mouvements.

Puis il se dégagea et approcha une chaise de la table et se concentra sur la douce toison entre ses cuisses. D'abord, il la caressa de ses doigts. Puis, il la goûta avec sa bouche.

Kate crut fondre de plaisir au premier coup de langue de Marc. Il explorait son intimité avec une délicatesse qu'elle n'aurait pas crue possible. Elle voulut le supplier d'arrêter, car cette sensation était si intense qu'elle en devenait presque insupportable. Elle crut hurler quand il glissa un doigt, puis deux, en elle, tout en continuant de faire des prodiges avec sa bouche.

Tant d'intimité lui donna l'impression d'être vulnérable, mais aussi, en un sens, libre. Elle s'abandonna totalement au flot de sensations qui l'assaillaient. Marc savait exactement ce qu'il faisait. Il la possédait et Kate était ravie d'être à sa merci.

Soudain l'orgasme arriva avec une intensité inouïe. Jamais elle n'avait joui si violemment. Mais ce qu'elle appréciait chez lui ne se limitait pas à ses compétences en matière de sexe. Elle chérissait l'homme qu'il était, de tout son cœur. Et elle l'aimerait toujours. Même s'il venait à perdre sa couronne et sa fortune. Même en sachant que lui ne l'aimerait peut-être jamais.

Elle ne put retenir les sanglots qu'elle aurait voulu lui cacher. Mais il leva la tête et la vit pleurer. La confusion et l'inquiétude voilèrent son regard d'un bleu infini. A présent, elle était exposée corps et âme, et elle détesta cela.

Marc se redressa, la prit dans ses bras et l'étreignit jusqu'à ce qu'elle se reprenne. Puis il lui releva le menton et essuya une larme sur sa joue.

— Kate, dit-il doucement. Est-ce que je t'ai fait mal ?

Elle secoua la tête.

— Non, pas du tout.

— Alors, qu'y a-t-il ?

— Je n'en sais rien.

Il embrassa son front et encadra son visage de ses larges mains.

— Nous n'avons rien fait dont tu puisses avoir honte.

— Mais je n'ai pas honte, dit-elle en reniflant. Je suis juste surprise par mon comportement. Jamais je n'avais agi ainsi.

— Crois-tu que je ne le sais pas ?

— J'ignore ce que tu penses. Tu es si énigmatique, parfois.

Il soupira.

— Je tiens beaucoup à toi, Kate. Je veux seulement te donner du plaisir, et faire en sorte que tu te sentes aussi bien avec moi que je le suis avec toi.

Il voulait *seulement* lui donner du plaisir. Elle savait pertinemment que Marc refusait tout engagement. Mais c'était tout de même difficile à accepter. Malgré tout, elle vivrait chaque minute de ce temps passé ensemble, et en garderait le souvenir précieusement, au fond de son cœur. Là où elle gardait son amour pour Marc.

— Je suis un peu désorientée, dit-elle.

— Es-tu certaine que c'est l'unique raison ?

— Je vais bien maintenant. Je t'assure.

— Veux-tu que je te reconduise au palais ?

C'était la dernière chose que Kate souhaitait. Ces instants seule avec Marc seraient peut-être les derniers, alors elle comptait bien profiter de chaque seconde.

— En fait, je veux que tu m'emmènes dans ton lit et que tu me combles.

— Tu en es sûre ?

Elle sourit malgré la douleur qui lui serrait le cœur.

— Oh, oui !

Le temps de la porter jusqu'à la chambre, et Marc ne fut plus sûr d'être à la hauteur. Pourrait-il lui offrir ce dont elle avait besoin, en dehors du plaisir charnel ? Les larmes qu'elle avait versées l'avaient pris par surprise, et l'avaient forcé à se poser des questions sur leur relation. Cependant, en voyant Kate devant lui, nue et baignée par la lumière du feu de cheminée, il ne put méditer plus longtemps ni se projeter au-delà de l'instant présent.

Il la guida jusqu'au lit à baldaquin, et la fit asseoir. Elle le regarda se déshabiller. Bien qu'il soit prêt à lui faire l'amour, il décida qu'il ne ferait que la tenir contre lui.

Il écarta les couvertures.

— Viens, dit-il après avoir écarté les couvertures.

Kate obéit, et il la rejoignit entre les draps. Elle appuya la tête contre son épaule, et glissa les doigts dans la toison de son torse. Puis elle caressa ses mamelons et descendit sur son ventre, où elle s'attarda sur son nombril.

Il ne fallait pas aller plus loin, décida Marc. Pas s'il voulait prouver à Kate, et à lui-même, qu'il pouvait se trouver dans un lit avec une femme sans forcément faire l'amour.

— Tourne-toi, dit-il.

Elle leva la tête, surprise.

— Quoi ?

— Pour l'instant, tout ce que je veux, c'est te tenir dans mes bras.

— Me tenir dans tes bras ?

— Oui. Tu y vois un inconvénient ?

— Non. Si c'est vraiment ce que tu veux, dit-elle d'une voix alanguie.

Il l'embrassa sur les lèvres. Un baiser très chaste, pour ne pas réveiller son désir.

— Pour l'instant, oui. C'est ce que je veux.

Elle se tourna sur le côté et Marc se pressa contre elle. Il posa un bras sur sa hanche et glissa l'autre bras sous son oreiller, où il découvrit le préservatif qu'il avait laissé là en prévision. Il retira vivement sa main, comme s'il avait été mordu.

— Tu es bien installée ? demanda-t-il, la joue collée contre la sienne.

— Oui. Tu sais, tu n'as pas à faire ça.

— Mais j'y tiens.

Et même plus qu'il ne le pensait.

Ce jour marquait une étape dans la vie de Marc DeLoria. Il avait contre lui une femme incroyablement sensuelle. Une femme qu'il désirait si ardemment qu'il en avait mal. Cependant, il trouvait une certaine satisfaction à montrer qu'il était plus fort que ce qu'il croyait, que ce que tout le monde croyait. Et c'était grâce à Kate.

Il voulut lui dire encore à quel point elle comptait pour lui, mais il préféra la serrer plus fort et savoura cet instant : le calme, le parfum fleuri de la chevelure de Kate, le doux crépitement du feu de cheminée, et la légère brise filtrant à travers la fenêtre partiellement ouverte.

Juste au moment où il sentit son corps se détendre, Kate se mit à lui caresser la hanche, puis la cuisse, dans un mouvement de va-et-vient. Lorsqu'elle frotta ses fesses contre son ventre, son sexe réagit aussitôt. Elle tourna son visage vers lui, et Marc l'embrassa. Un langoureux baiser qui ressuscita son désir pour Kate et anéantit sa détermination à rester chaste.

Néanmoins, il interrompit leur baiser et enfouit son visage dans les cheveux de Kate.

— Nous…

— … devrions nous rapprocher davantage, finit Kate dans un souffle. J'ai besoin d'être avec toi. Je veux que tu viennes en moi.

Marc abandonna toute résistance, saisit le préservatif sous l'oreiller et le sortit de son emballage. Il le déroula rapidement sur son membre en érection et s'allongea au-dessus de Kate. Lorsqu'il entra en elle, il fut submergé par un sentiment de plénitude. Il s'était protégé contre ce genre de sensations toute sa vie d'adulte.

Il embrassa Kate, les mains posées sous ses fesses, les soulevant pour qu'elle vienne à la rencontre de ses coups de reins.

Il était en train de connaître le plaisir pur. Un plaisir bouleversant et incroyable.

— C'est si bon, murmura Kate entre deux baisers. Oui, tellement bon.

— Mon amour, dit-il en français.

Marc fut troublé par les mots qu'il venait de prononcer. Jamais il n'avait recouru aux mots d'amour. Etait-ce simplement dans l'émotion du moment qu'il s'était laissé aller, ou était-ce la vérité qui avait jailli ?

Les yeux de Kate reflétaient la lueur du feu de cheminée. Ils semblaient demander autre chose que du plaisir. Peut-être Kate attendait-elle une nouvelle déclaration ?

A contrecœur, Marc se retira d'elle. Parce qu'il voulait que ce moment dure et soit une expérience inoubliable pour Kate. Du moins, c'est ce qu'il se dit, alors qu'il savait au fond de lui qu'il s'écartait par peur de cette intimité.

Kate émit une protestation.

— Que fais-tu ?

— Je fais en sorte que ces ébats soient encore meilleurs. Pour toi comme pour moi.

Elle fronça les sourcils.

— C'est déjà très bien, dit-elle.

— Tourne-toi sur le côté, et fais-moi confiance.

Kate obéit, et Marc, se blottissant contre elle, l'attira plus près de lui.

— Oh, oui ! murmura Kate quand il se glissa de nouveau dans son accueillante intimité.

Il caressa ses seins d'une main et de l'autre, la peau douce et humide entre ses cuisses, tout en imprimant à son bassin de longs coups de reins fluides, leurs deux corps dansant à l'unisson.

Il avait cru que ne plus voir les yeux de Kate lui permettrait de prendre de la distance. Mais l'effet inverse se produisit : ils ne faisaient plus qu'un. Il était peut-être temps de cesser de lutter. Contre elle. Contre lui-même, et contre les sentiments qu'il éprouvait pour Kate.

Il la sentit se raidir dans ses bras et elle se redressa brusquement.

— Tu as entendu ?

Tout ce qu'il entendait, c'était son pouls battant dans ses tympans.

— Quoi donc ?

— Des bruits de pas.

Marc tendit l'oreille.

— J'imagine que ce sont les gardiens. Ils viennent probablement débarrasser la table.

— En es-tu sûr ?

— Ne t'inquiète pas, chuchota-t-il. Ils ne nous dérangeront pas.

Marc passa la langue sur l'oreille de Kate et reprit ses mouvements de va-et-vient. Puis il entendit des pas dans le couloir, plus distinctement cette fois.

— Ils… s'approchent…, dit Kate.

— Ils n'entreront pas, lui assura Marc.

Il avait laissé des instructions très claires pour ne pas être dérangé.

— Mais si jamais…, dit Kate, haletante.

Pour l'instant, Marc se contrefichait même qu'un membre du conseil leur rende visite. Il approchait de l'orgasme et, autant qu'il pouvait en juger, Kate aussi.

Les pas se firent plus présents, tandis que Marc accélérait ses mouvements. A la minute où on frappa à la porte, un orgasme saisit Kate et elle poussa un cri, ce qui provoqua la jouissance de Marc.

Puis il reprit ses esprits, suffisamment pour se rendre

compte qu'on frappait toujours à la porte. L'euphorie fit place à la frustration et à la colère.

— Tu ne réponds pas ? chuchota Kate. Peut-être a-t-on besoin de toi ?

— Pas encore.

Il ne voulait pas la laisser partir. On martelait maintenant la porte à coups de poing.

Marc hurla :

— Qu'est-ce que c'est ?

Un long silence s'ensuivit avant que quelqu'un ne réponde :

— Je suis navré de vous interrompre, Votre Altesse, mais j'ai à vous parler.

Nicholas.

Que diable faisait-il ici ?

Il devait s'agir d'un cas d'extrême urgence. Cette pensée le calma un peu. Il se leva, saisit le peignoir posé sur le lit et le revêtit.

Il fut tenté d'ouvrir la porte à la volée pour évacuer toute la fureur qu'il ressentait. Mais il se souvint que Kate était encore dans le lit, nue, aussi entrebâilla-t-il la porte juste assez pour apercevoir son serviteur.

— Il vaut mieux que vous ayez une bonne raison pour être là, dit Marc sans prendre la peine de cacher son irritation.

— Mes excuses pour cette intrusion.

— Venez-en au fait, Nicholas ! maugréa Marc entre ses dents.

— La reine mère m'a demandé de venir vous chercher. Il semble que notre jeune invitée ne puisse pas dormir sans l'aide du Dr Milner. La maisonnée ne sait plus quoi faire. J'aurais appelé si vous aviez emporté votre téléphone mobile.

— Pour l'amour du ciel, Cécile est un bébé ! La faire dormir ne doit pas être si difficile. Dites à ma mère et à Béatrice de poursuivre leurs efforts.

— Ça ne fait rien, Marc, intervint Kate.

Marc se retourna et vit que Kate avait remonté le drap jusqu'au cou.

— Cécile a du mal à s'adapter à son nouvel environnement, dit-elle. Ça ne m'ennuie pas de m'occuper d'elle.

C'était lui que ça ennuyait, songea Marc. Il n'acceptait pas l'idée que sa nuit d'amour s'arrête de cette façon.

— Nous serons là d'ici une heure, déclara-t-il. Dites bien à ma mère qu'elle est redevable à Kate, ainsi qu'à moi.

Nicholas opina.

— Je transmettrai le message et, de nouveau, toutes mes excuses pour cette interruption.

Marc retourna vers le lit en allumant au passage la lampe de chevet d'un geste rageur, et s'assit au bord du matelas. Kate leva vers lui des yeux pleins de regret. Il ne pouvait que la comprendre.

Il écarta les cheveux qui barraient le front de Kate et y déposa un baiser, juste au-dessus de son petit hématome.

— Est-ce qu'elle fera un jour ses nuits ? demanda-t-il.

— Oui, dès qu'elle apprendra à se rendormir seule. Elle ne pourra pas le faire tant que tu continueras tes petites visites nocturnes.

— Comment es-tu au courant ?

Elle lui prit la main et en embrassa la paume.

— Parce que j'ai passé ces dernières nuits dans la chambre à côté de la nursery. Je ne retourne à la maison d'hôte que quelques heures avant l'aube, quand Béatrice vient prendre la relève.

— Je croyais bien faire.

Kate posa la main de Marc sur sa joue.

— Tu t'en sors très bien, mais peut-être devras-tu agir autrement pour qu'elle apprenne à trouver le sommeil toute seule.

— C'est que je ne supporte pas de la voir pleurer.

Il embrassa Kate tendrement avant de poursuivre :

— Je ne supporte pas de voir une femme pleurer en général, ajouta-t-il, surtout si je suis la cause de ses pleurs.

Kate sourit.

— Je t'assure qu'il y a quelques minutes, je ne pleurais pas du tout.

— Je sais, dit-il en souriant à son tour. Tu gémissais.

Elle ouvrit de grands yeux.

— C'est vrai ?

— Mais oui, et même plutôt fort. Tout comme moi.

— Crois-tu que Nicholas nous ait entendus ?

— Absolument.

Kate enfouit son visage dans ses mains.

— Je n'oserai plus le regarder en face maintenant.

Marc profita du fait que Kate avait lâché le drap pour le baisser jusque sous ses seins. Il chatouilla du pouce un de ses tétons.

— J'avais espéré faire plus de bruit tout au long de la nuit.

Kate soupira.

— Moi aussi. Je n'ai pas encore vu ta marque de naissance.

Le sourire aux lèvres, Marc se leva, tourna le dos à Kate et baissa son peignoir juste en dessous de la taille.

— Oh ! On dirait un cône glacé à l'envers, commenta-t-elle.

D'abord il sentit les doigts de Kate sur sa tache placée au-dessus de sa fesse droite, puis ses lèvres chaudes. Il se retourna. Et quand il laissa tomber le peignoir sur le sol, Kate en resta bouche bée.

— Mais je croyais que nous devions partir ?

— Pas tout de suite.

Il la rejoignit dans le lit et s'étendit sur elle.

— A cette heure-ci, Cécile est d'humeur joyeuse. Je suis sûr que ma mère et Béatrice pourront la divertir…

— Mais ta mère saura pourquoi nous avons tardé.

— Et alors ?

— Je ne veux pas qu'elle croie que…

— Que nous sommes en train de faire l'amour ?

Il se pressa contre elle, lui faisant sentir la force de son désir.

— Je me moque de ce que ma mère peut penser. Tout ce que je veux c'est faire l'amour avec toi, et j'ai bien l'intention de suivre mon désir.

9

Ensemble, Marc et Kate mirent Cécile au lit, comme le feraient un père et une mère. Un couple. Une famille. Mais Kate savait que ce n'était qu'une illusion, même après la soirée qu'ils venaient de passer. Et elle devait décider combien de temps elle pourrait continuer ainsi avant d'être trop attachée à Marc, bien qu'il soit sans doute déjà trop tard.

Devant la porte de la nursery, Marc la prit dans ses bras et murmura :

— Viens dans ma chambre.

Kate ne demandait pas mieux, mais chaque fois qu'il l'embrassait, chaque fois qu'ils faisaient l'amour, Marc lui volait un morceau de son cœur.

— Je crois que je ferais mieux de rentrer à la maison d'hôte, dit-elle. Sinon, jamais nous ne dormirons.

Marc la libéra de son étreinte et mit les mains dans les poches.

— Je suppose que tu as raison.

Kate avait espéré que Marc se montre un peu plus combatif. Elle soupira.

— D'abord, il faut que je te répète ce que Béatrice m'a appris aujourd'hui.

— Tu lui as parlé ? Pourquoi avoir attendu ce soir pour me le dire ?

— Ce doit être parce que tu as accaparé ma bouche la plupart du temps.

Marc émit un gloussement.

— Si tu continues à faire ce genre de commentaires, je t'emmène dans ma chambre, et au diable ce que peuvent croire les employés.

— Restons sérieux ! En bref, Béatrice savait que ton frère avait une maîtresse. Elle les a vus ensemble dans la maison d'hôte, un soir qu'elle se promenait dans les jardins. Mais elle n'a pas pu me décrire cette femme ni me donner son nom. Je doute que l'on en découvre davantage.

— Nous devons persévérer. Il faut que je sache avec certitude si Cécile est la fille de Philippe ou non. Puis, je déciderai quelle part de vérité je souhaite révéler. Mais de toute façon, il faudra bien un jour avouer que Cécile n'est ni ta fille ni la mienne.

Kate soupira.

— Tu sais, j'aimerais me réveiller demain et découvrir que toute cette affaire n'est qu'un affreux malentendu.

Marc la regarda, l'air grave.

— Je suis navré de t'avoir entraînée dans cette histoire.

— Je survivrai.

— Telle que je te connais, j'en suis sûr, mais il faut que tu saches que la situation pourrait empirer encore.

— Dans quel sens ?

— Les patients pourraient refuser que tu les auscultes s'ils commencent à croire aux rumeurs.

— Si cela arrive, je les ignorerai.

— Ce ne sera pas si facile de les ignorer…

— Qu'est-ce que tu es en train de dire ?

— Je dis que tu pourrais envisager de retourner aux Etats-Unis, au moins jusqu'à ce que tout devienne plus clair.

— C'est ce que tu voudrais que je fasse ?

— Il ne s'agit pas de ce que je veux. Il s'agit de te protéger des regards inquisiteurs et critiques que j'ai toujours connus. Ce n'est pas une vie facile.

Jusque-là, Kate se croyait prête à tout affronter. Maintenant, elle n'était plus sûre de rien. Peut-être Marc avait-il raison. Peut-être devrait-elle sortir de sa vie et rentrer aux Etats-Unis.

— Je vais y songer, dit-elle en tentant de contenir sa colère et sa peine. Et je crois que tu as raison. Si je ne suis plus dans les parages, au moins, cela fera taire les bruits concernant notre liaison clandestine.

— Kate, je veux que tu…

— Je sais, Marc. Tu veux que je sois prudente. Tu veux que je sois à l'abri. Et moi je veux…

Que tu m'aimes.

— … je veux aller me coucher, seule, et m'octroyer enfin une bonne nuit de sommeil.

Elle s'éloigna avant que des larmes inopportunes ne surgissent de nouveau.

— Je te verrai dans la matinée, Kate.

Elle s'arrêta et, sans se retourner, déclara :

— Je préférerais rester seule demain.

Puis elle se hâta de partir, tout en souhaitant que Marc la retienne, et lui demande de rester, pour cette nuit et pour la vie.

Mais il n'en fit rien.

Que croyait-elle donc ? Marc DeLoria était un homme sans attaches, qui avait assez de soucis en dehors de Kate Milner. Et quand il l'avait appelée « mon amour », durant leurs ébats, peut-être ne pensait-il pas ce qu'il avait dit. C'étaient des paroles qu'il avait sûrement prononcées à beaucoup de femmes.

Mais elle n'était pas en compétition avec une autre femme. Elle avait pour rival un royaume. Et elle ferait mieux de s'en souvenir à partir de maintenant. Même si elle n'oublierait jamais Marc et les instants passés avec lui.

Ce dimanche, Marc fit comme Kate l'avait souhaité et la laissa tranquille. Même quand elle alla au palais pour aider à s'occuper de Cécile puis dîner avec Mary, elle ne le vit pas. En réalité, elle avait espéré qu'il ignore sa requête.

Le lendemain, Kate regretta de ne pas l'avoir cherché pour lui parler. Elle aurait voulu lui avouer son amour. Cela lui aurait allégé le cœur, au moins. En entrant dans l'hôpital, elle ressentit tout le poids des décisions qu'elle aurait à prendre.

Elle avait choisi d'arriver de bonne heure pour finir la paperasserie qui l'attendait depuis vendredi. Elle ne voulait rien laisser d'inachevé, au cas où elle déciderait de rentrer aux Etats-Unis.

En passant dans le couloir, des éclats de voix provenant du bureau du Dr Renault l'intriguèrent. Elle s'arrêta pour prêter l'oreille, lorsqu'elle reconnut la voix de son confrère. Le médecin avait apparemment ignoré son limogeage par Marc. Elle distingua également une voix féminine. D'abord, elle pensa à Isabella, la plantureuse infirmière. Elle correspondait tout à fait au genre de femme qu'appréciait Renault. Mais quand l'inconnue parla de nouveau, Kate fut choquée de reconnaître la voix de Caroline, l'infirmière australienne qui était devenue son assistante linguistique.

Kate ne put s'empêcher de ralentir ses pas pour écouter leur conversation. Elle se figea sur place en entendant les propos de Caroline :

— J'ai fait ce que tu m'avais demandé. J'ai déposé le bébé au palais avec la lettre. Je ne ferai rien de plus, Jonathan.

— Le roi me force à démissionner. Je n'arrêterai pas avant de l'avoir détruit.

— Alors, il faudra que tu t'en charges toi-même.

— Si c'est ainsi, alors tout est fini entre nous, siffla-t-il.

— Je m'en remettrai, rassure-toi, dit Caroline.

Kate n'était pas étonnée que Jonathan Renault ait jeté son dévolu sur la jolie infirmière blonde aux yeux noisette. Mais elle était surprise que Caroline ait succombé au chef de service. Enfin, elle savait comment Cécile était arrivée au palais. Soudain la porte s'ouvrit brusquement et le Dr Renault sortit comme une furie. Il la bouscula au passage et s'éloigna à grandes enjambées, sans même s'excuser.

— Bon débarras, marmonna Kate tandis que Caroline la rejoignait dans le couloir.

L'infirmière porta une main tremblante à sa gorge, comme si elle craignait que quelqu'un veuille l'étrangler.

— Docteur Milner, j'ignorais que vous étiez là.

— Caroline, il faut que nous ayons une discussion.

Elle désigna le bureau que Caroline venait de quitter.

— Entrons.

Une fois à l'intérieur, Kate referma la porte et fixa Caroline, qui semblait au bord de l'évanouissement.

— J'ai entendu votre conversation avec le Dr Renault.

— Toute la conversation ?

— Suffisamment pour savoir que c'est vous qui avez laissé Cécile devant les grilles du palais. Est-ce votre fille ?

Caroline secoua la tête et ses yeux s'embuèrent.

— Non. Mais c'est moi qui l'ai élevée depuis sa naissance.

— Alors, vous connaissez l'identité de sa mère ?

Caroline regarda au loin.

— Oui. C'était ma meilleure amie.

— Où est-elle maintenant ?

Caroline ravala ses larmes.

— Elle est morte en donnant naissance à Cécile.

Kate fut prise d'un élan de sympathie.

— Pourquoi ne pas l'avoir dit ?

— J'avais promis de me taire.

— A qui avez-vous fait cette promesse ?

— A Jonathan.

La sympathie de Kate s'évanouit aussitôt.

— Ce crétin ? Il n'a aucun droit de vous demander une chose pareille. Pourquoi l'avez-vous écouté ?

— Il m'a menacée, dit Caroline en sortant un mouchoir de sa poche. Il a dit qu'il me ferait renvoyer si je n'obéissais pas. Il peut se montrer très persuasif.

— Mais pourquoi lui avoir avoué ce secret ?

— Parce que nous étions amants. Je croyais que je pouvais lui faire confiance, et j'avais besoin d'en parler à quelqu'un.

C'est lui qui a imaginé ce plan : laisser Cécile devant le palais avec une lettre anonyme indiquant qu'elle était une DeLoria. En réalité, c'était un moyen pour lui de se venger du roi, car celui-ci l'avait menacé de renvoi suite à des plaintes du personnel. Il est très jaloux de Son Altesse.

— Si je comprends bien, il vous a dit d'abandonner l'enfant et de laisser un mot pour faire croire qu'elle était une DeLoria ?

Caroline leva ses yeux rougis vers Kate.

— *C'est* une DeLoria, docteur Milner.

— Ce qui veut dire que Marc ou Philippe est le père de Cécile ?

— Oui.

Kate inspira profondément, se préparant à poser la question fatidique. Mais il fallait qu'elle sache.

— Lequel ?

— Philippe.

Kate fut si soulagée qu'elle en eut les jambes flageolantes.

— Votre amie et le roi étaient amants ?

— Ils étaient plus que cela, docteur Milner. Ils étaient mariés. Personne ne le savait, car le roi pensait que le pays n'accepterait pas Lisette. C'était une fille du peuple. Elle travaillait dans la boutique du tailleur de Sainte-Simone. C'est là qu'ils se sont rencontrés. Ils s'aimaient d'un amour profond, mais qui devait évidemment rester secret.

— Pourtant Philippe était fiancé à une comtesse ?

— Oui. Mais c'était une couverture. La comtesse Trudeau a toujours su que Philippe était marié, et a accepté de passer pour sa fiancée jusqu'à ce qu'il apprenne à sa famille qu'il voulait abdiquer en faveur de son frère. Il voulait vivre avec Lisette et élever leur enfant. Voilà pourquoi il est resté engagé si longtemps avec la comtesse, et pourquoi celle-ci s'est mariée si peu de temps après la mort de Philippe.

Kate soupira.

— Il était prêt à tout abandonner pour la femme qu'il aimait…

— Oui, mais il n'en a pas eu le temps.

Une larme roula sur la joue de Caroline.

— Il n'a jamais vu sa merveilleuse petite fille, dit-elle.

Kate aussi eut envie de pleurer.

— Etiez-vous avec Lisette lorsqu'elle a accouché ?

— Oui. J'ai essayé de la sauver, je le jure. Mais quand j'ai compris qu'il fallait de l'aide, j'ai appelé le roi Philippe. Il venait chercher Lisette pour l'emmener à l'hôpital quand il a perdu le contrôle de son véhicule.

— Et Lisette…

— … est morte quelques heures après la naissance de Cécile. Elle m'a fait promettre d'aider Philippe à prendre soin de leur fille, et de lui dire qu'elle l'aimerait toujours. Je n'ai jamais pu le faire. Mais je me suis occupée de Cécile et je l'ai aimée du mieux que j'ai pu. Je l'aime toujours, mais j'ai pensé qu'elle devait vivre avec sa vraie famille. Seulement je ne savais pas comment m'y prendre, puisque personne n'était au courant pour Lisette et Philippe.

— Caroline, je suis navrée que vous ayez été mêlée à cette tragédie. Mais vous avez très bien pris soin de Cécile. La famille royale peut vous être très reconnaissante.

Les larmes de Caroline jaillirent de nouveau.

— Je raconterai tous les détails au roi si vous le souhaitez, dit-elle. Et je suis prête à assumer les conséquences de ma faute.

Kate comprit que la seule véritable erreur de Cécile avait été sa liaison avec le Dr Renault.

— Je suis sûre que la famille royale comprendra que vous étiez dans une position difficile, et fera preuve d'indulgence envers vous. Mais je doute qu'ils fassent de même avec Jonathan Renault.

Les yeux de Caroline s'assombrirent.

— Il mérite le plus sévère des châtiments. C'est lui qui est à l'origine des rumeurs. Il a voulu discréditer le roi, et vous par la même occasion.

— Au moins maintenant, nous pouvons tout expliquer à Marc.

Caroline remit son mouchoir trempé dans sa poche.

— Je vais rassembler mes affaires et je partirai demain. L'hôpital sait où me joindre.

— Caroline, vous ne pouvez pas démissionner !

— Mais j'ai cru que…

— Que vous perdriez votre poste ? Pas si je peux l'empêcher. Vous êtes une infirmière formidable. L'hôpital a besoin de vous. Et moi aussi. Sans vous, comment vais-je faire pour comprendre si un patient me parle d'un mal de gorge ou d'un mal de dos ? dit-elle en souriant.

Kate serra Caroline dans ses bras et celle-ci esquissa un sourire timide.

— Je vous suis très reconnaissante, docteur Milner. L'hôpital a besoin de vous aussi. Les patients vous apprécient bien plus qu'ils n'ont jamais apprécié le Dr Renault. Beaucoup ont refusé d'être traités par lui depuis votre arrivée.

Kate médita ces paroles. Si elle partait maintenant, elle les mettrait dans l'embarras. Il lui fallait rester au moins jusqu'à ce qu'on lui trouve un remplaçant.

Elle devait appeler Marc immédiatement et lui dire que le mystère était enfin résolu.

Après le coup de téléphone de Kate, disant qu'elle avait la réponse aux questions sur Cécile, Marc s'était empressé de grimper dans sa Corvette et de se rendre vers l'hôpital à toute allure. Il était parvenu à destination en un temps record. Il avait laissé au palais un véhicule blindé rempli de gardes du corps qui attendaient, comme sa mère, ses instructions. A présent il se dirigeait au pas de course vers le bureau de Kate. Il entra en trombe, faisant sursauter Kate qui était assise à son bureau, l'air tendu.

— Dis-moi tout, dit-il. Est-ce que Cécile est la fille de Philippe ?

Kate se leva et s'assit au bord du bureau.

— Oui, c'est bien la fille de ton frère.

Entendre cette confirmation causa un grand choc à Marc.

— Et la mère ?

— Elle était employée chez le tailleur de Sainte-Simone.

— Où est-elle ?

Le regard de Kate se brouilla.

— Elle est morte, Marc. Elle est morte après avoir donné naissance à Cécile, la même nuit où Philippe a perdu la vie. Il allait la chercher pour l'emmener à l'hôpital.

Marc passa une main sur son front, où la sueur avait perlé, sous le coup de l'effort et de l'émotion.

— Alors, il avait une maîtresse en dehors de la comtesse ?

— Non, Marc. Ce n'était pas sa maîtresse mais sa femme. Il était sur le point d'abdiquer en ta faveur, pour pouvoir vivre avec elle et leur enfant.

— Personne n'était au courant ?

— Non. Excepté Caroline, l'infirmière avec qui je travaille. Elle était la meilleure amie de la mère. C'est elle qui a pris soin de Cécile jusqu'à ce qu'elle la dépose au palais. Jonathan Renault a joué un rôle dans tout cela.

Kate lui rapporta les détails sur Lisette et Philippe, sur l'infirmière et sa liaison avec Renault, et enfin sur le plan de ce dernier pour détruire Marc.

— Maintenant que tout est clair, termina-t-elle, je te demande de ne pas être trop dur avec Caroline. C'est une excellente infirmière. Elle est victime de Renault et, sans elle, qui sait ce qu'il serait advenu de Cécile ?

— Je veillerai à ce qu'elle garde son emploi. Pour Renault, je n'ai pas d'autre choix que de le faire arrêter pour trahison.

— Il est en route pour Paris. J'ai parlé à son propriétaire. Il m'a appris qu'il était parti il y a une heure, enfin je crois. Il ne parlait pas très bien l'anglais, et tu connais mon niveau en français…

— Tu lui as parlé au téléphone ?

— Non, en personne.

— Tu es allée chez Renault ? C'était dangereux, Kate.

— Crois-moi, dit-elle en souriant, je n'ai pas eu peur. Je comptais lui dire que tu étais sur le point d'arriver. Et si ça n'avait pas marché, un coup de pied asséné au bon endroit aurait suffi.

Marc était trop tendu pour sourire et trop énervé pour trouver de l'humour à la situation.

— Tu as pris un énorme risque, Kate. C'était très imprudent.

— Eh bien, dit-elle avec un haussement d'épaules, moi qui recherchais de l'aventure, j'en ai vécu une !

Marc n'aima pas la façon dont elle avait dit cela, comme si l'aventure s'arrêtait là.

— Au moins maintenant, tu n'as plus à t'inquiéter de la presse ou de Jonathan Renault, dit-il.

Elle fixa ses mains jointes sur ses genoux.

— Marc, j'ai décidé de rester uniquement le temps que vous trouviez un autre médecin pour me remplacer. Tu avais probablement raison, retourner aux Etats-Unis est sans doute la meilleure solution. En particulier pour toi.

— Tu n'as aucune raison de partir maintenant, Kate. Bientôt, tout le monde saura que tu n'es pas la mère de Cécile.

Kate lui jeta un regard.

— A condition que tu décides de révéler la vérité. Tu ne souhaiteras peut-être pas le faire sachant que cela pourrait ternir la mémoire de ton frère.

La vérité entacherait-elle vraiment la réputation de Philippe, si les gens connaissaient toute l'histoire et savaient que c'était son amour pour une femme qui l'avait conduit à mentir ? Marc en doutait. Mais sa mère serait-elle d'accord pour tout révéler ?

Autant il ne voulait pas vivre dans l'ombre de son frère, autant il désirait que l'on se souvienne de Philippe pour l'homme admirable qu'il avait été — un homme prêt à abandonner son trône au nom de l'amour.

Marc comprit alors qu'il ressentait la même chose pour Kate. Il ne tenait pas à ce qu'elle s'en aille, mais il ne pourrait pas la retenir contre sa volonté.

— Si tu veux retourner aux Etats-Unis, libre à toi. Mais j'aimerais que tu restes à Doriana.

— Pourquoi, Marc ?

— Parce que tu es indispensable à l'hôpital.

— Est-ce la seule raison ?

— Cécile a besoin de toi. Et je…

A cet instant, on frappa à la porte, et Marc faillit émettre un juron pour avoir été interrompu. Il ouvrit la porte brutalement, et tomba de nouveau sur Nicholas. Décidément, le serviteur avait une fâcheuse tendance à arriver aux moments les plus inopportuns.

— Je vous demande pardon, Votre Majesté, mais votre mère veut que vous retourniez au château immédiatement. Les médias demandent une déclaration de votre part, suite aux accusations portées par le Dr Renault : il prétend que vous l'avez menacé de mort, et que c'est la raison pour laquelle il a dû fuir à l'étranger.

— Le salaud ! s'exclama Marc.

Il se tourna vers Kate.

— Kate, je…

— Vas-y, dit-elle en agitant la main vers la porte. J'ai des patients à voir de toute façon.

— Nous rediscuterons de tout cela plus tard, je te le promets.

Il souhaitait pouvoir lui faire tellement d'autres promesses.

Il la quitta en se détestant de la faire encore souffrir, et de se comporter comme un lâche. Il venait d'avoir une occasion unique de lui dire qu'il avait besoin d'elle, et qu'il tenait à elle à un point que les mots ne pouvaient exprimer, et il l'avait gâchée — certes, avec le concours de son serviteur.

Une fois de plus, le devoir empiétait sur sa vie privée. Ce qui le fit réfléchir. Kate serait-elle prête à abandonner une grande partie de sa vie personnelle pour être avec lui ? Et lui, serait-il assez égoïste pour lui demander un tel sacrifice ?

Contrairement à Philippe, s'il renonçait au trône, il n'aurait personne pour le remplacer. Mais pouvait-il renoncer à Kate ?

10

— Et voilà, mère, toute l'histoire de la naissance de Cécile.

Dans la bibliothèque, Marc était assis sur le petit canapé face à sa mère, attendant une réaction de sa part et trouvant étrange qu'elle paraisse aussi calme.

— Je suppose que je ne connaissais pas Philippe aussi bien que je le pensais. Je suis triste qu'il ait cru ne pas pouvoir se confier à moi. J'aurais compris qu'il soit tombé amoureux.

— Vous, peut-être, mère. Mais pas le pays.

Mary fit tournoyer son bracelet autour de son poignet.

— Le pays est plus tolérant que ce que la plupart des gens pensent. Le peuple de Doriana m'a acceptée quand ton père m'a épousée.

— Parce que vous avez beaucoup de charme. Et vous n'êtes pas à proprement parler une roturière.

— Ils ont compris que j'adorais ton père. Et deux personnes amoureuses font toujours plaisir à voir.

— Comment avez-vous pu l'aimer alors que vous vous connaissiez à peine ?

— J'ai su qu'il était l'homme de ma vie dès que j'ai posé les yeux sur lui. Ton père a ressenti la même chose. Ce n'est pas difficile à comprendre quand on est soi-même passé par là.

Marc comprenait, en effet. Mais pour l'heure, il n'avait pas le temps de penser à l'amour — à son amour pour Kate.

— Je dois décider de la façon dont je vais affronter ce scandale médiatique. Le peuple exige des réponses de ma part.

— Ces réponses doivent être mûrement réfléchies. En particulier, celle qui concerne l'allégation de Renault selon laquelle tu l'aurais menacé de mort. Est-ce vrai ?

— C'était une menace voilée. Et je n'ai jamais dit que je voulais le tuer. Même si cette pensée m'a traversé l'esprit.

— Je suis très étonnée que tu aies manqué de contrôle, Marc. Tu as toujours été très diplomate.

— Il avait traité Kate de traînée…

— Dans ce cas, tu aurais dû lui infliger un châtiment corporel.

Marc ne put s'empêcher de sourire.

— Renault n'est pas mon souci majeur. Ce qui importe, c'est de décider si je dois révéler la vérité sur Cécile.

Mary soupira.

— Je serai fière de déclarer que Cécile est ma petite-fille. Mais je déteste l'idée que le protocole ait mis tant de pression sur les épaules de Philippe, au point de lui coûter la vie parce qu'il a cru devoir nier son amour. Et à présent, c'est toi qui subis la même pression. Parfois, j'aimerais que ta vie ne soit pas guidée par tes devoirs envers tes sujets.

— Je n'ai pas le choix.

— Tu devrais. Surtout en ce qui concerne la personne que tu choisiras d'aimer.

Marc comprit que sa mère parlait de Kate, mais il n'était pas prêt à aborder ce point maintenant.

— A votre avis, que devrions-nous faire à propos de Cécile ?

— C'est ta décision, mon fils.

— J'aimerais savoir ce que vous souhaiteriez que je fasse.

— Je veux que tu élèves Cécile comme ta fille.

Marc ne se voyait pas de toute façon faire autrement.

— J'en avais bien l'intention, qu'elle soit la fille de Philippe ou non.

— Alors, tu as ta réponse. Et je souhaite que tu aies l'amour que tu mérites avec Kate.

— Mère, je…

— Marc, enfant, tu as toujours été celui qui grimpait sur les arbres les plus hauts, et qui escaladait les murs du château. Alors, n'aie pas peur d'aimer.

— Je n'ai pas peur. Mais je ne suis pas doué pour ça.

Mary affichait une expression sérieuse.

— Tu ne peux pas savoir tant que tu n'as pas essayé, Marc. Kate mérite que tu fasses cet effort.

— J'ai toujours cru que je ne pouvais pas lui donner ce dont elle avait besoin : une vie bien à nous, et pas une vie où tout le monde guette vos moindres mouvements.

— Lui as-tu laissé ce choix ?

Marc détourna les yeux.

— Non.

— Est-ce que tu l'aimes ?

— Oh oui, mère ! Je l'aime.

Cela n'avait pas été douloureux de l'admettre, constata Marc. Le ciel ne lui tomba pas sur la tête, et la terre ne s'ouvrit pas sous ses pieds.

— Qu'a-t-elle répondu quand tu le lui as avoué ?

— Je ne le lui ai pas encore dit.

— Mais qu'attends-tu donc ? Un édit royal ?

Il attendait le bon moment, le bon endroit, la bonne formule.

— J'ai été occupé, mère.

Mary agita son mouchoir blanc dans sa direction.

— Enfin ! Je ne suis pas idiote, Marc. Je sais pourquoi tu l'as emmenée au chalet, et ce qui s'est passé là-bas. Peut-être même que cela s'est produit auparavant. Et je t'assure que Kate prend votre relation très au sérieux. J'espère que toi aussi, cette fois.

Cette fois. De nouveau, la colère lui monta au nez. Sa réputation de play-boy allait-elle lui coller à la peau toute sa vie ?

— Je ne suis plus le même homme, mère. J'ai changé, croyez-le ou non.

Mary s'assit sur le canapé à côté de lui et posa doucement la main sur son bras.

— Mais as-tu suffisamment changé pour n'aimer qu'une seule femme ? Pour être un bon père, et un homme dont ton propre père aurait pu être fier ?

Il n'avait jamais aimé aucune femme comme il aimait Kate.

— Qu'en dites-vous ?

— Je pense que tu as réellement changé, mon fils.

— Si c'était le cas, alors vous arrêteriez de me parler comme si j'étais un enfant.

Elle se pencha et l'embrassa sur la joue.

— Tu seras toujours mon petit garçon. Mais tu es un homme à présent, et je suis extrêmement fière de toi.

Marc avait l'impression d'avoir attendu qu'elle lui dise ces mots toute sa vie.

— Merci, mère. J'apprécie le fait que vous me fassiez confiance.

Marc se réjouit de savoir que les deux femmes qu'il aimait le plus croyaient en lui. Mais était-ce toujours vrai en ce qui concernait Kate ?

Mary lui tapota le bras.

— Et je serais encore plus fière si tu faisais quelque chose pour moi.

— Quoi donc, mère ?

— J'aimerais que tu fasses de Kate ta femme.

Epouser Kate ?

— Nous ne nous sommes pas fréquentés assez longtemps pour prendre une décision aussi capitale.

— Vous avez passé assez de temps ensemble pour tomber amoureux. Si cela a pu arriver à ton père, pourquoi pas à toi ? Après tout, tu es son fils. S'il ne m'avait pas épousée, il aurait probablement continué à parcourir le monde jusqu'à ses quarante ans.

Mais Marc ne savait pas si Kate l'aimait. Elle avait déclaré à plusieurs reprises qu'elle ne recherchait qu'une aventure. Quelques heures plus tôt, elle avait dit qu'elle songeait à partir.

— Mère, Kate envisage de retourner aux Etats-Unis.

Mary sembla stupéfaite.

— Pourquoi ne pas l'avoir dit plus tôt ?

— Je ne voulais pas vous inquiéter davantage. Je sais combien vous l'admirez.

— Et que comptes-tu faire pour l'empêcher de partir ?

Marc appuya les coudes sur ses genoux et enfouit son visage dans ses mains.

— Honnêtement, je n'en ai aucune idée. J'ai trop de soucis en tête. Les accusations de Renault, les rumeurs… Je me sens tiraillé entre mes obligations envers mon pays et mon attachement à Kate.

— La vie est courte, Marc.

Et il manquait cruellement de temps. Se sentant soudain épuisé, il s'affala dans le canapé.

— Et si Kate décide de me quitter malgré ce que je lui dirai ?

— Dans ce cas, tu devras la convaincre de rester.

— Que proposez-vous ?

Mary eut un rire nerveux.

— Marc, tu as passé ta vie à courtiser les femmes. Tu es un homme intelligent. Je suis sûre que tu trouveras un moyen.

— J'espère que votre foi en moi est justifiée.

— J'ai une totale confiance en toi. Et je présume que tu as décidé de suivre mon conseil ?

— Oui, je vais essayer de gagner l'amour de Kate.

— Son amour, tu l'as déjà. Maintenant tout ce qu'il te reste à faire, c'est d'élaborer un plan pour qu'elle accepte de t'épouser.

Mu par une détermination nouvelle, il se leva d'un bond.

— Je vais m'y atteler tout de suite. En espérant que Kate n'est pas déjà partie à Paris pour prendre le prochain vol à destination des Etats-Unis.

— J'en doute, mon cher. Telle que je la connais, elle essaie probablement de se convaincre que l'amour n'est pas qu'un vain mot.

— J'espère ne pas commettre une erreur en lui demandant de partager ma vie et mes problèmes.

Elle se leva et lui caressa le visage.

— Les hommes qui ont réussi ont toujours eu des épouses remarquables. Et ces femmes qui ont choisi de rester dans l'ombre de leur mari ont su leur donner quelques coups de pieds aux fesses quand c'était nécessaire.

Marc sourit.

— Ah ! C'était donc ça. Je me suis toujours demandé pourquoi mon père avait parfois l'air de souffrir en s'asseyant sur le trône.

Il serra sa mère dans ses bras, heureux d'avoir redécouvert son amour — un amour qui avait toujours existé.

— L'amour, mon fils, murmura-t-elle. Il n'y a pas de pouvoir plus grand sur terre.

Marc l'embrassa sur la joue, en se disant que ce qu'elle avait dit à propos de l'amour était vrai. Et, c'est poussé par son amour pour Kate qu'il se rendit dans son bureau en compagnie de Nicholas.

— Trouvez Brigante, ordonna-t-il, et dites-lui de venir ici immédiatement.

— Allez-vous tenir une conférence de presse, Sire ?

— Evidemment. Je ne vais pas donner un bal !

— Et quand aura-t-elle lieu ?

— Cet après-midi, si tout se passe bien. Et j'aurai besoin de votre aide.

Nicholas fit la révérence.

— Comme toujours, je suis à votre service, Votre Majesté.

— Votre Majesté ? Vous faiblissez, Nicholas ?

— Non, bien sûr. Je m'adresse à vous selon les circonstances, et selon ce que vous allez faire.

— C'est-à-dire ?

— Si votre projet inclut un mariage avec le Dr Milner, alors je vous appellerai comme vous méritez d'être appelé : Votre Sagacité. Sinon, je devrai vous appeler Votre Imbécillité.

Marc lui jeta un regard réprobateur.

— Vous avez écouté la conversation entre ma mère et moi ?

— Je suis effaré que vous puissiez imaginer une telle chose. Je me fie uniquement à mes observations.

— Bien.

— Cependant, je suis d'accord avec votre mère. Il est important d'avoir une femme convenable près de soi, et je dois dire que le Dr Milner est une femme exceptionnelle. Vous ne pouviez pas trouver mieux.

— Merci du conseil, Nicholas. Si vous avez fini vos commentaires sur la discussion que vous n'avez pas entendue, je vais vous dire ce que j'attends de vous dans les prochaines heures !

Kate aurait donné n'importe quoi pour que Nicholas ne les ait pas interrompus. Marc était sur le point de lui annoncer… quoi en fait ? Voulait-il qu'elle reste car… il aimait son allure lorsqu'elle était aux fourneaux ? Car il appréciait de pouvoir s'offrir un intermède sexuel dès que l'envie lui en prenait ?

Elle réfléchit aussi à tout ce qu'elle abandonnerait si elle quittait Doriana. Elle aimait son travail. Elle aimait Cécile comme sa propre fille, et Mary comme sa propre mère ou presque. Et elle aimait Marc, sans l'ombre d'un doute.

Mais Marc l'aimait-il ? Pourrait-il l'aimer un jour ? Elle pouvait tenter de l'en convaincre. Même s'il était l'homme le plus borné, le plus obstiné et le plus séduisant qu'elle ait jamais rencontré. Elle n'avait jamais reculé devant l'adversité, alors ce n'est pas maintenant qu'elle allait commencer !

Elle se rendit dans la salle de pause et s'accorda le temps de prendre un croissant rassis et une tasse de café froid. C'était son premier repas de la journée. Son appétit avait disparu depuis le départ de Marc ce matin. Il n'avait même pas pris la peine de lui téléphoner.

— Docteur Milner, j'ai reçu l'ordre de vous escorter jusqu'à la place centrale de la ville.

Kate leva les yeux de son livre, une méthode de français

pour débutants, et découvrit Bernard Nicholas, qui se tenait près de la porte, l'air soucieux.

— C'est une urgence médicale ?

— Non, il ne s'agit pas d'une urgence.

— Mais j'ai encore un patient à voir.

— Le Dr Martin s'en chargera. Vous devez me suivre, c'est une affaire de la plus haute importance. J'ai des instructions, je ne peux rien dire de plus. Si vous voulez bien me suivre, dit-il en désignant le couloir.

Kate pensa refuser. Mais après tout, à quoi bon ? Ce n'était qu'une aventure de plus, qui s'ajoutait à une liste déjà longue. Peut-être même que ce serait la dernière. Elle se leva, et suivit M. Nicholas.

Lorsqu'ils sortirent par l'entrée principale de l'hôpital, ils furent immédiatement encadrés par plusieurs gardes du corps. Mais cette fois, pas de journalistes en vue.

Au lieu de prendre la voiture, ils marchèrent en silence jusqu'à la foule de gens et de journalistes qui s'étaient massés autour d'une statue de marbre blanc, trônant au milieu de la place pavée. M. Nicholas guida Kate jusqu'à un espace délimité par un large ruban jaune et protégé par plusieurs membres de la police locale. Enfin, Kate aperçut l'estrade improvisée. Derrière le podium, se tenait le roi.

Kate ressentit une émotion familière en le voyant. Ses cheveux blonds soigneusement coiffés révélaient son magnifique visage. Son impeccable costume trois-pièces bleu marine mettait en valeur ses larges épaules. Son expression impassible et sa prestance lui conféraient une allure tout à fait souveraine. Jusqu'à ce qu'il regarde sur sa gauche et croise son regard. Elle aperçut alors une émotion mystérieuse et fugace dans ses yeux, avant qu'il porte de nouveau son attention sur la foule.

Il parlait en français. Kate saisit quelques mots, mais pas suffisamment pour comprendre la teneur de son discours. Elle se tourna vers Nicholas et demanda :

— Pouvez-vous me traduire ?

— Il parle de l'hôpital et de ses projets pour l'améliorer. Il vient d'annoncer qu'il va vendre sa voiture aux enchères et que l'argent récolté servira aux travaux d'agrandissement de l'hôpital.

— Sa Corvette ?

— C'est cela.

— Que dit-il maintenant ?

— Il explique les difficultés rencontrées avec le Dr Renault et il nie l'avoir menacé. Il dit qu'il l'a renvoyé et il donne ses raisons. Ce n'est pas très flatteur pour le médecin.

— Bien. J'espère qu'ils le croient.

A cet instant, une jolie jeune femme monta sur l'estrade et se plaça à côté de Marc. Elle regardait Marc avec admiration.

Mon Dieu ! Allait-il annoncer ses fiançailles avec elle ?

A cette pensée, Kate sentit ses jambes se dérober sous elle et elle prit appui un instant sur Nicholas qui la retint avec un air compréhensif.

Quand Marc adressa un sourire à la jeune femme, elle n'y tint plus.

— Mais qui est cette femme, monsieur Nicholas ?

— C'est Gabrielle Collard. Le roi s'apprête à parler en anglais, et elle traduira ses paroles en français.

— Dieu merci ! Je vais pouvoir comprendre.

Et elle allait pouvoir se détendre, maintenant qu'elle savait que cette femme n'était pas une de ses maîtresses secrètes.

— J'aimerais à présent aborder le sujet du mystérieux bébé royal, commença Marc. Elle s'appelle Cécile, et la rumeur prétend qu'elle est une DeLoria. C'est la vérité.

Plusieurs personnes eurent le souffle coupé, puis des chuchotements s'élevèrent, jusqu'à ce que Marc lève la main pour les faire taire.

— Tout ce que je peux vous dire pour le moment, c'est qu'elle est une enfant de l'amour et qu'elle sera élevée comme ma fille, dans l'amour.

Il s'interrompit, chercha Kate du regard et lui sourit.

— J'aimerais aussi vous parler d'une autre femme qui

compte beaucoup pour moi. Une femme que j'ai rencontrée il y a déjà quelques années. Mais ce n'est que récemment que j'ai eu le privilège de la connaître mieux.

Kate ne le quittait pas des yeux. Son pouls s'accéléra et son cœur cognait d'appréhension.

— Si elle voulait bien me faire l'honneur de me rejoindre, j'aimerais lui faire une demande.

Stupéfaite et incapable de réfléchir de façon cohérente, Kate se tourna vers Nicholas.

— Est-ce de moi qu'il parle ?

Nicholas sourit.

— Ce n'est certainement pas de moi ! Donc je présume qu'il s'agit de vous.

Kate douta de pouvoir faire le moindre mouvement. C'était comme si ses pieds étaient vissés au sol. Elle avait la gorge si serrée qu'elle ne pouvait prononcer le moindre mot. Ses yeux étaient brouillés par les larmes.

Sans l'aide de Nicholas, elle ne serait jamais arrivée jusqu'à l'estrade. Marc lui prit la main, l'aida à monter les marches et l'attira près de lui.

Lorsqu'il se tourna vers elle et écarta le micro, tout sembla disparaître autour d'eux — la foule, les montagnes et même le ciel. Kate ne vit plus que ses yeux bleu cobalt, son sourire magnifique, et ses charmantes fossettes. Elle entendit Marc lui déclarer : « Je t'aime, Kate, et je veux que tu deviennes ma femme. »

Kate ouvrit la bouche, la referma, l'ouvrit encore, mais aucun mot ne se forma.

Marc parut inquiet.

— Est-ce que tu m'aimes, Kate ?

Elle soupira et recouvra la parole pour chuchoter :

— Oui, depuis toujours. Et pour toujours. Mais, Marc, je n'appartiens pas au même monde que toi. Je ne suis que… enfin… moi.

Il posa sa main chaude et puissante sur sa joue.

— C'est toi que je veux. C'est toi que j'ai choisie. Le reste n'a pas d'importance.

— Cela pourrait avoir de l'importance pour ton peuple.

— Demandons-leur.

Il remit le micro en place et annonça :

— J'ai demandé au Dr Milner de m'épouser. Selon vous, que doit-elle répondre ?

Dans plusieurs langues, de plusieurs voix différentes, le mot « oui » résonna autour d'eux, jusqu'à faire vibrer l'estrade.

Marc se tourna vers Kate.

— Je crois que tu as leur réponse. Maintenant, il me faut la tienne.

Comme elle restait muette, il se pencha et lui chuchota à l'oreille :

— Un seul mot de ta part, Kate. Pour une grande aventure, ensemble, et pour toujours.

Comment pouvait-elle refuser une telle ovation ? Comment repousser l'homme qu'elle aimait de tout son cœur ?

— Oui, murmura-t-elle.

Marc se tourna vers les spectateurs.

— Oui, dit-il en riant. Elle a dit oui !

Des acclamations s'élevèrent de nouveau depuis la foule quand Marc prit Kate dans ses bras et l'embrassa. Un baiser tendre qui émut Kate jusqu'au tréfonds de son âme. Puis Marc sourit, tandis que Kate pleurait et que Mary les rejoignait, versant elle aussi quelques larmes.

Tous trois s'étreignirent puis quittèrent l'estrade ensemble. Marc et Kate se tenaient enlacés. Tandis que les gardes leur ouvraient la voie, Kate aperçut un cameraman avec un bandage sur le nez. Il recula de plusieurs mètres quand ils parvinrent à sa hauteur. Puis quelqu'un demanda :

— Docteur Milner, quel est votre lien avec le bébé nommé Cécile ?

La foule se tut et Marc murmura :

— Tu n'as pas à répondre.

— Je le veux.

Kate s'arrêta et s'adressa à l'homme qui avait posé la question :

— C'est ma fille.

Pendant que Marc, Kate et Mary attendaient la Rolls conduite par Nicholas qui les ramènerait au palais, Mary posa une main sur le bras de Kate.

— J'ai toujours fait confiance à mon instinct, chère Kate, et je constate que, encore une fois, il ne m'a pas trompée.

Kate la serra dans ses bras avant qu'elle ne monte dans la voiture.

Quand elle se retourna, elle vit Marc avancer vers elle.

Marc s'arrêta à sa hauteur et la regarda avec tout l'amour dont il était capable. Kate était une femme remarquable. Une femme avec qui il vivrait pour le meilleur et pour le pire.

La femme qui était digne de porter le titre de reine.

Sa reine.

La femme qui lui avait appris l'amour.

Épilogue

Trois mois plus tôt, à son arrivée à Doriana, Kate Milner était simplement médecin mais en ce beau jour de septembre, elle vivait un conte de fées, le sien. Elle était devenue la reine Kate DeLoria.

Dans un carrosse tiré par des chevaux blancs et orné de fleurs provenant des jardins royaux, elle parcourait les rues pavées bordées de badauds et de journalistes de télévision couvrant l'événement.

Pour Kate, ce mariage avait comblé tous ses rêves. Elle avait eu droit à une robe de mariée de dentelle blanche, portée par des générations de reines avant elle, et à une cérémonie traditionnelle dans la belle cathédrale de Sainte-Simone.

L'atmosphère semblait irréelle, mais son *mari* — s'habituerait-elle un jour à ce terme ? — était, lui, bien réel. Assis à son côté, Marc avait enlacé sa main, ornée, comme la sienne, d'un anneau d'or. De l'autre main, il saluait les spectateurs qui les acclamaient sur leur passage. Il portait un costume noir et une chemise blanche agrémentée d'une lavallière, et affichait un sourire. Quand il se tourna vers Kate, ce sourire se chargea de promesses et d'amour. Kate sentit son cœur battre plus vite. Marc était à elle, pour la vie, comme il l'avait juré sans aucune hésitation lors de leur échange de vœux.

Il n'avait pas montré le moindre signe de nervosité

durant la cérémonie, sauf quand il avait failli faire tomber l'alliance d'or et de platine qu'il lui avait achetée deux semaines auparavant à Paris.

Le carrosse s'immobilisa, le temps pour les gardes du corps d'éloigner quelques reporters insistants qui jouaient des coudes pour obtenir le meilleur cliché. Marc en profita pour se pencher vers Kate et lui dire à voix basse :

— Avec tous ces volants, je pourrais facilement glisser la main sous ton jupon sans que personne ne le sache.

— Moi, je le saurais, dit Kate, imaginant la scène en détail.

— Est-ce que tu portes une paire de ces collants diaboliques ?

Elle sourit en secouant la tête.

— Non. Je porte des bas blancs retenus uniquement par une bande de dentelle.

Il souffla dans son oreille dévoilée par sa coiffure relevée :

— Et quoi d'autre ?

Un frisson la parcourut.

— Si vous continuez, Majesté, je ne réponds plus de rien… même si des spectateurs du monde entier nous observent derrière leur téléviseur.

— Au diable, les caméras ! Mais ce ne serait pas très convenable, quoique très tentant. Il ne nous reste plus qu'un kilomètre à parcourir. Ensuite, nous partons pour la Grèce à bord de mon jet, et là, nous serons libres de faire tout ce que nous voudrons, où nous voudrons. Lorsque nous aurons décollé, ma priorité sera de t'enlever cette robe et ces bas, et de nous verser une coupe de champagne.

— Cela me paraît être un plan parfait, Votre Magnificence.

— T'ai-je dit ce que je comptais faire avec le champagne ? dit-il en saluant la foule comme s'ils discutaient de la pluie et du beau temps.

Kate salua à son tour, alors qu'elle brûlait d'embrasser son mari.

— Non, dites-moi.

— Je le répandrai le long de ton corps splendide, et je le lécherai lentement.

Elle lui donna un baiser sur les lèvres, et les spectateurs manifestèrent bruyamment leur approbation.

— Et j'en ferai autant avec toi, dit-elle.

— Dieu que ce cortège est lent ! Je vais mourir de désir avant que nous commencions notre lune de miel.

Kate sourit.

— Si je me souviens bien, nous l'avons débutée hier soir, quand tu es venu dans mes appartements bien que ta mère t'ait ordonné de me laisser seule pour que je puisse dormir.

Il leva un sourcil.

— Tes appartements ? Tu parles déjà comme une vraie reine. Et je ne t'ai pas entendue te plaindre la nuit dernière. En revanche, je t'ai entendue gémir.

Kate soupira et serra sa main.

— Il me faudra du temps pour m'habituer au titre de reine.

— La première reine dans toute l'histoire de la principauté à avoir un travail rémunéré, commenta Marc d'un air taquin.

Grâce à Mary, songea Kate. Son adorable belle-mère avait insisté pour qu'elle puisse garder son poste à l'hôpital, dût-elle aller devant le conseil pour cela.

L'agitation causée par le scandale autour de Cécile s'était calmée. Personne n'était encore au courant pour Philippe et sa femme, mais Mary avait promis de tout révéler dans quelque temps. Marc et Kate élèveraient Cécile comme leur propre fille et lui raconteraient un jour comment elle était venue au monde. L'histoire d'amour de ses parents était digne d'être transmise.

Marc se pencha en avant et poussa un grognement. Kate suivit son regard et sut pourquoi il semblait si irrité : un beau jeune homme était installé à bord d'une décapotable noire, contre laquelle étaient appuyées plusieurs jolies femmes en admiration.

— C'est ta Corvette, n'est-ce pas ? Je n'arrive toujours

pas à croire que tu aies pu te défaire de ta voiture. Tu aurais tout aussi bien pu la garder et, à la place, donner de l'argent pour l'agrandissement de l'hôpital.

— En fait, j'ai cédé la Corvette pour remplir les termes d'un pari.

— Un pari ?

— Oui, que j'ai fait avec deux amis d'Harvard. Nous avions parié qu'aucun de nous ne se marierait avant dix ans. Et celui qui ne tenait pas parole devait abandonner son bien le plus précieux. Même si je n'ai pas gagné, j'ai résisté neuf ans.

— Des regrets ?

Il lui caressa le visage avec tendresse.

— J'en aurais eu si j'avais dû renoncer à toi. Je peux vivre sans la voiture, mais pas sans toi.

Pour la deuxième fois aujourd'hui, Kate fut au bord des larmes. Elle les refoula pour laisser libre cours à sa joie.

— Alors, tes amis se sont-ils mariés eux aussi ?

— Non. Mitchell Warner vit seul au Texas, dans son ranch.

Kate ouvrit de grands yeux.

— Mitch Warner, de la dynastie Warner ? Le fils du célèbre sénateur ?

— Oui, c'est bien lui. Mon autre ami, Dharr Halim, est un cheikh. Sa future épouse est déjà choisie, mais il n'est pas encore marié.

— Sont-ils ici ?

— Non, mais Dharr nous a envoyé ses meilleurs vœux, ainsi qu'un vase ancien provenant d'Azzril, son pays. Mitch m'a fait parvenir une réplique miniature de la Corvette, avec un mot disant : « Je savais que tu ne tiendrais pas. » Nous devons tous nous retrouver au printemps prochain.

Il amena discrètement leurs mains jointes sur sa cuisse.

— Je suis sûr qu'en te voyant ils comprendront pourquoi je n'ai pas pu résister.

Kate jeta un coup d'œil au carrosse qui les suivait. A son bord se trouvaient ses parents, Mary et la petite Cécile.

— Je crois que mes parents s'entendent très bien avec ta mère. Elle leur a donné des conseils pour leur voyage à travers l'Europe.

— Mère adore ça.

— Franchement, j'ai peine à croire qu'ils aient fait le voyage jusqu'ici. De retour aux Etats-Unis, ils ont prévu de faire d'autres voyages. Dire que quand je vivais avec eux, ils n'allaient jamais nulle part ! Ils avaient toujours besoin de moi pour entreprendre quelque chose.

Marc la regarda d'un air grave.

— Moi aussi, j'ai besoin de toi.

— Nous avons besoin l'un de l'autre, le corrigea Kate en effleurant ses lèvres d'un tendre baiser.

— Et nous aurons une belle vie à deux. Pour toujours, je te le promets.

— Oui. Mais je comprends que tu aies des responsabilités.

En battant exagérément des cils, elle ajouta avec un fort accent :

— Car tu es un roi, et si le devoir t'appelle…

Il sourit.

— Ah ! Revoilà cet accent du Tennessee que j'aime tant. Je craignais que tu ne le perdes en apprenant le français. Je suis heureux de constater que ce n'est pas le cas.

Kate appuya la tête contre son épaule.

— Je peux perdre mon accent, tant que je ne te perds pas, toi.

Marc lui releva le menton pour voir ses yeux.

— Tu ne me perdras jamais, Kate.

Elle l'enveloppa d'un regard plein d'amour.

— Mon plus grand trésor, c'est toi et Cécile. Quand elle sera plus grande, nous aurons d'autres enfants pour agrandir la famille.

Kate se dit que c'était le moment idéal pour lui annoncer le secret qui lui brûlait les lèvres.

— Marc, j'ai quelque chose à t'avouer.

— Pourquoi es-tu si sérieuse tout à coup ?

— Parce que j'ignore quelle sera ta réaction.

— Kate, rien de ce que tu diras ne peut me décevoir.

— Peut-être, mais tu pourrais être surpris.

— Mais ma vie est une succession de surprises. Tu en es le meilleur exemple.

Kate inspira profondément.

— Je suis enceinte.

Marc posa la main sur son ventre.

— En es-tu certaine ?

— Oui, dit-elle en posant la main sur la sienne. J'ai effectué des tests il y a deux jours. Je voulais attendre le bon moment et le bon endroit pour te l'annoncer. Ici, ça me semble parfait, car au moins tu ne peux pas t'enfuir.

— Je t'assure que je n'en ai pas l'intention.

Il la serra dans ses bras et l'embrassa longuement, ce qui provoqua une vague de sifflements admiratifs dans la masse de spectateurs.

— Aujourd'hui, tu as fait de moi un homme heureux par deux fois. J'espère que ce sera une petite sœur pour Cécile. J'avoue préférer les filles, elles causent moins de tracas que les garçons. Demande à ma mère, je suis sûre qu'elle sera d'accord.

— Si c'est un garçon, j'aimerais qu'il te ressemble.

— Je veux qu'il soit meilleur que moi, dit-il en portant la main de Kate à ses lèvres. J'aimerais qu'il ait ton intelligence et ta force.

— Marc, comment peux-tu dire cela ? Tu es l'homme le plus fort que je connaisse.

— C'est toi qui me donnes cette force, Kate, par ton amour.

— Et tu en fais autant pour moi.

Elle se souvint de ce que Mary lui avait dit dans les jardins du palais, quelques jours après son arrivée dans ce merveilleux pays.

« J'espère que vous connaîtrez un amour aussi rare et aussi précieux que le mien, chère Kate. »

Le souhait de Mary avait été exaucé, comme celui de Kate. Le play-boy avait laissé sa place au souverain. Marc était devenu un ami, un amant, et un père parfaits.

Il était à présent son mari, et ils s'aimaient.

Pour la vie entière.

KRISTI GOLD

Un désir incontrôlable

INTÉGRALE
POUVOIR ET SENTIMENTS

Traduction française de
SYLVETTE GUIRAUD

• SAGAS •

HARLEQUIN

Titre original :
UNMASKING THE MAVERICK PRINCE

Ce roman a déjà été publié en 2012.

Prologue

Demain matin… Oui, demain matin, Mitchell Edward Warner, troisième du nom, allait enfin envoyer au diable l'université de Harvard pour retourner au ranch dans l'Oklahoma où, depuis sa naissance, il passait tous ses étés. N'était-ce pas là, après tout, qu'il avait appris à monter à cheval et à attraper un bouvillon au lasso sans trop se fracturer d'os ? Là où, à quinze ans, dopé à l'adrénaline et tourmenté par ses impatiences d'adolescent — sans parler de la peur qu'il éprouvait à l'idée d'être surpris en flagrant délit —, il avait maladroitement appris à faire l'amour ?

Arrivé à l'été de ses dix-huit ans, Mitch maîtrisait parfaitement les trois disciplines. Or, jamais au grand jamais, il n'excellerait dans la voie que son père avait déjà tracée pour lui, lui, l'héritier d'une dynastie de quatre générations de puissants politiciens. Un héritage qu'il avait décidé de fuir. Dans un premier temps, il avait tourné le dos à l'université du Texas pour lui préférer l'une des plus anciennes et prestigieuses facultés de l'Est des Etats-Unis. Ensuite, il s'était encore davantage éloigné de la tradition familiale en préférant les affaires au droit. Il se refusait obstinément à entrer dans le monde de la politique, du léchage de bottes et des renvois d'ascenseurs où son père et la trahison régnaient en maîtres.

Les sifflets et les vociférations venus de l'extérieur lui arrachèrent un soupir. La liberté n'était pas encore tout à fait à sa portée. En attendant, Mitch était obligé de se cacher avec deux de ses amis, Marc DeLoria et Dharr Halim, dans l'appartement qu'ils partageaient. Aux yeux des observateurs, ils constituaient un trio bien improbable, même si quelque chose de fondamental les rapprochait : le fâcheux intérêt que la presse leur portait en raison de leurs origines familiales. Cette nuit ne différait pas des autres. Fils de rois ou fils de sénateurs, ils avaient le plus grand mal à rester incognito.

Pendant que la fête de fin d'année battait son plein au-dehors, Mitch s'installa confortablement par terre dos au mur. Il lâcha le magazine de ranchers qu'il faisait semblant de lire et s'empara de nouveau de la bouteille de champagne pour remplir son verre, non sans regretter de ne pas avoir de bière.

— On a déjà porté un toast à nos succès, dit-il. Maintenant, je vous suggère d'en porter un autre à un long célibat.

Il finit de remplir les verres de Dharr et de Marc, puis leva le sien.

— Tout à fait d'accord ! s'exclama Dharr en montant sa flûte.

Marc hésita, son champagne à la main, et, au bout d'un instant, proposa :

— Faisons un pari.

Dharr et Mitch échangèrent un regard, avant de reporter toute leur attention sur Marc.

— Quel genre de pari, DeLoria ? demanda Mitch.

— Eh bien ! puisque nous sommes tous tombés d'accord pour déclarer que nous n'étions pas prêts à nous marier dans un avenir immédiat — si cela nous arrive jamais —, je suggère de parier que nous serons tous encore célibataires à notre dixième réunion.

— Sinon ? s'enquit Dharr.

— Nous serons obligés de nous séparer de notre bien le plus précieux.

Mitch frémit en songeant à la seule chose à laquelle il attachait plus de prix qu'à tous ses biens réunis, et Dieu sait s'il ne manquait de rien !

— Renoncer à mon hongre ? Jamais !

Dharr leva son verre.

— Alors, nous sommes tous d'accord ?

Mitch fit tinter sa flûte contre celle de Dharr.

— D'accord.

Marc fit de même.

— Le pari est lancé !

Mitch sourit. Son premier vrai sourire depuis des jours. Oui, se dit-il, ils feraient équipe jusqu'au bout et il ne faisait aucun doute que c'est lui qui allait gagner le pari. Marc aimait bien trop les femmes pour ne pas se laisser piéger par l'une ou l'autre qui manifesterait un désir par trop pressant de lui passer la bague au doigt. Quant à Dharr, il se plierait sans doute à la volonté de son père et épouserait la femme qu'il lui aurait choisie. Ce qui lui permettrait, à lui Mitch, de s'en tenir à sa spécialité : n'en faire qu'à sa tête. S'il se tenait à carreau, la presse finirait peut-être par se fatiguer de le harceler. Il pourrait alors se fondre dans la vie terre à terre d'une petite ville qui ne disposait que d'un seul feu de croisement, un endroit où les gens ne le regardaient pas comme une sorte de dieu. Il se débarrasserait de tous ses costumes taillés sur mesure et passerait ses journées en jean avec ses copains, et ses nuits avec des femmes qui n'attendraient rien d'autre de lui qu'un tour sur une piste de danse… et peut-être un peu de bon temps après la fermeture du bar.

Et même, avec un peu de chance, on le laisserait décider seul de vivre sa vie comme il l'entendrait et comme il lui plairait. Enfin, il pourrait entrer quelque part sans être remarqué.

1

Neuf ans plus tard.

Lorsqu'il traversa la salle à grandes enjambées, Victoria Barnett faillit en laisser tomber son gobelet de plastique plein d'un mauvais chardonnay. Un jean délavé à des endroits qu'on ne pouvait ignorer, une chemise en denim dont les manches relevées dévoilaient des avant-bras tannés couverts de poils bruns, le chapeau noir incliné bas sur les sourcils… l'homme avait tout du cow-boy dur à la peine et bourré de testostérone, en quête d'un moyen agréable de passer son vendredi soir — probablement entre deux draps.

Seulement, il ne s'agissait pas de n'importe quel cow-boy. La journaliste frétilla aussitôt à la perspective d'écrire sur lui l'article du siècle. Mitch Warner, l'enfant chéri de la petite ville de Quail Run, pouvait être l'occasion pour elle d'obtenir une promotion et du même coup une augmentation de salaire. En même temps, son cœur de femme ne restait pas insensible à la lumière des prunelles de diamant bleu qui inspectaient la foule avec circonspection, tandis que l'homme se frayait un chemin vers le bar encombré.

Quelques clients l'accueillirent d'un « Hé, Mitch ! », comme si son apparition dans le boui-boui poussiéreux était chose fréquente. Par contre, plus d'une femme sur son passage lui jeta de longs regards comme s'il était la réponse à leurs rêves les plus fous.

Victoria, que tout le monde appelait Tori, avait du mal à imaginer pourquoi un homme de cette pointure fréquentait assidûment un endroit comme le bar-grill Sadler, et même pour quelle obscure raison il avait choisi d'habiter cette petite ville du sud de l'Oklahoma. Pour sa part, si elle n'avait pas été invitée au mariage de sa meilleure amie, Tori ne serait jamais revenue à Quail Run où elle avait grandi, vêtue de nippes d'occasion dans une cabane misérable. Pauvre petite Tori dont la mère ne s'était jamais souciée d'épouser son père ! Encore que ce dernier ne se soit guère préoccupé de le lui demander…

Mais, pour la première fois depuis deux jours, Tori était heureuse d'être revenue. Si sa chance se confirmait, Mitch Warner lui donnerait exactement ce qu'elle désirait.

— Tu devrais vraiment aller y faire un tour, Tori.

La jeune femme se retourna sur sa droite et considéra Stella Moore qui était à l'initiative de la virée dans ce bar local. En fait, c'était leur dernière soirée entre copines. Demain soir, Stella épouserait Bobby Lehman.

— Faire un tour où ? s'étonna Tori.

Du menton, Stella désigna une petite estrade à l'extrémité de la piste de danse. Un D.J. barbu, à la panse pleine de bière sous son T-shirt, se préparait à lancer une séance de karaoké.

— Tu devrais aller chanter, reprit Stella. Je sais que tu en meurs d'envie.

— Oh oui, Tori ! insista Janie Young en lui lançant un coup de coude.

Janie Riquiqui. C'était ainsi qu'on la surnommait à l'école, se souvint Tori. Maintenant, avec sa plastique parfaite de blonde élancée aux yeux verts, elle menait une carrière de mannequin professionnel sous le nom de Jada entre Paris et New York.

— Allez-y vous ! répliqua Tori. Moi, je préfère rester assise ici et finir mon vin.

Même s'il était mauvais.

— Allons, Tori, dit Stella d'un ton câlin. Tu avais la plus belle voix à la chorale du lycée. Fais-nous encore une démonstration.

Une rougeur envahit le cou de Tori et gagna ses joues.

— Ça ne veut pas dire grand-chose ; nous n'étions que dix dans cette chorale !

Janie fronça les sourcils.

— Ne te déprécie pas. Tu sais que tu as du talent. En outre, cela te fera un bon exercice avant de chanter au mariage demain soir.

Tori se mit à enrouler nerveusement une boucle de cheveux autour de son doigt — un tic qu'elle avait depuis l'âge de trois ans, quand, aux dires de sa mère, ses cheveux s'étaient enfin décidés à pousser. Enfin, lorsque sa mère pouvait se rappeler quelques-unes des dates clés de la vie de son unique fille…

— Il y a si longtemps que je n'ai pas chanté en public, dit Tori, refoulant cet accès de mélancolie.

Bien longtemps aussi qu'elle n'avait pas eu une raison de le faire, songea-t-elle.

Brianne McIntyre revint vers leur table. Avec ses boucles rousses qui rebondissaient au rythme de sa démarche élastique, elle complétait « le quatuor terrible » comme elles s'étaient elles-mêmes surnommées pendant leur jeunesse. Autre fille prodigue qui revenait rarement au foyer, Brianne habitait Houston où elle étudiait la psychologie, sans trop savoir à quoi elle se destinerait finalement.

Quelque chose d'inquiétant se préparait, se dit Tori en voyant ses amies arborer des sourires malicieux.

— Qu'avez-vous en tête toutes les trois ? demanda-t-elle.

Stella posa la main sur son ventre légèrement gonflé par sa grossesse, raison de ce mariage précipité.

— Rien du tout, Tori. Nous sommes ici pour nous amuser, c'est tout.

La réponse était tout sauf convaincante. Janie se pencha vers le groupe avec un large sourire.

— Ne regardez pas tout de suite, les filles, mais je vous signale que Mitch Warner est assis à une table de l'autre côté de la piste de danse.

— Je sais, je l'ai vu entrer, dit Tori qui se garda bien de hasarder un nouveau coup d'œil dans sa direction.

Janie, elle, préféra manifester ouvertement son extase en le lorgnant sans vergogne.

— Oh, mon Dieu ! gémit-elle. Ce que je ne ferais pas à cet homme si j'en avais l'occasion ! Il est plus chaud qu'un trottoir d'Oklahoma au mois d'août !

Exactement ce que ressentait Tori — grâces soient rendues à Mitch Warner —, malgré la température plus que fraîche à l'extérieur, en ce mois d'octobre.

— Oui, pas mal, dit-elle.

— Pas mal ?

Les yeux noisette de Stella s'arrondirent.

— Il est sexy à en tomber par terre, oui ! Au fait, Bobby m'a raconté que Mitch et Mary Alice Marshall avaient finalement rompu.

Brianne fronça son petit nez plein de taches de rousseur.

— Je n'arrive toujours pas à croire qu'il sortait avec elle. Tout le monde sait qu'elle a couché avec tous les cow-boys de la ville qui ont moins de trente ans.

Comme toutes les trois, songea Tori avec ironie.

Stella secoua ses boucles brunes et adressa un regard sévère à Brianne, regard qui n'échappa pas à Tori.

— Personne n'en est tout à fait certain, Brianne. Les gens d'ici ont la langue bien pendue.

Quel extraordinaire euphémisme ! songea Tori. Les habitants de cette ville avaient pourtant trop souvent exercé cette même langue à l'égard de sa mère. D'où la remarque de Stella. Peut-être sa grossesse prématurée avait-elle fait repartir de plus belle le moulin à rumeurs…

— Moi, je vois les choses autrement, dit Janie sur le ton de la conspiration. Elle et Mitch ont dû le faire la première fois un été, il y a une quinzaine d'années. Ils ont remis ça de temps à autre, jusqu'à ce que Mitch revienne s'installer ici.

Bien entendu, lorsqu'elle vivait encore à Quail Run, Tori avait eu vent des activités extrascolaires de Mitch et de Mary Alice. A l'époque, elle était trop jeune pour s'en soucier. De cinq ans son aîné, Mitch Warner était à ses yeux le garçon riche, énigmatique et distant qui ne revenait en ville que pour l'été. Une ou deux fois, perchée sur sa bicyclette, elle avait pu l'apercevoir, quand la limousine en route pour le ranch de son grand-père maternel la dépassait. A cette époque, la voiture la fascinait beaucoup plus que lui. En outre, les garçons comme Mitch Warner ne s'intéressaient pas à une Tori Barnett qui vivait du mauvais côté de la barrière sociale.

Tori aurait pu passer tout ce temps à subir tête basse l'ostracisme des habitants de Quail Run. Pourtant, elle avait réussi à passer son bac, puis à obtenir un diplôme universitaire, et maintenant, elle se battait pour obtenir un poste permanent dans un magazine féminin de Dallas auquel elle fournissait régulièrement des reportages.

— Hou, hou ! Où étais-tu, Victoria ?

Tori sursauta et regarda fixement Janie.

— Je rêvais simplement.

Brianne eut un sourire entendu.

— A Mitch Warner ?

Tori arrangea sa frange avec ses doigts.

— Non, non, je pensais à mon travail.

Stella écrasa une framboise entre ses lèvres pleines.

— Cesse de penser à ton travail et essaie un peu de t'amuser, voyons. C'est ce que je fais, même si je n'ai rien de très amusant à boire.

— D'accord, je te promets de m'amuser un peu. Mais je ne chanterai pas.

— Notre première chanteuse ce soir est Tori Barnett, de Quail Run, entendit-elle au même moment. Aussi, souhaitons-lui la bienvenue comme on sait le faire chez Sadler !

Tori adressa un regard mécontent à ses amies et ne broncha pas, même quand le D.J. l'eût appelée une nouvelle fois.

— Lève-toi, Victoria May ! insista Janie aussitôt suivie par le chœur des clients qui scandaient en cœur « Tori ! Tori ! »

Se ridiculiser devant ses amies était vraiment la dernière chose que souhaitait Tori, mais se ridiculiser devant Mitch Warner en refusant de chanter était encore pire et ne risquait certainement pas de faire avancer sa cause. Alors pourquoi ne pas accepter le challenge ? se dit-elle. Après tout, que pouvait-il y avoir de pire ?

Le pire, elle y fut pourtant confrontée quand, une fois sur scène et micro en main, elle réalisa que son cerveau était resté là-bas à sa table avec ses amies. Elle savait par cœur la chanson de Patsy Cline qu'elle devait interpréter. Seulement, si elle ne parvenait pas à faire sortir les paroles bloquées au fond de sa gorge, la séance allait se transformer en cauchemar. Et tout cela à cause de Mitch Warner. Car, renversé sur sa chaise, ses larges mains serrées autour d'une bière, Mitch Warner avait choisi ce moment précis pour lui sourire.

Sous son regard attentif, Tori eut tout à coup l'impression d'être nue et une chaleur soudaine l'envahit. Comme l'intro de la chanson résonnait pour la seconde fois, une seule pensée occupait son esprit : si elle était incapable de chanter devant lui, elle n'aurait jamais le courage de lui demander une interview. Alors, Tori ferma les yeux et ouvrit la bouche. Elle allait se produire en public pour la première fois depuis des années. Elle avait peut-être oublié les paroles de la chanson, mais elle savait déjà que jamais plus elle n'oublierait le sourire parfait du cow-boy de Harvard.

De sa vie, Mitch Warner n'avait jamais vu d'ange habillé de cuir noir. Parce que cette femme nommée Tori avait exactement la voix d'un ange… et l'air d'un passeport pour le péché. Ce n'était pourtant pas à cause de sa voix qu'il l'imagina tout de suite allongée sous lui, nue, ses longues jambes enroulées autour de sa taille, ses cheveux de soie brune lui balayant le torse, tandis qu'ils entamaient un langoureux voyage vers le paradis. Mais il irait sans doute tout droit en enfer s'il décidait de suivre son instinct. Pourtant, comme son regard caressait le pantalon de cuir qui mettait les courbes de la chanteuse en valeur et remontait vers les seins qui soulevaient le pull rouge à col roulé chaque fois qu'elle respirait, une bataille que Mitch n'était pas certain de gagner s'engagea sous sa boucle de ceinture.

Lorsqu'il était entré dans le bar, il avait en tête d'y rester le temps de retrouver son contremaître et de le sauver d'une cuite monumentale, car il avait bu toute la journée pour enterrer sa vie de garçon. Sauf nécessité absolue, Mitch n'appréciait ni la foule ni les relations sociales. Il ne savait jamais si un représentant de la presse n'était pas en train de l'épier dans l'ombre, à l'affût d'un événement quelconque susceptible de faire la une des journaux. Pour cette raison, Mitch répugnait à s'entretenir avec des gens qu'il ne connaissait pas.

Mais ce soir… eh bien, ce soir, il ferait peut-être une exception pour les beaux yeux de cette inconnue du nom de Tori ! Bobby pourrait bien trouver quelqu'un d'autre pour le raccompagner chez lui, après tout. Car Mitch entendait faire la connaissance de la femme responsable de la fâcheuse situation où il se trouvait en cet instant. La suite restait encore assez floue dans son esprit.

Il reporta toute son attention sur Tori qui entamait le dernier refrain. Lorsqu'elle sourit, elle rejeta une longue mèche de cheveux derrière son épaule et quitta la scène. La seule chose dont il se sentit capable fut de garder ses pieds chaussés de bottes fermement plantés sur le sol. Mitch avait suffisamment de jugeote pour savoir que s'il se montrait trop pressé elle risquait à coup sûr d'être rebutée. Il attendit donc que deux autres chanteurs aient fini de beugler d'une voix avinée. Une lente ballade s'éleva ensuite du juke-box et lui fournit l'opportunité qu'il recherchait.

Mitch finit sa bière et remit son chapeau sur sa tête. Puis

il se leva et traversa la piste de danse encombrée de couples — mariés pour la plupart, en raison du code moral très strict de la ville. Il arriva devant la table de Stella, la fiancée de son contremaître, assise en compagnie de deux autres jolies femmes. Mitch ne les connaissait pas et n'avait nulle envie de faire leur connaissance. Seul l'intéressait l'ange chanteur qui gardait son regard obstinément fixé sur un gobelet en plastique vide qu'elle serrait entre ses doigts.

— Salut, Mitch ! dit Stella. Je vous croyais avec Bobby au ranch de Greer à vous soûler jusqu'à ce que mort s'ensuive.

— Je n'ai pas le temps pour ça, répliqua Mitch, le regard braqué sur Tori qui cette fois, fut bien obligée de lever les yeux vers lui.

— Nous nous apprêtons à emmener les bêtes dans les pâturages du sud avant l'arrivée du premier vent du Nord.

Stella s'appuya sur ses coudes et prit son visage entre ses mains.

— Ce n'est pas un peu tôt ? Nous ne sommes qu'en octobre.

— Pas du tout, répliqua sobrement Mitch.

Il ne se souciait guère d'expliquer le fonctionnement d'un ranch ou les aléas de la météo à cette femme. Il n'avait qu'un désir : prendre entre ses bras l'ange aux cheveux bruns pour constater si elle avait un corps aussi délectable qu'il en avait l'air.

— Voulez-vous danser, Tori ?

Le regard de Tori remonta vers le sien. A son expression, on aurait pu croire qu'il venait de lui demander de se déshabiller.

— C'est à moi que vous vous adressez ?

— A moins qu'il y ait à cette table quelqu'un d'autre du nom de Tori.

— Il y a bien longtemps que je n'ai pas dansé.

— Bien longtemps aussi que tu n'avais pas chanté, dit Stella. Je doute que tu l'aies également oublié ? Et même dans ce cas, je suis certaine que Mitch sera heureux de te montrer comment on fait, n'est-ce pas, Mitch ?

— Oui, en effet.

Il y avait un tas de choses qu'il serait très heureux de lui montrer, songea Mitch. Peut-être pas tout à fait du type qu'on peut se permettre en public. Mais autant commencer par le commencement. Pour l'instant, il fallait l'éloigner de la table et l'entraîner sur la piste de danse. De mauvaise grâce, Tori finit par se lever et le suivit jusqu'au centre de la piste. Mitch se campa face à elle, prit sa main dans la sienne et enlaça ses épaules. Comme si elle avait peur de le toucher, Tori glissa deux doigts dans les anneaux qui retenaient son ceinturon. Avec un peu de chance, pensa Mitch, elle allait se détendre un peu, une fois qu'elle aurait réalisé qu'il ne s'intéressait qu'à la danse. Du moins pour le moment.

En dépit de l'éloignement de leurs deux corps, le sang de Mitch se réchauffait à toute vitesse. Tori dansait mieux que bien et il se représenta mentalement jusqu'où pourraient bien aller ses talents. Mais c'est tout ce qu'il put imaginer, car elle continuait à maintenir entre eux une saine distance. Elle se refusa aussi à parler jusqu'au moment où il déclara :

— Je m'appelle Mitch.

— Je sais qui vous êtes.

Diable ! Il aurait préféré le contraire. Mais il n'avait pas à en être surpris, après tout. Sa notoriété l'avait suivi en Oklahoma, même si l'attention des médias s'était quelque peu affaiblie au fil des années. Mais le vent pouvait toujours tourner à n'importe quel moment, surtout si la rumeur concernant le retrait de son père des affaires publiques s'avérait fondée. Dans ce cas, tout recommencerait. On se demanderait si Mitch allait entrer dans l'arène et prendre les rênes du pouvoir. Oui, eh bien, ce jour-là, il ferait chaud dans l'Antarctique ! Les seules rênes dont Mitch se souciait étaient celles qui étaient attachées à la bride de son cheval.

Mitch décida de mettre tout cela de côté et de ne se soucier que de cette jeune femme aux grands yeux noirs qu'il tenait dans ses bras. S'il pouvait engager la conversation avec elle, il parviendrait peut-être à la serrer un peu plus contre lui ?

— Vous vivez depuis longtemps à Quail Run ?

— Je n'habite pas ici.

— Mais le type du karaoké a dit…, commença-t-il, déçu.

— Je suis d'ici, oui, répondit Tori d'un ton morne, et j'y ai grandi, mais il y a presque dix ans que j'en suis partie. Je suis allée à Norman poursuivre mes études.

A peu près au moment où lui-même avait quitté Harvard pour s'installer ici, songea Mitch.

— Alors, quel bon vent vous amène dans notre ville ?

De nouveau, elle baissa les yeux.

— Le mariage de Stella. Je suis sa demoiselle d'honneur.

Au moins, pensa Mitch soulagé, ils avaient un point commun.

— Ah oui ? Et moi, je suis le garçon d'honneur de Bobby.

Tori sembla enfin s'intéresser à ce qu'il disait et lui sourit d'un sourire… à faire jaillir la poussière du plancher sous ses bottes.

— Vous n'êtes pas son témoin ? s'étonna-t-elle.

— Ce n'était pas du goût de Stella.

Le sourire de Tori disparut.

— Vous êtes sorti avec elle ?

— Diable, non, pas du tout !

Mitch n'avait pas voulu mettre autant de véhémence dans sa réponse, mais il était horrifié. Il ne manquait plus qu'on raconte partout qu'il avait couché avec la fiancée de son ami ! C'était largement suffisant pour rameuter à Quail Run toute une bande de reporters de la presse de caniveaux.

— Stella est une amie et seulement une amie, dit-il d'un ton ferme. Elle désirait que Bobby choisisse plutôt son frère, mais c'est moi qu'il a préféré désigner.

— Je ne peux pas vraiment blâmer Bobby. Si j'avais à choisir entre vous et Clint Moore, je dois dire que je vous choisirais plutôt vous.

— Vous avez quelque chose contre Clint ?

Tori se rembrunit.

— J'ai effectivement quelque chose contre les types qui ne peuvent pas retenir leurs mains au cinéma.

Au moins, se dit Mitch, il était prévenu.

— Alors, vous êtes sortie avec Clint Moore ? demanda-t-il.

— Vous voulez dire que j'ai fui Clint Moore ! Je m'en suis tenue à ce qu'on disait de lui, ce qui n'est peut-être pas très loyal. Je suis certaine que Clint est vraiment un garçon sympathique sous ses allures de play-boy.

— Et… vous sortez avec quelqu'un en ce moment ?

Bravo, Mitch, quelle subtilité !

Tori haussa les épaules.

— Je n'ai pas le temps de sortir.

La réponse plut à Mitch. Rien ne s'opposait donc à ce qu'il la revoie. Du moins tant qu'elle resterait en ville. Et si elle en était d'accord.

— A quoi occupez-vous votre temps, alors ?

— A travailler, principalement.

— Quel est votre métier ? Vous chantez ?

— Non.

— Quoi, alors ?

Tori regarda au loin et poussa un soupir.

— Je n'ai vraiment pas envie de parler boulot pour l'instant. Je fais même des efforts pour l'oublier. En outre, cela vous ennuierait.

Mitch en douta. Tout ce qui pouvait avoir un rapport avec cette bouche voluptueuse ne pouvait sûrement pas le laisser indifférent.

— Bon, alors de quoi voulez-vous parler ?

Elle lui décocha un autre sourire chaleureux et Mitch eut l'impression que sa tête allait exploser.

— Et si vous me parliez de vous ? proposa Tori.

Là, Mitch ne fut plus trop certain de vouloir poursuivre.

— Que voulez-vous savoir ?

— Je veux savoir à quoi ressemble la vie dans un ranch.

Au moins, elle n'avait pas demandé à quoi ressemblait la vie du fils d'un politicien adulé. Au cas échéant, Mitch l'aurait résumée en trois mots : un véritable enfer.

Il n'eut guère le loisir de s'exprimer car le karaoké reprenait déjà. Déçu, Mitch conduisit Tori vers une table au bord de la piste, mais assez loin de la foule pour qu'ils puissent poursuivre leur conversation. Au contraire de tout à l'heure avec Stella, cela ne l'ennuya pas du tout d'expliquer à Tori toutes les facettes de l'exploitation d'un ranch, car elle l'écoutait avec attention et posait des questions intéressantes.

Plus la conversation devenait intime et plus le vacarme autour d'eux semblait se dissiper. Ils en vinrent à évoquer leurs passe-temps favoris. Mitch apprit que Tori adorait monter à cheval et, de son côté, il lui parla de Ray, son cheval hongre qu'il possédait depuis des années. Tori lui demanda des détails sur son grand-père mais jamais sur son père, ce qu'il apprécia bien plus qu'elle ne put le réaliser. Il aimait entendre résonner son rire lorsqu'il lançait une plaisanterie, et sa manière de triturer une mèche de cheveux lorsqu'il lui décrivait son mépris pour les encombrements de la rue à Dallas ou la pagaille des grandes cités. Jusqu'au moment où Mitch fut frappé par le fait qu'en une heure, il lui en avait dit plus long sur lui qu'à n'importe qui dans toute son existence. Tout au moins sur les aspects de sa vie qu'il était prêt à révéler.

Au bout d'un moment, il s'installa sur le siège à côté d'elle. Pour mieux l'entendre, lui dit-il. Pourtant, le bar s'était calmé depuis la fin du karaoké. En réalité, il désirait se rapprocher un peu plus d'elle. Il n'avait aucune difficulté à l'écouter parler, mais un mal fou à ne pas la toucher.

Quand les haut-parleurs installés au-dessus d'eux diffusèrent un slow, Tori soupira et lui adressa un nouveau sourire.

— J'adore cet air ! dit-elle, les yeux étincelant de plaisir.

Sans doute, imagina-t-il aussitôt, brilleraient-ils avec la même intensité dans une autre agréable circonstance… ce qu'il apprécierait particulièrement de découvrir.

— Voulez-vous danser encore ? proposa-t-il.

Cette fois, Tori n'eut pas une seconde d'hésitation. Elle sauta sur ses pieds et le tira par la main. Non qu'il résistât le moins du monde, d'ailleurs. En général, il préférait des airs un peu plus animés aux chansons d'amour. Par contre, il ne vit aucun inconvénient à ce que, dédaignant son ceinturon, Tori lui passe un bras dans le dos et pose sa tête sur sa poitrine. Il mesurait un mètre quatre-vingt-cinq et elle guère plus d'un mètre soixante. Sa tête se nicha donc parfaitement sous le menton de Mitch. Malgré l'atmosphère empestée de fumée, ses cheveux exhalaient une fragrance de fleurs. Son corps, pressé contre le sien, attisa le désir de Mitch. Il aventura sa main dans le dos de sa cavalière, jusqu'à la limite de sa croupe. Comme il avait gardé en tête son commentaire à propos des types aux mains baladeuses, il n'osa pas se hasarder au-delà. Pas question d'être classé dans la même catégorie que Clint Moore. En outre, il avait appris à satisfaire les désirs d'une femme, mais également à en détecter les signes avant-coureurs. Or, il était plus qu'évident, d'après le langage de son corps, que seule la danse plaisait à Tori.

Cela ne dura que l'espace de deux chansons. A la troisième, une ballade, la première d'une série d'airs évoquant des amours torrides parmi des draps froissés, les choses commencèrent à s'échauffer un peu plus entre eux. Mitch le comprit quand, lui ayant posé la main sur la hanche, elle ne protesta pas.

Très vite, ils abandonnèrent les manières de la country dance traditionnelle pour s'enlacer étroitement. Maintenant, leurs corps se touchaient exactement aux endroits où il fallait. La poitrine pleine de Tori s'écrasait contre le torse de Mitch et ils étaient cuisses contre cuisses, bassin contre bassin. Leurs mains se mirent à vagabonder dans le dos l'un de l'autre, là où la chaleur produite par leur étroite proximité conjointe à celle du feu qui commençait à les consumer, faisait sourdre une moiteur étrange…

Mitch se débarrassa de sa veste en denim et de son chapeau. Il ne portait plus désormais qu'un T-shirt blanc. Tori l'imita et enleva sa veste de cuir noir, découvrant un pull rouge sans manches qui lui moulait étroitement les seins. Pendant qu'ils empilaient avec soin sur une table leurs vêtements, Mitch s'imagina en train d'ôter à Tori le reste… il l'emportait dans son lit, et, sous la courtepointe en patchwork, il mettait fin à sa torture. Mais non, il n'avait aucun droit d'exiger cela de

Tori, même s'il la désirait tellement, qu'au premier signe de sa part, il l'entraînerait hors de cet endroit.

Mitch finit par enfouir son visage dans le cou de Tori. Du bout de la langue, il lui taquina le lobe de l'oreille. Tori réagit en émettant un doux petit bruit de plaisir qui faillit le rendre fou. Les paumes sur ses fesses, il la ramena vers lui et bientôt, il n'y eut plus un seul centimètre pour les séparer. Un seul élément encore pouvait les rendre plus proches. Si, un instant avant, son sourire sexy, sa voix semblable à celle d'un ange et son corps capable de transformer cet homme en démon, n'avait pas fait réaliser à Tori quel effet tout cela pouvait produire sur le versant sud de l'anatomie de Mitch, maintenant, elle savait. Il ne lui était plus possible d'ignorer son état d'excitation. Mais, il le comprit très vite, il valait mieux, lui aussi, faire semblant de ne pas s'en rendre compte. Il mourait d'envie d'embrasser Tori. S'il agissait prématurément, elle risquait de se précipiter dehors et il ne le supporterait pas. D'abord, il perdrait sa dignité car il était dans un tel état que seul le corps de Tori serait capable de le dissimuler. Ensuite, il ne voulait pas en finir avec elle sans avoir senti le goût de cette bouche désirable posée sur la sienne, ni avoir eu un peu plus avec elle qu'une conversation à bâtons rompus. Même si c'était tout ce qu'il pourrait en apprendre ce soir.

Mais quelqu'un peut-être allait jouer un morceau plus rapide, un air qui l'aiderait à reprendre le contrôle de sa libido. Au même moment, le visage de Tori se releva vers le sien et ses lèvres tièdes se posèrent contre son cou. Alors Mitch capitula. Sans cesser de danser, il l'entraîna vers un recoin obscur à l'autre bout de la salle, à peine éclairé par une enseigne au néon. Là, un bras tendu au-dessus de sa tête, l'autre posé sur sa taille, il écarta un bref instant le bas de son corps de celui de Tori et lui effleura le front d'un baiser. Elle avait des yeux aussi noirs qu'un désert à minuit et son regard était voilé.

— Mitch, murmura-t-elle d'une voix rauque, c'est de la folie.

Il laissa traîner une pluie de petits baisers le long de sa mâchoire.

— Totale, je sais.

Tori tourna légèrement la tête, lui ouvrant désormais un accès à son cou.

— Nous ne devrions pas faire cela.

Il se poussa contre elle une fois de plus, histoire de lui démontrer que son corps n'était pas de son avis.

— Non, bien sûr…

— Mitch, chuchota-t-elle quand sa bouche remonta le long de sa gorge.

Il releva la tête et saisit son visage au creux de sa paume pendant que du pouce, il caressait sa douce lèvre inférieure.

— Oui ?

Elle ferma les yeux.

— Il fait chaud ici.

C'était maintenant ou jamais, se dit Mitch.

— Voulez-vous que nous allions quelque part ?

— Je veux que vous m'embrassiez.

Elle n'eut pas besoin de le lui dire deux fois. Mitch approcha ses lèvres vers les siennes. Il n'était plus qu'à un cheveu de ce qu'il désirait obtenir d'elle — de ce dont il avait eu envie tout au long de cette sacrée soirée dès l'instant où il avait posé les yeux sur elle… jusqu'au moment où un tonitruant « Bon Dieu, lâche ma femme ! » l'arracha à Tori.

Mitch jeta un coup d'œil autour de lui : debout près de la table de Stella, Bobby Lehman brandissait ses poings serrés vers l'énorme D.J. qui portait le nom de Carl. Carl, qui faisait environ deux fois le poids du contremaître du ranch. Ce dernier avait tout du taureau furieux prêt à défendre son troupeau.

Mitch pouvait choisir de rester où il était et faire ce qu'il désirait plus que tout — embrasser Tori à en perdre la tête. Ou bien, il pouvait aller à la rescousse de son employé et l'empêcher de se battre la veille de son mariage.

Que le diable emporte Bobby Lehman, songea-t-il. Il venait de lui bousiller sa nuit.

2

Vingt minutes plus tard, Tori se retrouva sur la banquette avant de l'antique camionnette noire de Mitch. Elle était tassée contre la portière côté passager alors que Bobby Lehman, ce butor, occupait la place qu'elle aurait préféré avoir — tout près de Mitch. Après leur sortie précipitée du bar, Bobby avait bruyamment insisté pour se lancer à la poursuite de Stella. Comme il menaçait de se jeter hors du véhicule, Tori avait accepté de changer de place et de lui bloquer la sortie. Elle lui aurait pourtant volontiers ouvert la portière et même poussé dehors, histoire de leur rendre service à tous.

Au reste, elle n'avait jamais compris ce que Stella trouvait à Bobby. C'était un type quelconque, trapu, qui avait des yeux noisette et une opinion très exagérée de ses attributs virils. A l'entendre gémir « Oh, mon Dieu, Stella ne va plus vouloir m'épouser », Tori sentait la mauvaise opinion qu'elle avait de lui s'aggraver. D'autant qu'il lui soufflait en plein visage son haleine empestée de whiskey. Elle l'aimait encore moins depuis que par inadvertance, il avait frappé Mitch sur la bouche alors que ce dernier tentait de lui éviter une bagarre avec Carl. Si elle y ajoutait le fait qu'il avait empêché Mitch de l'embrasser tout à l'heure dans le bar, il n'était pas loin de représenter pour elle le parfait homme à abattre.

Maintenant qu'il avait la lèvre inférieure écorchée, Tori doutait qu'il puisse encore l'embrasser ce soir. Mais peut-être était-ce aussi bien ainsi. Si elle voulait qu'il lui accorde une interview, elle devait commencer par se comporter en professionnelle.

Ils arrivèrent devant la petite ferme blanche de Stella où Tori logeait depuis le dimanche précédent.

— Je vais voir ma femme, balbutia Bobby.

— Ce n'est pas une bonne idée, dit Mitch un bras autour de lui pour le retenir. Tu ferais mieux de la laisser d'abord se calmer.

— Je vais aller lui parler, proposa Tori une main sur la poignée.

Elle se glissa à l'extérieur et sourit à Mitch par-dessus la tête de Bobby maintenant affaissée sur le côté.

— Merci, Mitch, ajouta-t-elle. On se verra demain soir au mariage, je suppose.

— Si elle m'épouse, se lamenta Bobby.

Mitch adressa à Tori un regard chargé de regrets.

— D'accord. On pourra peut-être finir notre *danse* ?

Son sourire, légèrement en coin à cause de sa lèvre enflée, produisit sur Tori un effet dévastateur.

— C'est d'accord.

Au moment où elle atteignait la grille, la voix de Mitch lui parvint.

— Sacrebleu, Bobby, reviens ici ! hurlait-il.

Bobby passa en trombe à côté d'elle et la repoussa contre la barrière avant de se ruer à l'intérieur de la maison. Eberluée, Tori se retourna vers Mitch.

— Il est bien décidé à aller lui parler, dit Mitch en la rejoignant. Nous devrions le suivre au cas où.

Tori pénétra dans la maison, Mitch à sa suite. Ils y retrouvèrent Bobby face à une Stella à l'air défait.

— Carl me félicitait et c'est tout, espèce d'âne ! criait-elle, le visage barbouillé de traces de larmes.

— Il avait posé ses mains sur ton dos, Stel… hic… la !

Mitch s'approcha de Bobby et le tira par le bras.

— Viens, Bobby. Tu as besoin de dormir.

Bobby s'arracha à son étreinte et s'adossa au mur en vacillant.

— Je n'irai nulle part jusqu'à ce qu'elle me parle ! brailla-t-il.

Stella croisa les bras sur son opulente poitrine.

— Je n'ai pas l'intention de te parler pour l'instant, Bobby Joe Lehman. Je ne suis même pas certaine de t'épouser.

Sans crier gare, Bobby s'écarta du mur et arracha les clés des mains de Mitch.

— Stella et moi, on va faire un tour, dit-il.

— Pas question, répliqua Mitch. Tu es ivre. Rends-les-moi.

Il n'eut pas le temps de les lui reprendre. Stella chipa les clés à Bobby et, avec un large sourire, les fit tomber à l'intérieur de sa blouse de maternité. Bobby émit un grognement et partit à leur recherche, promenant ses mains sur le corsage de sa fiancée tel un agent de sécurité pratiquant une fouille au corps. Stella couina et s'écria « Sale brute ! » sans daigner le moins du monde s'écarter. Puis, comme s'il ne s'était rien passé, ils s'embrassèrent et se pelotèrent tels deux gamins paillards.

Ecœurée, Tori leur tourna le dos.

— Trouvez-vous une donc chambre, s'exclama-t-elle, furieuse.

Aussitôt dit, aussitôt fait. Main dans la main, les tourtereaux se précipitèrent vers la chambre à coucher voisine. La porte claqua derrière eux. Tori la fixa, bouche bée et garda un silence médusé.

— Lequel d'entre nous a mes clés, finalement ? demanda Mitch.

Tori se tourna vers lui et secoua la tête.

— Pas moi. Vous avez dû les remettre dans votre poche.

— Bobby n'a pas pu farfouiller dans mes poches, déclara Mitch en se frottant pensivement la nuque. Quel véhicule me proposez-vous pour rentrer chez moi ?

— La voiture de Stella ?

— Avez-vous une idée de l'endroit où elle range ses clés ?

Tori fit mentalement le tour de la pièce.

— Dans son sac, qui se trouve probablement dans la

chambre avec elle et Bobby. Alors je vous propose soit d'appeler un taxi, soit d'aller à pied ou d'attendre.

Elle espérait bien qu'il choisirait la dernière solution.

— Il n'y a pas de taxis à Quail Run et il n'est pas question que je fasse onze kilomètres par quatre degrés de température.

D'une démarche nonchalante, Mitch se dirigea vers le divan imprimé de fleurs et l'air parfaitement décontracté, installa son long corps mince sur les coussins. Une onde tiède envahit soudain Tori. Elle se glissa en frissonnant hors de la veste de cuir noir et alla la suspendre avant de se retourner vers Mitch.

— Vous savez, cela pourrait prendre pas mal de temps.

— Je ne pense pas. Bobby a sa dose. Je ne suis même pas certain qu'il puisse..., commença-t-il en frottant sa mâchoire bleuie par une barbe naissante... arriver à quelque chose.

Lui, par contre, songea Tori, le pourrait et, ivre ou non. Mais il n'était pas ivre, pas plus qu'elle. Pourtant, Tori se sentit vaguement étourdie à le contempler là, étalé sur le divan, ses cheveux noirs brillants sous la lumière, ses longues jambes étendues devant lui et ses grandes mains plaquées sur son ventre plat, juste au-dessus de sa boucle de ceinturon or et argent, avec au-dessous...

Elle se força à relever les yeux vers lui.

— Bobby a passé ici les deux dernières nuits. D'après ce que j'ai pu entendre, il est plutôt... résolu.

— Ne vous occupez pas de moi, dit-il. Allez vous coucher.

— Vous êtes assis sur mon lit, Mitch.

Mitch esquissa lentement un sourire, avec la force d'un dix-huit roues entamant son virage vers la frontière.

— Ah oui ? Je pensais que Stella avait une autre chambre.

— C'est exact, mais elle est remplie de cartons et d'affaires, en vue du déménagement au ranch où travaille Bobby.

— Bobby travaille pour moi.

Encore une saisissante révélation !

— Elle ne m'en a rien dit.

— Eh bien, c'est un fait !

Mitch tapota la place à côté de lui.

— Venez donc ici. Nous pourrons bavarder pendant que Stella et Bobby font leurs petites affaires.

Il aurait mieux fait de lui proposer de s'installer près du coin cuisine et non sur son lit d'appoint, songea Tori. Juste au cas où elle aurait du mal à se retenir. Pourtant, fascinée par le regard de diamant bleu, elle se dirigea vers le sofa comme si Mitch l'attirait vers lui au moyen d'un invisible lasso. Elle se laissa tomber à côté de lui en conservant un espace décent entre eux, histoire de ne pas s'oublier en s'attaquant à ce superbe corps de cow-boy.

Ils gardèrent le silence durant quelques minutes. Tori s'efforçait de trouver le courage de lui demander une interview en bonne et due forme. Mais, avant même d'avoir pu ouvrir la bouche, les ennuis commencèrent. Ce fut d'abord un « Oh, Bébé ! », suivi d'un « Oh, Bobby, oh, Bobby, oooh… ! » Un martèlement sourd contre le mur situé derrière le sofa fit lever Tori et Mitch d'un bond.

— Prenez votre veste et sortons d'ici ! dit Mitch.

Tori obtempéra et le retrouva dans l'entrée.

— Où allons-nous ? demanda-t-elle.

— N'importe où sauf ici, répliqua-t-il en ouvrant la porte.

Ils se dirigèrent vers la camionnette, mais quand Tori fit mine d'aller s'installer sur le siège du passager, Mitch intervint :

— C'est fermé, dit-il.

Elle le dévisagea.

— Personne ne ferme son véhicule à Quail Run.

— Moi, si. Je ne sais jamais si un journaliste ne va pas se mettre à farfouiller dans ma boîte à gants, à la recherche de mes secrets de famille.

Tori déglutit péniblement. L'instant n'était peut-être pas idéal pour lui révéler qu'elle était journaliste. Mieux valait attendre le lendemain soir, après le mariage, puisque apparemment, il y en aurait bien un. Quant à la lune de miel, les tourtereaux l'avaient largement entamée.

Près de geler littéralement sur le bord du trottoir, Tori serra sa veste plus étroitement contre elle.

— Très bien. Que suggérez-vous maintenant ? demanda-t-elle. Une promenade ?

Du menton, elle désigna la maison la plus proche, de l'autre côté d'un pâturage.

— On pourrait demander de l'aide aux Wilson ?

Mitch se dirigea vers l'arrière du camion et baissa le hayon.

— Pour l'instant, autant rester ici. J'ai un peu de foin et une paire de grosses couvertures. Cela nous tiendra chaud jusqu'à ce que Stella demande grâce.

Pour Tori, aucun doute n'était permis. Une fois sous la couverture avec Mitch Warner, elle aurait en effet très chaud. Sans compter les gros ennuis qui iraient avec.

— D'accord, approuva-t-elle. C'est sans doute la meilleure chose que nous puissions faire pour l'instant.

Mitch sauta à l'arrière du pick-up et lui tendit la main pour l'aider à monter. Puis il lui tourna le dos, s'accroupit et tira une pince de la boîte à outils métallique adossée à la cabine. Sous le regard de Tori, il coupa net le fil de fer qui retenait la meule de foin. Après en avoir étalé une certaine quantité et déplié dessus une couverture, il s'assit et tapota la place à côté de lui.

— Doux comme un lit de plumes, susurra-t-il.

Et tout aussi dangereux, songea Tori. Mais si elle ne trouvait pas tout de suite un peu de chaleur, elle n'allait pas tarder à claquer des dents. Elle se glissa donc à côté de Mitch qui recouvrit leurs deux corps d'un plaid à carreaux. Ils appuyèrent la tête contre le rouleau de foin à demi déroulé contre la boîte à outils et se figèrent, le regard fixé droit devant eux. Seule une occasionnelle rafale de vent rompait le silence ambiant.

— Je n'arrive toujours pas à croire ce qui vient de se passer, dit enfin Tori, soulagée de se réchauffer petit à petit.

— Moi non plus. J'ignorais que ce vieux Bobby était un tel étalon.

— Apparemment si, puisqu'il a mis Stella enceinte.

Tori sentit le regard de Mitch peser sur elle, et l'envelopper, exactement comme le faisait sa belle voix profonde lorsqu'il déclara :

— Je me demande s'ils ont cassé le lit.

— S'ils ne l'ont pas encore fait, c'est qu'il est fichtrement solide.

— Alors, vous avez dû subir ce cirque toutes les nuits ?

— Oui.

Tournant la tête, Tori s'aperçut qu'il en avait fait autant pour la dévisager.

— C'est complètement ridicule, non ? ajouta-t-elle.

Mitch sourit, et ce fut comme s'il lançait une sorte d'énorme défi à la lune et aux étoiles.

— Quoi ? Les gémissements ou le fait qu'ils éprouvent une telle passion l'un pour l'autre ?

Tori roula sur le côté. Leurs visages étaient si proches maintenant qu'elle pouvait sentir le souffle de Mitch sur son front.

— Je l'ignore. Peut-être suis-je un peu jalouse ? Mon petit ami ne disait jamais « Oh Tori », pendant… vous savez quoi.

Il plissa le front.

— Je croyais que vous n'aviez pas de petit ami.

— Ex-petit ami, corrigea-t-elle. Nous avons rompu il y a quelques mois.

— Qu'est-ce qui n'a pas marché ?

— Quand je me suis installée à Dallas, il est resté à Oklahoma City. Nous avons essayé d'entretenir une relation à distance pendant un moment, mais cela n'a pas duré. Mike était un gentil garçon. Juste pas assez romantique, voilà tout !

Et pas facile du tout à aimer…

— Et vous ? Cela vous intéresse-t-il d'entendre quelqu'un vous parler de sexe en pleine prestation amoureuse ?

Sa manière de prononcer le mot « sexe », comme s'il en connaissait tous les tenants et les aboutissants fit frissonner Tori comme une feuille.

— Je ne peux pas vraiment dire ce que je préfère, car je

n'ai pas une grande expérience, répondit-elle enfin. Je n'ai eu qu'un petit ami.

Quand Mitch tira la couverture jusque sous leur menton, Tori se souvint qu'il n'avait pas remis sa veste.

— Vous devez geler avec votre seule chemise, dit-elle.

— J'en ai deux, répondit-il, et je ne suis pas frileux.

Sans doute, songea-t-elle, car il était tout bonnement bouillant. De nouveau, un long frisson la parcourut.

— Mais vous, vous avez froid, demanda Mitch d'une voix lente, laissez-moi vous communiquer un peu de ma chaleur.

Il l'entoura de ses bras, l'attira plus près de lui et exactement comme il le lui avait promis, lui infusa sa chaleur. Tori absorba cette chaleur jusque dans certaines parties de son corps plus que normalement couvertes. Voyant la lèvre de son compagnon enfler de plus en plus, elle lui posa délicatement le doigt au coin de la bouche, au-dessus de la coupure.

— Vous devriez vraiment faire payer cher à Bobby ce qu'il vous a fait, dit-elle.

Mitch la dévisagea longuement, puis son regard vint se poser sur sa bouche.

— Oui. Bobby me doit pas mal de choses, et surtout de nous avoir interrompus dans le bar.

— Vraiment ? dit-elle surprise de son ton décontracté.

Elle le fut davantage quand il lui embrassa le front, la joue et enfin posa ses lèvres tièdes sur les siennes.

— Votre bouche va vous faire mal, protesta-t-elle en se dérobant.

— Pas si vous l'embrassez. Cela me fera du bien, au contraire.

Ciel !

Ce fut tout ce que Tori fut capable de penser quand la langue de Mitch se faufila dans sa bouche. Il inclina la tête de côté pour lui éviter le contact avec sa coupure, mais il n'eut aucun mal à lui donner un véritable baiser. Sa langue caressa celle de Tori, avec douceur, sans donner l'impression qu'il pouvait en souffrir. Pour Tori qui endurait l'enfer de le désirer, c'était le contraire.

Le baiser se prolongea, se fit de plus en plus profond, de plus en plus ardent, les entraînant vers le point de non-retour. A moins de pouvoir arrêter Mitch, et vite.

Mais Tori n'y parvint pas. D'ailleurs, elle ne le voulait pas. Pas quand il continua à l'embrasser... Pas quand, ayant remonté son pull, il glissa une main dessous pour s'emparer d'un sein sous la dentelle noire et le nicher au creux de sa paume. Pas quand il dégrafa son soutien-gorge. Et lorsqu'enfin il toucha sa peau nue, Tori étouffa un léger cri.

— Désolé d'avoir les mains glacées, lui murmura-t-il à l'oreille.

Mais ses doigts calleux n'en continuèrent pas moins à titiller le mamelon déjà durci.

— Vous avez des mains merveilleuses, dit-elle.

De nouveau, elle l'encouragea à l'embrasser. Cette fois, leur baiser fut plus profond, plus ardent, plus suggestif. La dernière chose dont Tori eut conscience fut d'être allongée sur le dos, le corps de Mitch recouvrant en partie le sien. Ses mains lui caressaient toujours délicatement les seins, l'un après l'autre. Peu lui importait maintenant de se trouver dans un pick-up et non dans un véritable lit. Peu lui importait qu'en plus, il y fasse très froid. Plus rien n'avait d'importance pour elle quand Mitch se fraya un chemin sous la couverture. Peu à peu, ses lèvres prirent le relais de sa main. Sa bouche était brûlante et sa langue tout autant lorsqu'elle se déplaça sur la pointe de son sein pour la lécher.

Oubliant toute velléité de protestation, Tori glissa les doigts dans les soyeux cheveux noirs. Jamais au cours de son existence, elle ne s'était sentie aussi insouciante. Jamais aucun homme n'avait mis le feu à son corps tout entier avec sa bouche en se servant d'elle comme d'une arme. Plus rien n'existait que la conscience aiguë de l'érection de Mitch pressée contre sa cuisse, des mouvements de ses hanches qui se frottaient aux siennes et lui faisaient ainsi exactement comprendre où il voulait en venir, sans même avoir à prononcer un mot.

Puis, la bouche de Mitch libéra ses seins. Il se souleva au-dessus de la couverture et l'embrassa de nouveau, toujours fort occupé ailleurs mais tout aussi efficace. Puis, s'arrachant à ses lèvres, il murmura :

— Je vous désire, Tori. Alors, dites-moi si je dois m'arrêter.

S'arrêter ! Alors qu'il commençait à s'attaquer au bouton de son pantalon ? S'arrêter ! Quand il en baissait la fermeture à glissière ? S'arrêter ? dit son cerveau embrumé lorsque faisait Mitch rouler le pantalon de cuir et la petite culotte sur ses hanches puis sur ses cuisses !

Non, ne t'arrête pas ! chuchota la voix qu'elle choisit d'écouter, quand ses doigts se faufilèrent à travers la toison bouclée, pour découvrir la source d'un désir qu'elle lui demandait désespérément de satisfaire. Ce qu'il fit, avec des petits mouvements circulaires, jusqu'au moment où il atteignit sa cible. D'un seul coup, les hanches de Tori s'arc-boutèrent.

— Doucement, Bébé, murmura Mitch, avant de l'embrasser de nouveau, mais sans cesser ses mouvements lents et délibérés.

Tori gémit encore contre sa bouche lorsque du plat de son pouce, il la caressa avant de glisser en elle un doigt puis un autre. Que l'invasion était douce et l'homme habile ! Ce fut la dernière pensée lucide de Tori avant que l'orgasme s'empare totalement d'elle en une succession de spasmes brefs et aigus.

Mais cela ne lui suffit pas. Il lui fallait tout de Mitch. Alors elle tira la chemise en denim et le T-shirt de sa ceinture de pantalon, comme il l'avait fait avec elle. Ses mains se glissèrent au-dessous et sa paume effleura la surface plate de son abdomen, au-dessus de la légère toison qui, du nombril, remontait en s'éclaircissant jusqu'à sa taille. Elle dut s'aider de ses deux mains pour déboucler le ceinturon. Mitch retint son souffle quand elle fit jouer la fermeture à glissière. Il l'attira contre son torse et lui nicha la tête sous son menton. Cela n'empêcha pas Tori d'aller jusqu'au bout.

Mitch relâcha lentement son souffle quand elle ouvrit le

jean et tira sur son caleçon pour le libérer. Une fois encore, Tori glissa ses paumes sous les deux chemises, s'arrêtant pour lui taquiner les mamelons, avant de redescendre, puis de remonter encore. Ses mains étaient désormais assez réchauffées pour lui permettre de poursuivre son exploration. Mitch ne lui en laissa pas l'opportunité. Soudain, se redressant sur ses genoux, il rejeta la couverture, fit descendre son jean et son caleçon sur ses cuisses, et, sans lui laisser reprendre sa respiration, s'enfonça en elle.

— Hmm, dit-il d'un ton extasié.

Maintenant, Tori était totalement grisée par la sensation du corps de Mitch pesant sur le sien, par ses coups de reins réguliers qui lui mettaient le corps en feu. Elle fit descendre ses mains le long du dos musclé de son compagnon jusqu'à ses fesses pour mieux sentir sa puissance en mouvement : un peu plus vite, un peu plus fort, chaque fois plus vite, chaque fois plus fort.

A son tour, Mitch lui glissa les mains sous les fesses et l'attira rapidement contre lui. Stupéfiant ! songea Tori. Inouï, se dit-elle aussitôt après, quand il lui murmura à l'oreille des mots empreints d'un brûlant érotisme. Il respirait maintenant à grands coups, et elle par petites bouffées rapides pendant qu'il continuait à la caresser du corps et de la main encore et encore. A se pousser en elle encore et encore.

Le second orgasme frappa Tori comme une lame de fond, la renvoyant une fois de plus dans une sorte d'inconscience. Le corps de Mitch se raidit entre ses bras et il s'immobilisa complètement. Le monde parut s'arrêter de tourner. Sous l'impact, un long frisson parcourut Tori, et Mitch poussa une sorte de sifflement entre ses dents avant de s'effondrer sur elle.

Au bout d'un moment, les étoiles réapparurent dans le ciel, le monde recommença à tourner, le froid à pincer le nez de Tori et son souffle à exhaler de sa bouche une sorte de brouillard. Mais, même si tout semblait être redevenu normal, excepté les battements de son cœur, Tori savait qu'elle ne serait plus jamais, jamais la même.

Ce n'était pas la première fois que Mitch faisait l'amour à une femme à l'arrière de son pick-up mais il y avait de cela bien longtemps déjà, et il n'avait pas eu d'autre choix. C'était cependant la toute première fois qu'il avait cessé de se maîtriser, comme s'il sortait de son corps. La première fois également qu'il s'était tellement laissé prendre au jeu qu'il en avait oublié d'utiliser un préservatif. Il allait devoir s'écarter de Tori et lui offrir ses plus plates excuses pour son insouciance… pourtant, il n'en eut pas la force. L'air froid de la nuit mordait ses cuisses nues et s'il ne se couvrait pas un tout petit peu, les pans de sa chemise allaient geler sur ses fesses. S'il ne se détachait pas d'elle, ils allaient geler tous les deux dans cette position et le shérif les découvrirait au matin, toujours enchevêtrés l'un dans l'autre. Perspective peu attrayante… Par contre, s'il ne ramenait pas tout de suite Tori chez elle, il serait tenté de recommencer. Bobby et Stella seraient les premiers à leur dire que le sexe non protégé conduisait à une grossesse non planifiée.

— Le moment est venu, je pense, de vous dire que je n'avais jamais fait cela auparavant, murmura Tori contre son épaule.

Stupéfait, Mitch redressa la tête et contempla son beau visage. Il n'aurait jamais imaginé qu'elle était vierge ! Voyons il n'était plus un novice. Il aurait dû s'en rendre compte.

— Vous ne m'aviez pas dit que votre petit ami et vous… ?

— Je voulais dire que je n'ai jamais fait l'amour avec quelqu'un que je venais juste de rencontrer. Jamais.

Mitch ne pouvait pas le crier sur les toits, mais au cours de la dernière décennie, il avait préféré la prudence et le confort avec Mary Alice plutôt qu'une sexualité débridée et sans protection avec une inconnue. Jusqu'à ce soir. Jusqu'à Tori. Il s'écarta d'elle et roula sur le dos, remit la couverture en place, non seulement pour la réchauffer, mais également pour éloigner la tentation de lui refaire l'amour.

Après s'être tous deux rhabillés et réajustés, ils reprirent leur place initiale, le regard tourné vers le ciel, sans se toucher ni se parler. Jusqu'au moment où Mitch ne put y tenir. Il fallait absolument qu'il sache.

— Tori, prenez-vous la pilule ? demanda-t-il.

— Il est un peu tard pour me poser la question, Mitch.

— Je sais.

— La réponse est non.

— Alors…

— Mais j'ai eu une piqûre contraceptive, vous devriez donc vous sentir rassuré. Au moins en ce qui concerne la grossesse. Je sais que physiquement, je suis saine. Je n'ai connu qu'un seul homme.

— Et moi, en neuf ans, je ne suis sorti qu'avec une seule femme.

— Mary Alice ?

Il lui glissa un regard en coin, mais elle continuait à observer les étoiles.

— Comment êtes-vous au courant ?

— C'est une petite ville, Mitch. Les gens parlent. C'est pourquoi vous allez me jurer que vous ne direz rien de cela à quiconque.

L'inquiétude dans sa voix lui redonna confiance.

— Je ne le dirai à personne, Tori. Vous pouvez vous fier à moi.

— Bien. Je ne voudrais pas qu'on pense…

La voix de Tori s'éraillla. Mitch se pencha de nouveau vers elle et la tourna vers lui pour scruter son visage…

— Qu'on pense quoi ?

— Oh, vous savez… que j'ai l'habitude de ce genre de chose !

Tori laissa fuser un petit rire dénué d'humour.

— C'est complètement stupide si l'on considère que je l'ai réellement fait et que nous sommes des adultes consentants. Cela ne regarde personne.

Mitch interrompit sa phrase d'un baiser et prit le petit visage entre ses mains.

— Je n'ai pas une mauvaise opinion de vous, Tori. Ces

choses-là arrivent quand deux personnes se sentent attirées l'une par l'autre, c'est tout.

D'un geste tragi-comique, elle lui posa la main sur la poitrine et lui fit un grand sourire, même s'il y avait encore de l'inquiétude au fond de ses yeux.

— Cela signifie-t-il que vous m'aimez bien quand même ?

Mitch se mit à rire. Quelque chose qu'il ne faisait pas souvent et surtout pas en présence d'une dame.

— Oui, Tori, je vous aime bien.

Ce qui en fait, était la pure vérité. Et même un peu plus.

— Très bien, parfait. Mais si c'est vrai, il va vous falloir trouver un moyen de récupérer vos clés avant que nous ne soyons transformés tous les deux en glaçons humains.

Mitch faillit protester et lui demander la permission de serrer de nouveau son beau corps contre le sien pour qu'ils puissent passer encore un peu de temps ensemble… une réaction qui ne lui ressemblait pas du tout. Mais la situation était hors norme. Et Tori n'était pas n'importe quelle femme. Il se souvint tout à coup qu'ils avaient tous deux besoin de sommeil. Le mariage avait lieu demain soir.

Demain soir… peut-être pourraient-ils en profiter pour s'offrir une répétition de ce qu'ils venaient de faire — sans avoir à tenir compte de la météo et, cette fois, dans un vrai lit. Il serait aussi moins imprévoyant.

Sa réflexion incita Mitch à rejeter la couverture et à se relever d'un bond. Il tendit la main à Tori pour l'aider à se remettre debout à son tour. Il en profita pour l'attirer une fois encore contre sa poitrine. Il avait envie de retrouver sa tiédeur, de l'embrasser, juste un dernier baiser, avant de la laisser aller.

Quittant la camionnette, ils reprirent en silence le chemin de la fermette. Ils s'arrêtèrent devant la porte d'entrée. Les clés volées étaient accrochées au grillage de la porte. Mitch les rafla aussitôt.

— Au moins, dit-il, je ne serai pas obligé d'aller trousser Stella pour les récupérer. Bobby en deviendrait fou !

Tori eut un sourire entendu.

— Je suis certaine qu'il est hors service. Du moins, je l'espère.

Ils se toisèrent du regard pendant d'interminables secondes puis Mitch se pencha pour l'embrasser sur la joue. Histoire de ne pas lui demander s'il pouvait la rejoindre sur le divan.

— J'ai passé un très bon moment, Tori, dit-il.

Quel doux euphémisme ! Il avait passé un moment génial, oui. Le meilleur qui lui soit arrivé depuis très, très longtemps.

— Moi aussi. Mais je crois qu'il serait plus sage de ne pas recommencer demain soir.

— Vous avez sans doute raison, admit-il.

Mais comment ne pas espérer obtenir un peu plus que ce qu'il venait de vivre ce soir ? Une dernière fois avant qu'elle ne parte… et comment lui poser la question ? Impossible pour le moment, quand ses yeux bruns reflétaient encore une vague culpabilité.

— Dites à Bobby que je passerai le chercher dans la matinée puisque voir la mariée le jour du mariage porte malheur.

— Entendu, mais c'est trop tard. Il va forcément la voir, sauf si je lui bande les yeux.

— Ce n'est peut-être pas une si mauvaise idée. Il va avoir une sacrée migraine, et le soleil n'arrangera sûrement pas les choses.

— Bien fait ! dit-elle avec un nouveau sourire en ouvrant le panneau grillagé. Je suppose qu'on se reverra devant l'autel ?

— Devant l'autel ? répondit Mitch, horrifié.

Tori fronça les sourcils.

— Oui, au mariage.

Bon sang ! Il se conduisait vraiment comme un insensé.

— Ah oui, bien sûr ! Au mariage… Au domicile des parents de Stella. Demain soir.

Au moment où elle ouvrait la porte, il la retint.

— Une chose encore.

Une fois de plus, elle se retourna vers lui. Il remarqua ses longs doigts minces recourbés autour de la poignée.

— Oui, quoi ?

— Je voudrais que vous sachiez qu'il n'est pas dans mes habitudes d'être aussi… insouciant.

— Moi aussi. Je pense que nous avions surtout un peu froid.

Quand elle lui sourit de nouveau, il éprouva une violente envie de l'embrasser.

— Bonne nuit, Tori.

— Bonne nuit, Mitch.

Les mains au fond des poches, Mitch retourna vers son pick-up et se glissa à l'intérieur. Il ne cessait de se maudire de s'être laissé aller à ce point et il se jura d'oublier ce qui venait de se passer. Mais quand il mit le moteur en marche et le fit tourner à plein régime, le parfum de fleurs de Tori qui imprégnait son corps et ses vêtements l'enveloppa tout entier. Aussitôt, son désir se réveilla. La saveur du corps de la jeune femme était encore toute fraîche dans son esprit et il se rappela dans les moindres détails les sensations éprouvées lorsqu'il était en elle. En cet instant, il s'était totalement oublié. Tout aussi capitale lui parut la certitude de s'être adressé à une femme capable de l'écouter, une femme qui l'avait considéré comme un homme et non comme un moyen d'obtenir un statut important au sein de l'élite plutôt limitée de Quail Run… comme Mary Alice Marshall, par exemple, qui avait récemment reporté son affection sur Brad Stevens, le banquier. Enfin, plus exactement sur son chéquier.

Mitch n'en avait rien à faire. Depuis des années, leur relation allait droit dans le mur et ils s'en étaient tous deux rendu compte depuis un certain temps. En fait, Mitch s'était senti soulagé quand Mary Alice l'avait appelé pour rompre. Il en était même rudement content, et particulièrement ce soir. S'il était resté avec Mary Alice par convenance, il n'aurait pas pu faire l'amour avec un ange. Une expérience qu'il n'était pas près d'oublier.

Quand même, il valait mieux essayer de ne pas renouveler son imprudence demain soir, même s'il ne pouvait éviter Tori. Il adopterait une attitude de gentleman et garderait les mains dans ses poches si c'était vraiment ce qu'elle désirait.

Mais il n'aimerait pas ça, mais alors pas du tout.

Tori s'adossa à la porte qu'elle venait de tirer sur elle et ferma les yeux. Très fort. Il faisait bon dans la maison, mais elle se sentait glacée jusqu'à la moelle des os.

— Où étais-tu donc passée, Victoria May ?

Tori rouvrit brusquement les yeux. Vêtue d'un peignoir effrangé, des rouleaux sur la tête et les yeux bouffis de sommeil, Stella la regardait, assise sur un vieux fauteuil de cuir écorché.

— Quoi ? Déjà finis les « Donne-le-moi, Stella » ?

Stella devint rouge comme une pivoine.

— Tu as entendu ça ?

— Et pas seulement moi. Mitch également. C'est la raison pour laquelle nous sommes partis.

Tori accrocha sa veste au portemanteau et se dirigea vers le petit couloir menant à la salle de bains.

— Je vais prendre une douche.

Stella se leva et lui barra le passage.

— Tu n'as pas répondu à ma question. Où êtes-vous allés Mitch et toi ?

— Nous nous sommes assis à l'arrière de sa camionnette.

— Ah ! Et qu'est-ce que vous avez fait ?

« Comment raconter cela à Stella ? » se demanda Tori. Non qu'elle n'ait pas confiance en elle, mais elle ne voulait pas s'expliquer sur son imprudence.

— Nous avons parlé. De toutes sortes de choses. Toi et Bobby devriez essayer.

Avec un grand sourire, Stella ôta un brin de paille des cheveux de Tori et le brandit comme si elle avait découvert un trésor.

— J'ai plutôt l'impression que quelqu'un a fait des galipettes dans le foin.

Tori vint s'asseoir sur le bord du sofa, le visage caché entre les mains pour masquer sa honte.

— Nous l'avons fait, reconnut-elle tout à trac avant d'écarter les doigts pour observer la réaction de Stella.

Celle-ci ouvrit de grands yeux.

— Tu veux dire que tu l'as fait ? Que tu as fait l'amour avec Mitch Warner ?

Tori laissa tomber ses mains sur ses genoux et s'enfonça dans le divan.

— Nous avons couché ensemble, Stella. On ne peut pas faire l'amour avec quelqu'un qu'on connaît à peine.

Stella vint s'asseoir à côté d'elle.

— Et… c'était bien ?

Tori sentit son visage s'enflammer.

— Oh oui ! Mieux que bien.

Stella lui tapota la cuisse.

— Il est temps que tu sautes sur certaines occasions.

Hélas, Tori avait aussi pris un risque énorme et ne pouvait revenir en arrière !

— Nous n'avons pas utilisé de préservatif, avoua-t-elle.

Elle n'aurait jamais cru que les yeux de Sella puissent s'arrondir encore et pourtant, ce fut exactement le cas…

— Tu penses que tu pourrais être enceinte ? demanda Stella.

— J'espère bien que non.

— Et que feras-tu si tu tombes enceinte ?

J'aurai un bébé, décida brusquement Tori. Si sa mère s'était débrouillée sans mari, elle pourrait aussi le faire. Elle espérait quand même ne pas en arriver là.

Tori se leva et se dirigea vers la salle de bains.

— Je ne vais pas m'inquiéter pour ça maintenant. Inutile de voir tout en noir !

Mais si elle recommençait à perdre la tête avec Mitch, elle aurait de quoi se faire du souci. D'ailleurs, aurait-elle encore le cran de lui demander une interview ? Elle n'était même pas certaine de pouvoir le regarder de nouveau dans les yeux.

Pourtant il le faudrait bien, demain soir au mariage. Ensuite, elle avancerait sur la pointe des pieds en espérant ne pas répéter l'histoire de sa mère. Elle tenait là une occasion unique et si toutefois, elle ne parvenait pas à convaincre Mitch de lui raconter sa vie, elle s'en irait dimanche, abandonnant derrière elle cet homme et cette ville intolérante.

Elle espérait bien aussi pouvoir partir sans un petit souvenir de la nuit où elle avait touché le paradis entre les bras puissants d'un cow-boy au cœur rebelle.

3

Le lendemain matin, Tori se trouvait dans la chambre à coucher de sa meilleure amie. Pendant sa jeunesse, la maison des parents de Stella avait été un véritable foyer pour elle. Elle y avait toujours été la bienvenue et les parents de Stella lui avaient prodigué une affection et un accueil sans réserve. Maintenant, ils attendaient tous deux au bas de l'escalier d'assister au mariage de leur fille unique.

Les doux accords d'une musique enregistrée indiquaient que la cérémonie était sur le point de commencer dans le living-room des Moore. Famille et amis les entouraient. Mitch était en bas lui aussi. Sa présence, plus que la perspective de chanter devant tous ces gens, faisait battre le cœur de Tori à grands coups désordonnés. Elle s'était cachée ce matin lorsqu'il était venu retrouver Bobby et il avait échappé à la brève répétition qui avait eu lieu avant midi, en prétextant ses obligations au ranch.

Au moins, elle n'aurait pas à lui parler pendant le service. Bien entendu, elle ne pourrait tout à fait l'éviter à la réception sans que cela se remarque. Que pouvaient bien trouver à se dire deux partenaires après une seule nuit d'amour en toute insouciance ? Tori n'en avait pas la moindre idée. Elle lissa de la main la manche de sa robe de velours rouge en espérant ne pas la tacher, car ses paumes étaient moites. Stella était assise devant sa table de toilette, Janie et Brianne finissaient de retoucher son maquillage. Tout paraissait anormalement tranquille à la lumière de l'événement qui se préparait.

Tori se demanda si d'ici à quelques années, elles suivraient le même chemin. Sûrement pas elle, en tout cas, décida-t-elle. Elle désirait faire avancer sa carrière avant de songer à se couler dans le moule. Elle était bien déterminée à tout avoir — tout ce qui lui avait tant manqué : la réussite professionnelle, un foyer, un mari et des gamins. Et tout cela en temps voulu. Sauf si…

Son petit intermède avec Mitch Warner se fraya de nouveau un chemin dans son esprit. Il avait été insouciant, pur et simple, et, l'espérait-elle, sans retombées. A l'évocation de leurs étreintes, le bouquet de roses et de myosotis se mit à trembler entre ses mains. Comment regarder Mitch en face si elle n'était même pas capable de tenir un petit bouquet ?

— Ça y est, nous sommes prêtes, déclara Brianne, la tirant de ses réflexions.

Stella était debout maintenant. Son voile dissimulait en partie son visage, mais la dentelle ne parvenait pas à cacher sa grossesse. Pourtant, sa robe était élégante, et blanche — chose qu'on n'aurait pas vue une dizaine d'années avant, dans cette ville de commères.

— Tu es magnifique, Stella, dit Tori avec sincérité. Bobby va être fier de toi.

Stella se rembrunit, même si ses yeux se brouillaient aussi.

— Bobby a de la chance que je l'épouse quand même.

— Et il a beaucoup de chance de t'avoir, dit Brianne essuyant d'une main ses joues humides.

Janie se dirigea vers la porte et l'ouvrit toute grande.

— Bon, allons-y, avant de nous mettre toutes à sangloter et à gâcher notre maquillage. En une seule file : d'abord moi, puis Brianne et Tori. Stella, tu fermeras la marche.

D'en bas leur parvinrent les premières notes de la marche nuptiale. Janie leva un pouce et commença à descendre. Comme on le lui avait appris pendant la répétition, Tori attendit que Brianne ait fait trois pas avant de descendre à son tour.

Quatre rangées de chaises blanches avaient été disposées le long d'une nef improvisée et toutes étaient occupées. Certains invités se tenaient même debout le long des murs. Tout en poursuivant sa descente, Tori sentait son cœur battre la chamade. Lorsqu'elle atteignit le repère rouge posé sur la moquette, Tori passa en revue les garçons d'honneur. Clint Moore, aussi beau que d'habitude. Johnny, le frère aîné de Bobby, chauve comme une boule de billard, et sur sa gauche, exactement à côté du marié, un homme, un seul, qui émergeait littéralement du lot. Vêtu d'un smoking noir, Mitch Warner avait repris l'apparence d'un fils de sénateur. Seules ses bottes attestaient qu'entre un troupeau de bétail et un rassemblement politique, il choisirait toujours le premier. Ses yeux étaient sûrement aussi bleus que son sang d'aristocrate, ses cheveux aussi noirs que la nuit. Bref, il était l'incarnation même de la masculinité consacrée au bonheur des dames.

En cet instant, Tori eut l'impression de n'être qu'une grossière paysanne sans aucun attrait particulier. Celle qu'elle avait été toute sa vie. Mitch était lumineux et charismatique comme le sourire qu'il braquait maintenant sur elle. Tori faillit trébucher. Si elle n'y prenait pas garde, elle allait faire un faux pas.

Après avoir pris sa place devant la cheminée de brique rouge où se tenaient maintenant le pasteur, Janie et Brianne, Tori se retourna pour contempler Stella. La mariée, au bras de son père, éblouissante comme une luciole en été, s'avançait vers eux. Arrivée près d'eux, elle accepta un baiser de son père puis joignit ses mains à celles de Bobby. La musique commença et, pendant une minute, quand Tori coula un regard vers Mitch, elle faillit manquer sa partie. Mais l'instinct reprit le dessus et elle se mit à chanter sans commettre d'erreur, le regard obstinément fixé sur un portrait de famille.

Lorsqu'elle eut achevé, le pasteur commença la cérémonie. La voix de Stella trembla en prononçant ses vœux, mais elle n'eut pas une hésitation. Bobby paraissait légèrement perturbé, et cependant il ne broncha pas non plus en prononçant le

« oui » rituel. Tori n'osa pas aventurer de nouveau son regard en direction de Mitch quand Bobby donna à Stella un baiser particulièrement long. Elle ne put toutefois l'éviter à la fin du service quand il la rejoignit pour redescendre l'allée à la queue leu leu derrière les mariés. Dieu qu'il sentait bon ! songea Tori lorsqu'il la saisit par le coude. Il lui murmura quelque chose, mais les applaudissements autour d'eux l'empêchèrent de bien entendre.

Maintenant, le cortège s'éparpillait rapidement, chacun s'engouffrant dans des limousines toutes en provenance d'Oklahoma City pour la réception qui devait avoir lieu dans l'établissement Sadler. Les mariés grimpèrent dans la camionnette de Bobby derrière laquelle traînait une longue ficelle où étaient accrochées des boîtes de bière. En route. Janie poussa un soupir.

— Je n'ai jamais compris pourquoi Stella avait choisi Bobby, mais à partir de maintenant, elle ne pourra plus s'en débarrasser.

— Elle est amoureuse, dit Brianne. Et avouez-le, nous sommes toutes jalouses d'elle.

Tori garda le silence, tout en reconnaissant en son for intérieur que Brianne avait raison. Le besoin d'aimer était inhérent à la nature humaine. Elle-même n'était pas différente des autres.

A leur arrivée chez Sadler, Tori entraîna ses amies vers le club. Son cœur palpitait à la pensée que Mitch y était probablement déjà. Son intuition fut confirmée lorsqu'elle l'aperçut près du tonneau de bière en train de parler à une grande blonde au profil net et au cou de cygne. Sa robe sans épaulettes révélait une opulente poitrine. Ses lèvres pleines ne devaient rien à la nature, et sa main incrustée de diamants s'attardait sur le bras de Mitch. Lorsqu'elle regarda dans sa direction, Tori la reconnut : c'était Mary Alice Marshall.

Mordue par un ridicule élan de jalousie, la journaliste s'éloigna du désagréable spectacle et se joignit à la file des invités qui félicitaient les mariés. Mais elle fut incapable de détourner les yeux de la bimbo et de Mitch toujours en grande conversation. Elle éprouva un sentiment d'intense satisfaction quand Mitch commença à tirailler nerveusement son nœud papillon en jetant des regards furtifs autour de lui. Sur un froncement de sourcils et un geste de sa main vers Stella et Bobby, Mary Alice s'écarta de lui avec une petite tape sur le poignet et s'éloigna en vacillant sur ses hauts talons, après lui avoir jeté par-dessus son épaule un dernier regard suggestif et un sourire ardent.

Comme elle ne voulait pas paraître s'intéresser de trop près aux faits et gestes de Mitch, Tori contempla le gâteau de noce en attendant que la foule venue féliciter les mariés se disperse. « Mitch ne voudrait sûrement pas que le sien soit orné d'un pick-up et de minuscules chevaux s'il se mariait », songea-t-elle, rêveuse. Quel superbe marié, il ferait ! Ce ne serait sûrement pas désagréable d'être sa fiancée…

Ciel ! A quoi pouvait-elle bien rêver ? Il fallait absolument qu'elle empêche ses pensées de s'égarer ainsi. Après tout, ils n'avaient passé qu'une nuit à l'arrière d'une camionnette en un débordement de sexualité pure, simple et totalement spontanée. Et c'était tout ! Elle ne pouvait pas imaginer que cela puisse se reproduire. Le mieux était de commencer à réfléchir à la façon dont elle allait solliciter une interview, maintenant qu'elle le sentait encore enclin à lui parler. Mais combien de temps cela tiendrait-il une fois qu'il aurait appris son appartenance à la corporation honnie des médias ? Enfin, si cela ne marchait pas, elle rentrerait chez elle dès le lendemain et oublierait tout ce qui s'était passé entre eux… mais sûrement pas avant un an ou deux.

La petite tape sur son épaule la fit sursauter et elle retint son souffle. « Sans doute Mitch », se dit-elle. Son cœur se mit à battre à coups redoublés, mais elle prit le temps de se maîtriser avant de se retourner lentement. Elle éprouva d'abord de la déception, puis de la surprise en reconnaissant Mary Alice Marshall.

— Est-ce que nous nous connaissons ? demanda celle-ci, d'une voix un tout petit peu trop douce.

— J'ai eu mon bac à Quail Run trois ans après vous, répondit-elle.

Mary Alice se tapota le menton d'un ongle rose parfaitement manucuré.

— Oh, c'est juste ! Alors c'est vous cette pauvre fille si intelligente !

Et toi cette pimbêche de majorette !

— Exact. J'étais major de la promotion.

— Formidable ! Et pourquoi être revenue ?

N'était-ce donc pas évident ? Assurément, Mary Alice Marshall n'avait pas inventé la poudre.

— Je suis la demoiselle d'honneur de Stella.

Le visage de son interlocutrice s'éclaira faiblement.

— Oh, bien entendu !

Elle désigna négligemment la robe de Tori.

— C'est la raison de cette… euh, robe. Vous savez, moi, je n'aurais pas choisi le velours.

Gracieusement, Tori préféra ne pas relever la pique qui concernait Stella plus qu'elle, du reste, puisque c'est Stella qui avait choisi la tenue. Elle préféra lui demander pourquoi elle ne l'avait pas vue à la cérémonie.

— Brady et moi ne souhaitions pas y assister. Nous avions un engagement plus important.

Probablement à propos de la nouvelle quincaillerie que la banque avait financée, songea Tori.

— Ah oui ! Brady, votre fiancé, dit-elle.

— Comment le savez-vous, demanda Mary Alice, en fronçant le nez.

Tori désigna le gros diamant qui ornait la main gauche de Mary Alice et lui en fit compliment.

— C'est vrai. La nouvelle de nos fiançailles a fait le tour de la ville.

— Alors, à quand le grand jour, Mary Alice ?

— Oh, pas avant l'été prochain ! Brady nous fait bâtir une nouvelle maison. Trois cents mètres carrés sur Hunter's Hill.

Du menton, elle désigna deux hommes qui conversaient dans un coin.

— Mon fiancé est là-bas. Il parle avec mon père. Il est absolument merveilleux. Il est prêt à faire tout ce que je lui demande.

« De l'argent sans doute », se dit Tori, car elle ne pouvait, ni ne voulait imaginer Mary Alice dans un torride duo d'amour avec Brady Stevens. Elle sourit à son interlocutrice et se creusa la tête pour trouver quelque chose de flatteur à lui dire sur le banquier de la ville. Difficile quand même, si l'on pensait qu'il mesurait bien cinquante centimètres de plus que Mary Alice, souffrait d'un début de calvitie et portait le costume vert le plus mal taillé que Tori ait jamais vu. Il lui parut difficile de croire que cette jeune femme ait pu choisir Mitch pour se faire les dents. Et lui, qu'avait-il bien pu voir en elle ? Sans doute la taille de son soutien-gorge, mais pas sa cervelle, conclut-elle.

« Victoria, cesse donc d'être aussi méchante ! » se dit-elle et, avec un sourire bienveillant :

— Je suis certaine qu'il est génial.

Et riche.

— Oh oui, c'est vrai. Il fera un mari formidable.

Le sourire de Mary Alice avait quand même quelque chose d'artificiel.

— Combien de temps restez-vous encore ici ? demanda-t-elle. Nous pourrions peut-être déjeuner ensemble ?

« Compte là-dessus ! » songea Tori, révulsée.

— Eh bien, cela dépend, répondit-elle. Il se peut que je reparte demain ou que je reste une semaine ou plus.

— Et en fonction de quoi vous déciderez-vous ?

Tori n'osa pas s'aventurer sur ce terrain, même s'il était particulièrement tentant de dire à Mary Alice qu'elle allait passer ses journées avec son ancien petit ami.

— Si Stella et Bobby ont besoin de moi pour s'installer, dit-elle enfin, je resterai un peu plus longtemps.

— Alors vous habiterez au ranch Independance ?

Cette fois, Tori ne put résister.

— Je n'en ai pas encore parlé avec Mitch. Mais je suis certaine que j'y serai plus que la bienvenue.

Le sourire s'effaça des lèvres trop peintes de Mary Alice.

— Vous connaissez Mitch ?

— Nous nous sommes rencontrés chez Sadler. Il est très obligeant, dit-elle.

Si Mary Alice savait à quel point, elle en tomberait raide, sans aucun doute !

— C'est un homme très aimable, ajouta-t-elle.

Les yeux de Mary Alice parurent se rétrécir et une lueur menaçante s'y fit jour.

— Oh, je suis certaine que Mitch vous trouvera une place dans le dortoir du personnel. Il est toujours gentil avec les gens du commun.

Et, sur ce trait, elle pivota sur ses talons et fila comme une flèche, laissant Tori frustrée et furieuse. Comme elle aurait aimé lui lancer quelque réplique cinglante ! Mais perdre son énergie pour une Mary Alice Marshall était vraiment futile. Elle l'avait appris à un âge très tendre.

Là-bas, Stella et Bobby étaient enfin seuls. Ils s'enlaçaient follement et se comportaient comme s'il n'y avait personne autour d'eux. Tori ne tenait pas vraiment à les interrompre, mais elle désirait les féliciter une fois de plus avant de boire un peu de champagne, histoire de rassembler son courage pour se lancer à la recherche d'un certain fils de sénateur. Quand elle s'approcha du couple, Stella lui tendit la main et elles s'étreignirent un long moment. Tori la première se dégagea.

— Eh bien, te voilà une vieille mariée, maintenant ! dit-elle.

Stella leva sa main gauche maintenant ornée d'une alliance en or blanc.

— Eh oui, et un de ces jours, j'espère bien être ta demoiselle d'honneur à mon tour. Tant que tu ne me demanderas pas de chanter, bien sûr. Et à propos, tu as chanté merveilleusement tout à l'heure.

— Et elle était diablement belle aussi ! ajouta une voix dans son dos.

Tori se figea en reconnaissant la voix profonde et provocante qui convoyait suffisamment de chaleur pour lui mettre le feu. Elle se retourna pour regarder Mitch dans les yeux.

— Merci.

— Eh bien, nous revoilà donc, dit Mitch tandis que Stella et Bobby retournaient à leurs effusions.

Etait-ce le sourire de Mitch, son visage, ses cheveux, son smoking ou mille autres aspects de cet homme qui la clouèrent soudain sur place ?

— Vous êtes très beau ce soir, parvint-elle enfin à prononcer. Très charmant.

— Et vous, vous êtes magnifique dans cette robe. Je vous l'ai bien dit tout à l'heure.

Le mystère était enfin résolu.

— Je ne vous avais pas entendu. Mais merci encore.

— Je me demande également ce que vous portez dessous.

Cette fois, Tori avait parfaitement entendu, mais ce fut tout, car l'orchestre choisit cet instant pour entamer un air entraînant, qui rendit toute conversation impossible. Du coup, Mitch se pencha vers l'oreille de Tori et son souffle chaud lui balaya la joue.

— Il faut que nous parlions, dit-il. Seul à seul.

Exactement ce à quoi Tori avait songé toute la nuit.

— D'accord. Moi aussi j'ai quelque chose à vous demander. Après le découpage du gâteau, si vous voulez.

Mitch désigna du menton la piste de danse où déjà, les mariés évoluaient, étroitement serrés, joue contre joue.

— Cela pourrait durer un moment, dit-il. Je suggère plutôt de bavarder en attendant.

Tori regarda autour d'elle.

— Où ?

— Dehors. Dans la camionnette.

— Etes-vous sûr que ce soit une bonne idée ?

Il lui décocha un sourire étourdissant.

— Dans la cabine, cette fois.

Cette fois. La vision d'une nouvelle étreinte s'imposa à Tori. Non ! Non et non ! Elle n'irait pas, même si elle le désirait ardemment. Cette fois, elle voulait parler travail. Elle espérait seulement que, lorsqu'elle en aurait fini, il ne la ferait pas sortir du véhicule à coups de pied dans le derrière.

— Entendu, dit-elle enfin, mais je devrai revenir très vite.

— Pas de problème.

Mitch désigna la porte et, en chemin, chipa deux coupes et une bouteille de champagne au barman étonné. Tori le suivit au-dehors, songeant que son charisme plus le champagne risquaient de lui être fatal. Elle n'en boirait qu'un tout petit peu, juste assez pour se donner du courage.

Une fois à l'intérieur du véhicule, Mitch s'installa derrière le volant et Tori se renfonça dans le coin de la cabine pendant qu'il mettait le moteur en marche.

— Nous allons quelque part ? demanda-t-elle.

— Non. Je mets simplement le chauffage avant que vous ne soyez frigorifiée.

La température s'était adoucie ce soir, ce qui n'empêcha pas Tori de frissonner quand l'air frais du radiateur lui souffla en plein visage.

— Ça va se réchauffer dans une minute, dit Mitch en versant le champagne.

Sa seule présence mettait déjà Tori sur des charbons ardents. Un seul coup d'œil sur ses mains la mettait sens dessus dessous. Faire comme si Mitch lui était indifférent était une cause perdue.

Lorsqu'il eut fini de verser le champagne, il coinça la bouteille entre ses cuisses, attirant le regard de Tori vers l'espace obscur où se dissimulait sa virilité. Soudain, elle se rappela la sensation qu'elle avait éprouvée lorsqu'elles s'étaient pressées contre les siennes.

— En voulez-vous un peu, Tori ?

Si elle en voulait ?

Mortifiée, Tori s'arracha à sa contemplation et fixa le menton de Mitch. « Qu'il aille au diable », songea-t-elle, furieuse. Il ne cachait même pas le fait qu'il savait pertinemment à quoi elle pensait. Elle prit le verre qu'il lui offrait et but une gorgée de champagne. Les bulles lui picotèrent la langue.

— A l'heureux couple ! dit Mitch en levant son verre. Grâce à Dieu, ils s'en sont tirés !

Tori trinqua avec lui.

— Amen.

Ils sirotèrent le vin en silence, puis Mitch fit une grimace.

— Vous savez, je déteste ce truc depuis ma première coupe à l'âge de seize ans. Je n'en ai bu qu'une seule fois au cours des dix dernières années.

— Une autre fête ?

— Le jour où j'ai été diplômé d'Harvard.

Une manière comme une autre de rappeler à Tori qui il était et pourquoi elle devait absolument lui avouer son véritable but. Mais d'abord, songea-t-elle, il fallait se concentrer sur la conversation présente.

— Je vous aurais plutôt vu comme un amateur de bière, dit-elle.

— Vous avez raison. Mais chez les Warner, on ne sert jamais quelque chose d'aussi vulgaire que de la bière, sauf si elle est d'importation et donc très chère.

L'amertume contenue dans sa voix pétrifia Tori. Manifestement, il était en colère. Elle avala une autre gorgée de champagne en prenant soin de garder ses distances.

— Je suppose que je devrais vous présenter des excuses pour hier soir, dit-il après un silence. Mais en réalité, je ne suis pas du tout désolé de ce qui est arrivé.

C'était aussi le cas de Tori.

— Je n'arrive vraiment pas à croire que nous l'avons fait à l'arrière d'un pick-up, dit-elle.

— Tout bien considéré, c'était génial.

— Vraiment ?

Il lui glissa un regard en coin.

— Vous ne le pensez pas ?

Tori mordilla sa lèvre inférieure.

— Eh bien, sur une échelle allant de un à dix, je donnerais un huit.

Ce qui était loin de la vérité : elle lui aurait bien donné un vingt sur vingt. Mitch posa son verre de champagne sur le tableau de bord, rejeta la tête en arrière et se passa les deux mains dans les cheveux.

— Seulement un huit ?

— Eh bien, en considérant qu'il régnait une certaine fraîcheur…

— J'imagine mal qu'on puisse employer ce mot.

— Vous savez très bien ce que je veux dire. Nous n'étions même pas complètement déshabillés.

— Je trouve que nous avons plutôt bien improvisé.

— On peut le dire comme ça.

Mitch redressa la tête et braqua sur elle ses yeux d'un bleu intense.

— Je pourrais ajouter que je n'ai pas du tout fait attention au froid parce que, madame, la nuit dernière, vous étiez sacrément brûlante !

Seigneur ! songea-t-elle. Se comporter comme une chatte en chaleur n'était généralement pas son fort. Mais Mitch Warner était plutôt chaud lui aussi. Cet homme puissant et sensuel était une véritable bête de sexe. Il n'existait pas assez d'adjectifs pour lui rendre justice.

Tori baissa les yeux sur son verre.

— Si vous le dites…

Il tendit la main et du pouce, lui souleva le menton pour la forcer à lever les yeux vers lui.

— Je l'affirme absolument.

Du bout d'un doigt il suivit la ligne de sa mâchoire jusqu'à son cou.

— Et je veux encore m'excuser d'avoir été si négligent.

— Inutile de revenir là-dessus, Mitch.

Sous les yeux bleus, Tori se sentit littéralement fondre.

— Je veux recommencer, Tori. Avec vous. Toute la nuit.

Elle n'eut même pas le temps de s'y préparer. Il se pencha vers elle et glissa sa langue dans le sillon de ses lèvres.

— Le champagne est diablement bon sur vos lèvres, remarqua-t-il ensuite.

— Mitch, je ne pense pas…

— Ne pensez pas, Tori.

Il lui ôta son verre des mains et le plaça près du sien, puis cala la bouteille entre son siège et la portière.

— Penser ne sert plus à rien.

Lorsqu'il la prit dans ses bras et lui donna un profond baiser, Tori avait déjà atteint un niveau d'incandescence extrême. Le goût un peu acide du vin s'attardait sur la langue de Mitch. Il l'embrassa à petits coups lents qui traduisaient un désir semblable au sien. En dépit de sa résolution, il lui fut impossible de trouver la force de l'arrêter. Rien ne comptait plus que la douceur de ces lèvres tentatrices, l'odeur captivante de son eau de toilette, le glissement de sa main le long de sa hanche lorsqu'il l'attira plus près de lui.

— Ce velours est génial, murmura-t-il soudain, interrompant le baiser.

Sur le cou de Tori, sa bouche l'était aussi. Chaude et humide, elle faisait route vers son oreille, égrenant des petits baisers.

— Je veux vous enlever cette robe. Après, je veux me caresser partout sur vous et vous sur moi.

Combien Tori le désirait, elle aussi ! « Et pourquoi pas ? » se dit-elle, comme il faisait descendre sa fermeture à glissière dans son dos.

— Vous voulez dire que je dois l'enlever ici ? Maintenant ? dit-elle d'une voix qui lui parut anormalement grêle et aiguë.

— Pas complètement, chuchota-t-il. Je désire seulement vous toucher un peu. Ensuite, je veux vous emmener dans mon lit. Nous y serons plus à l'aise pour cela. Je veux vous voir nue.

Sa voix était douce, mais sa respiration profonde. Tori

perdit alors toute volonté. Quand il repoussa la robe au-dessus de son épaule droite, découvrant son soutien-gorge, elle se cramponna à sa tête, les doigts dans ses cheveux épais et noirs. Il embrassa le haut de sa poitrine et sa langue fit de troublantes incursions sous la dentelle rouge. Lentement, il écarta le tissu et le mamelon apparut pour permettre à ses lèvres de poursuivre leur besogne. Les mouvements réguliers de sa bouche propagèrent une chaleur jusqu'aux cuisses de Tori où la main de Mitch s'activait maintenant à relever sa robe. Tori lui encadra la mâchoire de ses deux mains et lui releva la tête.

— Mitch, dit-elle avec un regard qui l'implorait, il faut nous arrêter avant de ne plus pouvoir.

Il se redressa et soupira.

— Je sais.

Après avoir remis de l'ordre dans la robe de la jeune femme, Mitch reprit sa place et appuya son front contre le volant.

— Vous aurez peut-être du mal à le croire, dit-il, mais en temps normal, je ne m'emballe jamais à ce point. C'est à cause de vous. Vous me rendez fou.

Un homme lui avait-il jamais dit cela ? se demanda Tori. Elle ne s'en souvenait pas, mais elle ne pouvait se permettre de céder à la flatterie ni à la sensualité.

Relevant la tête, il chercha de nouveau son regard.

— Au fait, qu'aviez-vous à me demander ? Sortons vite d'ici pour pouvoir poursuivre les festivités avant d'aller nous livrer à certaines activités plus délectables.

Au diable sa confiance ! Elle ne lui avait même pas encore déclaré qu'elle consentait à coucher de nouveau avec lui ! Cet homme lui asséchait complètement l'esprit.

— En fait, oui, j'ai quelque chose à vous demander. Mais d'abord, j'ai quelque chose à vous dire.

— Vous avez un petit ami.

— Non, il ne s'agit pas de cela.

— Un mari, alors ?

— Mitch, je suis sérieuse. J'ai une requête à vous adresser.

Elle n'imaginait même pas comment sa phrase avait résonné à l'oreille de Mitch. Sa réponse l'éclaira immédiatement.

— Je vous l'ai déjà dit. Je suis prêt à vous donner tout ce qui vous plaira, toute la nuit et cette fois dans un vrai lit.

— Je ne faisais pas allusion au sexe.

Il exhala un soupir frustré.

— Très bien, Tori. Vous me déroutez complètement. Dites-le donc, bon sang !

Tori prit une longue bouffée d'air avant de le relâcher lentement.

— Voilà. Je suis journaliste et je veux vous interviewer.

4

Jamais Mitch n'avait été aussi près de se faire avoir par une femme ! Il garda le silence un instant, le temps de digérer la révélation. Puis le choc fit place à la colère. Il risqua un coup d'œil dans sa direction et vit qu'elle avait joint les mains.

— Pourquoi diable ne m'avez-vous rien dit hier soir ?

Elle haussa légèrement une épaule, celle-là même qu'il venait d'embrasser.

— J'en avais l'intention quand nous étions chez Stella. Seulement, quand vous avez parlé des gens de la presse qui fouillaient votre boîte à gants, je n'en ai pas eu le courage. Plus tard, je… euh… j'avais autre chose en tête.

Il n'avait pas besoin de se rappeler à quel point la nuit avait été géniale ou combien il avait espéré renouveler l'expérience ce soir. Mais, il devait absolument s'accrocher à sa colère. En tout état de cause, elle était son ennemie.

— Je ne suis pas votre ennemie, Mitch, dit-elle comme si elle avait lu dans ses pensées.

— Je n'ai jamais pu trouver un seul ami dans les médias.

— Tous les journalistes ne font pas dans le sensationnel. Certains ont une morale.

Tori lui toucha le bras puis retira sa main, comme si elle s'était oubliée un instant.

— Si vous voulez bien m'écouter une minute, je vous

expliquerai pourquoi je pense que le fait de me laisser faire cette interview pourrait tourner à votre avantage.

En d'autres circonstances, Mitch aurait admiré son obstination. Mais rien, depuis le début de leurs relations, n'avait été normal. Ni leur rencontre, ni leur première joute sexuelle, et encore moins son indéniable attirance pour elle, toujours si présente à son esprit, même après ce qu'elle venait de lui apprendre.

— Je ne vois rien d'avantageux dans le fait d'exposer ses tripes, dit-il. Je me suis donné un mal de chien pour échapper à l'attention des médias. Alors, inutile de réactiver tout ça.

— Cela va quand même se produire car votre père est sur le point d'annoncer qu'il prend sa retraite.

— Je me fiche pas mal de la politique.

— Dans ce cas, vous feriez bien de faire connaître votre position plutôt que de laisser courir toutes les spéculations. Définissez vos aspirations avant que quelqu'un le fasse pour vous. Je suis prête à vous aider.

Mitch se passa la main sur la figure, le regard fixé droit devant lui. Une partie des paroles de Tori était pleine de bon sens, mais pour l'instant, il se fichait pas mal de la logique.

— Vous n'imaginez même pas ce qu'on peut ressentir à voir exposer tous les détails de votre vie pour que tout le monde en fasse des gorges chaudes. Je ne veux pas que ma vie s'étale dans n'importe quel journal.

— Il ne s'agit pas de n'importe quel journal ! Je travaille pour un magazine féminin de Dallas. Nous racontons l'histoire des hommes du Texas qui ont réussi.

— Je ne vis pas au Texas, au cas où vous ne l'auriez pas remarqué.

Son ironie ne troubla pas Tori.

— Mais vous êtes issu d'une dynastie d'éminents politiciens du Texas. Je vous propose un article qui mettrait l'accent sur votre vie de rancher, et non sur celle du fils de sénateur. Si vous n'avez pas l'intention de suivre les traces de votre père, c'est l'occasion parfaite de le faire savoir.

— Et vous, qu'est-ce que cela vous rapportera ?

— Eh bien, en toute honnêteté, cela signifierait pour moi davantage de reconnaissance. Et peut-être une promotion.

Mitch fut saisi d'un nouvel accès de colère quand il réalisa qu'il s'était laissé piéger par une femme qui lui avait complètement fait perdre la tête et plus qu'aucune autre, l'avait profondément troublé.

— Vous aviez déjà tout prévu quand vous êtes arrivée en ville, n'est-ce pas ? Quelle superbe occasion que le mariage de Stella et de Bobby !

Tori parut sur le point de se fâcher. Il désirait qu'elle soit aussi furieuse qu'il l'était en cet instant. De voir que la nuit ne se terminerait pas comme elle l'aurait dû.

— Pour votre information, dit-elle sèchement, je n'aurais pas pensé à cette interview si vous n'aviez pas débarqué dans ce bar. Oubliez tout cela. Je suis navrée de vous l'avoir demandé. Je suis navrée pour tout.

Diable ! songea Mitch. Elle ne méritait quand même pas une telle animosité. Et, pour être tout à fait exact, il ne voulait pas du tout la voir s'en aller.

— Attendez ! dit-il.

Elle hésita. La portière était à demi ouverte.

— Pourquoi ? Pour que vous me harceliez afin de savoir pourquoi j'ai choisi ma profession ?

— Non. Pour m'excuser.

— Excuses acceptées.

— Parfait. Maintenant, fermez cette portière.

— Pourquoi ?

— Parce qu'il me faut plus de détails concernant votre proposition.

Tori sentit l'espoir renaître et elle se radoucit.

— D'abord, dit-elle en se renfonçant dans son siège, j'ai l'intention de vous suivre partout pendant une semaine en me centrant sur Mitch Warner le rancher et sa vie quotidienne. Ce sera également le moment opportun pour mettre en lumière un côté plus léger de votre personnalité. Par exemple, ce que vous faites pendant vos heures de loisirs. Vos activités favorites. Ce que vous admirez le plus chez une femme.

— L'honnêteté.

De nouveau, ce fut comme si on l'avait frappée. Pourquoi diable, se demanda Mitch, était-il incapable de fermer sa bouche lorsqu'il s'agissait de cette femme ?

— Je suppose que je l'ai mérité, dit-elle. Mais je vous promets d'être honnête avec vous à partir de maintenant. En fait, j'ai l'intention de vous soumettre mon texte final. Vous pourrez approuver ou contester son contenu avant qu'il ne paraisse.

— Et nous ? demanda-t-il.

— Quoi, nous ?

— Ce qu'il y a entre nous.

Elle soupira.

— A partir de maintenant, nos relations devront rester strictement professionnelles.

— Et vous comptez me vendre votre idée avec ça ?

Tori dissimula un sourire.

— Ce qui s'est passé entre nous sur le plan personnel devra être mis de côté.

Mitch aurait bien parié ses quarante acres de terre qu'elle serait aussi incapable de l'ignorer que lui. D'ailleurs, il allait tout de suite la tester. Il se laissa glisser sur son siège, lui prit le menton entre ses mains et fit courir son pouce sur sa lèvre inférieure.

— Croyez-vous vraiment que ce soit possible ?

— Absolument, dit-elle, d'un air convaincu.

Mitch laissa traîner le bout de son doigt le long de sa gorge et longea le bord de son décolleté, là où ses lèvres s'étaient posées seulement quelques minutes auparavant.

— Alors, juste comme ça, vous pourriez l'oublier ?

— Je suis beaucoup plus forte que vous ne le pensez. Si vous me laissez écrire cet article, je vous le prouverai.

Pour la seconde fois, Mitch se renversa sur son siège.

— Je dois y réfléchir.

— Parfait. Mon avion s'envole d'Oklahoma City à midi. Cela signifie qu'il me faudra partir de chez Stella demain matin à 9 heures. Si vous n'êtes pas là, je prendrai cela pour un refus et je retournerai directement à Dallas. Nous oublierons tout ce qui est arrivé.

Qu'importait s'il décidait ou non de faire l'interview ? songea Mitch, il n'oublierait jamais ce qu'il leur était arrivé la nuit précédente. Jamais il n'oublierait Tori.

— Bon, d'accord, se contenta-t-il de dire.

Tori fit un signe du menton en direction du bar.

— Il faut que nous retournions là-bas. Je suis sûre qu'ils se demandent où nous avons bien pu passer.

— Faites comme vous voudrez.

Elle fronça les sourcils.

— Vous ne venez pas ?

— Non. J'ai l'intention de rester ici un moment. J'ai besoin de me calmer.

Tori frotta son front comme si elle souffrait d'une terrible migraine.

— Je suis désolée de vous avoir mis en colère. Je n'en ai jamais eu l'intention.

En ce qui concernait Mitch, s'il était désolé, c'était uniquement parce qu'il ne pouvait rien faire pour apaiser le désir torturant qu'il avait d'elle. En tout cas pas ce soir. Peut-être plus tard, espéra-t-il. S'il acceptait sa proposition.

Comme il ne répondait pas, Tori ouvrit la portière et se glissa à l'extérieur.

— J'espère vraiment vous voir demain, dit-elle.

Mitch souhaitait vraiment lui aussi que, s'il en décidait ainsi, il ne commettrait pas une énorme erreur.

Tori jeta un coup d'œil à sa montre et sentit son espoir s'évanouir. 9 h 30 et toujours pas de Mitch. Le soir précédent, elle l'avait revu brièvement au bar après leur rencontre dans le pick-up. Il était resté le temps de porter encore un toast aux mariés puis s'était éclipsé sur un rapide au revoir. Plus que probablement, ces derniers instants en présence de Mitch seraient aussi les siens ici, tout au moins pour un certain temps, songea Tori. Elle ne prévoyait pas de retourner à Quail Run avant la naissance du bébé de Stella. Elle pourrait s'arranger pour venir une journée et, avec un peu de chance, ne jamais croiser Mitch.

— Entêté ! Espèce d'homme entêté et trop sexy ! marmonna-t-elle.

Non seulement elle allait devoir reprendre son travail sans rapporter l'article du siècle, mais elle aurait aussi à affronter sa patronne et lui dire qu'elle avait échoué. Elle aurait dû parler à Mitch avant d'appeler Renée hier matin et de lui faire miroiter d'alléchantes possibilités. Oh et puis zut ! Le plan était très bon, même s'il n'avait pas abouti.

— Il est temps de partir, Cendrillon. On dirait que le prince charmant ne se montrera pas. Si on ne se dépêche pas, tu vas manquer ton avion.

Tori leva les yeux. Stella se tenait dans le corridor, le sac noir élimé de son amie serré contre sa poitrine.

— Tu sais que tu ne dois rien soulever, Stella, dit Tori.

— On croirait entendre Bobby.

Elle lui tendit le sac. Tori ouvrit la porte et déboucha en plein soleil… Et faillit s'écrouler. Appuyé contre sa camionnette, Mitch Warner était aussi magnifique au grand jour qu'au plus profond de la nuit. Comme c'était bizarre, songea Tori. Elle ne l'avait encore jamais vu à la lumière du jour. Pire encore, elle n'aurait jamais cru qu'il puisse encore se manifester, étant donné l'heure. Mais elle saurait oublier et lui pardonner son retard. Du reste, elle lui pardonnerait tout.

Comme il ne faisait pas mine de bouger ni de parler, Tori se dirigea vers la voiture de Stella et déposa son sac dans le coffre ouvert. S'il avait décidé de repousser son offre, elle resterait aimable. Après tout, elle n'avait rien contre lui… si, elle préférait être contre lui.

Après avoir refermé le coffre, elle se redressa et se retourna vers Mitch.

— Bonjour, monsieur Warner.

Il se détacha du véhicule et s'approcha lentement d'elle.

— Désolé d'être en retard. Je n'arrête pas de courir ce matin.

Le cœur de Tori battait à un rythme accéléré.

— Aucune importance. J'ai mis beaucoup de temps à me préparer.

Elle jeta un coup d'œil par-dessus son épaule. Stella avait disparu à l'intérieur de la maison. « Une vraie amie, cette Stella », songea-t-elle. Elle reporta son attention sur Mitch. Il s'était rapproché d'elle. Elle remarqua également ses yeux battus. D'un bleu translucide, mais fatigués. Une barbe d'un jour assombrissait les contours de sa mâchoire et de sa bouche. Donc, si elle l'embrassait, il piquerait. Mais non, elle n'en ferait rien, même si la tentation était plus forte que le soleil matinal. Tori changea de position dans une tentative vaine de prendre un air nonchalant.

— Quel bon vent vous amène ici, ce matin ? Le petit déjeuner ? J'ai justement une barre aux céréales dans mon sac de voyage.

— Etes-vous toujours décidée à me faire changer d'avis ? demanda-t-il.

— Cela dépend. Allez-vous accepter ?

Il se frotta la nuque.

— Oui, je vais le faire.

Tori dut se forcer à rester immobile pour s'empêcher de lui sauter au cou.

— Génial ! s'écria-t-elle. Vous n'aurez pas à le regretter.

— Je vous le rappellerai. Mais d'abord, je poserai quelques règles de principe que je vous demanderai de respecter.

— D'accord.

— Je refuse de répondre à un tas de questions trop personnelles.

Tori n'allait sûrement pas révéler que leur première rencontre très personnelle et intime avait eu lieu à l'arrière d'un pick-up.

— Entendu.

— Je refuse de parler de mon père.

Là, cela compromettait sérieusement ses plans.

— Mitch, il faudra bien parler de lui pour expliquer votre persistance à refuser de faire de la politique.

— Vous pourrez le mentionner brièvement, mais je ne veux pas ébruiter que nous ne nous sommes pas parlé plus de trois fois en quatorze ans.

— Trois fois seulement ? répéta Tori, choquée.

— Oui. Et c'est tout ce que j'en dirai.

Certes, les médias avaient bien spéculé sur la mésentente entre le père et le fils, mais Tori n'avait pas imaginé qu'elle pût être aussi profonde. Elle prit mentalement note de traiter la situation avec un maximum de précautions.

— Autre chose ?

Mitch se pencha et sa main se posa sur la carrosserie, non loin de la hanche de Tori.

— En effet. Il faut reconsidérer la clause *bas les pattes*.

— Nous devrons maintenir des rapports professionnels tant que je vous interviewerai. Sinon, je perdrai toute mon objectivité.

— Cela pourrait vous aider à mieux connaître mes goûts et mes dégoûts, tout au moins entre deux draps.

— Je ne prévois pas d'aller entre vos draps. Tenez-vous bien sinon je reconsidère ma proposition.

Il s'écarta, mais sa chaleur s'attarda sur la peau de Tori, comme la première fois dans le bar.

— Je me conduirai bien, dit-il. C'est promis.

— Bon, dit-elle, si vous voulez bien m'accorder une heure ou deux, j'irai m'installer au motel et Stella m'emmènera ensuite au ranch.

— Ça ne marche pas.

— D'accord. Moins d'une heure, alors ? Je veux simplement enfiler un jean.

Le regard de Mitch descendit lentement jusqu'à ses pieds, puis remonta.

— Je vous trouve très bien comme ça. Mais je pensais que vous résideriez à l'auberge de Quail Creek. Ça n'ira pas. C'est un endroit miteux.

— Malheureusement, c'est la seule possibilité.

— Vous pourriez vous installer dans le bâtiment principal.

Il accrocha ses pouces au rebord de ses poches.

— Il y a bien assez de place.

— Je ne crois pas que ce soit une bonne idée, dit-elle.

Tori n'avait pas remarqué la réapparition de Stella jusqu'au moment où celle-ci proposa :

— Tu pourrais habiter avec Bobby et moi.

Tori regarda son amie debout contre l'aile du véhicule.

— Je ne peux pas faire ça, Stella. Bobby et toi commencez à peine votre lune de miel.

C'était une façon élégante de mentionner les bruits du cha-cha-cha horizontal de Stella et de Bobby.

— As-tu une pièce à l'écart ? demanda-t-elle.

— Il y a trois pièces et une seule salle de bains, intervint Mitch. C'est la maison d'origine.

— Nous nous arrangerons très bien, dit Stella. En fait, j'adorerais te garder un peu plus longtemps, Victoria. Depuis que j'ai cessé de travailler, j'aimerais avoir un peu plus de compagnie.

Mitch lui adressa un coup d'œil rien moins qu'amical.

— Bon, alors que fait-on, Tori ? demanda-t-il. Chez moi ou chez Stella ?

Tori pesa mentalement le pour et le contre.

— Je vais rester chez Bobby et Stella, dit-elle enfin.

Stella ouvrit la portière côté chauffeur.

— Allons-y ! Je veux être là quand Bobby rentrera déjeuner. Tori, tu pourras m'aider à déballer quelques affaires.

Quand Tori contourna la voiture, Mitch la suivit jusqu'à la portière. Mais avant qu'elle puisse l'ouvrir, il l'arrêta du plat de la main.

— Si vous vous fatiguez d'écouter le show de Stella et

de Bobby, venez habiter chez moi. Je ne vous ennuierai pas. Pas beaucoup…

Une heure plus tard, Tori sauta de la berline vert passé de Stella. Elle était vêtue d'un jean moulant et d'un sweater qui ne l'était pas moins. Elle avait tout d'un ange aux yeux bruns avec ce corps de sorcière capable de rendre un homme fou d'amour au point de se prosterner à ses pieds. Mitch devrait faire avec, dans les prochains jours.

Sans doute Tori n'était-elle pas d'accord pour reprendre leur relation là où ils en étaient restés, mais lui ne se priverait quand même pas de tenter sa chance. Bien entendu, il faudrait qu'elle soit consentante. Dans le cas contraire, cela s'assimilerait à du troc : du sexe contre une interview ! Mitch n'était quand même pas mesquin à ce point. Mais il ne dédaignait pas d'avoir recours à un peu de subtile persuasion, histoire de la faire changer d'avis.

Stella passa à côté de lui sous le porche de la vieille maison.

— Je serai à l'intérieur, dit-elle. Quand elle aura fini de téléphoner, entrez et installez-vous confortablement.

L'attention de Mitch se reporta sur Tori qui téléphonait sur son portable. Quand elle se mit à rire en rejetant ses cheveux sur son épaule, Mitch ne put réprimer un élan de jalousie. Et si elle avait un petit ami à Dallas ? Après tout, elle lui avait bien menti à propos de son travail. Bon, pas exactement menti, mais elle avait dissimulé la vérité, au moins jusqu'à hier soir. Elle aurait même très bien pu le mener complètement en bateau. Lui, ne se serait aperçu de rien jusqu'au moment où son article aurait été imprimé. Au lieu de cela, elle avait choisi d'être sincère et honnête sur ses projets et cela, il devait le respecter.

Tori mit fin à sa conversation et s'approcha du coffre. Mitch s'approcha d'elle et lui prit sa valise des mains.

— Un appel au secours ? s'enquit-il.

Même quand elle fronçait les sourcils, elle était sacrément mignonne en pleine lumière, constata-t-il.

— J'appelais ma patronne. Je voulais l'informer que je restais ici une semaine de plus.

— Cela ne lui a pas posé de problème ?

— Pas du tout, si elle considère ce que je pourrais y gagner.

Tori n'avait elle-même aucune idée de ce qu'elle pourrait gagner si elle disait seulement oui à Mitch. Et elle était sûre qu'avant de repartir, elle lui dirait oui.

Mitch déposa la valise sous la véranda.

— Laissons cela ici pour l'instant, dit-il. Je veux que vous veniez faire la connaissance de mon grand-père.

— Je le connais déjà. J'ai vécu ici, vous vous en souvenez ?

— Alors, je suis certain qu'il sera ravi de vous revoir.

— Est-ce la seule raison pour m'inviter à entrer chez vous ?

Mitch remarqua sa rougeur et se mit à rire.

— Pour quelle autre raison ?

Elle croisa les bras sous sa poitrine.

— Je pourrais en trouver quelques-unes. Je suppose que j'ai un peu de mal à vous faire confiance.

— Dans ce cas, nous serons deux.

— Bien vu.

Il lui tendit la main, mais elle se garda bien de la prendre.

— Allons, montez. Cela ne vous prendra que quelques minutes, dit-il.

Elle se tint à son côté en remontant le chemin pendant qu'il lui expliquait qu'ils possédaient presque trois mille acres de terre. La terre appartenait à la famille de sa mère depuis cinq générations. Ils l'avaient achetée quand l'Oklahoma était encore un territoire indien.

Ils arrivèrent devant le porche et quand Mitch poussa la porte de bois de pin, Tori s'exclama :

— Quelle superbe maison ! Et si vaste !

— Elle est en pierre d'Austin ramenée du Texas par bateau, mais c'est une construction très simple.

Ils pénétrèrent dans la grande salle. Tori regarda autour d'elle et ses yeux s'agrandirent en apercevant l'énorme cheminée de pierre.

— Simple, dites-vous ? Les plafonds ont quoi… six mètres ?

— Six mètres soixante. Cela donne l'impression que la pièce est plus grande.

Tori laissa courir sa main sur le canapé en daim.

— Quelle délicieuse sensation.

— Quelque chose comme le velours hier soir, non ? ne put s'empêcher de remarquer Mitch.

Impossible pourtant de ne pas l'imaginer étendue sur ce canapé et lui en train de se perdre en elle. Il n'avait jamais songé à faire une telle utilisation de ce meuble, mais cela pourrait peut-être se faire bientôt, conclut-il. Ou peut-être que non, car Tori lui lançait par-dessus son épaule un regard sévère. Elle se retourna vers lui avec un sourire contraint.

— Où est votre grand-père ? demanda-t-elle l'air gêné.

Mitch n'en avait aucune idée. Du reste, son Chevy 56 n'était visible nulle part.

— Je suppose qu'il ne va pas tarder. Il n'y a pas beaucoup d'endroits en ville où peut se rendre un veuf de soixante-dix ans.

Le soupçon parut rétrécir les yeux de Tori.

— Vous saviez qu'il était parti quand vous m'avez amenée ici ?

— Je n'avais pas remarqué que son pick-up n'était pas là, jusqu'à ce que nous arrivions devant le porche.

Elle braqua sur lui un regard sceptique.

— En êtes-vous certain ?

Fichtre ! Cette méfiance mutuelle n'augurait pas très bien du déroulement de l'interview, ni des projets érotiques de Mitch !

— Ecoutez, dit-il. Mettons carte sur table tout de suite. Je ne vous poserai pas de questions sur vos motivations, si vous en faites autant pour moi.

De nouveau il lui offrit sa main. Cette fois, elle accepta de la serrer.

— Marché conclu.

Pourtant, curieusement, aucun des deux ne fit un geste pour lâcher la main de l'autre. Mitch ne put résister à l'envie de caresser du pouce la peau si douce de sa paume et à la retenir un peu plus longtemps. Tori tira un peu pour se dégager et ensuite, enfouit ses deux mains dans les poches de son jean.

— Vous n'avez rien d'autre à me montrer ? demanda-t-elle.

En dépit de ses efforts pour le retenir, un grand sourire fendit le visage de Mitch.

— Vous savez, dit-il, si vous vouliez bien cesser de poser ce genre de questions, il me serait plus facile de bien me conduire.

Le sourire de Tori faillit le faire suffoquer.

— Mes questions sont innocentes. Je n'y peux rien si votre esprit ne l'est pas.

— Vos questions sont pleines de sous-entendus.

— Des sous-entendus ? Voilà un mot qu'on entend rarement dans la bouche d'un cow-boy !

Elle n'avait aucune idée des autres mots qui lui venaient à l'esprit, se dit-il, sinon elle sortirait de là sur-le-champ.

— J'en connais quelques autres, poursuivit-il. Vous voulez les entendre ?

— Du jargon de rancher ou du diplômé de Harvard ?

— Rien que des mots simples de la part d'un homme simple.

Mitch perçut plus que de la curiosité dans les yeux de Tori. Il saisit l'occasion et se rapprocha un peu plus d'elle.

— Prenez le mot « sexy », par exemple. Il vous décrirait parfaitement dans ce sweater.

— Il est bleu et commun, comme moi, dit-elle, l'air assez flattée.

— Que diriez-vous de ravissant ? Il n'y a rien de commun dans votre beauté, Tori. Elle est réelle. Attirante. Voulez-vous encore d'autres mots ?

— Pourquoi pas ? Vous êtes bien parti, manifestement.

Mitch l'agrippa par ses boucles de ceinture pour l'attirer vers lui.

— Tentante. Je ne l'emploie pas très souvent, mais il vous décrit aussi parfaitement.

— Mitch…

D'un doigt posé sur ses lèvres, il l'empêcha de protester.

— Dangereuse. Vous êtes dangereuse, Tori. Et de la pire manière, parce que vous ne vous rendez pas compte de votre pouvoir. Vous mettez le sang-froid d'un homme à rude épreuve.

Tori lui écarta la main de sa bouche et la repoussa contre son torse où elle la maintint.

— Je pourrais en dire autant de vous et de votre pouvoir sur les femmes.

— C'est là que vous vous trompez. Je ne suis pas si fort que ça, tout au moins en ce qui vous concerne. Et vous voulez savoir quelque chose ? Je ne veux même pas commencer à comprendre pourquoi.

Sa main gauche descendit vers la hanche de Tori et la rapprocha si près de lui que même un papier de cigarette n'aurait pu les séparer.

Tori retint soin souffle et ses pupilles se dilatèrent.

— Mitch, nous avions dit que nous ne voulions pas.

Sa main lui caressa les fesses avant de remonter vers le creux de son dos.

— Vous l'avez dit. Pas moi.

Tori s'humecta les lèvres. Mitch vit dans ce petit geste un signe très encourageant.

— Que voulez-vous exactement de moi, Mitch Warner ?

— Vous embrasser. Mais seulement si vous êtes d'accord.

Il perçut l'hésitation et les questions au fond de ses yeux, juste avant qu'elle ne capitule en murmurant « oui ».

Mitch baissa la tête et lui déposa un baiser sur une joue, puis sur l'autre, avant de pouvoir atteindre son but ultime…

— Eh bien ça alors ! dit une voix derrière eux. Regardez donc ce que mon petit-fils m'a apporté pour mon anniversaire.

Mitch laissa retomber ses mains et poussa un soupir exaspéré. « Maudit soit-il ! » maugréa-t-il en son for intérieur. Ce Buck Littleton arrivait toujours au mauvais moment, exactement comme Bobby Lehman !

5

Le grand-père de Mitch tombait vraiment à pic, se dit Tori. Enfin si cet homme mince comme un fil, avec ses cheveux d'argent ébouriffés, sa moustache en guidon de vélo et son chapeau de paille était bien son grand-père ! Il y avait bien longtemps qu'elle ne l'avait vu et même à l'époque, ils ne se croisaient pas souvent. Elle le trouva bien vieilli.

— Buck, dit Mitch qui s'était placé à côté d'elle, je te présente Tori Barnett. Elle a vécu à Quail Run.

Buck ôta son chapeau de paille et hocha la tête.

— Votre maman était Cindy Barnett, la fille de Calvin Barnett, n'est-ce pas ?

Tori eut un sourire un peu contraint.

— C'est exact. Mon grand-père tenait la station-service.

Elle se demanda si Mitch avait relevé le fait qu'elle portait le même nom que son grand-père maternel, indication certaine que sa mère ne s'était pas mariée.

Buck se frotta le menton.

— Votre maman venait faire de la couture de temps en temps pour ma Sally.

Il fit un clin d'œil à Mitch.

— Ta grand-mère était comme un pilote de voiture de course sur une machine à coudre. Elle était incapable de faire un ourlet droit.

Les souvenirs du vieil homme ramenèrent brusquement Tori vers son triste passé.

— Ma mère était une excellente couturière, approuva-t-elle. La meilleure du comté.

— La dernière fois que j'ai entendu parler de vous, vous étiez à l'université, dit Buck. Etes-vous revenue pour de bon ?

— Non. Je vis et je travaille à Dallas.

— Et votre maman ? Comment se porte-t-elle maintenant ?

— Elle a eu une attaque et elle est décédée il y a un peu plus d'un an.

Les poings de Buck se crispèrent sur son chapeau.

— Je suis terriblement désolé de l'apprendre. C'était une excellente femme.

— Oui, en effet.

Mitch s'éclaircit la gorge comme si le tour qu'avait pris la conversation le mettait mal à l'aise.

— Buck, dit-il, Tori est venue ici écrire un article sur moi pour un magazine.

Buck ouvrit la bouche et la referma d'un coup sec.

— Eh bien ! Que je sois damné… j'ignore comment vous l'avez convaincu de faire ça, Tori. Bien que ce ne soit pas mon affaire, après tout.

— Parfait, reprit Mitch.

Il se tourna vers Tori.

— Venez avec moi. Nous allons pouvoir commencer.

Qu'entendait-il au juste ? se demanda Tori. Elle allait suivre Mitch certes, mais non sans lui rappeler quelques principes de base. Si elle n'en faisait rien, elle risquait très vite de se retrouver allongée sur le dos.

— J'ai été ravie de parler avec vous, monsieur Littleton, dit-elle. Peut-être pourrions-nous avoir un entretien sur votre relation avec Mitch ? Nos lectrices adoreraient savoir comment vous avez pu influencer sa vie.

Buck émit un léger ricanement.

— Facile. Je lui ai appris à boire de la bière, à attraper

un veau au lasso et à courtiser une femme. Et s'il se conduit mal, dites-le moi. Je le remettrai à sa place.

Mitch saisit le coude de Tori.

— Allons-y, avant qu'il ne commence à raconter des horreurs.

— Oh, et bon anniversaire, Buck, s'écria Tori tandis qu'il l'entraînait.

— Son anniversaire est dans quatre mois, dit Mitch tandis que le rire de Buck les poursuivait.

Au détour d'un couloir, Tori aperçut trois pièces immenses et une salle de bains. Au bout du couloir, ils pénétrèrent dans une pièce confortable occupée par une petite cheminée, un lit recouvert d'un plaid, un bureau en désordre avec un ordinateur, et derrière, des bibliothèques bourrées de livres.

— Je viens ici le soir, dit Mitch en fermant la porte derrière eux. La plupart des objets de cette pièce sont ici depuis des années.

Malgré la tension qu'elle éprouvait à se retrouver enfermée seule ici avec lui, Tori eut l'impression de découvrir un trésor. On pouvait apprendre bien des choses sur un homme en observant son domaine privé. Comme Mitch restait près de la porte dans l'expectative, Tori se tourna vers les rayons, espérant y dénicher quelque chose d'intéressant.

— Joli choix de bouquins, dit-elle en les parcourant du regard.

Il y avait là de nombreux livres de Louis L'Amour ainsi que plusieurs ouvrages de commerce. Mais un volume de poésie retint son attention. Jetant un coup d'œil derrière elle, elle s'aperçut que Mitch s'était installé sur le divan, un bras négligemment passé sur le dossier et les jambes croisées. Tori lui désigna le livre.

— Un souvenir de vos études ?

— Pourquoi ne pourrais-je aimer la poésie ?

Le dos tourné, Tori feuilleta l'ouvrage.

— Simplement, je trouve que cela ne correspond pas à

votre personnalité. Je parie que vous le gardez pour impressionner les filles !

— Vous vous trompez.

Tori se retourna et s'appuya contre la bibliothèque, le livre serré dans ses mains.

— Prouvez-le. Citez-moi le nom d'un poème.

— « *Deux ou trois fois je t'ai aimée, avant de connaître ton visage ou ton nom. Parfois dans une voix, parfois dans une flamme. Souvent, les anges nous effleurent, qu'ils soient glorifiés.* » C'est tiré de *Air et Anges* de John Donne.

Muette, Tori ne trouva pas la force de soutenir l'intensité de son regard. Pour la première fois depuis très longtemps, elle était incapable d'articuler un mot. Mitch lui adressa un petit sourire.

— Cela vous suffit-il ?

— On peut le dire, reconnut-elle en remettant le livre en place. Vous êtes vraiment plein de surprises, monsieur Warner. Je suis très impressionnée.

Quand il lui effleura le bras en passant près d'elle, Tori étouffa une exclamation. Elle prit le livre usé qu'il lui tendait. C'était *Le petit moteur qui pouvait*. En l'ouvrant à la première page, jaunie par les années, elle aperçut un message que le temps lui-même ne pourrait certainement jamais effacer.

« Mon cher petit bébé. Joyeux premier anniversaire ! Ne laisse jamais personne te dire que tu n'y arriveras pas. Je t'aime. Maman. »

— Elle m'a lu ce livre tous les soirs jusqu'à ma huitième année, puis elle a décidé que j'étais désormais trop grand, dit Mitch avec une pointe de tristesse dans la voix. Si j'ai réussi dans la vie, c'est largement grâce à elle.

Tori était flattée qu'il lui ait montré quelque chose d'aussi personnel. Elle était également touchée de constater qu'il avait conservé le livre par-delà les années, et attristée par le souvenir de sa propre mère.

— Ma mère a contribué elle aussi à ma réussite, lui confia-t-elle. Elle était toujours là quand j'avais besoin d'elle.

— La mienne me manque toujours beaucoup et pourtant, il y a quinze ans qu'elle est morte.

Alors, Tori comprit. La perte et la souffrance qu'ils avaient tous deux connues étaient leur terrain d'entente.

— Et votre père ? demanda Mitch d'une voix tranquille.

Tori se balança d'un pied sur l'autre.

— Il ne fait pas partie de ma vie. Je ne m'en porte pas plus mal en ce qui me concerne.

— Je suis désolé.

— Pas moi. Ma mère a très bien assumé les deux rôles.

Elle lui tendit le livre avec un pauvre sourire.

— La vie continue. Tout comme devrait le faire cette interview.

Mitch remit le livre en place.

— Alors, quand commençons-nous ?

— C'est déjà fait.

Il plissa le front.

— Vous ne comptez pas prendre de notes ?

D'un doigt, Tori se tapota la tempe.

— Pour l'instant, je me fie surtout à ça. Plus tard, quand nous aborderons des questions plus ciblées, j'utiliserai un magnétophone.

— Pour le travail du ranch ?

— Oui et ce qui viendra ensuite. Mais maintenant que j'ai vu ce que vous aimez lire, il me serait très agréable de connaître un peu mieux l'homme qui se cache derrière ce masque.

Le regard de Mitch restait fixé au sien.

— Vous croyez vraiment mieux me connaître grâce à mon goût pour la littérature ?

— Je sais que vous aimez les westerns et rêviez sûrement d'être un cow-boy dès votre plus jeune âge. Je sais que sous votre apparence bourrue, vous avez une âme de poète et que vous portez un grand amour à votre mère. J'ai appris tout cela en à peine dix minutes chrono.

Mitch se leva et vint poser la main sur l'étagère juste au-dessus de la tête de Tori. Lorsqu'il s'inclina vers elle, son expression était passée de la gravité au plus pur désir de séduire.

— Et vous Tori, quand m'en direz-vous un peu plus sur vos goûts ?

Au seul ton de sa voix, estima-t-elle, il aurait pu ajouter « au lit » à la fin de sa question. La lumière qui émanait de ses yeux bleus aurait pu éclairer une ville entière, bien assez en tout cas pour que Tori oublie une fois de plus la raison de sa présence au ranch. Elle se baissa pour se glisser sous son bras et, jouant les reporters fouineurs, désigna le fouillis sur le bureau.

— Parlons plutôt affaires.

— Vous esquivez la question.

Tori se détourna et s'appuya contre le rebord du bureau.

— Je suis journaliste. Les journalistes posent des questions. C'est vous l'interviewé, par moi.

Mitch s'éloigna en prenant soin de mettre une confortable distance entre eux. Pas encore suffisamment pour soulager le malaise de Tori.

— Un de ces jours, j'arriverai à vous faire parler un peu plus de vous-même, dit-il.

— Oh ! Vous désirez peut-être me ligoter et me marquer au fer rouge ?

L'air pensif, Mitch se frotta le menton.

— Je n'y avais pas pensé, mais ça pourrait être intéressant.

— Taisez-vous, Mitch, sinon je vais chercher votre grand-père pour qu'il vous remette à votre place.

— A propos de place, j'ai un endroit particulier à vous montrer.

— Pas à l'autre bout du couloir, n'est-ce pas ?

— Si vous souhaitez voir *cet* endroit-là, dit Mitch avec

un sourire éblouissant, je serais heureux de vous le montrer quand vous le voudrez. Il vous suffira d'un mot.

— J'y songerai, merci. Alors maintenant, dites-moi où nous allons.

— Quelque part où les affaires se mêlent au sexe. Nous l'appelons la maison du bonheur. C'est là que nous recueillons la semence des taureaux.

Mitch s'attendait à voir une Tori passablement choquée, comme l'avait été Mary Alice lorsqu'il lui avait montré la pièce stérile située dans l'étable principale. Il estimait que la journaliste devait prendre connaissance de tous les aspects de ses fonctions, y compris les plus rebutants. Pourtant, Tori ne paraissait guère émue par cet environnement très particulier. Contre toute attente, elle se tourna vers lui et lui demanda :

— Pratiquez-vous l'insémination artificielle à partir de vos propres bêtes ou vous procurez-vous du sperme congelé ? A mon avis, vous faites les deux.

Mitch en resta coi.

— Que savez-vous de l'insémination artificielle du bétail ? articula-t-il enfin.

Tori haussa les épaules.

— J'ai travaillé à mi-temps pour un éleveur de chevaux pendant mes études.

Et de lui expliquer, dans les termes les plus précis et les plus imagés, qu'elle avait appris à recueillir le sperme d'un étalon. Mitch se passa pensivement la main sur la nuque. Même s'il était habitué à la terminologie assez crue du milieu de l'élevage, il lui semblait bizarre d'entendre ces mots dans la bouche de Tori.

— Donc, enchaîna-t-il, je suppose que vous n'avez pas besoin de détails sur la suite des opérations ?

— Non, en effet.

— Très bien. Dans ce cas, venez par ici.

Il l'entraîna vers son bureau aux murs lambrissés et décoré de son diplôme de Harvard encadré. Le meuble sur lequel il travaillait était rangé, contrairement à celui qu'ils venaient de quitter.

— C'est très différent de l'autre bureau, dit-elle.

— Ce que vous avez vu dans la maison est mon studio privé, dit-il. Buck y vient assez souvent, ce qui fait qu'il n'est jamais très net. Il aime utiliser l'ordinateur pour jouer et « t'chatter » de temps à autre.

— C'est formidable qu'Internet réserve un site aux personnes âgées.

— Sans doute, mais ce n'est pas ce qui l'intéresse. Ce qu'il préfère c'est naviguer avec des gens de la trentaine. Il dit que les vieilles grenouilles le barbent.

Le rire de Tori résonna aux oreilles de Mitch tel une douce musique et lui rappela la première fois où il l'avait vue. C'était aussi la première fois qu'il avait entendu Tori chanter. La première et la dernière fois qu'ils avaient fait l'amour.

Tori fit aller et venir ses doigts le long du rebord du bureau et Mitch fut obligé de regarder ailleurs tant le geste était troublant. Elle lui posa encore une question sur l'importance de son cheptel et après avoir écouté sa réponse, demanda :

— C'est tout ?

— Oui.

— Et vous arrivez à vivre avec ça ?

Mitch se glissa derrière son bureau pour en retirer une carte de visite professionnelle qu'il lui tendit. Tori l'étudia quelques instants avant de lever les yeux vers lui.

— Je vois ici L & W consulting. De quoi s'agit-il ?

— De conseil en élevage. J'ai développé plusieurs méthodes pour assurer une meilleure qualité de bétail.

Il se lança dans une longue explication avant de conclure :

— Nous distribuons également des brochures d'information et des vidéos que j'ai produites avec l'aide de Rand Wilson.

— Rand ?

— C'est l'un de mes équipiers au ranch. Mais c'est également un sorcier en informatique.

— Je suppose que cela représente un revenu supplémentaire pour le ranch ? questionna Tori.

— Il ne s'agit pas d'un complément de revenus. C'est une affaire très lucrative. J'ai déjà gagné assez d'argent pour prendre au moins deux fois ma retraite à Hawaii.

Il continua à lui fournir des explications jusqu'au moment où Tori murmura :

— Vous êtes une véritable énigme.

S'il continuait à la regarder ainsi, elle allait, elle aussi, le rendre fou, se dit-il. Tori se dirigea vers la petite fenêtre qui donnait sur le fond du paddock.

— Tiens, dit-elle. Il y a un cheval là-bas. Je suppose que cela signifie que vous élevez aussi vos bêtes de façon traditionnelle ?

Mitch alla se placer derrière elle, les poings serrés pour ne pas être tenté de la toucher. « Surtout, ne pas la faire fuir », se répéta-t-il.

— C'est Ray, mon hongre, dit-il. Buck me l'a offert pour mon dix-septième anniversaire. Il est déjà âgé mais il a encore quelques bonnes années devant lui. Un de ces jours, je serai obligé de le mettre à la retraite.

— Il a plutôt l'air en forme.

Elle aussi, songea Mitch, les yeux baissés sur son dos et son postérieur, elle avait vraiment un corps magnifique ; quant au sien, à la pression insistante au-dessous de sa boucle de ceinture, nul doute qu'il n'y était pas indifférent ! Il ne se rendit pas compte qu'il s'était autant rapproché d'elle jusqu'à ce que Tori se retourne et se retrouve pratiquement contre lui. Il fit un pas en arrière. Tori croisa ses bras sur sa poitrine comme si elle levait un bouclier.

— D'accord, dit-elle, vous avez une affaire qui prospère et une merveilleuse maison. Il y a sans doute quatre chambres ici, non ?

— Et quatre salles de bains.

— J'en déduis que vous souhaitez sans doute avoir une grande famille et des tas d'enfants.

— Cela n'a jamais fait partie de mes projets parce que je n'ai jamais vraiment cru au mariage.

— Vos parents ont eu une union heureuse, si je me souviens bien.

— Oui, avant que mon père…

Fichtre ! Ne se laissait-il pas entraîner un peu trop loin ?

— Avant que votre père fasse quoi ?

— Je ne souhaite pas en parler.

— Désolée, soupira-t-elle. Je ne veux pas insister puisque le sujet semble vous être pénible.

Cette femme lisait-elle donc en lui ? Personne auparavant n'y était jamais parvenu. Tori était vraiment une femme exceptionnelle, se dit Mitch, et bien trop intuitive à son goût.

— J'en ai fini avec tout ça, marmonna-t-il.

— Mais vous ne parvenez pas à l'oublier, n'est-ce pas ?

— Tori…, dit-il d'un ton d'avertissement.

— Je sais, je sais. Rien de trop personnel.

Elle saisit une mèche de ses cheveux et se mit à la tortiller.

— Bien, alors qu'allons-nous voir maintenant ?

Si cela n'avait tenu qu'à lui, Mitch lui aurait fait les honneurs de sa chambre avec une longue séance passionnée d'échanges charnels.

— Il faut que vous retourniez chez Stella pour vous installer, dit-il. Quant à moi, j'ai du travail.

— Puis-je observer un peu ?

— Non. Si vous restez ici, je ne pourrai pas me concentrer.

— Je m'efforcerai de rester tranquille.

Au besoin, il pourrait toujours la faire taire avec sa bouche…

— Vous n'avez pas besoin de me dire quoi que ce soit pour me distraire, Tori. Il vous suffit de rester là, si jolie à voir.

— J'ai bien l'intention de noter votre penchant pour la flatterie.

Elle paraissait n'avoir aucune idée de sa beauté, ce que Mitch trouva très charmant.

— Je ne fais pas si souvent de compliments, dit-il. Alors,

acceptez celui-ci gracieusement et allez faire un tour chez Stella. Je vous verrai plus tard.

Tori fit un semblant de moue.

— D'accord. De toute manière, il faut que je charge mon appareil photo.

— Vous avez l'intention de me prendre en photo ?

— Absolument. Quelques instantanés de vous et du ranch. Je suis assez douée, vous savez.

— Je n'ai aucun doute à ce sujet.

— En temps normal, poursuivit Tori, j'emmène toujours un photographe avec moi, mais j'ai supposé que vous ne voudriez voir personne d'autre. Donc, vous voilà bloqué en ma seule compagnie.

Comme c'était curieux, songea-t-il. Sa compagnie ne le gênait nullement. D'ailleurs, en cet instant précis, il était si excité qu'il était à deux doigts de mettre sa dignité en péril. Pour un homme qui s'était toujours enorgueilli de sa parfaite maîtrise de lui-même, il était bien près de la perdre et dans les grandes largeurs. Il se laissa tomber dans son fauteuil et croisa les mains sur la nuque avant que Tori puisse s'apercevoir de ce moment de faiblesse.

— Sortez d'ici, Tori, avant que…

— Avant quoi ?

Avant de changer d'avis, de verrouiller la porte et de tenter une fois encore de la séduire et tout le reste.

— Avant l'heure du dîner et que je ne puisse plus rien faire aujourd'hui.

— Oh, mais vous en avez déjà pas mal fait !

— Qu'entendez-vous par là ?

— Vous venez de passer les vingt dernières minutes sans avoir essayé de m'embrasser. Alors, ce n'était pas si difficile que ça, après tout ?

Mitch se pencha en avant et planta son regard dans celui de Tori.

— Vous n'avez aucune idée du mal que je me suis donné pour y arriver.

Le dîner en compagnie de Stella et de Bobby avait été assez agréable. Ce qui suivit le fut beaucoup moins. Au premier gémissement, Tori enfouit son visage entre ses mains. Puis, lorsque s'élevèrent les premiers brames d'amour, elle écrasa son oreiller sur sa tête. Elle ne désirait pas s'entendre rappeler qu'elle n'aurait eu qu'un mot à dire pour se retrouver au lit avec Mitch et avoir sa petite fête d'amour bien à elle. En fait, elle commençait à se demander pourquoi elle persistait à résister, puisqu'en agissant ainsi, elle le désirait d'autant plus. Certes, elle s'efforcerait de rester objective dans sa quête d'informations. Mais personne ne devait savoir ce qu'ils avaient fait au cœur de la nuit.

Un cri propre à réveiller tout le cheptel du ranch lui parvint soudain. Vraiment, cela suffisait ! Tori se rua hors de son lit de plume. En posant ses pieds nus sur le carrelage glacé, elle se rappela que le temps n'était guère propice à une balade. Mais mieux valait affronter les éléments déchaînés que d'entendre plus longtemps les bruits rythmés et de plus en plus torrides de ses voisins de chambre. Sans se soucier d'allumer, elle s'empara de son peignoir et enfila les ridicules chaussons en forme de gorille que Stella lui avait offerts pour la remercier d'avoir accepté d'être sa demoiselle d'honneur.

Le parquet craqua sous ses pieds tandis qu'elle suivait le couloir. Dans le petit living-room éclairé par une lampe — une bonne chose si l'on considérait que la pièce était pleine de cartons encore fermés —, Tori saisit sa veste en cuir. Puis elle ouvrit la porte et sortit sous le porche. Une brise légère l'enveloppa aussitôt.

— Je pensais bien vous revoir bientôt.

La gorge nouée, Tori se tourna brusquement vers l'endroit d'où provenait la voix profonde. Une silhouette se dessinait dans la faible clarté. La jeune femme porta la main à son cou.

— Dieu du ciel, Mitch, vous m'avez fait la peur de ma vie ! Que faites-vous ici ? demanda-t-elle.

— Je n'arrivais pas à dormir, et je connais assez les habitudes de Stella et de Bobby pour savoir qu'ils vous feraient certainement fuir de la maison. Si vous n'étiez pas sortie, je serais probablement reparti d'ici à une heure ou deux.

— Une heure ou deux ?

Le regard de Mitch commença une lente excursion le long de son corps.

— Si vous êtes d'accord pour rester avec moi, vous ne devriez pas vous balader en chemise de nuit par ce froid.

Ah, qu'il était donc tenace !

— Très bien, je suis là, vous avez gagné. Alors vous pouvez regagner votre lit, maintenant.

— Pas tant que vous ne m'accompagnerez pas chez moi.

— Je n'en vois pas la nécessité. Ils ne vont pas faire « ça » toute la nuit.

— On parie ?

Pas question, songea-t-elle. Elle n'était pas du tout certaine que les cabrioles de Stella et Bobby puissent cesser avant le lever du jour.

— Aurai-je ma propre chambre ? s'enquit-elle.

Elle vit son sourire étinceler dans l'obscurité.

— Vous croyiez peut-être que je vous mettrais avec Buck dans des lits superposés ? Ou peut-être pensiez-vous que je vous offrirais de dormir dans ma chambre ?

— Cela m'a traversé l'esprit, en effet.

« Et même plusieurs fois, songea-t-elle, et avec de multiples détails. »

— Vous pourrez vous installer dans la chambre à l'opposé de la mienne, de l'autre côté de la maison.

— Je ne suis pas sûre que ce soit très sage.

Mitch laissa fuser un soupir d'exaspération.

— Préférez-vous passer une semaine à écouter le concert de Bobby et Stella ? Tori, poursuivit-il en se levant, je vous jure solennellement de ne pas vous jouer de tours tant que vous séjournerez chez moi. Pas si vous ne le désirez pas.

— Entendu, se décida-t-elle. Laissez-moi le temps de prendre quelques affaires et je passerai cette nuit chez vous.

Il pencha la tête.

— Seulement cette nuit ?

— Cela dépend.

— De quoi ?

— De votre attitude.

— Ecoutez, il y a un verrou à la porte. Donc, vous pouvez en être certaine, je ne vous importunerai pas pendant votre sommeil.

Au moment où elle ouvrait le panneau grillagé, Mitch s'exclama :

— Jolies, les pantoufles !

Tori se retourna et souleva un pied.

— Oui, j'aime assez faire le singe de temps à autre.

Réprimant un grognement, Tori tourna le dos à son étincelant charisme. Elle espérait avoir suffisamment de forces pour continuer à en faire autant pendant le reste de la semaine.

Mitch se sentait légèrement coupable. Car enfin, il était reconnaissant à Bobby de sa mâle vigueur. Mais il fallait le reconnaître : Tori serait bien plus à son aise chez lui. Et puis, elle serait à portée de main si jamais elle changeait d'avis.

— Nous y voilà, dit-il en ouvrant la porte. Rien d'original, mais vous aurez votre propre salle de bains.

Tori pénétra dans la pièce, sa veste de cuir passée par-dessus ses vêtements de nuit. Quand la lumière éclaira sa chemise bleu pâle, Mitch entrevit les contours de ses jambes nues jusqu'aux cuisses sous le mince tissu. S'il avait l'intention de regagner sa propre chambre et dormir un peu, mieux valait ne pas trop regarder, se dit-il.

Tori jeta sa veste sur le plaid rouge du lit et se retourna vers lui.

— Cela me paraît plutôt confortable.

— Le lit provient de ma chambre dans la vieille maison, mais le matelas est neuf.

Dieu qu'il était dur de ne pas regarder ses seins ! Quand

Mitch croisa les yeux de Tori, il comprit qu'elle s'était aperçue de son manège.

— Je trouve la vieille maison assez jolie, fit-elle remarquer. Pourquoi en avoir bâti une nouvelle ?

La raison ? Des souvenirs bien trop lourds à porter pour Mitch. Souvenirs des moments passés avec sa mère pendant ces étés où son père était trop occupé pour les rejoindre. Souvenirs des derniers instants de sa vie. Trop de fantômes et aussi de faits que Tori n'avait pas besoin de connaître.

— Je désirais quelque chose qui soit un symbole des racines que j'ai plantées ici, se contenta-t-il de répondre. Buck était assez réticent au début, mais j'ai fini par le persuader de venir vivre avec moi et de laisser Bobby dans la vieille ferme, au lieu de rester avec les autres dans les quartiers du personnel. C'est lui qui a insisté pour rapporter une partie des vieux meubles pour se sentir un peu plus chez lui.

Tori montra du doigt un tableau accroché sur le mur en face d'eux.

— Il a insisté aussi pour cela ?

Mitch se rapprocha d'elle pour voir ce qui avait attiré son attention. C'était une photo de lui enfant, juché sur un poney, un chapeau rouge de cow-boy sur la tête.

— Oui dit-il, mais c'était une idée de Buck.

— Joli costume, dit-elle. Je le trouve adorable.

Il aurait pu en dire autant d'elle avec ces ridicules pantoufles en forme de singe. Il désigna la penderie.

— Vous pourrez accrocher vos vêtements ici.

Tori jeta un coup d'œil à ses affaires posées sur le lit.

— Je n'ai pas apporté grand-chose. Comme je n'avais pas prévu de rester longtemps, il faudra que j'emprunte quelques vêtements à Stella.

— Demain, dit-il, vous pourrez rapporter tout ce dont vous aurez besoin.

— Pouvez-vous me dire ce qui vous rend si certain que je resterai ici jusqu'à la fin de mon séjour ? demanda-t-elle, mains sur les hanches.

— Parce que vous avez besoin de sommeil.

— Ah ça, c'est juste !

Tori étendit les bras et bâilla. Dans ce mouvement, les contours de ses seins apparurent ainsi que l'ombre de ses mamelons. S'il ne filait pas très vite d'ici, songea Mitch, il ne répondait plus de ses gestes.

— Si vous n'avez plus besoin de rien, dit-il, Je vais retrouver ma chambre. Celle de Buck est à deux portes d'ici, mais il ne devrait pas vous ennuyer.

— En fait, si, j'ai besoin de quelque chose, répondit Tori.

Elle se percha au bout du lit et tapota le matelas à côté d'elle.

— Venez ici. Je désire seulement vous parler, le prévint-elle avant qu'il se soit assis, ne faites donc pas cette tête !

— Quelle tête ?

— Celle que vous me réservez quand vous avez certaines idées…

Autrement dit, il aurait aussi bien pu se faire tatouer sur le front : « Je vous désire, Tori ! »

— Très bien. Je ne vous regarderai pas. Et je préfère rester là pour vous écouter.

— Parfait. J'ai eu une idée dont j'aimerais vous faire part.

— D'accord. Allez-y.

— Voilà. j'ai beaucoup pensé à nous, à notre relation et j'ai décidé de prendre un nouveau départ. Peut-être pourrions-nous rester amis, et ainsi nous ne serions plus aussi enclins à passer à l'étape suivante ?

— Tori, nous l'avons déjà franchie, cette étape. Il est impossible de revenir en arrière.

Et il ne le voulait pas non plus. Il ne désirait retrancher aucune des minutes de leur première nuit ensemble.

— Mais tout est dans la tête, Mitch. En outre, nous avons pas mal de choses en commun. C'est une excellente base pour nouer une amitié.

La seule chose en commun à laquelle Mitch pensait était qu'ils s'entendaient drôlement bien au lit tous les deux. Ou plutôt à l'arrière d'un pick-up.

— Quelles choses ? demanda-t-il à tout hasard.

— Eh bien, nous avons tous les deux perdu notre mère.

— Exact. Quoi d'autre ?

Tori resta silencieuse un moment, puis elle fit claquer ses doigts.

— J'y suis. Nous connaissons tous les deux les procédés d'élevage.

Mitch ne put s'empêcher de sourire devant son évidente mauvaise foi.

— Oui, en effet, se contenta-t-il d'approuver.

En d'autres termes, songea-t-il, elle était en train de lui expliquer qu'elle ne désirait rien d'autre que son amitié. Il aurait pu trouver cela très bien, mais pour quelque obscure raison, ce ne fut pas le cas.

— Je n'ai jamais vraiment eu d'amie femme, objecta-t-il.

— Mary Alice et vous n'étiez pas amis ?

— Peut-être il y a des années, quand nous étions plus jeunes. Mais fondamentalement, nous ne parlions pas tant que ça.

— Je vois, dit-elle sobrement, ce qui surprit Mitch.

— Mary Alice et moi, c'est fini, renchérit-il. Nous aurions dû arrêter de nous voir il y a longtemps déjà.

Tori s'appuya sur ses coudes ce qui fait saillir ses seins. Mitch sentit s'accroître sa sensation de malaise.

— Pourquoi avez-vous décidé de rompre au bout de neuf ans ? demanda-t-elle.

— Elle voulait que je l'épouse et comme je vous l'ai dit, je n'envisage pas de me marier. Ce n'était pas exactement moi qu'elle désirait. Ce qu'elle voulait, c'était mon argent et mon nom. Quand je ne me suis pas conformé à ses désirs, elle a cherché quelqu'un d'autre. Il s'appelle Brady Stevens.

— Quelle belle prise !

— Oui. Il m'a toujours fait penser à une grande perche anémique.

Le rire de Tori démarra comme un gloussement pour se terminer en fou rire.

— Oh, la ferme, hein là-bas ! s'écria soudain la voix très irritée de Buck.

Tori plaqua sa main sur sa bouche.

— Je suis désolée. J'avais oublié votre grand-père.

— Ne vous en faites pas pour lui. En fait, je ne suis pas tout à fait certain que nous l'ayons réveillé. Il parle souvent en dormant.

Tori jeta un coup d'œil sur la pendulette.

— A propos de sommeil, il est 1 heure passée. Nous avons vraiment besoin d'aller nous coucher.

— Tout à fait d'accord. Je réfléchirai à cette histoire d'amitié, dit-il.

Enfin, quand il ne penserait pas à lui faire l'amour…

— Je vous promets que ce ne sera pas si difficile. D'ailleurs, je vais vous le prouver.

Prenant Mitch par surprise, elle se leva et l'entoura de ses bras.

— Vous voyez ? Nous nous étreignons et cela doit rester ainsi…

Droit comme un I, Mitch passa un bras autour d'elle d'un air dégagé. Tori se souleva sur la pointe des pieds et l'embrassa sur la joue.

— Bonne nuit, Mitch. Faites de beaux rêves.

Le rêve le plus doux, il l'avait déjà entre ses bras. Mais il n'était pas question de faire le moindre geste, maintenant. Ah, elle voulait de l'amitié ? Eh bien, il allait lui en donner. Tout au moins cette nuit. Il la repoussa et lui baisa le front.

— Bonne nuit, Tori.

Et soudain, Tori qui à peine quelques instants auparavant avait insisté pour rester sur un registre amical, l'attrapa par le cou et attira ses lèvres contre les siennes. Et ce baiser-là n'avait rien d'amical. Il brûlait, il était profond. Lorsqu'elle se recula, Mitch leva les mains dans un geste d'excuse.

— Ce n'était pas ma faute.

Tori rejeta ses cheveux en arrière.

— Je sais. C'est la mienne. Cela ne se reproduira plus.

Mitch se dirigea vers la porte. Juste avant de sortir, il se retourna :

— Vous n'avez qu'à continuer à vous le répéter, Tori. Vous finirez peut-être par vous en persuader !

6

Comment avait-elle pu être aussi bête ? Tori n'arrivait pas à le croire. Ce fut même la première chose à laquelle elle pensa quand le soleil, entrant à flots par la fenêtre, lui inonda le visage. La veille au soir, elle s'était conduite comme une imbécile. Mais à quoi avait-elle songé en embrassant Mitch, après avoir tant insisté pour rester sur un pied d'amitié avec lui ?

Roulant sur le côté, elle jeta un coup d'œil à la pendulette avant de se redresser d'un bond. Presque midi. Pourquoi Mitch ne l'avait-il pas réveillée ? Après tout, elle avait encore du pain sur la planche.

Après une douche rapide, elle se glissa dans un sweat-shirt gris et un jean taille basse qui datait de la période avant la grossesse de Stella. Il était un peu grand, mais elle devrait s'en contenter. Après avoir enfilé une paire de baskets, elle se précipita dans le living-room qui était désert. Dans la cuisine, aucun signe de vie non plus, à l'exception de deux tasses à café et d'un exemplaire du *Quail Run Herald* abandonné sur la table. Oubliant la tentation de le lire, Tori sortit de la maison et suivit d'un pas vif le sentier menant aux étables. Elle devait l'admettre, elle avait hâte de revoir Mitch.

Elle s'arrêta net en apercevant plusieurs hommes groupés dans l'espace sablé près d'une étable. Un pied posé sur le barreau inférieur de la barrière, elle s'abrita les yeux du soleil pour observer la scène. Deux cow-boys à cheval, de profil, discutaient avec les autres spectateurs qui se tenaient près d'un paquet de cordes. L'un des deux était Mitch Warner. Il avait vraiment fière allure malgré son chapeau noir usé et sa paire de bottes grossières. Tori se maudit d'avoir oublié son appareil photo car, à cet instant, elle avait sous les yeux une image du vieil Ouest dans toute sa magnificence.

Tori tenta de repousser la soudaine vague de désir qui l'assaillait. Sa raison lui criait de retourner chez Stella et d'attendre de voir Mitch un peu plus tard. Son cœur lui soufflait qu'elle ne pouvait pas partir. Pas encore. Pas tant qu'elle ne l'aurait pas longuement dévoré du regard avant que quelqu'un ne remarque sa présence.

Il était déjà trop tard. Elle en prit conscience en voyant Buck faire le tour de l'enclos et se diriger vers elle de sa démarche de cavalier, les jambes un peu arquées.

— Alors, lâcheuse, dit-il en mettant un pied sur le barreau à côté du sien.

— Bonjour, Buck.

En même temps, Tori adressa un signe de tête circulaire à l'adresse du groupe.

— Vont-ils marquer un veau ? demanda-t-elle.

— Pas du tout. Ils se sont amusés toute la matinée.

Il lui expliqua alors un jeu de cow-boys qui consistait à lâcher un veau dans l'enclos et à lui courir après pour récupérer le plus vite possible l'entrave qu'on lui avait laissée.

— Et que gagnent-ils ?

— Le droit de se vanter, c'est tout. La plupart de ces garçons manquent un peu de confiance en eux. Mitch en emploie à plein-temps autant qu'il lui est possible de le faire. Parfois, il donne à d'autres un poste à temps partiel quand il y a un surcroît de travail. La semaine prochaine, ils l'aideront à ramener les troupeaux vers les étables avant que l'hiver ne s'installe définitivement.

Tori examina le groupe d'hommes. Ils étaient très différents les uns des autres, tant par l'âge, que la taille et l'allure. L'un d'eux sortait du lot. Agé environ d'une vingtaine d'années, il se tenait à cheval à côté de Mitch. Il était beau, avec des épaules massives, de longs cheveux blonds et un sourire triomphant. Mais l'attention de Tori fut bientôt attirée par ce qui lui manquait : son bras droit coupé au-dessous du coude.

— Travaille-t-il ici ? demanda-t-elle à Buck en lui montrant le cow-boy.

Buck émit un petit gloussement.

— Oui. Nous l'appelons Bandit, en référence aux bandits manchots, les machines à sous.

Tori fronça les sourcils.

— Cela me paraît très cruel.

— Non. C'est lui qui a commencé. C'est… hum, en relation avec sa façon de se comporter avec les dames. Il est très connu pour leur voler… hum, eh bien, ne faites pas attention.

Tori se mit à rire.

— Un garçon intéressant, dirait-on.

— Un brave gars, en tout cas. Depuis que Gus est revenu l'été dernier, il le suit partout. Quand Rand — c'est son véritable nom — a perdu son bras, à l'âge de seize ans, Gus l'a en quelque sorte adopté et il lui a appris à attraper les bêtes au lasso et avec ses dents. C'est le spectacle le plus étrange que vous puissiez voir.

— Oh ! Alors c'est lui l'expert en informatique ?

— Oui, mais il voulait d'abord être vétérinaire pour chevaux. Il était près de terminer ses études quand il a renoncé. Il disait que ce n'était pas pour lui, mais nous pensions que c'était à cause de son bras.

Tori se dit tout de suite qu'il y avait là matière à raconter une vraie histoire, mais elle devait d'abord se concentrer sur celui qui monopolisait son attention.

— Pourquoi appelez-vous Mitch « Gus » ? demanda-t-elle.

— Quand il était petit, je l'avais surnommé Gus le grincheux. Dès sa naissance, il a toujours été plutôt sombre. Mais bien sûr, j'arrivais à le faire rire en faisant le pitre.

— Je peux l'imaginer, dit Tori.

Elle pouvait également imaginer pourquoi Mitch aimait

tellement cet homme. Buck, franc comme l'or, était le sel de la terre. Le genre d'homme de plus en plus rare par les temps qui couraient. Manifestement, son petit-fils avait hérité de certains de ses traits, songea-t-elle en évoquant sa propension à engager des exclus. C'était sans doute ce que Mary Alice avait voulu dire quand elle s'était moquée de son goût pour les gens du commun. A le regarder en ce moment, il leur ressemblait. Quand on le connaissait, comme maintenant elle le connaissait, il n'y avait rien de commun ni de banal en lui. Ni dans son apparence, ni dans sa personnalité, ni dans son pouvoir de fascination.

Elle prit vaguement conscience de la voix de Buck, mais perdue dans ses pensées, elle ne saisit pas le moindre mot. S'arrachant à la contemplation de Mitch, elle émit un son interrogatif.

— J'ai dit qu'il n'a besoin que d'une bonne épouse.

Avec un gros effort pour ne pas paraître trop intéressée, Tori continua à regarder Mitch qui poursuivait un veau qu'on venait de lâcher.

— Je suis certaine qu'un de ces jours, dit-elle, il en trouvera une.

— Je commence à me le demander. Il a gâché neuf ans de sa vie avec une femme qui n'était pas pour lui. Gus a besoin de quelqu'un qui le comprenne. Il n'y a pas trop de choix dans les parages.

— C'est sûrement la vérité. C'est une petite ville.

Elle sentit le regard de Buck fixé sur elle. Il y eut un silence, puis il reprit :

— Combien de temps avez-vous prévu de séjourner ici ?

— Jusqu'à dimanche.

— Je ne pourrais pas vous persuader de rester plus longtemps ?

Elle lui jeta un bref regard.

— J'ai un métier et un appartement qui m'attendent à Dallas.

— Un petit ami ?

Tori enleva son pied du barreau et s'adossa à la balustrade pour lui faire face.

— Voyons, Buck, vous savez bien que vous êtes trop jeune pour moi.

Dans le sourire qu'il lui décocha, elle retrouva beaucoup de celui de son petit-fils.

— D'accord, mais vous n'êtes pas trop vieille pour Gus. Il pourrait bien s'entendre avec une femme comme vous, quelqu'un qui lui fasse garder les pieds sur terre.

— Voyons, vous me connaissez à peine.

— Je vous connais suffisamment, Tori. Vous l'aimez bien. Vous êtes intelligente et vous vous êtes bien accrochée ici quand les gens n'étaient pas gentils avec vous.

— Qu'est-ce qui vous fait croire que les gens se comportaient ainsi ?

— J'ai connu votre maman et je savais qu'elle n'était pas mariée. J'ai entendu les ragots, mais moi, je ne suis pas homme à juger les autres.

Tori baissa les yeux sur l'herbe sèche à ses pieds.

— Cela n'a pas été tout le temps si désagréable. Mais je suis partie, depuis. Je n'ai pas l'intention de revenir vivre ici de façon permanente.

— Cette ville n'est pas si horrible quand on a quelqu'un sur qui s'appuyer en cas de problèmes…

Là-bas, le groupe se dispersait. Mitch descendit de cheval et commença à se diriger vers l'écurie. Tori mit l'instant à profit pour fuir la tentative de Buck de la convaincre qu'elle était l'épouse idéale pour Mitch. Elle lui tapa sur l'épaule et lui sourit.

— Le devoir m'attend. A tout à l'heure, je pense !

— Vous pourrez toujours m'accompagner à la fête si mon petit-fils ne veut pas vous y emmener.

— La fête ?

— La fête de la moisson. Vous devez vous en souvenir. Elle a lieu chaque mois d'octobre et se termine par un rodéo ce week-end.

Une fois de plus, Tori fut renvoyée vers son passé.

— Oui, je m'en souviens, dit-elle, mais je n'avais pas l'intention d'y aller.

— Il le faut. Il y aura le meilleur barbecue et la meilleure bière de l'Etat — non que je touche à la boisson, du reste.

Tori lui sourit d'un air ironique.

— Vous croyez me faire avaler ça ?

— Pas du tout, mais vous, il y a une chose que vous devez absolument croire.

Du doigt, il désigna l'écurie et ferma un œil comme s'il se préparait à prendre une photo.

— Ce garçon là-dedans, il a un sacré béguin pour vous.

Pour toute réponse, Tori se contenta de prendre amicalement congé de Buck et de partir à la recherche de Mitch. Non sans réfléchir aux paroles de Buck. Mitch avait-il vraiment un béguin pour elle ? Un béguin aussi puissant que celui qu'elle sentait croître en elle ?

Après avoir bouchonné Ray, Mitch trouva Tori le dos appuyé contre le mur. Elle avait ramassé ses cheveux en queue-de-cheval au-dessus de sa tête et le sweat-shirt quelle portait avait tout l'air d'un vieux jogger. Si elle n'était pas la chose la plus mignonne qu'il eût jamais vue, il était prêt à manger sa sangle de selle au petit déjeuner.

Tori le salua de la main.

— Bonjour. Vous avez quelques minutes à m'accorder ?

Si elle voulait bien capituler et reconnaître qu'ils se désiraient mutuellement, il était prêt à lui accorder toutes les heures qu'elle voudrait.

— Bien sûr. J'attends que Ray soit sec. Nous pourrons aller dans mon bureau.

Tori lui emboîta le pas et maintint une certaine distance entre eux, même lorsqu'ils se retrouvèrent derrière une porte close. Elle ne remarqua pas qu'il la fermait à clé. Mitch était resté debout quasiment toute la nuit, plein d'un douloureux désir. Ce désir ne se dissiperait pas avant qu'il ne lui ait refait l'amour, cette fois avec une lente précision, pour la convaincre qu'il était parfaitement naturel de répondre au besoin qu'ils avaient l'un de l'autre.

Pendant que Tori, debout, croisait les bras sur son estomac, Mitch s'assit sur le rebord du bureau.

— Avez-vous bien dormi ? demanda-t-il.

— Sans doute. Vous auriez dû me réveiller plus tôt.

— J'ai pensé que vous aviez besoin de repos. En outre, c'est le seul moment depuis l'aube où je peux faire un break.

Du menton, Tori désigna l'ordinateur.

— Que faites-vous là ?

— Je trace la piste pour les bêtes et j'y ajoute un couple de veaux. Ils ont tous un numéro.

— Vous devriez leur donner des noms.

— Si vous arrivez à en trouver vingt-deux, alors c'est bon.

— Ce pourrait être un vrai challenge.

Pour l'instant, le challenge c'était elle, quand elle s'humectait les lèvres. Mitch dut s'agripper au rebord du bureau pour se retenir de la prendre à pleins bras et de l'embrasser à en perdre la raison.

— Y a-t-il autre chose que vous désiriez savoir sur le métier ?

Le regard de Tori se posa sur le diplôme accroché au mur sur sa droite.

— J'y penserai, mais d'abord, je voudrais m'excuser pour hier soir.

Mitch était las d'entendre et de prononcer ces mêmes mots. Las de lutter contre ce qui les attirait.

— Quand cela va-t-il cesser, Tori ? demanda-t-il de but en blanc.

Le regard de Tori revint se poser sur lui.

— Cela n'arrivera plus.

— Je veux parler de notre mutuel désir. Il est peut-être temps de cesser de dire que nous sommes désolés et accepter le fait que cette chose est plus forte que nous. Vous ne vous sentez pas un peu troublée, ajouta-t-il en se rapprochant d'elle, là, maintenant, sachant que nous sommes seuls ? Sachant que nous pouvons faire ce que nous avons envie ?

— Non.

Tori se détourna de lui et se dirigea vers la fenêtre, mais son expression incertaine n'échappa à Mitch qui la suivit. Cette fois, il n'était plus question de ne pas la toucher. Il lui ceintura la taille de ses bras et l'attira contre lui. Elle ne résista pas mais ne fit aucun geste pour l'encourager.

— Je ne vous crois pas, Tori. Je le vois très clairement maintenant : vous êtes sur le point de prendre feu et moi aussi.

— Je vais aller chez Stella chercher mon appareil photo.

Mitch passa la main sous son sweat-shirt et posa sa paume sur son ventre.

— Je ne vois aucun inconvénient à prendre quelques clichés, dit-il, à condition que vous ôtiez vos vêtements.

Son doigt se déplaça autour de la ceinture du jean trop large.

— Et puis non, ce n'est pas une bonne idée. Ils pourraient tomber entre de mauvaises mains.

Sa paume se glissa à l'intérieur du jean jusqu'au bord du slip.

— Je m'assurerais qu'elles restent entre les miennes.

— Mitch, ce n'est pas possible, murmura Tori en renversant la tête contre l'épaule de Mitch.

Elle ne se rendait même pas compte que son attitude contredisait ses propos. Il avança de quelques centimètres sous la dentelle.

— Vous n'avez pas besoin de faire quoi que ce soit, Tori, sauf d'en profiter.

Tori étouffa une exclamation chargée de désir. Tout comme l'était sa chair quand Mitch chercha l'endroit où allait se concentrer son plaisir.

— Vous êtes toute chaude, Tori, murmura-t-il en la caressant du bout des doigts.

Il la voulait faible et consentante. Il voulait l'entendre gémir, la sentir s'écarter pour l'accueillir.

Quand on frappa à la porte, Tori lui arracha la main de son jean et se recula précipitamment.

— Hé, Mitch, tu es là ?

Mitch posa ses deux paumes sur le rebord de son bureau et baissa la tête.

— Oui, Bobby, je suis là, dit-il d'une voix claironnante, détail qui ne fut pas perdu pour son contremaître.

— Tori est avec vous ?

— Oui, murmura-t-il d'un ton sec. Nous étions en train de parler.

Bobby ricana.

— Très bien. Stella voulait l'informer que le déjeuner était prêt. Alors Tori, quand vous et Mitch aurez fini de « parler », venez.

— Elle sera là dans une minute, répondit Mitch pour sa compagne.

— Si cela ne doit te prendre qu'une minute, Mitch, tu ferais aussi bien de grignoter quelque chose, histoire d'avoir un peu plus d'énergie. Prenez votre temps, Tori.

Le bruit de ses pas, lorsqu'il s'en alla, parvint à peine à couvrir ses éclats de rire.

— Mitch, je…

— Ne dites tien, Tori. Ne dites surtout pas que vous êtes désolée.

— J'allais juste dire que je perdais complètement la tête.

Mitch se recula du bureau et la dévisagea.

— Bienvenue au club.

Tori noua ses mains sur sa nuque et, dans ce mouvement, son sweat-shirt se souleva, laissant apparaître son nombril.

— Très bien, murmura-t-elle dans un lent soupir. Cette chose est peut-être trop forte pour nous deux, après tout.

— Qu'est-ce qui vous a mise sur la piste ? Etait-ce avant ou après que je vous aie presque fait…

— Avant.

— Qu'allons-nous faire ? demanda-t-il.

Mais il savait très bien ce que lui, désirait plus que tout : l'emporter dans la maison et lui faire l'amour.

— Eh bien, pour l'instant, dit Tori, je vais aller déjeuner et ensuite j'aurai quelques notes à rédiger.

Mitch se permit un sourire incrédule.

— Jusqu'à ce que nous finissions ce que nous avons commencé il y a quelques minutes, vos notes risquent d'être incomplètes.

Elle afficha un air renfrogné.

— Des notes comme celles que vous prenez pour vos affaires ? risqua-t-il.

Il fit deux pas dans sa direction.

— Je ne pense pas que ce soit aussi intéressant.

Elle sourit et fit deux pas en arrière.

— J'ai une idée géniale. Les dix trucs favoris de Mitch Warner pour séduire une femme.

Il fit encore un pas.

— Dix seulement ?

Cette fois, elle ne bougea pas.

— Je ne crois pas que vous souhaitiez ce genre de publicité. Vous savez, vous n'auriez plus un moment de tranquillité. Toutes les femmes feraient la queue devant chez vous pour essayer de savoir si vous êtes à la hauteur de votre réputation.

Un pas encore et ils seraient visage contre visage et retour à la case ennuis.

— Suis-je à la hauteur de ma réputation ?

Tori hésita, fit mine de réfléchir.

— Je n'en suis pas encore certaine. Comme vous l'avez dit vous-même, mes notes sont incomplètes.

Cinq minutes de plus et il allait la prendre à même le mur !

— Peut-être devrions-nous nous livrer ce soir à quelques recherches supplémentaires ?

— Votre grand-père m'a invitée à la fête.

Mitch avait totalement oublié l'événement auquel il assistait indéfectiblement depuis dix ans.

— Dans ce cas, je vous accompagnerai.

— Vous ?

— Parfaitement. Vous aurez probablement besoin d'être protégée de tous ces cow-boys.

— Oui, sûrement.

— Je suis sérieux, Tori. Ce n'est pas si souvent qu'une femme aussi séduisante que vous arrive chez nous.

— Bien, mais qui va me protéger de vous, alors ? demanda Tori.

Si elle se méfiait tellement de lui, alors il n'avait pas à en être fier.

— Inutile de vous inquiéter. Je me conduirai bien.

Tori s'approcha de lui, rajusta son col et lui tapa sur la poitrine.

— Nous pourrions considérer cela comme un rendez-vous amical ?

— Un rendez-vous ? Si je me promène en ville avec vous à mon bras, cela pourrait en surprendre pas mal !

Tori prit un air sérieux.

— Personne n'a besoin de savoir qu'il s'agit d'un rendez-vous, Mitch, si c'est ce qui vous tracasse.

— Je n'ai pas dit que je me souciais du qu'en-dira-t-on.

— Vous si, puisque vous serez avec moi.

— Tori, je ne comprends rien à rien.

Elle soupira.

— Quand j'étais plus jeune, les gens supposaient que, puisque ma mère m'avait eue hors mariage, je ne manquerais pas de suivre son exemple. J'ai entendu ce commentaire des milliers de fois avant de quitter ce trou perdu. C'est à cause de cela que je ne sors avec personne.

Voilà qui commençait à être plus clair, se dit Mitch. D'un côté, Tori était une femme pleine de confiance dans sa vie professionnelle. A un niveau plus profond, elle était toujours cette adolescente vulnérable qui s'efforçait de prouver sa valeur à la face du monde.

— Alors, si je comprends bien, vous êtes en train de me dire que je ne devrais pas être vu en votre compagnie parce que les gens supposeraient que, devenue adulte, vous coucheriez automatiquement avec moi ?

— Quelque chose comme ça, oui.

— Tori, vous n'avez rien à me prouver, ni à qui que ce soit d'autre. Ce qui peut arriver entre nous, nous regarde et nous seuls. Cela ne fait pas de vous une mauvaise personne.

Quand elle baissa la tête, il lui releva le menton.

— Je me sentirai honoré de vous escorter dans les rues de notre ville, et au diable ce qu'en pensent les gens !

Le sourire de Tori illumina la pièce et quelque chose en Mitch s'éclaira aussi. Comme c'était bon de pouvoir déclencher ce sourire d'un simple geste !

— Super, dit-elle. Je vais aller travailler, vous aussi de votre côté, et ensuite nous irons à la fête. A quelle heure ?

— 7 heures. Je passerai vous chercher.

Le sourire de Tori se fit incertain.

— Etes-vous sûr de vouloir faire cela ? Je pourrais toujours y aller avec Stella, Bobby et Buck.

Il lui effleura la joue d'un baiser.

— Je ne le ferais pas si je n'en avais pas envie. Je ne fais jamais ce qui ne me plaît pas.

— Très bien, dit-elle. Alors à 7 heures.

Lorsqu'elle eut fermé la porte, Mitch se laissa tomber dans le fauteuil derrière le bureau et enfouit son visage entre ses mains. Il ne pouvait s'empêcher de se demander si tout dans son comportement n'avait pas laissé croire à Tori qu'il la considérait comme une conquête facile, à cause de son histoire personnelle. Et cela, c'était loin, très loin de la vérité.

Tori Barnett était intelligente et sexy. Elle avait de la classe. C'était une femme que n'importe quel homme doté d'un peu de cervelle aimerait mieux connaître. Du reste, il lui en avait déjà plus révélé sur lui-même qu'il ne l'avait jamais fait avec aucune autre femme. Cela avait peu à voir avec le sexe, même s'il avait du mal à l'admettre. Ce soir, il la traiterait comme la femme unique et précieuse qu'elle était. Il ne lui demanderait rien, hormis sa compagnie. Il lui prouverait qu'il la respectait assez pour ignorer ses propres désirs. Il se comporterait comme le gentleman que sa mère lui avait appris à être et, il se rappellerait que Tori devait s'en aller d'ici à quelques jours pour retourner à sa propre vie. Il avait six jours devant lui et même s'ils ne faisaient plus jamais l'amour, Mitch serait quand même heureux du temps passé en compagnie de Tori Barnett.

— Qu'est-ce que m'a raconté Bobby ? Tu faisais l'amour avec Mitch dans le bureau ?

Tori s'arrêta de mâcher et avala rapidement sa bouchée, à la recherche d'une réponse appropriée.

— Je ne faisais l'amour nulle part avec Mitch.

Stella repoussa son assiette et sourit.

— Et pourquoi pas, Tori ?

— Oh, bon sang ! s'exclama son amie en allant jeter son sandwich à la dinde à peine entamé dans la poubelle. Donne-moi une seule bonne raison de coucher avec Mitch Warner.

— Parce que tu en as envie.

« Exactement », songea Tori. L'œil fixé sur les bulles savonneuses au fond de l'évier, comme si elles pouvaient lui dévoiler l'avenir, elle ajouta :

— Ce que je pourrais avoir envie de faire et ce que je devrais faire sont deux choses très différentes.

— Tori, tu ne penses pas qu'il serait temps de cesser de jouer à la bonne fille vertueuse ?

Comme c'était étrange, songea Tori. On aurait pu croire que Mitch et elle s'étaient donné le mot.

— Si tu t'en souviens bien, je ne l'ai pas été il y a quatre nuits, dit-elle.

Stella vint se placer à côté d'elle et posa un coude sur son épaule.

— Te connaissant comme je te connais, tu dois te le reprocher à mort.

Tori se dégagea du bras de Stella et commença à faire la vaisselle.

— Je ne me suis pas exactement fait des reproches, même si j'aurais dû, probablement.

— Pourquoi donc ? Tu devrais être heureuse d'avoir eu cette occasion, et tu devrais tenter d'en grappiller un peu plus.

— Pourquoi faire, Stella ? Je partirai dans quelques jours et ensuite, tout sera fini.

Un silence s'établit avant que Stella ne s'écrie :

— Oh, mon dieu ! Tu es en train de tomber amoureuse de lui !

— Non. C'est impossible.

— On n'a pas toujours le choix. Moi, je ne voulais absolument pas tomber amoureuse de Bobby, mais j'en suis heureuse maintenant.

Elle se tapota le ventre.

— Maintenant, j'ai un bébé en route et un homme qui m'aime plus que son cheval.

Tori éclata de rire.

— Je suis ravie de l'apprendre, mais c'est exactement la raison pour laquelle je n'ai pas le droit de tomber amoureuse de Mitch. Il ne m'aime pas plus que son cheval et ne le fera jamais.

— Il le pourrait très bien. Il arrive des choses étranges, tu sais.

Après avoir rincé une assiette, Tori s'appuya de la hanche contre l'évier et fit face à Stella.

— Pas avec Mitch. C'est un vrai célibataire endurci. Sa détermination à éviter tout engagement est solide comme du béton.

— Alors je te conseille de te forger quelques souvenirs à emporter avec toi à Dallas. Si tu tombes amoureuse de lui, cela se fera sans même que tu couches avec lui une nouvelle fois. Les choses ne seront pas pires si tu prends un peu de plaisir en attendant.

Stella avait sans doute raison, songea Tori. Si elle devait

donner son cœur à Mitch, elle n'aurait même pas besoin de l'embrasser. Jusqu'à ce moment de sa vie, elle s'était comportée en citoyenne et en femme modèle. Mais c'en était assez. Sainte Victoria se promettait bien maintenant de dire adieu à la bonne et honnête fille d'autrefois.

Tout au moins pour cette nuit.

7

Les rues étaient remplies de vendeurs et de badauds venus des trois comtés voisins pour la fête. Comme du temps où Tori était jeune, tout le monde attendait l'événement avec impatience, car il représentait une agréable diversion au train-train quotidien. Autrefois, Tori avait assisté elle aussi à ces festivités en compagnie de ses amis. Mais les pique-niques dans un pré, les feux d'artifice après le coucher du soleil n'étaient que des rêves inachevés d'adolescente. Ce soir, elle jouissait de la compagnie d'un homme qui était un rêve en lui-même. Vêtu d'une chemise bleu pâle qui rehaussait la couleur de ses yeux, d'un jean qui mettait en valeur sa virilité et coiffé d'un chapeau qui donnait de lui l'image d'un cow-boy confirmé, le splendide Mitch Warner arpentait à son côté les trottoirs de la ville. De temps à autre, il s'arrêtait pour serrer des mains, en bon fils de sénateur, même s'il ne voulait pas l'admettre. Tori n'aurait pas été surprise de le voir embrasser les bébés qui lui étaient présentés.

Pour l'instant, elle attendait en face de la quincaillerie tandis que Mitch rendait visite à Lanham Farley, le maire de la ville.

— Tiens donc, vous êtes encore là ?

Tori jeta un coup d'œil sur sa droite et reconnut Mary Alice Marshall. Son jean lui collait aux hanches qu'elle avait étroites et ses lèvres étaient peintes d'un rouge éclatant. Ses cheveux blonds dépassaient d'un chapeau blanc de cow-boy et elle avait les bras chargés d'animaux en peluche.

— Bonsoir, Mary Alice, dit Tori. On dirait que vous avez fait une belle prise.

Mary Alice serra les animaux contre son ample poitrine.

— En réalité, c'est Brady qui les a gagnés pour moi. Ils sont mignons, n'est-ce pas ? J'ai l'intention d'en faire don à la maison des enfants de Bennett.

— C'est très gentil.

— C'est très gentil aussi de votre part d'apporter votre soutien au festival, si l'on considère vos moyens limités. Mais vous ne devriez pas rester ici, ajouta-t-elle en sortant de sa poche un rouleau de tickets rouges. Tenez, prenez ça, et allez vous amuser un peu.

Telle était bien l'intention de Tori, et la situation commençait effectivement à l'amuser.

— Merci, mais en fait j'attends Mitch. Je n'en ai pas besoin pour le moment.

— Mitch ? répéta Mary Alice d'une voix suraiguë.

— Oui, dit Tori en hochant la tête en direction du cow-boy en question. Il est en train de bavarder avec le maire : il en aura bientôt terminé.

Mary Alice inclina la tête et lui décocha un regard acéré.

— Il y a quelque chose entre vous et Mitch, ou bien est-ce seulement un geste charitable de sa part ?

Tori grinça des dents pour s'empêcher de donner libre court au flot d'insultes qui menaçait de sortir de sa bouche.

— En fait, il est…

— Prêt à y aller ! dit la voix de Mitch.

L'apparition inopinée de Mitch n'aurait pas pu tomber mieux.

— Allons-y, Tori, proposa-t-il en lui entourant les épaules de son bras.

En s'éloignant, Tori ne put s'empêcher d'adresser un sourire moqueur à la jeune femme par-dessus son épaule.

Ils traversèrent un pâté de maisons, puis Mitch lui demanda, une légère inquiétude dans les yeux et la voix :

— Que vous a-t-elle raconté ?

— Pas grand-chose. Elle voulait simplement s'assurer que je saurais rester à ma place et m'a souhaité de passer un bon moment… jusqu'au moment où elle a découvert que j'étais avec vous. Mitch, cette femme a le béguin pour vous.

— Mais non ! la rassura-t-il. Elle est jalouse de vous, mais seulement parce que vous êtes avec moi.

— C'est un comble, Mitch !

— C'est pourtant la vérité. Croyez-moi, je la connais depuis longtemps et je sais de quoi je parle. Elle envie votre indépendance parce qu'elle a voulu partir d'ici autrefois, exactement comme vous. Malheureusement, elle a eu trop peur de son père pour s'en aller. Tout ça c'est du passé. A présent, je veux oublier cette femme.

Le bras de Mitch se détacha d'elle à la grande déception de Tori. Mais il lui prit aussitôt la main.

— Allons voir les attractions. Je gagne toujours.

Ce qui ne manqua pas d'arriver et Tori fut bientôt l'heureuse propriétaire d'un petit singe en peluche qui tenait une banane jaune en plastique à la main.

— Je trouve qu'il ira très bien avec vos pantoufles remarqua Mitch.

— Vous avez raison, reconnut Tori. Trouvons-lui un nom.

— Il me rappelle un peu le maire. Vous devriez l'appeler Lanham.

Tori se mit à rire.

— Vous avez raison. Alors, ce sera Lanham. Lanny pour faire plus court.

Une fois encore, Mitch lui passa un bras autour des épaules.

— Et maintenant ?

— Je veux une barbe à papa, déclara Tori.

Elle attendit près du stand pendant que Mitch faisait la queue. Plusieurs personnes la dévisagèrent en passant à côté d'elle. Ces coups d'œil furtifs avaient sûrement quelque chose à voir avec son « chevalier servant » de ce soir. Avant même d'être revenue à Dallas, se dit Tori, elle serait devenue la célèbre-inconnue-qui-sortait-avec-l'icône-locale !

Quelques minutes plus tard, Mitch revint avec une barbe à papa qu'il lui offrit. A la première bouchée, mêlée aux odeurs de gaufres et de pop-corn, un flot de souvenirs heureux afflua à sa mémoire, mais incomparable au bonheur présent de se retrouver en compagnie de Mitch.

Ils se mirent d'accord pour un tour de grande roue. Pendant qu'ils attendaient pour acheter leurs tickets, un agréable silence s'instaura entre eux. Mitch était à côté de Tori et la tenait par la taille. De son côté, la jeune femme résistait de toutes ses forces à la folle envie de se débarrasser de la barbe à papa et du singe pour se jeter entre ses bras. Mais elle repoussa cette idée. Ce n'était pas le bon moment.

Leur tour arriva enfin. Tori grimpa la première dans la cabine rouge, suivi de Mitch. Ils refermèrent la barre de sécurité autour d'eux et, comme ils commençaient à monter en marche arrière, Tori éprouva un drôle de petit creux dans l'estomac qui s'accentua quand ils se retrouvèrent tout en haut. C'était le moment idéal, estima-t-elle, pour poser une certaine question à Mitch. Il avait passé son bras derrière leur siège et leurs cuisses se frôlaient. Ce seul contact lui coupait le souffle et c'est d'une voix haletante qu'elle dit :

— Mitch, puis-je vous poser une question ?

Il fronça les sourcils.

— Je pensais que ce soir, nous pourrions peut-être oublier l'interview.

— Ce n'est pas pour mon article. Il s'agit de quelque chose que je voudrais savoir. A titre personnel.

— D'accord.

— Avez-vous déjà embrassé quelqu'un sur une grande roue ?

Mitch ôta son chapeau et se passa la main dans les cheveux, avant de le reposer sur sa tête.

— Autant que je m'en souvienne, j'ai essayé une fois quand j'avais treize ans. J'ai reçu une gifle.

— Moi, je ne vous giflerai pas, dit Tori.

— Vous voulez vraiment le faire devant la ville entière ?

Tori garda les yeux fixés sur les lumières qui brillaient à leurs pieds.

— Pas si cela doit ruiner votre rép…

Un baiser, aussi doux et sucré que la barbe à papa, l'interrompit net. Même quand la roue recommença à tourner, Mitch ne s'arrêta pas. Tori perdit conscience du mouvement de la roue ainsi que de la légère brise qui faisait flotter ses cheveux en arrière. Son attention tout entière se concentrait sur le plaisir insensé que lui procurait le contact de sa bouche. Il s'empara de sa main et lui caressa le poignet du pouce en un mouvement aussi doux que le glissement de sa langue contre la sienne. Mais il ne poursuivit pas son exploration et se rejeta contre son siège. Il lâcha la main de Tori pour rajuster son chapeau.

— Votre barbe à papa a dû couler, remarqua-t-il.

Tori s'aperçut que la friandise avait disparu.

— Je crois qu'elle a dû s'envoler, dit-elle.

Mitch se pencha par-dessus le bord de la cabine et regarda au-dessous d'eux.

— Diable, répondit-il. J'espère que tout cela ne pas va se terminer par une bonne séance de commérages chez le coiffeur.

Tori laissa fuser un petit rire qui s'envola avec le vent en emportant les derniers morceaux de son cœur.

— Cela devrait faire la une du *Quail Run Herald*, si notre petit raid aérien d'adolescents ne l'a pas déjà fait.

— Je pense que la Terre ne va pas s'arrêter de tourner simplement parce que vous m'avez embrassée en public, dit-elle.

— Ce n'est pas forcément ce que je dirais.

A cet instant, la roue eut une sorte de soubresaut avant de s'arrêter sur la plate-forme d'embarquement, et mit fin à l'aventure, à la grande déception de Tori. Mitch descendit et lui offrit sa main. Il ne la lâcha pas, même lorsqu'ils descendirent la rampe de bois au milieu des applaudissements et des sifflets des assistants. Quelqu'un cria même « Vas-y, Gus ! » Tori se retourna vivement et aperçut Buck, une belle femme d'âge mûr à son côté. Visiblement, Mitch était mécontent d'avoir été pris en flagrant délit par son grand-père. Tori rougit en constatant le nombre de témoins qui avaient assisté à leurs « exploits », et en particulier Mary Alice qui se tenait près de la sortie. Aussi infantile que cela puisse paraître, Tori éprouva tout à coup un puissant sentiment de satisfaction à l'idée que la blonde pulpeuse avait vu la *pauvre* petite Victoria Barnett embrasser Mitch Warner sur la bouche.

De nouveau, ils arpentèrent tranquillement les rues encombrées, noyés dans le flot de badauds. Ils allaient, main dans la main, Lanny étroitement serré au creux du bras de Tori. Chaque fois qu'elle respirait une bouffée de l'eau de toilette de Mitch, chaque fois qu'il la frôlait par hasard, elle prenait conscience de son désir d'arriver au bout de la soirée. Mais pas encore, pas si vite.

— Le feu d'artifice va commencer d'ici quelques minutes, observa Tori. Désirez-vous le regarder ?

Mitch s'arrêta au milieu de la foule et regarda autour de lui.

— J'ai une meilleure idée.

Sans lui laisser le temps de poser des questions, Mitch la tira à contre-courant du flot humain. Il s'arrêta à l'endroit prévu pour les promenades en chars à foin fournis par un couple de fermiers du coin. Laissant Tori derrière lui, Mitch discuta brièvement avec l'un des deux hommes et lui tendit ce qui ressemblait à quelques billets avant de revenir vers Tori.

— Allons-y, dit-il en la prenant par le bras.

Quelques personnes s'étaient rassemblées, attendant leur tour, mais le fermier leur fit signe de s'en aller.

— Prochain tour dans dix minutes, leur dit-il, soulevant une vague de protestations parmi les gens dans la file.

Mitch ne leur accorda pas un regard et aida Tori à grimper dans la remorque remplie de foin. Ils s'installèrent, dos aux bottes, Lanny une fois de plus entre eux. Le tracteur démarra dans un panache de fumée et un grincement de roues. Un cahot jeta Tori contre Mitch. Il s'empara de Lanny, le jeta par-dessus son épaule et enlaça Tori.

— Le pauvre Lanny va prendre froid, maintenant, s'écria Tori.

— Il n'a qu'à se trouver une femme ! Hum, cela me paraît très prometteur, madame, chuchota-t-il d'une voix rauque tout contre son oreille. Eh bien, nous y voilà, seuls dans le foin sous la voûte étoilée.

Tori se mit à trembler. Cela n'avait rien à voir avec l'air de la nuit qui n'était pas si frais.

— Nous n'avions pas de chaperon la dernière fois que nous nous sommes trouvés dans ce genre de situation remarqua-t-elle.

— Mais nous avions une couverture, ce qui n'est pas le cas maintenant.

— Cela signifie, je pense, que nous devons bien nous tenir ?

Mitch se baissa, l'attira vers lui et glissa la main sous sa veste, juste sous ses seins.

— Pas nécessairement, rétrorqua-t-il. Il fait sombre, et sauf si cet homme a une vision nocturne, il ne pourra pas nous voir.

— Mitch Warner, vous êtes un vilain garçon.

Du bout de la langue, il contourna l'ourlet de son oreille.

— Puis-je vous donner un baiser ?

— Faites, je vous en prie.

Mitch s'exécuta. Seulement cette fois, le baiser fut moins tempéré que sur la roue. Ils ne tardèrent pas à se retrouver pratiquement couchés dans le foin. Quand ils s'arrêtèrent pour reprendre leur respiration, ils avaient tous deux le souffle court et irrégulier. Du pouce, Mitch caressa un sein, puis, par lentes avancées, sa main en découvrit la pointe qu'elle caressa sous le sweater. Les explosions du feu d'artifice au loin n'avaient rien de comparable avec les battements sourds de son cœur qui se répercutaient dans les oreilles de Tori. Les fusées étincelantes dans le ciel au-dessus d'eux n'avaient rien de commun avec le flamboiement qu'elle percevait derrière ses paupières closes au moment où Mitch glissa une jambe entre les siennes et se frotta contre elle sur un rythme suggestif.

Quand il interrompit son baiser pour laisser traîner sa langue le long de son cou, un gémissement de désir s'échappa des lèvres entrouvertes de Tori.

— Combien de temps dure la promenade ? murmura-t-elle.

Mitch releva la tête.

— Pas assez longtemps. Il a fait demi-tour il y a cinq minutes déjà.

— Je n'avais pas remarqué.

Mais quand Mitch insinua sa paume à l'intérieur de sa cuisse, il lui fut impossible de ne pas s'en apercevoir.

— Je ne peux pas me contenter d'être simplement votre ami, Tori, murmura Mitch. J'ai tellement envie de vous faire l'amour que cela me fait physiquement mal.

Alors Tori, la si raisonnable Tori, guida la main de Mitch entre ses jambes, lui suggérant par son geste ce qu'elle désirait qu'il lui fasse et où.

— Je veux être votre amie, Mitch, et aussi votre maîtresse, tout au moins cette nuit.

— Et encore demain soir et après-demain, jusqu'à ce vous partiez, dit-il, tandis que sa main allait et venait délicieusement à travers le tissu de son jean. Mais pour que ce soit vraiment bien, nous ne pouvons faire cela ici.

Une fois de plus, Tori fut sur le point d'exploser quand Mitch retira sa main et reprit la position assise.

— Nous finirons cela plus tard, Bébé, si c'est vraiment ce que vous désirez dit-il, après un ardent baiser.

— Oui, je le désire.

— Dans ce cas, terminons-en avec cette balade et rentrons chez nous.

Sur le trajet du retour, Mitch conduisit, une main posée sur la cuisse de Tori. Bobby, qui, une fois de plus, avait bu un peu trop de bière, jacassait dans le fond de la voiture tandis que Stella s'efforçait de le faire taire. Puis commencèrent les baisers et les petits rires.

Lorsqu'ils eurent déposé devant leur maison le couple déchaîné, Mitch était à bout de nerfs. Il attendit que Stella et Bobby aient fermé leur porte pour se tourner vivement vers Tori et lui donner un baiser profond, bref, mais intense. Puis il remonta l'allée à toute vitesse vers sa propre maison. Il ouvrit la portière dans l'intention d'aider Tori à sortir, mais elle l'attendait déjà devant le capot. Mitch l'entraîna à l'intérieur où il s'empara de sa bouche tout en la guidant aussi vite qu'il pouvait vers le bout du couloir.

— Mais… et Buck, chuchota Tori en pénétrant dans sa chambre.

Mitch ferma la porte à double tour.

— Je me fiche pas mal de l'endroit où il se trouve, aussi longtemps qu'il n'est pas avec nous, grogna-t-il.

Il s'approcha lentement de Tori. Deux pas encore et il se retrouva juste devant elle.

— Pas d'animaux en peluche. Aucun vêtement. Et surtout pas d'excuses pour ce que nous sommes sur le point de faire.

— Il n'y en aura pas du tout si vous continuez à vous montrer à la hauteur.

— Vous en jugerez bien assez tôt, je pense.

Puis, le temps parut s'arrêter. Tori mit un point final à ses hésitations en retirant la chemise de Mitch hors de son pantalon et en la faisant glisser sur ses épaules, tandis que Mitch faisait passer le sweater noir de Tori par-dessus sa tête. Elle avait les cheveux encore plus ébouriffés et elle était diablement sexy, songea-t-il en la voyant debout devant lui, vêtue d'un bout de dentelle noire qui cachait à peine sa poitrine. Mitch ne tenta même pas de l'en débarrasser car il était perdu dans la contemplation des deux mamelons bruns et dressés qu'il n'avait jamais eu l'occasion de voir en pleine lumière Le répit fut de courte durée, car déjà, Tori débouclait son ceinturon et ouvrait sa braguette.

Décidé à savourer l'instant, Mitch emporta la jeune femme sur le lit. Il s'assit au bord du matelas et fit descendre le jean de Tori le long de ses jambes avant de l'envoyer rejoindre ses propres vêtements par terre. Il ne lui restait plus sur la peau que sa lingerie de satin noir.

— Vous êtes absolument superbe, murmura-t-il.

A peine eut-il effleuré son ventre que Tori fut prise d'un violent tremblement. Inquiet, Mitch redressa la tête et vit qu'elle avait fermé les yeux.

— Tori, dit-il, vous êtes d'accord ?

Elle rouvrit les paupières et lui adressa un pâle sourire.

— Mitch, si vous vous arrêtez maintenant, je ne vous pardonnerai jamais.

Du bout de la langue, il suivit le contour de ses lèvres.

— Je ne voudrais pas que vous ayez à me le reprocher.

— Justement. Alors maintenant, déshabillez-vous et poursuivons.

— Pas encore, protesta-t-il. Pas avant de vous avoir bien contemplée.

Il n'avait aucune intention de précipiter les événements, du moins pas tant qu'il ne l'aurait pas amenée exactement là où il le voulait.

— Ouvrez vos jambes pour moi, Bébé, dit-il en l'encourageant de ses mains. Et ne fermez pas les yeux.

Le souffle irrégulier de Tori lui apprit que son but était atteint. Mitch était, lui aussi, très proche de l'embrasement total. Mais cela ne l'empêcha pas de prendre tout son temps pour glisser les doigts dans la douce toison bouclée et d'y jouer un instant avant de partir en quête de sa chair chaude et moite. Quand il devina Tori à deux doigts de l'orgasme, il tempéra ses gestes, regardant tantôt son visage, tantôt les mouvements de sa main tandis qu'il poursuivait son exploration.

Soudain, la respiration de Tori s'accéléra et son corps se tendit sous ses doigts, signe avant-coureur de la jouissance qui s'emparait d'elle. Mitch voulut remplacer sa main par sa bouche, mais elle était déjà trop loin. Il se contenta de l'embrasser jusqu'à la fin de la dernière vague de plaisir. Désormais, il allait pouvoir la rejoindre dans l'extase.

Il s'écarta de Tori et, dans son impatience, se débattit au chevet du lit avec la fermeture de son jean,

— Mitch !

Relevant les yeux, il vit Tori assise au bord du matelas juste à l'endroit où il s'était tenu.

— Venez ici, dit-elle, d'une voix beaucoup plus calme maintenant.

Il s'approcha d'elle et la regarda baisser sa fermeture à glissière, puis faire descendre son jean et son caleçon jusqu'à ses pieds. Lorsqu'il s'en fut complètement débarrassé, Tori l'invita d'un geste à s'approcher. Mitch se souvint d'une chose qu'il s'était juré de ne plus oublier. Ouvrant le tiroir de la table de chevet, il en tira un petit sachet plié et le lui montra.

— Dois-je utiliser ceci ?

Sans le regarder, Tori écarta le plaid et se glissa entre les draps.

— C'est une bonne idée, je crois. Juste par mesure de sécurité.

Après avoir déroulé le préservatif et éteint la lampe, il souleva le drap et se glissa à côté de Tori. La lune aux trois quarts pleine filtrait à travers les rideaux entrouverts et jetait sur le visage de sa compagne une douce lueur.

— Je n'ai cessé de vous désirer depuis ce soir-là dans le pick-up, dit-il. Je suis sur des charbons ardents depuis quatre jours. Chaque fois que je pense à vous, mon corps vous désire. Quand je vous ai vue aujourd'hui dans l'enclos, en train de parler à Buck, j'ai dû faire un gros effort pour ne pas dire aux hommes de partir, et puis vous jeter sur mon épaule et vous emporter dans mon lit.

— J'aurai pu vous laisser faire.

— Vraiment ?

— Oui, même si à l'origine, je voulais m'en tenir à une relation de stricte amitié.

Quant à lui, il n'avait eu pour seul objectif que de lui donner du plaisir. Tori posa ses mains sur les hanches de Mitch pour l'encourager à s'allonger sur elle.

— Je vous veux en moi, dit-elle. Profond et dur.

Mitch se plaça entre ses jambes et lentement la pénétra, s'arrêtant juste avant d'être totalement immergé dans sa chaleur.

— Profond comment ? demanda-t-il en s'enfonçant un petit peu plus.

— Je veux vous sentir tout entier.

D'un mouvement des reins, il avança encore plus avant.

— Et comme ça ?

— Est-ce le mieux que vous pouvez faire ? dit-elle d'une voix de gorge, basse et envoûtante.

D'une poussée brutale, il plongea complètement en elle.

— Est-ce mieux ? demanda-t-il dans un effort suprême pour se retenir un peu plus longtemps encore.

Tori lui passa la main dans les cheveux et ses hanches bougèrent sous lui.

— C'est parfait.

Et c'était bien ce qu'il voulait être : parfait pour elle. Avec toute la force qu'il put encore rassembler, il tendit le bras et attrapa l'autre oreiller avant de soulever Tori et de la poser dessus. Enfin, les mains sous ses fesses, il se mit à aller et venir en elle. Même s'il avait voulu ralentir le rythme, il n'aurait pas pu. Pas avec la violence sauvage avec laquelle elle l'accueillait, et le désir inouï qu'ils avaient accumulé depuis leur rencontre. Pas non plus quand elle l'embrassa et que sa langue se heurta à la sienne, allant et venant en mesure avec les mouvements de leur corps. Encore moins quand les premiers spasmes de son orgasme l'attirèrent encore plus au fond d'elle. Enfin, il explosa dans un élan rapide et furieux, le visage enfoui dans la douceur de son cou, le corps comme foudroyé par l'intensité de son plaisir.

Maintenant, ils étaient allongés, couverts de sueur et enfin apaisés d'avoir trop longtemps attendu la satisfaction de leur désir. Tori, du moins, paraissait calme. Car Mitch tremblait à son tour. Tori lui souleva la tête entre ses mains et demanda :

— Ça va ?

— Si je pouvais être mieux, c'est que je serais mort.

Il roula sur le flanc, l'entraînant avec lui.

— Je ne veux pas que vous partiez, dit-il avant même d'avoir compris réellement la signification de ses paroles.

— Je ne voudrais pas que Buck sache que je suis au lit avec vous, répondit-elle, manifestement sans comprendre ce qu'il voulait dire.

Il l'embrassa doucement et se frotta contre son épaule.

— Buck ne rentrera peut-être pas avant le matin. Et même s'il était là en ce moment, il ignore où vous êtes. Restez avec moi cette nuit. Toute la nuit.

Tori posa sa joue contre la sienne.

— Entendu. Je reste cette nuit.

Une promesse qui ne le satisfaisait pas encore tout à fait car il voulait encore plus que ce qu'il avait obtenu cette nuit. Une curieuse transformation paraissait s'effectuer en lui et il ne savait pas vraiment où il en était. Il ignorait aussi pourquoi Tori Barnett lui inspirait des sentiments qu'il avait toujours ignorés et n'avait jamais voulu ressentir.

Deux heures plus tard, Tori était assise dans le petit fauteuil placé face à la fenêtre de la chambre de Mitch. Les jambes repliées contre la poitrine, elle regardait fixement à l'extérieur. Elle portait sa chemise, la seule chose qu'elle ait pu localiser dans la pièce sombre. Le tissu sentait encore l'eau de toilette de Mitch et aussi celle de son corps.

La lune semblait voilée, mais peut-être était-ce à cause des larmes inattendues qui embuaient ses yeux ? Bien sûr, elle pouvait mettre son surcroît d'émotion sur le compte de ses hormones ou bien admettre enfin qu'elle était bel et bien tombée amoureuse de Mitch Warner. Jamais au grand jamais elle n'avait pensé à quelque chose d'aussi inimaginable, mais son esprit était un fouillis géant depuis cette première fois où elle avait dansé avec lui. Et que dire de son cœur ? Elle se rappelait le temps où la photo de Mitch ornait les pages des tabloïds et des magazines pour ados. Son air solitaire avait attiré l'attention de la nation. Il était né dans l'opulente richesse d'un milieu de politiciens. Avec son intelligence, son charme et son statut de célibataire, il était pressenti par beaucoup pour prendre en main l'avenir du pays.

Tori se leva et se retourna pour jeter un dernier regard à

Mitch. Il dormait sur le côté, face à la fenêtre, le drap négligemment remonté sur la hanche. Au lieu de le réveiller et d'alimenter le feu qui les dévorait, elle passa près du lit et se dirigea vers la porte, abandonnant derrière elle ses vêtements en désordre et Mitch. Elle avait besoin de temps pour réfléchir et évaluer la situation. Et besoin de dormir. Impossible de faire l'un ou l'autre avec Mitch si près d'elle. Demain, elle poursuivrait son interview. Si l'intimité se prolongeait entre eux, elle s'efforcerait de ne pas y mêler de sentiments. Elle prendrait ce qu'il aurait à lui offrir, ferait un peu de recherches sur elle-même et profiterait du temps qu'il leur restait sans la moindre inhibition.

Un plan, solide. Un très bon plan. Restait maintenant à s'y tenir.

8

Qu'il était donc désagréable de s'éveiller à l'aube et de s'apercevoir que Tori n'était plus là ! Mitch avait pourtant bien eu l'intention de lui faire encore une fois l'amour avant de commencer la journée. Un peu plus tard, au petit déjeuner, il avait prévu de la gronder de s'être ainsi volatilisée. Mais elle ne s'était pas montrée. Dans sa chambre, il avait trouvé le lit fait et les lieux totalement vides. C'était peut-être irrationnel de sa part, mais Mitch craignait qu'elle n'ait pris le premier vol pour Dallas. Ce ne fut que lorsque Bobby lui eut révélé que Tori était dans l'ancienne maison avec Stella qu'il se détendit un peu. Il avait bien l'intention de lui faire savoir qu'il la voulait dans son lit jusqu'à son départ dimanche et qu'il ne supporterait aucune discussion. Si elle ne s'y résignait qu'à contrecœur, il devrait trouver un moyen de la convaincre et il y en avait sûrement des tonnes.

Le sourire aux lèvres, il s'installa derrière son bureau. Il lui fut impossible de se concentrer tant le souvenir de ses ébats avec Tori était encore frais dans son esprit. Ce fut pire quand il entendit frapper à sa porte.

— Mitch, puis-je entrer ?

— La porte est ouverte, répondit-il en se préparant au choc de la revoir.

Tori pénétra dans la pièce. Elle était vêtue d'un blazer bleu marine et d'une jupe au ras des genoux qui dévoilait ses jambes, avec des escarpins assortis. Ses cheveux bruns flottaient sur ses épaules et s'arrêtaient juste à l'endroit où l'encolure formait un V, au-dessus de ses seins. L'ensemble était classique et de bon goût, mais Mitch était aussi émoustillé que si Tori était apparue nue.

— Où étiez-vous donc passée ? demanda-t-il en se renversant dans son fauteuil.

Tori fit un signe du pouce derrière son épaule.

— En fait, j'ai bavardé un peu avec certains de vos collègues. Je voulais leur poser quelques questions.

— Et vous l'avez fait dans cette tenue ?

— Je suis certaine que cela ne les a pas dérangés, rétorqua-t-elle en lissant sa jupe de la main.

Mitch posa son menton sur sa main repliée.

— Je ne vous aurais jamais crue aussi naïve, Tori. Ce sont des hommes. Ils l'ont remarqué. Surtout Rand. Il a l'air d'un type tranquille comme ça, mais prenez garde s'il rôde autour de vous.

Apparemment décidée à ignorer son accès de mauvaise humeur, Tori fit glisser la bandoulière de son sac de son épaule et posa celui-ci sur le divan avant d'en tirer un carnet de notes jaune.

— J'ai recueilli des commentaires intéressants, dit-elle. De l'avis général, vous êtes loyal et généreux. L'un d'eux a dit que vous êtes l'être qu'il affectionne le plus au monde après son chien. Seul Rand s'est montré critique en disant qu'il ne faut pas trop s'approcher de vous avant votre café matinal. Avez-vous pris votre café, ce matin, Mitch ?

— Etes-vous en train de me dire que je ne suis pas assez agréable avec vous ?

— Je vous trouve légèrement irritable.

Tori reprit ses notes.

— Quoi qu'il en soit, je suis heureuse de vous rapporter que tout le monde vous considère comme un patron généreux et un homme bon.

Elle balaya ses cheveux de son épaule et à ce moment,

Mitch éprouva une envie pressante de lui démontrer à quel point il l'était.

— Je ne comprends toujours pas la nécessité de vous habiller ainsi pour parler à mes hommes, maugréa-t-il.

— Je me suis habillée parce que j'ai l'intention d'aller en ville avec Stella. Elle désire acheter du tissu pour les rideaux de la nursery. De mon côté, j'interviewerai quelques personnes, histoire d'apporter un peu de couleur locale à mon article. Je dois donc adopter une tenue professionnelle.

— Très bien. Mais je suis certain qu'ils ne vous diront pas grand-chose.

— J'en prends le risque, mais en attendant…

Raflant son sac, elle troqua son carnet de notes contre un appareil photo et l'agita sous le nez de Mitch.

— C'est l'heure des photos. Je veux vous montrer dans votre élément. Le cow-boy devant son ordinateur !

Levant l'appareil, elle ordonna :

— Souriez !

Mitch n'avait vraiment aucune envie de sourire. La seule chose qu'il désirait en cet instant était de la faire sourire sous l'effet de ses mains et de sa bouche. Pour l'amadouer, il lui adressa un demi-sourire. Tori parut satisfaite et l'aveugla presque avec le flash.

— Super, commenta-t-elle. Encore une.

Elle n'attendit pas un nouveau sourire pour prendre deux autres clichés.

— Bon, ça suffit, dit Mitch. Je ne vois plus rien. Donnez-moi ça. Je veux faire une ou deux photos de vous.

— De moi ?

— Oui, je veux un souvenir.

Tori posa ses mains sur ses seins, dans un geste dramatique.

— Bien, si c'est possible. Où voulez-vous ?

Il eut un sourire narquois.

— Honnêtement ?

Elle se renfrogna.

— Je veux dire pour la photo, Mitch.

Mitch fit un pas de côté et désigna le bureau.

— Asseyez-vous là.

— Vous voulez me prendre sur le bureau ?

— On pourrait le faire sur le divan, mais à mon avis, le bureau donne une dimension supplémentaire.

— Si vous le dites…

Tori finit par se plier à ses exigences et se hissa sur le bureau, jambes pendantes, les mains simplement croisées sur les genoux.

— Croisez les jambes et remontez légèrement le bas de votre jupe, dit-il. Montrez un peu vos jambes.

Elle s'exécuta et se pencha un peu en arrière, prenant la pose avec un regard timide.

— Comme ça ?

« Pas mal du tout », se dit-il, mais il voulait voir encore plus de peau. S'il voulait que cette photo compense un peu l'absence de Tori une fois celle-ci partie, il fallait que le cliché soit vraiment bon.

— Défaites le premier bouton de votre veste.

— Mitch…

— Allons, faites-le, Tori. Cela devrait plutôt vous faire plaisir.

Lui en tout cas adorait cela, et ce n'était qu'un début. Après un ou deux essais infructueux, Tori défit le bouton d'un geste qui parut nerveux à Mitch. Il prit une photo et ferma à demi les yeux.

— Ouvrez un peu votre veste.

— Si je le fais, on va voir mon soutien-gorge.

— Je sais.

Avec un soupir, elle l'entrouvrit lentement.

— Eh bien, Mitch Warner, j'ignorais que vous vouliez vraiment faire des photos coquines.

— Des photos sexy, Tori. Juste un peu suggestives.

— Oh ! Alors, vous voulez du suggestif ? dit-elle d'un ton de défi, les yeux soudain plus sombres.

Un par un, elle relâcha tous les boutons de sa veste dont les pans s'ouvrirent et dévoilèrent son soutien-gorge bleu marine. Mitch en perdit complètement la tête. Puis elle secoua la tête pour relâcher sa chevelure. Quand elle releva sa jupe jusqu'en haut des cuisses, Mitch dut faire appel à tout son bon sens pour aller fermer la porte à clé.

— Est-ce assez suggestif ? s'enquit Tori.

— Oh oui, cela me paraît parfait.

Comme il restait là, à jouir du spectacle, Tori demanda :

— Allez-vous prendre la photo ?

Il ne voulait pas prendre de photo. Il la voulait, elle. Il déposa l'appareil dans son sac et se dirigea vers le bureau où il se plaça devant elle. Sa peau avait rosi. « Timidité ou excitation ? » se demanda Mitch. Il la souleva du bureau, la prit dans ses bras, et l'emporta, jambes enroulées autour de sa taille, vers le divan où il la déposa. Penché au-dessus d'elle, il l'embrassa longuement, profondément, avant de faire glisser sa veste le long de ses épaules et de tirer ses manches sur ses bras. Ses lèvres descendirent le long de son cou, s'arrêtant pour laisser sa langue contourner le bord de son soutien-gorge. Quand il l'entendit soupirer, il leva la tête et croisa son regard chargé d'attente.

— Ce matin murmura-t-il en jouant avec la pointe de ses seins à travers la dentelle, je n'ai pas du tout apprécié de ne pas vous trouver dans mon lit.

— J'ai pensé que ce serait mieux de dormir dans le mien au cas où Buck aurait des soupçons.

— Je me fiche pas mal de ce que pense Buck. Je veux seulement que vous vous sentiez aussi bien que moi la nuit dernière. Laissez-moi le faire, Tori.

— Et si quelqu'un vous cherche ?

— Je vous désire. C'est tout ce qui m'importe.

— Oh, Mitch, soupira Tori, avec vous, j'ai du mal à rester une fille honnête.

Mitch s'accroupit devant elle, lui souleva les jambes et les plaça sur ses épaules. Il lui ôta ses chaussures, une après l'autre, avant de passer la main sous sa jupe et de faire glisser lentement son slip le long de ses jambes, puis de lui écarter les talons. Muette, Tori le regardait fixement. Seule sa respiration hachée troublait le silence de la pièce. La puissance du regard de Mitch, les caresses de ses mains calleuses sur ses cuisses lui ôtaient toute velléité de protestation. Pendant un moment d'incertitude, elle se demanda où il voulait en venir quand il remonta complètement sa jupe derrière elle. Il se laissa tomber à genoux, lui écarta les jambes de ses épaules et baissa la tête.

Tori n'était pas totalement novice en matière de sexe. Or, la douce caresse de la langue de Mitch, l'inflexible pression de ses lèvres, la caresse de ses doigts allaient bien au-delà de tout ce qu'elle avait pu expérimenter jusqu'alors. Elle tourna la tête de côté, pendant que Mitch poursuivait son assaut, usant de sa langue comme d'une arme. Elle tenta de toutes ses forces de retarder l'arrivée de l'orgasme. Mais il lui fut aussi impossible de l'arrêter que de faire cesser Mitch de l'ensorceler avec sa bouche.

Lorsqu'elle revint lentement à elle, quand les battements de son cœur commencèrent à se ralentir, elle renversa la tête en arrière et ferma les yeux, à peine consciente d'un léger bruit de papier froissé. Mitch n'en avait donc pas tout à fait terminé avec elle ? Aurait-elle encore la force de supporter un peu plus de la délicieuse et sensuelle torture ?

— Venez ici, Tori, murmura-t-il d'une voix rauque.

Ouvrant les yeux, elle vit qu'il avait baissé son jean sur ses genoux, et que les pans de sa chemise cachaient mal son érection. Telle une poupée de chiffon, elle le laissa placer ses mains sur sa taille et l'attirer vers ses hanches qu'elle chevaucha. Mitch déboutonna rapidement sa chemise et s'en débarrassa. Puis, sans la quitter des yeux, il la souleva et la guida vers son sexe. Ce fut au tour de Tori de lui infliger sa propre torture. Elle imprima à ses hanches un rythme lent et plein de séduction, en l'aspirant peu à peu en elle. Comme elle accélérait le tempo, elle observa le visage de Mitch et vit ses mâchoires se crisper. Elle se pencha vers lui, heureuse du pouvoir qu'elle avait sur lui, et lui baisa les lèvres. Elle allait maintenant à une cadence sauvage et un grognement s'échappa des lèvres de Mitch. Tori se rejeta en arrière, sachant que d'un moment à l'autre, il atteindrait exactement le point où elle s'était trouvée quelques minutes auparavant et qu'elle allait toucher encore une fois.

L'extase l'atteignit aussi violemment que la première fois tandis qu'elle prenait Mitch au plus profond d'elle-même. Un long soupir s'échappa de la bouche de Mitch et elle ressentit la pulsation régulière de son orgasme. Tori se laissa retomber sur son torse, les paumes accrochées aux solides épaules, la joue posée contre son cœur solide. Sa chevauchée téméraire vers l'oubli lui procurait un incroyable bonheur.

Un instant passa puis Mitch déposa un baiser sur sa tempe.

— Je pourrais très bien m'y habituer, dit-il.

Elle aussi, et c'était dangereux.

— Il ne s'agit pas seulement de faire l'amour, Tori, ajouta-t-il. Je pourrais m'habituer à vous avoir auprès de moi quelques jours encore.

Levant la tête, elle croisa son regard sérieux.

— Je dois, hélas, retourner travailler.

Mitch lui écarta les cheveux des épaules.

— Je le sais, mais je veux vous revoir après.

Une minuscule lueur d'espoir s'infiltra dans le cœur de Tori.

— Cela me semble difficile, vu la distance.

— Nous pourrions peut-être trouver une solution.

— Je suis ouverte à toutes les suggestions.

Il lui effleura les lèvres d'un baiser.

— Voilà une bonne proposition. Je vous veux dans mon lit jusqu'à votre départ. Nous discuterons du reste plus tard.

Cela ressemblait plutôt à une exigence, mais Tori n'eut ni la force ni le désir de refuser.

— Je sais que cela ne me regarde pas, mais on dirait que tu cherches les ennuis.

Assis dans la cuisine, Mitch leva les yeux sur son grand-père par-dessus sa bière.

— De quoi parles-tu ?

Buck retourna une chaise, s'assit à califourchon et posa les bras sur le dossier.

— Tu couches avec cette fille et je n'aime pas ça du tout.

Avec l'ongle du pouce, Mitch gratta l'étiquette de sa canette.

— Au cas où tu ne l'aurais pas remarqué, nous sommes tous deux adultes.

— Je le sais bien. Mais je sais aussi qu'elle a des sentiments pour toi et je ne veux pas que tu la fasses souffrir.

— Je n'en ai pas l'intention.

— Ce que tu as l'intention de faire et ce que tu feras sont deux choses différentes.

Les yeux de Mitch restèrent fixés sur la bouteille brune, piquetée de gouttelettes de condensation.

— Qu'est-ce qui te donnes à penser que je pourrais la faire souffrir ? demanda-t-il.

— Lui as-tu demandé de t'épouser ?

— Non, répondit Mitch, étonné.

— Et pourquoi non ?

Si Mitch avait l'impression d'être un petit garçon réprimandé pour être rentré après l'heure du couvre-feu, il y avait quelque chose de plus grave dans l'intonation de Buck.

— Et d'une, dit-il, nous nous connaissons à peine. Et de deux, je n'ai aucune intention d'épouser qui que ce soit et tu le sais très bien.

Buck repoussa son chapeau de paille en arrière de son front.

— Peut-être devrais-tu réfléchir à ce que tu fais en la mettant dans ton lit. Tori est une fille adorable et elle mérite un homme qui ne soit pas aussi opposé au mariage.

— Tu n'y es pas, Buck. Son métier est très important pour elle. Autant que je puisse le savoir, elle n'est pas non plus très intéressée par une relation sérieuse.

— Tu en es sûr ? grommela Buck.

— Et moi, reprit Mitch, est-ce que je te demande avec qui tu étais ces dernières nuits ?

— Si tu veux tout savoir, j'étais avec Eula Jenkins.

— Quoi ! Tu as couché avec la veuve la plus irréprochable de la ville ?

Mitch secoua la tête.

— C'est toi qui vas avoir des ennuis. Dis-moi, tu comptes l'épouser ?

— On a déjà vu des choses plus étranges. Si je lui fais ma demande, tu seras le dernier à le savoir.

Mitch laissa échapper un éclat de rire.

— Je voudrais bien voir le jour où tu te remarieras !

— J'ai plus de chances que toi de me retrouver un jour devant l'autel, dit Buck.

Il passa une main noueuse sur son menton piqueté d'une barbe naissante.

— Un autre petit conseil, Gus. Un de ces jours, tu devras te délivrer de la colère que tu as éprouvée quand ton père s'est remarié, sinon cela te dévorera de l'intérieur et tu gâcheras toutes tes chances d'être de nouveau heureux.

Mitch fut contrarié par cette remarque. Jamais il ne pardonnerait la trahison de son père, songea-t-il.

— Tu n'as rien d'autre à faire ? demanda-t-il sèchement.

Buck descendit de sa chaise avec plus d'agilité qu'un garçon de vingt ans.

— Si. Je dois aller sur Internet. Mes copains du forum de discussion doivent m'attendre.

— Amuse-toi bien.

— J'y compte. Et toi, fais attention, parce que si tu brises le cœur de cette petite, tu entendras parler de moi.

Mitch but une rasade de bière en le regardant s'éloigner et reposa brutalement la bouteille sur la table. Finalement, les paroles de son grand-père ne manquaient pas de bon sens. Peut-être ferait-il bien d'en rester là quand Tori serait partie. Mais il y penserait plus tard. Pour l'instant, le travail l'attendait.

Après s'être arrachée aux délices de la compagnie de Mitch, Tori s'était entretenue avec plusieurs habitants de la ville. Elle avait notamment parlé avec le propriétaire du magasin d'alimentation qui avait beaucoup contribué à la mise en œuvre du plan d'aide de Mitch à la communauté. Elle avait aussi fait la connaissance de Betty Galloway, la secrétaire de mairie, qui lui avait spontanément parlé de l'engagement de Mitch dans les affaires scolaires en sa qualité de conseiller municipal. Visiblement, conclut Tori, il n'était pas aussi hostile à la politique qu'il voulait le laisser croire.

Epuisée, Tori s'installa dans le box du coin du drugstore Moore, un commerce qui appartenait à la famille de Stella depuis soixante ans. Elle attendait que son amie termine ses provisions d'épicerie avant de rentrer avec elle au ranch. Son esprit revenait sans cesse à son interlude dans le bureau avec Mitch et au souhait que Mitch avait émis de la revoir après son retour à Dallas. Peut-être pourraient-ils essayer, se dit-elle. Pourquoi ne pas se montrer optimiste et espérer que leur relation puisse évoluer vers quelque chose de plus solide ?

Elle sirotait une gorgée de son Cola lorsqu'elle reconnut une voix féminine en provenance du comptoir situé sur sa droite. Elle glissa un regard vers Mary Alice qui parlait de sa nouvelle maison avec Gracie, la serveuse. Tori fut un instant tentée de se baisser dans le box pour éviter une nouvelle confrontation avec elle. Mais elle n'en fit rien et feignit de regarder par la fenêtre la maigre circulation sur la rue principale.

— Ce siège est pris ?

Tori toisa Mary Alice des pieds à la tête tout en maudissant le retard de Stella.

— J'attends quelqu'un, dit-elle.

— Mitch ?

— En fait, j'attends Stella. Elle ne devrait plus tarder.

Mary Alice se glissa à l'intérieur du box en face d'elle et appuya son visage sur ses mains.

— Je m'en irai quand elle arrivera. Je voulais juste vous dire que tout le monde parle de vous en ville. J'ai cru comprendre que vous écriviez une sorte d'article sur Mitch. Est-ce vrai ?

Tori soupira de soulagement.

— Oui, en effet.

— Pour un journal ?

— Pour un magazine.

Mary Alice se renversa en arrière et se croisa les bras.

— Oh ! Un de ces chiffons bons pour envelopper les légumes ?

— Il s'agit d'un mensuel réputé, répondit Tori avec tout le sang-froid dont elle était capable car la blonde pulpeuse était une nouvelle fois allée trop loin. Nous traçons le portrait des femmes d'affaires les plus éminentes du Texas. De temps à autre, nous le faisons avec des hommes qui ont réussi et c'est la raison pour laquelle je suis venue interviewer Mitch.

— J'imagine que c'est un travail qui rapporte bien.

— C'est un job génial.

— Vous devez habiter un de ces appartements chic du centre-ville ?

— J'ai un joli appartement, en effet.

En fait, elle vivait dans un studio dans les faubourgs de Dallas, la seule chose qu'elle avait pu s'offrir en attendant d'avoir fini de régler les factures médicales de sa mère, détail que Mary Alice n'avait pas besoin de connaître. Pourtant, celle-ci surprit Tori en poussant sa petite enquête.

— Y a-t-il beaucoup de distractions à Dallas ? Je veux dire, des musées et toutes ces sortes de choses ?

— Bien sûr ! Vous n'y êtes jamais allée ?

Mary Alice se rembrunit.

— Une seule fois, il y a longtemps. J'avais l'intention d'aller à Houston en fac après le lycée.

— Pourquoi ne pas l'avoir fait ?

— A cause de mon père, dit-elle, le regard soudain perdu dans le vague. Parce que j'ai décidé d'étudier le commerce dans le comté d'Halbert pour pouvoir l'aider à la minoterie.

— Vous auriez aussi bien pu le faire à Dallas.

Mary Alice eut un sourire mi-figue, mi-raisin.

— J'aime vivre à Quail Run, près de ma famille.

— Il n'est jamais trop tard, Mary Alice, dit Tori, qui se sentait désolée pour elle. Le monde entier vous est ouvert. Vous ne devriez pas rester clouée ici !

— Je ne suis pas clouée, s'exclama Mary Alice, l'air exaspéré. Je vais épouser Brady et avoir une vie magnifique.

— J'en suis persuadée, admit Tori, pas très sûre que Mary Alice y croit elle-même. Mais si vous avez quelques regrets, peut-être devriez-vous tout arrêter maintenant avant de vous retrouver coincée dans une vie de couple que vous ne désirez pas vraiment.

Mary Alice se glissa hors du box, cette fois plus rapidement qu'elle n'y était entrée. Ses traits étaient assombris par la colère.

— Merci du conseil, Tori. Maintenant, laissez-moi vous en donner un autre à propos de Mitch. Vous a-t-il déjà emmenée dans la crique ? C'est son endroit favori pour faire l'amour.

— Je peux vous assurer que nous n'y sommes jamais allés.

— Alors c'était dans son lit.

Tori se demanda une seconde si Mary Alice pouvait lire sur son visage combien elle se sentait coupable.

— Qu'est-ce qui vous fait penser qu'il y a quelque chose d'intime entre nous ?

— Oh, Mitch Warner est un illusionniste. Spécialement en matière de sexe. Il excelle en tout et il est génial quand il s'agit de donner à une femme ce dont elle a besoin. Mais je parie que vous le savez déjà très bien.

Cette fois, Tori détourna le regard.

— Mitch est seulement un ami.

— J'espère pour vous que c'est vrai, sinon vous passerez les neuf prochaines années de votre vie à essayer de le convaincre de se fixer. Il ne le fera pas, Tori. Ce n'est pas un homme qui cherche à se marier, alors vous pouvez vous enlever ça de la tête. Moi, je l'ai appris à mes propres dépens.

Tori ne manqua pas de relever la note de tristesse dans sa voix.

— Vous êtes toujours amoureuse de lui, n'est-ce pas ?

— Certainement. Il est très facile de l'aimer. Mais je suppose que vous le savez. Et si ce n'est pas encore le cas, cela viendra.

Sur ce dernier trait, Mary Alice s'en fut, laissant à Tori du grain à moudre et ses espoirs brisés. Elle savait parfaitement que l'ancienne maîtresse de Mitch lui avait donné un très bon conseil. Il valait mieux penser à Mitch comme à un ami et rien de plus. Donc, décida-t-elle, elle accepterait physiquement ce qu'il lui offrirait pendant le reste de la semaine, ensuite elle partirait pendant que son cœur était encore relativement épargné.

Pour la première fois en dix ans, Mitch n'avait pas assisté au traditionnel rodéo. Il avait préféré passer la nuit avec Tori, avant son départ pour Dallas. La semaine était passée à la vitesse de l'éclair. Pourtant, il ne pouvait guère se plaindre du temps qu'ils avaient surtout consacré à faire l'amour. Ils l'avaient fait la nuit, et le matin dans son lit, dans son bureau ou derrière le foin dans la grange, pendant la journée. Tori avait répondu à toutes ses suggestions. La seule chose qu'elle avait refusée avait été de faire l'amour sur son lieu de pêche favori, en bas dans la crique.

Pour l'instant, elle était assise sur le divan dans son bureau privé, vêtue seulement d'une jupe, les pieds posés sur les genoux de Mitch qui les caressait avec sensualité.

Elle feuilleta ses notes, puis saisit le stylo coincé derrière son oreille et posa le carnet à côté d'elle.

— Très bien. J'ai à peu près tout ce dont j'avais besoin à l'exception d'une chose. Il me faut un paragraphe sur votre père.

La main de Mitch s'arrêta sur son coup de pied.

— Je vous l'ai déjà indiqué. La seule chose que je peux dire de lui est que je refuse d'hériter de son royaume.

— Ne pourriez-vous penser à quelques mots gentils à son propos ?

— Je respecte ses qualités de leader national. Je refuse d'aller plus loin, Tori.

Tori ôta ses pieds de ses genoux et se pencha en avant. Elle le scruta et demanda finalement.

— Désirez-vous parler de votre mère ?

Il y avait tellement à dire que cela prendrait au moins deux pages, songea-t-il.

— C'était une grande dame et mon père ne la méritait pas.

Tori tapota son carnet du bout de son crayon.

— Il y a quelques nuits de cela, dit-elle, je me suis glissée dans votre bureau pendant que vous dormiez afin d'effectuer des recherches sur l'ordinateur. Dans tous les articles que j'ai pu lire, il est mentionné que vos parents avaient l'air d'être très amoureux.

Même si cela demeurait un mystère pour Mitch, il est vrai que sa mère avait adoré son père jusqu'à la fin.

— Il ne faut pas croire tout ce que vous lisez, répartit-il.

— Certainement pas. Mais j'ai vu des photos d'eux ensemble. Des articles expliquant qu'ils étaient inséparables avant sa maladie. Et vous, vous me dites le contraire !

Mitch fourragea dans ses cheveux.

— Quand elle était souffrante, il n'avait jamais de temps à lui consacrer. En fait, il n'était même pas là quand…

Mitch ne termina pas sa phrase. Il n'avait aucunement l'intention d'aborder le sujet avec Tori. Exhumer ces souvenirs et son amertume risquait de gâcher leur dernière nuit ensemble.

Tori se pencha et lui toucha le genou.

— Etes-vous en train de me dire que votre père était absent lorsque votre mère est morte ?

— Je ne veux pas en parler.

— Je pense, moi, que vous en avez besoin. Peut-être vous sentirez-vous mieux ?

Il eut un sourire forcé.

— La seule chose qui me ferait du bien serait que vous enleviez cette jupe et veniez vous asseoir sur mes genoux.

— Non, pas question, dit-elle. Pas de propos érotiques. Pas tant que vous n'aurez pas répondu à ma question.

Furieux, Mitch jaillit de son fauteuil et se mit à arpenter la pièce.

— Très bien Tori, si vous désirez vraiment connaître la vérité, je vais vous la raconter. Mais je vous préviens, elle est affreuse.

— J'ai le dos large.

Décidé à éviter son regard, Mitch étendit un bras sur un rayonnage.

— Ma mère désirait mourir chez elle. C'est le ranch qu'elle considérait comme sa maison plus que le manoir que mon père avait acheté pour en mettre plein la vue. Contre la volonté de mon père, j'avais pris des arrangements pour qu'elle voyage en ambulance. Il m'en a voulu énormément pour ça.

— Et c'est la raison pour laquelle il n'était pas à son côté ?

— Il y était le matin de sa mort, mais il avait dû retourner à Washington où l'attendaient les affaires du pays.

— Il est parti sachant qu'elle allait mourir ?

Mitch détestait devoir l'admettre, mais il fallait rester honnête.

— Nous ignorions que cela devait se passer ce jour-là précisément. Nous savions juste qu'elle en était très proche. De toute manière, il aurait dû rester.

— Vous étiez avec elle quand elle est morte.

— Oui.

Et c'était bien là le plus difficile : le souvenir de sa mère s'endormant pour ne plus jamais se réveiller, alors qu'il veillait sur elle.

— Elle a sombré dans le coma cet après-midi-là, pendant que je lui lisais quelques pages de ceci.

Il lui montra le livre de poésies.

— Elle adorait John Donne. C'est elle qui m'a appris à apprécier la poésie.

La tristesse assombrit encore davantage les prunelles de Tori.

— J'ai fait quelque chose de semblable le jour où ma mère est morte, dit-elle.

— Vous lui faisiez la lecture ?

— Je chantais pour elle.

Mitch ne fut pas surpris.

— Et que lui chantiez-vous ?

— Cette chanson que j'ai interprétée le soir où nous nous sommes rencontrés. Je pense qu'elle avait un rapport particulier avec mon père, bien que nous n'en ayons jamais discuté.

— Où est votre père, maintenant ?

— Je l'ignore. En fait, je ne connais même pas son nom parce que je ne l'ai jamais demandé et que ma mère ne me l'a pas proposé. Le jour de mes seize ans, elle m'a donné une enveloppe qui contenait ses papiers d'identité. Je ne l'ai jamais ouverte.

Mitch avait toujours supposé qu'elle ne voyait pas son père par choix ; il n'avait pas imaginé qu'elle ne l'avait jamais vu.

— Pourquoi ne pas avoir essayé d'en connaître un peu plus à son sujet ?

— Peut-être pour continuer à m'accrocher à mon ressentiment. Je crois que nous nous ressemblons sur ce point. Nous en voulons à nos pères pour ce qu'ils ont fait ou n'ont pas fait. Mais vous au moins, vous avez eu un père sur qui vous appuyer, après la disparition de votre mère.

— Sur Buck, voulez-vous dire. Pas sur mon père.

Mitch remit le livre à sa place et se retourna vers Tori.

— Ce salaud a eu le culot de se remarier six mois plus tard.

— Je croyais que c'était un an après, dit Tori en pleine confusion.

— C'est ce qu'il voulait que tout le monde croie. Il en avait les moyens. Le mariage en grande pompe, l'année suivante, était seulement destiné aux médias. Il a trahi la mémoire de ma mère.

— Croyez-vous qu'il ait connu votre belle-mère avant la mort de votre mère ?

— Il l'a nié devant moi, mais je ne l'ai jamais cru. Cela n'a désormais plus d'importance, assura-t-il. C'était il y a longtemps. Je ne veux pas ressasser tout ça, alors laissons tomber.

— Je comprends. Vous n'êtes pas prêt à pardonner à votre père. Mais au moins, vous en avez un, même s'il n'est pas parfait. C'est plus que ce que j'ai eu.

Le remords de s'être montré insensible à son égard poussa Mitch à se retourner. Elle était déjà devant la porte.

— Où allez-vous ?

— Me coucher.

— J'arrive dans un moment.

Tori fit enfin volte-face.

— Je vais me coucher dans *mon* lit,Mitch. Je crois que vous avez besoin d'un peu de solitude, ce soir. Et je suis désolée si je vous ai forcé à vous remémorer certains souvenirs pénibles. J'essayais seulement de vous aider.

Elle l'avait aidé de bien des manières ne serait-ce qu'en l'écoutant, et Mitch le savait fort bien. Mais l'orgueil le retint de protester malgré son désir de passer cette dernière nuit avec elle.

— Très bien, acquiesça-t-il. Si c'est ce que vous voulez…

— On se voit demain matin, dit Tori.

Elle partit sans un coup d'œil en arrière.

Resté seul, Mitch se dit que justement, le lendemain matin pourrait bien être le dernier moment où il verrait Tori. Il ne pouvait la blâmer d'avoir fui son amertume et sa colère et de ne s'être même pas arrêté pour réaliser qu'elle n'avait jamais connu son propre père.

Passer la nuit sans la tenir entre ses bras allait être son châtiment et il devrait l'accepter comme un homme.

Mais que le diable l'emporte s'il le faisait.

9

Allongée sur le côté, face à la fenêtre, Tori sentit le matelas s'affaisser dans son dos et des effluves d'un savon au parfum d'été lui chatouiller les narines. Elle ressentit la chaleur de Mitch, une seconde avant qu'il ne se plaque de nouveau contre son dos, les bras enroulés autour d'elle.

— Je suis désolé, mon bébé, murmura-t-il. Je ne sais que dire d'autre.

Oh, songea Tori, il n'y avait rien d'autre à dire. Même s'il lui apparaissait peu avisé de sa part d'accepter si facilement ses excuses, elle allait trouver une parade. Comme par exemple de marchander cette dernière nuit passée avec lui.

Elle se retourna entre ses bras et enfouit son visage contre son épaule nue. Il était nu, mais il s'était contenté de la tenir un long moment contre lui, comme s'il répugnait à tout autre mouvement. Peut-être était-ce aussi tout ce dont il avait besoin pour l'instant — quelqu'un pour absorber le chagrin et la colère qui continuaient à le hanter.

Mais Tori exigeait davantage de lui. Elle voulait se souvenir de la sensation de se perdre totalement dans l'amour d'un homme, chose qu'elle n'avait jamais connue ni comprise jusqu'à présent. Sa main descendit dans le dos de Mitch, l'effleura à peine, se posa sur sa hanche avant de remonter le long de son flanc pour se glisser entre leurs deux corps et le toucher. Avant même la première caresse de ses doigts, il était déjà excité. Elle poursuivit sa lente exploration et il laissa échapper un léger râle, juste avant de lui donner un baiser plein d'une passion exacerbée. Il lui prit le poignet et porta sa main à ses lèvres, puis ses mains se déplacèrent à leur tour sur elle, frôlant des endroits à la fois innocents et intimes. Ensuite, il la fit rouler sur le dos et égrena un chapelet de baisers tout le long de son corps. Il murmurait en même temps des mots sensuels tout contre sa peau, s'arrêtait pour effleurer ses seins du bout des doigts, avant de faire glisser sa chaude et merveilleuse bouche vers le bas de son corps pour l'amener au doux plaisir qu'elle avait déjà connu dans ses bras.

Puis, il se plaça au-dessus d'elle et sans un mot, la pénétra dans un soupir. Il lui fit l'amour avec délicatesse comme si elle était quelqu'un de rare et de précieux. Ensuite, la passion les emporta, souveraine, dans sa course sauvage. Ils se retrouvèrent couverts de sueur et essoufflés dans la pièce silencieuse. Ce n'est qu'à ce moment que Tori réalisa ce qu'ils avaient oublié. Encore.

Même si la période ne se prêtait pas à une possible fécondation, elle crut bon d'être honnête avec Mitch. Par deux fois, ils avaient pris un risque. Cette nuit et la première aussi. Mais quand Mitch lui souffla à l'oreille « je ne peux pas me rassasier de vous », elle ne trouva pas la force de lui parler. Pas encore. Pas avant la fin de la nuit. Mitch roula sur le dos et la prit contre lui. Il lui caressa les cheveux et lui baisa le front comme il le faisait toujours après l'amour, une habitude qu'elle était venue à chérir. Une parmi les nombreuses raisons pour lesquelles elle l'aimait. Et certes, elle l'aimait, que ce soit sage ou non.

Mitch poussa un soupir rauque, mettant fin à l'agréable silence.

— Je n'ai jamais raconté à personne les moments qui ont précédé la mort de ma mère, dit-il. Même pas à Buck. Il avait quitté sa chambre parce qu'il ne pouvait pas le supporter.

« Etrange, songea Tori, qu'il n'en veuille pas à Buck de son absence alors qu'il en blâmait encore son père. »

— Je vous promets, l'assura-t-elle, que cela restera entre vous et moi.

— De mon côté, si jamais vous vous décidiez à retrouver la trace de votre père, j'ai quelques relations qui pourraient sans doute vous aider.

— C'est une proposition que j'apprécie vraiment, Mitch, répondit Tori, sincère. Mais j'y penserai seulement quand je déciderai d'avoir des enfants.

— Vous envisagez d'avoir des enfants ? s'étonna-t-il d'un ton si incrédule que Tori en fut vexée.

— Dans l'avenir, oui, dit-elle.

« Peut-être même bien plus tôt que prévu », songea-t-elle en évoquant leur première nuit.

— A propos d'enfants, dit-elle, j'ai quelque chose à vous dire.

Elle le sentit se raidir dans son dos.

— Vous avez déjà un enfant ?

— Non, mais…

Et elle lui confia ses doutes sur la fiabilité de sa méthode contraceptive. Puis, fermant étroitement les paupières, elle attendit le verdict. Attendit qu'il la jette hors du lit et s'enfuie à toutes jambes. Mitch se contenta de remarquer :

— Les préservatifs ne sont pas sûrs à cent pour cent, eux non plus. Espérons seulement qu'il n'y aura pas de conséquences. Et s'il y en a, nous aviserons en temps voulu.

Elle n'osa pas lui demander comment. Elle savait seulement que si elle tombait enceinte, elle aimerait et protègerait son bébé comme sa mère l'avait fait avec elle. Elle parlerait de son père à son enfant. Mais oserait-elle parler de lui à Mitch et affronter son rejet ?

— Avez-vous sommeil ? demanda-t-il.

— Pas vraiment.

— Que diriez-vous d'un câlin ?

— Voyons, Mitch, il n'y a qu'une vingtaine de minutes que…

Il l'attira sur lui. Une fois de plus, ils se retrouvèrent visage contre visage, corps contre corps. Mitch serra Tori contre lui, histoire de lui démontrer que vingt minutes de repos étaient plus que suffisantes.

— Vous êtes insatiable, murmura-t-elle.

Il prit un sein au creux de sa paume.

— Carrément rapace.

— Rapace ? Moi, je dirais vorace. Ou plutôt en rut !

Tori se mit à rire. Pas pour longtemps, car ses caresses la grisaient trop pour prêter à rire. Trop bouleversée de savoir qu'il pouvait l'obliger à le désirer si désespérément. Trop consciente enfin que demain arriverait bien assez tôt.

Mais la nuit était à eux. Toute à eux et Tori avait bien l'intention d'en profiter autant qu'elle le pourrait.

Après cette dernière nuit, Mitch serait à même de se dire qu'il connaissait chaque centimètre du corps de Tori, chacune de ses douces courbes, chaque fente, chaque pli. Il connaissait chaque son qu'elle émettait quand il lui donnait du plaisir, chaque soupir et chaque gémissement. Tori était une maîtresse magnifique et elle lui manquerait, surtout durant les heures qui précédaient l'aube. Son amitié aussi lui manquerait. Voilà pourquoi il n'était pas question de la laisser partir tant qu'elle n'aurait pas accepté de le revoir.

D'un pas décidé, il se dirigea vers la porte qui claqua derrière lui. Tori qui se tenait près du siège passager de la voiture de Stella sursauta. Mitch enfouit profondément ses mains dans ses poches plutôt que de faire quelque chose de stupide, comme de l'emporter dans son lit pour lui infliger de sensuelles tortures jusqu'à ce qu'elle capitule. Mais ce n'était pas la bonne tactique, maintenant. Il fallait que Tori sache qu'il n'était pas seulement question de sexe.

— Avez-vous besoin d'aide ? demanda-t-il un peu tard en s'apercevant que ses sacs étaient déjà dans le coffre.

Il était resté longtemps sous la douche en espérant qu'elle viendrait le rejoindre. Mais elle avait décliné l'offre avant même qu'elle ne quitte la chambre pour aller faire ses bagages. Mitch avait commencé à ressentir la distance qu'elle mettait entre eux.

Elle lui fit un petit sourire vite effacé.

— Tout est là. Merci.

Pour la première fois, il remarqua les paillettes d'or dans ses yeux bruns et aussi les reflets plus clairs dans ses cheveux châtains. Dire qu'il avait manqué tant de choses et qu'il n'avait plus assez de temps pour se rattraper !

— Etes-vous certaine de ne pas vouloir que je vous emmène à l'aéroport ? demanda-t-il une fois de plus.

— On a plus besoin de vous ici. Buck m'a dit que vous étiez sur le point de partir déplacer le troupeau.

— Je pourrais encore prendre une heure ou deux, assura-t-il, pris par une sorte de désespoir. Les gars ne seront pas revenus de l'église avant le déjeuner.

— Tout va très bien, dit-elle. Stella a encore quelques petits achats à faire en ville.

Mitch serra les mâchoires devant son obstination.

— Parfait. Mais avant que vous ne vous en alliez, il faut que nous parlions du moment où nous pourrons nous revoir.

Tori s'appuya contre la voiture et entreprit de remuer un caillou du bout de sa chaussure.

— Je ne crois vraiment pas que ce soit possible.

« Qu'elle aille au diable avec sa résistance ! » se dit-il, furieux.

— Si, c'est possible. Soit c'est moi qui viendrai, soit vous viendrez ici un ou deux week-ends par mois. Si cela vous pose un problème d'argent, je vous paierai le billet d'avion.

Elle le fusilla du regard.

— Ce n'est pas une question d'argent, Mitch. Il y a un problème. J'ai déjà fait l'expérience d'une relation à distance. Ça ne marchera pas.

— Essayons. Cela pourrait peut-être marcher pour nous ?

— Pour vous sans doute, mais pas pour moi.

— Je ne comprends rien à ce que vous dites, Tori.

Elle exhala un long soupir.

— Je ne veux pas être votre maîtresse du week-end, Mitch. Je ne veux pas finir comme Mary Alice, et passer les neuf prochaines années de ma vie dans une relation qui n'ira nulle part.

Comment lui expliquer qu'elle n'avait rien de commun avec Mary Alice ? Comment lui dire qu'elle représentait beaucoup plus à ses yeux que n'importe quelle autre femme qu'il avait pu fréquenter au cours de ses trente-trois années de vie ?

— Mais enfin, que voulez-vous de moi, Tori ? s'exaspéra-t-il.

— Rien, Mitch. Je ne désire rien de vous. Ce serait sans doute possible si nous avions une vraie liaison et je sais très bien que cela vous fait une peur bleue.

Mitch ne pouvait le nier. Il ne pouvait nier non plus qu'il ne voulait pas la perdre complètement.

— Si vous parlez de mariage, vous savez très bien ce que j'en pense.

— Oh certes, vous me l'avez très clairement fait comprendre !

Tori se détourna et ouvrit la portière, mais Mitch la ferma du plat de la main avant qu'elle puisse grimper à l'intérieur.

— Tori, je vous demande d'y réfléchir. Vous n'avez pas besoin de me répondre maintenant.

Encore une fois, elle lui fit face et lui posa la main sur la joue.

— Si, je dois vous répondre maintenant. Et la réponse est non. Je suis déjà à moitié amoureuse de vous et je ne veux pas continuer à vivre seule. Je ne veux pas que ma vie soit pleine d'adieux. Aussi, restons-en là.

Elle se dressa sur la pointe des pieds et lui donna un petit baiser.

— Je vous enverrai une copie de mon article quand il sera terminé.

Encore sous le coup de sa déclaration, il ne sut que répondre. Pouvait-il vraiment lui offrir plus que de petits épisodes amoureux ? Pouvait-il même envisager de se lier à elle ?

— Inutile de m'envoyer l'article, Tori, dit-il finalement. Je vous fais confiance.

Elle le regarda comme s'il lui avait offert le ranch tout entier.

— Je ne vous laisserai pas tomber, dit-elle, sachant pourtant qu'elle l'avait déjà fait. Mais c'était sa faute à lui.

— J'ai quelque chose pour vous, ajouta-t-elle.

Elle tira de sa poche une enveloppe brune, fermée.

— Tenez. Mais ne l'ouvrez pas maintenant.

Mitch prit l'enveloppe et la tourna entre ses mains.

— Qu'est-ce que c'est ?

— La photo de moi que vous avez prise dans le bureau. Stella m'a laissée au drugstore hier matin, et j'ai pu utiliser leur matériel de développement.

Diable, c'était la pire chose qu'elle pouvait faire !

— Qu'avez-vous fait du négatif ? Parce que je n'ai pas besoin de vous dire ce qui arrivera si…

Elle lui tapota le bras.

— Je l'ai détruit. N'ayez donc pas l'air si affolé !

Il y avait autre chose qui lui pesait et il fallait absolument mettre les choses au clair.

— Vous me ferez savoir si vous êtes enceinte, n'est-ce pas ?

— Il faut partir, Tori, appela Stella, déjà installée au volant.

Tori consulta sa montre.

— Elle a raison. Il faut que j'y aille. Au revoir, Mitch. C'était super.

Sans un mot de plus, elle se glissa à l'intérieur de la voiture et ferma la portière.

C'était super ? Combien de fois Mitch avait-il affirmé cela à une femme avant de la congédier pour reprendre son existence solitaire ? Il était en train d'avaler une amère gorgée de sa propre potion et cela le brûlait comme un acide. Furieux contre Tori et son au revoir désinvolte, contre lui-même de n'être pas le genre d'homme dont elle avait besoin, Mitch pivota sur ses talons pour regagner la maison, bien déterminé à ne pas la regarder sortir de sa vie.

Seulement, comme s'il avait perdu tout contrôle sur sa

volonté, il se détourna et s'adossa au pilier de pierre du porche. La berline de Stella s'engagea dans l'allée circulaire puis s'arrêta brusquement. Quand la porte côté passager s'ouvrit, Mitch crut que Tori avait changé d'avis. Il crut qu'elle revenait lui dire qu'elle ne voulait pas en terminer ainsi. Qu'elle revenait au moins, pour un dernier baiser. Enfin, peu importait, pourvu qu'elle revienne, se dit-il.

Mais tous ses espoirs se dissipèrent quand elle sortit de la voiture avec un appareil photo au poing et prit un cliché de lui avec un dernier petit sourire en guise d'ultime souvenir.

Mitch resta dans la même position jusqu'à ce que la voiture ait disparu. A chaque instant qui passait, le mal dont il souffrait s'intensifiait. Mais cette fois, il était centré dans sa poitrine. Juste aux alentours du cœur.

— As-tu l'intention de lui parler, si tu es enceinte ?

Evitant le regard scrutateur de Stella, Tori fixait obstinément le paysage à travers la vitre.

— J'espère ne rien avoir de tel à lui dire.

Stella coupa la radio. Excellente initiative, car la chanson d'amour diffusée donnait envie de pleurer à Tori.

— Il a le droit de savoir, reprit Stella.

— Et moi, j'ai le droit de vivre ma vie comme je l'entends, alors ça suffit.

— Mon Dieu, mon Dieu, ce que tu es irritable ! Je parie que tu es enceinte.

— C'est peut-être le syndrome prémenstruel.

— Possible, mais peu probable à mon avis.

— On dirait que tu souhaites que je sois enceinte.

Stella lâcha le volant d'une main et se tapota le ventre.

— Un bonheur n'arrive jamais seul.

Non, elle était malheureuse, se dit Tori. Et en aucun cas, elle ne voulait ni conseil ni quoi que ce soit d'autre.

— Ecoute, si je tombe enceinte, dit-elle, je ne verrais aucune raison d'en informer un homme qui ne désire pas avoir d'enfants, ni se marier ou ce qui peut ressembler de près ou de loin à un engagement. Ce ne serait pas bien pour le mien.

— Mitch n'est pas comme ton père, Tori. Je sais qu'il ferait ce qui est bien.

— Qu'appelles-tu « ce qui est bien », Stella ? Se marier uniquement à cause du bébé ?

— Bobby et moi nous sommes mariés parce que nous nous aimons, rétorqua Stella, l'air froissé. Le bébé n'a fait qu'accélérer les choses.

— Je ne parlais pas pour toi et Bobby, répliqua Tori, navrée de sa sortie. Je sais bien que vous vous aimez. Mitch lui, ne m'aime pas.

— Tu lui as posé la question ?

— Inutile. Je lui ai dit avant de partir que j'étais en train de tomber amoureuse de lui.

Stella ouvrit des yeux immenses.

— Qu'a-t-il répondu ?

— Pas un mot. La voilà, sa réponse.

— Il a peut-être eu peur, Tori. Bobby en a presque avalé sa langue avant d'arriver à prononcer pour la première fois le mot « amour ».

— Aimer est quelque chose d'effrayant, dit Tori. Surtout lorsqu'il s'agit de Mitch. Je ne suis même pas sûre qu'il en soit capable…

— Oh, mais si ! Il doit juste trouver la femme qui lui convient et je crois honnêtement, Tori, que cela pourrait bien être toi.

Si Tori parvenait à le croire, alors elle accepterait de revoir Mitch. Elle retournerait alors à Quail Run pendant les week-ends et ferait l'amour avec lui aussi souvent que possible.

— Accélère un peu, Stella, dit-elle, ou je vais rater mon vol.

— Tu vas rater Mitch Warner, Tori. Mais tu ne pourras pas lui échapper, même si tu rentres chez toi.

— J'aurai bien trop de travail pour penser à lui.

Avant même que Stella se mette à ricaner, Tori comprit à quel point son propos était ridicule.

— Ce sera dur, Victoria, puisque tu raconteras son histoire.

Peu importait ce qui s'était passé entre eux. Tori désirait

rédiger le meilleur article de sa vie. Elle était suffisamment professionnelle pour tracer un portrait favorable de cet homme, même s'il l'avait considérée comme une simple commodité. Même s'il s'agissait de celui qu'elle aimait et avec qui elle ne pourrait jamais vivre. C'était malgré tout un homme exceptionnel et personne ne le savait mieux que Victoria Barnett.

« Il mène une existence obscure dans l'Oklahoma avec son grand-père qui l'appelle Gus. Ses concitoyens le considèrent comme le leader incontesté de leur communauté. A le voir dans la rue, il a toutes les apparences d'un cow-boy moderne. Mais en réalité, c'est un rancher sorti de Harvard et ses racines puisent au plus profond d'une dynastie d'hommes politiques… »

Et il allait être père… Ce matin-là, Tori avait utilisé trois tests pour confirmer ce qu'elle savait déjà : elle était enceinte. Comment l'avouer à Mitch ? se demandait-elle, angoissée. Et devait-elle le lui dire, même s'il avait indiqué qu'en pareil cas, il voulait être mis au courant.

Tori réfléchissait à tout cela quand Renée, sa rédactrice en chef, se glissa dans son bureau, le texte sur Mitch entre les mains et des éloges plein la bouche. Mais, ajouta-t-elle, l'histoire ne sonnerait pas tout à fait juste si elle ne mentionnait pas le sénateur Edward Mitchell senior.

— J'ai promis de ne pas parler de lui, se défendit Tori.

— Il ne faut jamais faire de promesses que l'on ne pourra pas tenir, Tori.

A son ton, la journaliste comprit qu'il était inutile de discuter.

— Mais comment obtenir une interview du sénateur alors que l'article est sur le point de sortir ? objecta-t-elle.

Renée jeta la copie de l'article sur le bureau.

— Je m'en suis occupée. Le sénateur Warner a accepté de t'accorder quinze minutes.

Tori sentit la panique l'envahir.

— Quand ? interrogea-t-elle.

— Maintenant. Il va monter. Sois aimable avec lui.

Sur ce, elle pivota sur ses talons et sortit du bureau avant de laisser à Tori le temps de trouver un autre argument.

Quelques minutes plus tard, le sénateur Warner faisait son entrée. A travers l'homme politique impeccable, Tori crut voir ce que deviendrait le futur Mitchell Warner. Tori l'avait déjà vu sur de nombreuses photographies et à la télévision, et pourtant, les images ne lui rendaient pas justice. Il avait des cheveux noirs teintés d'argent sur les tempes et des yeux bleu ciel, moins clairs que ceux de son fils. Il était aussi plus mince et probablement plus petit de quelques centimètres que Mitch, mais son expression confiante et visiblement contrôlée donna à Tori l'impression que son bureau rapetissait soudain. Elle se leva lentement de son siège et retrouva suffisamment de maîtrise d'elle-même pour lui tendre la main.

— Sénateur Warner ? Je suis Victoria Barnett. Merci d'être venu si vite.

Il s'avança et lui serra brièvement la main.

— Heureux de vous rencontrer, mademoiselle Barnett. J'ai un avion à prendre pour Washington dans deux heures. Je n'ai donc pas beaucoup de temps à vous accorder.

Tori lui désigna un fauteuil en face d'elle.

— Dans ce cas, veuillez vous asseoir. Je vais vous expliquer pourquoi nous avons sollicité votre visite aujourd'hui.

L'homme s'assit et lui adressa un sourire de politicien blasé.

— D'après ce que j'ai compris, vous aimeriez obtenir de moi un portrait de mon fils.

— C'est exact, et c'est à la requête de ma rédactrice en chef.

— Ce n'était pas votre idée ?

— En fait, non. Mitch ne…

Elle baissa les yeux sur la feuille placée devant elle, furieuse d'être prise de court pour cette rencontre.

— Je crains que votre fils…

— Ne se soucie guère de mon opinion.

Tori releva les yeux. Le sénateur avait la mine sombre.

— C'est exact.

— Dans ce cas, vous devez sans doute savoir que nous ne sommes pas dans les meilleurs termes ?

— C'est du domaine public depuis un certain temps déjà. Mais Mitch y a fait allusion devant moi une ou deux fois.

— Voilà qui me surprend. Mon fils est quelqu'un de très réservé qui méprise les médias. Jusqu'à ces dernières années, il a passé sa vie sous les feux des projecteurs. Il a été forcé de pleurer sa mère sur une chaîne nationale de télévision. Ma situation nous a exposés à toutes les critiques.

Le dédain dans sa voix troubla Tori.

— Sénateur Warner, dit-elle, vous n'êtes pas obligé de dire quoi que ce soit.

D'une main soigneusement manucurée, il aplatit les pans de son complet de soie bleu marine.

— Si je pensais encore pouvoir dire quelque chose qui puisse me rapprocher de mon fils, je le ferais. Mais j'ai bien peur qu'il ne soit trop tard.

— Il n'est jamais trop tard. Je sais seulement une chose : qu'il l'admette ou non, il a besoin de vous dans sa vie.

Deux minutes en présence du père de Mitch, songea-t-elle furieuse contre elle-même, et elle en avait déjà trop dit.

— Vous vous exprimez comme quelqu'un qui semble avoir personnellement à cœur le bien-être de mon fils, avança le sénateur.

— J'ai passé un certain temps avec votre fils pour faire cette interview. Maintenant, je le considère comme un ami. C'est un homme remarquable qui semble beaucoup souffrir. Je n'aime pas voir quelqu'un souffrir.

— Vous suggérez donc que si je vous faisais ajouter un mot de mon cru dans votre article, il pourrait moins m'en vouloir ?

— Cela en vaudrait la peine, en tout cas.

— J'admire votre optimisme, mademoiselle Barnett. Même si je ne le fais pas mien.

Il croisa les jambes et ajusta sa cravate rouge.

— Si je vous parle à titre purement confidentiel, puis-je vous demander de ne pas répéter ce que je vais vous confier ?

Tori repoussa le magnétophone sur le côté et croisa les doigts.

— Bien entendu. Mais une fois encore, il ne faut pas que vous vous croyiez obligé de parler.

— Normalement, je ne devrais pas, dit-il. Mais j'ai discuté avec le grand-père de Mitch. Il semble penser que vous éprouvez plus qu'un intérêt passager pour lui. Il m'a parlé de vous en des termes fort élogieux.

Tori faillit s'étrangler.

— Vous avez parlé avec Buck ?

— Oui. Il s'est montré beaucoup plus compréhensif et prêt à me pardonner que Mitch.

— Et… qu'a-t-il dit, exactement ?

— Il prétend que vous êtes tout à fait capable de faire revenir Mitch à de meilleurs sentiments. J'aurais pu considérer cela comme un radotage de grand-père optimiste, mais ces quelques instants en votre compagnie semblent lui donner raison.

— Comme je vous l'ai dit, nous sommes seulement amis. Je suppose que Buck souhaiterait que notre relation évolue, mais ce n'est guère possible.

Edward Warner manifesta plus qu'un léger scepticisme.

— Mitch pourrait avoir un ami. Quelqu'un qui comprenne pourquoi ses blessures sont si profondes.

Tori, elle, connaissait déjà leur profondeur. Elle comprenait aussi maintenant que chaque histoire comporte deux aspects. Elle avait entendu la version de Mitch, alors autant écouter celle de son père, puisqu'il était d'accord pour la lui fournir.

— Très bien, dit-elle. Si vous pensez que cela peut l'aider, je vais vous écouter.

Le sénateur s'agita sur sa chaise, premier signe de faiblesse dans son comportement parfaitement maîtrisé.

— Je suppose que Mitch vous a dit qu'il ne m'avait jamais

pardonné de m'être remarié six mois seulement après la mort de sa mère ?

— Oui. Il considère cela comme une trahison à sa mémoire.

— Il m'est difficile d'expliquer pourquoi les choses se sont passées ainsi, poursuivit-il. Caroline a été là pour m'aider à passer un cap très difficile de ma vie. Car non seulement j'avais perdu mon épouse, mais également mon fils.

— Et le malheur vous a rapprochés, dit-elle compréhensive.

— D'une certaine manière, je pense que je n'ai pas pu affronter la perspective d'une vie solitaire. Peut-être était-ce un signe de faiblesse et c'était vrai au début. Mais Caroline et moi avons eu une bonne vie qui s'est transformée en une relation solide et affectueuse. Mitch, hélas n'en a pas fait partie, de par son propre choix.

— Peut-être vous sera-t-il plus facile de renouer, maintenant que vous renoncez à votre siège au sénat ? Si la rumeur dit vrai…

— Oui et mes raisons ne doivent pas encore devenir publiques.

Il lui adressa un regard significatif.

— Puisque vous semblez éprouver de l'intérêt pour mon fils, je crois que vous devriez être au courant. Il y a une autre raison pour laquelle Mitch et moi n'avons jamais pu combler la brèche entre nous. J'abandonne le sénat parce que ma femme est enceinte.

Génial ! Ainsi donc, Mitch allait devenir père et frère ! De quoi nourrir la presse à scandale pendant des mois !

— Félicitations. A quand la naissance ?

— Ma fille devrait naître dans six mois.

— Une fille ? C'est merveilleux.

Un sourire radieux de père comblé illumina un instant son visage.

— Caroline vient de passer le cap de la quarantaine, ajouta-t-il d'un ton plus grave. Il s'agit donc d'une grossesse à risques. Pour l'instant, tout va bien. Je prie pour que cela continue.

— Je suis certaine que tout ira bien, dit-elle. Peut-être cette bénédiction sera-t-elle la première étape vers une réconciliation avec Mitch.

— J'ignore si et quand je pourrais lui en parler.

— A mon avis, il préfèrera probablement l'entendre de votre bouche plutôt que par quelqu'un d'autre.

Un conseil qu'elle ferait bien de suivre elle-même, c'était de plus en plus clair.

— Quand la presse en aura eu vent, poursuivit-elle, tout le pays sera au courant.

— J'en suis conscient. Je vais devoir décider de la manière de gérer cela.

— Si vous pouviez entre-temps trouver quelque chose de favorable à dire sur Mitch pour mon article, cela pourrait contribuer à rétablir la communication entre vous.

Un autre long silence s'ensuivit. Tori commença à craindre qu'il ne soit pas d'accord, mais le sénateur pointa un doigt vers le magnétophone.

— Remettez cela en route.

Tori pressa sur le bouton et cette fois, le sénateur sourit franchement. Il se carra dans son fauteuil comme s'il était soulagé d'un poids.

— Mitch est un homme remarquable, commença-t-il, et je respecte sa décision de ne pas suivre la tradition politique de sa famille. Je suis très fier de ce qu'il a accompli, et je sais que sa mère le serait aussi.

Il hésita un long moment et Tori put lire dans son regard la profondeur de sa peine et de son remords.

— Je l'aime autant qu'un autre homme peut aimer son fils. Vous pouvez noter cela, ajouta-t-il en se levant.

— Peut-être feriez-vous mieux de le lui dire en personne ?

Le sénateur poussa un soupir résigné.

— J'ai cessé d'essayer de convaincre Mitch que j'ai toujours eu son intérêt à cœur. Même si j'ai commis plus que ma part d'erreurs.

— Peut-être vous comprendra-t-il après avoir lu l'article ?

— Ce serait magnifique… et un vrai miracle. Mais s'il n'est pas prêt à communiquer avec moi, vous pourrez le lui dire à ma place. Prenez soin de lui.

Sur ces mots, il tourna les talons et Tori resta seule, atterrée que cet homme ait pu lire si facilement en elle. Mitch ferait-il bon accueil aux paroles de son père ou en voudrait-il à Tori de les reproduire dans son article ? De toute façon, elle n'avait professionnellement pas le choix. Elle ne pouvait se permettre de refuser un meilleur salaire et une promotion si elle était forcée d'élever seule son bébé et régler ses dettes. Pourtant, tout au fond d'elle-même, elle espérait que tout cela servirait de catalyseur pour ouvrir le dialogue entre Mitch et son père et cicatriser les plaies. Mais peut-être était-elle trop optimiste ?

Les deux autres décisions qu'elle devait prendre pesaient peut-être encore plus lourd sur sa conscience. Quand faire part à Mitch de sa grossesse et devait-elle le faire ? Devait-elle aussi ouvrir la fameuse enveloppe posée sur son bureau ? Pour l'instant, autant commencer par là.

D'un doigt tremblant, Tori déchira l'enveloppe et déplia l'unique page pliée à l'intérieur. Une photo pâlie s'en échappa. C'était un instantané de sa mère jeune et d'un cow-boy souriant. Sans aucun doute, le père de Tori. Une main crispée sur l'enveloppe, l'autre posée sur sa bouche, les yeux voilés de larmes, elle lut l'information qu'elle avait évitée tout au long de son existence.

Il s'appelait Rick Ballard. Cheveux châtain clair, yeux bruns, sourire de pirate. C'était un beau parleur venu du Wyoming qui avait passé sa vie sur les routes à se produire dans les rodéos. Un week-end d'octobre, il était venu à Quail Run pour participer au rodéo local et il avait séduit la mère de Tori, alors à peine âgée de dix-sept ans. Ils avaient passé leur dernière nuit dans un motel, où Tori avait été conçue.

Les deux dernières révélations lui arrachèrent un sanglot. Rick Ballard était mort deux mois après le troisième anniversaire de Tori, dans un tragique accident de rodéo en faisant ce qu'il adorait. Avant ce jour fatal, il n'avait jamais su que Victoria May Barnett existait, parce qu'il n'avait jamais su que sa mère était enceinte. Celle-ci avait menti à Tori durant toutes ces années en prétendant que c'était par pure négligence qu'il s'était tenu à l'écart de son enfant. Tori lutta contre l'émotion pour lire les quelques mots qui terminaient la lettre : une prière pour un pardon.

« Je suis tellement désolée, ma chérie. »

La gorge nouée par l'émotion, Tori essuya les larmes qui coulaient maintenant le long de ses joues. Elle était à la fois triste d'avoir perdu son père et furieuse d'avoir été trahie par sa mère. Elle éprouvait un immense désarroi également. Pourquoi n'avoir pas voulu forcer la vérité ? Quelles qu'aient été les raisons de Cindy Barnett — honte, certitude que son amant ne voudrait pas s'engager —, Tori ne le saurait jamais. Mais elle était consciente de deux choses, en tout cas. D'abord, qu'elle allait pardonner à sa mère et se débarrasser de toute son amertume. Autrement, elle risquait de devenir pareille à un certain homme de sa connaissance. Et elle allait aussi parler de leur bébé à cet homme-là.

Jamais elle ne laisserait son propre enfant souffrir de ne jamais connaître son père, et ce, quoi que puisse en dire Mitch. Pendant les cinq jours de travail qu'il lui restait, Tori préparerait la parution de l'article, prévue pour le lundi suivant. Cela lui laisserait le week-end pour mener à bien ce qu'elle devait faire. Samedi soir, elle retournerait au pays pour faire face à son passé… et affronter son avenir.

10

« Il l'aime autant qu'un homme peut aimer son fils. »

Pour la troisième fois durant la dernière demi-heure, Mitch, complètement médusé, venait de relire cette phrase. Il avait reçu la maquette du journal le matin par courrier, probablement envoyé par Tori. Il n'y avait ni note ni explication. En fait, il n'avait eu aucune nouvelle d'elle depuis son départ de Quail Run.

— Chic fille, cette Tori, observa Buck, assis dans le fauteuil du bureau privé où il surfait sur Internet. Elle te fait apparaître comme un saint dans son article.

Mitch n'en discuta pas le contenu jusqu'au moment où il tomba sur la contribution de son père, juste avant la fin. Il écarta les pages et reposa sa tête contre le dossier du canapé.

— Elle n'aurait pas dû aller lui demander son opinion, dit-il.

Buck fit pivoter la chaise pour s'éloigner du moniteur et le regarda fixement.

— Tu n'as donc pas lu ce qu'a dit ton père ? Il est fier de toi, il pense que tu es un homme… remarquable et…

— Je l'ai lu, Buck.

— Mais tu n'y attaches aucune importance.

Mitch savait fort bien que son grand-père ne le laisserait pas partir tant qu'il ne lui aurait pas fait part de ce qu'il pensait.

— Comment ne pas croire que cela pourrait être simplement un de ses tours pour m'avoir à ses côtés pour les élections ?

— Parce qu'il ne te l'a jamais demandé auparavant. Du reste, il ne se représentera pas.

— Il ne l'a pas confirmé. Je le croirai quand je le verrai.

— Tu peux le croire. Il me l'a dit.

Mitch se raidit. Chaque muscle de son corps se tendit sous le choc de la révélation autant que de la colère.

— Quoi ? Quand lui as-tu parlé ?

Buck haussa les épaules.

— Dimanche dernier, comme tous les dimanches depuis quinze ans, quand il me téléphone pour savoir comment tu vas, puisque tu ne veux pas avoir affaire à lui.

Manifestement, songea Mitch, tous ceux qui comptaient pour lui manigançaient dans son dos.

— Pourquoi diable ne m'en as-tu pas parlé avant ?

— J'ai le droit de dire ce qui me plaît à qui je veux. Je n'ai pas vécu presque quatre-vingts ans pour que ma poule mouillée de petit-fils me dise d'agir autrement.

Submergé par une colère aveugle, Mitch balaya du coude l'exemplaire du journal.

— Et moi, je n'apprécie pas que tu agisses derrière mon dos !

Buck jaillit de son siège et toisa Mitch d'un regard courroucé.

— Alors, écoute-moi maintenant, jeune homme. Il se peut que tu ne respectes pas ton père, mais moi, tu vas me respecter. Il y a trop longtemps que tu t'obstines. Si je peux pardonner à ton père, tu le peux aussi. Par le ciel, c'était ma fille, non ?

— Et c'était *ma* mère ! Cite-moi une seule bonne raison de lui pardonner de ne pas avoir été présent le jour de sa mort et ensuite de s'être marié avec une autre femme, alors qu'elle venait d'être enterrée ?

Buck ramassa le journal et tapa du doigt une page.

— Les raisons, elles sont là, juste sous ton nez. Il t'aime.

Vraiment, Mitch n'avait pas besoin de ça. Pendant deux grosses semaines, il n'avait pensé qu'à Tori dont l'absence le torturait. Et voilà qu'elle le trahissait en parlant avec son père, sachant fort bien tout le mal qu'il en pensait.

— Bravo pour ce bon vieux papa ! Mais cela aurait été bien plus agréable qu'il me parle à moi au lieu de s'étaler dans la presse pour que le monde entier soit au courant !

Buck jeta le magazine sur le divan.

— Bonté divine, Gus ! Tu ne te souviens pas que chaque fois qu'il te laissait ici en été, il te le disait ? Il l'a fait jusqu'à ce que tu deviennes trop grand et que tu cesses de l'écouter.

— Lui avait cessé de m'écouter depuis longtemps. Il ne m'entendait pas quand je le suppliais de rester quand maman était malade. Il s'est enfui pour servir son pays, comme toujours. Nous n'étions pas assez importants à ses yeux pour qu'il reste, ne serait-ce qu'un peu de temps, avec nous.

— Mais tu étais important pour lui, Gus. Il se faisait violence en te laissant seul t'occuper de ta mère malade. Cette nuit-là, vois-tu, il a tenté de revenir. Il ne savait pas qu'elle allait passer avant son retour. Aucun de nous ne le savait.

— Nous avons déjà parlé mille fois de tout cela, dit-il d'un ton soudain très las.

Buck ôta son chapeau de paille et le froissa entre ses mains.

— Et cela continuera tant que ta tête dure ne voudra pas l'entendre. Ton père n'a jamais cessé de t'aimer, même quand tu lui as tourné le dos, exactement comme tu l'as fait avec Tori.

— Ceci n'a rien à voir avec elle.

— Oh mais si ! Tu commets les mêmes erreurs. Comme pour ton père, tu ne veux pas admettre que tu l'aimes.

Mitch ferma les yeux. Ses tempes battaient et il avait l'impression de brûler tandis que la vérité de cette phrase s'inscrivait dans son cœur.

— Tu es fou ! s'écria-t-il.

— Peut-être, mais toi tu es une poule mouillée de la pire espèce.

Mitch écarquilla les yeux.

— Quoi ?

— Tu as peur d'elle. Tu as peur de tes sentiments pour

elle, sacrebleu ! insista Buck. Admets-le au moins ! Tu aimes cette fille, sinon tu ne serais pas là à traîner ta déprime et à aboyer sur quiconque s'approche de toi. Tu es tellement mordu que tu n'arrives même plus à réfléchir correctement.

— Laisse tomber, Buck.

— Pas tant que tu ne l'auras pas reconnu.

Cette fois, Mitch bondit de son siège.

— J'ai dit de laisser tomber.

— Je resterai ici jusqu'à ce que tu le dises.

— Très bien, d'accord, je l'aime ! s'écria Mitch. Tu es content, maintenant ?

Buck arbora un sourire triomphant.

— Non. Pas tant que tu ne le lui auras pas dit.

Mitch se mit à arpenter la pièce.

— Je n'ai eu aucune nouvelle d'elle depuis deux semaines. Quand elle est partie, je lui ai dit que je voulais la revoir, mais elle a refusé.

— Peut-être parce que tu ne lui as offert qu'une petite partie de jambes en l'air une fois de temps en temps. Les femmes n'apprécient pas trop.

Mitch s'arrêta près de la bibliothèque et se retourna vers lui.

— Que suis-je censé lui proposer, alors ?

— Le mariage.

— Tu es fou. Nous ne nous connaissons que depuis très peu de temps.

Et cependant, oui, il avait l'impression de la connaître depuis des années.

— C'est sans importance, Gus. Ta mère a rencontré ton père à Austin, en seconde année de fac et l'a épousé deux mois plus tard. Tu es né dix mois après.

— Cela ne concerne que toi et mes parents. Je préfère attendre encore un peu avant de décider de ce qui affectera ma vie entière.

— Eh bien, tu as attendu trop longtemps, voilà. Il est temps de grandir, Gus, et de devenir un homme. En te consacrant à autre chose qu'à ce ranch, tu auras un peu plus chaud l'hiver, crois-moi. Aie quelques gamins, aussi. J'aimerais des arrière-petits-enfants autour de moi avant d'être trop vieux pour les emmener pêcher dans la crique.

Mitch leva les mains, paumes ouvertes.

— Waouh ! Tu vas un peu trop loin. Je n'ai pas dit que j'allais faire ma demande, et n'oublie pas que Tori ne m'a même pas parlé.

— Elle le fera si tu es sincère, déclara Buck d'un ton assuré. Au fait, Eula et moi allons nous marier dans une semaine ou deux et j'irai habiter avec elle. Comme ça, Tori et toi aurez la maison pour vous seuls.

Décidément, songea Mitch, c'était la journée des annonces bizarres.

— Tu es sérieux ? demanda-t-il.

— Parfaitement.

— Tu l'épouses pour le sexe ?

— Je l'épouse parce que je l'aime. Le sexe à mon âge c'est seulement la cerise sur le gâteau.

Mitch ne put se retenir de rire.

— Félicitations, papy ! J'espère pour toi que tu sais ce que tu fais.

— Parfaitement, dit Buck en pointant un doigt osseux vers lui. Et si tu m'appelles encore une fois papy, gare à toi. J'espère aussi que je pourrai te féliciter à ton tour bientôt. On pourrait peut-être faire un double mariage ?

Décidément, Buck devenait complètement sénile, songea Mitch.

— Non merci. Si je décide de me marier, j'aurai ma propre cérémonie. Et j'ai bien dit « si ».

Comment ces mots avaient-ils bien pu sortir aussi facilement de sa propre bouche ? se demanda-t-il, éberlué. Il n'arrivait pas à croire qu'il était vraiment en train de réfléchir à quelque chose d'aussi insensé que de demander Tori en mariage. Pour l'instant, il devait d'abord la retrouver et la convaincre de lui parler. C'était déjà sans doute un redoutable challenge. Qu'il était tout prêt à accepter. Et tout de suite.

Il allait quitter la pièce quand Buck le rappela :

— Où vas-tu si vite ?

Mitch s'arrêta net devant la porte ouverte et se retourna vers son grand-père.

— Préparer quelques affaires pour aller à Dallas.

— Elle n'y sera pas, Mitch, dit une voix dans son dos.

Mitch se retourna. Bobby était dans le couloir, une casquette de base-ball à la main.

— Comment le sais-tu ?

— Elle a téléphoné hier à Stella pour la prévenir qu'elle arrivait ce soir. Nous devons la retrouver chez Sadler vers 20 heures.

— A-t-elle dit si elle revenait ici ?

— Vous connaissez les femmes, patron. Stella m'a seulement dit qu'elle pensait que je devais être mis au courant. Mais j'ai comme la vague impression qu'elle voulait que je vous transmette l'information pour voir si vous vous manifestez.

— Je pourrais bien le faire.

Non, il ne *pourrait* pas, il le *ferait*, et rien ne l'en empêcherait. Il n'y avait plus que huit heures à attendre. Après tout, il avait bien attendu la moitié de sa vie pour trouver une femme comme elle, alors !

— Il ne viendra pas.

Elles étaient à la même table que le premier soir, lorsque Tori avait rencontré Mitch. Stella lui tapota la main.

— Mais si, il va venir, mon cœur. Cela ne fait jamais qu'une heure.

— Répète-moi ce que Bobby lui a dit ? demanda-t-elle à son amie.

Une fois encore, Stella s'exécuta.

— Mais tu sais comment sont les hommes, termina-t-elle. Ils n'aiment pas donner de détails, sauf s'il s'agit de sexe ou de sports. Si tu veux, tu pourras questionner Bobby, dès qu'il sera de retour.

Dans le bar bondé, Tori, le visage entre ses mains, jeta un regard autour d'elle. Si Mitch arrivait, elle aurait beaucoup de mal à le repérer dans la foule. Et s'il était venu plus tôt et qu'il l'avait aperçue, il s'était peut-être déjà éclipsé avant d'être découvert. Oh ! Qu'elle était donc malheureuse !

— Je sais comment tu pourrais faire passer le temps, annonça Stella. Tu devrais chanter.

Comme si elle en avait envie !

— Non merci. Et puis, dois-je te le rappeler ? Le karaoké, c'est seulement le vendredi.

— Je suis sûre que Carl ferait une exception. Tu as eu un succès fou l'autre soir. De plus, cela t'aiderait à te détendre.

Tori eut un rire sans joie.

— Ce n'est pas ainsi que je conçois mes moments de détente, surtout vu l'état de mes nerfs.

A cet instant, Bobby les rejoignit, lui évitant d'avoir à se disputer avec sa meilleure amie. Pour une fois, elle n'était pas mécontente de le voir. Il tira une chaise et se laissa tomber dessus.

— Je ne crois pas qu'il viendra, annonça-t-il.

— Je viens de le dire il y a à peine une minute, rétorqua Tori, déjà moins ravie de son retour.

— Veux-tu que Bobby aille le chercher, Tori ? demanda Stella.

De colère, Tori claqua une main sur la table, balayant la bière de Bobby. Le couple sursauta.

— J'aurais mieux fait, je crois, d'aller directement au ranch et de tenter ma chance, au lieu de rester ici.

— Eh bien, répondit Stella, pourquoi ne pas l'avoir fait ?

— J'ai pensé que le pub était un endroit plus neutre, au cas où il aurait eu envie de me frapper pour avoir publié les déclarations de son père.

Stella afficha un air scandalisé.

— Il ne ferait jamais ça à une femme, Tori !

— Je le sais bien. Je voulais dire au cas où il aurait voulu me donner un aperçu de ce qu'il pense.

Bobby passa la main sur sa mâchoire carrée.

— Oui. Il n'était pas trop ravi de cette histoire.

— Vous lui en avez parlé ? demanda Tori, anxieuse.

— J'ai surpris une conversation entre Buck et lui. Il finira par s'en remettre.

Oui, songea Tori, quand leur enfant aurait vingt et un ans ! Si jamais elle avait l'occasion de lui parler du bébé.

— Je ne parierais pas là-dessus, dit-elle. Il est très rancunier.

Décidément, rien ce soir ne se passait comme prévu. Soudain Carl tapota sur le micro et annonça :

— Ecoutez tous ! A la demande d'un client, vous allez pouvoir profiter d'une nouvelle prestation de Tori Barnett dans une imitation de Patsy Cline ! Levez-vous, jeune dame, et chantez !

Tori avait tout compris, maintenant.

— Stella, dit-elle furieuse, si tu n'étais pas enceinte, je te demanderais de venir t'expliquer avec moi au parking !

Stella eut le front d'éclater de rire.

— Oh, je n'en doute pas, Tori. Tu es une vraie dure à cuire.

Tori se sentait au contraire fragile et effrayée. Mais elle fut forcée de se lever. En se dirigeant vers la scène, elle lança à Stella un coup d'œil furibond, histoire de lui faire savoir qu'elle n'en resterait pas là. Pendant l'intro, elle ajusta le micro et s'éclaircit la voix. Enfin, elle se mit à chanter comme si sa vie en dépendait et, en dépit de tous ses efforts, les larmes se mirent à couler sur ses joues. Elle ne se soucia pas de les essuyer. Elle se moquait pas mal maintenant qu'on puisse les voir. La chanson était peut-être celle qu'avait préférée sa mère, mais en cet instant, Tori chantait pour Mitch Warner, où qu'il puisse se trouver.

Debout dans un coin du bar envahi par les clients, Mitch regardait la prestation de Tori. Elle portait les mêmes vêtements et chantait la même chanson que le premier soir où ses yeux s'étaient posés sur elle. Mais cette fois, les sentiments qui l'agitaient n'avaient rien à voir avec le désir charnel. Il aimait cette femme. Il était totalement désarmé et prêt à capituler. Il se rapprocha de la scène pour mieux la contempler et s'inquiéta en apercevant ses joues trempées de larmes. Pourtant, sa voix restait claire et comme chargée de vénération. Sachant qu'elle chantait la chanson préférée de sa mère, il supposa que telle était la raison de ses larmes. A la voir là, en pleine lumière, étaler son chagrin aux yeux de tous, il eut soudain envie d'aller vers elle et de la prendre dans ses bras pour la protéger. Seulement, il n'avait aucun droit de l'interrompre et il n'était même pas sûr qu'elle approuverait son intervention. Mais quand, la voix défaillante, elle s'interrompit avant la fin de la chanson, il se fraya un chemin à coups de coude dans la foule qui murmurait et se précipita sur la scène pour lui prendre la main.

Tori ouvrit les yeux et le fixa du regard comme si elle ne parvenait pas à y croire. Comme elle ne bougeait pas, il la prit par la taille, l'enleva de la plate-forme et l'étreignit. Mitch se pencha à son oreille et murmura :

— Sortons d'ici.

Tori hocha la tête. La prenant par la main, il fendit la foule vers la sortie. En atteignant la porte, Mitch était bien décidé à quitter ces lieux et à s'en éloigner le plus possible. Il entraîna Tori vers le pick-up, lui ouvrit la portière et l'aida à s'installer dans la cabine, étonné de ne pas l'entendre lui demander où il l'emmenait. Il grimpa à son tour derrière le volant et sortit du parking. Pendant tout le temps du trajet qui se déroula en silence, il tint sa compagne serrée contre lui.

Mitch remonta le chemin menant à la vieille maison, puis s'orienta vers la droite et descendit le long de la route de fortune qui menait à la crique. La pleine lune les guida vers le point qui lui avait toujours servi de refuge, y compris le jour où sa mère était morte.

Lorsqu'il s'arrêta, il descendit et contourna le capot pour aller ouvrir la portière du côté de Tori. Une fois encore, elle ne refusa pas sa main offerte, comme si elle s'en remettait totalement à lui.

Il la conduisit vers l'arrière du véhicule, baissa le hayon rouillé et l'y installa. Il resta debout devant elle, les mains fines de Tori en sécurité entre les siennes. Le clair de lune dorait le visage de Tori, ce visage que Mitch voulait contempler jusqu'à son dernier jour. Mais d'abord, il avait besoin de découvrir pourquoi elle était si triste. Il espérait de toute son âme que cela n'avait aucun rapport avec lui.

Tori, toujours silencieuse, fixait leurs mains réunies. Au moins, ses larmes s'étaient taries.

— Que se passe-t-il, Tori ? demanda-t-il enfin.

Tori exhala un long soupir mais ne le regarda pas.

— Ces deux semaines ont été très dures, dit-elle.

— Je sais. Vous m'avez manqué.

Plus que n'importe qui depuis la mort de sa mère.

— Vous m'avez manqué aussi, répondit-elle, tête toujours baissée.

— Tori, regardez-moi.

Quand elle obtempéra, il poursuivit :

— Quand j'ai découvert que vous seriez là ce soir…

— Bobby vous avait mis au courant ? demanda-t-elle d'une voix qui, autant que ses yeux, reflétait sa surprise.

— Oui. Vous l'ignoriez ?

— Non. Je lui avais demandé de le faire et il m'a répondu qu'il ne voulait pas. Je craignais que vous ne veniez pas, à cause de l'article.

— Je ne vais pas vous mentir, Tori. J'étais assez furieux parce que je ne comprenais pas pourquoi vous l'aviez fait.

Elle leva les yeux vers lui.

— Je l'ai fait pour vous.

Il écarta de sa joue une mèche égarée.

— Je sais. Et je l'apprécie plus que vous ne le pensez.

Tori parut vraiment contente et Mitch la trouva plus jolie que jamais.

— Je pense que vous devriez vous réconcilier avec lui,

reprit-elle. C'est très important. J'ai récemment découvert que mon père n'a jamais su que j'existais. Et moi, je ne le connaîtrai jamais parce qu'il est mort quand j'avais trois ans.

Mitch ressentit sa peine avec autant d'acuité que si c'était la sienne.

— Alors, vous avez lu la lettre ?

— Oui. C'est pour cette raison je crois, qu'il est nécessaire que vous vous réconciliez avec votre père. Il est tout ce que vous avez.

— Je le réalise maintenant, dit-il. Mais avant cela, il y a certaines choses que je voudrais vous dire.

Le regard de Tori se perdit au loin puis revint se poser sur le visage de Mitch.

— Moi aussi. Mais à vous l'honneur !

Telle était bien l'intention de Mitch, avant que son courage ne l'abandonne.

— Vous allez devoir me supporter parce que je n'ai pas beaucoup d'expérience en la matière, déclara-t-il.

— Je suis certaine que vous y arriverez. Je vous écoute.

Mitch resserra son étreinte sur ses mains.

— A la fin de mes études, j'avais soigneusement planifié ma vie dans les moindres détails. Mais récemment, j'ai découvert que certaines choses bousculaient tous mes projets.

— Je sais ce que vous voulez dire. Il y a des impondérables, parfois.

— Justement. Vous ne faisiez pas partie de mes projets. Je n'avais pas prévu de rester debout la nuit pendant deux semaines, à bercer une douleur inconnue. Je n'avais certainement pas prévu de décrocher le téléphone une bonne centaine de fois dans l'intention de vous appeler, avant de me dire que c'était une mauvaise idée.

— Pourquoi était-ce une mauvaise idée ? interrogea-t-elle, l'air froissé.

— D'abord parce que vous m'aviez dit que vous ne vouliez

plus jamais me voir. Ensuite, jusqu'à aujourd'hui, j'ignorais ce que je désirais de vous.

— Et qu'est-ce que c'est, Mitch ?

— Je veux être avec vous et pas seulement cette nuit.

Il appuya son front au sien.

— Je ne peux pas supporter l'idée de vous voir partir pour ne jamais revenir. Je ne crois pas pouvoir le supporter une seconde fois.

Tori laissa échapper un petit sanglot et se mordit la lèvre sans doute pour empêcher de nouvelles larmes de sourdre. Il les chasserait avec des baisers tout à l'heure, si elle le voulait encore après ce qu'il devait lui avouer.

Car le moment de vérité était arrivé.

— Je vous aime, Tori. Dieu sait que je ne le voulais pas, mais c'est arrivé.

Des larmes menacèrent au coin des yeux de Tori, mais elle les refoula bien vite.

— En êtes-vous certain ?

— C'est vrai, Tori, et je ne veux pas vous laisser partir.

— Mais il y a tellement d'éléments à prendre en compte. Vous vivez ici, moi à Dallas.

— Epousez-moi et nous vivrons où vous le désirerez.

« Eh bien, c'était dit ! Après tout, songea Mitch, cela n'avait pas été si difficile. » Mais quand Tori lui retira ses mains, il eut l'impression qu'elle le poignardait.

— Qu'avez-vous dit ?

— Epousez-moi, Tori, Soyez ma femme. Je serais honoré d'être votre mari.

— Imaginez-vous ce que vont dire les gens ?

— Je me fiche pas mal des gens. Vous seule comptez pour moi.

Tori enroula une mèche de cheveux autour d'un doigt.

— Alors, laissez-moi vous faire une révélation et ensuite nous verrons si votre offre tient toujours.

La peur, soudain, figea Mitch.

— Je n'imagine pas que vous puissiez me faire changer d'avis, quoi que ce puisse être. Sauf si vous ne m'aimez pas.

Tori laissa tomber ses mains sur ses genoux.

— Oh si, je vous aime ! Je vous aime totalement.

Mitch se laissa gagner par le soulagement. Suivi tout aussitôt par l'impatience et la frustration.

— Alors, de quoi diable s'agit-il ?

— Je suis enceinte.

Mitch aurait dû s'enfuir en courant. Il aurait dû sentir une sueur froide l'envahir et ses entrailles le brûler. Rien de cela ne se produisit. En fait, ce qu'il ressentit en cet instant, ce fut une grande joie et une grande fierté.

— Quand l'avez-vous découvert ?

— Au début de la semaine. Exactement le jour où j'ai rencontré votre père. C'est la raison de ma présence ici ce soir. Je voulais vous le dire.

La même vieille méfiance refit tout à coup surface.

— Vous le lui avez dit ?

Elle fronça les sourcils.

— Bien sûr que non ! Je ne l'aurais dit à personne sans vous en avoir d'abord parlé. Même Stella n'est pas au courant.

Mitch se frotta le menton.

— Eh bien, que le diable m'emporte !

— Est-ce tout ce que vous avez à dire ?

— Vous savez, chérie, je pense qu'inconsciemment, je le désirais. Cette nuit-là dans la camionnette, j'aurais très bien pu sortir un préservatif de ma poche.

— Vous en aviez ?

— Oui. Mais j'avais aussi dans mes bras une femme qui me faisait perdre la tête tant je la désirais.

Il lui effleura les lèvres.

— Et je la désire toujours.

Tori essuya ses larmes.

— J'en suis tellement heureuse ! Je m'étais imaginé qu'en ce moment, vous vous seriez barricadé chez vous.

Emporté par un sentiment de bonheur absolument inconnu

de lui jusqu'alors, Mitch la fit descendre du véhicule et l'attira tout contre lui.

— Buck m'a dit qu'il désirait avoir un arrière-petit-fils avant d'être trop vieux pour en profiter. On dirait bien que son vœu va se réaliser. Et le mien, alors ?

Une expression de pur amour illumina les yeux de Tori, un amour, qui lui était totalement destiné.

— Oui. Je vous épouserai, murmura-t-elle. Avec joie.

— Dieu soit loué.

De nouveau il l'embrassa, mais cette fois avec tout l'amour du monde.

— Je vous aime, Bébé. Je ne veux pas attendre pour me marier.

— Alors quand nous marierons-nous ?

— La semaine prochaine sera bien assez tôt. Mais nous aurons probablement quelques décisions à prendre, comme par exemple l'endroit où nous vivrons.

— Je ne vois vraiment pas pourquoi nous ne pourrions pas vivre ici.

De surprise, Mitch en eut le souffle coupé.

— Et votre travail ?

— L'article sur vous a eu des effets, avant même sa parution. On m'a déjà fait quelques offres. Je peux travailler en indépendante aussi longtemps que vous comprendrez qu'il me faudra m'absenter de temps à autre.

— Cela me conviendra, aussi longtemps que je pourrai vous accompagner. Parce que, Bébé, à partir de maintenant, je ne veux plus vivre sans vous.

Elle lui effleura les lèvres d'un léger baiser.

— Et moi non plus. Ce sera si bon d'être de retour ici. Je n'avais pas réalisé à quel point la vie de cette petite ville m'avait manqué, même si nous en devenons le principal sujet de commérages.

Mitch ne se laissa pas abuser par cet humour feint.

— Tori, je m'assurerai que personne dans cette ville ne dise ou ne fasse jamais rien qui puisse encore vous blesser.

— En réalité, je ne suis pas vraiment inquiète. Lorsque j'y repense, je trouve que très peu de gens ne nous acceptaient pas ma mère et moi. Des gens comme Mary Alice…

— Inutile de vous soucier d'elle, affirma-t-il. Elle a rompu ses fiançailles avec Brady et elle part pour Chicago. Il est question d'une école de cuisine, bien que j'aie du mal à imaginer Mary Alice se salissant les mains.

— Je suis ravie qu'elle ait renoncé à un mariage médiocre, remarqua Tori.

Elle ajouta avec un sourire en se serrant contre lui :

— Ce qui n'est pas mon cas.

— Je veux vous rendre heureuse, Tori Tout cela m'effraie encore un peu car je n'ai guère eu un bon exemple…

L'expression de Tori se fit grave.

— Mitch, votre père m'a expliqué pas mal de choses sur les raisons de son mariage avec Caroline et son retrait de la vie publique. Vous devrez le laisser vous l'expliquer aussi. Il faudra l'écouter avec tout votre cœur.

— Je l'appellerai demain. Je pourrai lui parler du mariage. Mais je ne peux faire de promesses sur la façon dont cela tournera.

— Au moins, ce sera un début.

Mitch posa la main sur le ventre de Tori, l'endroit qui abritait l'enfant qu'il croyait ne jamais avoir. Un enfant qu'il aimait déjà.

— A de nouveaux départs ! dit-il.

Tori déposa un baiser au creux de sa main.

— Et de bons souvenirs.

Jetant un coup d'œil par-dessus son épaule, elle lui fit un grand sourire.

— On peut s'en fabriquer davantage.

Mitch lui rendit son sourire.

— Oui, mais je crois que nous ferions bien de rentrer à la maison et de nous coucher dans un vrai lit. Vous avez besoin de confort.

Pour toute réponse, Tori sauta à l'intérieur du pick-up et retira sa veste.

— A mon avis, nous devrions profiter du fait que je suis encore assez alerte pour le faire dans des lieux incongrus. Dans quelques mois, ce ne sera plus possible.

Sans hésitation, Mitch sauta à son tour à l'arrière du véhicule et les recouvrit de foin comme la première fois.

— Vous savez ce que j'aimerais vraiment, dit Tori tandis qu'ils s'installaient sur cette couche improvisée.

Sous le sweater, Mitch lui prit un sein au creux de sa main.

— Oui, Bébé, je sais tout ça, dit-il.

— Mitch, il faut que je vous le dise maintenant.

Elle lui prit la main et la serra contre son cœur.

— Je veux un grand mariage. Comme pour Stella. Et aussi longtemps que je n'aurais pas à chanter.

— J'aime vraiment vous entendre chanter. Et pour la réception ?

— Je pourrai m'en occuper.

Elle lui décocha un regard mi-moqueur, mi-soupçonneux.

— Vous n'allez pas me demander de chanter tout le temps pour le dîner ou…

Il descendit la fermeture à glissière.

— Non, mais je ferai en sorte que vous chantiez pendant l'amour.

Elle déboucla son ceinturon.

— Nous verrons. Faisons un marché. Si je promets de chanter à notre réception, alors vous devrez promettre de réciter un poème.

Mitch s'arrêta de baisser le jean de Tori.

— Devant tout le monde ?

Elle lui jeta un regard timide suivi d'un clin d'œil.

— Si vous y songez, ne serait-ce qu'un peu, je vous promets de bien vous récompenser de vos efforts.

— Accord conclu, dit-il en le scellant avec un autre baiser.

Ce baiser-là dura longtemps et fut le prélude à une longue parade d'amour sous les étoiles, avec la femme qu'il épouserait bientôt. Entre ses bras, Mitch se dit avec sincérité que pour elle, il était capable de tout… sauf peut-être de lire un poème en public.

Enfin, il y réfléchirait. Pour Tori.

Épilogue

« Deux ou trois fois je t'ai aimée, avant de connaître ton visage ou ton nom. Parfois dans une voix, parfois dans une flamme. Souvent, les anges nous effleurent, qu'ils soient glorifiés. »

Trois jours auparavant, Mitch avait surpris tous les convives en récitant ces vers juste après avoir prononcé ses vœux. Personne n'en avait été aussi surprise ni touchée que Victoria Barrett-Warner.

La cérémonie avait eu lieu par une parfaite journée de novembre dans la petite église de campagne où Tori, enfant, allait tous les dimanches avec sa mère. Elle portait la robe de mariée de la mère de Mitch, cadeau de ce dernier. Le quatuor terrible s'était retrouvé, puisque Stella, Janie et Brianne avaient été ses demoiselles d'honneur. Bobby et Rand les escortaient, et le père de Mitch, à la surprenante requête de son fils, avait été son témoin. C'était la preuve positive que le processus de cicatrisation avait bien commencé. Quant à Buck, tout endimanché, et sans son chapeau de paille, il avait avec bonheur donné le bras à la mariée.

Ils avaient choisi Sadler pour la réception et Tori avait chanté un pot-pourri d'airs traditionnels à la demande de Stella. Tout compte fait, la fête avait été superbe, mais sans commune mesure avec la lune de miel dont ils profitaient à présent. Pendant deux jours, Mitch avait séquestré Tori dans une cabane en rondins située dans un petit pays du nom de Doriana. C'était un cadeau de Marc DeLoria, l'un des camarades de Harvard de Mitch, qui venait d'être proclamé roi.

Maintenant, drapée dans une douillette couverture rouge, Tori se tenait devant la fenêtre de leur confortable chambre. Un feu de bois brûlait dans une grande cheminée de pierre située dans le coin opposé au grand lit sculpté. La jeune femme regardait avec émerveillement les gros flocons de neige tourbillonner autour de la cabane. Derrière, les Pyrénées offraient un panorama qui pouvait rivaliser avec tout ce que Tori avait pu voir au cours de ses rares voyages. Mais le spectacle qu'elle préférait à tous sommeillait dans le lit derrière elle, nu comme au jour de sa naissance, et aussi majestueux que n'importe quelle montagne.

— Que fais-tu debout ? demanda soudain Mitch d'une voix rauque.

Il venait de se plaquer contre le dos de Tori qui en profita pour frotter son postérieur contre lui.

— Je pourrais te poser la même question.

Il eut un rire doux qui la fit frissonner. Sa main qui se posait sur sa poitrine accrut encore son trouble.

— Si tu n'as pas encore appris ce que cela signifie, alors je pense que tu as besoin de quelques leçons supplémentaires.

Tori se retourna entre ses bras et lui sourit.

— Si je n'étais pas déjà enceinte, je l'aurais sûrement été avant la fin de ce voyage.

D'un revers du doigt, il fit tomber la couverture dont elle s'était drapée, et de nouveau elle se retrouva nue.

— Il fait froid ici, Mitch, dit-elle en plissant le front. Le feu est en train de mourir.

La main de Mitch descendit sur son ventre et s'insinua entre ses cuisses.

— Je ne trouve pas, répondit-il.

« Quel homme insatiable », songea Tori. Non qu'elle s'en plaignit, du reste…

— Pourrions-nous au moins nous glisser sous les couvertures demanda-t-elle ?

Il la souleva entre ses bras et la déposa sur le lit à baldaquin, puis s'étendit sur elle pour lui faire partager sa chaleur.

— Sérieusement, nous devrions nous calmer un peu, murmura-t-il. Je ne voudrais pas que tu en souffres.

— Non, c'est impossible. Mais ne pourrions-nous pas nous retenir une minute ?

— Pas de problème, dit-il.

Il roula sur le dos, l'entraînant avec lui dans son mouvement, puis la prit contre son flanc, le bras replié sur elle.

— C'est un des moments favoris de ma vie d'homme marié, remarqua-t-il. Je n'arrive pas à imaginer comment j'ai pu en être privé aussi longtemps.

Tori ressentait la même chose.

— Tu sais, nous devrions penser à nous habiller, suggéra-t-elle.

Mitch ronchonna.

— Pourquoi donc ? J'ai adoré être nu toute la journée. Et aussi la nuit. Manger nu, et…

Tori ouvrit de grands yeux.

— Pour l'instant, nous devons nous apprêter pour la réception que Marc et Kate organisent en notre honneur. On va venir nous chercher dans moins d'une heure. Nous ne ferons pas très bonne impression si nous arrivons tout nus. Et puis, il gèle dehors. Au fait, pourquoi ne m'as-tu pas dit que Buck avait épousé Eula ?

— Pour la même raison que tu ne m'as pas parlé de la grossesse de ma belle-mère. Il voulait te l'annoncer lui-même.

— Je suis heureuse qu'il l'ait fait au mariage. Et aussi que vous ayez conclu une trêve.

Le soupir de Mitch résonna dans toute la pièce.

— Nous avons encore du pain sur la planche.

Tori se redressa sur un coude et étudia l'expression stoïque de son mari.

— Il s'inquiète de la grossesse à risques de Caroline. Il a besoin de ton soutien.

— Je ferai de mon mieux, aussi longtemps que tu seras avec moi.

— Je te le promets. Caroline nous a invités à dîner le premier week-end après notre retour à la maison.

— Je ne veux même pas penser à notre retour.

— Je sais bien, mais j'ai pas mal de choses à terminer.

— Et moi, je devrai dire au revoir à Ray.

Tori poussa une exclamation étouffée.

— Oh, mon dieu ! Est-il malade ? Seras-tu obligé de…

Mitch lui déposa un baiser rassurant sur la joue.

— Non, rien de tel. J'en fais don à une association de rééducation pour enfants handicapés. Le ranch est à quelques kilomètres seulement. Je pourrai aller le voir quand je voudrai.

— Tu m'avais dit qu'il avait encore de bonnes années devant lui !

— En fait, j'avais promis de le donner si je perdais un pari.

Encore une surprenante révélation.

— Quel genre de pari ?

— Marc et moi, ainsi que Dharr Halim — que tu ne connais pas encore —, avions parié que nous ne nous marierions pas avant la dixième réunion des anciens élèves de notre promotion à Harvard. Marc et moi n'avons pas tenu parole ; Dharr est toujours célibataire, mais comme c'est un cheikh et qu'il est destiné à gouverner son pays, il sera obligé tôt ou tard de se marier.

— Et c'est parce que tu as perdu ton pari que tu dois donner Ray ?

— Oui. La chose à laquelle nous tenions le plus. Pour moi, c'était Ray, avant notre rencontre.

Les yeux de Tori s'emplirent de larmes, mais cette fois-ci de joie.

— Tu sais, dit-elle, jusqu'à maintenant, je n'avais pas encore réalisé combien je t'aimais.

Du bout des doigts, il lui effleura la joue et la dévisagea.

— Comment peux-tu même en douter, Tori ?

— Je n'en doute pas. Du reste, c'est tout dire si tu m'aimes plus que ton cheval.

Mitch éclata de rire et l'étreignit.

— Cela a beaucoup de sens dans la bouche d'un cow-boy, tu sais.

— Un cow-boy très sexy de Harvard, souligna-t-elle.

Elle égrena des baisers le long de son torse, et Mitch laissa échapper une exclamation émue.

— Ecoutez-moi, jeune femme, si vous continuez comme ça, nous n'irons nulle part.

Tori releva la tête et sourit.

— Je le sais. Mais je me sens tout à coup en état de manque. Donc, nous serons en retard. Maintenant, montre-moi exactement à quel point tu m'aimes.

Mitch lui encadra le visage entre ses mains.

— D'abord, je t'aime plus que mon cheval. Je t'aime de me donner notre bébé. Je t'aime plus que n'importe quoi, y compris ma vie. Aujourd'hui. Demain. Tant que tu voudras de moi. Voilà. Ce n'est pas tout à fait un poème, mais c'est la vérité.

— Tu te trompes, Mitch. Cela résonnait à mes oreilles comme un véritable poème. Le plus beau des poèmes d'amour.

KRISTI GOLD

Le pouvoir de la passion

INTÉGRALE
POUVOIR ET SENTIMENTS

Traduction française de
SYLVIE TROIN

♦ SAGAS ♦

HARLEQUIN

Titre original :
DARING THE DYNAMIC SHEIKH

Ce roman a déjà été publié en 2012.

Prologue

Durant les années qu'il venait de passer à l'université de Harvard, le cheikh Dharr ibn Halim n'avait pas seulement étudié l'économie politique, le droit international et la gestion d'entreprise. Il avait également appris toutes les subtilités de l'art de la séduction. Nul ne savait mieux que lui susciter le désir d'une femme hésitante pour la porter au paroxysme de la passion et la faire défaillir de plaisir…

Or il venait de découvrir à ses dépens que l'amour pouvait aussi faire cruellement souffrir et il s'était juré de ne jamais oublier cette dure leçon.

En cette soirée de juin, une agitation extrême régnait sur le campus. Les heureux diplômés préparaient une grande fête pour célébrer dignement leur succès. Seuls Dharr et ses colocataires ne partageaient pas l'excitation et l'euphorie générale. Sachant que l'obtention de leur diplôme marquait la fin de leurs années d'insouciance et de leur cohabitation, ils préféraient passer leur dernière soirée d'étudiants dans la quiétude de leur appartement.

Dès le lendemain matin, Dharr quitterait les Etats-Unis et ses amis — le prince Marcel DeLoria, héritier d'un roi d'Europe, et Mitchell Warner, fils de sénateur ; de retour au pays, il y assumerait ses responsabilités de futur souverain.

Rapprochés dès le premier jour par leur statut social prestigieux, la notoriété de leur famille et leur besoin d'échapper à l'attention pesante des médias, les trois jeunes gens avaient noué une amitié indéfectible au fil des ans. Et cependant, en dépit de la complicité qui l'unissait à ses compagnons, Dharr n'était pas parvenu à leur confier le secret qui hantait ses pensées nuit et jour.

Nul ne devait savoir qu'il avait commis l'absurde erreur de tomber amoureux d'une femme qui ne lui rendait pas ses sentiments.

Du coin de l'œil, il observa Mitch qui remplissait une nouvelle fois leurs coupes. Comme toujours, le fils du sénateur était assis en tailleur à même le parquet du salon. Quant à Marc, il était étendu de tout son long sur le canapé.

— Maintenant que nous avons trinqué à notre réussite, dit Mitch, je propose que nous portions un toast aux joies du célibat.

Dharr leva aussitôt sa coupe.

— Je suis partant.

Marc secoua la tête et suggéra :

— Faisons plutôt un pari.

Ses amis le dévisagèrent avec méfiance.

— Quel genre de pari, DeLoria ? voulut savoir Mitch.

— Gageons que nous serons encore célibataires dans dix ans.

Si Dharr n'oubliait pas qu'il serait malaisé de convaincre son père de patienter ne fût-ce qu'un an avant de le voir prendre une épouse, il n'en était pas moins farouchement résolu à ne pas céder à la pression paternelle, d'une part parce qu'il n'avait aucune envie de se mettre la corde au cou, d'autre part parce qu'il estimait qu'il n'aurait pas trop de dix ans pour se remettre de sa déception amoureuse. Le pari lui convenait.

— Et si l'un de nous se marie avant ce délai ? demanda-t-il.

— Il sera déclaré perdant et devra se séparer de ce qui lui tient le plus à cœur.

Mitch fit la grimace.

— Donner mon étalon ?

Dharr leva les yeux vers le nu accroché au-dessus du

canapé. Ce chef-d'œuvre était devenu son bien le plus précieux maintenant que la femme de sa vie l'avait quitté.

— Me priver de mon Modigliani me fendrait le cœur…

— Un pari est sans intérêt si l'enjeu est insignifiant.

— Justement, DeLoria, à quoi renonceras-tu si tu perds ?

— Ma Corvette.

— Tu abandonnerais ta garçonnière roulante ? s'écria Mitch, incrédule.

Dharr contint un sourire. Tout le campus savait que Marc tenait à sa voiture comme à la prunelle de ses yeux et se montrait beaucoup plus attentionné avec elle qu'avec ses nombreuses conquêtes féminines.

Marc haussa les épaules.

— Jamais de la vie ! Je vais gagner ce pari haut la main.

— Moi aussi, affirma Dharr. Je compte attendre au moins dix ans avant de présenter sa future reine au peuple d'Azzril.

D'ici là, la plaie béante de son cœur aurait peut-être cicatrisé…

— J'ai l'intention de profiter de ma liberté jusqu'à mes quarante ans, martela Mitch. Alors vous pouvez d'ores et déjà considérer que j'ai gagné.

De nouveau, Dharr leva sa coupe.

— Puisque nous sommes tous trois certains de notre victoire, buvons à notre célibat !

Ses amis l'imitèrent avec empressement.

— A notre célibat, répétèrent-ils en chœur.

S'il n'avait tenu qu'à lui, Dharr se serait carrément engagé à ne jamais se marier. Mais, depuis son plus jeune âge, il connaissait et acceptait les responsabilités qui allaient de pair avec son statut. Pour le bien de son peuple, il devrait tôt ou tard assurer sa descendance ; aussi finirait-il sans doute par se résigner à demander la main de celle à qui son père l'avait fiancé bien des années plus tôt.

Raina Kahlil ferait une excellente reine et une bonne épouse, pensa-t-il en achevant son champagne d'une traite. Elle avait été éduquée dans le respect des traditions d'Azzril. Tous deux étaient issus du même milieu, ils partageaient la même culture, les mêmes valeurs et surtout l'amour de leur pays…

1

Neufs ans et dix mois plus tard

Une main au-dessus des yeux pour se protéger du soleil d'avril californien, Dharr Halim mesurait à quel point Raina Kahlil avait changé.

La fillette tout en bras et en jambes était devenue une splendide jeune femme, avec des cheveux couleur miel qui tombaient en vagues souples sur ses reins, des rondeurs sensuelles bien placées et de longues jambes fuselées — mises en valeur, ce jour-là, par un Bikini turquoise.

La dernière fois qu'il l'avait vue, plus d'une décennie auparavant, Raina était engagée dans un furieux corps à corps avec un garçon qui avait osé tirer sur ses nattes. Riant à ce souvenir, Dharr se demanda si la belle sirène qui marchait sur la plage se jetterait sur lui toutes griffes dehors en apprenant qu'il souhaitait la ramener à Azzril.

Le port de tête gracieux de la jeune femme, la souplesse de sa démarche et la fluidité de ses mouvements tandis qu'elle ramassait un coquillage ne faisaient certes songer en rien à un garçon manqué. Dharr doutait toutefois que son caractère eût beaucoup changé.

Quand, l'apercevant sur sa terrasse, Raina le toisa d'un regard à faire geler le Sahara, il sut que son instinct ne l'avait pas trompé. Même si elle n'allait pas lui envoyer un direct au menton, elle ne le suivrait pas docilement…

Il s'était préparé à affronter son hostilité et sa colère et à déployer des trésors de persuasion pour la décider à le suivre à Azzril. En revanche, il n'avait pas prévu qu'il devrait également lutter contre le désir qui jaillissait dans ses veines comme du feu liquide alors qu'il la contemplait et imaginait les délices dont son tempérament volcanique pourrait le régaler entre des draps de satin, à la lumière du jour ou au clair de lune.

Il devait se reprendre, couper court aux scénarios torrides que son esprit traître lui inspirait. N'avait-il pas récemment pris le parti de ne pas honorer la promesse de mariage autrefois conclue par leurs pères respectifs parce qu'il était certain que, à force de vivre aux Etats-Unis, Raina avait renié leur culture et ne pourrait pas faire une bonne souveraine ?

Tout en montant les marches de sa véranda, Raina étudia ouvertement son visiteur. Arrivée à sa hauteur, elle jeta son coquillage par-dessus la balustrade et mit les mains sur les hanches.

— Quelle surprise ! ironisa-t-elle. Le grand et beau Dharr Halim en personne !

Elle s'exprimait comme une Américaine, sans la moindre trace d'accent arabe.

S'il parvint à ignorer son ton sarcastique, Dharr ne put rester indifférent à sa proximité.

— Je suis heureux de te revoir aussi, Raina.

— Que fais-tu ici ?

— Ai-je besoin d'une raison pour te rendre visite ?

— Je ne t'ai pas vu depuis…

Raina fronça légèrement les sourcils, comme elle faisait appel à ses souvenirs.

— … au moins dix ans.

— Douze. A l'époque j'étais encore étudiant à Harvard et j'étais rentré à Azzril pour les vacances. Ton père t'avait amenée en visite au palais et tu t'es battue avec le fils du cuisinier.

— Mais tu as volé à mon secours…

Un sourire adoucit les traits de Raina — un court instant, hélas !

— Peu importe. Etant donné que nous ne nous sommes pas vus depuis une éternité, j'ai de quoi m'étonner de te trouver devant ma porte.

— Mes intentions sont tout à fait honorables.

Mais, Dharr devait l'admettre, ses pensées étaient loin de l'être. Seul un eunuque serait resté de marbre face à ces pleins et ces déliés dorés par le soleil.

Raina se frotta les bras en grimaçant.

— Il fait frais. Rentrons.

Elle n'avait pas besoin de lui dire qu'elle avait froid. Il avait remarqué le durcissement des pointes de ses seins… En revanche, lui avait de plus en plus chaud.

Faisant un pas sur le côté pour la laisser passer, il s'inclina galamment :

— Après toi.

— Heureusement que tu n'as pas dit « le sexe faible d'abord ». Je t'aurais barré ma porte.

Dharr avait vu juste. Elle était restée indépendante et impulsive à l'extrême. Mais, au moins, elle lui souriait. Pour le moment.

— Je ne commettrais jamais un tel impair avec toi. Je tiens à la vie.

Regardant derrière lui, la jeune femme considéra sa berline marron.

— Quoi ? Pas de limousine ? Pas de gorilles, votre Grâce ?

— J'ai préféré louer une voiture qui passe inaperçue. Et je ne pense pas avoir besoin de mes gardes du corps aujourd'hui.

Avec un léger sourire, Dharr ajouta :

— Sauf si tu as l'intention de me jeter dehors *manu militari.*

— J'aviserai quand tu m'auras exposé le but de ta visite.

Suivant son hôtesse à l'intérieur, il huma avec volupté son odeur de mer et de soleil mêlée à une délicate fragrance citronnée.

— Assieds-toi, fit-elle en indiquant un des tabourets devant le bar qui séparait le salon de la cuisine.

« Modeste » fut le mot qui vint à l'esprit de Dharr alors qu'il furetait autour de lui. Mais, quand son interlocutrice alluma le plafonnier, ce fut comme un feu d'artifice ; tout n'était que couleurs : il y avait des coussins de soie dans des dégradés de bleu et de rose sur le canapé de cuir blanc, des doubles rideaux en camaïeux violets, des tapis persans aux couleurs chatoyantes, des bouquets de fleurs sur tous les meubles.

Ce décor chaleureux et bigarré seyait parfaitement à Raina, jugea-t-il. Il n'y avait jamais rien eu de terne ou de banal en elle.

Perché sur son tabouret, il attendit que la jeune femme se joigne à lui. Vain espoir : elle tourna les talons et lança par-dessus son épaule :

— Pendant que je me change, commence à me raconter ce qui t'amène en Californie.

Elle ne prit même pas la peine de fermer la porte de la salle de bains. En s'apercevant qu'il voyait son reflet dans le miroir accroché au-dessus du lavabo, Dharr s'ordonna de détourner les yeux. Ses yeux firent la sourde oreille…

— Tu n'as pas de chambre ? s'enquit-il d'une voix tendue comme elle ôtait le haut de son maillot.

— Le canapé est convertible.

Il l'entendit à peine. La gorge sèche, il admirait ses seins ronds. Ils auraient rempli à la perfection les paumes de ses mains.

— Alors, dis-moi, à quoi dois-je le plaisir de ta visite ? reprit Raina en tirant sur le bas de son maillot.

Si le lavabo la cachait à partir de la taille, Dharr n'avait aucun mal à suivre mentalement le trajet du minuscule slip turquoise sur ses hanches en amphore et ses jambes galbées.

La sueur perlant au front, il s'éclaircit la voix.

— Si tu avais lu mes lettres, tu le saurais.

— Quelles lettres ?

Raina enfila un haut couleur corail. Dharr retint un

gémissement en imaginant ses mains glissant avec le tissu soyeux sur sa gorge sensuelle. Contrairement au bustier, il ne s'arrêterait pas à sa taille. Il poursuivrait son errance sur son ventre…

— Dharr, quelles lettres ? répéta Raina avec une pointe d'irritation.

Il s'agita nerveusement sur son tabouret.

— Je t'ai écrit deux fois.

— Je n'ai rien reçu. A quelle adresse as-tu envoyé ces lettres ?

Lorsqu'elle revint vers lui en serrant le cordon d'un pantalon de crêpe noir, il se força à sourire avec nonchalance.

— J'ignorais que tu avais déménagé, je t'ai écrit chez ta mère.

S'accoudant au bar, Raina plongea son regard émeraude dans le sien.

— Je pourrais lui téléphoner pour lui demander de me lire mon courrier, mais, puisque tu es ici, pourquoi ne pas me résumer leur contenu de vive voix et nous faire gagner du temps ?

Se sachant porteur de mauvaises nouvelles, Dharr se leva et déambula dans le salon pour réfléchir à la meilleure manière de les annoncer. Un tableau représentant une fillette esseulée au milieu du désert attira son attention.

Impressionné par la qualité de la toile et la profonde mélancolie qu'elle dégageait, Dharr se tourna vers Raina.

— C'est toi qui as peint ce tableau ?

Elle confirma d'un hochement de tête.

— Je l'ai fait d'après le souvenir que je gardais d'Azzril. Je me suis souvent sentie seule et minuscule dans ce décor grandiose.

— Tu as un talent fou, dit Dharr en revenant s'asseoir face à elle. Tes tableaux doivent se vendre comme des petits pains.

Elle secoua la tête.

— Je peins par plaisir. Je suis professeur d'art dans un lycée privé.

Le front plissé, elle le regarda droit dans les yeux.

— Tu n'as toujours pas répondu à ma question. Que disaient tes lettres et que fais-tu chez moi ?

— C'est ton père qui m'envoie.

Un éclair glacé brilla dans les yeux de la jeune femme.

— Il vaudrait mieux que ta visite n'ait aucun rapport avec le ridicule contrat que nos parents ont conclu il y a des lustres.

Dharr leva les mains.

— En ce qui me concerne, cet accord est nul et non avenu.

Raina soupira longuement.

— Je doute que mon père partage ton avis.

— Tu lui en parleras quand tu le verras.

La joie et la surprise agrandirent le regard de la jeune femme.

— Papa compte venir bientôt ?

Dharr toussota.

— En fait, il aimerait que tu rentres à Azzril le plus rapidement possible.

Raina eut un soupir excédé.

— Je ne suis plus une enfant. Les désirs de mon père ne sont plus des ordres.

— Même s'il s'agit de son dernier désir ?

— Je ne comprends pas.

Tout à coup, Raina parut aussi vulnérable que la fillette sur le tableau.

Dharr était partagé entre sa parole donnée et les scrupules de sa conscience. Idris Kahlil lui avait fait promettre d'exagérer la gravité de son état pour convaincre sa fille de le suivre. Si l'ex-sultan avait des problèmes cardiaques, il n'était pas à l'article de la mort…

— Ton père est souffrant, se borna-t-il à dire.

Raina écarquilla les yeux.

— Il était en pleine forme quand je l'ai vu il y a deux mois.

Dharr fut pris de court. Il avait cru que les contacts entre le père et la fille se limitaient à des conversations téléphoniques.

— Le sultan est venu ici ?

— Il passe une semaine avec moi chaque printemps.

Dharr s'efforça de reprendre contenance.

— Le voyage est long. Il n'est plus tout jeune, Raina.

— Il a toujours été si fort, si plein d'énergie. Je ne peux pas croire…

Il eut le temps de voir des larmes briller dans les yeux de Raina avant qu'elle baisse la tête. Le cœur serré, il lui prit la main et enlaça étroitement ses doigts aux siens.

— Tu es sa seule famille, Raina. Ta présence contribuera grandement à son rétablissement, j'en suis certain.

Raina leva vers lui un regard rempli d'espoir.

— Alors il peut guérir.

Cela ne faisait aucun doute… Dharr tâcha de ravaler son remords d'avoir suscité la détresse de la belle.

— Il est hors de danger. Et ne t'inquiète pas, mes médecins veillent sur lui depuis qu'il est sorti de l'hôpital.

Raina retira vivement sa main.

— Il a été hospitalisé ?!

— Par précaution. Mais tu le connais…

Dharr sourit.

— Il n'a pas voulu rester plus d'une nuit.

— Il a toujours été tellement têtu, chuchota Raina d'une voix tremblante.

Tel père, telle fille, se dit Dharr.

— Toi seule sauras l'obliger à se reposer.

Raina eut un rire sans joie.

— A part l'enchaîner à son lit, je ne vois pas ce que je pourrais faire.

— Tu peux toujours essayer de le raisonner, lui tenir compagnie.

La jeune femme réfléchit à voix haute :

— Je vais appeler la directrice du lycée. Et bien sûr, je dois prévenir maman. Mm… Tout compte fait, il vaut mieux que je l'appelle quand je serai à Azzril, sinon elle fera tout pour me dissuader de partir.

Dharr ne put cacher sa surprise. Il avait pensé rencontrer une vive résistance et devoir parlementer pendant des heures.

— Tu rentres avec moi ?

— Papa a besoin de moi, je dois être là pour lui.

Il décida de battre le fer pendant qu'il était chaud.

— Très bien. Nous partirons dès demain matin.

— Ce soir, répliqua Raina.

Il haussa les sourcils.

— Tu ne préfères pas passer une bonne nuit de sommeil avant d'entreprendre le voyage ?

— J'aurai tout le temps de dormir dans l'avion.

— Si tu y tiens.

Estimant la question réglée, Raina s'écarta du bar.

— Je vais prendre une douche et me préparer. Si tu as soif, il y a des sodas dans le réfrigérateur.

Cette fois, elle ferma la porte de la salle de bains. Aussi soulagé que déçu, Dharr prit son portable dans sa poche et appela le pilote de son jet pour lui donner ses instructions. Après avoir raccroché, il entendit un ruissellement d'eau. Il imagina Raina sous la douche, l'eau glissant sur ses seins ronds en rivières brillantes…

Sentant son corps s'émouvoir, il tourna précipitamment le dos à la salle de bains et se mit à faire les cent pas dans le salon.

Outre le tableau qui représentait la fillette esseulée dans le désert, plusieurs toiles étaient exposées çà et là, sur des chevalets. Sur l'une d'elles, une femme nue se tenait devant une fenêtre et contemplait l'océan argenté par le clair de lune, ses longs cheveux blonds cachant partiellement ses seins et son ventre. Un homme représenté de dos la tenait par la taille et l'embrassait sur l'épaule.

Dharr se rembrunit. Cet inconnu était-il l'amant de Raina ? Le couple avait-il coutume d'admirer l'océan après avoir fait l'amour ?

Dharr refoula la jalousie irrationnelle qui montait en lui. La vie privée de Raina ne le concernait en rien. Il n'avait aucun droit sur elle, elle était libre de faire ce qu'elle voulait avec qui elle voulait.

Cependant, il devait bien s'avouer que, même s'il n'avait pas l'intention de respecter le contrat qui les promettait l'un à l'autre, il aurait adoré explorer son corps de rêve…

Passer plus de vingt-quatre heures en avion avec une superbe jeune femme qui bouleversait ses sens sans même en avoir conscience serait une terrible épreuve pour sa volonté.

Néanmoins Dharr était fermement résolu à se comporter en parfait gentleman et à traiter la fille du meilleur ami de son père avec le plus grand des respects…

En montant les marches de la passerelle, Raina ouvrit de grands yeux. Elle s'était attendue à un petit avion privé, pas à une forteresse volante… Cela dit, la taille de l'appareil qui devait la ramener dans son pays natal importait peu. Elle détestait prendre l'avion.

Mais aujourd'hui, elle n'avait pas le choix : son père était malade. Elle allait donc prendre sur elle et endurer un long vol pour se rendre à son chevet.

Un steward en smoking l'accueillit en haut des marches.

— Mademoiselle Kahlil, soyez la bienvenue à bord.

La gorge nouée par l'appréhension, Raina marmonna un vague remerciement.

— Bonsoir, Rachid, salua Dharr. Vous pouvez disposer. Nous vous appellerons quand nous voudrons dîner.

Sa proximité accrut la nervosité de Raina. Il l'avait toujours impressionnée, et pas seulement parce qu'elle savait depuis son plus jeune âge qu'il était l'époux que son père avait choisi pour elle. Avec ses traits taillés à la serpe, son regard brun velouté et son corps d'athlète, il avait souvent été le héros de ses rêves d'adolescente.

Or maintenant elle était adulte, et elle ne devait *pas* succomber à son charme viril — parce qu'il ne pourrait jamais rien y avoir entre eux. Elle avait assez souffert de la séparation de ses parents pour savoir que des différences de culture et d'éducation constituaient pour une relation un obstacle insurmontable.

Durant des années, elle s'était sentie déchirée entre les deux êtres qu'elle aimait le plus au monde. A présent, elle avait sa vie et en décidait seule. Il était hors de question qu'elle cède aux pressions de son père et épouse Dharr Halim pour respecter un contrat archaïque et les traditions d'un pays qu'elle avait quitté depuis dix ans.

Elle ne voulait rien avoir à faire avec Dharr.

Quoique…

Depuis qu'elle l'avait vu sur sa terrasse, encore plus beau et imposant que dans ses souvenirs, elle se surprenait à rêver de faire avec lui des choses qui n'avaient rien à voir avec le mariage mais tout à voir avec sa *consommation*.

Lorsqu'elle entra dans le salon de l'appareil, quatre hommes en costume sombre, des gardes du corps, devina-t-elle, se mirent au garde-à-vous.

Dharr leur dit en arabe :

— Nous ne voulons pas être dérangés.

Raina l'était déjà. Très, très dérangée ! Elle appréhendait de passer plus de vingt heures à côté d'un homme dont chaque geste était empreint de sensualité et de force mâle. Elle n'aimait pas les frissons qui couraient sur sa peau au seul son de sa voix veloutée.

Après avoir marqué une pause pour jeter sa veste sur l'un des fauteuils de cuir beige disposés devant une télévision à écran plat, Dharr se dirigea vers un escalier en colimaçon.

— Par ici, dit-il à sa compagne.

Celle-ci remarqua qu'il gardait son keffieh blanc ourlé d'un liséré bleu et or qui indiquait son statut royal et le démarquait des autres occupants de l'avion.

Elle avait toujours détesté ce que l'ornement du couvre-chef traditionnel de Dharr symbolisait : le pouvoir, la richesse, le prestige, une caste à part. Elle ne pouvait néanmoins s'empêcher d'admirer sa démarche souple et un rien arrogante d'homme habitué à inspirer la déférence et l'admiration.

Quand Dharr ouvrit une porte en haut de l'escalier, révélant un grand lit recouvert d'un édredon de satin ivoire, elle faillit tomber à la renverse.

S'agrippant au chambranle de la porte, elle fixa Dharr.

— Mais… c'est une chambre !

« Brillante déduction, Raina ! » railla une voix intérieure.

— C'est également mon salon et mon bureau. J'ai pensé que nous aurions plus d'intimité ici.

C'était bien là le problème. Elle ne voulait pas rester en tête à tête avec lui. S'il se mettait en tête de la séduire, que pourrait-elle faire ? Redescendre dans le salon et être la risée de ses gardes du corps et de l'équipage ? Se réfugier dans la soute à bagages et risquer de mourir de froid ?

Elle n'avait aucune raison d'avoir peur, se raisonna-t-elle. Jusqu'à présent, Dharr s'était comporté en parfait gentleman, il n'avait pas eu un geste déplacé, il ne lui avait fait aucune avance. Alors pourquoi tremblait-elle comme une feuille à l'idée de partager ce grand lit avec lui ?

Bah ! Elle saurait garder ses distances.

D'un geste déterminé, elle remonta la bandoulière de son sac sur son épaule. Elle n'avait emporté que le strict nécessaire, pourtant elle avait soudain l'impression qu'il pesait des tonnes et elle regrettait de ne pas avoir laissé Dharr le porter.

En avançant vers son compagnon, elle eut le soulagement de découvrir une table, des fauteuils et un bureau sur sa droite. Il n'avait pas menti ; il n'utilisait pas cette pièce uniquement comme chambre à coucher.

Après avoir poussé son sac sous le lit du bout du pied, elle s'assit sur l'édredon de satin crème.

— Ce lit est très confortable, commenta-t-elle d'un air dégagé.

Lorsqu'elle croisa le regard de braise de son compagnon, elle perdit sa belle contenance et se releva d'un bond.

— Nous devons nous asseoir pour le décollage, fit Dharr en désignant deux fauteuils côte à côte près d'un hublot. Dès que nous aurons atteint notre altitude de croisière, tu pourras faire ce que tu veux.

Serrant les dents, Raina s'installa dans le fauteuil le plus éloigné du hublot. Elle craignait tout particulièrement les décollages et les atterrissages. Connaissant sa phobie de l'avion, son père ne lui demandait jamais de se déplacer jusqu'à Azzril et effectuait lui-même le voyage jusqu'en Californie une fois par an… Ce soir, elle devait dominer sa peur. Aussi tyrannique, têtu et exaspérant que son père fût, elle l'aimait de tout son cœur et elle voulait être près de lui au plus vite pour l'aider à guérir.

Dharr prit place à côté d'elle et, oubliant momentanément son appréhension, elle respira avec délice son odeur de savon et de sous-bois. L'étudiant à la dérobée, elle se demanda si ses cheveux étaient toujours aussi drus que dans ses souvenirs, s'ils étaient clairsemés ou striés de gris.

Elle n'avait qu'un moyen de le savoir.

— Es-tu obligé de porter ce keffieh ?

Dharr parut s'étonner de sa question.

— Bien sûr. C'est un privilège…

— Mais, en ce moment, tu n'es pas en public ou au travail. Tu peux l'enlever.

— Tu as raison.

Avec un demi-sourire, Dharr posa son couvre-chef sur la table basse, révélant une épaisse chevelure d'un noir de jais.

— Veux-tu que j'enlève autre chose ?

« Ta chemise », faillit répondre Raina.

Une chaleur insidieuse se répandit dans ses veines comme elle tentait de l'imaginer torse nu. Ses épaules sans aucun doute hâlées et musclées, son large torse recouvert d'une toison aussi noire que ses cheveux…

— Très drôle !

— Tu me vois ravi de t'amuser.

Il ne l'amusait pas du tout. Il affolait son pouls et son cœur quand il l'enveloppait de ce regard chaleureux et pétillant de malice.

Elle sursauta et ferma brièvement les yeux quand le commandant de bord leur annonça dans l'Interphone qu'ils étaient prêts à décoller.

— Tu as peur ? s'enquit Dharr d'une voix douce.

Son orgueil lui interdit d'avouer qu'elle était morte d'angoisse.

— Je n'aime pas particulièrement les voyages en avion.

— Raina…

— Ces engins ont été conçus par des hommes. Si tu regardes leur forme, ils ressemblent à des phallus géants.

— Raina…

Son compagnon lui serra gentiment l'épaule.

— Quoi ?

— Attache ta ceinture.

Elle blêmit : avoir négligé cette précaution élémentaire ! Son oubli réparé d'une main tremblante, elle se tassa sur son siège et serra les accoudoirs à en blanchir les jointures de ses doigts. Tandis que l'avion avançait lentement sur le tarmac, elle chercha fébrilement une pensée positive. En vain.

— C'est totalement absurde d'espérer que quelque chose d'aussi gros s'envole dans les airs, maugréa-t-elle entre ses dents.

Dharr se pencha vers elle et lui chuchota à l'oreille :

— Il paraît que la taille compte quand il s'agit d'arriver au septième ciel.

Elle lui décocha un regard noir.

— Tu es toujours aussi taquin, Dharr Halim. Mais je te préférais quand tu tirais sur mes nattes. Tes sous-entendus sont de très mauvais goût.

Dharr parcourut sa chevelure soyeuse d'un regard caressant.

— C'est toi qui as comparé l'avion à un phallus. Je n'ai fait que suivre ton raisonnement…

Le vrombissement des réacteurs empêcha Raina de répondre. Fermant les yeux de toutes ses forces, elle pria pour que l'avion parvienne à décoller sans encombre.

Les secondes s'égrenèrent, interminables. L'appareil roulait de plus en plus vite sur le tarmac. Derrière ses paupières closes, la jeune femme vit défiler des images de film catastrophe : un avion percutant une aérogare dans une gerbe de flammes, s'arrachant au sol avant de s'écraser…

— Allez ! supplia-t-elle entre ses dents. Qu'attends-tu ?

Elle fut délivrée de ses pensées macabres en sentant une bouche chaude s'abattre sur la sienne. Au comble de la stupéfaction, elle ne songea même pas à protester…

Submergée par des sensations exquises, elle se livra tout entière au baiser. Il répandait une chaleur lénifiante dans son cœur glacé par la peur… Sans même en avoir conscience, elle noua les bras autour du cou de son compagnon et répondit avec ferveur à son invasion sensuelle.

Oui, soudain, plus rien ne comptait que l'ardeur de cette bouche qui fouillait la sienne, le parfum boisé qui l'environnait tel un nuage entêtant, les ondes de désir qui se propageaient en elle…

Elle faillit gémir de déception et de frustration quand Dharr s'écarta et lui sourit.

— Détends-toi. Nous avons décollé sans encombre.

Regardant par le hublot, elle ne vit qu'un océan de nuages cotonneux enflammés par le soleil couchant. Une colère non moins vive s'empara d'elle alors qu'elle comprenait ce qui s'était passé : Dharr avait profité de sa panique pour l'embrasser. Pire encore : loin de protester et de le repousser, elle lui avait rendu son baiser.

— Pourquoi as-tu fait ça ? fit-elle d'une voix frémissante de rage.

— Je voulais t'aider à oublier que tu étais dans un avion.

Il y avait parfaitement réussi, elle devait l'admettre. Elle avait oublié jusqu'à son nom.

— Ce n'était pas du jeu !

— Je ne jouais pas, Raina. J'étais on ne peut plus sérieux.

Le ton grave de Dharr confirmait ses paroles.

— Je suppose que je dois te remercier, murmura-t-elle du bout des lèvres.

— Tout le plaisir était pour moi. Si tu as encore besoin de te changer les idées, à ton service…

Elle serra les poings. Quel toupet !

— La prochaine fois, tu me demanderas mon avis !

Dharr haussa un sourcil.

— La prochaine fois ?

Elle le foudroya du regard.

— Ce n'est pas ce que je voulais dire et tu le sais. Il est hors de question que cela se reproduise.

Avec un demi-sourire, Dharr lui caressa la joue.

— Tes désirs sont des ordres.

Elle désirait seulement une chose : ne plus le voir, ne plus être bouleversée par son regard voluptueux et son charme mâle. Mais, puisqu'il n'irait nulle part durant les vingt-quatre prochaines heures, elle devait s'armer de volonté. Sinon, elle finirait avec lui dans le lit tout proche. Et pas pour dormir…

Pas question ! Plutôt mourir que rejoindre le club des conquêtes de l'impudent Dharr Halim.

2

Passionnée et sensuelle, Raina Kahlil aurait fait une maîtresse exquise, avait conclu Dharr après leur baiser torride. Certes, il avait été conscient de violer un interdit, mais, sur le moment, il n'avait pas trouvé d'autre moyen pour aider la jeune femme à se relaxer.

Du moins était-ce ce qu'il se répétait encore maintenant pour se donner bonne conscience. Or il devait bien s'avouer qu'il avait également voulu découvrir la saveur de sa bouche.

Il payait sa curiosité au prix fort. Ce baiser avait attisé le désir qui couvait en lui depuis qu'il avait vu Raina marcher sur la plage, si belle et si femme avec son Bikini turquoise qui mettait le hâle doré de sa peau et la perfection de ses formes en valeur, la brise jouant avec ses cheveux blonds. Ce voyage promettait d'être encore plus pénible qu'il ne l'avait escompté, un véritable supplice de Tantale, un défi de chaque instant pour sa volonté.

La nature passionnée de Raina transparaissait jusque dans sa manière de manger, constata-t-il en lorgnant la jeune femme tandis qu'elle dévorait son sandwich avec appétit. Mais pourquoi était-elle si silencieuse ? Il ne se souvenait pas l'avoir jamais vue réservée, enfant — au contraire. A l'époque, elle était tout feu, tout flamme, un vrai moulin à paroles.

Après avoir repoussé son assiette vide, Raina se tamponna délicatement les lèvres avec sa serviette, attirant l'attention de son compagnon sur sa bouche sensuelle et lui rappelant que, quelques minutes plus tôt, il en avait découvert la saveur fruitée et savouré la douceur, la chaleur excitante…

— Je me suis régalée.

Dharr se força à revenir au présent.

— J'aurais aimé te faire servir un repas chaud. Hélas l'équipage n'a pas eu le temps de remplir les frigos.

Il prit la bouteille de bordeaux sur la table.

— Je te ressers ?

Raina secoua la tête.

— Si je bois une goutte de plus, je vais être pompette.

Haussant les épaules, il remplit leurs verres.

— Un peu de vin t'aidera à te détendre.

— Je suis tout à fait détendue.

La jeune femme agita la main et heurta son verre. Dharr le rattrapa de justesse, réprimant un sourire.

— En es-tu certaine ?

— Je suis juste maladroite.

Pour parer à toute catastrophe, Raina croisa les mains sur ses genoux.

— Dis-moi, Dharr, qui dirige Azzril ces derniers temps ?

— Si mon père est toujours le roi en titre, il voyage beaucoup et j'assume la plupart de ses responsabilités.

— La capitale a-t-elle beaucoup changé ?

— Tu ne la reconnaîtras pas. Nous avons agrandi l'université et l'hôpital. Et les villages de province se développent rapidement grâce à l'application de nouvelles techniques agricoles.

— As-tu beaucoup de femmes ?

Dharr cilla. Elle ne pouvait pas lui demander si…

Il sut que son interlocutrice regrettait l'ambiguïté de sa question quand elle évita son regard.

— Je veux dire… à des postes importants, précisa-t-elle.

Son verre à la main, il admira la rougeur qui colorait les joues de la jeune femme. Rosissait-elle de la tête aux pieds quand elle était gênée ?

« Assez ! se sermonna-t-il. Tu n'as pas l'intention de le découvrir. »

— Nous avons de plus en plus de femmes médecins, avocats, professeurs.

— Et au gouvernement ?

— Pas encore. Cela ne saurait tarder. Tu es intéressée ?

— Certainement pas.

Le ton de Raina était catégorique.

— Je suis juste curieuse. Ma mère m'a toujours dit que les femmes n'avaient aucun pouvoir à Azzril.

C'était vrai à une époque. Mais Dharr s'appliquait à faire évoluer les mentalités.

— A propos, comment va Carolyn ? s'enquit-il poliment.

Soudain nerveuse, Raina enroula et déroula sa serviette autour de son index.

— Elle vit comme une recluse depuis qu'elle a quitté papa.

— Si je ne m'abuse, tes parents sont toujours mariés.

— Légalement, oui.

Raina tritura sa serviette de plus belle.

— Ni l'un ni l'autre ne veut entendre parler de divorce. C'est ridicule ! Ils sont séparés depuis dix ans, ils devraient tourner définitivement la page.

A l'amertume qui crispait sa bouche, Dharr devina que la rupture de ses parents l'avait profondément affectée.

— Ils sont sans doute trop fiers pour admettre l'échec de leur mariage, fit-il d'un ton apaisant. Et puis, divorcer n'est pas très bien vu à Azzril.

— Ma mère et moi sommes américaines, rétorqua Raina en jetant sa serviette sur la table. Dans notre pays, le divorce est une simple formalité.

— Voilà pourquoi tant de mariages échouent chez vous, riposta Dharr, irrité malgré lui par ce rappel de leur différence de culture. Les Occidentaux renient leur serment d'amour et de fidélité pour un oui ou pour un non.

— Pff ! Si on ne s'entend pas, à quoi bon souffrir inutilement ?

Ne voulant pas se lancer dans un débat stérile, Dharr adopta une attitude conciliante.

— Je comprends ton point de vue. Toutefois je vois plutôt le mariage comme un contrat susceptible de bénéficier aux deux parties si les termes en sont clairs dès le départ.

— Cite-moi un avantage, lança Raina avec défi.

Il la regarda droit dans les yeux.

— Le plaisir d'essayer d'avoir des héritiers.

— Une bonne entente sexuelle et une ribambelle d'enfants ne garantissent pas la stabilité d'une relation. Quand la passion et le désir s'estompent, il ne reste qu'un morceau de papier inutile et beaucoup de haine.

— Si tu restes pragmatique et si tu ne te laisses pas dominer par tes émotions, il ne peut y avoir ni haine ni ressentiment.

Raina ouvrit de grands yeux.

— D'après toi, l'amour n'a pas sa place dans un mariage ?

Dharr eut un ricanement.

— Ne me dis pas que tu crois à un sentiment aussi éphémère et irrationnel !

— Je suis mal placée pour en parler, je n'ai jamais été amoureuse, admit la jeune femme. Mais je sais que j'aime mes parents. Pas toi ?

— C'est différent.

— Pourquoi ?

— Le sentiment qui unit des parents et leur enfant est inconditionnel, et il ne meurt jamais.

Raina hocha la tête avec un sourire entendu.

— On dirait qu'une femme t'a brisé le cœur.

Dharr n'en crut pas ses oreilles. Etait-il si transparent ?

— Il est totalement déraisonnable de laisser des émotions intangibles guider sa vie et ses actes, déclara-t-il d'un ton sec pour clore la discussion.

Irritée par son cynisme, Raina défit avec brusquerie sa ceinture de sécurité.

— Où vas-tu ? s'étonna son compagnon.

— Je vais me changer. Ensuite je ferai un petit somme. Si cela ne vous importune pas, bien sûr, cheikh Halim.

Dharr préféra ne pas relever le sarcasme du propos.

— Mon lit est fait pour ça.

Raina eut un sourire ironique.

— Je doute que tu l'aies fait installer dans le but d'y dormir.

— Pour quoi d'autre ?

— Allons, Dharr, ne me prends pas pour une idiote. Je ne suis pas la première femme à visiter ta garçonnière volante ! Tu ne vis pas comme un moine, n'est-ce pas ?

— Et toi ? fit Dharr pour éviter de répondre.

La jeune femme récupéra son sac sous le lit.

— Moi quoi ?

— As-tu eu beaucoup d'amants ?

— Cela ne te regarde pas.

La tête haute, le dos raide, Raina tourna les talons et s'en fut vers la salle de bains.

Dharr devait en convenir : sa vie amoureuse n'était pas son affaire. Pourtant, il ne pouvait s'empêcher de se demander si elle refusait de lui répondre parce qu'elle ne voulait pas avouer qu'elle avait eu plusieurs amants ou tout simplement parce qu'elle n'en avait jamais eu.

Il préférait de loin la seconde hypothèse. L'idée qu'un autre homme ait pu la toucher lui était intolérable. Sans doute réagissait-il en grand frère protecteur…

« Ou comme un parfait imbécile », lui suggéra une petite voix désagréable.

Quelques minutes plus tard, Raina émergea de la salle de bains, vêtue d'une chemise de nuit en satin bleu roi qui lui arrivait tout juste à mi-cuisse. Le sang de Dharr entra en ébullition quand elle se pencha pour remettre son sac sous le lit, révélant un minuscule slip de coton blanc.

— Tu te couches bientôt ? s'enquit-elle après s'être glissée entre les draps.

S'il n'avait tenu qu'à lui, il se serait jeté dans le lit. Il avait le ventre en feu à seulement s'imaginer près d'elle.

— Ton impatience me flatte, plaisanta-t-il pour cacher son trouble.

Elle n'eut pas l'air d'apprécier la gaudriole.

— Tu restes de ton côté et moi du mien.

— Cela me paraît difficile.

— Tu n'as pas assez de volonté pour dormir avec une femme sans la toucher ?

— En temps normal, je n'aurais aucun problème. Mais, avec toi, la situation est différente, surtout si l'on considère ta tenue plus que légère.

Comme si elle avait oublié ce qu'elle portait, Raina regarda brièvement sous le drap.

— Je suis tout à fait décente. D'habitude, je dors nue.

Cette précision alluma un gigantesque brasier dans le ventre de Dharr. Loin de chercher à dissimuler son émoi, il étendit ses longues jambes devant lui. Il fallait que Raina sache quel effet elle avait sur lui. Ainsi, elle ne pourrait pas dire qu'elle n'avait pas été prévenue.

— Je te comprends, dit-il d'un ton grave. Je déteste les pyjamas, moi aussi. Si cela peut te rassurer, je dormirai dans un fauteuil.

La jeune femme hocha la tête.

— Comme tu voudras. Bonne nuit.

Ce n'était pas ce qu'il voulait du tout. Il avait espéré qu'elle insisterait pour qu'il profite du confort d'un vrai lit. Mais, de toute évidence, elle se moquait pas mal de son bien-être. Déjà, elle fermait les yeux, ses traits se détendaient.

Il allait reprendre ses esprits, s'exhorta-t-il en serrant les dents, oublier le désir qu'il avait d'elle et cesser d'imaginer des manières excitantes de l'empêcher de dormir. Même si un seul baiser lui avait appris que leurs corps s'entendraient à merveille et qu'il pourrait lui donner beaucoup de plaisir, il devait impérativement garder ses distances.

Il ne pouvait en aucun cas devenir l'amant de Raina, sauf s'il envisageait de l'épouser et de faire d'elle la prochaine reine d'Azzril.

Or ce n'était pas le cas.

Dix ans plus tôt, il avait pensé avoir trouvé la femme de ses rêves, la compagne de vie idéale. Mais, un jour, elle l'avait quitté, lui expliquant dans une lettre qu'ils n'avaient aucun avenir ensemble — qu'elle ne pouvait accepter ni sa culture, ni son mode de vie, ni son avenir tout tracé.

Il avait trop souffert. Plus jamais il ne commettrait l'erreur de s'attacher à une femme.

A son réveil, Raina crut être revenue dans sa chambre à Azzril. Elle s'étira longuement et sourit tout en remontant le drap sur ses épaules pour combattre la fraîcheur de l'air. Mais, en avisant le hublot sur sa gauche, en percevant le bourdonnement régulier des réacteurs, elle se rappela soudain où elle était et pourquoi. Elle n'avait pas quatorze ans mais vingt-cinq. Elle se trouvait à bord du jet de Dharr et regagnait son pays natal pour se rendre au chevet de son père malade.

Son sentiment de bien-être se dissipa abruptement. Elle avait fait un beau rêve, qui l'avait ramenée à l'époque où elle habitait encore à Tomar. Elle s'était vue encore enfant, se promenant avec ses parents…

Sa vie insouciante avait pris fin quand sa mère avait décidé de regagner les Etats-Unis. Cette nuit-là, Raina avait découvert la peur et la détresse, non seulement parce que des turbulences faisaient sans cesse cabrer et plonger l'avion à bord duquel elle voyageait, mais également parce qu'elle partait pour un pays inconnu, sans même avoir pu dire au revoir à son père.

— Tu es déjà réveillée.

Cette voix masculine douce comme un nectar la tira de ses tristes réminiscences. Tournant la tête, elle vit Dharr assis dans un fauteuil, les reliefs virils de son visage soulignés par la lumière du lampadaire allumé derrière lui.

Si elle avait eu une palette et une toile vierge, elle se serait empressée d'immortaliser cette image ; elle aurait tenté de rendre l'impression de sensualité et de puissance qui s'en dégageait. Il s'était mis à son aise et ne portait qu'un bas de pyjama bleu marine ; pourtant, il était aussi impressionnant et altier que s'il avait été assis sur un trône.

Et également… dangereusement excitant. Son regard intense évoquait un prédateur observant sa prochaine victime. La courbe sensuelle de ses lèvres contrastait avec sa mâchoire anguleuse assombrie par une barbe naissante…

La gorge nouée par l'admiration, Raina parcourut du regard les épaules et les bras musclés de son compagnon, puis elle s'abîma dans la contemplation de son torse hâlé recouvert d'une épaisse toison brune, de son ventre plat…

Ignorant les rappels à l'ordre de sa raison, elle poursuivit son examen hardi. Certes, elle était consciente que sa curiosité l'entraînait en terrain dangereux. Mais elle était trop fascinée par les angles qui tendaient le pantalon de coton, elle les imaginait brûlant sa hanche, l'intérieur de ses cuisses…

Traversée d'un long frisson brûlant, elle ramena vivement son regard vers le plafond. Un léger craquement lui apprit que Dharr quittait son fauteuil. Honteuse de l'avoir ouvertement dévoré des yeux sous toutes les coutures, elle continua de fixer les spots encastrés dans le plafond.

— Combien de temps ai-je dormi ? fit-elle d'une voix rauque.

— Un peu moins de deux heures.

La voix de Dharr était trop câline, trop tentante. Raina se permit un rapide regard dans sa direction.

— C'est tout ?

— Apparemment, tu n'es pas bien dans ce lit.

— Il est très confortable. Mais il fait trop chaud.

— Veux-tu que je monte la climatisation ?

— Oui, merci.

En son for intérieur, Raina songea que même une tempête de neige n'aurait pu apaiser l'incendie qui se propageait dans ses veines.

Se penchant au-dessus du lit, Dharr tendit le bras pour

orienter les bouches d'aération vers elle. En humant son odeur mâle légèrement boisée, elle retint un gémissement de désir.

Son compagnon remarqua la chair de poule de ses bras et de ses jambes, puis considéra sa gorge tendue de satin.

— Tu as froid, maintenant ? s'enquit-il en fixant les pointes dressées de ses seins.

— Non !

— As-tu besoin d'autre chose ?

En laissant retomber le bras, il effleura accidentellement son ventre. Serrant les jambes pour contenir l'onde de feu qui grandissait au plus secret d'elle-même, elle se sermonna vertement.

Que lui arrivait-il ? Elle ne connaissait pratiquement plus Dharr. Elle ne savait même pas s'il était digne d'estime ! Bien sûr, sa réaction n'avait rien d'aberrant pour une femme normalement constituée en présence d'un homme aussi beau que charismatique. Mais elle devait se contrôler. L'attirance qu'elle éprouvait pour Dharr ne pouvait lui attirer que des ennuis.

— Je vais bien, mentit-elle.

— Tant mieux. N'hésite pas, si tu as besoin de quoi que ce soit…

Il pourrait l'aider. De tant de plaisantes façons…

Raina fronça les sourcils. Elle devait cesser de fantasmer, de raisonner comme une femme en manque de passion.

Quand Dharr se détourna, elle sentit son cœur se serrer à l'idée qu'il allait passer toute la nuit recroquevillé dans un fauteuil alors qu'elle dormirait à son aise dans un grand lit fait pour deux.

— Tu devrais venir te coucher, s'entendit-elle suggérer.

Dharr se retourna lentement.

— Je ne veux pas te déranger.

— Et moi, je ne veux pas me sentir responsable des raideurs dont tu souffriras demain si tu passes toute la nuit assis.

Croisant son regard pétillant de malice, Raina rougit violemment et précisa :

— Je parlais de torticolis ou de courbatures aux jambes.

Se pressant contre le mur, elle tapota l'oreiller à côté du sien.

— Ne fais pas de manières, viens. Je suis certaine que tu sais être un gentil garçon.

— Je peux même être très, très gentil.

Le sous-entendu contenu dans cette affirmation l'incita à revenir sur son invitation. Mais avant qu'elle puisse trouver ses mots, Dharr lui tourna le dos et baissa son pantalon sur ses hanches.

Elle s'assit d'un bond.

— Que fais-tu ?

Il la regarda par-dessus son épaule.

— Je te l'ai dit, je déteste être serré pour dormir.

— Moi aussi, mais, par égard pour toi, j'ai gardé ma chemise de nuit.

Allongeant le bras, Dharr éteignit le lampadaire.

— Tu peux l'enlever. Cette fois, je ne verrai rien.

— Qu'entends-tu par « cette fois » ?

Raina perçut le craquement du plancher comme son compagnon se rapprochait du lit.

— Chez toi, tout à l'heure, tu as laissé la porte de la salle de bains ouverte, pendant que tu te changeais.

— C'était pour que tu m'entendes.

— J'ai également pu te voir. Cette image m'a hanté toute la soirée.

Raina avait pensé qu'il ne voyait pas la salle de bains du bar. Savoir qu'il l'avait regardée se déshabiller fit naître des étincelles sur sa peau.

Dans la faible lumière des veilleuses de sécurité, elle vit Dharr s'étendre sur le dos et croiser les mains derrière sa nuque. La chaleur qui émanait de son corps viril enflamma ses sens, lui donnant envie de se blottir contre lui pour réclamer un autre baiser.

Avec un gémissement consterné, elle se tourna sur le ventre et enfouit son visage sous son oreiller. Quelques minutes plus tard, elle s'assit pour tirer sur sa chemise de nuit enroulée autour de ses hanches.

Elle n'avait pas menti, elle n'avait pas l'habitude de porter une chemise de nuit ou un pyjama. Jamais elle ne pourrait trouver le sommeil…

Dharr n'avait pas eu le moindre scrupule à se coucher entièrement nu. Elle pouvait ôter sa chemise de nuit et garder son slip. Il faisait très sombre dans la suite. Et Dharr devait déjà dormir.

Cependant, si en se réveillant il la découvrait nue près de lui, il risquait de se faire des idées…

Ou d'avoir de bonnes idées.

Elle ne pouvait pas faire l'amour avec lui, même si cette idée était terriblement tentante. Si elle devenait sa maîtresse, il risquait d'attendre d'elle plus qu'elle ne voulait et ne pouvait lui donner. Elle avait sa vie en Californie. Elle ne compromettrait pas ses projets et sa liberté pour un homme qui n'était absolument pas fait pour elle. Un homme comme son père, respectueux des traditions de son pays, esclave de son titre.

Un homme qui estimait que l'amour n'avait pas sa place dans une relation.

Alors pourquoi jetait-elle sa chemise de nuit au pied du lit ? Pourquoi s'allongeait-elle sans prendre la peine de remonter le drap sur ses épaules ? Pour attirer l'attention de Dharr ? Pour lui faire comprendre qu'elle ne repousserait pas ses avances ?

Ce n'était pas rationnel de se coucher en slip avec un homme qu'elle connaissait à peine, c'était totalement absurde d'espérer qu'il allait se réveiller et la prendre dans ses bras.

Nom d'un chien, que lui arrivait-il ?

Son inquiétude pour son père lui faisait perdre la tête, voilà ce qui lui arrivait. Elle était émotionnellement perturbée et instable… d'autant qu'elle soupçonnait Dharr de l'avoir menée en bateau.

Si vraiment son père avait été mourant, Dharr lui aurait téléphoné au lieu de perdre un temps précieux à venir en Californie. Se pouvait-il que son père ou Dharr, ou même les deux, lui aient menti pour la faire revenir à Azzril et ensuite l'obliger à respecter le stupide contrat qui la promettait en mariage au fils du roi ?

Elle aurait dû passer quelques coups de fil pour s'informer de la gravité de la situation et savoir si sa présence au chevet de son père était réellement nécessaire. Au lieu de cela, elle avait suivi Dharr comme une brebis docile suit un berger.

Un berger très sexy et séduisant pour qui elle avait eu le béguin, adolescente…

La réalité la frappa comme un coup de poing dans l'estomac. Avait-elle été heureuse de revoir Dharr au point de le suivre au bout du monde sans une hésitation ? Etait-ce parce qu'elle nourrissait encore pour lui une adoration de collégienne qu'elle avait toujours refusé de franchir le pas avec ses petits amis ?

Elle avait cru avoir de bonnes raisons de rester chaste : la peur de contracter une maladie, le désir de trouver un compagnon plus responsable, plus mûr…

Curieusement, elle avait fréquenté des garçons qui étaient tout sauf fiables et sérieux.

Avait-elle inconsciemment attendu Dharr ? S'était-elle réservée pour lui ?

« Non bien sûr », répondit son orgueil.

Rassurée, elle voulut remonter le drap sur elle. Mais une main de fer se referma sur son poignet !

Dharr ! S'il la prenait dans ses bras, elle ne pourrait pas résister. Déjà, elle frémissait de désir, attendait avec impatience la brûlure de ses lèvres sur les siennes.

A sa grande déception, Dharr se contenta de la couvrir.

— Tourne-toi vers le mur, ordonna-t-il dans un murmure.

Pensant que, effectivement, lui tourner le dos serait plus sage, elle s'exécuta immédiatement. Mais, lorsqu'il vint tout contre elle pour lui souhaiter bonne nuit, elle n'eut plus envie d'être sage du tout…

Une chaleur insoutenable déferlait dans ses veines et convergeait au plus secret d'elle-même, incendiant son esprit et ses sens. Elle doutait de pouvoir fermer l'œil de toute la nuit !

Pire encore, elle était certaine que sa folle fascination pour Dharr ne disparaîtrait pas d'elle-même à la lumière du jour.

Une heure plus tôt, Dharr s'était douché et rhabillé pour descendre boire un café avec ses hommes et organiser leur arrivée à Azzril. De retour dans sa suite, il s'était assis dans un fauteuil pour regarder Raina dormir.

Son innocence et sa vulnérabilité l'attendrissaient, et la force du désir qu'elle lui inspirait le sidérait.

Tout en la dévorant des yeux, il se plaisait à imaginer en détail comment il pourrait la réveiller. Il commencerait par un long et tendre baiser sur sa bouche framboise, puis il glisserait de son épaule soyeuse jusqu'à ses seins en pomme si tentants. Après en avoir longuement éprouvé le galbe de ses mains, il en mordillerait gentiment les pointes. Et, lorsqu'elle serait entièrement réveillée et vibrerait de passion contenue, il s'approprierait sa chaleur secrète, l'amènerait lentement mais inexorablement à l'extase…

Ce n'était qu'un fantasme, se répéta-t-il en serrant les dents. Il ne faisait rien de mal sinon rêver à ce qui aurait pu être. Jamais il ne trahirait ses principes en compromettant l'honneur de Raina.

La voix du commandant de bord annonçant qu'ils allaient bientôt se poser à Londres réveilla Raina en sursaut. Elle s'assit d'un bond.

— Que se passe-t-il ?

Dharr eut l'impression qu'un étau de feu se refermait sur son ventre lorsqu'il s'aperçut que le drap avait glissé jusqu'à la taille de la jeune femme et que ses longs cheveux ne cachaient pas entièrement ses seins.

Bien que très tenté de lui décrire ce qui se passait en lui, il se contenta de répondre :

— Nous allons faire escale à Londres. Je suis désolé, mais il faut que tu viennes t'asseoir et que tu t'attaches.

Raina fureta autour d'elle.

— Où est ma chemise de nuit ?

Avec un léger sourire, Dharr indiqua le pied du lit.

— Tu as le sommeil agité.

Les sourcils froncés, elle remonta le drap sous son menton.

— Je t'ai empêché de dormir ? Je t'ai donné des coups de pied ?

« J'aurais préféré », pensa sombrement Dharr.

Il avait passé une nuit blanche, à savourer la tiédeur et la douceur du dos de Raina contre son torse, à amadouer la passion qui faisait rage en lui chaque fois qu'elle bougeait.

— Pas du tout, mentit-il. J'ai dormi comme un loir.

— Tant mieux. Peux-tu me passer ma chemise de nuit ?

Dharr se leva et s'approcha du lit.

— Inutile de te rhabiller. Tu pourras te recoucher dès que nous aurons atterri.

Raina ouvrit de grands yeux.

— Tu veux que je reste nue ?

Entre autres choses…

Entendant le train d'atterrissage sortir de son logement, Dharr agit d'instinct. Il enroula Raina dans le drap et la souleva dans ses bras.

— Nous n'avons plus le temps de débattre de ta tenue.

— Je peux marcher, protesta-t-elle.

Il resserra son étreinte. Quel plaisir de la sentir contre lui, ne fût-ce que pour quelques secondes !

— Garde tes forces.

— Pour quoi faire ?

Les idées qui fusaient dans l'esprit de Dharr étaient tout sauf avouables.

— Tu auras besoin de toute ton énergie pour raisonner ton père, improvisa-t-il en déposant sa compagne sur l'un des fauteuils.

— Tu n'as pas tort.

Lorsque l'avion amorça sa descente, Raina pâlit et ferma les yeux de toutes ses forces. Conscient de sa terreur croissante, Dharr souleva l'accoudoir central pour pouvoir passer un bras autour de ses épaules.

— Je vais bien, prétendit-elle par orgueil.

Elle gémit et cacha son visage dans le cou de son compagnon quand un trou d'air fit plonger l'avion de quelques mètres.

— C'est bientôt fini, assura Dharr.

Bouleversé de la sentir trembler contre lui, il oublia son serment de sagesse. La prenant par le menton, il frôla gentiment ses lèvres en un baiser tendre et chaste. Mais, quand elle lui agrippa la nuque et l'embrassa avec une fougue irrésistible, il renonça à maîtriser la passion qui bouillait en lui. Tout en fouillant sa bouche avec fièvre, il abaissa le drap sur ses reins pour mieux jouir de la souplesse de sa peau sous ses doigts.

Au diable les scrupules ! pensa-t-il en arrondissant la main sur une hanche. Il allait écarter le slip qui freinait sa progression, penser uniquement au plaisir qu'il voulait lui donner…

Le soubresaut de l'avion qui touchait le sol le dégrisa brutalement. Rassemblant toute sa volonté, il s'écarta et enfonça ses mains dans les poches de son pantalon.

Raina leva vers lui un regard encore embrumé par le désir.

— Dans combien de temps repartons-nous ?

— Il faut environ une heure pour faire le plein et les vérifications techniques habituelles.

— Alors j'ai le temps de prendre une douche ?

Imaginer sa compagne offrant son corps splendide à la caresse de l'eau donna des palpitations à Dharr.

— Bien sûr. Et si tu n'as pas fini quand l'avion sera prêt à repartir, je demanderai à l'équipage de retarder le décollage.

Raina lui sourit.

— Je te ferai signe dès que je serai prête.

Elle se leva d'un mouvement souple. Le drap bâilla sur sa hanche, révélant un minuscule dessin.

— Que représente ce tatouage ? fit Dharr, incapable de refréner sa curiosité.

Par-dessus son épaule, Raina suivit la direction de son regard.

— Une lampe magique. Tu ne l'as pas vue quand nous étions chez moi et que tu m'épiais ?

— Non.

Elle se tourna vers lui, un léger sourire aux lèvres.

— Etant donné l'insistance avec laquelle tu la frottais il y a quelques secondes, je croyais que tu faisais un vœu.

S'il avait su, il aurait demandé plus de sang-froid et moins d'hormones mâles, songea Dharr avec un long soupir en regardant la jeune femme se diriger vers la salle de bains…

Résolu à reprendre le contrôle de ses sens, il se tourna vers le hublot. Mais il ne vit ni les mécaniciens qui s'activaient sur le tarmac, ni le camion-citerne qui s'arrêtait au pied de l'avion. Les pleins et les déliés de la gorge de Raina, la courbe douce de ses hanches, sa chute de reins si sensuelle s'imposaient devant ses yeux en images de feu.

Il voulait tout savoir d'elle, découvrir de ses mains et de sa bouche tous les secrets de son corps parfait, regarder son visage tandis qu'elle s'abandonnait à la jouissance…

La sueur au front, il prit une profonde inspiration — et implora le ciel et les génies de toutes les lampes magiques de l'univers de l'aider à finir le voyage sans faillir à ses principes.

3

Si elle avait eu toute sa lucidité, Raina aurait évité de mouiller ses cheveux : étant donné leur longueur, ils mettaient toujours une éternité à sécher. Mais l'esprit encore embrumé par les instants passionnés qu'elle avait vécus dans les bras de Dharr, elle s'était glissée tête la première sous la douche.

Pourquoi Dharr avait-il ce pouvoir dévastateur sur ses sens ? s'interrogea-t-elle tout en offrant son corps au jet d'eau tiède. Pourquoi n'avait-elle même pas songé à se rebeller ?

Certes, elle avait été l'instigatrice du baiser qui avait tout déclenché. Mais Dharr était plus expérimenté qu'elle, il ne pouvait pas ignorer que, face à son magnétisme viril, elle était tout simplement sans défense.

Soupirant longuement, elle sortit de la cabine de douche et noua une serviette en turban sur ses cheveux humides. Juste comme elle s'enveloppait dans un drap de bain, Dharr passa la tête par la porte.

Elle darda sur lui un regard glacial.

— Puis-je avoir un peu d'intimité ?

— Bien sûr.

Sans paraître comprendre qu'il n'était pas le bienvenu, Dharr entra dans la salle de bains et referma soigneusement la porte derrière lui.

— As-tu besoin de quelque chose ? s'impatienta-t-elle.

« Rien que je puisse te demander », pensa tristement Dharr en son for intérieur.

— Nous allons rester à Londres un peu plus longtemps que prévu, répondit-il à voix haute. Je pensais en profiter pour me raser.

Raina se mordit la lèvre.

— Quelque chose ne va pas ? L'avion risque de tomber en panne en plein vol ?

— Ce n'est pas un problème technique, se hâta de la rassurer son compagnon. Il pleut à verse et le brouillard s'est levé.

— *Of course !* s'écria-t-elle, soulagée. Nous sommes à Londres.

Lorsqu'il déboutonna sa chemise et la suspendit derrière la porte, elle serra les poings pour résister à la tentation d'explorer les reliefs de son torse musclé.

Sans avoir conscience de son trouble, il prit un nécessaire à raser sous le lavabo. En le regardant étaler de la mousse sur ses joues et son menton, elle se remémora la hardiesse et la douceur de ses doigts sur sa peau. Un léger frisson la parcourut.

Haussant un sourcil, Dharr l'étudia dans le miroir.

— Tu voulais quelque chose ?

« Seulement toi », faillit-elle répondre.

— Pas spécialement. J'aime bien te regarder te raser. Cela me rappelle de bons souvenirs. Quand j'étais enfant, mon père s'amusait à me dessiner des moustaches avec la mousse.

A la grande surprise de la jeune femme, Dharr tendit un doigt plein de mousse et le lui passa sous le nez.

— Comme ça ?

Elle ne put s'empêcher de rire tandis qu'elle s'essuyait d'un revers de main.

— Je ne suis plus une petite fille.

Dharr embrassa d'un regard de braise ses seins généreux qui tendaient la serviette.

— Je l'avais remarqué.

Sentant une chaleur trouble envahir sa gorge et ses épaules, Raina se détourna précipitamment.

— Je vais me rhabiller.

— Quel dommage !

Exaspérée, elle pivota de nouveau vers Dharr.

— Tu es insupportable, Dharr Halim.

— Et toi, Raina Kahlil, beaucoup trop tentante à mon goût.

— J'ai du mal à te croire.

Durant quelques secondes électriques, leurs regards vibrant de passion inassouvie se soudèrent l'un à l'autre dans le miroir. Puis, dans un sursaut de lucidité, Raina remit une distance raisonnable entre eux avant de faire quelque chose qu'elle risquait de regretter toute sa vie.

— A tout à l'heure, marmonna-t-elle.

La salle de bains étant exiguë, la jeune femme dut se serrer contre Dharr pour sortir. Il tressaillit si violemment qu'il s'entailla le menton et jura copieusement.

— Je suis désolée, s'excusa Raina en s'emparant d'une poignée de Kleenex pour la presser sur la coupure.

— Ne t'inquiète pas. Ce n'est qu'une égratignure.

Dharr jeta les mouchoirs dans le lavabo et lui prit la main pour la plaquer sur son ventre.

— J'ai beaucoup plus mal ici.

Le souffle de Raina se bloqua dans sa gorge. Mais, avant qu'elle puisse céder à la tentation d'empoigner la proéminence qui brûlait sa paume à travers le pantalon de lin noir, Dharr la poussa gentiment vers la porte.

— Sors d'ici avant qu'il ne soit trop tard.

Les jambes flageolantes, elle se rua hors de la salle de bains. A quoi bon se mentir ? Elle désirait Dharr, de toutes ses forces, de tout son être. Elle voulait savoir ce que cela ferait de l'accueillir en elle, de sentir le poids de son corps musclé sur le sien.

Mais elle ne devait pas succomber à son attirance, tomber dans le piège de la passion pour se retrouver prisonnière de sentiments dangereux, lui rappela sa raison.

Si elle avait été certaine de pouvoir donner son corps sans son cœur, elle n'aurait pas hésité une seconde. Le cheik Halim était un homme de rêve. L'homme de *ses* rêves. Même si elle était encore une enfant la dernière fois qu'ils s'étaient vus, elle n'avait jamais oublié son regard profond, son sourire chaleureux. Et, durant des années, il avait été maintes fois le héros de ses rêveries d'adolescente.

Il était peut-être temps qu'elle fît de ses rêves une réalité. Même si elle était parfaitement novice, elle savait d'instinct que Dharr serait prévenant, tendre et attentif.

Il ferait un premier amant parfait.

Quelques heures de plaisir ne changeraient pas la face du monde. Dès leur arrivée à Azzril, chacun partirait de son côté : Dharr vaquerait à ses occupations de chef d'Etat et elle passerait ses journées et ses nuits au chevet de son père, à veiller à ce qu'il se rétablisse. Ensuite, elle regagnerait la Californie avec de bons souvenirs.

A condition toutefois que Dharr Halim acceptât de guider ses premiers pas dans l'univers de la sensualité.

Le mauvais temps les avait cloués au sol plus de quatre heures. Après avoir partagé une légère collation, ils avaient longuement bavardé, abordant des sujets aussi divers que la vie quotidienne en Californie, le travail de Dharr, les changements qu'il avait apportés à la politique économique et sociale de son pays. Puis ils s'étaient raconté les événements survenus dans leur existence depuis que Raina avait quitté Azzril.

Durant tout ce temps, Dharr avait maudit sa faiblesse, car, en dépit de tous ses efforts, il avait beaucoup de mal à se concentrer sur autre chose que le dessin luxurieux de la bouche de son interlocutrice ou l'éclat de ses grands yeux verts. En conséquence, il perdait sans cesse le fil de leur conversation.

Raina ne semblait pas consciente de l'effet qu'elle lui faisait. Pourtant, elle ne pouvait plus ignorer qu'il la désirait. Rien qu'en repensant à l'audace avec laquelle il lui avait pris la main pour la plaquer sur son ventre en feu dans la salle de bains, il était mortifié et confus. Il n'en revenait pas de la facilité avec laquelle sa compagne lui faisait perdre son bon sens !

Il devait se rappeler qu'elle était la fille du meilleur ami de son père, une jeune femme à qui il devait témoigner le plus grand respect.

Une jeune femme qui hélas se jouait malgré elle de ses sens et de sa raison.

Ayant fait les cent pas dans la suite pour se dégourdir les jambes, Raina s'assit en tailleur sur le lit, un crayon et un bloc-notes à la main. De son fauteuil, Dharr ne put pas voir ce qu'elle griffonnait ; en revanche, il distingua clairement la courbe de ses seins et leurs pointes brunes sous son bustier de soie à fines bretelles. Cela suffit à lui donner chaud et froid en même temps et à l'empêcher de lire le journal qu'il venait d'ouvrir.

La sonnerie du téléphone mural constitua une agréable diversion. Il courut décrocher, puis, apprenant qu'il avait la communication qu'il avait demandée, il appela Raina.

— C'est pour toi.

Toute à son croquis, elle leva un regard distrait.

— Qui est-ce ?

— Surprise !

Intriguée, Raina s'approcha, son pantalon de crêpe bruissant à chaque pas. Lorsqu'elle reconnut la voix à l'autre bout du fil, son sourire radieux éblouit Dharr.

— Papa ! Comment vas-tu ?

Il s'éloigna discrètement et s'efforça de ne pas écouter la conversation. Cependant, il ne put s'empêcher de remarquer que Raina s'exprimait dans un arabe parfait, comme si elle pratiquait cette langue tous les jours : elle n'aurait aucun mal à se faire comprendre pendant son séjour à Azzril, et il s'en réjouissait.

Il continua de l'observer à la dérobée, fasciné par la manière dont elle enroulait une longue mèche couleur miel autour de son index, par son visage si expressif et son rire cristallin.

— Ne te fais aucun souci, papa. Le cheikh Halim s'occupe très bien de moi, assura-t-elle en enveloppant Dharr d'un regard appréciateur.

Il aurait aimé faire plus, bien plus. Mais, bien sûr, c'était impossible. Alors pourquoi la certitude qu'il ne pouvait rien y avoir entre eux le contrariait-elle au plus haut point ?

Raina aurait fait une excellente souveraine pour le peuple d'Azzril. Outre le fait qu'elle était fille de sultan, elle était belle, intelligente, jeune et en bonne santé. Toutefois, elle était également indépendante à l'extrême et très attachée à son pays d'adoption. Elle n'accepterait jamais de vivre à Azzril et d'assumer avec lui des responsabilités souvent écrasantes.

Sauf s'il parvenait à la convaincre des avantages qu'elle aurait à respecter la promesse de mariage conclue par leurs pères.

En s'apercevant qu'il raisonnait comme s'il voulait garder la jeune femme auprès de lui et la convaincre de l'épouser, Dharr se sermonna vertement. Il ne pouvait pas baisser sa garde et envisager un avenir avec Raina. Elle avait sa vie en Amérique, une vie dont il ne ferait jamais partie.

Avec un profond soupir, il se laissa tomber sur le lit. Son regard s'arrêta sur le calepin abandonné sur l'oreiller. Il n'eut aucun mal à reconnaître l'homme maussade que Raina avait commencé à croquer.

Perdu dans l'examen de son portrait inachevé, il n'entendit pas Raina dire au revoir à son père puis s'approcher du lit.

— Je ne voulais pas que tu le voies avant que j'aie fini, dit-elle en faisant la moue.

Il leva brièvement les yeux.

— Tu as beaucoup de talent. Mais je ne crois pas avoir l'air si rébarbatif.

« Sauf quand je lutte de toutes mes forces contre l'envie de te séduire », admit-il *in petto*.

— La plupart du temps, tu es très sérieux. Je suppose que cela va de pair avec ton statut.

— Je prends mes responsabilités très à cœur.

C'était justement pour cette raison qu'il devait garder ses distances avec elle.

Raina s'assit près de lui et lui sourit. Son parfum de citron l'enveloppa tel un nuage capiteux.

— Je sais.

Elle lui serra la main un court instant.

— Merci d'avoir fait en sorte que je parle avec mon père. Je suis rassurée, maintenant.

Après une courte pause, elle fronça les sourcils et ajouta :

— Il m'a dit qu'il m'attendait au palais. Pourquoi n'est-il pas chez lui ?

— J'ai pensé que mon médecin personnel veillerait mieux sur lui s'il était sur place.

La gratitude et l'émotion firent briller le regard de la jeune femme.

— J'apprécie ta gentillesse plus que tu ne peux l'imaginer. Merci Dharr, de tout cœur.

— De rien.

Dharr regarda sa montre et eut un soupir excédé.

— Je suis navré que nous ayons pris tant de retard.

— Tu ne peux pas commander le temps…

— C'est vrai, mais je sais combien tu es impatiente de revoir ton père.

Raina s'assit en tailleur contre la tête de lit.

— Si je ne m'inquiétais pas pour lui, je ne serais pas pressée de repartir. Je préfère cet avion quand il est immobile sur le plancher des vaches !

— C'est parce que tu as eu une mauvaise expérience, devina Dharr. Quelque chose t'a fait peur lors d'un précédent voyage ?

Le regard lointain, elle confirma de la tête.

— La nuit où j'ai quitté Azzril avec ma mère, il y avait un orage. Nous avons eu un vol très agité. Chaque fois que nous traversions un trou d'air, je pensais que nous allions nous écraser.

Sa voix vibrait encore de peur rétrospective. Mais Dharr

subodorait que les turbulences n'avaient pas été la seule cause de sa frayeur.

— Tu étais surtout angoissée parce que tu quittais ton foyer.

— Je n'avais même pas dit au revoir à mon père. Et je ne savais pas pourquoi nous partions.

Dharr la considéra avec incrédulité.

— Ta mère ne t'avait rien expliqué ?

— Elle ne m'a pas dit un mot de tout le voyage. A notre arrivée, elle m'a seulement informée que nous allions rester en Californie quelque temps. Il m'a fallu des mois pour comprendre qu'elle n'avait pas l'intention de retourner à Azzril.

Le cœur de Dharr saignait pour la fillette inquiète et perdue qu'elle avait été.

— Tu as dû vivre des moments pénibles, murmura-t-il avec compassion.

Raina haussa les épaules.

— Ma vie a été relativement facile par rapport à la tienne.

Il la considéra avec perplexité.

— Que veux-tu dire ?

— Tu es le fils unique du roi, Dharr. Cela implique beaucoup d'obligations.

— Je les ai toujours acceptées.

Raina parut sceptique.

— Tu as fait tes études aux Etats-Unis. Tu as eu le temps de savourer ta liberté, d'apprécier de n'avoir aucun devoir sinon celui de décrocher ton diplôme.

Jamais Dharr n'aurait pensé que quelqu'un le comprendrait aussi bien.

— Ma liberté était toute relative… Les paparazzi me traquaient dès que je sortais du campus.

Raina sourit.

— Ma mère me montrait souvent des photos de toi dans les magazines. A une époque, on te voyait beaucoup avec une certaine Elizabeth.

La seule mention de celle qui lui avait brisé le cœur fit frémir Dharr.

— Tu étais encore une enfant. En quoi ma vie privée pouvait-elle t'intéresser ? demanda-t-il sèchement.

— Mets-toi à ma place, plaisanta Raina. Cette femme sortait avec mon futur mari… Tu la vois toujours ?

— Changeons de sujet.

— On dirait que j'ai touché un point sensible.

Comme il la foudroyait du regard, elle leva la main.

— D'accord, puisque tu y tiens, nos anciennes amours seront sujet tabou entre nous.

— Je n'ai jamais dit que j'avais été amoureux d'elle ! se défendit-il.

— D'accord, cheikh Halim. Tu gardes tes secrets, je garde les miens.

Pour le moment, Dharr ne s'intéressait qu'aux secrets de son corps. Il lui aurait volontiers arraché ses vêtements pour caresser et embrasser chaque parcelle de sa peau dorée.

Pour ne plus voir les images tentantes que lui suggérait son esprit traître, Dharr se frotta les yeux.

— Tu sembles épuisé, constata Raina en le dévisageant avec sollicitude. Tu n'as pas dormi ?

— Pas assez, je suppose.

Elle tapota l'oreiller près d'elle.

— Nous pourrions faire une petite sieste en attendant que ce tas de ferraille soit prêt à décoller.

Une sirène stridente se mit à hurler dans la tête de Dharr.

— Je doute que ce soit une bonne idée.

Pénétrant ses craintes, Raina sourit.

— Allons, Dharr. De quoi as-tu peur ? Nous sommes entièrement habillés.

L'orgueil de Dharr lui garantit qu'il n'était pas un adolescent incapable de contrôler ses pulsions. Il pouvait s'allonger près d'elle et dormir.

— Tu as raison, marmonna-t-il en s'étendant sur le dos, les bras plaqués le long du corps.

Raina ébranla ses bonnes résolutions en se lovant contre lui.

— Tu sens bon, chuchota-t-elle en levant vers lui son limpide regard émeraude.

Eperdu de tendresse et d'émotion, il la serra dans ses bras. Rien ni personne n'aurait ensuite pu l'empêcher d'embrasser Raina, de retrouver le goût fruité de ses lèvres…

Encore une fois, ce qui avait commencé comme un baiser léger explosa en un feu d'artifice de passion alors qu'ils s'exploraient fébrilement de leurs mains avides. Mais, lorsque, ivre de désir, Raina se frotta instinctivement contre son ventre, Dharr perçut les cris étouffés de sa raison. S'il ne se reprenait pas immédiatement, il allait dépasser le point de non-retour ; leur flirt incendiaire allait les conduire à faire ce que son honneur et son sens des responsabilités lui interdisaient formellement.

Rassemblant les vestiges de sa volonté, il s'écarta d'un bond et s'assit au bord du lit. Comme il luttait pour reprendre son souffle, il sentit une petite main effleurer son épaule.

— Cessons de nous voiler la face, Dharr, et de nous priver de ce qui nous fait envie.

— Je ne vois pas ce que tu veux dire.

Menteur ! Il savait exactement ce que Raina espérait. Il le voulait aussi, à en mourir…

La jeune femme s'assit à côté de lui et enlaça ses doigts aux siens.

— Pourquoi continuer à nier l'évidence ? Admettons que nous nous désirons et laissons faire la nature.

Il prit une inspiration tremblante.

— Je ne veux pas te déshonorer.

Elle eut un sourire moqueur.

— Nous ne sommes plus au Moyen Age. Nous sommes tous deux adultes, libres et consentants.

Dharr se tourna lentement vers elle.

— Tu te contenterais d'une aventure sans lendemain ?

Son ton était aussi incrédule que son regard.

— Je ne vois pas pourquoi nous nous refuserions quelques heures de plaisir.

Raina lui caressa le dos en lents va-et-vient qui attisèrent cruellement le feu de son désir. Serrant les dents, il se leva sans crier gare.

— Je ne peux pas me permettre d'oublier ce que je suis.

Sa compagne le rejoignit et se tint tout contre lui, pour lui faire sentir la chaleur qui émanait de son corps.

— N'as-tu pas envie de vivre juste pour toi ? Moi, j'ai veillé sur ma mère pendant dix ans. Je veux retrouver mon insouciance et n'en faire qu'à ma tête.

Dharr baissa les yeux.

— Je ne peux pas.

— Un cheikh est censé être un surhomme qui n'a ni besoins ni désirs ?

Raina croisa les bras.

— Allons, Dharr. Je sais que tu as envie de moi. Tu t'obstines à le nier, parce que tu as peur de devoir admettre que tu ne maîtrises pas toujours tes émotions.

Si elle avait entièrement raison, il n'allait pas pour autant le reconnaître.

— Je me suis laissé aller à faire avec toi des choses dont je ne suis pas fier. Mais je dois me reprendre, avant d'aller trop loin.

Langoureusement, Raina lui caressa la hanche.

— Notre premier baiser nous a déjà menés trop loin…

Il voulut écarter sa main mais se retrouva en train de la plaquer sur son cœur qui battait la chamade.

— Si nous devenions amants, nous ne pourrions plus convaincre nos pères que nous voulons annuler notre promesse de mariage.

Impitoyable, Raina se rapprocha de lui jusqu'à ce que ses seins frôlent son torse.

— Personne n'a besoin de savoir quoi que ce soit. Ce qui se passera entre nous à bord de cet avion restera notre secret.

Elle avait réponse à tout, se désola Dharr. Dieu merci ! il avait un dernier argument, imparable.

— Je n'ai rien pour nous protéger.

Raina fronça les sourcils.

— C'est un problème.

Ouf, il avait eu le dernier mot ! Elle allait enfin cesser de le torturer.

— Voilà pourquoi nous devons reprendre nos distances, conclut-il d'un ton définitif.

Il faillit gémir de consternation quand le visage de Raina s'éclaira.

— J'ai lu qu'on peut se donner beaucoup de plaisir sans pour autant faire entièrement l'amour. Je suis sûre que tu sais de quoi je parle…

Dharr refoula les images torrides qui prenaient d'assaut son esprit.

— Tu mérites plus, bien plus, proféra-t-il d'une voix sourde.

Raina l'enlaça étroitement par le cou et écrasa ses seins contre son torse.

— Nous méritons tous les deux d'être heureux. Oublie tes responsabilités, accorde-toi pendant quelques heures le plaisir d'être un homme ordinaire et non un prince tout-puissant…

Encadrant le visage Raina de ses mains, il appuya son front contre le sien.

— Ne me tente pas.

Avec un sourire sensuel et provocant, elle lui prit la main et la plaqua sur son sein.

— J'aimerais faire bien plus.

Durant quelques secondes, l'homme et le prince en Dharr se livrèrent une bataille sans merci. Finalement, le premier l'emporta — et il écrasa ses lèvres sur celles de Raina, moulant ses mains sur les collines de ses seins pour en pincer savamment les pointes.

Un léger coup à la porte de la suite le dégrisa brutalement. Au comble de la contrariété, il traversa le salon au pas de charge et ouvrit la porte à la volée.

— Quoi ?

Son assistant Abid Raneer s'éclaircit la voix.

— Je suis désolé de vous déranger, mais le commandant de bord souhaite vous parler de toute urgence, cheikh Halim.

— J'arrive dans une minute.

Après avoir rageusement refermé la porte, Dharr se mit à tourner dans la suite comme un lion en cage.

— Quelque chose ne va pas ?

Raina s'était assise en tailleur sur le lit. Lorsqu'elle croisa les bras, ses seins parurent sur le point de s'échapper de son bustier.

— Le commandant de bord me demande dans le cockpit, repartit Dharr d'une voix rauque. Je dois te laisser. Je reviens dès que possible.

— D'accord.

Comme il restait devant la porte, Raina le dévisagea avec perplexité.

— Qu'attends-tu ?

— J'ai besoin de quelques minutes.

Perplexe, elle le toisa des pieds à la tête. Son regard s'arrêta sur son entrejambe.

— Je vois…, murmura-t-elle avec un sourire entendu.

— Peux-tu me laisser quelques secondes ?

— Tu vas m'abandonner comme ça ? le taquina la jeune femme. Folle de désir ? Prête à t'arracher tes vêtements ?

— Raina, avertit-il entre ses dents, si tu continues ce petit jeu, je vais mettre encore plus de temps à reprendre mon sang-froid et tu devras m'attendre encore plus longtemps.

L'espoir illumina le regard de la jeune femme.

— Cela veut-il dire que tu vas réfléchir à ma suggestion ?

Dharr ne trouva pas le courage de lui opposer un refus catégorique.

— Nous en reparlerons à mon retour.

Un sourire victorieux aux lèvres, la jeune femme se dirigea vers la porte.

— J'ai un petit creux, je vais voir ce que je peux trouver à manger dans le réfrigérateur.

Tandis qu'elle se dirigeait vers le mini-bar, de l'autre côté de la suite, Dharr se promit d'être plus fort, plus raisonnable. Mais, en son for intérieur, il savait déjà qu'il perdrait la tête à l'instant où il reviendrait auprès d'elle.

4

Une fois restaurée, Raina passa dix minutes allongée sur le lit à fixer le plafond et à tenter de maîtriser les battements de son cœur. Une demi-heure plus tard, l'inquiétude prit le pas sur son excitation et son impatience. Dharr n'allait tout de même pas se terrer dans le cockpit jusqu'à la fin du vol ?

Bah ! Elle pouvait se passer de lui. Elle n'avait pas besoin de ses baisers pour combattre sa phobie de l'avion. Elle avait déjà à ce point oublié son angoisse, distraite par le beau Dharr, qu'elle avait jeté ses principes et son bon sens au vent pour lui faire la plus indécente des propositions !

Devenir sa maîtresse comportait des risques, elle en était plus que consciente ; un instinct inconnu lui commandait cependant d'approfondir leur attirance mutuelle.

Comme elle envisageait sérieusement de descendre chercher Dharr, la porte de la suite s'ouvrit sur l'objet de ses pensées.

— Que se passe-t-il ? s'enquit-elle en notant ses traits crispés.

— Rien d'important. Nous allons bientôt repartir.

Raina commençait à être habituée aux procédures de sécurité. Sans attendre d'y être invitée, elle gagna son fauteuil et boucla sa ceinture. En silence, son compagnon l'enlaça par les épaules.

Elle se blottit tout naturellement contre lui, espérant qu'il avait résolu d'accepter son offre de partager, en plein ciel, quelques… bons moments.

Encore fallait-il qu'ils survivent au décollage, songea-t-elle avec un serrement de cœur après avoir risqué un regard par le hublot : la pluie martelait le Plexiglas.

Dharr savait qu'elle redoutait tout particulièrement cette phase du vol. Quand l'avion s'ébranla lentement, il l'étreignit plus étroitement et couvrit sa joue et son cou de baisers légers.

— Tu es certain que nous devons partir maintenant ? Ne pouvions-nous pas attendre que la pluie cesse ? chuchota-t-elle d'une voix chevrotante.

— Tout ira bien, assura-t-il en lui caressant le bras.

Raina se cambra malgré elle vers les doigts qui frôlaient son sein et allumaient des étincelles sur leur passage. Mais le rugissement des réacteurs raviva sa panique.

Enfouissant le visage dans l'épaule de son compagnon, elle gémit :

— Je déteste l'avion. Je déteste avoir peur.

D'une main très tendre, Dharr lui prit le menton et l'obligea à affronter son regard intense.

— Regarde-moi. Tu n'as rien à craindre tant que tu es avec moi.

Cela restait à prouver. Elle avait très peur des sentiments qu'il éveillait dans son cœur, de la passion qu'il faisait courir dans ses veines. Et elle redoutait par-dessus tout de ne plus vouloir le quitter quand le moment viendrait de reprendre le cours normal de leur vie.

Elle s'inquiétait pour rien, se raisonna-t-elle. Dharr n'avait plus fait allusion à sa proposition. Son sens du devoir et des responsabilités l'avait probablement emporté sur le désir qu'il avait d'elle.

— Enlève ton haut, chuchota Dharr quand l'avion se mit à rouler de plus en plus vite sur la piste.

Elle écarquilla les yeux. La joie fit palpiter son cœur.

— Tu as changé d'avis !

C'était une constatation et non une question. Elle pouvait voir la passion enflammer son regard d'onyx.

— Je veux juste te changer les idées.

« Pas uniquement pendant le décollage, j'espère… »

— J'enlève mon haut si tu te mets torse nu, dit-elle avec un sourire provocant.

Dharr la considéra avec amusement.

— Tu comptes marchander ainsi jusqu'à la fin du voyage ?

— Cela dépend de ta coopération.

Avec un long soupir, il défit le premier bouton de sa chemise.

— Je perds le nord !

— Au diable la raison !

D'un geste plein de grâce, Raina fit passer son bustier par-dessus sa tête. Tout en dévorant sa gorge satinée des yeux, Dharr acheva d'ôter sa chemise.

— Tu es magnifique, souffla-t-il avec admiration.

Raina eut l'impression de manquer d'air quand il se pencha et embrassa une pointe de sein durcie par le désir. Enfonçant voluptueusement les mains dans ses épais cheveux, elle s'abandonna tout entière à de grisantes sensations.

Sans cesser d'embrasser sa gorge, Dharr dessina de ses doigts agiles de lents cercles sur son ventre et sa taille. Toutefois, il ne tenta pas de passer sous sa ceinture de sécurité.

— Sais-tu ce que je ferai quand nous pourrons nous détacher ? dit-il en frayant un sentier de baisers torrides de sa bouche à son oreille.

— Quoi ?

Raina entendait à peine sa propre voix par-dessus les cognements de son cœur.

— Je te porterai jusqu'à mon lit, et ensuite… je t'apprendrai par cœur.

Il s'écarta légèrement et plongea son regard pénétrant dans le sien.

— Si c'est toujours ce que tu veux.

Elle le voulait. Et comment !

— Promis ?

— Tu as ma parole.

Raina crut que les secondes suivantes duraient des siècles. Désireuse de savoir si Dharr était aussi impatient qu'elle, elle lui effleura le ventre.

— Tu t'aventures en territoire dangereux, avertit-il entre ses dents.

Elle lui sourit avec malice.

— La fortune sourit aux audacieuses.

Alors qu'elle se rapprochait du cœur de son désir, il lui prit la main et la ramena sur son torse.

— Moi d'abord. Ordre du cheikh.

Pour couper court à toute protestation, il l'embrassa avec fougue et entreprit une ascension déchirante sur sa cuisse. Elle sentit vaguement l'avion s'arracher au sol, mais elle n'en eut cure. La chaleur des doigts de Dharr était sa seule réalité…

Lorsqu'elle émit une plainte et se cambra sous l'emprise de la volupté, Dharr sentit un torrent de lave déferler dans son corps. S'il s'était écouté, il lui aurait arraché le reste de ses vêtements et fait subir de délicieux outrages sur-le-champ… Il s'exhorta à la sagesse et redescendit vers son genou. Il voulait prendre tout son temps, la laisser libre d'interrompre la caresse.

De la langue sur sa gorge satinée, du bout des doigts sur une cuisse habillée de crêpe, il dessina des arabesques. Puis il cueillit un soupir de plaisir sur ses lèvres…

Soudain, un tintement accompagna l'extinction du signal lumineux, leur indiquant qu'ils pouvaient enfin quitter leurs sièges. Raina tressaillit et ouvrit des yeux embués par le désir.

— Es-tu sûre de vouloir continuer ? demanda Dharr par acquit de conscience.

— Certaine, répondit-elle. Et toi ?

— C'est de la folie… mais, quand il s'agit de toi, je suis incapable d'être raisonnable.

Elle lui sourit.

— Il faut bien passer le temps pendant un long vol comme celui-ci.

Gravement, il la dévisagea. Elle était si belle ! Quoi que l'avenir leur réservât, il se souviendrait toujours de l'éclat de ses yeux, de son sourire plein d'humour.

— La plupart des gens essaieraient de dormir.

Raina lui détacha sa ceinture, frôlant son sexe turgescent.

— Nous ne sommes pas la plupart des gens, Dharr.

Elle riva son regard vibrant au sien, et il cessa de penser. Il l'embrassa longuement, profondément. Puis il se leva et lui tendit la main. Elle enlaça ses doigts aux siens sans l'ombre d'une hésitation.

— Nous allons aller très lentement, promit-il en reculant vers le lit.

Elle fronça les sourcils.

— Pas trop. Sinon, je vais mourir de désir.

— Je l'espère bien.

Dharr la fit asseoir sur le lit.

— Mets-toi sur le ventre.

Elle le regarda avec perplexité.

— Puis-je savoir pourquoi ?

Il repoussa ses cheveux en arrière pour déposer un baiser langoureux sur son épaule.

— Tu connaîtras bientôt la réponse… Fais-moi confiance. Je ne te ferai aucun mal. Si quoi que ce soit te déplaît, il te suffira de me le dire. Je m'arrêterai immédiatement.

Raina eut un sourire tremblant.

— J'ai confiance en toi.

Elle voulut lui enlever son pantalon, Dharr l'en empêcha.

— Laisse. Je m'en occuperai plus tard.

Après avoir éteint toutes les lumières, à l'exception des veilleuses de sécurité, il ouvrit le tiroir de la table de nuit et en sortit un flacon d'huile de massage.

En ayant versé quelques gouttes au creux de sa main, il cala le flacon entre ses genoux et s'assit au bord du lit. Le cœur palpitant d'émotion, il contempla le dos lisse de sa compagne, la courbe sensuelle de ses hanches, la lampe magique dorée qui dépassait de son pantalon.

Il doutait fortement que le sultan sût que sa fille s'était fait tatouer. Mais le sultan n'approuverait pas non plus ce qu'ils s'apprêtaient à faire, lui fit observer une petite voix désagréable.

L'ignorant délibérément, il étala l'huile sur les épaules de Raina.

— Ça sent délicieusement bon, murmura Raina.

— C'est de l'huile de frangipanier.

Elle se redressa sur les coudes et se tourna vers lui.

— Tu gardes de l'huile de massage dans ta table de nuit et tu veux me faire croire que tu n'as jamais amené de femme à bord de cet avion ?

— Nous nous sommes promis de laisser le passé à sa place... Tout ce qui compte, ce sont les moments que nous allons partager. Nous deux et personne d'autre.

Raina s'étendit de nouveau et ferma les yeux.

— Tu as raison, je suis désolée.

Avec une douceur infinie, Dharr lui massa les épaules et le dos jusqu'aux reins. Tout en embrassant le tatouage sur sa hanche, il tira sur son pantalon et son slip. La vue de ses rondeurs, la douceur de sa peau sous ses doigts l'excitèrent au plus haut point, mais il s'interdit de brûler les étapes. Il devait penser à Raina, seulement à Raina.

Après avoir longuement creusé de la langue les fossettes au creux de ses reins, il la fit étendre sur le dos et glissa un deuxième oreiller sous sa nuque.

Il versa encore un peu d'huile dans sa main, remodela ses seins, et Raina frissonna de plaisir.

— C'est si bon...

— Veux-tu que je continue ?

Incapable de répondre, elle hocha la tête. Avec une lenteur déchirante, il descendit encercler sa taille de ses deux mains, puis erra sur son ventre. Lorsqu'il effleura le buisson soyeux en haut de ses cuisses, elle se raidit. Durant une fraction de seconde, il pensa qu'elle allait protester ; elle se contenta de le fixer de ses grands yeux verts illuminés par le désir et la curiosité.

Soudant son regard au sien, il s'insinua dans sa vallée moite de passion et se concentra sur le point le plus sensible de son être. Le long frémissement qui parcourut bientôt Raina, sa respiration de plus en plus saccadée lui apprirent qu'elle était au bord de l'extase.

Eperdu d'émotion et de fierté, il accéléra ses hardis arpèges et, lorsqu'elle sombra dans l'abîme du plaisir, il glissa un doigt dans sa chaleur secrète en s'imaginant que c'était son propre sexe, tendu par le désir, qu'elle enserrait ainsi dans un spasme de bonheur.

Désireux de lui donner tout le plaisir du monde, il voulut continuer de la caresser. Elle s'écarta vivement.

— T'ai-je fait mal ? s'inquiéta-t-il.

— Ai-je l'air de souffrir ?

Elle était divinement belle, les joues rosies, les cheveux ébouriffés, ses lèvres pleines fendues d'un sourire pâmé. Si elle ne souffrait pas, Dharr était au supplice ; de douloureux frissons de frustration sillonnaient son corps. Or il entendait ne penser qu'à sa compagne.

— Laisse-toi faire, dit-il d'une voix suave.

D'une main douce mais ferme, Raina le força à s'étendre sur les oreillers.

— C'est mon tour, maintenant.

Il aurait adoré sentir ses mains sur sa peau. Mais, en même temps, il redoutait de ne pouvoir se maîtriser. Le seul fait de la combler avait allumé un brasier dans son ventre.

Pour couper court aux hésitations qu'elle lisait sur son visage tendu, Raina s'attaqua à sa ceinture.

— Si tu ne te déshabilles pas toi aussi, je me ferai un plaisir de t'arracher tes vêtements.

Il sut qu'il était perdu à l'instant où elle l'effleura à travers son slip. Même si c'était de la folie pure, il voulait s'accorder quelques instants de plaisir illicite.

Il se leva et se dévêtit entièrement. Raina sourit.

— On dirait que je te fais de l'effet.

— Tu aimes ce que tu vois ?

— Je te donne dix sur dix.

Une bouffée de jalousie le saisit.

— Comparé à qui ?

Elle s'agenouilla au bord du lit et posa ses mains sur ses épaules.

— Nous avons passé un accord : le passé reste où il est.

S'il n'était pas le premier, il serait le meilleur, pensa Dharr. Celui qui lui révélerait des sommets insoupçonnés.

Tendant la main, il fit rouler une pointe de sein entre son pouce et son index.

— Que veux-tu faire ? Je suis ouvert à toute suggestion. A moins que tu me laisses choisir ?

Raina souligna les muscles noueux de ses bras et de son torse puis dévala la toison brune qui courait sur son ventre.

— Je veux te faire ce que tu m'as fait.

Elle lui griffa le nombril d'un ongle coquin.

— Raina… C'est insensé.

— Passe-moi l'huile, s'il te plaît.

Il déglutit péniblement. S'il s'exécutait, il connaîtrait à la fois le paradis et l'enfer… Mais son regard était si impérieux ! Il renonça à discuter.

— Ce n'est pas beaucoup, se plaignit-elle quand il versa un filet d'huile parfumée dans sa paume.

— C'est déjà trop.

Comme elle effleurait timidement ses pectoraux, il se détendit. Ces caresses étaient sages, il pourrait se contrôler… Son soulagement fut de courte durée. Peu à peu les gestes de Raina se firent plus assurés, plus volontairement sensuels et tentateurs.

Lorsque, après avoir enflammé son ventre, elle le prit entièrement dans sa main, l'émoi lui fit lâcher le flacon. Il s'abandonna au chaos de ses sens et se tendit vers le plaisir qui grandissait en lui. Bientôt, sentant naître des picotements alarmants au creux de ses reins, il ordonna entre ses dents :

— Raina, arrête !

— Non.

Pour confirmer son refus, Raina resserra l'étau de ses doigts et pressa le tempo de ses caresses. En un douloureux éclair de lucidité, Dharr s'avoua qu'il avait été stupide et présomptueux de s'imaginer pouvoir dominer la situation. Puis son esprit vola en éclats comme une tornade libératrice le balayait.

Même après une longue douche, Raina ne parvenait pas à chasser de son esprit le souvenir des caresses de Dharr, l'ivresse et la fierté qu'elle avait éprouvées à le porter au paroxysme du plaisir.

Mais, surtout, elle supportait mal de se dire que dans une heure, tout au plus, sa première incursion dans l'univers sublime de la sensualité ne serait plus qu'un beau souvenir.

Dharr n'avait pas paru deviner à quel point elle manquait d'expérience. Bien sûr, elle connaissait par cœur l'anatomie masculine pour avoir souvent peint et sculpté des nus d'après des modèles vivants. Et elle avait eu des petits amis. Mais aucun ne lui avait fait perdre la tête, aucun n'avait éveillé en elle l'envie de mettre à bas pudeur et principes, ni ne lui avait donné le sentiment que la frustration la tuerait si elle ne sentait pas son corps nu contre le sien.

Dharr était unique.

Enroulée dans un drap de bain, elle revint vers le lit à pas de loup et contempla son amant, qui dormait encore. Etendu sur le ventre au milieu des draps froissés, il était l'image même de la beauté masculine. Elle avait eu l'intention de se rhabiller et de le réveiller, mais elle pouvait bien s'accorder le plaisir de l'admirer encore quelques minutes.

Lorsqu'il remua légèrement, elle s'assit au bord du lit et lui caressa le dos.

— Dharr ?

Comme il ne répondait pas, elle s'étendit près de lui pour

respirer avidement son odeur mâle et s'imprégner de la chaleur enivrante de son corps une dernière fois.

Bientôt, ils devraient quitter l'intimité de l'avion, reprendre leurs distances. Les instants magiques qu'ils avaient partagés devraient rester un secret et ne pourraient plus se reproduire. Ils devraient feindre l'indifférence, pour décourager leurs pères d'espérer pouvoir les marier un jour.

Cela dit…

Les sourcils froncés, elle secoua la tête. Regretter l'impossible était absurde. Dharr et elle avaient beau être nés dans le même pays, ils menaient des existences très différentes. Si leurs corps s'entendaient à la perfection, un abîme les séparait, au propre comme au figuré. Elle ne serait jamais heureuse à Azzril et il ne pourrait jamais venir la retrouver en Californie.

Si seulement ils avaient eu de quoi éviter une grossesse non désirée ! Ils auraient pu profiter au maximum de ces instants suspendus entre ciel et terre ; elle aurait connu le bonheur de lui appartenir entièrement.

Les choses étant ce qu'elles étaient, elle passerait le reste de son existence à imaginer ce qui aurait pu être.

Mélancoliquement, Raina se résigna à se rhabiller et à revenir à la réalité.

Comme elle se levait, Dharr tendit le bras et la ramena contre lui.

Les yeux clos, elle savoura la force de son étreinte et le désir qui montait en elle. Sa raison eut beau lui ordonner de se lever, son cœur et son corps refusèrent de se priver du plaisir d'être une dernière fois tout contre Dharr.

Quand celui-ci tira sur sa serviette et la jeta sur le sol, elle cessa de penser et se cambra vers la bouche qui mordillait les pointes de ses seins.

Envoûtée par les sensations bouleversantes qui ricochaient en elle, par la chaleur insoutenable qui déferlait dans ses veines et convergeait vers le centre de son être, elle ne réalisa pas tout de suite que Dharr s'était plaqué sur elle. Mais en sentant son sexe contre sa chair, elle sut qu'ils étaient sur le point de commettre l'irréparable.

Elle devait le repousser *maintenant*, lui cria sa raison.

Les mots restèrent bloqués dans sa gorge.

Elle avait envie de lui, elle voulait faire l'amour avec lui.

Oui, mais c'était impossible…

Dharr mit un terme à son tumulte intérieur.

— Rhabille-toi, Raina, fit-il sèchement en roulant sur le dos, l'avant-bras sur les yeux comme s'il ne voulait plus la voir.

— Tu ne crois pas que nous devrions d'abord… ?

— Laisse-moi avant que je fasse quelque chose que nous regretterions tous deux.

Pour l'heure, Raina regrettait qu'il fût revenu à la raison… Tout en s'enfermant dans la salle de bains, elle rumina son insatisfaction et sa mauvaise humeur.

Jusqu'à son retour en Californie, elle allait vivre comme une nonne ; elle ne pourrait plus savourer les baisers de Dharr, se repaître de son corps d'athlète. Elle ne connaîtrait jamais la joie de ne faire qu'un avec lui. Pire encore, elle devrait faire comme si rien ne s'était passé entre eux.

Pourtant, il s'était passé quelque chose. Une révolution avait eu lieu dans son cœur. Elle avait toujours admiré Dharr Halim, son charme, sa force et son sex-appeal ; mais, à présent, elle savait combien il était attentionné, généreux, intègre et responsable. En fait, elle commençait à beaucoup trop l'apprécier, et pas seulement pour son physique avantageux.

Si elle était franche avec elle-même, elle devait s'avouer qu'elle était très près de tomber amoureuse de lui.

5

Lorsque l'avion amorça sa descente vers Azzril, Dharr se contenta de serrer Raina dans ses bras. Ses baisers lui manquaient déjà. Il aurait voulu boire encore à la source fruitée de ses lèvres… mais, désormais, il devrait se contenter de ses souvenirs.

Après un atterrissage tout en douceur, le commandant de bord les invita à se préparer à débarquer. Dans un silence lourd de tension, Raina alla récupérer son sac. Dharr faillit lui proposer de le porter pour elle ; il se ravisa, sachant qu'il se heurterait à un refus catégorique.

Arrivée devant la porte de la suite, Raina marqua une pause.

— Voilà, il est temps de refermer la parenthèse, dit-elle tristement.

Il enfouit ses mains dans ses poches pour résister à l'envie de la ramener contre lui.

— Oui. A partir de maintenant, nous ferons comme s'il ne s'était rien passé.

— Cela restera notre secret, acquiesça Raina.

Un délicieux secret, ajouta-t-il *in petto*.

— Et l'équipage ?

Raina indiqua le lit défait.

— Mes employés me sont entièrement dévoués, la rassura Dharr. Ils ne diront pas un mot à quiconque.

— Tant mieux.

La jeune femme se mordit la lèvre.

— Merci Dharr. Sans toi, ce vol aurait été un calvaire.

— J'ai été heureux de t'aider.

Très heureux.

Ils se dévisagèrent durant une éternité. Quand Raina tendit la main vers la poignée de la porte, Dharr la prit par l'épaule.

— Attends !

Croisant son regard interdit, il chuchota :

— Encore un baiser.

Elle secoua la tête.

— Ce ne serait pas raisonnable.

Tendrement, il emprisonna sa main dans la sienne et la posa sur son cœur.

— Juste un. Pour sceller notre pacte de silence.

— Un tout petit, alors.

Raina s'était promis un baiser rapide et chaste, mais, quand son compagnon se pencha vers elle, elle ne put s'empêcher de se fondre contre lui et de lui livrer entièrement sa bouche. Submergé par le désir qui roulait de nouveau dans ses veines, Dharr envisagea de la ramener vers le lit. Il ne voulait pas la quitter, pas encore.

Il était trop tard pour les regrets, lui cria sa raison. Il était à Azzril, il redevenait le futur souverain…

Il se redressa à contrecœur. Raina eut un sourire tremblant.

— Ce baiser était loin d'être petit. Au moins, il était mémorable.

Comme chaque instant passé dans cet avion, songea Dharr avec mélancolie. Hélas, loin d'apaiser son désir et sa curiosité, ces moments magiques lui avaient donné envie de mieux connaître Raina, de passer plus de temps avec elle.

Il ne voyait pas comment combattre le désir qu'elle lui inspirait alors qu'elle résiderait elle aussi au palais. Pourtant, il devrait trouver une solution. Car, outre sa détermination à convaincre leurs pères d'oublier leurs espoirs matrimoniaux, il voulait éviter de souffrir quand Raina repartirait pour la Californie.

*
* *

Tomar avait beaucoup changé, constata Raina tandis que la limousine aux armoiries de la famille royale entrait dans la capitale d'Azzril. Le palais restait le monument le plus imposant, mais des gratte-ciel se lançaient à présent eux aussi à l'assaut du ciel sombre et de nombreuses industries s'étaient installées en périphérie de la ville.

— Je suis impressionnée. Tomar commence à ressembler à une métropole américaine…

Si son compagnon s'était assis à l'autre bout de la banquette de cuir, laissant un espace prudent entre eux, elle était intensément consciente de son odeur, de sa présence.

— C'est vrai. Nous sommes en pleine expansion.

Baissant sa vitre, Raina laissa entrer la brise nocturne dans la voiture. Elle n'en continua pas moins de sentir la brûlure des lèvres de Dharr sur les siennes, la douceur de ses mains sur ses seins…

Le chauffeur donna alors un coup de volant pour éviter une pierre, et elle fut projetée contre son compagnon. Elle se serra contre lui, heureuse de retrouver sa chaleur. Mais, à sa grande déception, Dharr ne lui prit pas la main comme dans l'avion, ne nicha pas sa tête au creux de son épaule. Le visage fermé, il regardait défiler le paysage.

Elle ferait bien de s'habituer à le voir si distant. Il n'avait manifestement aucun mal à revenir à des rapports strictement amicaux. Elle avait été une simple distraction, un passe-temps agréable. Elle ne comptait pas pour lui.

Pourquoi cette pensée la contrariait-elle autant ? Elle aurait dû être satisfaite et non au bord des larmes. Après tout, elle avait eu ce qu'elle voulait : une merveilleuse expérience, sans conséquence ni obligation. Elle devait revenir à la réalité.

Justement. Elle avait oublié quelque chose d'important.

— Peux-tu me faire penser à appeler ma mère demain matin ?

— C'est déjà fait, l'informa Dharr.

Elle ouvrit des yeux stupéfaits.

— Tu lui as téléphoné ?

— J'ai demandé à mon assistant de le faire quand nous étions à Londres. Je ne voulais pas qu'elle s'inquiète inutilement.

— Tu ne crois pas que c'était à moi de lui parler ?

Dharr se résolut à affronter son regard.

— J'ai pensé qu'il valait mieux que la nouvelle de ton départ pour Azzril vienne d'une tierce personne.

— Que lui a dit ton secrétaire, exactement ?

— Que je t'emmenais voir ton père, rien de plus. En fait, il ne lui a pas parlé personnellement, il est tombé sur une certaine Mona qui a promis de transmettre le message.

Mona, la femme de chambre qui voulait toujours tout savoir sur tout le monde.

— J'aurais dû parler à maman moi-même.

— Si tu y tiens, tu le feras demain.

Raina réfléchit brièvement puis secoua la tête. Sachant à présent avec qui et où était sa fille, Carolyn devait être folle de rage. Mieux valait attendre qu'elle se calme un peu.

Dès que la limousine s'arrêta au bas des marches du palais, la jeune femme se rua vers la porte à double battant et traversa l'immense hall, élégant et sobre avec son sol de marbre bleu nuit et ses murs de brique beige ornés de mosaïques ; deux statues égyptiennes encadraient l'escalier recouvert d'un tapis rouge.

Une femme rondelette au chignon gris vint vers elle avec un grand sourire.

— Sois la bienvenue, petite chérie.

Raina se jeta dans les bras de sa nourrice en riant.

— Je suis si heureuse de te revoir, Badya, dit-elle après une longue étreinte affectueuse. Mais que fais-tu ici ?

— Après ton départ, ton père a congédié presque tout son personnel.

Raina se rembrunit. Elle pressentait qu'elle allait apprendre quantité d'autres nouvelles surprenantes.

— Ne me dis pas qu'il t'a renvoyée aussi.

— La famille royale a eu la gentillesse de me proposer un poste de gouvernante au palais. J'adore mon travail, même si, en vérité, je n'ai pas grand-chose à faire.

— Badya est beaucoup trop modeste, intervint Dharr. Sans elle, nous serions perdus.

— Il faut bien que je m'occupe puisque je n'ai plus de bébé.

Raina sourit.

— Je t'ai souvent donné du fil à retordre.

— Tu étais espiègle, c'est tout, *yaahil*.

Badya regarda Dharr du coin de l'œil puis baissa la tête avec une expression contrite.

— Excuse-moi, je devrais dire « princesse Kahlil ».

Raina éclata de rire.

— Allons, Badya ! C'est moi, la *bint* qui t'aidait à faire la cuisine et te torturait tous les jours.

— Badya a raison, fit Dharr. Tu es une princesse.

Raina le fusilla du regard.

— Mon père a été exilé de Fareesa il y a des années.

— Il a toujours le titre de sultan, et toi, tu es toujours de sang royal.

— Seulement à moitié, rétorqua sèchement Raina.

Se tournant vers son ancienne nourrice, elle demanda :

— Comment va mon père ?

— Il t'attend.

Raina était impatiente d'embrasser son père. Mais elle n'avait aucune envie de répondre aux questions qu'il ne manquerait pas de lui poser sur son voyage.

— Il est déjà tard. Je risque de le réveiller.

— Tu lui as beaucoup manqué, il ne pourra pas fermer l'œil avant de t'avoir vue.

— Je t'accompagne, trancha Dharr. Ensuite nous irons nous coucher.

Ce programme aurait parfaitement convenu à Raina si elle n'avait pas su qu'ils auraient chacun leur chambre.

— Après toi, soupira-t-elle.

Tout en le suivant dans l'escalier, elle admira sa démarche

énergique, ses mouvements félins. Elle en avait fait de même en montant dans son jet, se souvint-elle. La différence, c'était que, maintenant, elle savait exactement combien sa peau était douce, combien ses jambes étaient musclées…

Elle revint à la réalité quand Dharr s'arrêta devant une porte et recommanda :

— Si ton père t'interroge sur notre voyage, réponds le plus brièvement possible.

— Je sais ce que je dois faire. Bah ! Avec un peu de chance, il sera fatigué et pressé de dormir…

— A ta place je n'y compterais pas trop. Cela fait longtemps qu'il ne t'a pas vue.

— Tu n'es pas obligé de m'accompagner.

— Je préfère m'assurer qu'il va bien.

L'inquiétude de son ton raviva les craintes de la jeune femme.

— Tu m'as caché quelque chose ! l'accusa-t-elle. Son état est plus grave que tu ne me l'as laissé entendre.

— Je t'ai tout dit. En fait, je me fais plus de souci pour toi que pour lui.

Raina croisa les bras.

— Tu as peur que je lui révèle ce que nous avons fait ensemble ?

— Ce qui me préoccupe, c'est son obstination à vouloir nous marier. Je ne veux pas que tu l'affrontes seule quand il abordera le sujet.

— Je saurai me débrouiller.

— Je n'en doute pas. Mais je viens quand même avec toi.

Renonçant à discuter, Raina poussa la porte. Elle trouva son père allongé entre des draps de dentelle blanche, un livre ouvert sur la poitrine, ses lunettes remontées sur ses cheveux gris en bataille.

Les mains sur les hanches, elle afficha un air réprobateur.

— Pourquoi ne dormez-vous pas encore, monsieur le sultan ?

Le visage illuminé par la joie, son père lui tendit les bras.

— Te voici enfin, ma chérie ! Approche, laisse ton vieux papa te regarder.

Refoulant ses larmes d'émotion, elle courut l'embrasser.

— Tu n'es pas vieux, papa. Tu ne le seras jamais.

— J'aimerais te croire, mais mon corps dit le contraire.

Tandis qu'elle s'asseyait près de lui, le sultan reporta son attention sur Dharr qui les considérait avec attendrissement depuis la porte.

— Merci de m'avoir ramené ma petite fille.

Dharr inclina la tête.

— Je suis ravi d'avoir pu vous rendre service.

Raina caressa le bras de son père.

— Comment te sens-tu, papa ?

— J'en ai assez de rester couché toute la journée, maugréa-t-il.

Fronçant les sourcils, il huma l'air.

— Quelle est cette odeur ?

Le cœur de la jeune femme s'arrêta. Elle n'avait pas mis de parfum. A moins que…

L'huile de massage !

— J'ai acheté une nouvelle eau de toilette, improvisa-t-elle. Elle est peut-être un peu trop fleurie, tu ne trouves pas ?

— Un parfum fleuri pour une jolie fleur. Cela convient parfaitement à ma *zaltra*.

Raina eut un petit rire.

— Tu es trop gentil, papa. Ce soir, ta fleur est un peu flétrie.

Son père lui caressa la joue.

— Tu sembles épuisée, c'est vrai. Tu n'as pas dormi dans l'avion ?

Elle avait eu beaucoup mieux à faire.

— Un peu. La suite de Dharr est très confortable.

Le sultan darda un regard d'aigle sur l'intéressé.

— Si mes souvenirs sont bons, il n'y a qu'un grand lit.

Raina frémit. Aïe !

— Dharr a eu la galanterie de me le laisser.

Ce n'était pas vraiment un mensonge, répliqua-t-elle à sa conscience. Dharr avait effectivement proposé de passer la nuit dans un fauteuil.

— J'espère que vous avez profité du voyage pour refaire connaissance, tous les deux.

— Certes…

Le front plissé, le sultan leva les yeux vers Dharr.

— Je souhaite m'entretenir avec ma fille en privé.

Dharr n'eut d'autre choix que d'opiner du chef.

— Bien sûr.

A l'adresse de Raina, il ajouta :

— Je t'attends dans le couloir. Quand tu seras prête, je t'escorterai à ton appartement.

S'inclinant avec déférence, il salua le père de la jeune femme.

— La paix soit avec vous, Sultan.

— Et avec vous, cheikh Halim, repartit le sultan.

Sitôt seul avec sa fille, Idris Kahlil s'enquit :

— As-tu quelque chose de spécial à me dire, chérie ?

Raina enfonça ses ongles dans ses paumes.

— Pourquoi me demandes-tu ça ?

— J'ai l'impression que tu me caches quelque chose.

Maudite soit l'intuition paternelle !

— Pas du tout, papa. Tout va bien. J'ai un travail intéressant, j'adore ma nouvelle mai…

— Je parlais de ton voyage avec Dharr.

Chassant sa panique et son sentiment de culpabilité, Raina força un sourire sur ses lèvres.

— Nous nous sommes bien entendus. C'est un homme très cultivé et très intelligent.

— J'espère qu'il t'a traitée avec les égards dus à ton rang.

Le cœur de la jeune femme se mit à battre la chamade.

— Evidemment ! Pourquoi en doutes-tu ?

— Parce que tu es ravissante et qu'il est un homme dans la force de l'âge. Bien que je le considère comme le fils que je n'ai pas eu, si j'apprends qu'il t'a manqué de respect, je serai contraint de le tuer.

Raina rit nerveusement.

— Tu as toujours eu beaucoup d'imagination.

Son père déclara avec force :

— J'exige que Dharr se comporte en gentleman jusqu'à votre mariage.

On y était, soupira intérieurement la jeune femme.

— Je refuse de parler de ce contrat archaïque, répliqua-t-elle. Comme je te l'ai déjà dit mille fois, il est hors de question que j'épouse Dharr.

— Ne sois pas si péremptoire. Réfléchis bien avant de prendre une décision.

— C'est tout réfléchi. Je ne tiens pas à me marier, pour l'instant.

Une lueur d'espoir brilla dans les yeux du sultan.

— Mais tu n'exclus pas de le faire un jour ?

Pour mettre un terme à la discussion, Raina l'embrassa sur la joue et se leva.

— Bonne nuit, papa. Je te laisse te reposer.

Lorsqu'il voulut se redresser pour la retenir, le sultan grimaça de douleur et porta une main à sa poitrine.

— Papa ! Tu vas bien ?

— Très bien. Avec tous les médicaments que le médecin personnel de Dharr m'a prescrits, je pourrais ouvrir une pharmacie.

Il lui tapota la joue.

— Va vite te coucher, ma chérie. Nous reparlerons de ton avenir demain.

Raina se réjouit de ce sursis. Après quelques heures de sommeil, elle serait plus en forme pour le convaincre qu'elle tenait trop à sa liberté pour se marier avec qui que ce fût.

— D'accord.

Idris la rappela comme elle atteignait la porte.

— Raina ? Comment va ta mère ?

Elle se retourna lentement et eut le cœur serré par la tristesse qui crispait ses traits.

— Elle va bien. Mais elle n'est pas ravie que j'aie déménagé.

— Elle se sent seule…

Le sultan eut un long soupir.

— Comme je la comprends !

— Rien ne vous oblige à vivre dans la solitude, répliqua vivement Raina. Si vous mettiez votre orgueil dans votre poche, vous admettriez que vous éprouvez toujours des sentiments l'un pour l'autre.

— Il est trop tard pour nous. Mais pas pour toi. Quand tu trouveras l'amour et le bonheur, ne les laisse surtout pas t'échapper.

— Ma vie me convient comme elle est.

A son grand désarroi, Raina s'aperçut qu'elle parlait sans conviction. Son père l'avait remarqué aussi, elle le lut dans son regard.

— A demain papa, s'empressa-t-elle de dire en ouvrant la porte.

— Je l'espère, murmura Idris d'une voix faible. Tu sais, je voudrais bien connaître mes petits-enfants avant de partir dans l'au-delà…

Ne sachant que répondre, Raina s'engouffra dans le couloir. Comme promis, Dharr l'y attendait.

— Je vais te montrer tes appartements, dit-il en lui faisant signe de le suivre.

En entrant dans une suite à trois portes de celle de son père, Raina vit vaguement un grand lit sculpté et un canapé en U sous un dais de velours bleu sombre. Elle était trop impatiente de parler avec son compagnon pour prêter attention au décor qui l'entourait.

— Ferme la porte, dit-elle d'un ton pressant.

— Je ne pense pas que ce soit nécessaire.

Elle leva les yeux au ciel.

— Je veux juste te parler. Il faut que tu saches ce que mon père vient de me dire.

— D'accord.

Ayant fermé la porte, Dharr croisa les bras.

— Je t'écoute.

Raina ne put contenir son appréhension un instant de plus. Elle lança d'une traite :

— Mon père sait tout !

Dharr fit quelques pas vers elle.

— Il n'a aucun moyen d'être au courant. Sauf si tu le lui as dit.

— Je n'ai pas parlé de nos…

Elle rougit et baissa la tête.

— De ce qui s'est passé. Il a senti l'odeur de frangipanier sur moi. Pourtant, j'avais pris une douche…

— Raina…

— Les draps devaient être imprégnés d'huile.

— Raina.

Elle se tordit les mains.

— Je savais que j'aurais dû reprendre une douche après…

Dharr la prit aux épaules et la secoua légèrement pour mettre un terme à son monologue angoissé.

— Il ne peut pas savoir pourquoi tu sentais le frangipanier.

— Si. Il a même dit que, s'il apprenait que tu avais eu un comportement déplacé à mon égard, il te tuerait.

Dharr sourit.

— Il va beaucoup mieux, on dirait.

— Il a ajouté que tu ne devais pas me toucher avant notre mariage.

Dharr laissa retomber ses mains.

— Hum. Je savais qu'il te parlerait du contrat.

— Quand je lui ai dit que je n'avais pas l'intention de me marier, il a paru avoir mal à la poitrine.

Raina fronça les sourcils.

— Je me demande s'il ne me jouait pas la comédie…

— Tu crois qu'il essaie de te manipuler ?

— Je pense qu'il est capable de profiter de sa maladie pour parvenir à ses fins, c'est-à-dire me convaincre de rester ici et de t'épouser.

Après avoir arpenté la chambre comme un lion en cage, Dharr s'arrêta devant son interlocutrice.

— Raison de plus pour ne pas lui donner matière à soupçon.

— Nous devrions éviter de nous regarder en sa présence.

— N'exagérons rien…

Raina s'efforça au calme.

— Tu as raison, murmura-t-elle après une brève réflexion. Même s'il a des doutes, il n'a pas de preuve. Et, au fond de lui, il ne veut pas y croire, parce qu'il te considère comme le fils qu'il n'a pas eu — il me l'a dit.

— J'en suis flatté.

— Nous avons eu des relations un peu incestueuses, tu ne trouves pas ?

Dharr l'enveloppa d'un regard de braise.

— Ce que tu m'inspires n'a rien de fraternel.

Envoûtée par son sourire sensuel, elle vint tout contre lui et passa une main sur son torse.

— J'avoue que je ne t'ai jamais considéré comme mon frère non plus.

— Nous ne devrions pas..., marmonna Dharr en l'enlaçant malgré lui par la taille.

— Ce n'est qu'une étreinte innocente.

— Ce dont j'ai envie n'est absolument pas innocent.

Il la désirait toujours, comprit Raina avec allégresse. Elle n'était pas la seule à avoir des regrets.

Avec un sourire ravi, elle se frotta langoureusement contre son ventre.

— De quoi as-tu envie, exactement ?

Pour toute réponse, Dharr s'empara de ses lèvres avec ardeur. Puis, brusquement, il recula.

— Tu as besoin d'une bonne nuit de sommeil.

Elle avait surtout besoin de lui... Hélas ! Il ne pouvait pas s'attarder dans sa chambre.

— Sans doute. Va vite te coucher toi aussi. A propos, où est ta chambre ?

— Tu y es.

Raina ouvrit de grands yeux. L'excitation pétilla dans ses veines.

— Tu vas dormir avec moi ?!

— J'ai donné des ordres pour qu'on me prépare la suite au bout du couloir. D'ordinaire, elle est réservée aux invités, mais elle vient juste d'être repeinte, l'odeur t'incommoderait. Tu seras mieux ici…

— L'odeur de peinture ne me gêne pas, j'y suis habituée. Je ne veux pas te chasser de ta chambre.

— J'insiste.

— Si tu es certain que cela ne te dérange pas…

— Je suis seulement certain d'une chose.

Dharr lui caressa tendrement la joue.

— Tu vas beaucoup me manquer cette nuit.

Puis, sans paraître remarquer l'effet dévastateur de ses derniers mots, il sortit dans le couloir.

Raina fixa la porte close en se demandant comment elle allait pouvoir feindre l'indifférence à son égard alors qu'elle se consumait littéralement de passion dès qu'il posait les yeux sur elle.

— Emmènerez-vous la princesse Kahlil aux festivités de ce soir ?

Dharr leva les yeux des dossiers ouverts sur son bureau pour dévisager son assistant Abid Raneer avec perplexité.

— Quelles festivités ?

— Celles données pour le mariage de la fille d'Ali Gebwa. Vous avez oublié ?

Dharr se frotta la mâchoire.

— Cela m'était complètement sorti de l'esprit… Enfin ! Je suppose que je dois y faire une apparition, étant donné que le père de la mariée a apporté une généreuse contribution à mon projet de musée…

— Ali Gebwa est également un partisan loyal de votre père, fit observer Raneer. Mais vous n'avez pas répondu à ma question : Mlle Kahlil vous accompagnera-t-elle ?

Dharr n'avait pas envisagé de sortir en public avec Raina. Cependant, ne pas lui proposer de distraction pendant son séjour au palais serait une grave impolitesse.

— Je lui demanderai si elle souhaite venir…

— Très bien, cheikh Halim. Je vais en informer le sultan, car il voulait justement que sa fille le représente, étant donné qu'il est trop fatigué pour quitter son lit.

Dharr se retint de lever les yeux au ciel. Il aurait dû se douter que le sultan ne manquerait pas une occasion de tenter de le rapprocher de Raina. Heureusement, la mère de la jeune femme semblait beaucoup moins favorable à un mariage arrangé.

— Rappelez-moi ce que l'épouse du sultan vous a dit quand elle vous a rappelé après avoir eu mon message.

— Elle m'a instamment recommandé de conseiller à la princesse de ne rien faire qu'elle regretterait par la suite.

— Elle n'a pas expliqué ce qu'elle entendait par là ?

— A mon avis, elle redoute que la princesse Kahlil et vous deveniez trop intimes.

— Elle craint surtout que Raina décide de rester à Azzril avec son père !

— C'est possible. Mais je suis certain qu'elle s'interroge également sur la nature de vos relations avec sa fille. Elle n'est pas la seule…

Saisi d'une vive inquiétude, Dharr plissa le front.

— Que voulez-vous dire ?

Son bras droit s'assit face à lui.

— Vos employés ont beau vous être dévoués, ils n'en sont pas moins bavards. Des rumeurs circulent sur votre voyage avec la princesse…

— Des rumeurs totalement infondées !

— Certainement, fit Raneer d'un ton apaisant. Mais, si la princesse paraît à vos côtés ce soir, beaucoup penseront que vous allez respecter votre promesse de mariage.

— Eh bien, ils se tromperont, voilà tout, s'écria Dharr avec irritation. Raina et moi sommes seulement amis. Nous n'avons absolument pas l'intention d'honorer ce maudit contrat.

— Que dois-je répondre si on me pose des questions ?

— Vous n'aurez qu'à dire que la vie privée du cheikh ne concerne que lui.

— Votre père ne serait pas d'accord.

La culpabilité et le manque de sommeil eurent raison de la patience de Dharr.

— Mon père est en voyage, dit-il en tapant du poing sur son bureau. En son absence, je règle les problèmes comme j'estime devoir le faire. Est-ce clair ?

Raneer ne parut pas affecté par sa colère.

— Très clair.

Dharr se reprochait déjà de s'être emporté… Un changement de sujet s'imposait.

— Avez-vous des nouvelles de mes parents ?

— Aucune. Et je n'ai pas cherché à les joindre : lors de leur départ, ils m'ont formellement interdit de les importuner.

— C'était prévisible, puisqu'ils partaient en croisière pour fêter leur anniversaire de mariage.

Après quarante ans de vie commune, ses parents étaient toujours éperdument amoureux. Dharr avait renoncé depuis longtemps à connaître ce genre de relation passionnée et fusionnelle.

Raneer se leva et regarda sa montre.

— Quand comptez-vous demander à la princesse Kahlil si elle a l'intention de se rendre à la fête des Gebwa avec vous ?

L'expérience avait appris à Dharr qu'il devait éviter d'être seul avec Raina. Prenant un stylo dans son plumier, il feignit de se plonger dans l'étude d'un dossier.

— J'ai encore beaucoup de travail. Demandez à Badya d'informer la princesse Kahlil que, si elle veut me faire l'honneur de m'accompagner, je la retrouverai dans le hall à 7 heures précises.

— Ce sera fait.

Voyant que son collaborateur restait campé devant lui, Dharr eut un soupir exaspéré.

— Autre chose, Abid ?

— Je voulais vous dire… que je trouve la princesse ravissante. Celui qui l'épousera fera un excellent choix.

— C'est vrai, Raina est très belle, approuva Dharr. Mais

elle est également très indépendante et obstinée. Celui qui sera assez fou pour s'éprendre d'elle devra constamment faire des concessions.

— Ce pourrait être vous, Votre Grâce…

Dharr vit rouge. Même son assistant personnel voulait le convaincre de respecter un traité archaïque !

— Vous pouvez disposer, lança-t-il entre ses dents.

Raneer s'inclina très bas.

— A vos ordres, cheikh Halim.

Une fois seul, Dharr renversa la tête contre le dossier de son fauteuil. Aussitôt, le visage de Raina se peignit derrière ses paupières closes avec une précision incroyable…

Son assistant avait raison. Raina était d'une beauté extraordinaire. Elle ferait une épouse parfaite pour l'homme qui saurait conquérir son cœur… Or il n'était pas cet homme ; il avait déjà commis l'erreur de s'attacher à une femme indépendante à l'extrême et il l'avait chèrement payé.

Cependant, même si Raina et lui n'avaient aucun avenir ensemble, il ne pouvait pas s'empêcher de la désirer ardemment…

Pour leur bien à tous les deux, il allait garder ses distances et se contenter de rêver.

6

Campée devant la psyché de sa chambre, Raina se demandait pourquoi elle avait si mauvaise mine. Elle avait dormi quinze heures d'affilée !

Un léger coup à la porte affola son pouls. Elle tendit la main vers sa robe de chambre puis se ravisa. Dharr l'avait déjà vue en chemise de nuit. Et même sans rien…

Le cœur battant, elle courut ouvrir. Hélas, ce n'était que son ancienne nourrice. Celle-ci entra avec un plateau sur lequel étaient disposés un pot de café, une coupe de fruits et plusieurs assiettes recouvertes de cloches en argent.

— Te voilà enfin debout, se réjouit Badya.

Elle posa le plateau sur la table basse.

— Je t'ai apporté de quoi te restaurer.

— Il est plus de 5 heures de l'après-midi. Tu aurais dû me réveiller il y a longtemps !

— J'ai essayé, figure-toi !

Badya mit les mains sur les hanches.

— J'ai rangé tous tes vêtements dans le dressing et tu n'as pas bougé. De toute évidence, le voyage t'avait épuisée… Il faut que tu manges.

— Je n'ai pas faim. Je prendrai juste du café.

Avec une expression réprobatrice, la nourrice remplit une tasse de porcelaine. Dès la première gorgée, Raina perçut un goût de cardamome qui fit affluer quantité de souvenirs d'enfance à la surface de sa mémoire.

— J'avais oublié combien le café était bon à Azzril, dit-elle avec un soupir de plaisir.

— Grignote au moins quelque chose, *yaahil*. Tu dois reprendre des forces.

Renonçant à discuter, Raina souleva les cloches d'argent. Un haut-le-cœur la souleva. Elle n'avait vraiment pas envie de manger du ragoût de mouton ou du tajine de poisson !

Pour faire plaisir à sa nourrice, elle se força à écorner une pâtisserie.

— Mmm… Tes *makrouts* sont toujours aussi bons.

— Merci *yaahil*, mais ce n'est pas moi qui les ai préparés. J'ai donné ma recette au cuisinier du palais.

Badya s'assit face à elle sur le canapé en U.

— Alors, dis-moi, le cheikh Halim est-il à ton goût ?

Raina faillit s'étrangler.

— Dharr est… gentil, marmonna-t-elle.

— D'après ce que j'ai vu, il est bien plus que ça pour toi.

Raina reposa son gâteau aux dattes. Mieux valait s'arrêter de manger si elle ne voulait pas s'étouffer.

— Que veux-tu dire ?

— J'ai vu comment tu le regardes. Tu es amoureuse de lui. Et on dirait que vous partagez un secret.

Les joues cramoisies, Raina but un peu de café pour se donner contenance.

— Ne dis pas de bêtises !

— Je sais ce que je dis. Toutes les femmes de moins de soixante ans sont folles du cheikh. Tu t'en rendras compte par toi-même quand vous serez à la fête.

— Quelle fête ?

— Il y a deux jours, ton amie d'enfance, Farah Gebwa, a épousé Gameel Attar. Bien qu'ils soient partis en voyage de noces, les festivités continuent selon la tradition.

Farah avait toujours été une petite snobinarde atteinte de la folie des grandeurs, se souvint Raina. Quant à Gameel, dont le nom signifiait « beau » en arabe, il était aussi intéressant qu'un poisson rouge et avait la réputation d'être un coureur de jupons.

— Ces deux-là sont faits pour s'entendre ! Fahra dépensera l'argent de Gameel pendant qu'il visitera ses maîtresses…

Badya secoua la tête et rit doucement.

— Tu es toujours aussi médisante.

Raina se leva et s'étira.

— Seulement quand il s'agit de gens que je n'aime pas.

— A en juger par la manière dont tu dévores le cheikh des yeux, il n'en fait pas partie.

Raina fronça les sourcils. Elle avait cru pouvoir cacher son attirance pour Dharr. Puisqu'elle était si transparente, elle ferait bien d'éviter de le voir et de lui parler en présence de tiers.

— Je n'ai pas envie de sortir, déclara-t-elle. Je préfère rester me reposer au palais.

— Ton père tient à ce que tu le représentes.

Raina maugréa en silence. D'abord son père menaçait de tuer Dharr, et maintenant il la jetait dans ses bras !

— C'est impossible. Je n'ai rien à me mettre…

Sans un mot, Badya gagna le dressing. Elle en revint quelques secondes plus tard avec un bustier de soie brodé de perles et une jupe portefeuille assortie.

— Ne perdons pas de temps : le cheikh t'attendra à 7 heures précises dans le hall. Pendant que tu prendras ton bain, j'irai te chercher un châle, car les nuits sont fraîches.

Raina, elle, chercha fébrilement un autre prétexte.

— Mes cheveux ne seront jamais secs.

— Je les natterai, comme quand tu étais enfant.

Badya avait réponse à tout !

— Je doute de passer une bonne soirée, fit la jeune femme avec humeur.

Son ancienne nourrice la regarda avec un sourire en coin.

— Cela dépendra du cheikh, tu ne crois pas ?

Quand son assistant lui apprit que le père de Raina souhaitait le voir de toute urgence, Dharr craignit que l'état du sultan ne se soit aggravé. A son grand soulagement, il trouva Idris Kahlil entièrement habillé et assis dans un fauteuil — pour la première fois depuis sa sortie de l'hôpital.

— C'est un plaisir de vous voir en meilleure forme !

Le sultan eut un grand sourire.

— Revoir ma fille m'a redonné des forces et de l'énergie.

Il indiqua le sofa.

— Assieds-toi.

Comprenant que l'heure n'était pas au bavardage, Dharr s'exécuta. Le sultan n'y alla pas par quatre chemins.

— Ma fille est un joyau inestimable et je souhaite que tu la traites comme tel.

Dévisageant Dharr avec sévérité, il ajouta :

— Suis-je assez clair ?

Refoulant sa culpabilité, Dharr soupira :

— Je suis blessé que vous ne me fassiez pas confiance.

— Je sais combien il est difficile de résister au charme d'une jolie femme.

Dharr ne le savait que trop, lui aussi.

— Je ne ferai jamais rien qui nuise à Raina…

— Bien.

Après une courte pause, le sultan enchaîna :

— As-tu l'intention d'épouser ma fille ?

Dharr s'était attendu à cette question. Pour ménager le cœur de son interlocuteur, il contint une réponse catégorique.

— Raina et moi n'avons pas vraiment abordé le sujet, biaisa-t-il. Mais je sais qu'elle a l'intention de regagner les Etats-Unis dès que vous serez rétabli.

— Tu dois l'en empêcher, par tous les moyens.

Une vision excitante traversa l'esprit de Dharr : Raina entièrement nue, attachée par des liens de soie aux montants de son lit…

Il s'efforça de revenir à la réalité.

— Il est hors de question que j'oblige Raina à respecter

un contrat que mon père et vous avez conclu il y a plus de quinze ans.

Idris leva le menton.

— Le temps ne fait rien à l'affaire. C'est un excellent contrat.

— Les temps ont changé, tenta de le raisonner Dharr. Les mariages arrangés sont démodés.

— Ce sont toujours des mariages réussis, déclara le sultan avec force. Ceux qui sont motivés par des émotions éphémères comme l'amour ne durent pas.

Dharr avait tenu les mêmes propos à Raina. Cependant, maintenant qu'il les entendait dans la bouche d'un tiers, il les jugeait pompeux et dénués de fondement.

— Vous avez sans doute raison, murmura-t-il, diplomate, mais je le répète, Raina et moi n'avons pas parlé mariage.

Ils avaient eu bien mieux à faire.

Idris plongea son regard dans le sien.

— Tu devrais. Ma fille est exceptionnelle, elle te surprendra et te ravira.

« C'est déjà fait », pensa Dharr. Raina l'avait étonné et ravi par sa nature passionnée et sensuelle, mais cela n'était pas une raison pour qu'ils acceptent un mariage auquel ils étaient farouchement opposés.

— Je vais y réfléchir…

Le sultan eut un sourire satisfait.

— Très bien. Salue les Gebwa de ma part. Et prends bien soin de Raina.

Comme il ajoutait cette dernière recommandation, la porte de sa chambre s'ouvrit sur sa fille.

— Quelqu'un m'a appelée ?

Ebloui, Dharr admira les cheveux couleur miel rassemblés en une lourde tresse, les courbes voluptueuses caressées par un ensemble de soie vert amande. Cette couleur lui seyait à merveille… Ses yeux semblaient encore plus verts, sa peau plus dorée.

— Pourquoi n'es-tu pas dans ton lit ? s'écria Raina en se précipitant vers son père.

Lorsqu'elle passa près de lui, Dharr respira une bouffée de parfum citronné qui lui rappela de délicieux souvenirs.

— Je suis beaucoup mieux dans ce fauteuil, bougonna Idris.

Il se radoucit en croisant le regard inquiet de sa fille.

— Ne te fais pas de souci. Le médecin m'a autorisé à m'asseoir pendant quelques minutes.

Raina se pencha pour l'embrasser, et son bustier remonta dans son dos. Dharr se retint de justesse de tendre la main pour caresser la bande de peau satinée à la hauteur de ses yeux…

Garder ses distances et feindre la nonchalance toute la soirée allait être une torture !

— Tu es sûr de vouloir que j'aille à la fête des Gebwa ? demanda Raina à son père. Je viens juste d'arriver, je préférerais rester avec toi.

— Nous aurons tout le temps de nous voir dans les jours qui viennent. Je veux que tu t'amuses et que tu apprennes à apprécier les bonnes choses de ton pays.

— Je ne les ai pas oubliées, papa…

Le sultan enveloppa la jeune femme d'un regard adorateur puis soupira.

— Tu es le portrait de ta mère. Tu as les mêmes yeux, les mêmes cheveux.

Il prit Dharr à témoin.

— Ma Raina n'est-elle pas exquise, cheikh Halim ?

— Tout à fait, acquiesça Dharr du fond du cœur.

Après avoir regardé sa montre, il se leva.

— Les gardes nous attendent. Nous devons nous mettre en route.

— Les gardes ? répéta Raina, contrariée.

Idris lui tapota la main.

— Même si Azzril est un pays paisible, un attentat contre l'héritier du trône ou un coup d'Etat sont toujours possibles.

— Je comprends.

Raina l'embrassa sur le front.

— Repose-toi bien, papa. Nous passerons te dire bonne nuit à notre retour.

Elle se tourna légèrement vers Dharr.

— Nous ne rentrerons pas tard, n'est-ce pas ?

S'il n'avait tenu qu'à Dharr, ils ne seraient pas sortis du tout. Ils auraient passé la soirée au lit…

— Je pense faire acte de présence pendant deux heures tout au plus.

Idris agita la main.

— Ne vous occupez pas de moi, les enfants. Je vais me recoucher et dormir bien sagement. Profitez pleinement de votre soirée ensemble.

Dharr était perplexe. Après avoir exigé de lui qu'il traitât sa fille avec le plus grand des respects, le sultan poussait littéralement Raina dans ses bras.

Renonçant à comprendre le vieil homme, Dharr prit Raina par la taille et l'entraîna vers la porte. S'apercevant soudain de ce qu'il faisait, il laissa retomber son bras. Au lieu de le foudroyer du regard, le père de la jeune femme lui adressa un sourire entendu, presque complice.

Il voyait sans doute dans sa familiarité le signe d'une attirance de bon augure pour ses projets matrimoniaux…

Ce qui inquiétait surtout le jeune prince, c'était de penser que, si Idris Kahlil avait presque aussitôt deviné que son indifférence pour Raina n'était qu'une façade, tout le monde le ferait. Y compris Raina.

Azzril était un paradis pour les touristes désireux de se familiariser avec la culture arabe. Isolé des tensions et des passions du reste du monde par une chaîne de montagne, ce minuscule Etat connaissait la paix et la prospérité depuis plus de cent ans. Raina espérait de tout cœur qu'il en serait longtemps ainsi.

Assise à l'arrière de la limousine avec Dharr, elle avait remarqué que, en périphérie de la ville, les immeubles modernes et les gratte-ciel du quartier des affaires semblaient étouffer les maisons basses traditionnelles. Mais, tandis qu'elle nichait sa main au creux du bras de son compagnon pour descendre de voiture, elle s'avisa à sa grande joie que, dans la vieille ville, le temps semblait s'être arrêté.

Tout était resté exactement comme dans ses souvenirs. L'odeur des épices et celle de l'*arusia*, le plat typique de tous les repas de fête, flottaient dans l'air, et une foule bigarrée se pressait dans les ruelles bordées de commerces et de maisons de pierre.

Elle mesurait subitement combien l'atmosphère et la culture de son pays natal lui avaient manqué.

Tout en avançant dans la rue principale, elle nota que les hommes — tous portaient le costume traditionnel : une *dish-dasha* blanche et un *muzzar* en turban sur la tête — s'inclinaient devant Dharr et le regardaient comme un dieu vivant.

Raina devait admettre que, avec son keffieh maintenu par une broche en or et sa tunique blanche, il était effectivement aussi beau et imposant qu'une divinité descendue sur terre.

Une divinité très sexy avec un regard d'onyx ensorcelant et un sourire fatal…

La gent féminine partageait son avis, constata-t-elle avec irritation en voyant des jeunes femmes vêtues de *kandouras* aux couleurs vives et parées de leurs plus beaux bijoux échanger force coups de coude et chuchotements excités. Badya n'avait pas menti : les femmes adoraient le prince autant que les hommes le respectaient.

Comme ses gardes du corps repoussaient plusieurs personnes qui tentaient de l'approcher, Dharr leur fit signe de reculer. Raina se tint volontairement en retrait pour l'observer alors qu'il se mêlait à ses sujets. Plusieurs admiratrices tendirent la main vers lui, et elle ne put s'empêcher de se demander s'il y avait dans la foule des femmes qui le connaissaient aussi intimement qu'elle.

C'était peu probable, raisonna-t-elle. Etant très soucieux de son image de futur souverain, Dharr faisait certainement preuve d'une extrême prudence dans le choix de ses amantes, et, pour éviter de donner lieu à des commérages, il préférait sans doute s'abstenir de fréquenter des habitantes de Tomar. Il jouissait assurément d'une plus grande liberté de mouvement durant ses voyages à l'étranger…

Une chose était sûre : il n'avait pas vécu comme un moine quand il était étudiant à Harvard. Il y avait notamment eu cette Elizabeth qui lui avait brisé le cœur et l'avait rendu cynique au point de lui faire mépriser l'idée d'un mariage d'amour.

Raina ne concevait pas comment on pouvait renoncer à un homme tel que Dharr. Au fond peu importait, elle ne saurait probablement jamais ce qui s'était passé entre Elizabeth et lui.

Pire encore, songea-t-elle le cœur serré, elle ne saurait jamais ce que Dharr éprouvait réellement pour elle. Etait-ce seulement du désir ? L'attrait du fruit défendu ? L'oublierait-il facilement dans les bras de sa prochaine conquête ?

Elle ne serait pas là pour le savoir. Dès que son père serait rétabli, elle regagnerait la Californie. Seule. Elle reprendrait le cours normal de sa vie. Seule.

Le murmure ému qui parcourait la foule l'arracha à ses sombres pensées. Elle vit alors Dharr s'agenouiller devant une fillette avec un sourire affectueux qui révélait un côté sentimental de sa personnalité qu'elle n'avait pas soupçonné.

Quoique… A bien réfléchir, il lui avait souvent témoigné sa sollicitude et sa tendresse quand elle était enfant, lui donnant l'impression qu'elle occupait une place spéciale dans son cœur. Une fois, par exemple, il était allé voler des cornes de gazelle pour elle dans la cuisine, ses parents lui ayant interdit d'en manger avant le dîner. Il lui avait également donné ses livres favoris et il n'avait jamais dit à personne qu'elle lui avait assené un vigoureux coup de pied dans le tibia parce qu'il la taquinait.

A l'époque, elle était une gamine, elle le considérait juste comme un garçon insupportable. Mais, maintenant, elle était femme, elle savait apprécier son physique avantageux aussi bien que ses qualités humaines.

Dharr ferait un souverain formidable, un père aimant et un mari attentionné. Mais il n'était pas pour elle. L'homme qu'elle épouserait croirait au pouvoir de l'amour et l'aimerait autant qu'elle l'aimait.

Hélas, même si c'était totalement irrationnel, elle déplorait que Dharr Halim ne pût être cet homme.

Après avoir embrassé la fillette qui lui remettait une fleur en papier crépon rouge et lui chuchotait quelques mots à l'oreille en regardant Raina, Dharr revint vers cette dernière.

— De la part d'une admiratrice, princesse Kahlil, dit-il en lui tendant la fleur.

Raina agita la main pour remercier l'enfant, qui lui fit un sourire en retour. Puis elle reporta son attention sur Dharr, qui lui offrait son bras.

— Marchons encore un peu, reprit-il.

Encadrés à distance par des hommes en armes, ils repartirent dans les ruelles animées. Tout en marchant, Dharr décrivit à sa compagne les derniers travaux de modernisation entrepris dans la ville. Lorsqu'il mentionna la prochaine construction d'un musée, Raina s'arrêta net.

— Pourquoi ne m'en as-tu pas parlé plus tôt ?

Il haussa les épaules.

— Je ne pensais pas que cela t'intéresserait.

— Comment peux-tu dire ça ? L'art fait partie de ma vie.

— Ta vie est en Californie, corrigea-t-il. Pas à Azzril.

Malgré elle, Raina fut blessée par ce rappel.

— Je m'intéresse à tout ce qui concerne l'art, de près ou de loin. As-tu déjà une idée de ce que ce musée va montrer ?

— Je pense lui faire don de ma collection de tableaux. A l'exception d'une pièce que je tiens à garder pour moi.

Sentant la brise nocturne se lever et fouetter son visage, Raina resserra son châle sur ses épaules.

— Quelle est cette œuvre si spéciale ?

— Un Modigliani.

Son peintre préféré !

— J'adorerais le voir.

— Je suis surpris que tu ne l'aies pas remarqué. Il est accroché dans ma chambre, au-dessus de la cheminée.

— Tu pourrais me le montrer plus tard, à notre retour au palais, suggéra-t-elle à voix basse pour ne pas être entendue de leur escorte.

La flamme qui dansa dans le regard de Dharr lui indiqua que lui l'avait très bien entendue. Mais, contrairement à ce qu'elle espérait, il ne promit pas de la retrouver dans sa chambre.

Elle oublia sa déception en découvrant dans une vitrine une magnifique lampe ancienne exposée sur un coussin de velours grenat. Mue par la curiosité, elle lâcha le bras de Dharr et entra dans le magasin. Un homme à la barbe grise lui expliqua que la lampe était en or massif et par conséquent très chère. Après l'avoir remercié et salué, elle se détourna et s'apprêta à sortir. Dharr lui barra le chemin.

— Je croyais que tu voulais cette lampe ? dit-il en anglais.

— Je peux m'en passer.

— Tu ne devrais pas avoir à te priver de ce que ton cœur désire.

Ignorant ses protestations, Dharr demanda au commerçant d'emballer la lampe. Il ne s'était même pas enquis de son prix… Du reste, il n'aurait sans doute pas obtenu de réponse. L'autre homme était tellement stupéfait de voir le prince en personne dans son magasin qu'il ne trouvait plus sa voix.

Tirant fébrilement Dharr par la manche, elle chuchota :

— Cette lampe est en or massif ! Elle coûte une fortune.

Il haussa les épaules.

— Elle te plaît, c'est tout ce qui compte.

— C'est de la folie. Si au moins elle était magique…

Dharr se pencha vers son oreille.

— J'aime mieux frotter ton autre lampe.

Raina contint un frisson de désir. Rien qu'en fermant les yeux, elle croyait sentir encore ses larges mains chaudes et hardies sur sa hanche.

Sans paraître remarquer son trouble, Dharr ordonna au

commerçant d'établir une facture à son nom et de l'envoyer au palais.

— Voici pour toi, fit-il en tendant la lampe sommairement empaquetée à Raina.

L'esprit et le corps en ébullition, la jeune femme ressortit dans la rue, sa lampe d'une valeur inestimable sous le bras. Durant les minutes qui suivirent, elle put apprécier les qualités humaines de Dharr : il serrait toutes les mains qui s'avançaient vers lui, caressait les joues des enfants, trouvait un mot aimable pour tous. Il n'y avait ni affectation ni lassitude en lui. Il aimait réellement ces échanges spontanés avec son peuple.

Elle n'avait jamais connu un homme qui se souciait sincèrement des autres et qui ne prenait pas à la légère ses responsabilités.

Ils débouchèrent sur une place éclairée par de grands feux à l'instant où un roulement de tambour annonçait la *Razha*. Raina s'approcha pour mieux voir la danse traditionnelle exécutée par des hommes armés d'épées. Elle avait très envie de revoir ce spectacle ; il lui rappelait la période la plus heureuse de sa vie, quand ses parents étaient encore ensemble et qu'elle était une enfant insouciante.

Si la brise forcissait, elle n'atténua en rien l'incendie qui se déclara dans ses veines et dans son cœur quand Dharr entremêla ses doigts aux siens et caressa du pouce la peau sensible à la naissance de son poignet. Elle ne s'était pas attendue à ce qu'il lui manifeste de l'affection en public. Ce geste la touchait plus qu'elle ne l'aurait voulu. Si elle avait pu se placer devant lui, se blottir contre la chaleur de son torse et sentir ses bras autour d'elle, cette soirée aurait été parfaite… Presque parfaite. Son bonheur ne serait pas complet tant qu'elle n'aurait pas fait l'amour avec Dharr…

L'idée de lui appartenir entièrement, de le sentir en elle affola son cœur et lui donna le vertige. Elle vacilla contre Dharr. Alarmé, il l'enlaça par la taille pour la soutenir.

— Tu ne te sens pas bien ?

— C'est juste une faiblesse passagère, répondit-elle d'une voix à peine audible.

D'un signe de tête, Dharr fit venir auprès de lui son garde du corps le plus fidèle. Après lui avoir confié la fleur en papier et la lampe, il le chargea de trouver un endroit où la princesse Kahlil pourrait se reposer un moment, loin de l'agitation et du bruit.

L'homme s'éloigna au pas de course. Quelques minutes plus tard, il revint informer Dharr que la remise du vendeur d'encens était à sa disposition.

Dharr prit Raina par la main et l'entraîna vers le magasin.

— Où m'emmènes-tu ? s'enquit-elle.

— Au calme, dit-il comme le garde les faisait passer dans un réduit faiblement éclairé.

Une fois la porte refermée, Dharr guida sa compagne vers une pile de cartons.

— Tu ne t'es pas remise de la fatigue du voyage. Je n'aurais pas dû laisser ton père me convaincre de t'amener à cette fête. Repose-toi un peu, ensuite nous rentrerons.

Raina eut un sourire sensuel. A présent qu'ils étaient enfin seuls, elle se sentait beaucoup mieux.

— Je passe une excellente soirée.

— Tu étais sur le point de t'évanouir.

— Je vais très bien, maintenant.

Elle était incroyablement belle, pensait Dharr, émerveillé. Ses lèvres pleines bien dessinées, son cou de cygne, l'éclat émeraude de ses yeux attisaient le feu qui couvait en lui depuis qu'elle était entrée dans la chambre de son père avec cet ensemble si féminin. Toutefois, il s'inquiétait pour elle, il la trouvait trop pâle.

— Es-tu certaine de vouloir rester ?

Raina opina du chef.

— La tête m'a tourné uniquement parce que j'étais près de toi, avoua-t-elle.

Passant une main sous sa tunique, elle caressa langoureusement son torse.

— Tu me fais toujours cet effet.

Dharr serra les poings pour s'empêcher de la toucher.

— Sois raisonnable, Raina.

Elle fixa ses lèvres avec gourmandise.

— Je suis fatiguée de cacher le désir que tu m'inspires.

Moi aussi, soupira intérieurement Dharr. Elle ne pouvait pas savoir à quel point.

— Nous étions convenus de…

— Je sais. Si tu peux me regarder droit dans les yeux et me dire que tu n'as pas envie de moi, alors j'accepterai de feindre l'indifférence jusqu'à mon départ.

Il ne put se résoudre à proférer un tel mensonge. Il ne trouva pas non plus les mots pour exprimer la violence de la passion qui le consumait.

Les actes parlaient mieux qu'une longue phrase, décida-t-il en s'emparant des lèvres de Raina pour un long baiser incendiaire, tout en glissant les mains sous son haut de soie pour s'approprier les collines de ses seins et en faire fleurir les pointes.

La prendre ici, tout de suite, découvrir enfin la joie de ne faire plus qu'un avec elle aurait été si facile ! Deux gardes postés de l'autre côté de la porte veillaient à ce que personne ne les dérange. Il lui suffisait d'adosser Raina au mur, de remonter sa jupe…

Raina méritait mieux qu'une étreinte à la hussarde dans une remise sordide, lui cria sa raison. Et puis…

— Je n'ai rien pour nous protéger, marmonna-t-il.

La jeune femme leva vers lui un regard embrumé par la passion.

— Laisse-moi te caresser. J'ai besoin de te toucher, de te…

Dharr rassembla sa volonté chancelante et s'écarta vivement.

— Pas maintenant.

— Tu n'as pas envie de moi ?

La voix de Raina tremblait de déception. Pour la rassurer, il l'embrassa de nouveau avec fougue. Puis, dans un élan de franchise, il confessa :

— Flirter ne me suffit plus. Je te veux toute à moi.

Il était conscient de dire adieu à ses principes et à ses scrupules, mais peut-être l'avait-il déjà fait lors de leur premier baiser…

Peu importait. Sa résolution était prise. L'attirance qu'il éprouvait pour Raina était trop puissante pour être ignorée ou combattue plus longtemps.

Il tenait néanmoins à s'assurer que sa compagne savait à quoi elle s'engageait. Emprisonnant son visage entre ses paumes, il sonda son regard émeraude, cherchant une trace d'hésitation, l'ombre d'un doute, même infime. Mais il n'y vit que le reflet de la passion qui le consumait.

— Bientôt, nous ferons vraiment l'amour, promit-il.

Raina ferma à demi les yeux, son souffle s'accéléra.

— Quand ?

— Cette nuit.

7

De retour dans la limousine, Dharr s'était assis à l'autre bout de la banquette sans un mot. Bien que devinant qu'il gardait ses distances pour ne pas éveiller la curiosité du chauffeur, Raina se sentait seule et abandonnée ; le trajet jusqu'au palais lui semblait durer une éternité.

Cependant, elle ne tenta pas d'engager la conversation. Qu'aurait-elle pu dire alors qu'elle cherchait toujours à s'expliquer son besoin viscéral d'appartenir à Dharr ?

D'un autre côté, elle n'éprouvait pas non plus le besoin de justifier son attitude provocante dans la remise du magasin d'encens ; elle n'avait aucun remords d'avoir tout fait pour susciter la passion du futur souverain.

En revanche, elle serait consumée par les regrets s'il ne devenait pas son amant cette nuit. Or il semblait avoir changé d'avis : il avait le visage sombre, il continuait d'éviter son regard.

Enfin elle n'y tint plus et brisa le silence.

— Sommes-nous encore loin ?

— Nous allons bientôt apercevoir les grilles du palais.

— Je commençais à croire que nous étions perdus…

— Nous savons tous les deux où nous allons.

Dharr lui prit la main et la posa brièvement sur sa cuisse. La chaleur qui émanait de ses angles brûlants dissipa ses doutes et affola son cœur. Elle s'inquiétait pour rien. Il était aussi impatient qu'elle d'avoir plus d'intimité pour laisser libre cours à leur passion.

Quelques minutes plus tard, la limousine et son escorte de motards franchirent le portail de fer forgé surmonté de lances dorées et s'arrêtèrent devant l'entrée principale du palais. Tendant la main à Raina pour l'aider à descendre de voiture, Dharr l'enveloppa d'un regard interrogateur.

Il lui laissait encore la possibilité de se dérober, de faire marche arrière, comprit-elle, touchée par sa galanterie. Mais c'était inutile, elle savait parfaitement ce que son cœur et son corps voulaient.

Sans l'ombre d'une hésitation, elle nicha sa main dans sa large paume. Elle frissonna longuement quand il lui caressa discrètement le poignet avant de la lâcher.

Badya les attendait en haut de l'escalier.

— Le cheikh et ma princesse ont-ils passé une bonne soirée ?

— Excellente, répondit Dharr.

— Mon père est-il encore éveillé ? s'enquit Raina.

Elle regretta d'avoir perdu toute notion du temps quand Badya l'informa que le sultan s'était endormi depuis plus d'une heure. Toutefois, en comprenant que rien ni personne ne retarderait la réalisation de ses troublants projets, elle eut un sourire radieux.

— Dans ce cas, je vais me coucher.

Sa nourrice ne parut pas remarquer son ton joyeux et l'excitation qui rosissait ses joues.

— Dors bien, ma princesse.

Raina dut faire appel à toute sa volonté pour ne pas monter les marches quatre à quatre. Comme ils atteignaient la porte de sa suite, Dharr chuchota :

— Je vais attendre la dernière ronde du garde dans mes quartiers.

— Mais après, tu reviens ?

Raina détestait l'anxiété qui perçait dans sa voix.

— Evidemment.

Ayant inspecté le couloir désert, Dharr déposa un rapide baiser sur ses lèvres.

— Attends-moi.

Recommandation superflue. Elle n'allait faire que ça.

Quand il eut disparu au bout du couloir, elle entra dans sa chambre. La chambre de Dharr. Elle en était intensément consciente depuis qu'elle avait vu ses vêtements pendus près des siens dans le dressing et remarqué ses affaires de toilette dans la salle de bains. Comme une adolescente amoureuse, elle avait passé un long moment à respirer son eau de toilette et son after-shave et à regarder ses costumes, ses chemises et ses cravates.

Ce soir, la jeune fille allait enfin devenir une vraie femme. Dharr allait réaliser tous ses rêves…

Après s'être dévêtue et avoir défait sa natte, elle éteignit toutes les lumières et s'étendit sur son lit. Dans la chambre faiblement éclairée par les réverbères du jardin, les minutes s'égrenèrent avec une lenteur infernale ; le tic-tac de la pendule posée sur la commode se fit assourdissant.

Pour tromper son impatience, elle commença à compter les carreaux de la frise bleue qui courait sous le plafond octogonal. Elle renonça rapidement et regarda le tableau préféré de Dharr au-dessus de la cheminée. Mais le nu réalisé par son artiste favori ne parvint pas non plus à retenir son attention.

Au bout d'un quart d'heure, le démon du doute l'assaillit de nouveau. Puis elle entendit une porte s'ouvrir et se refermer doucement au bout du couloir, des pas feutrés se rapprocher. Le cœur battant la chamade, elle ferma les yeux et retint son souffle.

Lorsqu'elle rouvrit les yeux, Dharr se tenait devant elle, immense et ténébreux dans la pénombre. Il se déshabilla avec une lenteur qui la fit trembler de frustration, avant de poser une petite boîte sur la table de nuit.

Il avait ce qu'il fallait, se réjouit-elle. Ce soir, rien ne les empêcherait d'aller jusqu'au bout.

Elle crut défaillir quand Dharr s'étendit enfin près d'elle et la prit dans ses bras. Comme il soudait ses lèvres aux siennes, elle frotta instinctivement ses seins douloureux contre son torse. Avec un sourire entendu, il emprisonna leur rondeur soyeuse dans ses puissantes mains, couvrit de baisers torrides la vallée soyeuse qui les séparait.

Il lécha délicatement leurs pointes dressées ; Raina gémit de volupté et se cambra vers sa bouche pour mieux savourer ses baisers. Alors qu'elle pensait ne pas pouvoir connaître de plaisir plus intense, elle sentit les doigts et les lèvres de son compagnon errer vers sa taille puis glisser sur son ventre, s'insinuer entre ses cuisses…

Une tension insoutenable grandit en elle. Durant quelques secondes, elle lutta contre le courant de ses sensations, mais Dharr savait diablement y faire. Il l'entraînait toujours plus haut, toujours plus loin. Renonçant à combattre l'inévitable, elle s'abandonna tout entière à l'explosion de ses sens.

Comme ses frissons d'extase s'estompaient, elle entendit un bruit de papier déchiré. Elle comprit alors que Dharr s'apprêtait à faire de ses rêves les plus fous une réalité.

Elle envisagea brièvement de le prévenir qu'elle n'avait jamais fait l'amour avec un autre homme ; mais, redoutant que ses scrupules et son sens de l'honneur le fissent changer d'avis, elle décida de remettre ses explications à plus tard et de savourer pleinement le moment qu'elle avait le sentiment d'avoir attendu toute sa vie.

Tout en la ramenant dans la chaleur de son étreinte, Dharr lui caressa tendrement la joue et la dévisagea intensément.

— Je tiens à te le demander une dernière fois, dit-il d'une voix rauque. Es-tu sûre de vouloir continuer ?

Elle sourit.

— Si tu t'arrêtes maintenant, je vais hurler.

La passion flamboya dans les yeux de Dharr.

— J'espère que tu le feras.

Tout en pressant son ventre brûlant contre le sien, il ajouta :

— Et pas parce que tu souffres parce que cela fait un peu mal la première fois.

Il savait qu'elle était vierge ! Et pourtant, Dieu merci ! il n'allait pas se dérober…

— Je sais à quoi m'attendre.

Le front plissé, Dharr se souleva sur un coude.

— Alors c'est vrai ? Tu n'as pas eu d'amant ?

Il avait prêché le faux pour savoir le vrai !

— Tout va bien, Dharr. Je veux faire l'amour avec toi.

— Moi aussi, mais…

Elle posa un doigt sur ses lèvres.

— Nous sommes allés trop loin pour revenir en arrière.

Comme il tentait de s'écarter, elle l'emprisonna dans l'étau de ses bras et se souleva vers lui en une invite muette. Après une imperceptible hésitation, il prit sa bouche en un long baiser ardent — puis il vint en elle, très lentement. Raina eut un gémissement de douleur. Aussitôt, il interrompit sa progression et lui chuchota des encouragements en anglais et en arabe, lui disant encore et encore qu'elle était belle, qu'il la désirait depuis le premier jour.

Apaisée par sa voix caressante, Raina savoura, avec une intensité croissante, le poids enivrant de son corps sur le sien, sa chaleur et sa force au plus secret d'elle-même… Un sentiment de bien-être et de plénitude l'envahit alors.

Elle était femme, et c'était bon.

Quand, délaissant ses lèvres, il couvrit ses seins de baisers, elle soupira de plaisir et noua les jambes derrière ses reins pour l'attirer plus profondément en elle.

Encouragé par sa fougue, il esquissa avec elle les premiers pas d'une lente danse sensuelle. Mais, bientôt, la passion les submergea. Ils se perdirent l'un dans l'autre dans un corps à corps frénétique qui les précipita dans l'abîme de l'extase.

— Quelque chose ne va pas ? s'inquiéta Raina lorsque, quelques secondes plus tard, son amant s'écarta d'elle en jurant dans sa barbe.

Avec un long soupir, il roula sur le dos et l'attira contre lui.

— Je voulais me contrôler plus longtemps.

Raina leva les yeux vers lui.

— Je ne crois pas que j'aurais pu en supporter davantage.

Il se raidit.

— Je t'ai fait mal à ce point ?

Elle se lova amoureusement contre lui avec un petit rire.

— C'était presque trop bon, si tu vois ce que je veux dire.

Maintenant, elle pouvait poser la question qui lui brûlait les lèvres.

— Comment savais-tu que tu étais le premier ?

— Je n'avais aucune certitude. Seulement des soupçons. Ou plutôt un infime espoir.

Elle se souleva sur un coude pour le regarder.

— Tu es un de ces machos qui veulent tous être le premier ?

Dharr lui caressa la joue.

— Je n'aimais pas penser qu'un homme sans scrupule avait abusé de ton innocence… Mais, pour finir, c'est moi qui ai commis l'impardonnable.

— Je le voulais autant que toi. Je voulais que tu sois le premier.

— Pourquoi moi ?

La voix de Dharr contenait une note d'anxiété.

Raina n'avait aucune réponse rationnelle à lui donner. Comment pouvait-elle expliquer que son cœur, son corps et son instinct ne lui avaient pas laissé le choix ?

— Je savais que tu serais doux et attentionné. Et je tenais à vivre ma première expérience avec quelqu'un en qui j'aurais une entière confiance.

Dharr l'embrassa sur le front.

— J'espère que tu n'as pas été déçue.

Elle lissa ses cheveux noirs en arrière.

— Au contraire, j'ai hâte de recommencer.

Le sourire ravi de Dharr l'atteignit en plein cœur.

— Tu es insatiable !

— J'ai vingt-cinq ans. Et j'ai contenu mon appétit pendant plus longtemps que la plupart des femmes… j'ai beaucoup de temps à rattraper !

Dharr se rembrunit.

— Nous ne pouvons pas continuer. Tôt ou tard, quelqu'un nous surprendrait.

Raina sourit avec malice.

— Le danger rend les choses encore plus excitantes.

— Tu voudrais poursuivre notre liaison jusqu'à ton départ ?

Notre liaison… Raina n'aimait pas la sonorité de ce mot. Mais pourquoi était-elle déçue ? Elle n'avait pas compté sur des promesses ou une demande en mariage. Elle souhaitait seulement vivre d'autres moments magiques avant de dire adieu à Dharr et de repartir pour la Californie.

Se forçant à sourire pour cacher la tristesse qui pesait sur son cœur, elle embrassa son compagnon sur les lèvres.

— Nous avons pu le constater à maintes reprises, nous sommes incapables de contrôler notre attirance mutuelle. Je ne vois pas pourquoi nous devrions nous priver de ce plaisir tant que je suis à Azzril.

A la perspective de connaître encore la joie de se perdre en elle, Dharr se sentit faiblir.

— Il nous faudra être très discrets…

— Je saurai l'être.

Si toutefois elle parvenait à cacher les émotions intenses qui grandissaient dans son cœur…

Se serrant contre son amant, Raina chuchota :

— J'ai encore envie de toi.

A regret, il secoua la tête.

— Nous devons absolument dormir un peu. Il vaut mieux que je regagne ma chambre.

Tout en Raina se rebella à l'idée de le voir partir.

— Reste encore un peu, le supplia-t-elle.

— Hum… D'accord. J'attendrai que tu sois endormie pour partir.

Tandis qu'il l'enlaçait tendrement, la jeune femme refoula ses larmes. Même si elle avait vécu la plus merveilleuse des soirées, son bonheur n'était pas entier. La minait la douleur de savoir qu'il ne lui restait que peu de temps à passer dans les bras et dans la vie de Dharr Halim…

*
* *

Dharr ouvrit les yeux alors que les premières lueurs de l'aube rosissaient le ciel. Baignant dans une douce euphorie, il admira les traits délicats de sa compagne endormie, ses longs cils veloutés, son teint parfait, savoura la chaleur envoûtante de son corps…

Mais que faisait-il encore dans la chambre de Raina au petit matin ?

Comment avait-il pu oublier toute prudence et s'endormir dans les bras de la jeune femme ?

Si quelqu'un les surprenait, si le sultan venait à apprendre qu'ils avaient passé la nuit ensemble, Raina et lui paieraient très, très cher sa négligence !

Avec un soupir consterné, il se leva et entreprit de se rhabiller. Tout en enfilant son pantalon, il contempla Raina une dernière fois. Elle dormait sur le ventre, ses longs cheveux drapant ses épaules et son dos. La seule vue de sa chute de reins sensuelle et de ses jambes satinées éveilla son désir…

S'ils avaient été des amants ordinaires, il se serait recouché auprès d'elle, l'aurait réveillée avec des baisers tentateurs, aurait profité de la lumière du jour pour explorer à loisir ses courbes si attirantes. Il lui aurait fait l'amour toute la matinée… Voire toute la journée !

Il devait contrôler la passion dévastatrice qu'elle éveillait en lui, se sermonna-t-il. Déjà, il avait commis l'irréparable, il avait pris son innocence. Il aurait dû s'arracher à la douceur de ses bras dès qu'elle lui avait confirmé qu'elle était vierge. Mais, comme toujours lorsqu'il se perdait dans son regard émeraude, il n'avait plus su se maîtriser…

Si seulement les devoirs d'un souverain ne lui incombaient pas !

Si seulement il ne sentait pas confusément que Raina risquait de lui faire oublier son serment de ne plus s'attacher à une femme !

Il était peut-être déjà trop tard, s'avoua-t-il en boutonnant sa chemise. Ce qu'il éprouvait pour Raina dépassait de loin le simple désir physique.

Perdu dans ses pensées, il sortit dans le couloir à pas de loup. Lorsqu'il vit son assistant posté devant sa chambre, il était trop tard. Certes, il pouvait toujours prétexter être allé chercher quelque chose dans son ex-salle de bains, réfléchit-il fébrilement. Mieux encore, il pouvait ne rien dire du tout. Raneer était la discrétion personnifiée, il ne lui poserait aucune question.

Ses espoirs s'évanouirent quand son bras droit lui dit :

— Etes-vous certain que passer tant de temps avec Mlle Kahlil était raisonnable, Votre Grâce ?

Evitant soigneusement son regard, Dharr marmonna :

— J'avais besoin de quelque chose.

Raneer le suivit dans sa chambre. Dharr fit volte-face et s'enquit avec irritation :

— Et d'abord, que faites-vous ici ? Mon premier rendez-vous n'est que dans une heure, il me semble.

Abid lui tendit un journal.

— J'ai pensé que vous deviez voir ceci.

Dharr pâlit en lisant la une du quotidien : « Notre cheikh a trouvé sa future reine. » La photo qui accompagnait l'article avait été prise quand Raina saisie de vertiges s'appuyait sur lui. Hors contexte, elle était équivoque : on le voyait bel et bien enlacer tendrement la jeune femme, qui levait vers lui un regard adorateur.

— Je vous avais expressément demandé de tenir la presse à l'écart ! s'écria-t-il.

— J'avais pris toutes les dispositions nécessaires, confirma Raneer. Cette photo a probablement été prise par un touriste et vendue au journal pour un prix intéressant…

Après avoir arpenté sa chambre comme un lion en cage, Dharr s'arrêta près de la fenêtre. En temps normal, il adorait regarder le soleil se lever sur la ville et les montagnes, et iriser le ciel d'or et de rose ; mais, ce matin, il était incapable de goûter la féerie de ce spectacle. Il pressentait que les heures à venir allaient être très pénibles.

— Le sultan a-t-il vu cet article ? fit-il en se tournant vers son assistant.

— Non, pour autant que je sache. Mais vous n'avez pas à vous inquiéter. Il a déclaré au journaliste que sa fille et vous aviez sa bénédiction.

Pour un éventuel mariage, pas pour une liaison, faillit préciser Dharr.

Il appréhendait surtout la réaction de Raina. En apprenant que tout Azzril pensait qu'elle était revenue pour l'épouser, elle risquait de repartir sur-le-champ. Et cette éventualité lui était intolérable. S'il savait que, tôt ou tard, elle regagnerait la Californie, il n'était pas prêt à lui dire adieu. Pas encore.

— Il vaudrait mieux que je parle à la princesse avant qu'elle lise le journal, décida-t-il.

— Je veillerai à ce qu'elle descende vous voir dès que possible, promit Raneer. Entre-temps, voulez-vous que j'exige un démenti ?

Dharr secoua la tête.

— Cela ne ferait qu'attirer davantage l'attention sur la princesse.

— Si nous ne réagissons pas, les rumeurs iront bon train… Ah ! Encore une chose. Votre père m'a appelé il y a une heure pour m'informer qu'il allait abréger sa croisière. Il sera de retour pour la réception prévue en l'honneur de la délégation du Doriana, à la fin de la semaine.

— A-t-il dit pourquoi ?

— Il tient à être présent quand vous annoncerez officiellement vos fiançailles avec la princesse Kahlil.

Dharr ne prit même pas la peine de demander comment son père savait que Raina était à Azzril. Comme toujours, les nouvelles qui avaient trait à sa vie privée voyageaient à la vitesse de la lumière.

— Vous pouvez disposer, soupira-t-il. Je vous retrouve dans la salle de conférences, dans une heure.

Raneer s'inclina respectueusement.

— Entendu, Votre Grâce.

Une fois devant la porte, il ajouta :

— Soyez assuré que ce que j'ai pu voir ce matin restera entre nous.

— J'apprécie votre loyauté.

Une fois seul, Dharr se laissa tomber dans un fauteuil et enfouit son visage dans ses mains. Etant donné la tournure que prenaient les événements, Raina allait à coup sûr estimer plus sage de mettre un terme à leur liaison. Raneer ne le verrait plus jamais quitter la chambre de la jeune femme au petit matin…

Dharr aurait dû être soulagé de savoir que, désormais, il ne serait plus tenté de s'écarter du chemin de la raison ; et pourtant, il ne parvenait pas à juguler la tristesse infinie qui submergeait son cœur.

Tout en se coiffant devant sa psyché, Raina revivait par la pensée les instants magiques et hautement sensuels qu'elle avait vécus dans les bras de Dharr.

Elle était à la fois inquiète et impatiente de le revoir. Inquiète parce qu'elle avait peur de lire le regret dans ses beaux yeux noirs, impatiente parce qu'il lui manquait déjà.

Un léger coup derrière la porte porta sa nervosité à son comble. Elle courut ouvrir.

Badya entra dans la chambre avec un plateau.

— Voici ton petit déjeuner, *yaahil*. Il est tard, tu dois mourir de faim.

Raina n'avait pas envie de nourriture. Tout ce qu'elle voulait, c'était un peu d'intimité. Et les bras de Dharr autour d'elle.

— Tu peux tout remporter. Je ne veux pas grossir, marmonna-t-elle.

— Tu es bien maussade, ce matin ! Rassure-toi, je ne vais pas te déranger longtemps. Dès que j'aurai refait ton lit, je te laisserai tranquille.

Ignorant les protestations de la jeune femme, elle alla droit vers le lit.

— Raina ! s'exclama-t-elle après avoir retourné drap et couverture. Qu'as-tu fait ?

— Ne… ne tire pas de conclusions hâtives. J'ai eu un petit accident, comme souvent chaque mois.

— J'ai beau être vieille, je ne suis pas stupide, *yaahil.*

S'apercevant que sa nourrice fixait la boîte de préservatifs demeurée sur la table de nuit, elle renonça à nier l'évidence.

— N'en fais pas un drame, Badya. Nous n'avions pas prévu ce qui s'est passé…

« Menteuse ! Tu as tout fait pour que cela arrive ! »

— Et cela ne se reproduira probablement pas.

Même si elle espérait le contraire de toutes ses forces.

Consternée, Badya s'effondra sur la méridienne, près de la fenêtre.

— Ta maman et moi ne t'avons donc rien appris ?

Dharr lui avait enseigné des choses beaucoup plus agréables.

— Je suis en âge d'arrêter seule ma ligne de conduite.

— De mon temps, vous auriez été contraints au mariage.

— Nous sommes au vingt et unième siècle. Dharr et moi tenons à notre liberté.

Badya secoua la tête.

— Le cheikh me déçoit. Il a abusé de l'innocence d'une petite fille.

Raina ne put s'empêcher de rire.

— Navrée, Badya, mais ta petite fille a grandi !

Elle est devenue une femme — la femme très amoureuse d'un amant fantastique.

— Peut-être, marmonna Badya. Pour moi, tu resteras toujours ma *bint*.

Raina vint vers elle et l'étreignit affectueusement.

— Je sais. Et j'espère que tu ne diras rien à mon père.

Badya porta une main à sa généreuse poitrine.

— Jamais je ne te trahirais ! Mais je dirai deux mots au cheikh à la première occasion.

— Ce ne sera pas nécessaire.

Raina soupçonnait Dharr de s'être lui-même adressé les plus vives remontrances à son réveil. Pour sa part, elle n'éprouvait aucun remords, et elle désirait savourer en paix ses exquis souvenirs de la nuit précédente.

Surprenant son sourire rêveur, Badya se releva.

— Je te laisse te préparer. Appelle-moi si tu as besoin de moi. Ou d'un rappel des mérites de la vertu, ajouta-t-elle avec acidité.

— Ce qui est fait est fait, Badya.

La vieille femme soupira longuement.

— Tu as raison. J'espère juste que tu n'auras pas à en souffrir.

Pour l'instant, Raina était plutôt euphorique... elle s'abstint cependant de le préciser à son interlocutrice.

— Mon père est-il réveillé ? s'enquit-elle pour changer de sujet.

Badya opina.

— Il t'attend. Mais tu dois d'abord descendre voir le cheikh. Il veut te parler.

— Quelque chose ne va pas ? Dharr est contrarié ?

— Si tu veux mon avis, il a des raisons de l'être.

Badya alla prendre le journal sur le plateau du petit déjeuner et le lui tendit.

— Félicitations, princesse Kahlil. Vous êtes la future reine d'Azzril !

8

— As-tu vu ce torchon ?

Absorbé par l'étude des plans et esquisses du futur musée d'art d'Azzril, Dharr n'avait pas entendu Raina arriver dans la salle de conférences.

En la voyant marcher sur lui, ses yeux verts étincelants d'indignation, il se remémora le garçon manqué qu'il avait connu autrefois et ne put contenir un sourire amusé. Elle semblait prête à se jeter sur lui et à le rouer de coups. Il se ferait un plaisir de la ceinturer, d'apaiser sa colère au moyen de baisers de plus en plus fougueux…

Il s'efforça de reprendre son sérieux. Vu la gravité de la situation, il ne pouvait pas se laisser distraire par des fantasmes de corps à corps.

— Mon assistant me l'a montré, fit-il en contournant la table pour venir à la rencontre de la jeune femme.

Les mains sur les hanches, l'air sombre, elle se campa devant lui.

— Te rends-tu compte des problèmes que cet article va nous créer ?

Dharr était surtout conscient des efforts qu'il devait déployer pour ne pas la plaquer contre lui et embrasser ses lèvres pincées. Elle était magnifique, quand elle était en colère.

— La situation n'est pas aussi grave que tu l'imagines.

— Tu plaisantes ?

Raina jeta le journal sur la table.

— C'est drôle, personne n'a pris la peine de m'informer que j'allais t'épouser !

— Tout le pays sait que nous sommes fiancés depuis des années. Il n'y a pas de quoi fouetter un chat.

Elle darda sur lui un regard meurtrier… Il n'avait pas choisi le bon argument.

— Tu es de mèche avec mon père ! Vous avez organisé mon retour à Azzril pour me contraindre à respecter cette maudite promesse de mariage. Je me demande si ce n'est pas toi qui as commandé cet article pour mieux me piéger !

Serrant les poings, elle ajouta :

— Tu m'as peut-être fait l'amour pour m'obliger à t'épouser.

Cette dernière accusation blessa profondément Dharr. Cependant, il s'évertua à maîtriser son courroux grandissant.

— Comme je te l'ai déjà dit, je n'ai aucune envie de me passer la corde au cou, ni maintenant ni dans les prochaines années. Quant à ce qui s'est passé cette nuit, nous le souhaitions tous les deux, il me semble.

Même s'il était à présent rongé par la culpabilité.

La colère de Raina retomba d'un coup. Elle était injuste, reconnut-elle en silence, elle avait tout mis en œuvre pour le convaincre de devenir son amant. Elle ne pouvait pas lui reprocher de s'être servi d'elle.

— Je suis désolée, je n'aurais pas dû m'emporter. A ton avis, qui a renseigné la presse ?

Dharr haussa les épaules.

— Les journalistes ont tiré des conclusions hâtives.

— Mon père va s'imaginer que ses projets matrimoniaux sont en bonne voie.

Après une brève hésitation, Dharr se résolut à confier ses soupçons.

— Selon moi, il n'est pas étranger à la parution de cet article.

Raina secoua la tête.

— Jamais il ne s'abaisserait à utiliser la presse pour servir ses intérêts.

— On voit que tu n'as pas tout lu.

Ouvrant le journal sur la table, Dharr lui indiqua le passage qui relatait les déclarations du sultan. L'ayant parcouru rapidement, Raina s'écria :

— Je vais de ce pas lui dire ma façon de penser !

Dharr la retint par le poignet.

— Pense à son cœur. Pour l'heure, mieux vaut faire semblant de rien.

— Tu t'imagines que tout va s'arranger comme ça ?

— Tout le monde comprendra que nous n'allons pas nous marier quand tu repartiras pour la Californie.

« Le plus tard sera le mieux », pensa-t-il.

Raina se massa les tempes.

— Tu as raison. Mieux vaut attendre que les choses se calment d'elles-mêmes.

Désireuse de se détendre, elle s'approcha de la fenêtre et repoussa les rideaux pour admirer la vue sur le parc et, plus loin, la vieille ville baignée de soleil.

— Que se passe-t-il ?

Suivant la direction de son regard, Dharr découvrit plusieurs centaines de personnes massées devant le portail du palais. Certaines agitaient des banderoles de félicitations ou des pancartes avec la photo de Raina, d'autres déposaient des bouquets de fleurs contre les grilles.

Il comprit immédiatement ce qui se passait.

— Tes admirateurs sont venus te rendre hommage.

Raina le fixa d'un air interloqué.

— Mes quoi ?

— Les nouvelles vont vite par ici. Les habitants d'Azzril sont venus voir leur prochaine souveraine…

— Ils vont être déçus. Je suis une femme très ordinaire.

Dharr ne pouvait la laisser dire une telle bêtise.

— Tu es la fille d'un sultan, tu es belle et intelligente. Potentiellement, une reine parfaite.

Le rire de Raina mourut dans sa gorge quand elle s'aperçut que plusieurs badauds la montraient du doigt.

— Il ne manquait plus que ça, soupira-t-elle. Ils m'ont vue.

Des cris enthousiastes leur parvenaient.

— Ils te réclament. Tu devrais sortir sur le balcon.

— Je ne suis pas comme toi. Je ne sais pas ce qu'il faut dire ou faire.

— Je t'accompagne.

— Sans tes gardes du corps ?

— Dès qu'ils me verront paraître sur le balcon, ils se placeront en conséquence. Ils ont l'habitude.

Raina haussa les épaules et ouvrit la fenêtre.

— Pourquoi pas ? Je ne veux pas que tous ces gens croient que je les snobe.

Une main rassurante posée sur sa taille, Dharr la guida vers la rambarde de fer forgé. Comme il l'avait prévu, ses gardes allèrent aussitôt se poster le long des grilles et aux abords du balcon.

A sa grande surprise, il vit Raina sourire à la foule et agiter la main avec un naturel parfait. Dans le soleil matinal, elle était éclatante de beauté : l'incarnation du charme, du raffinement et de la grâce.

Ses sujets acclamaient la jeune femme et scandaient son nom avec ferveur, et Dharr eut un sourire d'orgueil. Il n'aurait pas été plus fier s'il avait réellement présenté sa future épouse à son peuple.

Si Raina devenait la reine d'Azzril, elle serait adulée. Hélas, cela ne serait jamais le cas, se rappela-t-il avec amertume. Raina méritait un mari qui lui donnerait tout son cœur. Il en était incapable et devait se contenter d'être son amant ; tôt ou tard, elle voudrait reprendre le cours normal de sa vie, à l'autre bout du monde.

Il revint à la réalité en entendant ses sujets exiger qu'il embrasse sa fiancée. Lorsqu'il lut le défi contenu dans le regard émeraude étincelant de Raina, il ne put résister à la tentation d'effleurer brièvement ses lèvres. Ce baiser chaste suffit à déchaîner la foule et à allumer un brasier dans ses veines.

— Cette fois, ils vont vraiment croire que nous sommes fiancés, murmura Raina avec un sourire en coin.

— Nous l'étions déjà par contrat. Mais je me souviens m'être uni à toi d'une manière beaucoup plus agréable, hier soir…

Le rouge aux joues, la jeune femme se tourna de nouveau vers la foule.

— Arrête ou je me jette sur toi, le menaça-t-elle entre ses dents. Cela fera une jolie photo à la une du journal, demain.

— Je refuse de partager notre intimité.

Elle battit coquettement des cils.

— Si je ne te connaissais pas, je jurerais que tu es jaloux.

Tout en agitant la main, elle chuchota :

— Pouvons-nous rentrer, maintenant ?

— Certainement.

Après un dernier salut, ils se réfugièrent dans la salle de conférences. Cette fois, leur baiser n'eut rien de bref ou de sage. Les sens en feu, Dharr prit sa compagne aux hanches et la plaqua contre son ventre douloureux.

— J'ai trop envie de toi, gémit-il. Retrouvons-nous dans ta chambre quand tout le monde sera couché.

Raina frissonna de plaisir et glissa une main entre eux pour exacerber son désir.

— Je ne pourrai jamais attendre jusqu'à ce soir.

« Moi non plus », s'avoua Dharr en déboutonnant le chemisier de la jeune femme. Au diable les convenances, au diable les risques encourus. Il la prendrait ici et maintenant.

Un coup à la porte de la salle de conférences les fit sursauter.

— Quoi ? cria Dharr tandis que Raina remettait précipitamment de l'ordre dans sa tenue.

— J'ai un message urgent pour la princesse Kahlil, répondit Raneer à travers le battant.

Son assistant n'aurait pas pu tomber plus mal, pesta Dharr. D'un autre côté, il les détournait juste à temps d'une imprudence aux conséquences fatales.

Où avait-il eu la tête ? N'importe qui d'autre aurait pu les surprendre en train de faire l'amour. Or tous les employés du palais n'étaient pas des modèles de discrétion.

— Vous pouvez entrer, fit Dharr d'un ton sec.

Raneer savait pertinemment ce qu'il avait interrompu. Evitant le regard furibond de Dharr, il s'inclina devant Raina.

— Votre mère souhaite vous parler toutes affaires cessantes, princesse Kahlil.

— Très bien. Où est le téléphone ? s'enquit Raina en feignant la nonchalance.

Raneer s'éclaircit la voix.

— Votre mère est ici, au palais. Elle vous attend dans le petit salon.

Raina trouva sa mère en train d'arpenter la jolie pièce ensoleillée décorée dans des tons de jaune et de bleu. En dépit de son agitation manifeste, Carolyn Kahlil demeurait l'élégance et la sophistication incarnées. Pas un cheveu ne dépassait de sa coupe au carré ; son ensemble pantalon chamois et son chemisier de soie marron n'avaient pas un faux pli alors qu'elle avait probablement voyagé toute la nuit.

Raina rougit en s'apercevant que sa propre mise était loin d'être irréprochable et qu'elle avait reboutonné son chemisier de travers. Sa mère l'avait noté car, après l'avoir embrassée plutôt froidement, elle la toisa avec réprobation.

— Que fais-tu ici, maman ?

— Je pourrais te poser la même question, repartit Carolyn. Mais je crois deviner la réponse…

Raina croisa les bras pour tenter de cacher le bouton défait sur son ventre.

— Je suis venue à Azzril parce que papa est malade.

— Es-tu sûre qu'il ne joue pas la comédie ?

— Oui. Si tu ne me crois pas, va le voir.

Carolyn lissa le dossier du canapé d'une main parfaitement manucurée.

— J'ai bien l'intention de connaître le fin mot de cette histoire.

— Quelle histoire ?

— Je veux savoir pourquoi il t'a fait revenir.

— Je te l'ai dit, il est souffrant, répéta Raina, irritée. Même si tu ne l'aimes plus, il est mon père et je tenais à être auprès de lui.

— Si tu veux que je croie à sa maladie, dis-moi que tu n'es pas fiancée à Dharr Halim.

Raina se dandina d'un pied sur l'autre.

— Tu as lu le journal local, c'est ça ?

— Je n'ai pas eu le temps de l'acheter, je viens d'arriver. Mais, pendant que j'étais en transit à Londres, j'ai vu un reportage sur vos fiançailles à la BBC. J'ai failli m'évanouir.

Raina ouvrit de grands yeux.

— Les chaînes de télévision étrangères parlent de nous ?

— Evidemment ! Dharr Halim fait partie du gotha international. Il est beau, célibataire et de sang royal. Le monde entier s'intéresse à sa vie privée. Dis-moi que tout ceci n'est qu'un malentendu et que tu ne t'apprêtes pas à faire la même bêtise que moi !

Raina n'aima pas entendre sa mère comparer son mariage à ce qu'elle aurait pu vivre avec Dharr.

— J'aurais pu tomber plus mal, tu ne crois pas ? lança-t-elle non sans provocation.

— Si je pensais une seconde que tu agis par amour, je respecterais ton choix. Mais je sais que tu t'inclines devant la volonté de ton père. Il est très persuasif quand il…

— Tu me l'as dit mille fois, coupa Raina d'un ton las. Il t'a persuadée de partager son lit quand tu avais dix-sept ans.

— Exactement. Et nous savons toutes les deux ce qui s'est passé ensuite.

— Tu as commis une grosse erreur. Tu es tombée enceinte de moi.

Carolyn fronça les sourcils.

— Je n'ai jamais dit que tu étais une erreur.

— Pas en ces termes. Mais je sais que tu en as énormément voulu à papa, même si, selon moi, il faut être deux pour faire un enfant.

— Tu es injuste. J'aimais ton père.

Sa mère parlait au passé, remarqua Raina avec un serrement de cœur.

— Tu ne me crois pas assez intelligente pour savoir ce que je fais ?

Carolyn parut contrite.

— Bien sûr que si ! Mais Dharr a autant de charme et d'expérience que ton père, il est difficile de résister à ce genre d'homme.

Raina n'aimait décidément pas le parallèle que sa mère s'obstinait à vouloir établir. Et, surtout, elle détestait devoir s'avouer que, effectivement, elle n'avait pas eu une chance face au pouvoir de séduction de Dharr.

— Je ne suis pas toi, maman, rétorqua-t-elle vivement. Et Dharr n'est pas papa.

— Ne te fâche pas, chérie. Je ne veux que ton bonheur. Azzril n'est plus ton pays. Tu n'y seras jamais acceptée.

« Tu n'as pas vu la foule m'acclamer il y a quelques minutes », faillit répliquer Raina.

— Je suis une grande fille, assura-t-elle pour calmer le jeu. Je suis tout à fait capable de prendre mes propres décisions.

— J'espère qu'elles seront sensées.

Raina consulta sa montre.

— Papa m'attend depuis plus d'une heure. Si tu veux, tu peux m'accompagner.

Carolyn remonta ses manches, comme si elle se préparait à livrer bataille.

— Je veux lui parler en privé.

— Pourquoi ?

— Je dois évoquer certaines questions avec lui.

Très inquiète, Raina agrippa les épaules de sa mère.

— Papa a le cœur fragile, tu dois le ménager.

Carolyn alla récupérer son sac sur la table basse.

— Je ne dirai pas un mot plus haut que l'autre, c'est promis.

Raina agita l'index.

— Tu as intérêt. Sa suite est au premier, troisième porte à gauche.

— Merci chérie. A tout à l'heure.

Restée seule, Raina se mit à faire les cent pas devant la fenêtre. Elle n'allait pas épouser Dharr, tous deux avaient exclu cette éventualité dès le départ. Alors pourquoi avait-elle le cœur serré par les regrets, pourquoi se surprenait-elle à rêver de ce que pourrait être sa vie si elle restait à Azzril ?

Elle avait besoin de solitude et de calme pour tenter d'analyser ses sentiments. Une fois qu'elle aurait les idées plus claires, elle monterait s'assurer que ses parents ne s'étaient pas entre-tués…

Après avoir rongé son frein pendant une heure, Dharr voulut savoir si tout se passait bien entre Raina et sa mère. Le petit salon étant désert, il inspecta la salle à manger, la bibliothèque. En vain. Il interrogea alors plusieurs employés et finit par apprendre que Carolyn était montée seule dans la chambre du sultan. Personne ne semblait savoir où était allée sa fille.

Un simple appel au poste de garde lui garantit que Raina n'avait pas quitté le palais. Réfléchissant fébrilement, il se rappela soudain un endroit que la jeune femme affectionnait étant enfant, et où lui-même se retirait souvent, avait-il besoin d'intimité.

D'un pas vif, il sortit dans le parc et parcourut les allées ombragées de palmiers, jusqu'à un kiosque de fer forgé blanc recouvert de lierre.

A son grand soulagement, il trouva Raina assise sur un banc.

— Cela s'est bien passé avec ta mère ? fit-il en s'asseyant près d'elle.

Le regard perdu dans le vide, elle eut un rire sans joie.

— Si l'on veut. Elle a appris nos fiançailles par la BBC quand elle faisait escale à Londres.

Dharr ne fut pas surpris outre mesure. Il avait su que la nouvelle faisait déjà le tour de la planète quand Raneer l'avait informé que son père, en croisière au beau milieu de la Méditerranée, était déjà au courant. Il avait espéré toutefois que Raina ne prendrait pas tout de suite la mesure du retentissement de l'article paru dans le journal local.

— Tu lui as dit que ce sont des rumeurs sans fondement ?

— Non.

— Pourquoi ?

Raina se tourna vers lui.

— Je suis prise entre deux feux. D'un côté, mon père adorerait que je t'épouse. De l'autre, ma mère préférerait me faire enfermer dans un couvent à vie plutôt que de me savoir mariée à un membre de la famille royale d'Azzril. Comme toujours, je suis partagée entre les deux personnes que j'aime le plus au monde.

Emu par sa détresse, Dharr emprisonna ses mains entre les siennes.

— Où est Carolyn ?

— Elle est montée voir mon père. J'espère qu'elle a assez de bon sens pour éviter de se disputer avec lui. Si sa santé se détériore par sa faute, je ne le lui pardonnerai jamais.

— Crois-tu qu'elle mettrait délibérément sa santé en danger ?

— Grands dieux, non ! Mais le seul fait de la revoir a dû bouleverser papa. Cela fait dix ans qu'ils ne se sont pas adressé la parole ou retrouvés dans la même pièce.

En percevant la souffrance qui faisait trembler sa voix, Dharr comprit qu'elle avait besoin de parler de l'événement qui avait laissé des plaies à vif sur son cœur.

— Tu ne t'es jamais remise de leur séparation, n'est-ce pas ?

— Je ne crois pas que ce soit possible.

— En as-tu voulu à ta mère d'avoir quitté ton père ?

— Je le lui ai reproché durant toute mon adolescence. Mais j'en veux tout autant à mon père.

Son compagnon la dévisagea avec perplexité.

— Pourquoi ? D'après ce que je sais, Carolyn s'est enfuie en pleine nuit, sans un mot d'explication.

— Il l'a laissée partir. Il n'a jamais tenté de la reconquérir. Il ne s'est pas *battu* pour elle.

Dharr excusait un tel comportement. Il avait vécu la même épreuve quand celle qu'il aimait était partie du jour au lendemain, creusant dans son cœur un abîme impossible à combler.

— Il pensait peut-être que cela ne servirait à rien, dit-il pour défendre le sultan.

— Peut-être, mais il aurait quand même dû essayer de la retenir, répliqua Raina, le front buté. Si on aime vraiment quelqu'un, on lutte avant de renoncer à lui. Tous les deux sont responsables du gâchis de leur vie.

— Et de la tienne, d'une certaine manière…

La jeune femme leva le menton.

— Je ne les ai pas laissés faire. Je m'en suis remise.

Dharr n'était pas dupe. Il savait qu'elle souffrait encore terriblement de la séparation de ses parents. Il aurait tant voulu passer le reste de la journée avec elle, la réconforter, lui redonner le sourire… Malheureusement, il était débordé ; il ne pouvait pas se permettre de négliger ses responsabilités.

— Je dois partir, dit-il à regret. Je n'ai pas fini d'organiser la réception que nous donnons dans deux jours pour une délégation européenne.

Raina oublia momentanément ses inquiétudes concernant ses parents.

— Vraiment ? De quel pays viennent ces diplomates ?

— Du Doriana.

— La géographie n'a jamais été mon fort, avoua-t-elle.

— Le Doriana est une petite principauté nichée au cœur des Pyrénées, au sud-ouest de la France, expliqua Dharr. J'ai partagé un appartement avec le prince régnant quand j'étais à Harvard. Nous sommes restés très amis.

Cet homme ne pouvait être que sympathique puisque Dharr lui accordait son estime et son affection, pensa Raina.

— Aurai-je l'occasion de faire sa connaissance ?

— Il ne sera pas là car sa femme vient de donner naissance à une petite fille. Mais je te présenterai son premier ministre et tous les autres membres de la délégation au cours de la réception de samedi.

Bien que flattée d'être tout naturellement invitée à une soirée officielle, Raina plissa le front.

— Es-tu sûr que ce soit raisonnable ? On risque d'interpréter ma présence à tes côtés comme la confirmation de nos fiançailles.

Dharr l'embrassa sur la joue.

— Les gens n'ont qu'à penser ce qu'ils veulent. Tu es trop belle pour être cachée dans des oubliettes.

Elle eut une moue moqueuse.

— Le secret a ses avantages. Par exemple, si nous avions un peu d'intimité, nous pourrions finir ce que nous avions commencé avant l'arrivée de ma mère…

Dharr n'aurait pas demandé mieux. Or les risques étaient trop grands.

— Maintenant qu'elle est ici, nous devons redoubler de prudence, soupira-t-il.

Glissant un doigt taquin entre les boutons de sa chemise, Raina lui griffa le torse.

— Nous pourrions chercher un petit coin tranquille dans le grenier…

Dharr fit de son mieux pour ignorer le durcissement de son ventre.

— J'ai encore beaucoup de travail.

— Et moi, je ferais bien d'aller m'assurer que mes parents sont au moins polis l'un envers l'autre, murmura la jeune femme.

Dharr lui tendit la main pour l'aider à se lever. Lorsqu'elle fut contre lui, il ne put résister à l'envie de lui voler un baiser. Raina lui sourit.

— Merci de m'avoir écoutée.

— De rien.

Dharr avait apprécié leur tête-à-tête plus qu'il n'aurait cru possible.

— Je suppose que je te verrai ce soir au dîner.

— Et après aussi ? demanda-t-elle avec espoir.

Il détestait la décevoir, mais il n'avait pas le choix.

— Cela est hors de question. Avec la parution de cet article, tout le monde va épier nos moindres faits et gestes.

La jeune femme baissa la tête pour dissimuler son dépit.

— Tu as raison.

— Je n'oublierai jamais ce que nous avons partagé, dit Dharr du fond du cœur.

— Moi non plus.

Raina conclut avec un sourire enjôleur :

— J'espère quand même que tu changeras d'avis et que tu trouveras un moyen de te faufiler dans ma chambre quand tout le monde sera couché…

— Dis-moi, Dharr, quels sont tes rapports avec ma fille, au juste ?

Raina faillit s'étouffer avec sa viande. Depuis son arrivée, sa mère avait à peine adressé la parole à Dharr. Pourquoi se départait-elle soudain de sa réserve glaciale ?

Dharr s'éclaircit la voix.

— Eh bien… Raina et moi…

— Cette question n'a pas lieu d'être, trancha Raina.

— Elle me semble tout à fait judicieuse, au contraire, répliqua son père.

Le sultan avait tenu à se lever pour dîner avec eux. Ce soir, il n'avait rien d'un malade. Vêtu de ses habits d'apparat, il était assis au bout de la longue table, face à Dharr.

— Tu prends le parti de maman, maintenant ? s'étonna Raina.

— Nous nous posons des questions, intervint Carolyn. Nous aimerions comprendre ce qui se passe entre Dharr et toi.

— Cela ne vous regarde pas. Nous sommes tous les deux majeurs et libres de faire ce que bon nous semble.

Sa mère écarquilla les yeux.

— Vous êtes amants ?

Pas assez, pensa sombrement Raina. Dharr n'était pas venu la rejoindre dans sa chambre la nuit précédente, et ils n'avaient pas eu l'occasion de se voir seul à seul de toute la journée.

— J'espère bien que non ! rugit son père.

— Dharr et moi sommes amis.

Très bons amis. Très proches.

Voyant son père et sa mère se tourner vers Dharr, elle ajouta sur un ton significatif :

— Dharr ne vous dira rien non plus.

Carolyn repassa à l'offensive.

— Ton père et moi en avons longuement discuté. Nous estimons que nous avons le droit de connaître la nature exacte de vos relations.

Raina jeta sa fourchette dans son assiette.

— A ce propos, je suis passée voir papa quatre fois aujourd'hui. Badya m'a fait comprendre que je n'étais pas la bienvenue.

Idris lui tapota affectueusement la main.

— C'est faux, chérie. Tes visites me ravissent toujours. Mais ta mère et moi avions beaucoup à nous dire.

Raina tritura la serviette posée sur ses genoux.

— Il vous a fallu toute une journée pour parler de moi !

Carolyn rougit et baissa les yeux vers la nappe.

— Nous avons également abordé d'autres questions.

Elle semblait très mal à l'aise, comme si elle hésitait à annoncer une mauvaise nouvelle. Raina craignit d'entendre le mot « divorce ».

— Lesquelles ?

— Cela ne te regarde pas, ma chérie.

— Je vois. Ce que se disent mes parents à mon sujet ne me regarde pas. Mais mes rapports avec Dharr les concernent !

Rouge de colère, Raina poursuivit :

— Faisons un marché, maman : tu restes en dehors de ma vie privée et je ne me mêle pas de la tienne.

Le sultan soupira longuement.

— Ne t'énerve pas, ma toute belle. Nous voulons seulement être certains que Dharr et toi prendrez le temps de la réflexion avant de vous fiancer.

Raina n'en crut pas ses oreilles.

— C'est toi qui m'as promise en mariage à Dharr ! Et c'est toi qui m'as répété pendant des années que je devais respecter la tradition, que Dharr ferait un mari parfait pour moi. Qui plus est, tu as déclaré à la presse que nous avions ta bénédiction. Et, maintenant, tu me dis que je dois réfléchir ?

— Nous ne voulons pas que tu précipites les choses, dit Carolyn.

Des années de ressentiment contenu firent voler la patience de Raina en éclats.

— Je ne tomberai pas enceinte par erreur, si c'est ce qui vous inquiète, lança-t-elle d'une voix coupante comme le fil d'un rasoir. Et je vous promets que, si nous nous marions, je ne m'enfuirai pas à l'autre bout du monde pour me terrer dans un minuscule appartement avec un chat pour seule compagnie. Je ne vivrai pas non plus en recluse dans une grande maison déserte en faisant comme si de rien n'était !

Idris tapa violemment du poing sur la table, faisant tinter vaisselle et verrerie.

— Je t'interdis de parler à ta mère sur ce ton.

Raina écarquilla les yeux.

— Tu la défends alors qu'elle t'a quitté en emmenant ta seule enfant ?

— Ton père comprend désormais pourquoi je suis partie, affirma Carolyn.

— Mais aucun de vous n'a daigné m'expliquer ce qui s'était passé ?

Ivre de colère et d'amertume, Raina se leva.

— Peu importe. Je ne suis pas sûre de vouloir le savoir.

— S'il te plaît, rassieds-toi, fit sa mère d'un ton suppliant.

— Reste avec nous, renchérit Idris.

La jeune femme secoua la tête.

— Je suis fatiguée, je vais me coucher. Ne vous gênez surtout pas pour continuer à parler de moi.

Tout en quittant la salle à manger, elle adressa un regard d'excuse à Dharr. Elle avait des remords de le laisser seul avec ses parents, mais elle ne se sentait pas le courage de rester une minute de plus. Bah ! Puisqu'il gérait tout un pays et des relations internationales souvent délicates, il saurait user de diplomatie pour éluder les questions indiscrètes…

9

Le reste du dîner avait paru interminable à Dharr. Il n'avait pas vraiment menti au sultan et à sa femme, se dédouana-t-il en gagnant la salle de conférences. Il avait simplement louvoyé entre omissions et réponses ambiguës…

Une heure plus tard, il fixait toujours sans les voir les plans et esquisses étalés devant lui sur la table. Il repensait sans cesse à Raina, à ce qu'ils avaient failli faire la veille dans cette même pièce avant l'arrivée de la mère de la jeune femme.

Le désir qu'il avait d'elle ne lui laissait aucun répit. Il voulait se perdre en elle, lui faire l'amour avec toute la passion qui embrasait ses veines. Toute la journée, il était parvenu à chasser Raina de ses pensées parce qu'il était sans cesse en audience ou en réunion. Mais, maintenant qu'il se retrouvait enfin seul, son esprit était libre de vagabonder. S'il s'était écouté, il serait monté retrouver Raina dans sa chambre sur-le-champ…

En entendant frapper à la porte de la salle, il soupira avec irritation. Si, en plus de son obsession pour Raina, il était dérangé constamment, il ne parviendrait jamais à travailler !

Sa mauvaise humeur s'évanouit dès qu'il vit paraître sur le seuil l'objet de ses désirs, vêtu comme au dîner d'un boléro de satin rose pâle sans manches, fermé sur le devant par une fermeture Eclair, et d'un pantalon blanc qui moulait ses formes sensuelles telle une seconde peau.

— Puis-je te parler une minute ? s'enquit Raina.

Pour contrecarrer son envie de la prendre dans ses bras, il fourra les mains dans les poches de son pantalon.

— Bien sûr.

La jeune femme vint vers lui.

— Je voulais m'excuser de t'avoir abandonné avec mes parents. J'espère qu'ils ne t'ont pas harcelé de questions…

Dharr haussa les épaules.

— Ils m'ont seulement demandé si nous étions amants.

— Qu'as-tu répondu ?

— La même chose que toi : que nous sommes tous les deux adultes et que nos relations ne regardent que nous.

Raina se détendit légèrement.

— Mon père n'a pas menacé de te tuer ?

— A mon avis, il s'est contrôlé uniquement par égard pour ta mère.

— Et ils se sont contentés de ta réponse, ils n'ont pas insisté ?

— Je ne leur en ai pas laissé l'occasion, avoua Dharr avec un léger sourire. Je me suis réfugié ici dès la dernière bouchée du dessert avalée.

Remarquant les plans, esquisses et photocalques sur la table, Raina se pencha pour mieux les examiner.

— Est-ce le futur musée d'art dont tu m'as parlé ?

Dharr l'entendit à peine. Son parfum de citron était plus enivrant qu'un alcool fort. Et cette fermeture Eclair, une tentation irrésistible…

— Je… je travaille dessus depuis deux jours, dit-il en s'efforçant de se concentrer sur leur conversation.

Attirant un plan à lui, il expliqua :

— Voici le hall. Les peintures seront exposées dans les salles à droite de l'escalier. Les sculptures de l'autre côté.

Les sourcils froncés, il ajouta :

— Il reste un grand espace vide à l'arrière du bâtiment. J'ai beau me creuser la tête, je ne vois pas comment l'utiliser.

Repoussant ses cheveux en arrière d'un mouvement

gracieux de la tête, Raina se pencha un peu plus encore sur le document.

— C'est facile, dit-elle après quelques instants. Ici, tu installes des ateliers de poterie, de sculpture et de peinture pour les enfants. Là, tu prévois une galerie réservée à leurs productions.

— Pour les enfants ? répéta Dharr, interloqué.

Elle s'adossa à la table et croisa les bras.

— Tous les jeunes aimeraient avoir un endroit où exprimer librement leur créativité. Si on m'avait proposé des activités après l'école, j'aurais évité bien des soucis à Badya.

Dharr sourit.

— Je me souviens qu'elle passait ses soirées à te chercher dans les rues de la ville.

— Je détestais rester enfermée à la maison. Je rêvais d'aventures et de découvertes excitantes.

Dharr préféra ne pas penser au long voyage sensuel qu'il aurait aimé entreprendre avec elle.

— Je suppose que les enfants accéderaient gratuitement à ces ateliers ?

— Tu dois pouvoir trouver de généreux mécènes pour financer l'opération.

Une idée naquit dans l'esprit de Dharr. Il doutait que son interlocutrice acceptât sa proposition, mais il pouvait quand même tenter sa chance.

— Et si tu revenais enseigner l'art à Azzril ?

Raina se détourna et reporta son attention sur les plans.

— C'est impossible. J'ai déjà un travail en Californie. Et puis, je ne veux pas abandonner ma mère. Même si elle est souvent exaspérante, elle a besoin de moi.

« Moi aussi. »

Dharr faillit tomber à la renverse quand il prit conscience de ce qu'il venait de penser.

— Ton père va bien rester seul à Azzril, observa-t-il pour éviter d'analyser ses sentiments.

— Il s'est débrouillé sans nous pendant plus de dix ans, il continuera.

Une pointe de rancœur dans la voix, Raina ajouta :

— Mais je doute qu'il soit vraiment seul. Il doit avoir une maîtresse. Peut-être même plusieurs.

— Tu te trompes, affirma Dharr d'un ton catégorique.

Elle ouvrit de grands yeux.

— Comment peux-tu en être certain ?

— Les bruits vont vite à Tomar. Si ton père avait eu une compagne, même occasionnelle, je l'aurais su.

— J'ai du mal à croire qu'il ait vécu comme un moine pendant plus de dix ans. Enfin, tout est possible... La preuve : ma mère et lui ont passé toute une journée dans la même pièce sans s'entre-tuer ! Ils semblaient même en excellents termes au dîner.

— Ils envisagent peut-être de se réconcilier, hasarda Dharr.

— Je crois plutôt qu'ils parlent enfin divorce.

Il perçut l'amertume de son interlocutrice.

— Je sais combien ce serait pénible pour toi.

Raina tourna le dos à la table et fixa les étagères qui couraient le long des murs.

— Cela m'est égal.

Elle mentait, subodora Dharr. Même après toutes ces années, elle serait bouleversée si ses parents se séparaient irrémédiablement. Il aurait voulu pouvoir la réconforter, effacer sa peine et ses craintes...

Désireuse de se distraire, Raina gagna la fenêtre.

— Montre-moi où tu veux faire édifier le musée.

Dharr vint derrière elle et indiqua les montagnes qui se découpaient sur le ciel de velours étoilé.

— Tu connais Almase ?

— Le site des rochers en forme de diamant, près des ruines de Minhat ?

Raina hocha la tête avec un sourire.

— Mon père m'y emmenait souvent jouer quand j'étais petite. Tu n'as pas peur de dégrader le paysage ?

— J'ai bien étudié la question. Nous utiliserons des matériaux qui donneront l'impression que le bâtiment fait partie des formations rocheuses.

— Quelle bonne idée !

— Nous espérons pouvoir inaugurer le musée dans dix-huit mois. Voilà pourquoi je dois finaliser au plus vite le projet.

Raina se tourna vers lui.

— J'aimerais beaucoup revoir Almase. Tu pourrais m'y emmener…

Il aurait adoré aller se promener avec elle, mais toute sa journée du lendemain était consacrée aux diplomates du Doriana, qui arrivaient à Azzril de très bonne heure.

— Demain, je n'aurai pas une minute à moi, dit-il à regret. Je peux essayer de me libérer après-demain.

— Pourquoi pas tout de suite ? suggéra Raina, le regard suppliant.

— Il est déjà tard. Et il fait trop sombre pour voir quoi que ce soit.

Raina l'enlaça par la taille.

— Tant mieux.

Se mettant sur la pointe des pieds, elle lui chuchota à l'oreille :

— Tu ne le regretteras pas, je te le promets.

Se sentant faiblir, il chercha fébrilement un argument qui la découragerait.

— Ta mère et ton père nous surveillent…

— C'est bien pour cela que je ne te propose pas d'aller dans ta chambre ou dans la mienne. S'ils s'aperçoivent de notre absence, nous dirons juste que nous sommes allés faire une petite promenade.

Raina se serra plus étroitement contre lui et frotta ses seins contre son torse.

— Cela fait deux jours que nous nous voyons uniquement entre deux portes ou en présence de tiers. Tu me manques.

Elle lui manquait aussi. Il avait mal partout à force de la désirer.

— Ce ne serait pas raisonnable.

— Soyons fous juste quelques heures, Dharr. Allons faire l'amour dans le désert.

Le sourire tentateur de Raina acheva de le déstabiliser. Incapable de résister aux promesses sensuelles qui brillaient dans son regard émeraude, il soupira :

— Je ne peux jamais rien te refuser.

Si Raina mit moins d'une minute pour enfiler un jean, elle fut beaucoup moins rapide pour boutonner sa chemise oxford : ses mains tremblaient trop. Au moment de quitter sa chambre, elle se ravisa et retourna prendre la boîte de préservatifs dans le tiroir de sa table de nuit, se disant que, ainsi, Dharr n'aurait aucune excuse pour se dérober…

Le cœur battant la chamade, elle dévala l'escalier pour rejoindre son amant. Elle s'arrêta net en le voyant au bas des marches, incroyablement sexy en jean élimé, baskets et T-shirt de Harvard, les cheveux ébouriffés. Ainsi vêtu, il n'avait plus rien d'un prince austère et intimidant ; il redevenait un étudiant américain terriblement tentant… et abordable. Si elle n'avait pas craint d'être épiée par sa mère ou son père, elle l'aurait poussé dans sa chambre séance tenante.

Contenant son impatience, elle annonça d'un ton enjoué :

— Je suis prête.

Après l'avoir enveloppée d'un regard de braise, s'attardant sur ses hanches et ses jambes sublimées par son jean moulant, Dharr la prit par la main et l'entraîna dans un dédale de couloirs et d'escaliers, jusqu'au garage situé dans les sous-sols du palais.

Deux hommes bavardaient à voix basse, adossés au capot d'une berline. En voyant Dharr, ils se mirent au garde-à-vous puis, quand celui-ci les informa qu'il avait besoin de sa jeep, ils se ruèrent vers un coffre scellé dans le mur pour prendre les clés du véhicule.

Quelques minutes plus tard, Dharr et sa compagne remontaient l'allée goudronnée qui serpentait à travers le parc jusqu'à l'entrée de service, fermée par une barrière. Avisant le cheikh en personne au volant de la jeep, la sentinelle ouvrit des yeux affolés et voulut téléphoner pour demander une escorte. Dharr l'en dissuada. Il sortait juste faire une promenade, il n'avait pas besoin de gardes du corps…

Avec une réticence manifeste, l'homme finit par lever la barrière. Dharr le remercia et s'éloigna à vive allure, gratifiant sa passagère d'un sourire victorieux.

A cette heure tardive, les rues de Tomar étaient désertes. Il ne leur fallut que quelques minutes pour traverser la ville, rejoindre la route principale et prendre la direction des montagnes.

Au bout de quelques kilomètres, Dharr s'engagea sur un chemin de terre puis se gara sur le bas-côté dans un crissement de freins.

— Qu'y a-t-il ? fit Raina, interdite.

Il se tourna vers elle et lui caressa la joue.

— J'avais trop envie de t'embrasser.

Emprisonnant son visage dans ses larges mains, il effleura tendrement ses lèvres avant de s'en emparer. Lorsqu'enfin ils se séparèrent pour reprendre leur souffle, il lui chuchota combien il la désirait, combien il la trouvait belle.

Mais, soudain, il s'écarta et donna un coup de poing sur le volant.

— Nous devons retourner au palais !

Le cœur de Raina sombra. Comme elle l'avait redouté, ses scrupules de prince l'emportaient sur son désir d'homme…

— Pourquoi ?

— J'ai encore oublié l'essentiel.

Au comble du soulagement, elle prit la boîte de préservatifs dans la poche de son jean et l'agita avec malice.

Dharr eut un lent sourire sensuel.

— Tu penses à tout.

L'excitation pétillant dans ses veines, il relança le moteur.

— Peux-tu décapoter la voiture avant de repartir ? demanda Raina.

— Tes désirs sont des ordres.

En quelques secondes, Dharr replia la bâche de toile. Tandis qu'il se rasseyait au volant et reprenait la direction des montagnes, sa compagne regarda autour d'elle avec émerveillement. A force de vivre en Californie, elle avait oublié combien son pays natal était beau, ainsi drapé du manteau sombre de la nuit. Ici, les étoiles semblaient à portée de main, le ciel plus bleu…

Le chemin se terminait en cul-de-sac au bord d'une falaise. Dharr s'arrêta et aida la jeune femme à descendre de voiture. Une minute, ils contemplèrent en silence la ville endormie sous le ciel étoilé.

Mais Raina était beaucoup moins bouleversée par la beauté et la sérénité du paysage que par la proximité de son amant. Ténébreux, fascinant, exotique comme le désert la nuit, Dharr était infiniment plus dangereux : il représentait une terrible menace pour son cœur. Il en avait déjà pris une partie ; après cette nuit, il risquait de se l'approprier entièrement…

Elle était prête à courir ce risque. Quels que fussent ses doutes et ses inquiétudes, elle voulait savourer encore un moment magique dans les bras de Dharr.

Main dans la main, ils se dirigèrent vers les formations rocheuses en forme de diamant qui faisaient de la montagne Galal un endroit unique au monde.

— Viens, fit Dharr d'une voix basse et tendue en escaladant un éboulis pour gagner un rocher plat en équilibre au bord du vide.

Si Raina n'était pas sujette au vertige, elle n'était pas très rassurée. La voyant hésiter, Dharr entremêla plus étroitement ses doigts aux siens.

— Je te tiens. Tu ne risques pas de tomber.

Elle était déjà tombée, répliqua-t-elle en silence. Amoureuse. De lui.

Passant un bras autour de sa taille, Dharr la tourna face à la vallée et se tint juste derrière elle.

— C'est ici que je viens quand je me sens écrasé par les responsabilités, confia-t-il en appuyant le menton sur ses cheveux soyeux. Chaque fois, je prends conscience que, même si Azzril n'est qu'une poussière dans l'immensité de l'univers, des milliers de personnes comptent sur moi pour assurer leur sécurité et leur prospérité.

— Azzril est partie intégrante de ta vie, acquiesça Raina.

— De la tienne aussi…

— Plus maintenant. J'en garde trop de mauvais souvenirs.

— Et pas de bons ?

— D'accord, concéda-t-elle. J'y ai vécu des moments heureux, aussi.

— Mais les disputes de tes parents les ont éclipsés, c'est ça ?

— Non. Je ne les ai jamais entendus se quereller, sauf une fois, quelques jours avant que ma mère m'emmène aux Etats-Unis. C'est peut-être pour cela que j'ai été si choquée par leur séparation. Jamais je ne m'étais doutée qu'ils ne s'entendaient pas.

D'une voix que le chagrin faisait trembler, elle ajouta :

— Je ne sais pas ce qui s'est passé et je ne le saurai sans doute jamais.

Dharr resserra son étreinte.

— Ce soir, nous allons créer nos propres souvenirs…

De ses doigts agiles, il déboutonna la chemise de sa compagne et en écarta les pans. Aussitôt, Raina sentit les pointes de ses seins se durcir sous la caresse de la brise nocturne. Un long frisson la parcourut, dû à l'excitation et non pas au froid…

Tout à coup, Dharr s'écarta.

— Ne bouge surtout pas, lui recommanda-t-il.

Perplexe, elle le regarda redescendre en courant vers la jeep. Lorsqu'il revint avec un plaid sous son bras, elle contint un sourire ravi. Il avait manifestement tout prévu, lui aussi.

Quelques secondes leur suffirent pour se dévêtir mutuellement. Les lèvres soudées en un baiser incendiaire, ils tombèrent sur la couverture dans un corps à corps fiévreux.

L'artiste en Raina se représenta leurs silhouettes baignées par le clair de lune dans l'immensité des montagnes. Elle se promit d'immortaliser sur une toile cet instant de pur bonheur… Puis elle oublia toute pensée cohérente comme son compagnon mordillait la veine qui battait follement sur son cou et arrondissait les mains sur ses seins.

Eperdue de sensations, elle enfouit les doigts dans ses cheveux et gémit de volupté alors qu'il poursuivait son périple sensuel sur ses hanches, son nombril, la fleur de sa féminité, alternant caresses de feu et baisers de velours. Le temps s'arrêta, les étoiles devinrent floues devant ses yeux ; elle s'abandonnait entièrement au vertige de ses sens.

Sitôt revenue à elle, elle entreprit de douces représailles. Obligeant son amant à s'étendre sur le dos, elle dessina de ses doigts et de ses lèvres de torrides arabesques sur son torse et ses épaules, puis dériva lentement mais inexorablement vers son but ultime. Lorsque, enfin, elle le prit tout entier dans la chaleur de sa bouche, Dharr gémit son nom avec un accent d'adoration qui la fit fondre de bonheur… Très vite, néanmoins, il la supplia d'arrêter. Savourant le pouvoir qu'elle avait sur ses sens, elle se fit plus audacieuse, le poussant impitoyablement vers le bord de l'abîme.

Quand il lui expliqua d'une voix brisée par la passion qu'il voulait la serrer dans ses bras et venir en elle, elle rendit les armes. L'aimer de sa bouche avait ravivé le feu de son désir. Tout son être aspirait à retrouver le bonheur ineffable de ne faire plus qu'un avec Dharr…

Avec un léger sourire, elle le protégea rapidement puis s'assit sur ses hanches. Il gémit sourdement comme elle lui imposait un tempo frénétique. Assister à la montée du plaisir sur son visage, voir soudain ses traits se crisper dans une expression à mi-chemin entre la souffrance et la volupté déclencha la jouissance de Raina. A l'instant où elle s'effondrait sur lui dans un cri de joie, Dharr se laissa lui aussi emporter par une tornade libératrice.

Tandis qu'elle reposait, alanguie et comblée, dans les bras de son amant, Raina tenta de faire le point sur ses sentiments. Comment Dharr pouvait-il allumer une telle passion dans ses veines ? Pourquoi avait-elle l'impression qu'elle ne pourrait jamais se lasser de lui, de ses baisers et de ses caresses ?

Lorsqu'elle était ainsi tout contre lui, cœur contre cœur, peau contre peau, encore tremblante de plaisir et d'émotion, elle ne se voyait pas retourner en Californie et vivre sans lui. Il était devenu toute sa vie. Toutefois, elle restait consciente que le temps leur était compté et que leurs existences étaient irréconciliables…

Penser à leur séparation lui était insupportable. Juste pour cette nuit, elle allait s'accorder le luxe d'imaginer qu'ils étaient des amants comme les autres et qu'ils avaient toute la vie devant eux.

Dharr Halim avait toujours été pragmatique. Analyser des chiffres, établir des bilans, faire des estimations était son fort. Bien qu'amateur d'art et de poésie, il n'avait jamais éprouvé l'envie ou le besoin de coucher ses émotions sur du papier.

Cependant, en contemplant Raina dans les premières lueurs de l'aube, il se surprenait à regretter de ne pas savoir écrire des sonnets pour louer sa beauté radieuse…

Toute la nuit, ils s'étaient aimés. Ils s'étaient appris par cœur. Jamais il n'avait connu une amante aussi passionnée, aussi imaginative, aussi avide de lui plaire.

A présent, ils étaient assis sur le capot de la jeep, emmitouflés dans le plaid — l'aube était fraîche.

— Nous devrions rentrer, dit Raina d'une petite voix triste.

— Tu as raison, répondit-il sans conviction.

— Nous pourrions commencer par nous rhabiller. A moins que nous ne rentrions entièrement nus, suggéra-t-elle avec un sourire en coin. Mais je ne suis pas sûre que ce serait bon pour ton image de marque…

Dharr aurait aimé pouvoir la toucher et l'admirer encore pendant tout le trajet de retour, et peut-être même faire une halte dans un chemin creux pour voir une dernière fois l'extase voiler son regard émeraude.

— Je suppose que non, murmura-t-il.

Dans un élan instinctif, il l'étreignit de toutes ses forces et prit ses lèvres avec une fougue décuplée par les regrets.

— Il faut vraiment partir, chuchota Raina dès qu'elle put reprendre son souffle. Sinon, mes parents vont finir par remarquer mon absence.

A contrecœur, il laissa retomber ses bras.

— Si tu y tiens.

Ils effectuèrent le trajet de retour dans un silence pesant, leurs doigts enlacés sur la cuisse de Dharr. Arrivés au palais, ils traversèrent le hall en prenant soin de garder une distance raisonnable entre eux ; mais, au bas de l'escalier, Dharr ne put lutter contre l'envie de prendre sa compagne par la taille pour la ramener contre lui.

Comme il se penchait vers ses lèvres, Raina fit preuve d'une remarquable présence d'esprit et s'écarta.

— Allons, Dharr ! Quelqu'un risque de nous voir.

Il déposa un baiser brûlant sur sa gorge.

— Je m'en moque.

Lui emprisonnant le visage entre ses mains, elle le força à rencontrer son regard.

— Mon père est un lève-tôt.

Dharr frotta son sexe durci contre le sien.

— Moi aussi.

— Tu es incorrigible.

Riant malgré elle, Raina le repoussa.

— A ce soir.

Quand il voulut la suivre, elle agita la main.

— Tu restes ici.

Un large sourire aux lèvres, il s'accouda à la rampe.

— Sinon ?

— Sinon je vais perdre la tête et t'arracher tes vêtements en criant « Prends-moi ! », ce qui réveillera toute la maisonnée.

Sur cette menace affriolante, Raina s'élança dans l'escalier.

La mort dans l'âme, Dharr renonça à la rejoindre dans sa chambre. La délégation du Doriana arrivait dans une heure à peine. Il avait tellement à faire qu'il ne pouvait se permettre de rêver à tout ce qu'ils auraient pu faire dans son grand lit !

Mais, en dépit de ses résolutions de sagesse, il continua de voir, tout en se retirant dans son bureau, le visage de son amante quand l'extase amoureuse la ravissait, ses yeux émeraude brillant de mille feux, ses joues rosies…

Elle était si belle ! Il adorerait lui faire l'amour chaque matin dans la pâle lumière de l'aurore, chaque soir au clair de lune…

Réalisant le tour que prenaient ses pensées, il se sermonna sévèrement. Il n'avait pas l'intention de se marier avant plusieurs années. Quand le moment viendrait d'avoir un héritier, il choisirait une femme digne d'être la reine d'Azzril : belle, intelligente, indépendante, passionnée d'art et de culture, aimant la vie, assoiffée d'aventures…

Avec un haut-le-corps, il s'aperçut qu'il venait de dresser le portrait de Raina Kahlil — une femme qui repartirait à l'autre bout de la terre dans quelques jours.

Après s'être douchée, Raina décida de s'allonger quelques heures, afin d'être fraîche et dispose pour rencontrer la délégation du Doriana. Or, avant même qu'elle ait atteint son lit, on frappa à sa porte. Badya ne lui aurait pas apporté son petit déjeuner aussi tôt ; ce ne pouvait être que Dharr. Elle courut ouvrir.

— Tu es vraiment têtu !

Sa voix mourut dans sa gorge : le regard noir de colère de sa mère se posait sur elle.

— Pourquoi es-tu déjà levée, maman ?

— J'ai rendu visite à ton père.

Sans attendre d'y être invitée, Carolyn s'assit sur le canapé.

— Où as-tu passé la nuit ?

Pour gagner du temps, Raina enfila son peignoir.

— Comment sais-tu que je n'étais pas ici ?

— Parce que je suis venue te dire bonne nuit à plusieurs reprises.

Raina s'efforça de prendre un air nonchalant.

— J'étais sortie me promener.

— Avec Dharr ? Toute la nuit ?

La voix de sa mère frémissait d'indignation et de colère.

— J'ignorais que je devais respecter un couvre-feu, ironisa Raina.

Carolyn se leva et la toisa avec une réprobation toute maternelle.

— Vas-tu te décider à me dire ce qu'il y a entre vous ?

Raina s'exhorta au calme.

— Pour la dernière fois, maman, mes relations avec Dharr ne regardent que moi.

— Je m'inquiète pour toi, Raina. Je sens que tu risques d'aller trop loin avec lui.

Pourquoi les mères avaient-elles un instinct infaillible ? se lamenta intérieurement Raina.

— Je suis grande, je sais ce que je fais, maman.

— Tu me dis ça alors que tu t'es enfuie en pleine nuit comme une adolescente avec un homme qui pourrait tout aussi bien être un étranger puisque tu ne l'as pas vu pendant des années.

— Je connais Dharr.

— A quel point ?

A bout de patience, Raina renonça à mentir ou à éluder les questions de sa mère.

— Nous sommes amants. Voilà, tu es contente ?

Carolyn pâlit et porta une main à son front.

— Tu comptes épouser Dharr ?

— Cette idée ne m'a pas traversé l'esprit.

Juste une dizaine de fois.

— Mais tu es amoureuse de lui.

Se sentant rougir, Raina se détourna en hâte. Sa mère la prit par l'épaule et l'obligea à affronter son regard.

— C'est écrit sur ton visage. Tu es folle de lui.

Raina se dégagea.

— C'est vrai, je l'aime. Mais cela n'a pas d'importance. Nous savons tous les deux qu'il ne peut rien y avoir de durable entre nous.

A son grand désarroi, ses paroles sonnaient faux. Sa mère l'enveloppa d'un regard compatissant.

— Chérie, je suis désolée. Je déteste te voir malheureuse.

— Je vais bien. Mon cœur est intact.

Peut-être pas pour longtemps.

Carolyn se mit à arpenter la chambre en se tordant les mains.

— Je vais dire ma façon de penser à Dharr. Ou mieux, je vais laisser ton père s'occuper de son cas.

Des sirènes d'alarme se mirent à hurler dans la tête de Raina.

— N'en parle pas à papa, l'implora-t-elle. Dharr n'a rien fait de mal. Nous étions deux à le vouloir…

— Mais vous n'êtes pas deux à être tombés amoureux.

Cette vérité atteignit Raina en plein cœur. Elle refusa cependant de montrer à sa mère combien elle souffrait.

— Il faut que je me repose pour être en forme ce soir, dit-elle pour couper court à la conversation. Pouvons-nous reprendre cette discussion plus tard ?

Jamais, si possible.

Carolyn lui tapota la joue.

— Bien sûr. Rappelle-toi que je suis là si tu as besoin de moi.

Lorsque sa mère se dirigea vers la porte, Raina écarquilla les yeux.

— Maman ?

Une main sur la poignée, Carolyn se retourna lentement.

— Oui, chérie ?

— Es-tu certaine que papa et toi n'avez fait que parler, ce matin ?

Carolyn baissa les yeux.

— Je ne vois pas ce que tu veux dire.

Du menton, Raina indiqua son chemisier.

— Tu portes les mêmes vêtements qu'hier soir, mais, si je me souviens bien, au dîner, ils étaient à l'endroit…

Le rouge au front, Carolyn balbutia :

— Je ne… Je…

— Papa et toi vous offrez une petite aventure ?

— Nous sommes toujours mariés, rappela Carolyn en tâchant de rassembler sa dignité.

Raina ne voulait même pas imaginer son père et sa mère dans les bras l'un de l'autre. Aucun enfant ne le voulait. Surtout s'il avait souffert de la séparation de ses parents pendant des années.

— As-tu pensé à son cœur ?

— Ton père n'a pas eu d'infarctus, ses examens sont normaux. Il souffre seulement d'une hernie hiatale, depuis des années. S'il oublie de prendre ses médicaments ou s'il ne respecte pas le régime alimentaire que lui ont prescrit les médecins, il a des douleurs aiguës dans la poitrine.

Raina vit rouge.

— Il a joué la comédie pour me faire revenir !

— Ne lui en veux pas. Il avait tellement peur de ne pas te revoir. Les médecins ont réellement cru qu'il avait eu un infarctus.

Raina se frappa le front.

— Je rêve ! Depuis des lustres vous refusiez de seulement vous adresser la parole au téléphone, et, tout à coup, vous êtes amants et vous vous liguez contre moi !

Carolyn se mordit la lèvre.

— Ton père et moi pensions te l'annoncer ensemble, mais… je vois qu'il vaut mieux ne plus attendre.

— Qu'as-tu de si important à me dire ?

Raina détestait l'appréhension qui faisait trembler sa voix.

Elle se sentait redevenir la petite fille apeurée à qui sa mère avait appris qu'elle ne vivrait plus jamais dans son pays natal avec son père.

— Ton père et moi avons pris conscience que nous nous aimons encore. Nous avons décidé de nous accorder une seconde chance. Je vais rester à Azzril.

Pendant des années, Raina avait espéré entendre ces mots, prié de toutes ses forces pour que ses parents oublient leurs différends. Pourtant, maintenant que son vœu le plus cher se réalisait, elle se sentait inexplicablement trahie, abandonnée.

— C'est merveilleux, dit-elle, sarcastique.

Carolyn parut sur le point de fondre en larmes.

— Je croyais que tu serais contente…

— Il y a onze ans, j'aurais été folle de joie, admit Raina. Mais, à présent, je repense à toutes ces nuits que j'ai passées à me demander pourquoi tu avais quitté papa et… et je doute que vous ayez résolu de graves problèmes de couple en seulement vingt-quatre heures.

Sa mère soupira longuement.

— Je ne supportais plus de voir ton père souffrir d'avoir été exilé de Fareesa parce qu'il avait épousé une étrangère. Je pensais que, si je rentrais en Amérique, il pourrait retrouver son sultanat, mais il n'a même pas essayé.

Au terme d'un long silence, Carolyn murmura :

— Et il y a autre chose.

Raina se raidit.

— Quoi ?

— Après ta naissance, les médecins m'ont informée que je ne pourrais pas avoir d'autre enfant. Comme j'étais convaincue que ton père désirait un fils, j'ai voulu le laisser libre de trouver une compagne qui pourrait lui donner un héritier… Il m'a dit hier qu'il n'avait jamais voulu que moi. Notre orgueil nous a séparés durant des années, mais notre amour nous a réunis.

— Que c'est poétique !

La joie, le soulagement, l'amertume et la douleur se bousculèrent dans le cœur de Raina. Si elle était contente que ses parents se soient réconciliés, penser qu'elle allait regagner la Californie seule et désespérée de ne pouvoir vivre avec Dharr un amour aussi profond que celui que partageaient d'évidence ses parents la crucifiait.

Voyant les larmes qui voilaient le regard de sa mère, elle se reprocha son égoïsme et courut à elle pour l'étreindre affectueusement.

— Je suis heureuse pour vous, assura-t-elle. Vraiment. Mais tu vas me manquer.

Sa mère lui prit le menton.

— Ton père et moi espérions que tu t'installerais ici, avec nous.

Rester à Azzril ? Voir Dharr pratiquement tous les jours en sachant qu'il ne l'aimerait jamais d'amour ? Ce serait une affreuse torture, un calvaire permanent de chercher en vain le reflet de ses sentiments dans le regard onyx de son amant.

Mais, pour être franche, elle souffrait déjà. A tel point qu'elle avait envie de faire ses valises sur-le-champ. Si elle n'avait pas promis à Dharr d'assister à la réception de ce soir à ses côtés… Or il comptait sur elle, elle ne pouvait pas le mettre dans l'embarras.

Quelques heures de plus ou de moins ne changeraient rien, décida-t-elle. Dès demain, elle prendrait ses dispositions pour partir.

— J'ai un travail passionnant et des amis qui m'attendent, déclara-t-elle. Puisque je sais que tu prendras soin de papa, je peux rentrer chez moi l'esprit tranquille dès demain.

La Californie avait-elle jamais été son foyer ?

Pas vraiment. Elle s'y était toujours sentie une étrangère, sans comprendre pourquoi. A présent, elle savait que ses racines étaient ici, à Azzril…

— Tu ne veux pas rester avec nous quelques jours de plus ? fit Carolyn, la gorge nouée.

Raina n'eut pas le cœur de la décevoir.

— Je vais y réfléchir. Pour l'instant, je dois dormir un peu.

— D'accord, chérie. A ce soir.

Après avoir raccompagné sa mère dans le couloir, Raina se dirigea vers son lit. Une nouvelle fois, elle fut dérangée par un coup discret à sa porte.

Sachant que son visiteur ne pouvait être Dharr car, à l'heure qu'il était, il devait être en plein travail, elle retourna vers la porte en traînant les pieds.

Une inconnue aux cheveux d'un noir de jais lui tendit une housse noire accrochée à un cintre.

— Voici pour vous, princesse Kahlil. Avec les compliments du cheikh.

Murmurant un vague remerciement, Raina referma la porte et s'empara de l'enveloppe épinglée à la housse avant de poser cette dernière sur le lit.

Le message était bref.

« Je voulais un cadeau spécial pour une femme spéciale. Une robe digne d'une reine. »

Une reine ? Voulait-il dire… ?

Elle ne devait pas lire plus que ce que Dharr avait écrit ni voir dans ce cadeau autre chose qu'un geste délicat de la part d'un homme attentionné, se sermonna-t-elle.

Un homme au goût très sûr, reconnut-elle après avoir sorti la robe de sa housse pour la suspendre dans le dressing et l'admirer à loisir. Elle adorait cette robe de satin blanc sans manches à la coupe très ajustée, dont le col montant rehaussé d'un galon doré contrastait avec le décolleté plongeant dans le dos.

Elle allait la porter en espérant que Dharr la lui arracherait à la fin de la soirée. Cela dit, elle ne serait ni belle ni désirable si elle ne dormait pas un peu…

Comme elle se blottissait enfin dans la tiédeur de son lit, elle ne put s'empêcher d'espérer que la soirée marquerait un tournant dans sa relation avec Dharr. Peut-être, lorsqu'ils seraient enfin seuls tous les deux, trouverait-elle le courage de lui avouer son amour…

Et peut-être, juste peut-être, Dharr lui demanderait-il de rester pour toujours auprès de lui et d'être sa reine…

10

En voyant Raina franchir le seuil du salon d'apparat au bras de son père, Dharr demeura sans voix. La fierté, l'admiration, l'émotion le submergèrent.

Il n'avait pas douté une seconde que cette robe lui irait idéalement. Lorsque la modiste lui avait présenté sa création, il n'avait eu aucun mal à imaginer la manière dont le satin blanc flatterait le teint doré de Raina et rehausserait le vert de ses yeux. Pour avoir appris par cœur les reliefs de son corps, il avait su que le bustier soulignerait la perfection de ses seins et le galbe sensuel de ses hanches, que le décolleté mettrait son sublime dos en valeur…

Cependant, Raina était encore plus belle que dans son imagination sous les lumières des lustres de cristal. Son chignon tressé de rubans dorés assortis au galon qui courait sur son col dégageait son cou gracieux et l'ovale bouleversant de son visage…

Elle était plus maquillée qu'à l'ordinaire ; un trait de khôl accentuait la profondeur de son regard et un gloss framboise rendait sa bouche encore plus généreuse. Elle n'en restait pas moins d'une beauté éclatante de naturel.

Plus tard, se promit-il, il se ferait un plaisir d'effacer son rouge à lèvres au moyen de tendres baisers, enlèverait cette robe qui cachait de merveilleux secrets connus de lui seul…

Si toutefois ils parvenaient à se retrouver en tête à tête.

Tout en s'entretenant avec le premier ministre du Doriana, Dharr continua d'observer Raina à la dérobée, d'admirer ses gestes empreints de raffinement alors qu'elle se mêlait aux invités. Un instant, il se plut à imaginer que c'était à son bras qu'elle paraîtrait bientôt en public, montrant par là au monde entier qu'elle était toute à lui…

Elle ne lui appartiendrait jamais corps et âme, lui rappela sa raison. S'il ne voulait pas avoir le cœur en miettes une seconde fois, il ne devait pas rêver de priver Raina de la liberté à laquelle elle tenait si farouchement.

Dès qu'il croisa le regard de la jeune femme, il lui fit signe de le rejoindre. Avec un sourire lumineux, elle hocha la tête et murmura quelques mots à l'oreille de son père.

Quand elle arriva près de lui, Dharr fit les présentations d'usage.

— Princesse Kahlil, voici monsieur Renaldo Chapeline, premier ministre du Doriana.

L'homme chauve et rondelet s'inclina très bas et baisa la main de Raina.

— Je suis honoré de faire votre connaissance, princesse Kahlil.

— Moi de même, monsieur le premier ministre.

Chapeline sourit à Dharr.

— Votre fiancée est ravissante, cheikh Halim. Vous avez très bon goût.

Dharr crut déceler une certaine tension sur le visage de sa compagne. Il se hâta de préciser :

— N'ajoutez pas foi aux rumeurs, monsieur le premier ministre. La princesse Kahlil et moi sommes juste amis. Nous n'avons pas l'intention de nous marier.

Avec un sourire crispé, Raina ajouta :

— Je compte repartir très bientôt pour la Californie.

Evitant le regard de Dharr, elle s'excusa auprès de leur interlocuteur :

— Monsieur le premier ministre, je dois vous laisser. Je crois que ma mère a besoin de moi.

Discrètement, Dharr se tourna vers Carolyn. A sa grande perplexité, il constata que, loin de réclamer la présence de sa fille, elle conversait avec animation avec l'ambassadeur du Doriana et le ministre des Finances d'Azzril.

L'étonnement de Dharr s'accrut quand il vit Raina passer près de ses parents sans un mot et se diriger vers Raneer. De toute évidence, elle s'était éloignée sous un faux prétexte. Pourquoi ? Et que pouvait-elle raconter à Raneer ?

Le premier ministre du Doriana l'arracha à ses réflexions.

— La princesse est la beauté et le charme incarnés, cheikh Halim. Je regrette qu'elle ne soit pas l'élue de votre cœur.

Elle aurait pu l'être, admit Dharr dans un éclair de lucidité. Si elle n'avait pas à tout prix voulu regagner l'Amérique. Si elle avait tenu suffisamment à lui pour envisager de rester à ses côtés et de partager avec lui ses lourdes responsabilités.

Refusant d'analyser la souffrance qui broyait son cœur, il se détourna pour ne plus voir la jeune femme.

Raina avait attiré ses parents dans le hall pour leur parler en privé.

— Je voulais vous prévenir que je repars pour la Californie dans un peu plus de deux heures.

L'incrédulité et la consternation se peignirent sur les traits de son père.

— As-tu perdu l'esprit ?

Plus d'une fois, soupira-t-elle intérieurement, dans les bras de Dharr. Mais elle commençait à recouvrer la raison.

— Mes élèves m'attendent. En partant ce soir, j'aurai tout dimanche pour me remettre du décalage horaire et je pourrai reprendre mon travail dès lundi.

« Mais toute la vie ne me suffira pas pour surmonter mon chagrin de n'avoir pas su me faire aimer de Dharr… »

— C'est de la folie, maugréa sa mère. Un jour de plus ou de moins ne va pas changer l'avenir de tes élèves. Et nous t'avons à peine vue depuis mon arrivée.

— Evidemment ! Papa et toi passez vos journées enfermés dans sa chambre, riposta Raina.

Se reprochant son égoïsme, elle ajouta gentiment :

— Je ne vous en veux pas, je vous assure.

— C'est vrai, fit Idris. Nous t'avons un peu négligée parce que nous étions occupés à… à…

— Refaire connaissance, acheva Carolyn, le rouge aux joues. Mais si tu restes encore un peu, nous irons nous promener en ville ensemble, nous ferons…

— Je ne suis plus une enfant, maman. Je n'ai pas besoin d'attention constante.

Raina eut un sourire tremblant.

— Vous avez beaucoup de temps à rattraper, je le comprends. Et je suis vraiment contente que vous redonniez une chance à votre mariage.

Même s'ils auraient pu essayer de se réconcilier plus tôt et lui éviter des années de souffrance, pensa-t-elle tristement. Bah ! Elle ne voulait pas ternir le bonheur tout neuf de ses parents par son amertume. Au lieu d'essayer de refaire le passé, elle devait apprendre à se réjouir de leur bonne fortune. Ce n'était pas leur faute si elle voyait son avenir en gris.

Sa mère sourit avec soulagement.

— J'espérais que tu réagirais ainsi, ma chérie.

Se rembrunissant, elle regarda sa montre et secoua la tête.

— Mais je vois mal comment tu pourrais partir ce soir. Si je ne me trompe pas, le dernier vol pour les Etats-Unis décolle dans une demi-heure et l'aéroport est à plus de cinquante kilomètres.

— L'assistant de Dharr a tout arrangé. Le roi et la reine arrivent dans un peu plus d'une heure. Je pourrai prendre leur jet.

— Nous ne pouvons vraiment pas te faire changer d'avis ? s'enquit son père.

— Non, papa. C'est mieux ainsi, pour tout le monde.

Surtout pour Dharr, qui venait de déclarer en public qu'ils n'étaient que des amis.

C'était ce dont ils étaient convenus dès le premier jour, c'était ce qu'elle avait voulu : une liaison limitée à son séjour à Azzril, pas de promesses, pas d'engagement.

Mais, depuis, elle était tombée éperdument amoureuse de Dharr, elle avait appris à estimer et à apprécier autant l'homme que le prince. Et elle s'était plu à envisager et à espérer bien plus que quelques heures de bonheur et de plaisir entre ses bras.

Ce soir, il l'avait ramenée à la réalité. Elle était la seule à avoir nourri des rêves romantiques. Dharr refusait catégoriquement d'envisager l'avenir avec elle.

Percevant sa tristesse, sa mère la dévisagea avec inquiétude.

— As-tu informé Dharr de tes projets ?

— Non. Il est très occupé… J'essaierai de le voir en privé avant de partir.

Si elle trouvait la force de lui dire adieu de vive voix…

— Si je comprends bien, il n'est plus question de mariage entre vous ? fit le sultan.

— Dharr et moi sommes amis. Un jour, il rencontrera celle qui fera une épouse et une reine idéale.

Cette pensée l'emplissait de jalousie et d'une insondable tristesse.

Se sentant au bord des larmes, elle décida d'abréger ses adieux à ses parents.

— Prenez soin de vous, chuchota-t-elle après les avoir étreints tous les deux tendrement. Et essayez de venir faire votre seconde lune de miel en Californie.

Le sultan se résigna à la voir partir.

— Bon voyage, ma *zahra*.

— Sois prudente, chérie, ajouta sa mère avec émotion. Appelle-nous dès que tu seras chez toi.

— C'est promis.

Une fois dans l'intimité de sa chambre, Raina éclata en sanglots. Tout en s'essuyant les joues, elle ôta sa robe et alla la suspendre dans le dressing, près des costumes de Dharr.

Sans réfléchir, elle caressa la manche d'une veste, puis la porta à ses lèvres…

Elle prit conscience alors de ce qu'elle faisait, elle laissa retomber sa main. Elle était stupide ! Comment avait-elle pu tomber amoureuse d'un homme qui lui avait dit dès le premier jour qu'il ne croyait pas à l'amour ?

D'un autre côté, le cœur a ses raisons que la raison ignore, c'était bien connu… Et Dharr éprouvait peut-être des sentiments pour elle sans en avoir conscience. Elle n'avait qu'un moyen de s'en assurer…

Depuis plus d'une demi-heure, Dharr cherchait Raina. Il avait beau scruter la foule des invités, il ne la voyait nulle part.

A bout de patience, il s'excusa auprès du ministre des Affaires étrangères du Doriana et marcha vers son assistant qui supervisait le bon déroulement de la réception depuis l'entrée du salon.

— Avez-vous vu la princesse Kahlil ?

— Je lui ai parlé il y a peu de temps.

— A quel propos ?

Raneer ne parut pas s'offusquer d'être soumis à un tel interrogatoire.

— Elle m'a demandé si elle pouvait emprunter le jet de vos parents pour regagner les Etats-Unis.

Le cœur de Dharr se mit à cogner dans sa poitrine.

— Quand la princesse a-t-elle l'intention de repartir ? s'enquit-il en feignant la désinvolture.

Abid tira nerveusement sur son col de chemise.

— Dès ce soir, Votre Grâce.

Dharr fronça les sourcils.

— Pourquoi tant de hâte ? Une urgence, un accident ?

— Pas que je sache.

Il fureta autour de lui.

— Où se trouve la princesse, actuellement ?

— Certainement dans sa suite, en train de faire ses bagages.

L'esprit en tumulte, Dharr se dirigea vers l'escalier. Une fois à l'abri des regards, il pressa le pas. Des milliers de questions se bousculaient dans son esprit. Pourquoi Raina partait-elle ? Etait-il responsable de sa précipitation ? Avait-elle l'intention de le quitter sans même un au revoir ?

Lorsqu'il fit irruption dans son ancienne chambre, il trouva Raina assise sur son lit, son sac de voyage ouvert à ses pieds.

Arrachant son keffieh, il le jeta sur la table de nuit.

— Que fais-tu ?

La jeune femme lui accorda un bref regard.

— C'est évident, il me semble. Je fais mes bagages.

— Pourquoi partir ce soir ?

Raina ferma son sac d'un geste brusque.

— Ma présence ici n'est pas nécessaire.

Si seulement elle savait combien il avait besoin d'elle, pensa Dharr en serrant les poings. Si seulement il trouvait le courage de le lui confesser !

— Tu ne t'inquiètes plus pour ton père ?

Raina se leva.

— Il n'a pas de problèmes cardiaques, ma mère me l'a avoué ce matin. Elle en a profité, d'ailleurs, pour m'informer qu'ils se sont réconciliés.

Elle eut un rire acide.

— Après presque onze ans de séparation, mes parents vont reprendre les choses là où ils les avaient laissées, comme si rien ne s'était passé.

Dharr la dévisagea attentivement.

— C'est une bonne nouvelle, non ?

— Certainement. Mais je suis furieuse quand je pense à tout le temps qu'ils ont perdu… Enfin ! Ce que je pense importe peu. Puisque ma mère va prendre soin de mon père, je peux recouvrer le cours normal de ma vie.

Elle voulait sa liberté, pensa tristement Dharr. Il avait toujours su qu'elle repartirait, alors pourquoi était-il si déçu ? Pourquoi était-ce comme de recevoir un coup de couteau en plein cœur ?

Il se retrancha derrière un mur d'indifférence.

— Je vois.

— J'ai laissé ta lampe dans l'armoire. Et j'ai accroché ta belle robe dans le dressing.

— Tu n'as pas à me les rendre. Elles sont à toi. Je te les ai offertes.

— Garde la lampe en souvenir de moi.

Comme s'il avait besoin d'un objet pour se remémorer chaque instant qu'ils avaient vécu ensemble !

— Quant à la robe, reprit Raina, je suis sûre que tu trouveras quelqu'un qui sera digne de la porter. Une vraie reine.

Aucune femme ne lui arriverait à la cheville, songea-t-il, le cœur lourd. Jamais il ne trouverait une meilleure reine. Une meilleure amante. Une meilleure compagne.

Raina désigna une enveloppe adossée à la lampe de chevet.

— Comme je n'étais pas certaine de te revoir avant mon départ, je t'ai écrit quelques petites choses que tu dois savoir.

Dharr eut l'impression d'être revenu dix ans en arrière. L'histoire se répétait. De nouveau, une femme le quittait en lui laissant une simple lettre d'adieu.

La sonnerie stridente du téléphone l'arracha à ses sombres réflexions. Raina décrocha d'un geste vif.

— D'accord. J'arrive, lança-t-elle dans le combiné.

Elle raccrocha.

— Le jet de tes parents vient d'atterrir. Je vais profiter de la voiture qui part les chercher à l'aéroport.

Dharr fronça les sourcils.

— Tu as le temps. L'avion ne sera pas prêt à repartir avant au moins deux heures…

— Je dois encore dire au revoir à Badya.

— Tu te sens prête à faire seule ce long vol ?

Raina se força à sourire.

— Je n'ai plus peur de l'avion. Grâce à toi.

Une vague de désespoir déferla dans le cœur de Dharr.

— Je ne peux pas te convaincre de rester encore un peu ?

— Je ne crois pas. Cela dit, tu peux faire quelque chose pour moi… Embrasse-moi pour me dire au revoir.

Il voulait refuser, garder ses distances afin de pouvoir continuer à feindre l'indifférence. Cependant, quand Raina se glissa entre ses bras, il ne put résister à la tentation d'effleurer ses lèvres en un baiser ému, de savourer une dernière fois leur douceur et leur chaleur.

Raina s'écarta la première.

— Tu vas pouvoir retrouver ta chambre et ton lit, dit-elle en mettant son sac en bandoulière. Si jamais tu viens en Californie, fais-moi signe. J'aimerais bien te montrer les plages.

Du menton, elle indiqua le Modigliani au-dessus de la cheminée.

— Et si un jour tu te lasses de ce tableau, pense à moi.

Il penserait souvent à elle. Chaque jour. Chaque nuit. Toute sa vie. Plus jamais son cœur ne battrait normalement.

— Penses-tu revenir bientôt voir tes parents ? demanda-t-il en détestant l'espoir qui perçait dans sa voix.

— Dans quelques mois, peut-être.

La souffrance qui montait en lui était telle qu'il était tenté de supplier Raina de rester, pas seulement quelques jours mais pour toujours. Mais, redoutant de s'entendre répondre qu'elle tenait à sa liberté et n'éprouvait pour lui que de l'affection, il se tut.

Tendrement, il lui caressa la joue.

— La paix soit avec toi, Raina.

— Et avec toi, Dharr Halim.

Son sac sur l'épaule, Raina s'engouffra dans le couloir sans se retourner.

Dharr serra les poings. Il ne devait pas penser à ce qui aurait pu être ou réfléchir à ce qu'il aurait dû faire pour l'amener à revenir sur sa décision. Ses invités devaient se demander où il était, et ses parents allaient bientôt arriver. Tout le monde attendait de lui qu'il se comportât en souverain et en hôte parfait. Comme toujours, ses devoirs de prince devaient l'emporter sur ses sentiments d'homme.

Néanmoins, il avait besoin de quelques minutes pour reprendre contenance et se remettre du choc que lui avait causé le départ précipité de Raina. Se laissant tomber sur le lit, il fixa l'enveloppe restée sur la table de nuit…

Il avait pourtant cru que Raina lui faisait entièrement confiance. Qu'elle savait qu'elle pouvait tout lui dire en face…

Incapable de contenir sa curiosité, il déchira l'enveloppe et commença à lire.

« Dharr,

» Je n'ai jamais été très douée pour exprimer mes sentiments autrement que par l'art, mais, comme je n'ai pas le temps de peindre un tableau, je vais essayer de t'écrire.

» Je ne pars pas parce que je suis rassurée sur l'état de santé de mon père ou parce que ma présence à son chevet n'est plus indispensable maintenant que ma mère et lui se sont réconciliés.

» Je m'en vais parce que je t'aime de tout mon cœur et que tu n'envisages pas d'avenir avec moi.

» J'ignore qui t'a fait souffrir au point de t'amener à refuser toute relation durable, mais je sais que j'aurais voulu être celle qui t'aurait redonné foi en l'amour.

» Si tu me laisses partir en sachant combien je t'aime, cela signifiera que tu ne me rends pas mes sentiments et qu'il n'y a vraiment aucun espoir pour nous.

» Comme je l'ai dit un jour, quand on aime quelqu'un, on se bat de toutes ses forces pour le retenir.

» Quoi que tu décides, quoi que tu fasses, je t'aimerai toujours.

Raina. »

La gorge nouée par l'émotion, Dharr relut la lettre à plusieurs reprises. Tout en lui ouvrant son cœur, Raina l'encourageait à analyser ses sentiments. Et, en même temps, elle lui offrait une dernière chance de la garder auprès de lui.

Il n'avait pas une minute à perdre. Il devait lui dire qu'il l'aimait !

*
* *

Assise à l'arrière de la limousine, Raina s'efforçait de contenir ses larmes. Elle aurait tout le temps de pleurer dans l'avion, jusqu'en Californie si elle le voulait.

En apercevant par la vitre teintée les montagnes que le soleil couchant illuminait d'or et de cuivre, elle se remémora la nuit magique qu'elle avait passée dans le désert avec Dharr. Elle avait tant de merveilleux souvenirs à savourer et à chérir en attendant que le temps atténue sa souffrance…

Cela pourrait prendre des années. Et même toute sa vie.

Elle battit des paupières à plusieurs reprises comme le paysage majestueux se voilait devant ses yeux. Durant quelques secondes, elle crut que la voiture essuyait une tempête de sable ; puis elle distingua un autre véhicule, qui roulait à la hauteur de la limousine, et entendit des coups d'avertisseur insistants.

Pensant à une tentative d'enlèvement, elle se raidit, son cœur se mit à cogner dans sa poitrine. Bientôt, elle reconnut le conducteur qui faisait signe à son chauffeur de s'arrêter sur le côté.

Dharr ! Que se passait-il ? Voulait-il accueillir lui-même ses parents à l'aéroport ?

Elle n'eut pas le temps de s'interroger plus avant. Déjà, Dharr ouvrait sa portière à la volée.

— Suis-moi.

Elle garda un silence stupéfait tandis qu'il ordonnait au chauffeur de continuer sa route vers l'aéroport et la prenait par la main pour l'entraîner vers la jeep.

L'esprit en déroute, elle se laissa installer sur le siège passager et le regarda s'asseoir derrière le volant puis redémarrer en trombe et faire demi-tour, évitant de justesse un troupeau de moutons qui traversait la route.

— L'aéroport est de l'autre côté, fit-elle remarquer d'une voix tremblante.

Les yeux rivés sur la route, il continua de rouler pied au plancher.

— Je sais.

— Où m'emmènes-tu ?

— Tu verras.

Quand son compagnon s'engagea sur le chemin de terre qui serpentait à flanc de montagne et menait aux rochers adamantins d'Almase, elle sentit un rai d'espoir s'infiltrer dans son cœur. Elle tenta alors de garder son sang-froid. Dharr n'avait manifestement pas l'intention de la laisser partir ce soir, mais cela ne voulait pas dire qu'il l'aimait. Il espérait peut-être seulement prolonger leur liaison de quelques jours.

Après s'être garé exactement au même endroit que la veille, Dharr la prit par la main et l'entraîna vers le bord de la falaise. Là, il la tourna face aux lumières scintillantes de la ville.

— Tu ne peux pas partir. Azzril est ton passé et ton avenir.

La prenant par les épaules, il la fit pivoter vers lui.

— Ta place est ici. Avec moi.

— Avec toi ? répéta-t-elle d'une voix sourde.

— Tu dois rester.

— Pourquoi ?

— Parce que j'ai besoin de toi.

Raina n'osa pas croire à l'espoir qui grandissait en elle.

— Je ne suis pas sûre de comprendre ce que tu veux dire.

Dharr prit une profonde inspiration.

— Comment te dire… Quand j'étais étudiant à Harvard, j'ai connu une jeune femme.

— Elizabeth ?

Il confirma d'un signe de tête.

— Nous étions très différents, trop différents. Elle m'a quitté du jour au lendemain, en me laissant une lettre dans laquelle elle expliquait qu'elle voulait être libre, qu'elle ne pouvait ni ne voulait accepter ma culture et mes responsabilités envers mon pays.

— J'ai fait la même chose, murmura Raina, désolée de

s'être comportée comme celle qui avait brisé le cœur de son compagnon. Je suis partie en te laissant juste une lettre.

— Mais toi, tu m'as écrit… que tu m'aimes.

Raina soupira.

— Cela ne change rien au fait que tu ne t'es jamais remis de votre rupture et que tu ne veux pas d'engagement à long terme.

— A l'époque, je pensais que rester célibataire m'éviterait de connaître la même souffrance. J'étais jeune et idéaliste. Avec le recul, je comprends que j'étais surtout blessé dans mon orgueil et que je n'avais rien perdu d'important.

Plongeant son regard dans celui de sa compagne, Dharr ajouta :

— Si je te perdais, toi, je serais anéanti. Je t'aime, Raina. De toute mon âme, de tout mon être.

Raina le dévisagea anxieusement.

— Tu en es sûr ?

— Je t'aime plus que tout au monde, je ne peux pas vivre sans toi. Si tu le souhaites, je renoncerai à mon titre. Je m'installerai avec toi en Californie, où tu voudras. L'important, c'est que nous soyons ensemble.

La ferveur de la voix du prince faisait écho à tout l'amour qui brillait dans ses yeux.

— Tu n'as pas à renoncer à quoi que ce soit et moi non plus, assura Raina au comble de l'émotion. Tu as raison, Azzril est mon passé mais aussi mon avenir, je m'y sens chez moi.

Dharr l'enlaça étroitement par la taille.

— Alors tu vas rester ? Pour toujours ?

— Seulement si je trouve du travail. Je ne veux pas être une femme entretenue.

— Tu seras *ma* femme. Je veux t'épouser.

Des larmes de joie embuèrent le regard de la jeune femme.

— Où est ce contrat de mariage ? Je peux le signer immédiatement ?

Dharr essuya les larmes qui coulaient sur ses joues.

— Nous allons le déchirer et nous marier par amour, pas pour respecter les termes d'un accord conclu par nos parents.

— Tu as raison.

Après avoir brièvement réfléchi, Raina murmura :

— J'aimerais continuer à enseigner l'art.

— C'est hors de question ! décréta Dharr.

Elle s'efforça de maîtriser son irritation.

— J'ai toujours travaillé, je n'ai pas l'intention de passer mes journées à broder tes chemises ou à approuver des menus.

— Ce n'est pas ce que j'attends de toi ! En fait, j'aimerais que tu acceptes de superviser le programme pour enfants du futur musée. Si tu tiens tant que cela à enseigner, tu pourrais également diriger certains ateliers…

Soulagée, elle l'étreignit de toutes ses forces et laissa libre cours à ses larmes d'amour.

— Mes sujets vont être fous de joie, reprit Dharr en lui souriant tendrement. Tu seras une reine adorée.

Se mettant sur la pointe des pieds, elle l'embrassa sur le front, puis sur la joue.

— Je voudrais surtout être ton amante adorée, mais je suppose que je vais devoir patienter encore un peu… Tes invités doivent se demander où tu es passé !

Dharr commença à déboutonner son chemisier.

— Quitte à être en retard…

Riant doucement, Raina tira sur sa ceinture.

— Que vont penser tes parents si tu n'es pas là pour les accueillir à leur arrivée au palais ?

— Ils oublieront leur déception quand je leur présenterai ma future épouse.

Plusieurs heures après une cérémonie de mariage émouvante et parfaite retransmise par les télévisions du monde entier, Dharr savourait encore l'orgueil et le bonheur qui l'avaient envahi quand Raina avait prononcé les vœux qui la liaient à lui pour toujours.

Si, dans les rues d'Azzril et dans les salons du palais, la fête battait son plein, les jeunes époux s'étaient éclipsés sitôt la fin du bal. A cause de la détermination de leurs mères à leur faire respecter les traditions, ils n'avaient pas passé une seule nuit ensemble depuis l'annonce de leurs fiançailles. Certes, à force de déployer des trésors d'astuce et de ruse, ils étaient parvenus à déjouer l'étroite surveillance dont ils faisaient l'objet et à se retrouver à Almase, mais, chaque fois, le temps leur avait été compté. Ce soir encore, ils avaient dû tenir compte des exigences du protocole et se contenter de quelques minutes de passion avant de sortir sur le balcon pour recevoir les vœux de leurs sujets.

Tout en ramassant ses vêtements éparpillés près de la porte de la chambre, Dharr admira le tableau accroché au-dessus de la cheminée : un homme et une femme enlacés au clair de lune, devant les rochers en forme de diamant d'Almase et les lumières d'Azzril. Raina l'avait peint pour remplacer le Modigliani dont la vente avait partiellement financé le programme pour enfants du musée.

A une semaine près, il aurait pu gagner son pari avec ses anciens colocataires et garder son tableau. Mais il n'avait aucun regret. Raina était la seule œuvre d'art dont il ne voulait jamais se séparer. Elle était sa compagne, son amie et son amante. Et, à présent, elle était sa femme devant Dieu et devant les hommes, pour toujours.

— J'ai froid, se plaignit Raina derrière lui. Tu ne veux pas revenir me réchauffer ?

En se retournant, il découvrit sa jeune épouse étendue sur les draps froissés, entièrement nue, dans une pose hautement provocante. Bien que le désir roulât de nouveau dans ses veines, il résista vaillamment à l'envie de se jeter sur elle.

— Nous devons sortir sur le balcon dans dix minutes, lui rappela-t-il avec un profond soupir.

Raina enveloppa sa nudité sculpturale d'un regard de braise.

— Je parie que tu n'oserais pas sortir comme ça.

Quand il marcha sur les baies vitrées, elle bondit hors du lit pour lui barrer le chemin.

— Je plaisantais.

Il lui sourit avec malice.

— Il ne faut jamais me lancer un défi.

Raina récupéra sa robe et ses sous-vêtements au pied du lit.

— Je tâcherai de m'en souvenir.

Dharr enfila son smoking et recoiffa son keffieh. Il prendrait grand plaisir à la débarrasser une nouvelle fois de sa robe dès qu'il aurait accompli son devoir : présenter leur future reine à ses sujets.

Lorsqu'ils furent tous deux décemment vêtus, Raina s'enquit :

— Devrons-nous faire ça souvent ?

Il sourit.

— Je l'espère bien.

Elle lui donna une tape sur l'épaule.

— Je parlais de nos apparitions en public !

— La prochaine sera pour montrer notre premier enfant.

Raina se lova contre lui.

— Justement, au dîner, mon père m'a demandé quand nous comptions lui donner un petit-fils. Je lui ai répondu qu'il était encore trop tôt pour en parler.

Dharr hocha la tête.

— Tu as raison. Je te veux à moi tout seul pendant au moins un an.

Elle eut un sourire ravi.

— Je suis d'accord.

Nouant un bras possessif autour de sa taille, Dharr l'entraîna vers le balcon.

— Venez saluer votre peuple, princesse Halim. Ensuite, nous pourrons retourner nous coucher.

— Le plus tôt sera le mieux, acquiesça Raina en l'enveloppant d'un regard vibrant de promesses sensuelles.

En les voyant paraître, la foule massée aux abords du palais cria son enthousiasme ; des flashes crépitèrent de toutes parts. Dharr se plaça derrière sa jeune épouse et l'entoura de ses bras.

— Me voilà aveuglée, maugréa celle-ci entre ses dents.

— Nous nous aimerons à tâtons, lui dit-il dans le creux de l'oreille.

— Si toutefois des paparazzi ne se glissent pas sous notre lit pour nous photographier, répliqua-t-elle avec humour en indiquant un journaliste qui tentait d'escalader les grilles — et se faisait aussitôt refouler par le service d'ordre.

Dharr soupira.

— Nous attirerons toujours l'attention des médias. Cela va de pair avec notre statut.

— Je sais. Aujourd'hui, un journal de Los Angeles titrait : « UNE FILLE DE CHEZ NOUS PIÈGE UN CHEIKH. »

Raina le regarda avec inquiétude.

— Tu te sens piégé ?

— Non, mon amour. Je suis béni des dieux.

Oubliant qu'ils étaient en public, Dharr l'embrassa longuement et amoureusement. Dans la foule, ce fut le délire ; les applaudissements et les vivats firent vibrer l'air de la nuit.

Quand ils se séparèrent enfin, Raina chuchota :

— J'ai envie de toi.

La flamme qui illumina le regard de son mari lui confirma que leur désir était à l'unisson. Après un dernier salut à leurs sujets, ils se hâtèrent de regagner l'intimité de leur chambre.

— Où et quand partons-nous en voyage de noces ? demanda la jeune femme en arrachant le keffieh de son mari.

En guise de représailles, celui-ci abaissa la fermeture Eclair de sa robe.

— J'ai pensé que tu aimerais aller en Californie. Nous pourrions partir dès demain, si tu veux.

— J'ai hâte de te montrer les plages…

Raina défit les boutons de sa chemise.

— … de prendre un bain de minuit avec toi.

Ce programme convenait parfaitement à Dharr, à un détail près.

— Pouvons-nous faire une étape en Oklahoma ?

— Bien sûr. Pourquoi ?

— J'ai rendez-vous avec mes amis d'Harvard.

Raina eut un sourire entendu.

— Vous allez pleurer la perte de votre pari…

— Non. Nous réjouir d'avoir gagné bien plus que ce que nous avons perdu.

Des larmes d'émotion embuèrent le regard de Raina.

— Si tu continues à me dire des choses aussi gentilles, je vais me mettre à pleurer et tacher ma robe…

— Dépêchons-nous de l'enlever.

D'une main experte, Dharr dénuda ses épaules et son buste.

— S'il le faut, je lécherai une à une toutes tes larmes, mais je ne cesserai jamais de te dire que je t'aime.

Raina recula vers le lit.

— Si tu me montrais à quel point ?

Épilogue

Si le propriétaire du Sadler's Bar and Grill avait su qu'il recevait un fils de sénateur, un roi et un prince dans sa salle privée, il en aurait avalé son Stetson.

Un bras autour des épaules de Raina, Dharr considéra ses amis avec amusement. L'amour avait métamorphosé les anciens célibataires endurcis. Encore plus inquiet que sa femme Kate, Marc DeLoria s'entretenait au téléphone avec leur baby-sitter et multipliait les recommandations, pendant que Mitch Warner caressait tendrement le ventre de son épouse, Victoria — Tori pour les intimes.

— Tu vas bien, chérie ?

Tori changea de position et fit la grimace.

— J'irai encore mieux quand ces deux petites diablesses se décideront à arriver.

— Et vous, Halim et Raina ? demanda Marc après avoir rangé son portable dans la poche de sa veste. Quand allez-vous vous décider à avoir un enfant ?

Kate lui donna un coup de coude.

— Cela ne te concerne pas, chéri.

— Mais si, intervint Mitch. Il est temps que Dharr nous rejoigne dans l'univers merveilleux de la paternité.

L'intéressé sourit.

— Nous avons encore besoin de nous entraîner.

Sa jeune épouse le fusilla du regard.

— Ne sois pas méchant, Dharr.

— Ce sont tous les trois des méchants garçons, fit Tori.

— Mais ils peuvent être très gentils quand ils veulent, ajouta Kate avec un sourire.

L'air réprobateur, Mitch secoua la tête.

— Tu prends du retard, Dharr. Pourtant, tu étais le premier de nous trois à te fiancer…

— Je n'étais pas fiancé. Mon père avait signé une promesse de mariage pour moi, corrigea Dharr.

Marc agita la main.

— Peu importe. Toujours est-il que tu as été le dernier à te marier. Et, maintenant, tu oses nous dire que tu n'as pas l'intention d'avoir un héritier avant un an ?

— C'est exact, confirma Dharr.

Il resserra son étreinte sur les épaules de Raina.

— A quoi bon nous presser ? Notre premier enfant sera un garçon, j'en suis certain.

Mitch tendit la main.

— Tu veux parier que j'aurai un héritier avant toi ?

— Excellente idée, approuva Marc. Le premier de nous trois à avoir un fils a gagné.

— Une minute, coupa Kate. Raina, Tori et moi ne voulons pas risquer de nous retrouver avec dix filles à cause d'un autre de vos stupides paris.

Mitch se tourna vers son épouse.

— Le plus agréable, c'est d'essayer de gagner, n'est-ce pas, Tori ?

— Peuh ! Pour l'instant, tu perds haut la main. Dois-je te rappeler que nous attendons des jumelles ?

Dharr jugea préférable d'intervenir.

— Je propose un toast à nos futurs enfants et à nos exceptionnelles épouses.

Tori sourit.

— Nous pouvons boire à cela, n'est-ce pas, les filles ?

Kate et Raina acquiescèrent avec empressement et trinquèrent avec elle dans un joyeux concert de rires et d'espiègles exclamations.

Quelque part vers la fin de la soirée, les trois anciens de Harvard tombèrent d'accord sur un point capital : quand on épousait l'amour de sa vie, tous les paris étaient annulés car il ne pouvait pas y avoir de perdant.

Retrouvez en février 2019, dans votre collection

♦ SAGAS ♦

Trilogie intégrale : LE DESTIN DES BRYANT
de Kate Hewitt- N°98

Une semaine pour s'aimer

Des vacances aux Caraïbes ? Autant dire une véritable torture pour Millie, qui ne vit que pour son travail. Mais, lorsqu'elle rencontre Chase Bryant, une idée folle lui traverse l'esprit : et si elle se laissait aller à une aventure sans lendemain avec cet homme au charme fou ? Hélas, tandis que les jours se succèdent, Millie sent l'inquiétude la gagner. En effet, ne court-elle pas le risque de tomber amoureuse ?

Une si troublante attirance

Lorsque Luke Bryant lui propose de l'accompagner en Asie pour affaires, Aurélie est partagée entre panique et excitation. Bien sûr, c'est l'occasion professionnelle qu'elle attendait depuis des mois. Mais comment pourrait-elle être sûre que la proposition de Luke n'est pas un stratagème pour la mettre dans son lit ? Car les émotions que ce dernier éveille en elle la terrifient plus que tout…

Irrésistible tentation

Aaron Bryant est furieux. Comment cette Zoe Parker ose-t-elle le critiquer ouvertement au mariage de son frère ? Il y a bien longtemps qu'on ne l'a plus défié ainsi. Et pourtant… s'il y a bien une chose à laquelle il n'a jamais su résister, c'est à l'appel du défi. Quelle plus belle victoire que d'effacer le sourire moqueur qui flotte sur les lèvres de Zoe, et de conquérir cette femme au tempérament de feu ?

Trilogie intégrale : OBJECTIF MARIAGE
de Darcy Maguire - N°99

Une passion secrète

Fiancé par devoir, Rick s'est résigné à renoncer au véritable amour. Mais son espoir renaît lorsqu'il rencontre Tara Andrews, une conseillère chargée de l'aider à faire sa demande en mariage. Car Tara est la jeune femme la plus séduisante qu'il ait jamais rencontrée. Mais comment Rick pourrait-il lui avouer ses sentiments alors qu'il est déjà promis à une autre ?

Un mensonge d'amour

Désormais à la tête de Satin Blanc, une agence spécialisée dans l'organisation de mariages, Skye partage son temps entre son travail et Holly, sa petite fille de quatre ans. Or voilà qu'un jour elle voit débarquer un homme qu'elle n'a pas revu depuis des années : Nick Coburn. Un homme qu'elle a follement aimé, mais qu'elle a quitté, ne pouvant se résoudre à lui révéler son secret…

Fiançailles impromptues

Lorsque son petit ami lui confie son intention d'en épouser une autre, Riana, bouleversée, part se réfugier dans les bureaux de Satin Blanc, l'agence pour laquelle elle dessine des robes de mariée. À son grand désarroi, elle s'aperçoit qu'elle n'est pas seule. Joe Henderson – célèbre photographe – est là également. Et, face à son désespoir, il semble tout disposé à la consoler…

Retrouvez en décembre 2018,
dans votre collection

♦ SAGAS ♦

Trilogie intégrale : NUITS D'ORIENT d'Olivia Gates - N°100

Un cheikh si ténébreux

Haidar Aal Shalaan... Roxanne a tout fait pour oublier celui qui, huit ans plus tôt, a embrasé ses sens au point de lui faire perdre la raison. Mais, à le voir aujourd'hui, il ne fait aucun doute que Haidar représente plus que jamais un danger pour elle. Car non content d'être de retour à Azmahar, dont il compte ravir le trône, il ne lui cache pas son intention de la conquérir elle aussi...

Le retour du prince

Lorsqu'il revoit Lujayn, le prince Jalal Aal Shalaan est envahi par le souvenir de l'enivrante nuit de passion qu'ils ont partagée quelques années auparavant. Pourquoi diable est-elle revenue, après l'avoir abandonné sans aucune explication ? Résolu à lever le voile sur la vérité, Jalal décide de se rapprocher de la femme. Si près qu'il découvre le secret qu'elle lui cache...

Une nuit avec un inconnu

Sous le choc, Layla ne peut détacher les yeux du mystérieux inconnu qui a mis en fuite les hommes qui ont tenté de l'agresser. Sombre, menaçant, majestueux... Et, soudain, de lointains souvenirs refont surface. Où a-t-elle déjà vu ce regard envoûtant ? Une chose est certaine : elle éprouve un impérieux désir de suivre son énigmatique et ténébreux sauveur. Au mépris de toute raison...

Trilogie intégrale : BRÛLANTES PASSIONS
de Lisa Renee Jones - N°101

Irrésistible volupté

Cette émission, c'est le rêve de sa vie ! Alors Meagan est prête à tout pour en faire un succès. Et même à collaborer avec l'insupportable – et très sexy – chef de la sécurité Samuel Kellar. Une collaboration qui s'annonce d'autant plus difficile que Samuel semble ne rien vouloir faire pour atténuer le désir qui s'immisce entre eux. Un désir auquel elle se sent de moins en moins capable de résister...

Passion à fleur de peau

Travailler avec Blake Nelson, l'homme qui a failli ruiner sa carrière de présentatrice ? Pour Darla, c'est inenvisageable. Bien sûr, participer à l'émission à succès de Blake serait une chance incroyable, mais peut-elle faire confiance à cet homme qui l'a déjà trahie ? Pire, peut-elle se faire confiance alors qu'elle sait qu'il peut à tout moment lui faire de nouveau perdre la raison ?

Emportée par le plaisir

Créer la prochaine chorégraphie de Pas de deux, la célèbre émission de téléréalité ? C'est l'opportunité que Kat attendait. Mais il y a un problème : l'émission est produite par Jason, son ex-mari, qui lui a préféré sa carrière. Jason, dont le rire sensuel l'enveloppe à peine a-t-elle franchi le seuil du studio... Travailler avec lui, n'est-ce pas prendre le risque de succ

Composé et édité par HarperCollins France.

Achevé d'imprimer en novembre 2018.

CPI
BLACK PRINT

Barcelone

Dépôt légal : décembre 2018.

Pour limiter l'empreinte environnementale de ses livres, HarperCollins France s'engage à n'utiliser que du papier fabriqué à partir de bois provenant de forêts gérées durablement et de manière responsable.

Imprimé en Espagne.